À PROPOS DE L'AUTEUR

Cédric Sire, lauréat du prix Graham Masterton et du prestigieux prix Polar du Festival de Cognac, fait partie du cercle fermé des maîtres absolus du thriller. Ses romans aux frontières du suspense et du frisson sont traduits en plusieurs langues et remportent un grand succès critique et public, comme en témoigne le formidable accueil réservé à ses derniers thrillers en date, *Vindicta* et *La Saignée*, qui confirment son style addictif, violent et redoutablement efficace, plébiscité par les lecteurs. Cédric Sire vit et écrit à Toulouse.

Vindicta

DU MÊME AUTEUR

Déchirures
Dreamworld
Angemort
L'Enfant des cimetières
Le Jeu de l'ombre
De fièvre et de sang
Le Premier Sang
La Mort en tête
Avec tes yeux
Du feu de l'enfer
La Saignée

CÉDRIC SIRE

VINDICTA

thriller

Harper
Collins
POCHE

HARPERCOLLINS FRANCE

83-85, boulevard Vincent-Auriol, 75646 PARIS CEDEX 13
Tél. : 01 42 16 63 63

www.harpercollins.fr

ISBN 979-1-0339-0934-7

Pour Claude Mesplède

Tout ce que je veux – la vengeance
Tout ce dont j'ai besoin – la vengeance
Pardonner est divin
Mais la vengeance m'appartient

Alice Cooper, « Vengeance is Mine »

Afghanistan, 2002

Le village n'existe plus.

Il est remplacé par les flammes, les ruines et la mort.

Des Predators, *songe l'Afghan, recroquevillé dans les décombres.*

Le jeune homme n'est plus que panique. Sanglots désordonnés. Son cœur s'emballe tandis qu'une vive, profonde douleur parcourt son corps. Les explosions lui ont brûlé le visage, décollant une grande partie de sa peau. Du sang s'écoule en ruisseaux de son cuir chevelu déchiré. Des éclairs traversent ses prunelles, l'éblouissant par intermittence.

Le village n'existe plus.

Il n'a suffi que de trois drones. La mort téléguidée, irrémédiable, surgissant tout à coup des lueurs du crépuscule. Une fille a crié pour donner l'alerte mais il était déjà bien trop tard. Les engins volants descendaient des nuages en formation de combat. Tout le monde s'est mis à courir à la recherche d'un abri. Des femmes, des enfants. Des innocents. Les Predators n'ont laissé de chance à aucun d'eux. Leurs missiles étaient armés. La visée laser sans échappatoire. Ils ont largué leurs fruits de destruction en une longue pluie de lumière. Un ouragan de feu a balayé la poignée de maisons comme s'il s'agissait de paille. Étouffant les cris des humains en dessous.

En quelques instants, la totalité du village a été pulvérisée. Effacée.

Pris de nausée, l'Afghan se plie en deux, vomit un filet de sang. Chaque inspiration allume un incendie dans ses poumons. La souffrance se diffuse autour de ses côtes brisées, se consume avec plus de force dans ses plaies à vif.

Il lui faut réagir. Bouger.

Il parvient à s'adosser contre la carcasse d'une Jeep renversée.

Partout où il pose les yeux, tout n'est que ruines, fumée noire et âcre où dansent des flammes écarlates. Les murs des maisons en terre sont écroulés. Les cadavres de ceux qui ne se trouvaient pas à l'intérieur des bâtiments jonchent le sol. Les corps démantelés de sa famille, de ses amis.

Des bêlements terrifiés lui parviennent. Les brebis de la bergerie, elles aussi traversées par les éclats. Il aperçoit certains animaux coupés en deux, qui continuent de geindre. Puis il reconnaît, beaucoup moins fort, des gémissements humains. Il n'est pas le seul survivant. Une femme se débat, coincée sous un tas de briques, non loin de lui.

Il se fige pourtant. Son souffle devient spasmodique. Son pouls martèle ses tempes.

Des silhouettes.

Approchant sans le moindre bruit.

Il ne sait pas combien elles sont, il a du mal à les discerner au travers de l'obscurité et du voile de sang qui suinte sur ses yeux. Il songe aux Djinns des légendes, car c'est précisément ce à quoi ces apparitions ressemblent. Des démons avançant avec le vent du désert, masqués par les tourbillons de poussière. Il les devine en train de courir, mais leur course évoque le glissement d'une seule entité, volatile, inexorable. Ils inspectent les corps éparpillés, posent leurs mains sur les visages inertes, s'assurant que l'enfer a accepté son dû, et enfin dirigent leurs viseurs laser droit sur lui.

La terreur gicle dans ses veines à chaque pulsation précipitée.

— Pitié…

— Taliban ! *tonne une voix sèche.*

Il se tend, veut secouer la tête pour dire non, non, mais les balles fusent de toutes parts et le perforent, le repoussent contre le véhicule. Son sang éclabousse la carrosserie en cascades brûlantes.

Le corps sans vie s'écrase au sol.

Les Djinns s'approchent. L'un d'eux s'accroupit auprès du cadavre.

Sa main gantée retourne l'Afghan.

— Qu'est-ce que tu fous ? Celui-là a eu son compte.

— C'était un enfant, marmonne l'individu recroquevillé au-dessus de la dépouille. Ce sont tous des enfants.

L'autre lui saisit l'épaule. Secousse virile.

— Des talibans. Ils sont passés du côté de Ben Laden. Ce village était déjà mort.

Le soldat se dégage. Tous deux se font face. Casque contre casque. Une électricité presque palpable monte entre eux.

— Ce sont quand même des enfants, mon capitaine. Je…

— Uriel ! Tu vas te ressaisir, c'est compris ? Ton putain de pseudo, c'est celui de l'ange de la mort, non ?

Le vent souffle avec une violence accrue, emportant davantage de sable dans ses arabesques.

— Affirmatif, répond l'officier d'une voix plus profonde.

— Alors c'est ce que tu es, désormais. Le messager du châtiment. Rien d'autre.

Autour d'eux, les autres silhouettes en tenue d'assaut se tournent vers l'extrémité du village, où se trouve la bergerie. Une lueur étincelle un instant au cœur de l'obscurité.

— Homme armé ! 6 heures !

Les tirs d'un, deux, puis trois fusils dessinent un bref instant des lignes de lumière.

La personne prise sous leur feu s'effondre à son tour, des gouffres ouverts dans sa chair, ses os pulvérisés par les balles, ses membres figés dans des angles contre nature.

D'ici, impossible de savoir si le corps à terre était bien armé. Mais le visage qui apparaît, sous le voile noir, est celui d'une adolescente, en cela il ne peut y avoir le moindre doute. Son sang luit dans la pénombre, rouge et humide.

Le soldat ne dit rien. Ne souffle rien.

La main de son supérieur accroche de nouveau son épaule.

— Pas de sentiment. Tu traites les cibles et tu les oublies. Il n'y pas d'autre façon de faire. C'est reçu ?

— Reçu, mon capitaine.

Avec un signe de tête en guise de ponctuation, l'ombre s'écarte et rejoint ses équipiers. La formation se déploie entre les foyers de l'incendie.

Pas de sentiment.

Plus jamais.

Un peu plus loin, son viseur se pose sur la nuque d'une silhouette allongée. Une autre fille voilée, à peine majeure, qui feint – mal – l'immobilité de la mort. Ses membres, agités de tremblements nerveux, la trahissent.

Cette fois, le doigt du soldat presse la détente sans hésiter.

Traiter les cibles.

La balle traverse le tissu du niqab, répand la cervelle sur le sable.

Les oublier.

Sa progression reprend, un peu plus fluide.

C'est son baptême.

Sa première nuit de spectre assassin. Sans nom, sans émotion.

La première d'une interminable liste.

Dix-sept ans plus tard
Sud de la France

I

PASSAGE(S) À L'ACTE

1

Après l'orage, après les cris et après les morts, tous ces morts pour rien, il restera encore les mensonges.

Ceux-là, rien ne les lavera.

Ils perdureront. Une forteresse d'acier.

Parce que sa vie n'a été qu'une accumulation de mensonges.

Une fuite désespérée en avant.

Au bout de cette route, il ne peut y avoir que la chute.

Elle le sait. Elle l'a toujours su.

Ce n'est qu'une question de temps. De circonstances. De ce hasard cruel qui défait d'un souffle les vies les mieux organisées.

Alors qu'elle joue avec sa fille, qu'elle la tient par la main et court avec elle dans le parc, on jurerait que rien ne la préoccupe. Elle n'est qu'une mère célibataire comme tant d'autres, passant du temps avec son enfant. C'est la meilleure chose qu'elle ait jamais faite de sa vie.

Cela, ça n'a pas de prix.

Quand vient l'heure du goûter, sur la terrasse baignée de soleil de leur appartement, Valentine arrache de grandes bouchées à son sandwich. Le chocolat en déborde tandis qu'elle questionne sa mère sur l'identité de son père.

Comme toujours.

Et comme toujours, elle se dérobe en tordant un doigt dans les épais cheveux frisés de sa fille. Valentine est blonde, comme elle. Elle est jolie comme un cœur, et même plus que ça. Ses immenses yeux bleus brillent de promesses. On se damnerait pour des yeux comme ceux-là, pour un sourire au Nutella comme celui-là.

— Je te parlerai de lui un jour.

— Tu dis ça tout le temps. Pourquoi pas aujourd'hui ?

— Parce que c'est trop tôt. Tu ne comprendrais pas. Mais un jour viendra, Valentine. Je te promets que tu sauras tout.

Elle lui tend un mouchoir en papier.

— En attendant, essuie ta bouche, petit cochon. Tu en as partout.

Une feinte.

Lâche et usée. Elle a fonctionné jusqu'ici, pourtant.

Plus maintenant. Maintenant, Valentine a sept ans. La fillette veut des réponses. Elle les réclame, son adorable visage plissé par la réflexion, tandis qu'elle nettoie consciencieusement ses joues.

— Il habite à Toulouse lui aussi ? Ou dans une autre ville ?

Silence. Soupir. Elle regarde ses escarpins. Elle est toujours bonne à donner le change. À porter des masques.

— Est-ce que je pourrai le rencontrer, un jour ? insiste sa fille en lui tirant la manche.

Un sourire. Un mensonge. Un de plus.

— Un jour, ma puce.

— Ce sera possible ?

— Bien sûr. Un jour…

Chaque mot est un coup de poignard dans son cœur.

Une nouvelle promesse qu'elle ne pourra jamais tenir.

2

— Je les ai ! annonce Audrey en sortant les cagoules de son sac. Regarde un peu ça !

Le tissu, fluide, semble couler entre ses doigts tandis qu'elle dépose les têtes de mort sur le lit. Elle les place les unes à côté des autres, avec soin. Une bleue, une violette, une verte et une grise. Quatre cagoules en tout. Ou plutôt, quatre masques. Il n'y a aucune ouverture pour les yeux. Ces déguisements sont simplement ça : des visages soyeux à enfiler comme une seconde peau.

Et à présent, alignées sur le couvre-lit, les quatre têtes de mort multicolores grimacent en silence, à la fois belles et inquiétantes. Elles observent la jeune femme de leurs yeux peints sur le lycra.

Audrey sent un frisson descendre dans sa colonne vertébrale. Est-ce de la culpabilité ? De l'excitation ? Ou peut-être même une certaine fierté mal assumée ? Elle ne sait pas, et à vrai dire elle s'en moque. Elle se sent comme une gamine qui s'apprête à piquer des bonbons pour la première fois. Dans sa vie, depuis quelques mois, chaque chose qu'elle fait est une nouvelle expérience, un nouveau bond en avant.

Soucieuse de cacher son trouble, elle se tourne vers son petit ami et bat des cils.

— Une pour chacun ! Tu les trouves comment ?

Damien sourit. Enfin, seul le coin de sa bouche se soulève, comme à son habitude. Le sourire de Damien ne ressemble jamais à un vrai sourire. C'est une des choses qui ont fait chavirer Audrey, dès l'instant où elle a posé les yeux sur lui. Et pour cause. Damien est le plus beau garçon qu'elle a rencontré de sa vie. À vingt-deux ans, il a quatre ans de plus qu'elle. Un visage d'ange aux yeux sombres, qui portent en eux autant de fatigue qu'Audrey en ressent dans son cœur. Ils sont pareils, Damien et elle. Faits pour être ensemble, une évidence qui crève les yeux. Comme si cela avait toujours été écrit, toujours été prévu pour eux.

— T'es la meilleure, bébé, lui dit Damien.

Il écarte une mèche de cheveux de ses yeux. Et ça aussi, songe-t-elle, ce simple geste la fait fondre à chaque fois.

— Attends une seconde, quand même…

Il se retourne pour verrouiller la porte de sa chambre. Comme lui, Audrey tend l'oreille et écoute les sons de l'appartement. Ils sont chez Damien. Son petit frère, Kévin, regarde un dessin animé à la télévision. On entend des super-héros s'invectiver à grands bruits d'explosions. La mère de Damien s'affaire dans la cuisine. Mme Delauney est un vrai cordon-bleu. Et elle a accepté la présence d'Audrey chez elle sans discuter, il y a déjà trois mois. Cette femme déborde de gentillesse. Contrairement à ses parents à elle…

Audrey ne veut plus penser à eux. À son enfoiré de père, à ses coups, à son haleine alcoolisée, ou pire, à ses mains s'aventurant sur sa peau. Le dégoût la submerge. Elle rejette les souvenirs. Elle les renie en bloc. C'est fini. Tout ça est derrière elle à partir de maintenant. Elle ne reviendra plus en arrière. *Plus jamais.*

— Tout est cool, hein ? demande-t-elle à Damien pour se donner de l'assurance.

Celui-ci hoche la tête. Audrey sait qu'il est stressé, au moins autant qu'elle – et qui ne le serait pas ? –, pourtant il ne laisse rien paraître. Damien est comme ça. Son regard de mauvais garçon demeure tel qu'il est toujours. Distant et doux en même temps. Et profondément noir. Comme deux billes luisantes.

— Ouais, tout est cool. Mais je préfère que ma mère et mon frère ne nous entendent pas. Ils n'ont pas à être mêlés à tout ça. Je veux dire, quand ce sera bouclé, je trouverai une histoire pour leur expliquer pourquoi j'ai cet argent, c'est sûr. C'est pour eux que je fais tout ça.

— Pour nous, rectifie Audrey.

Le coin de sa bouche remonte. Sourire malicieux.

— Pour nous tous, Audrey. Bien sûr que c'est pour nous tous. Pour qu'on se sorte enfin d'ici. De cette vie pourrie...

Audrey ne sait que trop bien de quoi il parle. Mais tout va bientôt changer. Dès demain matin. Ils vont franchir le grand pas. Reprise par l'excitation, elle indique les cagoules multicolores qu'elle a apportées.

— Alors ? Tu les aimes ou non ?

Damien se gratte la tête. Il observe les têtes de mort alignées sur son lit.

— Elles sont un peu fines, non ?

— C'est pour qu'on puisse voir à travers, nigaud ! Ça s'appelle une *seconde peau.* Tu n'as pas à t'inquiéter, il n'y a aucun risque qu'on nous reconnaisse. Regarde !

N'y tenant plus, elle empoigne le masque violet

– elle a décidé que ce serait le sien, cette couleur a toujours été sa préférée – et, rassemblant la masse de ses cheveux bruns d'une main, elle l'enfile. Le tissu s'étire, épouse les formes de son visage. Le monde devient violet. Un peu plus flou.

— Alors ?

— Ouais. Ça a de la gueule, y a pas à dire.

Damien s'approche d'elle. La prend dans ses bras. Audrey se sent chavirer.

— Mais tu triches un peu. Sur toi, tout devient sexy…

Audrey laisse échapper un gloussement ravi et l'embrasse au travers du lycra. Une sensation excitante. Elle se presse contre Damien. Elle a encore du mal à se faire à ce qu'ils préparent. Toutes les conséquences que cela va avoir, quand ils l'auront fait. Mais rien n'a d'importance. Rien d'autre qu'être contre lui, de sentir ses bras autour d'elle, de respirer l'odeur de sa peau, de son parfum, et de savoir qu'elle n'est pas seule. Plus jamais.

Damien s'écarte un peu d'elle.

— Seconde peau validée. Je me demande si elle est pas mieux que la première, même.

— T'es bête !

Elle retire la cagoule et ajoute :

— Et toi, alors ? Ce que tu devais ramener…

Damien se raidit imperceptiblement.

— Ouais…

Il scrute la porte, à travers laquelle parviennent maintenant les musiques criardes des spots publicitaires, avant de baisser encore la voix.

— … Je vais te les montrer.

Il passe une main sous le lit et tire un sac de sport, non sans un rictus un peu crispé.

Audrey sent son cœur accélérer peu à peu, alors qu'il sort les pistolets du sac et les installe sur le lit, à côté des têtes de mort en lycra.

Trois armes de poing. Acier sombre. Crosses noires. Les modèles sont différents, leur taille et leur forme varient, et pourtant ils demeurent semblables dans leur froideur minimaliste. Leur but ultime est identique.

Cette fois, ça y est. C'est *réel*, se dit Audrey, et elle sent quelque chose se nouer dans son ventre. De la peur ? *Pas de la peur.* Elle est grande maintenant. Elle est forte, sûre d'elle. Même si elle sait très bien, tout au fond d'elle, que leur plan est fou. Elle ne peut pas se mentir. Ce qu'ils s'apprêtent à faire…

Elle interrompt ses pensées en songeant à sa vie passée. Les gifles de son père, chaque fois que le démon de l'alcool embrumait son regard. Les énormes poings s'abattant sur ses hanches, en dépit de ses cris et de ses suppliques. Et sa mère qui n'a jamais rien dit, jamais rien *fait*.

Assez. Audrey est majeure désormais. Elle est enfin partie. Les choses ont un sens. Sa *vie* a un sens. Avec Damien. Grâce à lui. Portée par lui.

— Seulement trois flingues ? demande-t-elle, sans pouvoir détacher les yeux des objets mortels.

— Pas si fort.

Audrey s'approche, chuchote :

— Qui n'en aura pas ?

— Driss. Il n'en aura pas besoin vu qu'il restera dans la voiture. L'opération ne prendra que quelques minutes. Moi, toi et Élie, on entre avec les armes. Varenne sera seul. Il n'a aucune raison de s'attendre à ce qu'on débarque à ce moment-là. Je te parie que ce sera la surprise de sa vie…

Audrey avale sa salive. Elle s'imagine sur place.

La montée d'adrénaline qu'il faudra gérer. Ce braquo n'est pas l'idée de Damien, mais d'Élie. C'est lui qui a trouvé cette occasion en or, sans avoir le courage de la mener à bien tout seul. Audrey ne le connaît pas très bien, c'est un collègue de travail de Damien. Un type sur qui on peut compter, selon lui. Damien a bien pesé le pour et le contre, Audrey le sait. S'il a accepté, s'il l'a impliquée dans le coup, c'est vraiment qu'il n'y a aucun risque. Seulement un montant qui dépasse tous leurs rêves, et qui demain sera à eux.

Sans avoir blessé personne, a promis Damien. Sans que quiconque puisse les retrouver.

C'est leur chance pour sortir de tous leurs problèmes. Le genre de truc qui n'arrive qu'une fois dans une vie.

— On entre, on prend le fric, on ressort, récite-t-il comme s'il s'agissait d'une formule magique qui les protégera de tout. Trois minutes au maximum et sans le moindre risque. Le bonhomme fera ce qu'on lui dit sans fanfaronner. Trois personnes avec des calibres, t'as pas envie de jouer au plus malin, je t'assure.

Audrey hoche la tête, replie la cagoule. Damien n'a jamais été menacé par une arme, même s'il le laisse entendre parfois quand il frime. Il n'a jamais braqué personne non plus. Mais tout ce que dit Damien la fascine. Il a forcément raison.

— Tu sais, moi… Je n'ai jamais… tu sais, tenu un vrai flingue…

— Eh bien essaie, l'encourage-t-il.

Il place un des pistolets, le plus petit, dans la main d'Audrey, qui tressaille malgré elle. La toute première fois qu'elle touche un vrai engin de mort. Des émotions contradictoires la traversent.

— Stresse pas, bébé, ils sont pas chargés. Mais demain, il faudra faire plus attention parce qu'ils le seront. J'ai des gants pour chacun d'entre nous. S'il y a le moindre problème…

Il lui saisit le poignet, le fait se déplacer de quelques centimètres sur le côté.

— … tu vises juste comme ça et tu appuies sur la détente. N'oublie pas de faire gaffe au recul, ça peut surprendre.

Elle hoche la tête. Un vertige sournois la guette. Elle l'efface, le nie. Son petit ami prendra soin de tout.

— Je n'aurais pas à l'utiliser, hein ?

Damien sourit en lui reprenant l'arme et range les flingues dans le sac.

— Bien sûr que non. Aucun de nous. C'est juste au cas où. On ne sait jamais. Il faut penser à tout. C'est pour ça que je suis là.

Puis il se jette dans ses bras et lui murmure à l'oreille :

— T'en fais pas. Ça n'arrivera pas.

Elle glousse, presse de nouveau ses lèvres sur les siennes. Il a raison. Cela n'arrivera pas. Rien ne peut dérailler. Damien est trop malin. Il ne le permettrait pas. Elle colle son corps contre le sien, ils s'embrassent, leurs mains explorent leurs dos, leurs épaules, leurs hanches. Pour la première fois depuis si longtemps, Audrey se sent en vie. Vraiment en vie.

3

Pourtant…

Audrey peine à se l'avouer, elle joue les dures, mais sous la surface, au plus profond de ses tripes, elle a conscience du danger. Ce qu'ils s'apprêtent à faire est fou.

Braquer un bijoutier…

Elle ne dort pas. Ses pensées refusent de se calmer. L'appréhension. L'excitation. Le *doute*, malgré tous ses efforts pour ne pas le nommer ainsi.

La dernière fois qu'elle a regardé son téléphone, il était pile 2 heures du matin. Dehors, elle entend des bruits de verre brisé. Une porte qui se fait défoncer, peut-être. La vie nocturne dans la cité, la bêtise habituelle. Ce n'est pas ce qui empêche Audrey de trouver le sommeil. De ses bras, elle enlace Damien. Lui est profondément assoupi. Il grogne un peu, un grognement de chaton perturbé dans un rêve. Elle s'accroche à lui, se gorge de son parfum. Une fragrance de vanille et de réglisse. Elle détonne avec l'image de dur à cuire que Damien cultive.

Ils vont vraiment s'introduire dans une bijouterie et menacer quelqu'un avec des flingues.

Elle songe à leur plan. Elle le parcourt de A à Z.

Et quand elle a fini, elle recommence. Elle fait cela depuis des heures.

Leur cible – elle ne sait pas par quel autre terme qualifier l'homme qu'ils vont voler – s'appelle Jean Varenne. Il tient une bijouterie à Toulouse, dans un quartier bourgeois. Ce matin à 9 heures, alors que la boutique sera fermée, Varenne va recevoir une visite qui ne figurera sur aucun registre. L'objet de l'échange : un collier de diamants, volé à Paris il y a près d'un an. Braquage maladroit. Une employée, touchée par balle, était décédée. Le bijou est devenu gênant pour son receleur, qui se hâte de le revendre.

Même bradé, il doit valoir près d'un million d'euros. *En cash.*

Ils agiront juste après l'échange, dès que l'acheteur sera reparti. Varenne sera seul à ce moment-là. Il ne se doutera de rien, ne sera préparé à rien.

Il suffira d'entrer. De lui prendre l'argent. De repartir.

Aucun risque d'être poursuivis. Il n'y aura pas de plainte. Et pour cause ! Hors de question pour le bonhomme d'attirer l'attention de la police sur ses petites malversations.

Il aura joué, il aura perdu. Ce genre de choses arrive tout le temps, il faut accepter les règles.

Alors ils vont le faire, oui. Damien. Élie. Driss. Et puis elle, au milieu de leur petite bande d'apprentis braqueurs, dans leurs cagoules à tête de mort. Ils ont tout planifié, récupéré tous les détails dont ils ont besoin pour pénétrer dans le magasin, ils sont prêts à passer à l'action. Hors de question de rater une telle opportunité.

Ce sera le coup d'une fois. Leur premier. Leur dernier.

Audrey s'imagine sur place. Le pistolet à la main.

Le frisson est là, encore. Le frisson, et… quoi ? La peur ?

Tu n'as pas le droit d'avoir peur.

Tu as eu peur toute ta vie.

Maintenant tu es partie. Tout commence. Damien est là. Damien te protège. S'il te dit que c'est sans risque, c'est que ça l'est vraiment.

Elle renifle, toujours nerveuse. Elle se répète qu'il n'y a rien à craindre. Leur futur les attend, juste au bout de leurs doigts. Au terme d'un tout petit peu de courage.

Dans une valise renfermant un million en liquide.

Elle s'agite. Tripote son téléphone. 2 h 30 à présent. Sur le parking, des pneus crissent. Un scooter longe la barre d'immeuble à toute berzingue.

Audrey ferme les yeux. Serre les paupières.

Le plan. Leur plan. *Encore et encore.*

C'est Élie qui a eu le tuyau. Élie Malibert travaille avec Damien au marché de gros depuis deux ans. Un petit malin, même si Audrey ne lui fait pas entièrement confiance. Elle n'ignore pas que le jeune homme a déjà un passif avec la justice. Effraction dans un pavillon. Élie avait dérobé un peu d'argent et un iPad, trois fois rien. Les flics sont remontés jusqu'à son HLM de la Reynerie en moins de vingt-quatre heures. Il venait d'avoir dix-huit ans, mais le juge n'a rien voulu entendre. Verdict : six mois fermes à la maison d'arrêt de Seysses. Depuis, Élie a conservé un pied dans les petites magouilles. La taule fait ça. Même quelques mois. Surtout quelques mois. Elle vous enchaîne à la lie de la société.

Mais, au final, c'est aussi par ce biais qu'Élie a été mis au parfum pour le deal du collier. D'une personne connaissant une autre personne et Élie sachant où écouter, à qui poser les bonnes questions… Jusqu'à ce plan tombé du ciel.

Damien grogne à nouveau, s'agite. Audrey le garde dans ses bras, le presse contre elle. Un peu trop. Damien finit par se redresser sur un coude. Il cherche ses lèvres pour lui donner un baiser, puis tâtonne à la recherche de son téléphone.

— 2 h 45. Merde, tu dors toujours pas ?

— Un connard en scoot, élude-t-elle avec tout le détachement dont elle est capable.

Au-dehors, comme pour appuyer son propos, le scooter remonte l'allée, hurlant comme un animal enragé. S'ensuit un vacarme de crissement de pneus et davantage de bruits de moteur poussé à ses limites.

— Encore les gamins du bâtiment C… Ces tocards n'ont rien dans la tête…

Damien pose sa bouche tout près de son oreille.

— Tu peux rester ici si tu veux, tout à l'heure. Si tu ne le sens pas.

— Quoi ?

— Si tu as peur…

— Je n'ai pas peur.

— Je veux dire, tu as toujours le choix, tu sais.

Elle avale sa salive, visage contre son cou, dans son odeur rassurante.

— Pour toi, c'est important que je sois là, non ?

Damien reste silencieux pendant quelques secondes. Elle l'étreint un peu plus fort. Il finit par chuchoter :

— Je t'aime, Audrey.

Elle pivote alors et monte sur lui à califourchon. Elle scelle ses lèvres sur les siennes, s'abreuve de leurs souffles mêlés, langue contre langue.

— Je t'aime tellement, moi aussi.

Son sexe vigoureux glisse en elle sans le moindre

effort. Elle contracte un peu les cuisses, dit « Oh, bébé » en le chevauchant, lentement, et répète encore et encore, « Oh, bébé », jusqu'à ce que plus rien n'ait d'importance.

Elle aurait tant aimé que ce moment dure pour l'éternité.

Que l'aube n'arrive jamais.

Tchad, 2003

Rester à l'affût.

Dans la boue, la poussière ou les flaques.

Armes à la main. Tous sens aux aguets.

Se préparer à tuer. Encore.

Un peu plus à chaque opération.

— Tu te rends compte qu'on ne s'est pas quittés depuis cette première mission en Afghanistan ? murmure Uriel.

Gabriel acquiesce. Il est assis à l'abri du mur de brique, couvert par une toile couleur sable.

— C'est vrai. Ça fait quoi, un an ?

— Très exactement, oui.

Silence. Le vent siffle autour d'eux.

— Comment tu fais pour gérer le stress, toi ?

— Le stress de quoi exactement ? réplique Gabriel.

— Tu le sais bien. Ce qu'on fait. Tuer tous ces gens.

Gabriel tourne un visage grave.

— Tu n'y arrives plus ?

— Bien sûr que si. On est malléables, sinon on ne serait pas ici. C'est juste… encore nouveau pour moi. Tout change si vite. Je me demande comment toi, tu tiens le choc. Tu sais… quand ça devient trop dur à encaisser…

Gabriel passe une main sur sa moustache naissante. Assassins de la République. C'est ainsi qu'on les surnomme, dans la presse. Et c'est exactement ce qu'ils sont. Avec, sur leurs mains et sur leur âme, le sang de dizaines d'hommes, de femmes.

Et d'enfants.

Des ennemis. Des cibles. Plus des êtres humains.

— Des fois, c'est plus dur que d'autres, avoue Gabriel. Alors j'imagine que je fonde une famille. Que je reviens à la vie civile comme si tout cela n'avait jamais existé. Et c'est ce que je ferai, un jour. J'en ai besoin. Tout au fond de moi.

— Tu me fais rire. Si on accepte le projet du colonel, tu sais que ce ne sera plus possible. On n'existera plus pour personne. Il a été clair sur ce point.

— Je n'ai pas encore dit que j'accepterais. Et toi ?

— Pourquoi je n'accepterais pas ?

*— C'est une offre sans retour. Il nous a choisis parce qu'on n'a personne, parce qu'on n'*est *personne. Nul ne nous pleurera si on disparaît en mission. Nul ne s'en rendra même compte. Tu n'as pas envie d'une famille, Uriel ? Je veux dire, pas maintenant, mais un jour ?*

Uriel ne répond rien. Le regard lointain, perdu vers la ligne d'horizon.

Des gémissements s'élèvent, derrière le mur.

— On n'en a pas fini un, on dirait.

— Il faut le faire taire tout de suite.

— Je m'en occupe, dit Gabriel en se redressant.

Il dégaine son couteau tactique. Le fait briller au soleil rasant. L'acier accroche une lueur écarlate. La promesse des fleuves rouges à venir.

— Juste entre nous, le colonel est fou. Son projet est fou. Et on est fous, nous aussi, si on entre dans son jeu.

— Que crois-tu que nous sommes déjà, Gabriel ?

Le soldat considère la question, yeux baissés vers l'énorme poignard dans sa main.

— Le tout est de ne pas y prendre goût, Uriel. On ne fait ça que pour la patrie.

Il tourne les talons et s'éloigne.

Égorger le dernier des otages.

Pas de survivants.

La règle absolue.

Tu traites les cibles et tu les oublies.

Uriel commence à démonter et à remonter soigneusement son arme alors que, derrière le mur, les gémissements cessent net.

Sa chair de poule ne dure pas.

Son regard se fait plus froid.

Chaque jour un peu plus.

Le tout est de ne pas y prendre goût.

4

Marie Drevoski a organisé sa vie autour des mensonges.

C'est son métier. Elle écrit des histoires.

Elle ment pour le plaisir des autres.

Et ceux-ci en redemandent.

Alors son éditeur lui donne davantage d'argent, et elle invente de nouvelles histoires. De nouveaux mensonges. Elle fait cela pour divertir les jeunes lecteurs et se donner bonne conscience, peut-être.

Le regard figé devant son ordinateur, les doigts suspendus au-dessus des touches rétroéclairées, elle ne parvient toutefois pas à s'extraire de ses pensées parasites. Dangereuses.

Le halo de l'écran dessine ses traits délicats.

Les lignes de texte se reflètent dans ses iris bleu azur.

De la merde.

Elle passe sa main dans ses cheveux. Son index entortille une mèche. Il faudrait qu'elle se concentre. Son agent, Giuliano, lui réclame un nouveau livre et elle aurait déjà dû l'avoir fini. Depuis un moment, en vérité.

Elle n'en a pas écrit une page publiable depuis des mois.

Elle n'arrive pas à commencer.

Elle dont l'esprit regorge d'histoires. D'une foule de mensonges abracadabrants.

Un comble.

La fenêtre entrouverte lui apporte un courant d'air. Les rideaux se soulèvent, poussés par le vent léger. Elle frissonne malgré elle.

D'abord, il lui faut vérifier que Valentine dort bien.

C'est très important.

Elle s'approche de la chambre de sa fille. Sans un bruit, elle entrouvre la porte.

Elle devine la petite silhouette sous la couverture.

Elle entend sa respiration régulière.

Tout est bien.

Tout est sûr.

Elle referme la porte avec une infinie douceur.

5

Vient l'heure des spectres.

Le cœur de la nuit assassine.

En rase campagne, l'obscurité est épaisse, omniprésente, épargnée par la pollution lumineuse de la ville. Aucun éclairage n'équipe la route départementale. Seule la lune gibbeuse, quand elle émerge des nuages, jette des reflets sur les clôtures et les carrosseries des voitures garées devant les maisons.

Quatre coups sonnent au clocher du village.

Un chien aboie, quelque part dans un jardin. Tout près.

Et subitement, de la nuit et des feuillages des arbres naît une présence. Des ténèbres se faufilant dans le noir.

Un fantôme. Venant accomplir sa mission.

Il ne ralentit pas, il ne dévie pas, il avance comme s'il flottait au-dessus du sol. Il se coule entre les buissons, survole l'allée sans qu'aucun de ses pas n'émette le moindre son.

Si un passant égaré s'était trouvé sur son chemin – ce qui est déjà arrivé –, il n'aurait sans doute rien vu, et encore moins imaginé avoir frôlé la mort d'aussi près.

À l'arrière, face au vaste jardin, le rez-de-chaussée de la maison est flanqué d'une somptueuse véranda.

Quand le spectre passe devant les grandes baies, son reflet y ondoie furtivement : un costume sombre, un crâne lisse, des traits indistincts. Cela ne dure qu'un instant, bref et fractionné, pareil à un miroitement dans une eau agitée.

L'instant suivant, la nuit s'étale et se reforme sur les vitres.

Personne ne l'a jamais vu en action. Pas ceux qui restent en vie, en tout cas. Cela fait partie de ses talents. De son *modus operandi*, comme aimait le dire son colonel, il y a une éternité, dans des pays lointains.

Ses mains gantées effleurent la poignée de la porte. La véranda est verrouillée de l'intérieur.

Très bien. L'ombre ne s'attarde pas et se déplace dans les ténèbres jusqu'au SUV garé sous le balcon. Un courant d'air à peine, quand elle se hisse sur la carrosserie, et toujours pas le moindre son alors que ses semelles parcourent le toit du véhicule, qu'elle se déplie et se propulse vers la ferronnerie.

Le chien recommence à aboyer.

Traction. Ascension reptilienne. L'ombre s'est coulée sur le balcon et à présent elle rampe, d'un mouvement fluide, ondulant.

Elle passe devant la fenêtre de la chambre.

Les rideaux ne sont pas tirés. Il n'y a aucun vis-à-vis de ce côté, personne à qui masquer une intimité. Sous les lumières tamisées de plusieurs lampes, l'intérieur de la pièce apparaît. La scène est claire et crue. Un homme, attaché sur le lit avec ses bras et ses mains écartés. Ses cris, rauques, filtrent à travers le double vitrage.

Des cris de plaisir.

Il y a une femme également, assise à califourchon sur l'homme, empalée sur son sexe, dos à la fenêtre.

Ses cheveux, blond pâle, sont attachés en queue-de-cheval, ses tempes rasées, ses oreilles serties d'une multitude de boucles et de bijoux. Elle porte un harnais en vinyle et des bas, exposant son dos nu où sont tatouées de grandes ailes noires. Ses mains sont fermement nouées autour du cou de l'homme qu'elle chevauche, et elle pousse des cris de tigresse sans cesser ses amples mouvements de bassin.

Les gémissements de son partenaire s'accélèrent et s'intensifient alors que ses hanches se soulèvent davantage, par saccades de plus en plus violentes.

Sur le balcon, la silhouette se fond aux ténèbres.

Et demeure ainsi.

Invisible.

Insoupçonnable.

6

Charles Glacier est un homme heureux.

Il a passé une soirée mémorable. Elle lui aura coûté un peu cher, mais le service s'est révélé à la hauteur de la promesse. Par ailleurs, il a largement les moyens de s'offrir ce genre de distraction. C'est au moins ça que ne lui prendront pas son vautour d'ex-femme ou son ingrate de fille avec qui il est en conflit depuis des années.

La prostituée – le nom qu'elle lui a donné est Amanda – l'a détaché. Charles se rhabille et en profite pour déguster un verre de Nikka Taketsuru pendant que la femme se douche, passe son tailleur, se remaquille. Ses accessoires sont à présent rangés dans un grand sac Vuitton en cuir violet. Amanda est une pro. Son domaine d'expertise, les territoires les plus cérébraux et raffinés des fantasmes. Charles l'a trouvée grâce à une annonce en surfant sur Internet, il ne regrette pas une seconde d'avoir tenté cette expérience.

— C'était un plaisir, commente-t-il en la raccompagnant à la porte.

— Plaisir partagé, mon bel étalon.

Les LED de l'allée s'illuminent devant la jeune femme. Tout autour, la nuit est silencieuse, un écrin noir. Le chien des voisins se met à aboyer comme à son habitude. Le foutu clébard ne la ferme jamais.

— Au fait…

Amanda fait une halte, se retourne.

— … Souhaitez-vous planifier dès maintenant une autre date ?

Charles songe à la semaine qui l'attend. Des rendez-vous tous les jours avec la grande distribution. Il n'aura pas une seule seconde à lui. Sans compter qu'il lui faut trouver le temps de faire un rapide aller-retour à Paris pour essayer de résoudre ses problèmes avec sa fille. Il hésite. Son regard ne peut se détacher du décolleté de la prostituée, de ses lèvres si douces traversées par des bijoux scintillants, ces mêmes lèvres affolantes qui ont passé une partie de la soirée à aller et venir sur son membre…

Il fond.

— Semaine prochaine, alors. Même jour, c'est possible ? Même… service ?

La femme lui décoche un sourire carnassier.

— Avec grand plaisir. Rendez-vous pris.

Elle repart vers son SUV d'une démarche savamment chaloupée.

— À dimanche prochain, Charles. Je vérifierai si vous avez bien été sage.

Un frémissement délicieux le parcourt des pieds à la tête. Dans son pantalon, sa virilité revient déjà, comme s'il n'avait pas été actif à cinq reprises au cours de la soirée. Il verrouille la porte et remonte l'escalier sans se presser.

À l'étage, sa chambre n'est plus éclairée que par les deux lampes de chevet.

Des lumières et des ombres.

La pièce embaume le sexe. Une odeur qui ne

le dérange pas, bien au contraire. Elle conservera durant quelques heures le souvenir de cette belle soirée. Il observe les draps souillés, qu'il va devoir changer. Ses poignets et ses chevilles demeurent sensibles, encore irrités par les liens. Il se remémore chaque instrument qu'Amanda a employé sur lui pour l'amener à de nouveaux plateaux de plaisir…

De quoi lui donner un regain d'énergie pour la semaine à venir.

Ses concurrents n'ont qu'à bien se tenir ! En moins de cinq ans, sa société de produits du terroir a triplé son chiffre d'affaires et il ne compte pas s'arrêter en si bon chemin.

Il saisit son verre de Nikka Taketsuru, encore à moitié plein, avant d'aller ouvrir la fenêtre pour aérer un peu. La saveur de l'alcool lui semble différente. Un peu plus amère que d'habitude. Sans doute la fatigue. Il doit être davantage éméché qu'il le croyait. Il s'assoit sur le lit, se masse les tempes.

Il se ressert, reprend une gorgée de whisky.

Rien à faire. Le goût du Nikka est toujours aussi âcre.

— Bizarre.

Subitement, un frisson le parcourt.

Comme si… quelque chose l'avait effleuré.

Un fantôme.

Il se retourne. Les ombres se répandent et se meuvent autour de lui. Il ne sent aucun courant d'air pourtant. En fait, il fait toujours très chaud, même au milieu de la nuit.

Le frisson revient. Plus fort.

La sensation est glacée. Profonde. Elle se propage dans tout son corps.

Charles se redresse, tremblant légèrement, ne

sachant quoi penser de ce qu'il éprouve, ni d'où vient cette gêne subite.

Il se dirige vers la fenêtre, il a besoin de respirer un peu d'air, tout de suite. Le sol tangue sous ses pieds. Ou bien ce sont ses jambes qui lui font défaut.

— Nom de… Dieu…

Le verre lui échappe des mains. Il s'en rend à peine compte car il tombe à genoux, au ralenti, ses paumes pressées sur le tapis. Au moins, il ne semble pas s'être blessé dans sa chute. Mais il ne parvient plus à bouger. Ses muscles sont gagnés par une paralysie aussi brutale qu'incompréhensible.

— Qu'est-ce qui m'arrive ? Merde !

Autour de lui, tout devient flou.

Ses yeux roulent dans leurs orbites.

Y a-t-il quelqu'un dans le coin de la pièce ?

Il lutte, essaie de focaliser son regard.

Oui.

Juste là. À côté de son bureau. Un intrus se tient dans l'angle le plus sombre de la chambre. Comment se fait-il que Charles ne l'ait pas vu avant ?

— Au secours…

La silhouette bouge, se trouble. L'espace de quelques secondes, Charles se demande même s'il ne rêve pas. Mais non. La personne réapparaît, sans un bruit, à côté de lui. Il ne s'agit pas d'une hallucination. L'homme est là, en chair et en os, tout près. Costume noir irréprochable. Crâne rasé à blanc. *Tout* dans son apparence transpire l'étrangeté. De sa minceur anormale jusqu'à ses traits qui semblent comme *gommés.*

— Vous m'avez… drogué…

L'individu se plie au-dessus de lui. Ses yeux sont deux gouffres noirs, impossibles. Un visage surgi de cauchemars. Sa main aux doigts beaucoup trop fins effleure les cheveux de Charles.

— Ne t'inquiète pas. Ce sera rapide. Tu ne souffriras pas. Presque pas.

7

Audrey a fini par s'endormir. Elle fait alors un rêve. Son rêve. Toujours le même, depuis qu'elle a quitté le domicile de ses parents pour venir s'installer chez Damien. Il ne s'agit même pas d'un cauchemar, mais d'un souvenir. Malgré sa volonté de l'oublier, de le refuser de toutes ses forces, il est encore trop récent, il continue de s'accrocher à son inconscient. Chaque nuit, irrésistiblement, il la tracte dans ses tentacules et la ramène en arrière…

Dans cette vie dont elle s'est enfin enfuie…

Cette vie où elle ne remettra plus *jamais* les pieds…

Cette vie où, chaque soir aussi loin que porte sa mémoire, son père allait picoler au PMU, après le travail. Quand il rentrait enfin à la maison – les nuits où il rentrait –, il était à peine capable de tenir debout, et toujours furieux contre quelque chose ou quelqu'un. Cela n'a jamais dérangé la mère d'Audrey. Après tout, ce n'est pas *elle* qu'il a cognée pendant toutes ces années, seulement sa fille…

Les derniers temps, pourtant, la situation avait évolué. C'est-à-dire qu'elle était devenue pire. À cause du *pédé* à son travail. Son père en parlait depuis des mois déjà. Il n'était jamais à court d'injures au sujet de ce collègue, un éphèbe de quinze ans de moins que lui, entré dans son équipe par piston ou Dieu sait quoi d'autre. Son nom était Antonin mais, dans la bouche de Xavier Valette, cela s'est toujours réduit à *l'autre pédé*. *L'autre pédé* qui avait non seulement fait ce choix contre-nature quant à son orientation sexuelle, mais qui osait en plus le revendiquer sans la moindre honte. *L'autre pédé* toujours en train de fayoter pour organiser son planning à sa convenance alors qu'il n'en ramait pas une. *L'autre pédé* tortillant du cul pour obtenir une promotion et que tout le monde applaudissait comme le Messie. *L'autre pédé* qui complotait pour lui piquer sa place, depuis le début. Le fait que *l'autre pédé* puisse faire un meilleur boulot que lui, bien sûr, n'était même pas envisageable.

Au bout du compte, il n'était pas très difficile de prévoir ce qui devait arriver. Un soir, à la fin de leur journée à la gare, le père d'Audrey a attendu *l'autre pédé* sur le parking et lui est tombé dessus. Il n'a pas fait son coup n'importe comment : il était équipé d'un poing américain. Une arme redoutable. *L'autre pédé* a eu l'arcade brisée et une belle fracture crânienne. Sauf que, à sa grande surprise, celui-ci a répliqué. Il se trouve que *l'autre pédé* savait se battre. Et plutôt bien. Poing américain ou pas, c'est le père d'Audrey qui a dérouillé le plus. Deux côtes brisées. Sans parler de son visage, lèvres réduites à l'état de pulpe, un œil sérieusement amoché. L'humiliation a été douloureuse, publique, totale. Comme si cela ne suffisait pas, Xavier Valette a eu droit à la cerise sur le gâteau : son licenciement. Faute grave. Pas de préavis, aucune compensation. Les témoins étaient tous unanimes, tous contre lui, tous de mèche avec *l'autre pédé*. Valette traînait déjà plusieurs blâmes pour comportement agressif. Le poing américain était la preuve d'une préméditation. *Circonstances aggravantes*. Même le syndicat a cessé de le défendre et lui a expliqué que le mieux, pour lui, était désormais de faire profil bas s'il ne voulait pas que cette histoire se finisse au pénal.

Audrey suffoque. Elle ne veut plus se souvenir de cette vie-là. De ces choses-là.

Elle est partie…

— *Tu n'iras nulle part,* susurre la voix de son père à son oreille.

Si. Elle a claqué la porte. Elle l'a fait…

— *Tu ne partiras jamais parce que tu n'as nulle part où aller. Et parce que tu m'appartiens…*

Le rêve l'aspire, l'étouffe.

La ramène six mois auparavant. Une éternité…

Son père n'a plus de travail. Il fréquente beaucoup moins le PMU. Désormais, c'est sur le canapé du salon qu'il descend ses verres de Ricard. Il reste installé devant les émissions de télé-réalité, qui lui permettent de se moquer de retardés aux vies plus minables que la sienne. Il tourne en boucle, ressasse sa bile à longueur de journée. Son visage n'est pas encore entièrement cicatrisé de son accrochage avec *l'autre pédé*. Il ressemble à un monstre de vieux films d'horreur, un ogre rougeaud empestant l'anis. Audrey ne veut même plus poser les yeux sur lui. De toute façon, elle sort le moins possible de sa chambre. Elle révise autant qu'elle peut. Les examens blancs approchent. Plus que quelques jours. Elle sait que si elle descend, ne serait-ce que pour se faire un sandwich, elle va attirer son attention. Et alors, il ne la lâchera plus.

Finalement, c'est lui qui monte la voir. Il tambourine à sa porte, il veut savoir ce qu'elle fiche. Rester enfermée toute la journée, c'est pas normal, elle doit participer à la vie de famille. Comme elle refuse de lui ouvrir, il tape plus fort. Deux grands coups d'épaule suffisent. La porte s'arrache de ses gonds. Il y a de la poussière de plâtre, des éclats de bois, des grands cris. Son père, les yeux injectés, contemple les dégâts qu'il vient de causer. Son sourire cruel, noirci par la nicotine, n'est plus celui d'un homme. C'est la gueule affamée d'une bête contemplant sa proie.

— Tu as vu ce que tu me fais faire ? C'est toi qui vas payer pour les réparations, je te le garantis ! Il est temps qu'on t'apprenne un peu la vie !

Audrey ne dit rien. Elle espère que si elle reste immobile, si elle ne réagit pas, l'orage va passer. Il ne passe pas, bien sûr. Au contraire, son inertie transforme la colère de son père en tsunami. Il attrape Audrey par les cheveux, il lui postillonne au visage :

— Non mais, tu crois quoi, bordel ? Tu bouffes dans notre frigo, tu fais ta belle avec des fringues qu'on t'achète, et on te voit même plus ? Ça se passe pas comme ça, dans une famille !

Il empeste l'alcool et la sueur. Sa main dans ses cheveux se fait plus dure. Audrey songe qu'elle doit faire quelque chose, se débattre, appeler à l'aide. Elle hurle, mais seule sa mère est là pour l'entendre. Sa mère qui claque la porte du salon et monte le son des *Marseillais*.

Aucune échappatoire. Elle doit le revivre. En rêve comme dans la réalité, dans sa chair fragile de lycéenne. Les coups de poing sur les épaules, les côtes, les tempes, les explosions de lumière, les décharges de douleur qui traversent ses os. Il y a davantage de violence que d'habitude dans ces coups. Davantage de *rage*. Audrey finit à genoux par terre. Du sang s'écoule de sa lèvre fendue, se mélange à ses larmes.

— Je me casserai bientôt d'ici, halète-t-elle enfin.

— Ah ouais ? ricane l'ogre au-dessus d'elle. Toujours cette histoire, hein ?

Sa salive a désormais un goût métallique. Des nuées aveuglantes s'allument derrière ses rétines.

Elle sait qu'elle devrait se taire, mais sa voix, aussi brisée et pantelante soit-elle, s'échappe d'elle-même de sa gorge, sans qu'elle puisse la retenir.

— J'ai dix-huit ans dans trois mois. Et ce jour-là… je m'en vais, je ne remettrai plus jamais les pieds ici… Tu ne me verras plus et tu ne me toucheras plus…

Le pied de son père s'écrase sur son dos, envoie des étincelles dans sa colonne vertébrale.

— Et moi, je vais devenir président de la République ! Même que je mettrai le RSA à trois mille euros pour tout le monde !

Audrey suffoque. La semelle presse davantage, la cloue au sol de sa chambre.

— Tu ne partiras jamais.

Une main calleuse se pose sur sa fesse droite, la pince jusqu'à lui faire mal. Elle retrouve la force de crier.

Un coup de poing, brutal, la fait aussitôt taire.

— Tu crois quoi ? Que je suis un *pédé*, comme l'autre enculé ? crache-t-il en se penchant sur Audrey. Je suis pas un *pédé*, moi ! Je fais ce que je veux chez moi !

La main comprime sa fesse. Puis se déplace sur sa cuisse.

Audrey contracte les mâchoires si fort qu'elle a l'impression que ses dents vont éclater les unes après les autres.

Elle ne peut rien faire. Alors elle cesse de bouger.

Elle s'imagine ailleurs. Elle s'imagine libre. Tandis que les lèvres de son père se rapprochent de son oreille, la frôlant presque. Tandis qu'elle est enveloppée par son haleine d'ivrogne et l'odeur violente de sa sueur, et qu'il lui dit tout bas :

— *Tu ne partiras jamais parce que tu n'as nulle part où aller. Et parce que tu m'appartiens…*

Audrey crie.

Audrey pleure.

Et se réveille enfin. D'un sursaut, avec un hoquet. Comme on remonte des profondeurs et qu'on crève la surface, une fraction de seconde avant de se noyer pour de bon.

Elle aspire de l'air, non sans une certaine difficulté. Elle se recroqueville sur elle-même, se frotte les jambes pour chasser les mains fantômes qui essaient de s'accrocher à sa peau un instant de plus. Un gémissement lui échappe.

Je ne t'appartiens pas. Je ne t'ai jamais appartenu.

Elle sent les bras de Damien autour d'elle. La bouche affectueuse et rassurante de Damien sur son cou. La douce odeur de Damien qui la ramène au présent, chasse la puanteur des rêves et du passé. Ses tremblements cessent.

— *Et tu vois bien que je l'ai fait*, marmonne-t-elle pour elle-même.

— Hein ?

Elle l'embrasse tendrement.

— Rien, souffle-t-elle. Je suis désolée. Cauchemar sans importance.

Damien est habitué. Il lui caresse les cheveux.

— Tu veux me raconter ?

Non, elle est incapable d'en *parler*. Même si elle sait que Damien l'écouterait. C'est au-delà de ses forces. Elle se contente de le bâillonner de sa bouche pour passer à autre chose, puis se tourne vers le store entrouvert. Des rayons de lumière bleutée passent à travers. Elle se sent totalement éveillée. Elle ne veut plus penser qu'au présent.

— Quelle heure ?

— 5 heures, dit Damien en jetant un œil à son téléphone.

Elle fait le calcul, elle a dormi un peu plus d'une heure. C'est déjà ça.

À cet instant, le téléphone vibre et carillonne. Son petit ami se redresse sur ses coudes.

— Ça y est. Driss a trouvé la voiture.

Audrey regarde le plafond, où les ombres la contemplent en retour. Des frissons de dégoût parcourent encore sa peau. Elle essaie de se souvenir de chaque seconde du plaisir qu'elle a eu avec Damien cette nuit, comme elle se souvient de chaque fois qu'ils ont fait l'amour depuis qu'ils se sont rencontrés. Pour elle, leur union charnelle revêt une importance qui dépasse le simple désir physique. Il s'agit d'un lien mystique. Une guérison qui efface tout. Tous les coups et… tout le reste.

— Alors tout est prêt ?

— Ouais, dit Damien. Cette fois, ça y est. On ne peut plus reculer.

Audrey déglutit. Oui, ça y est. Driss a *trouvé* une voiture. Ou, plus précisément, il en a fauché une sur un parking longue durée, comme il devait le faire. À moins d'un immense manque de bol, le propriétaire ne se rendra compte de la disparition de son véhicule que dans quelques jours.

Plus question de se dégonfler.

— On a une heure pour aller le retrouver, ajoute

Damien. Élie a lui aussi envoyé un message. Il est déjà en chemin. Le connaissant, il a pas dû dormir de la nuit.

Il se penche sur Audrey et l'embrasse. Quand leurs lèvres se séparent, elle murmure :

— Il vaut mieux y aller tout de suite, alors.

Damien hoche la tête.

— Ouais. Je vais pisser. On met nos fringues et on file, OK ?

— Bien sûr.

Il quitte la chambre. Audrey s'étire, s'emplit encore une fois du parfum que son petit ami a laissé dans le lit telle une empreinte, puis commence à s'habiller. Elle enfile un pantalon de gym, un tee-shirt, un sweat de basket. Ils ont prévu des vêtements de sport, car aucun d'eux n'en porte habituellement. Dans l'éventualité où la police enquête sur les quatre braqueurs, les soupçons ne se porteront jamais sur eux.

Elle finit par attacher ses cheveux en chignon, tandis que Damien, revenu dans la chambre, passe à la va-vite un pantalon de survêtement moulant griffé aux couleurs de l'OM, un sweat-shirt à capuche et des chaussures de tennis.

Quand ils sont prêts tous les deux, Damien récupère le sac sous le lit. Il en sort un pistolet et dévisage Audrey.

— Toujours prête ? Pas de regret ?

Pour toute réponse, Audrey lui prend le flingue des mains et le brandit à bout de bras.

— Si je dois tirer, je décale un peu, dit-elle en joignant le geste à la parole.

Elle presse la détente. Clic.

Damien lui décoche son inimitable sourire en coin.

Rien que pour cela, elle est heureuse de ne pas s'être dégonflée.

— T'es parfaite, bébé.

— On est parfaits tous les deux, dit-elle en battant des cils.

Il s'approche d'elle pour saisir l'arme quand une voix les fait sursauter.

— Damien ?

Ils se retournent vers la porte que Damien a laissée entrebâillée en revenant des toilettes.

— Kévin ?

Son petit frère se tient là, figé dans son pyjama rouge vif. Son visage juvénile est encore bouffi de sommeil, mais ses yeux sont ouverts en grand, et très bien éveillés, eux.

— C'est un vrai gun ?

— C'est pas ce que tu crois, Kévin, rétorque Damien entre ses dents. Mais il ne faut plus *jamais* que tu fasses ça !

— Faire quoi ?

— Mater ce qui se passe chez les autres ! C'est pas bien !

Il arrache le pistolet des mains d'Audrey et le fourre dans le sac.

— Retourne te coucher ! Tu devrais être en train de dormir !

— Je t'ai entendu aller aux toilettes. J'étais déjà réveillé…

L'enfant ne détache pas son regard du sac de sport. Un sourire étrange, mélange de fierté et de surprise sans doute, ne veut pas quitter ses lèvres.

— Comment ça se fait que vous avez des guns ? Et pourquoi vous êtes habillés comme ça ?

Damien l'empoigne par les épaules. Sa voix monte dans les aigus malgré lui.

— C'est pas des guns, mais du matos de sport. T'as mal vu.

— Si, j'ai très bien vu, corrige le petit. Je suis pas débile.

— Non ! dit Damien en le secouant de plus en plus violemment. T'as rien vu ! T'entends ? T'as rien vu du tout !

— Tu me fais mal !

— Damien ! s'écrie Audrey. Arrête ! Qu'est-ce qui te prend ?

Damien lâche son frère et fait un pas en arrière, le visage décomposé, les mains écartées.

— Pardon, Kévin, c'est pas ce que je voulais faire.

L'enfant se masse les bras. Son visage se contracte, comme s'il luttait contre des sanglots.

— Pourquoi t'es méchant ?

Damien s'accroupit face à lui.

— Je m'excuse. Sincèrement, Kévin, j'aurais pas dû te bousculer. Je le ferai plus jamais, d'accord ? Mais j'ai besoin de te faire confiance. Comme à un grand. T'es grand, maintenant, hein ?

Toute trace de fierté ou d'excitation a quitté le visage de Kévin. Seules les larmes pointent, timides, aux coins de ses paupières.

— Tu nous as pas vus ce matin, insiste Damien. Si jamais quelqu'un, qui que ce soit, essaie de te poser des questions, c'est la seule chose ce que tu diras. Tu peux me le promettre ? Un serment de grand ?

Le gosse fronce les sourcils.

— Si tu veux.

— Tu diras rien ?

— J'ai rien vu du tout.

— Tu vois que t'es un grand !

Kévin renifle.

— Mais vous allez faire quoi, alors ?

Damien soupire, lui passe la main dans les cheveux.

— Je t'aime, mon frère. Souviens-toi toujours de ça. On est la famille. Tout ce que je fais dans la vie, c'est pour toi et pour maman. Maintenant, va te recoucher.

Le gamin repart dans sa chambre d'une démarche raide. Audrey s'abstient de tout commentaire sur ce qui vient de se passer. Elle suit Damien sur le palier et dans l'ascenseur.

Une fois sur le parking, pourtant, elle ne peut s'empêcher de lever les yeux. L'appartement des Delauney se trouve au dixième étage. Elle peut voir les fenêtres alignées, anonymes au milieu des dizaines d'autres rectangles.

À celle de la chambre de Kévin, elle aperçoit la frêle silhouette de l'enfant qui les regarde, le nez collé à la vitre.

Damien se hâte vers sa voiture.

Audrey court après lui.

8

Le spectre se tient à la fenêtre. Une vieille habitude, vestige de son entraînement, d'une vie depuis longtemps révolue. S'assurer qu'aucun ennemi ne s'approche du terrain qu'on occupe. Mais il n'y a pas d'ennemi ici, pas de ligne de front. Il se trouve à la campagne, le terrain gagné se limite à une maison isolée, sans le moindre vis-à-vis.

Il se tourne vers l'homme, qu'il a attaché sur le lit, tel qu'il l'était un peu plus tôt dans la nuit.

L'identité du soldat a changé. Pas sa manière de travailler. Hier comme aujourd'hui. Traiter les cibles. Les oublier.

À présent, de la mousse se forme aux coins des lèvres de Charles Glacier. La drogue contenue dans son whisky continue de faire son travail, se propageant dans son organisme, tétanisant ses fibres musculaires. Ses yeux sont révulsés, sa respiration de plus en plus laborieuse.

— Pitié, articule-t-il avec difficulté.

Le spectre penche la tête. Pas une goutte de sueur sur son crâne parfaitement glabre. Il ajuste ses gants tactiques, moulés pour ses mains telle une seconde peau.

— Ça, ce n'est pas dans le contrat.

Il parle à voix basse. Mais Glacier l'a très bien compris.

— J'ai… de l'argent…

Un souffle, qui doit être un rire, flotte jusqu'à lui.

— Quand je suis engagé, il n'y a malheureusement pas de retour en arrière.

— Engagé… par… qui… ?

— Si tu te poses la question, alors c'est que tu mérites ce qui t'arrive.

Il s'approche, se penche au-dessus de lui, empoigne la mâchoire inférieure de Glacier et la fait bouger, de haut en bas, de droite à gauche, sans le moindre effort. L'homme demeure conscient, agité, mais n'a désormais plus assez de forces pour mordre.

— Tout le monde sera d'accord avec ta décision.

— Ma… ?

— De mettre un terme à ta misérable existence.

D'une pression des doigts, il lui ouvre la mâchoire en grand. Glacier est bien obligé de se laisser faire.

— N… Non…

Alors qu'il pousse un râle étranglé, le spectre lui fourre une poignée de choses dures dans la bouche.

Des pilules. *Beaucoup* de pilules.

Elles tombent dans sa gorge, et plus il se contracte, plus il en avale.

Le spectre enfourne une deuxième poignée dans la bouche de Glacier.

— Ce ne sera pas long, je te le promets.

Secousses. L'homme ligoté se cambre, essaie de lutter, en vain. Son bourreau approche la bouteille de whisky et insère le goulot entre ses lèvres, sans aucune brutalité, mais sans lui laisser le choix non plus. L'alcool cascade dans son tube digestif. Il doit avaler. Encore et encore.

Quand la bouteille se retire, c'est sa main gantée qui s'applique sur la bouche de Charles Glacier. Il ne peut rien recracher. Il fait des bonds dans son lit, tire sur les liens. Aucune importance. La police fera le rapprochement avec son activité sexuelle de la nuit. Le spectre ne manquera pas de les aiguiller sur ce détail.

Seules comptent les apparences.

Elles sont tout ce à quoi on s'attache.

Quand elles sont accablantes, elles deviennent des preuves. Rassurantes et définitives.

La poitrine de Glacier monte et descend, de plus en plus vite. Des larmes ruissellent sur ses joues.

— Bon garçon, souffle le cauchemar.

Il le relâche. Tandis que l'homme est pris de convulsions de plus en plus violentes, l'assassin retourne à son poste, à côté de la fenêtre.

Les habitudes. La *discipline.*

L'aube se lève. Peu à peu. Une lueur bleue monte à l'horizon, dessinant la chaîne des Pyrénées, découpant les cimes des arbres au fond du jardin. La lumière se répand sur le monde. Chasse les fantômes. Presque tous les fantômes.

Certains sont plus réels que d'autres.

Certains ont un prix.

Alors qu'il se retourne, son reflet apparaît dans le miroir. Il contemple sa silhouette longiligne, que plus aucune ombre ne camoufle. Ses yeux, dépourvus du moindre cil ou sourcil, ne clignent pas.

Un spectre, oui.

Sans nom, sans sentiment, sans âme.

Ces choses-là, on les lui a arrachées.

Il fait un pas de côté. Son reflet disparaît.

Ensuite, il se saisit du téléphone de Charles Glacier.

Il tape le code que son commanditaire lui a fourni pour déverrouiller l'appareil.

Il rédige un bref message.

> Je vous demande à tous de me pardonner pour ce que je m'apprête à faire, mais je n'arrive plus à me regarder dans le miroir. Je suis un porc, depuis des années ma vie n'est que débauche et mensonges. Dites-vous que le monde sera meilleur sans moi. Adieu.

Message envoyé. À tous les contacts de Glacier.

Cela devrait faire réagir quelqu'un assez vite.

Il ne lui reste plus qu'à le détacher. L'homme n'est même plus capable de bouger. Dans quelques minutes tout au plus, le cocktail qu'il a ingurgité sera fatal, son cœur cessera définitivement de battre.

Glacier gigote sur le lit, essaie de se redresser. N'y arrive pas.

— Le... contrat... parvient-il à murmurer.

Le spectre range soigneusement les cordes. Puis il prend place sur la chaise à côté de sa victime agonisante.

— Tu es têtu.

— C'est... ma... fille... ? N'est-ce... pas ?

— Bon voyage, Charles.

Un jour viendra

Je te promets que ce jour-là, alors, je te raconterai tout, Valentine.

Un jour…

9

Un peu après 8 heures du matin, ils pénètrent dans l'agglomération toulousaine. La voiture volée par Driss est une Clio, modèle tout récent. Driss la conduit avec sa fenêtre ouverte, son bras couleur ébène passé dehors. Il a enfoncé une clé USB dans la façade et ils ont eu droit à du metal à plein volume durant tout le trajet. Audrey commence à étouffer.

— Tu peux arrêter la musique s'il te plaît ? finit-elle par demander alors qu'ils s'insèrent dans le trafic du centre-ville.

Soupir. À contrecœur, Driss effleure la commande au volant, le déluge de guitares saturées cesse enfin. Audrey souffle un merci et se blottit contre Damien. Son petit ami l'embrasse sur le front.

— Tout va bien ?

— Bien sûr que oui, ment Audrey. J'ai juste envie d'un peu de calme.

— T'as bien raison. Ça commençait à me vriller la tête à moi aussi.

— Vous savez pas apprécier les bonnes choses, lance leur chauffeur d'un air blasé. Les gens qui aiment pas le metal, ils aiment pas la vie et puis c'est tout.

Élie, installé à la place du passager, émet un rire complice. Driss et lui ne jurent que par la musique la plus violente possible. Habituellement, tous deux ne portent que des vêtements sombres aux motifs de leurs groupes préférés, dans une abondance de pentagrammes, lettrages gothiques et autres têtes de bouc. Mais aujourd'hui, bien sûr, ils se sont *déguisés* comme Audrey et Damien. Driss s'est affublé d'un survêtement blanc et bleu clair, ce qui fait ressortir sa peau noire. Avec son crâne rasé où s'étale le tatouage d'un énorme scarabée, on pourrait le prendre pour un apprenti footballeur. Élie, quant à lui, porte un tee-shirt gris pâle où s'étale le logo des Giants de New York. Les cheveux d'Élie sont longs et roux, d'abondantes dreadlocks qui font sa fierté. En comparaison avec son camarade, il est blanc comme un cachet d'aspirine.

Le trafic se densifie sur les allées qui longent le canal. Des klaxons impatients retentissent. Élie fait tourner la cagoule grise entre ses doigts, l'étire pour mieux observer le dessin de tête de mort imprimé dessus, avant de céder à l'envie de l'enfiler. Il bataille quelques instants pour rentrer ses dreadlocks sous le tissu, un rire d'enfant s'échappe de ses lèvres.

— Hé ! Pas mal, non ? s'exclame-t-il alors en se tournant vers les passagers à l'arrière. Assorti à mes fringues, en plus !

Damien secoue la tête.

— Te fais pas remarquer, Élie, merde ! Il y a des gens partout autour de nous !

— Oh, ça va. C'était juste pour l'essayer.

Le garçon pèle le masque de son visage, libérant ses dreadlocks, avant de jeter la dernière cagoule sur les genoux du chauffeur.

— D'ailleurs, il reste plus que celle-là pour toi, Driss !

— La verte ? Tu veux déconner ?

Driss agite le morceau de tissu en stretch.

— Je porte pas une cagoule de cette couleur dégueulasse !

— Compte pas sur moi pour la prendre, réplique Élie en attachant les serpents de sa chevelure avec son élastique.

— Compte pas sur moi non plus. Jamais de la vie.

D'un brusque coup de poignet, il lance le masque à l'arrière de la voiture. Damien l'attrape au vol.

— Commencez pas, tous les deux. Pensez un peu à ce qu'on va faire !

Driss lève un regard dans le rétroviseur.

— Je suis sérieux, mec. Je porte pas une cagoule verte. Je veux la grise.

Élie sifflote.

— Trop dur pour toi. Fallait choisir le premier. Elle est moche mais c'est celle qui reste, c'est toi qui t'y colles.

— Tu comprends rien, s'entête Driss.

Il finit par braquer et quitte enfin les allées embouteillées pour une rue plus étroite à sens unique. La circulation est beaucoup plus fluide. Il ajoute :

— Ça porte malheur, de porter du vert. Tout le monde le sait, les mecs.

Au moins, le voir faire ainsi le pitre empêche Audrey de songer à autre chose. Elle lui lance :

— Driss, grandis un peu ! Ça ne vaut que pour les pièces de théâtre ! On n'est pas des acteurs !

— Dire qu'à chaque fois, je m'imagine que j'ai tout entendu comme conneries, soupire Damien, bras croisés et regard dirigé vers le plafond.

Driss se contente de souffler dans ses narines. Mais Élie s'empresse de renchérir :

— Sans déconner ? Je savais même pas que ça

portait malheur, moi ! Raison de plus pour que je garde la grise.

— Au théâtre, insiste Audrey. Juste au théâtre.

— Dans le doute, je la laisse quand même à Driss. C'est mon dernier mot.

— Ah ouais ?

Driss se range sur une place de livraison, coupe le moteur et observe ses trois camarades les uns après les autres. De l'index, il désigne son propre visage, avant de passer sa paume sur son crâne lisse pour y ôter les gouttes de sueur.

— Écoutez, les mecs. Au cas où vous auriez pas remarqué, je suis le seul Black du groupe. Ça augmente mes chances de me faire tirer dessus, si quoi que ce soit tourne mal.

— C'est quoi ce délire, maintenant ? grommelle Damien en se prenant la tête dans les mains. On n'est pas aux USA !

— C'est absolument pas du délire, mec. On connaît tous les statistiques. Je suis un Noir, les flics tirent sur les Noirs en premier, c'est comme ça que ça se passe. Et surtout, me raconte pas que c'est pas vrai ! Alors je porte pas une couleur qui est moche d'une part, et qui porte malheur en plus. C'est comme ça.

— Franchement, Driss a pas tort sur ce détail, approuve Élie.

— Ça veut dire que tu me donnes la grise ?

— Non, ça veut dire que t'as pas tort, c'est tout. Et que je garde la grise.

— Tocard.

Damien pose la tête en arrière, yeux fermés.

— Putain, vous avez vraiment dix ans d'âge mental. Vous réfléchissez un peu à ce qu'on va faire ce matin ? C'est trop vous demander, un peu de concentration ?

Il est interrompu par Audrey qui tend une pièce de monnaie à Driss entre les sièges.

— Qu'est-ce que c'est que ça ?

— Un euro.

— Je vois que c'est un euro. Qu'est-ce que tu veux que j'en fasse ?

— Vous jouez cette foutue cagoule à pile ou face. On ne va pas perdre une heure pour ça.

Driss et Élie se toisent pendant quelques instants.

— Si tu veux, finit par capituler Driss. Si c'est face, c'est la tronche de cake d'Élie qui portera la cagoule verte.

Celui-ci hausse les épaules et lui prend la pièce des mains.

— Vous faites tous chier. Mais c'est d'accord. Pile, elle est pour toi, Driss. On est OK ?

— On est OK.

Élie lance la pièce, la rattrape au vol et la plaque sur sa main. Avant d'éclater de rire.

— Et c'est pile. C'est qui le tocard ?

Driss se décompose. Des gouttes de sueur réapparaissent sur son crâne.

— Sans déconner…

— Vous voulez bien arrêter, maintenant ? s'enflamme Damien en se penchant entre les sièges. De toute manière, personne n'aura à nous voir. Driss, tu te mettras dans la rue de derrière. Elle est super calme. Je suis venu la vérifier plusieurs fois, il n'y a jamais personne à cette heure-ci. On attend que l'acheteur se pointe, et dès qu'il a mis les voiles, c'est à notre tour d'entrer en scène. Tu attends le moteur allumé. On en aura pas pour plus de cinq minutes.

Driss pointe son pouce en direction d'Élie.

— En partant du principe que le code que monsieur a chopé est le bon et que vous puissiez entrer.

— *C'est* le bon ! assure Élie. Je vous rappelle que ce plan, si vous l'avez, c'est grâce à moi, alors je sais ce que je raconte.

— Ouais, conclut Driss. On sera bientôt fixés, de toute manière.

Il redémarre. Pendant quelques minutes, il suit les petites rues, avant de revenir dans une large allée du centre-ville. Ici, aucune intimité possible. Des bus, des vélos, des voitures se pressent partout, entre les feux tricolores où des jeunes font la manche. Une énorme bétonnière les dépasse par la voie des bus en klaxonnant pour qu'ils se rabattent.

— J'aurais eu du mal à me garer par ici, fait remarquer Driss en remontant l'avenue. C'est juste au bout, c'est ça ?

— La rue sur la droite. Elle est à sens unique. On sera tranquilles.

Audrey observe les trottoirs, submergés par les piétons qui se déversent d'une bouche de métro et par ceux qui s'y pressent, dans un mouvement permanent de flux et de reflux. Elle vient peu souvent en ville. Cette concentration de gens la fascine.

Elle songe aux pistolets dans le sac de Damien. Elle songe à leurs cagoules, à leur inconscience. Et de nouveau la sensation désagréable l'enveloppe.

— C'est cette rue-là ? demande Driss.

— Ouais. Juste après le feu.

Driss roule au pas jusqu'à l'intersection. La devanture de la bijouterie se trouve quelques mètres plus loin sur l'avenue.

Mais il ne s'engage pas dans la petite allée.

Parce qu'il ne le peut pas.

— C'est quoi, ce bordel ? lance Élie.

Des barrières jaunes barrent l'accès.

Alors que la voiture passe devant, ils peuvent lire les panneaux qui indiquent : TRAVAUX. RUE BARRÉE. CIRCULATION MODIFIÉE.

— C'est nouveau, dit Damien. Merde !

— D'après ce qui est marqué, ça commence aujourd'hui, ajoute Élie.

La bétonnière qui les a doublés un peu plus tôt manœuvre pour s'installer tout au fond de la ruelle. Ils aperçoivent une demi-douzaine d'ouvriers qui discutent sur le trottoir.

— C'est mort, commente Driss en poursuivant sur les allées.

Ils dépassent la bijouterie, comme un acte manqué. Audrey reste silencieuse. Elle se rend compte que cette nouvelle lui enlève un poids. À côté d'elle, Damien semble avoir perdu toutes ses couleurs.

— Tant pis, lui dit-elle à l'oreille.

Damien secoue la tête. Ses maxillaires ressortent de chaque côté de sa mâchoire.

— Non, lâche-t-il, comme s'il réfléchissait à voix haute.

— Non, quoi ?

— On va pas se dégonfler pour ça. On va le faire quand même.

À l'avant, Driss cherche le soutien d'Élie du regard. Mais le garçon aux dreadlocks finit par hocher la tête.

— T'as raison. Driss, on a le temps, on va finir par trouver un endroit pour se garer pas trop loin. Ce serait vraiment con de se dégonfler au dernier moment.

10

— La Clio grise, elle ne te paraît pas louche ?
— Qu'est-ce que tu veux dire ?
— C'est la troisième fois qu'elle passe.

Les deux flics sont installés à l'arrière de la camionnette qui leur sert de poste d'observation, appareils photo à la main. Olivier Salva lève le sien pour suivre le véhicule qu'il a repéré : la Clio se trouve déjà à une bonne distance mais, grâce au zoom de son appareil, il obtient un aperçu de ses occupants.

— Quatre personnes, annonce-t-il.

Son collègue, le brigadier-chef Marcus Fleurot, d'une petite dizaine d'années son aîné, les cheveux négligés et le regard fatigué, balaie le vide d'un geste absent avant de se gratter l'aisselle.

— Des jeunes qui cherchent une place. Arrête de te biler et concentre-toi plutôt sur notre poisson. Si le tuyau est fiable et que c'est bien Antignac qui se pointe ici en personne, il s'agit de pas le louper…

Salva préfère ne pas insister. Il ne fait équipe avec Fleurot que depuis peu, mais il a bien compris que celui-ci n'est pas du genre à se compliquer la vie. Non pas qu'il puisse lui jeter la pierre. On les a assignés à une mission stricte, avec interdiction absolue de prendre la moindre initiative. Tout ce que le chef leur demande, c'est de vérifier qu'un rendez-vous a bien lieu ici, entre un bijoutier notoirement véreux et un avocat du barreau de Toulouse du nom de Richard Antignac. Le cas échéant, son groupe sera chargé de constituer un dossier de surveillance.

Son groupe.

Cette blague.

Le changement d'affectation de Salva a été décidé avec précipitation, sans qu'il ait son mot à dire. Il a été relégué à la « cellule de surveillance », qui n'a de police judiciaire que le nom. Il s'agit tout au plus d'un service détaché des unités techniques et logistiques, mais sans le confort ni les avantages de la direction opérationnelle.

Un placard.

Salva ne peut s'en prendre qu'à lui-même. Il est ici par sa faute après tout. Lui qui n'a toujours juré que par la montée au feu, les pics d'adrénaline, les résultats arrachés à force de travail au corps, les prises à partie avec les délinquants… Après vingt ans sur le terrain, il se sent comme un fauve en cage dans ce sous-service, relégué à un rôle inutile d'appareil photo alors que la rue est équipée d'une caméra de surveillance.

— N'oublie pas pourquoi on est là, grommelle Fleurot comme s'il lisait dans ses pensées. On a intérêt à pas la ramener pendant un bout de temps si on veut reprendre une carrière normale. Tout ce que le chef veut, c'est qu'on soit des yeux. Alors c'est ce qu'on est, et c'est tout ce qu'on sera tant qu'on nous demande pas autre chose. On fait des photos que personne ne consultera jamais. On remplit des procès-verbaux qui ne serviront à rien.

Et surtout, *surtout*, on fait pas de vagues de quelque ordre que ce soit.

— Pas de vagues, rumine Salva. C'est ce qu'on m'a répété toute ma vie. J'ai toujours eu du mal à appliquer ce conseil.

Il se tourne vers son collègue et lui pose la question qu'il retient depuis qu'ils ont commencé à travailler ensemble.

— Marcus, tu sais que je viens de la Crim', je t'en ai assez parlé. Mais toi, tu faisais quoi, à Marseille, avant d'être parachuté ici ?

Fleurot plonge ses yeux cernés dans les siens. Malgré ses kilos en trop et son air toujours négligé, ses muscles se devinent sous son ample chemise. La transpiration dessine des auréoles sous ses aisselles.

— OCRTIS, mon pote.

Les Stups ? Cela n'étonne pas Salva. Avec ses doigts jaunis par la nicotine, les poches violettes sous ses yeux, son épaisse chevelure graisseuse et son allure naturellement patibulaire, Fleurot affiche la parfaite tête de dealer.

— On va pas se mentir, poursuit-il à demi-voix. Je suppose qu'on a eu droit tous les deux au même deal. C'était changer de service vite fait, ou attendre d'avoir un charmant tête-à-tête avec les bœuf-carottes, pas vrai ?

Salva hoche timidement la tête. La franchise de son collègue lui donne une grimace mi-gênée, mi-rassurée. Il songe à la vague de disparitions de scellés au début de l'année, aux questions embarrassantes qui ont couru dans les couloirs de l'hôtel de police. Sa hiérarchie n'a jamais eu la moindre preuve contre lui, mais il était souvent seul au poste quand des sacs d'argent sale saisis par la PJ se sont évaporés du séchoir. Salva a eu beau se justifier, crier haut et fort qu'il n'y était pour rien, le directeur a jugé préférable de l'évacuer vers un autre groupe moins voyant. Et comme il y avait des places vacantes à la cellule de surveillance…

— Une façon comme une autre d'éviter le scandale. N'empêche, c'est pas pour ça que j'ai choisi de faire ce métier…

— Tes choix existentiels, tu peux te les carrer où je pense, décrète Fleurot avec son habituel pragmatisme. Faut pas être bien malin pour piger que le chef nous tient à l'œil. Ce tuyau sur le rendez-vous d'Antignac, c'est juste un beau bâton de merde.

Salva déglutit sans rien dire. Son collègue a raison. Richard Antignac est un avocat. Quelles que puissent être ses combines, avant d'imaginer taper un homme tel que lui, il leur faudrait réveiller la moitié de la chaîne alimentaire au-dessus de leur tête. Et encore. Sans élément tangible, accablant, hors de question ne serait-ce que d'en rêver.

— On est des fusibles, on sert à rien à part ramasser pour les autres, poursuit Fleurot. Le chef nous a placés ici juste pour qu'on nous oublie. Il faut se préparer à y moisir bien comme il faut pendant des mois. Le temps qu'on apprenne la leçon et qu'ils nous laissent faire nos preuves à nouveau.

Salva hoche la tête.

Se résigner à être inutile…

Alors que ce métier est la seule chose qu'il sait faire. L'unique chose qu'il a jamais eu *envie* de faire…

Il coupe court à ses pensées amères et contemple le trafic de la rue. Les passants qui défilent sur les trottoirs.

— La Clio est de retour, marmonne-t-il presque pour lui-même.

Par pur réflexe, il braque son appareil sur la plaque du véhicule afin de relever l'immatriculation. Puis il prend une série de photos des passagers.

11

L'appartement, conçu comme un grand loft en duplex, est inondé de lumière. Un bonheur pour les plantes vertes disposées un peu partout, entre des bibliothèques débordant de livres de toutes tailles.

Alors que Valentine descend les marches de l'escalier, les enceintes de la stéréo jouent un air de vieux rock en sourdine. Alice Cooper. C'est l'artiste préféré de sa mère. Elle l'écoute en boucle quand elle travaille.

À présent, sa mère est installée à l'îlot central de la cuisine. Sur le mug posé devant elle, il y a inscrit J'♡ MAMAN en grosses lettres roses. Le bol de céréales de Valentine est déjà préparé. Elle n'a plus qu'à y ajouter le lait. Son verre de jus d'orange l'attend également, fraîchement pressé, à côté d'un sachet de Kinder Pingui, comme chaque matin.

— Bonjour, ma puce.

— Bonjour, maman.

La fillette lui fait un bisou avant de s'installer face à elle. Le parfum apaisant d'encens Nag Champa flotte dans la pièce. Sur l'écran de télévision accroché au mur, le son est coupé mais la carte météo annonce une journée d'été bien ensoleillée.

— Tout va bien ? Tu fais une drôle de tête.

— J'ai fait un cauchemar, déclare Valentine après avoir descendu d'un trait la moitié du jus d'orange.

— Tu veux me le raconter ?

— Il était terrifiant. Tu l'utiliseras dans une de tes histoires ?

— Pourquoi pas, dit sa mère en retenant un sourire attendri. S'il n'est pas trop *terrifiant,* tout de même. N'oublie pas que j'écris pour les petits. Tu es une grande, désormais.

Valentine hoche la tête. Son air est des plus sérieux. Ses sourcils froncés comme si elle hésitait à se livrer. Elle tourne la cuillère dans le bol de céréales.

— J'ai rêvé qu'on me poussait d'une falaise.

— Qui ça ?

— Je ne sais pas. Des gens. Ils m'attrapaient et me jetaient dans le vide. Alors je tombais. Tout devenait noir et je continuais de tomber. C'était super flippant.

Sa mère pose son mug devant elle. Elle écarte ses cheveux de son visage et cale ses mèches derrière son épaule.

— Eh bien, ça me semble très flippant, en effet. Tu sais que la peur du vide est la seule peur innée que nous avons ?

— Qu'est-ce que ça veut dire, *innée* ?

— C'est ce que nous possédons en naissant. Nous ne l'apprenons pas, nous l'avons déjà en nous, naturellement.

La fillette hoche la tête. Concentrée, alors qu'elle intègre ce nouveau terme dans son vocabulaire.

— Mais ce n'est qu'un rêve, la rassure sa mère. Les rêves ne sont pas des choses réelles. Il s'agit de notre cerveau qui trie toutes les informations dont il dispose.

— D'accord.

Valentine mange un peu de ses céréales, finit son verre de jus d'orange. Puis elle hésite encore, jouant avec sa barre chocolatée.

— Maman…

— Oui ?

— J'ai pas envie d'aller chez Nannie aujourd'hui.

Mère et fille échangent un long regard. Dans les enceintes, Alice Cooper chante que seules les femmes saignent.

— Je suis désolée, ma puce. Tu sais que je dois travailler.

— Je pourrais rester là. Je ne t'embêterai pas, je te le promets.

La sonnerie s'élève à la porte.

— En plus, elle est déjà là, dit sa mère en allant presser le bouton de l'interphone.

Valentine soupire. Sa mère la prend dans ses bras et l'embrasse.

— Tu l'aimes bien, Nannie Jessie, non ?

— Oui, capitule la petite. Elle est cool.

— Tu vois.

Elle serre sa fille contre elle.

— Tu es mon bien le plus précieux, ma puce. Sans toi…

Elle n'achève pas sa phrase car, cette fois, c'est la sonnette du palier qui retentit. La nounou est là, avec son enthousiasme et sa fraîcheur de jeune étudiante.

Quelques minutes plus tard, Nannie Jessie et Valentine sont parties pour une matinée de promenade au parc. Le rituel quotidien pendant les vacances d'été, qui lui laisse le temps de s'installer et d'écrire sereinement.

Quand elle y arrive.

— Sans toi, cette vie n'aurait plus aucun sens, murmure Marie Drevoski pour elle-même, avant d'emporter son mug de thé sur la terrasse où l'attend son ordinateur portable.

12

À leur quatrième passage devant la bijouterie, un véhicule jaune de La Poste libère enfin l'emplacement de livraison où il stationnait.

Élie rassemble ses dreadlocks dans un semblant de chignon tandis que Driss manœuvre pour se garer.

— Nous y voilà !

Ironie du sort, la place se trouve pile en face du magasin. Il leur suffira de faire le tour du bâtiment. La boutique étant fermée aujourd'hui, sa grille restera baissée.

— Maintenant écoutez bien et regardez, annonce Élie en pointant son index dans le prolongement de la rue. Il y a une caméra là-bas, au niveau du carrefour. La bonne nouvelle, c'est que son champ de vision n'arrive pas jusqu'ici.

Damien hoche la tête. Concentré.

— Mais si on ne veut pas se faire remarquer, il faudrait pouvoir repartir d'où on vient.

La réflexion provoque le rire nerveux de Driss.

— L'avenue est en sens unique. Je peux pas faire de miracles !

— On n'aura qu'à bien garder nos cagoules, dit Élie. Il ne devrait pas y avoir de problème.

— *Devrait* ? intervient à son tour Audrey. Tu es sûr que…

Damien la prend dans ses bras et dépose un baiser sur son front.

— T'inquiète. On a tout prévu.

— On va traverser la rue avec nos masques ?

Élie contemple pensivement l'avenue. La circulation demeure dense. Les trottoirs ne désemplissent pas.

— Non, finit-il par lâcher. Il y a trop de risques d'attirer l'attention. On ne mettra les cagoules qu'une fois dans la ruelle. Il faudra juste faire attention aux ouvriers. Pour le retour, ça se fera si vite que personne ne pensera à nous arrêter. Ce sera à Driss de nous faire sortir du centre-ville le plus rapidement possible.

Driss se fend d'un grand sourire.

— Ouais. Ça, c'est pas très compliqué. Et toi, t'as bien la clé, au moins ?

— Tu me prends pour qui ? Tout le plan repose sur moi, mec !

Goguenard, le garçon aux dreadlocks enfonce la main dans sa poche et en ressort une petite carte argentée qu'il fait tourner entre ses doigts. La clé magnétique scintille de mille feux.

— Voilà le sésame ! Mais surtout, j'ai les codes qui vont avec. La boîte de surveillance les change chaque mois, mais ceux-là sont valides pendant encore une semaine. Mon informatrice m'a assuré que c'était bon.

Audrey gigote sur son siège. Franchir la porte extérieure demeure la partie la plus importante de leur plan. Elle espère de tout son cœur que la fameuse *informatrice* d'Élie, qu'aucun d'entre eux n'a jamais vue, ne l'a pas roulé dans la farine.

— Et ensuite, dit-elle, on est dedans pour de bon, hein ?

— T'inquiète pas, lui assure Élie. On risque que dalle. On va faire ça les doigts dans le nez.

Audrey essaie de s'en convaincre. Rien ne peut déraper. *Rien du tout.*

À ce moment-là, une grosse berline ralentit à leur hauteur.

La jeune fille se penche entre les sièges.

— Qu'est-ce qu'il veut, lui ?

La Mercedes de luxe les dépasse – au ralenti – pour se ranger quelques mètres devant eux, sur l'emplacement réservé aux motos.

Un instant plus tard, la portière arrière s'ouvre et un homme en sort. La cinquantaine grisonnante, costume bleu marine. L'individu transporte une valise en cuir. Sa simple posture transpire l'arrogance de celui à qui personne n'a jamais dit non.

— Tu crois que c'est… commence Audrey.

— L'acheteur, confirme Damien à son oreille. Ouais, sûr que c'est lui.

Attentifs, les quatre jeunes observent l'individu traverser la rue, passer devant la devanture et enfin se glisser derrière les barrières jaunes à l'entrée des travaux. Driss sifflote.

— Pas de doute. Il va passer par la porte de derrière. C'est l'homme d'affaires qui vient chercher son collier.

— Pas un homme d'affaires, dit Élie. Avocat. Le genre vraiment pourri.

— Parce qu'il y en a qui ne le sont pas ? renchérit Driss. En tout cas, il le porte sur lui. Encore un connard plein de pognon qui se sent au-dessus de tout le monde. Il se paie même un chauffeur pour venir faire son échange.

— Comme nous, ricane Élie.

Driss le foudroie du regard.

Ignorant leurs enfantillages, Damien se penche et rapproche le sac de ses pieds. Il en extrait des paires de gants en latex qu'il distribue à ses camarades. Alors qu'Audrey prend les siens, elle sent des papillons battre des ailes dans son ventre.

— Plus qu'à attendre qu'il ressorte, dit Damien. Mais maintenant on est sérieux, s'il vous plaît.

Cette fois, ses camarades l'écoutent et le silence qui flotte dans la voiture devient palpable. Ils attendent, immobiles, les yeux rivés sur l'entrée de la ruelle.

13

Leurs appareils crépitent.

Rafales ininterrompues de photos.

Au travers des vitres sans tain de leur fourgon, Salva et Fleurot ne perdent pas la moindre seconde de la progression de l'homme à la valise, jusqu'à ce qu'il disparaisse à l'angle du mur.

— Il transporte quoi, d'après toi ? interroge Salva en relevant son appareil. Cash ?

Son collègue appuie sa nuque contre la paroi du camion. Il tire sur son tee-shirt pour masquer sa bedaine, avant de répondre :

— J'aimerais bien savoir ce que ce type magouille, ouais. On voudrait tous ça. Mais ça ne risque pas d'arriver, si tu veux mon avis.

— C'est certain, vu qu'on n'a pas le droit de bouger d'ici !

Cédant à la nervosité, Salva se tourne vers la Clio garée en face de la bijouterie. Il fait un zoom avec son appareil. Les quatre individus attendent toujours à l'intérieur.

— Cette voiture, là-bas, elle commence quand même à m'inquiéter. Ses passagers n'en sortent pas.

— Qu'est-ce que ça peut te faire ? Ils n'ont rien

à voir avec notre affaire. On va pas s'amuser à aller les contrôler.

Salva ne cherche pas à discuter. Il a beau tergiverser, il sait que son collègue a raison. Les ordres sont précis. Officiellement, ils ne sont pas là. *Personne* ne doit se douter de leur présence.

Il ne s'écoule pas cinq minutes avant que Fleurot ne bondisse de nouveau, appareil numérique plaqué contre la vitre.

— Le poisson ressort. Le loupe pas !

Salva ne se le fait pas dire deux fois. Tout comme son collègue, il zoome sur Richard Antignac tandis que celui-ci contourne les barrières des travaux et remonte le trottoir. Les appareils des deux policiers le criblent de clichés rapides.

— Il n'a plus la valise avec lui.

— Prévisible, marmonne Fleurot de sa voix éternellement grave. Il tient un truc à la main. Paquet cadeau ?

Le staccato des obturateurs continue. Des dizaines de photos. Gros plan sur la main de l'avocat. Le sachet qui s'y trouve est dépourvu du logo de la boutique. Mais joliment plié. Si ce n'est pas un cadeau, cela en a l'apparence.

— Il a dû acheter un bijou.

— Ou bien il a été payé, lui, pour quelque chose ?

Fleurot émet un gloussement du fond de sa gorge.

— Te fatigue pas à cogiter, mon pote. Tu l'as dit, c'est pas aujourd'hui qu'on saura ce qu'il trafique.

— Il suffirait pourtant qu'on entre dans ce magasin…

— Tu me fais rire. Même si on avait la preuve que le gugusse a commis quelque chose d'illégal, il faudrait que Stéphane nous donne le feu vert pour qu'on puisse intervenir. Ce qui, le connaissant, relèverait du miracle.

— Les miracles, ça n'arrive jamais, dit Salva.

— Tu m'as compris.

Ils continuent de prendre des photos de l'homme en costume alors qu'il passe devant la Clio. Puis l'avocat claque la portière de sa Mercedes et le voilà reparti dans le trafic.

— Une journée de plus de bouclée, achève Fleurot, blasé.

Salva se garde de renchérir.

Ses yeux sont aspirés par la Clio, dont trois portières viennent de s'ouvrir en même temps.

14

— C’est parti ! lance Élie en jaillissant hors de la voiture.

Ils le suivent. Tout se passe vite. Traverser la rue. Ne plus parler. Ajuster ses gants en latex. Audrey trottine entre les passants, en direction de la ruelle, l’esprit vide. Elle sent le pistolet dans sa poche. La dureté de l’arme contre son ventre. Le vertige la saisit malgré elle, la comprime dans son poing invisible.

Ils franchissent les barrières.

Les ouvriers sont rassemblés plus loin autour du camion qui déverse déjà du béton dans une fosse. Ils tournent le dos aux trois jeunes gens tandis que ceux-ci remontent le trottoir.

— Vos masques ! lance Damien en s’empressant de passer le sien. Il y a une caméra au-dessus de la porte !

Élie l’imite, sa seconde peau, grise et fine, crisse sur son fin duvet de barbe. Ses dreadlocks sont toujours aussi mal ajustées à l’intérieur de la cagoule, elles lui donnent un aspect hydrocéphale, le cou démesuré. Mais, au moins, son visage est méconnaissable. Une tête de mort grimaçante aux immenses orbites rondes et fleuries.

C’est le tour d’Audrey. Le grand saut. Alors que

le tissu en stretch passe sur ses yeux, le monde se pare d'une teinte violette, comme si elle changeait de dimension.

Elle se rend compte qu'elle retient sa respiration.

Au milieu de la ruelle, la porte blindée ne paye pas de mine. Juste un grand rectangle de métal sur le mur. Et pourtant inviolable sans la bonne clé et la bonne combinaison. Élie se plante devant le boîtier, presse la carte contre le lecteur.

Un double bip retentit. Une lumière rouge se met à clignoter.

— Étape 1, nickel !

— Moins fort, grouille-toi avec le code, commande Damien à voix basse.

Audrey, qui n'arrive pas à chasser la sensation de vertige, n'a d'yeux que pour les ouvriers. Pour le moment, ils sont penchés sur leur fosse et guident l'énorme tube, surveillant l'écoulement du béton. *Tout va bien*, s'encourage-t-elle.

Double bip à nouveau. La lumière passe au vert.

— Qu'est-ce que je vous avais dit ? *Go* !

Encore quelques secondes de flottement. Audrey se hâte à la suite du jeune homme. Damien entre en dernier et referme la porte d'un geste brusque. Audrey se retourne pour le dévisager. Elle a beau savoir qu'il s'agit de lui, il ne ressemble pas au Damien qu'elle connaît. C'est une silhouette filiforme en survêtement, avec une tête de mort bleue à la place du visage, un véritable pistolet à la main. Une autre personne. Plus dure. Plus terrifiante.

Ils se trouvent désormais dans un minuscule sas, fermé par une porte blindée identique à la première. Même clé, combinaison différente.

Mais l'informatrice d'Élie lui a donné toutes les informations dont il a besoin.

Il approche la carte – lumière rouge – et tape la suite de chiffres avec davantage d'empressement.

La lumière rouge se met à clignoter très vite.

— Qu'est-ce qui se passe ? s'inquiète Damien.

— J'ai dû me tromper…

Élie retape le code, plus lentement.

Le voyant devient vert.

— Ouais !

Il pousse la porte, dévoilant un vestibule désert, et s'élance aussitôt dans la pièce suivante : un bureau au sol tapissé de moquette. Murs chargés d'armoires à tiroirs, de tableaux colorés et de photos de bijoux dans des cadres.

Le gérant est là, assis derrière un grand bureau en bois laqué. Il doit avoir la cinquantaine. Des cheveux poivre et sel plaqués en arrière, une moustache fine. Il porte un polo pâle à manches longues. Remarquant l'intrusion des nouveaux venus, il sursaute et ne peut retenir une exclamation de surprise.

— Bouge pas ! s'écrie Élie en braquant son arme sur lui. Compris ?

Damien et Audrey le rejoignent, aussi hésitants l'un que l'autre. Comme lui, ils dirigent leurs pistolets droit sur Varenne. Ils y sont. *Pour de bon.*

L'homme les regarde avec de grands yeux exorbités, comme s'il n'arrivait pas à croire à leur présence. Alors qu'il se lève, Damien répète les mots d'Élie, cette fois en les hurlant à pleins poumons :

— BOUGE PAS, PUTAIN ! TES MAINS ! EN L'AIR ! ALLEZ !

Le bijoutier écarte lentement les paumes.

— Qu'est-ce que vous imaginez…

— Ta gueule ! le coupe Élie en faisant plusieurs pas vers lui. Tu nous files le fric tout de suite !

— Le fric ?

— La valise de l'avocat ! Elle est où ?

Les yeux de l'homme moustachu s'arrondissent encore.

— Oh…

Il hoche la tête. Son regard différent tout à coup. Une pâleur nouvelle sur ses joues.

— D'accord…

Il se baisse subitement. Fond vers le tiroir du bureau.

— Qu'est-ce que tu fous ? BOUGE PAS, ON T'A DIT ! crie Élie en faisant un pas de plus.

Mais Jean Varenne se redresse déjà.

À présent, lui aussi tient un pistolet.

Il le braque à bout de bras.

Tout dégénère.

Lors d'une fraction de seconde qui semble pourtant s'étirer à l'infini, Audrey pousse un cri strident.

Puis la détonation claque. Assourdissante. Élie se laisse tomber au sol, sur le côté du bureau, sans qu'Audrey parvienne à savoir s'il a été touché ou non, et il fait feu, à plusieurs reprises. Un cadre sous verre accroché au mur explose, projetant des éclats sur le bijoutier. Celui-ci tire à nouveau, au hasard.

Damien se jette devant Audrey pour faire écran et, à son tour, presse la détente de son calibre. Deux, trois, quatre fois. L'odeur de la poudre sature l'air. Varenne se tourne vers eux. Avant qu'il puisse répliquer, une des balles de Damien, par pure chance, le touche à la main. Deux de ses doigts sont pulvérisés net. Son pistolet lui échappe dans une grande éclaboussure écarlate.

L'homme s'effondre en arrière, contre le mur, sa

main valide refermée sur celle qui crache des flots de sang. Élie se rue sur lui. Il appuie son canon contre la tempe de Varenne.

— Je vais te crever, enculé !

Surtout pas.

Audrey se précipite, le ventre noué, l'esprit en feu.

— NON ! hurle-t-elle. ARRÊTE !

Élie reste immobile, plié en avant, le pistolet enfoui dans les cheveux du bijoutier. Le jeune homme tremble de tout son corps. Le lycra de son masque est aspiré et repoussé entre ses lèvres, de plus en plus vite.

Avec une vague de terreur, Audrey se rend compte qu'elle a failli prononcer son nom. Le moindre de ses mots doit être contrôlé. La situation a déjà suffisamment dérapé ainsi.

— Ne le tue pas…

Son regard ne parvient pas à s'arracher de la main horriblement mutilée. L'index et le majeur de Varenne ont disparu. Sa paume est ouverte comme un fruit écrasé. Tout à coup, Audrey étouffe sous le tissu de la cagoule. Sa transpiration la démange. Ses yeux la brûlent. Sa vision est floue. Elle se demande si elle va finir par s'évanouir pour de bon.

— Pitié, implore le bijoutier.

— Ta gueule ! vocifère Élie en lui assenant un coup de crosse. TA GUEULE, OK ?

Varenne reste prostré. Élie dirige le canon vers sa nuque.

— C'est lui qui l'a cherché, halète-t-il, son bras tenant le pistolet tremblant de plus en plus.

L'homme à terre se contente de pousser un geignement tandis que son sang se déverse en abondance sur la manche de son polo.

— Tu vois bien qu'il a eu ce qu'il méritait, dit

Audrey, luttant pour ne pas crier, ne surtout pas craquer. Ne le tue pas. Je t'en *supplie*.

Damien s'approche à son tour du blessé et le met en joue. Varenne ferme les yeux. Le long de ses cuisses, son pantalon se marbre d'une large flaque sombre.

— Regarde. Il se pisse même dans le froc…

— Ce connard m'a tiré dessus !

De nouveau, Élie écrase son arme contre la tempe de l'homme. Varenne lâche un bref sanglot.

— Il ne t'a pas touché, poursuit Audrey tout en s'efforçant de détacher le plus clairement possible chacune de ses syllabes. Arrête-toi avant de faire quelque chose d'irréparable. On a bien dit que personne ne serait blessé… On se l'était juré…

Elle fait quelques pas vers lui, n'ose lui prendre le bras de peur qu'il tire. Elle brandit elle aussi son pistolet, sans savoir quoi en faire.

— Je ne pourrais pas vivre avec un truc pareil sur la conscience… et je suis sûre que toi non plus… achève-t-elle d'une voix hachée.

— Putain, souffle Élie en relevant son canon. Putain de merde !

Il donne un violent coup de pied dans le bureau.

Audrey sent enfin l'oxygène passer dans ses poumons.

Cette fois, c'est Damien qui braque son pistolet sur le bijoutier. D'une voix étranglée, il déclare :

— Maintenant, Ducon, tu vas nous remercier d'être encore en vie et tu vas nous donner le fric !

L'homme dévisage Damien, ou plutôt son masque, cette tête de mort bleue à la fois enjouée et tragique qui le fixe.

— Vous vous trompez. Il n'y a rien à voler…

— Te fous pas de notre gueule ! beugle Élie en

agitant son arme. La valise que t'a passée l'avocat ! Où tu l'as mise ?

— Derrière le Klimt.

— Le quoi ?

D'un mouvement de menton, Varenne désigne une toile aux teintes dorées sur le mur.

— Le tableau. C'est un cache…

— Surveillez-le ! insiste Élie.

Damien et Audrey encadrent l'homme à terre, le canon de leurs pistolets dirigés vers lui, pendant qu'Élie fonce vers le tableau et le fait pivoter pour dévoiler le coffre dissimulé derrière.

— Le code ?

— Vous ne comprenez pas…

— LE CODE ! crie Damien en lui balançant un nouveau coup de crosse.

La pommette du bijoutier émet un bruit de craquement. Il semble sur le point de s'étouffer, crache un filet de sang, halète. Audrey le maintient en joue tandis qu'il donne la série de chiffres et qu'Élie bataille avec le boîtier numérique. Elle ne peut s'empêcher de se demander si quelqu'un a déjà donné l'alerte, à cause des coups de feu. De combien de temps ils disposent encore avant d'être dans de gros, très gros ennuis.

— Elle est bien là ! annonce Élie en sortant la valise du coffre.

— Vous ne pourrez rien en faire, reprend Varenne, les yeux brillant de larmes.

15

Dès la première détonation, Olivier Salva a redressé la tête, tous ses sens en alerte. Le fourgon qui fait office de sous-marin a beau être éloigné de la bijouterie, ce genre de son, même étouffé, demeure reconnaissable entre mille. Et comme chaque fois qu'il a retenti dans la vie du policier, il apporte le même frisson glacé dans sa nuque.

Une arme à feu.

Le tir est suivi de plusieurs autres.

Des claquements saccadés.

Les coups de plusieurs armes de poing en même temps.

— Marcus…

— J'ai entendu, réplique son collègue. Ça, c'est pas bon.

Les deux flics se tiennent aux aguets devant la vitre sans tain. Sur le trottoir d'en face, la grille du magasin est toujours baissée. Impossible de distinguer quoi que ce soit à l'intérieur.

— Ils sont en train de braquer la bijouterie ! Je savais qu'il y avait quelque chose de louche dans le comportement de ces types !

Fleurot lève la main pour l'interrompre.

— T'emballe pas. De là où on est, on peut pas vraiment savoir…

— Dis pas de conneries ! Tu les as vus comme moi foncer vers la porte de derrière.

— Précisément. Tout ce qu'on fait, ici, c'est observer. Je te rappelle qu'ils sont quatre et qu'on n'est que deux.

— Tu ne comptes pas bouger, alors ?

Fleurot lève son téléphone en soupirant.

— Bien sûr que si, qu'est-ce que tu crois ? J'alerte la BAC. C'est de leur ressort, pas du nôtre.

Salva a envie de crier.

— Tu sais qu'ils n'arriveront jamais à temps !

— Désolé, mais c'est tout ce qu'on peut faire, mon pote.

— C'est ce qu'on va voir !

Blême, Salva pioche son téléphone dans la poche de son pantalon de treillis et compose un numéro à son tour.

— Qu'est-ce que tu fabriques ?

— J'appelle le chef ! Il faut qu'on fasse quelque chose.

16

— Écoutez-moi, bande de crétins…

Tandis qu'Élie dépose la valise sur le bureau, le bijoutier gémit, sa main valide passée sur la plaie affreuse où se trouvaient deux de ses doigts. Son sang a imbibé ses vêtements.

— Je ne sais pas ce que vous croyez faire, mais…

Damien le rabroue d'un coup de pied.

— On te pique ton fric, connard !

— Ce n'est pas de l'argent !

— C'est ça ! ricane Damien. Prends-nous pour des cons !

Audrey s'approche pourtant.

— Ouvre la valise.

— Laisse pas ce connard nous embrouiller, décrète Damien.

— Vérifiez, insiste le bijoutier. Vous verrez.

Élie oriente la mallette face à lui. Il fait sauter les deux verrous disposés de part et d'autre.

— Ça va être vite vu, les mecs. Qu'est-ce que ça pourrait être d'autre que…

Il s'interrompt un instant avant de s'exclamer :

— Merde, alors !

Il renverse le contenu sur le bureau. Des feuilles de

métal souples s'éparpillent devant lui. Sur chacune, quatre reproductions gravées de billets de banque.

— Qu'est-ce que c'est que ça ?

Sidérée, Audrey contemple les feuilles de métal. Pas de l'argent. Ce *devait* être de l'argent. Ils se le sont répété tant de fois. Du cash. *Un million d'euros au moins.* La fin de tous leurs problèmes. Mais non. Au lieu de cela, la valise ne contient que ces foutues plaques.

Damien empoigne la nuque du bijoutier et le force à se cambrer.

— C'est quoi, ces trucs ?

— Rien que vous puissiez revendre…

— Je t'ai demandé ce que C'EST !

— Vous ne le voyez pas ? Ce sont des matrices de billets ! Croyez-moi, vous ne pourrez rien en faire. À part vous attirer toutes les polices du pays…

Damien le secoue sans ménagement.

— Et le cash que t'a filé l'avocat ? Il est où ?

— Il n'y a jamais eu de cash.

— Mais vous deviez lui revendre le collier… commence Élie.

— Ces plaques n'ont de valeur que si vous avez accès aux machines pour les utiliser, au papier, aux hologrammes pour fabriquer le filigrane, explique le bijoutier d'une voix éteinte. Dans le coffre, le sac en toile… C'est de l'argent en espèces. C'est tout ce que j'ai. Prenez-le et laissez-moi…

— C'est une putain de blague ! s'écrie Damien.

— On se calme ! intervient Élie en saisissant le sac au fond du coffre. Il y a combien au juste, là-dedans ?

Le bijoutier est pris d'une quinte de toux avant de répondre :

— Six mille euros. Je vous jure que c'est tout ce que vous trouverez comme monnaie ici.

Élie vérifie que le sac contient bien des billets de banque. C'est le cas. Il l'emporte sous son bras, brandit son arme vers Varenne et commence à reculer vers le sas de sortie.

— D'accord, on se casse !

— Attends ! lance Damien. Il y a des bijoux ici… on pourrait…

— On pourrait que dalle ! tranche Élie. C'est beaucoup trop chaud à recaser !

Damien indique la valise toujours sur le bureau.

— Et ces machins ?

— Tu voudrais qu'on en fasse quoi ? Tu connais des faux-monnayeurs, toi ?

— Mais enfin, merde ! On aurait fait tout ça pour six mille euros ?

Audrey lui saisit la main pour l'entraîner avec elle.

— Viens ! C'est trop tard ! On ne va pas se mettre dans davantage de problèmes !

Son petit ami se laisse faire et ils rejoignent Élie dans le sas.

Alors que la porte blindée se referme sur eux, Audrey se sent plus perdue que jamais.

17

Le capitaine Stéphane Manfrédo prend l'appel dès la première sonnerie.

— *Oui, Olivier ?*

— Chef, on a un sérieux problème…

Il s'empresse de relater la situation tandis que, de l'autre côté du fourgon, Fleurot est en ligne avec la BAC. Son supérieur l'interrompt d'un ton excédé.

— *Cet incident est ennuyeux mais il ne vous concerne pas, les gars. Antignac est bien reparti ?*

— Depuis quelques minutes. Mais est-ce que tu as bien entendu ce que…

— *Il ne vous a pas repérés ?* le coupe de nouveau son chef de groupe. *Est-ce que qui que ce soit peut se douter que vous êtes en planque ?*

— Bien sûr que non… Mais…

— *Alors tout va très bien. La mission n'est pas compromise. Pour le reste, vous n'intervenez surtout pas. Vous ne vous montrez sous aucun prétexte. Tu m'as compris ?*

Salva sent un grand vide l'aspirer.

— Chef, sérieusement, il y a eu un échange de tirs là-dedans. La rue est pleine de monde, on pourrait avoir des blessés si on ne fait rien. Tout ce que je souhaite, c'est pouvoir aller m'assurer que…

— *Je t'interdis formellement de quitter le soum ! Suis-je assez clair ? Est-ce que l'un de vous a prévenu la BAC ?*

Rapide regard vers son collègue. Celui-ci vient justement de raccrocher.

— C'est bon, annonce Fleurot. Je leur ai signalé un casse en cours, ils seront là dans moins de dix minutes.

— La BAC est en route, transmet Salva, la mort dans l'âme.

— *Parfait. Ils feront le nécessaire, c'est leur boulot. Quant à vous deux, vous quittez les lieux tout de suite. Vous n'avez aucune raison de vous trouver là. Je ne tiens pas à ce que les gars d'un autre service vous trouvent et vous demandent de leur rendre des comptes.*

— Je suis sûr que je pourrais…

— *Je ne plaisante pas !* braille son supérieur. *Je donne des ordres, tu les suis !*

— Oui, chef.

— *Bien ! Alors vous me foutez le camp du périmètre tout de suite, et vous ne communiquez à PERSONNE ce que vous avez vu. Vous me ferez un rapport détaillé tout à l'heure, et on avisera seulement à ce moment-là. Que je n'aie pas à te rappeler à l'ordre une autre fois, Olivier. Ça commence à bien faire !*

La communication est interrompue. Salva étouffe un juron.

— Stéphane se fout de notre gueule ! C'est pas vrai !

Fleurot renifle bruyamment.

— Il refuse qu'on se montre, hein ?

— Il veut qu'on s'en aille, réplique Salva d'une voix blanche. Selon lui, ce n'est pas notre affaire, ce qui peut bien se passer sous nos propres yeux !

— Ben voilà. Exactement comme je te l'avais dit. Tu t'attendais à quoi d'autre ?

— À faire mon travail ! C'est si étonnant que ça ?

Ses poings se referment. La frustration le tenaille.

— Merde ! Il y a des gens partout ! Tu sais très bien qu'il peut arriver un drame !

— Non, je sais pas ça, et toi non plus, Olivier, soupire son collègue.

Inutile de palabrer, ni l'un ni l'autre ne changera d'opinion. Salva presse son front contre la vitre. Il observe la Clio, où l'un des malfrats est resté pour attendre ses camarades. Son esprit tourne à plein régime.

— Je pourrais facilement interpeller leur chauffeur. Il est seul dans la voiture…

Subitement, Fleurot lui attrape le bras et le serre jusqu'à lui faire mal.

— T'avise pas de déconner, mon pote.

— Lâche-moi ! Je ne suis pas ton pote !

Les deux flics s'affrontent du regard.

— Je te comprends, lui dit l'ex-membre des Stups d'une voix gutturale. Nom de Dieu, Olivier, mon ancien job me manque autant qu'à toi, à chaque foutue seconde qui passe ! Ça me rend dingue de sentir mes couilles dans la main des bureaucrates, qu'est-ce que tu crois ? Mais écoute-moi bien. Tout ce qui compte pour moi, c'est ma carrière. C'est toute ma putain de *vie*. Je ne laisserai rien ni personne m'empêcher de remonter les échelons, OK ? Tu ferais mieux de te le fourrer dans le crâne une bonne fois pour toutes.

Au fond des yeux de Fleurot, Salva décèle une braise qu'il n'avait jamais remarquée. Une étincelle de violence contenue, comme dans les yeux d'un lion qui feint l'immobilité, mais qui n'en demeure pas moins une formidable machine à tuer.

— Alors on fait ce que notre connard de chef nous a dit de faire, achève Fleurot d'une voix dénuée de toute émotion. On passe à l'avant et on se casse d'ici avant que la BAC débarque. Point.

Salva cherche à ravaler une salive acide qui ne veut pas descendre dans sa gorge.

Il tourne la tête. Défait.

Et il les voit.

18

Les trois silhouettes masquées jaillissent entre les voitures. Un automobiliste, forcé de piler pour les laisser passer, klaxonne furieusement.

Ils foncent vers la Clio. Audrey prend place sur le siège passager. Driss tourne vers elle un visage terrifié :

— Qu'est-ce que vous avez foutu, les mecs ?

— On s'est fait baiser ! résume laconiquement Élie tout en claquant sa portière.

— Fonce ! ordonne Damien en faisant de même de l'autre côté. On a déjà…

Une balle transperce le pare-brise, interrompant sa phrase.

La vitre se pare d'une grande zébrure, avec en son centre un petit trou bien rond.

Audrey a l'impression qu'une nuée de gouttelettes se dépose sur sa cagoule, sans que son cerveau parvienne à identifier tout de suite la nature du fluide.

— Qu'est-ce qui se passe ? s'écrie-t-elle.

— On nous tire dessus ! braille Élie. C'est Varenne !

Un regard vers la vitrine de la bijouterie. Audrey aperçoit en effet l'homme, derrière le rideau à croisillons métalliques, le canon de son pistolet passé dans une ouverture.

Alors que les piétons prennent conscience du

danger et se mettent à courir en poussant de grands cris, le bijoutier tire de nouveau sur la voiture. Cette fois, c'est la vitre d'Audrey qui se brise en une pluie de morceaux.

— Il nous canarde ! renchérit Damien en frappant le siège devant lui. Driss, démarre, putain !

Audrey passe une main sur son masque, l'essuie convulsivement.

— Que…

Du rouge, visqueux et luisant, sur ses doigts. Un goût intense de cuivre, quand le liquide traverse le tissu de sa cagoule et humecte le bord de ses lèvres.

— Driss ! l'invective Élie à son tour. Mais démarre ! Maintenant !

Du sang.

— Je peux pas… peine-t-il à articuler.

Audrey sent son estomac se soulever.

Le sang de Driss.

C'est cela qui l'a éclaboussée. Le sang de son camarade a moucheté le tableau de bord de petites gouttes rouge vif. Et désormais le tee-shirt blanc et bleu de Driss s'engorge d'écarlate à vue d'œil. Son cou est touché. Salement touché. Une plaie béante, comme si on avait arraché un paquet de chair.

— Je me suis pris une balle… Merde, ça fait atrocement mal ! J'arrive plus à bouger !

— Libère le volant ! crie aussitôt Damien, sortant du véhicule pour aller ouvrir la portière du conducteur. Driss, sors-toi de là ! Prends mon bras !

Durant un moment de terrifiante confusion, Damien tire son camarade de la voiture et l'entraîne sur la banquette arrière, un autre coup de feu retentit, puis un autre encore, de nouvelles craquelures transforment le pare-brise en toile d'araignée. Élie a baissé sa vitre, il riposte. Les détonations emplissent la rue. La file de voitures s'interrompt. Des hurlements affolés s'élèvent partout autour d'eux.

— Audrey ! lance Damien en aidant Driss à s'installer à l'arrière. Je m'occupe de lui ! Prends le volant ! Sors-nous de là, bébé !

Se sortir de là, oui. À n'importe quel prix. La jeune fille se faufile entre les sièges. Elle a l'impression de devenir folle. Mais elle n'a pas le choix. Elle démarre.

La voiture bondit.

Ivre d'adrénaline, Audrey fonce.

Elle constate que la circulation est à l'arrêt, moins de cent mètres devant eux.

Un camion de livraison bloque la voie de bus, lui interdisant de contourner l'encombrement par ce moyen.

L'autre côté est occupé par une fourgonnette aux vitres teintées.

Audrey écrase les freins. La Clio s'immobilise en plein milieu de l'avenue.

Ses camarades poussent des cris de frustration.

— Il faut bouger ! beugle Élie. Vite !

— Je sais !

S'ils restent dans le quartier, après ce qui vient de se passer, ils sont finis. Le périmètre va grouiller de flics.

Réagir.

Sur la droite, juste après le fourgon. L'entrée d'une rue. Audrey braque le volant sans perdre de temps, s'engage pied au plancher, avec un soupir de soulagement.

Suivi d'un bref cri de rage.

Juste un peu plus loin, un autre camion de livraison stationne.

Bouchant le passage.

Audrey empoigne le volant de toutes ses forces.

Elle ne ralentit pas pour autant.

— Qu'est-ce que tu fous ? crie Damien.

— Audrey ! hurle Élie.

— Vos gueules !

Il ne lui reste que le trottoir.

Au travers du pare-brise fissuré, il est de plus en plus difficile de voir clairement.

Audrey s'en moque.

— Accrochez-vous !

Elle appuie sur l'accélérateur. Les roues se hissent sur la bordure de béton, les soulevant brutalement de leur siège.

Les quatre occupants de la voiture poussent le même cri de panique, de douleur, de rage.

Tandis que la Clio poursuit sa course folle sur le trottoir.

Ils franchissent l'obstacle du camion.

— Attention ! hurle Damien.

Audrey n'entend pas. Ne ralentit pas.

Jusqu'à ce moment-là.

L'instant où se dessine la petite silhouette.

Juste devant le véhicule lancé à pleine vitesse.

— Audrey ! Stop !

Audrey écrase la pédale de frein, ferme les yeux, par réflexe, une fraction de seconde avant de percuter l'enfant de plein fouet…

Le choc projette Audrey en avant. La ceinture lui broie la poitrine.

La fillette est éjectée.

Cet instant où tout bascule pour de bon.

Irrémédiablement.

Le monde perd ses couleurs.

C'est comme si le néant avalait l'esprit d'Audrey. L'avalait, elle, tout entière.

Il y a des moments comme ça. Des instants blancs. Comme vidés de toute substance. Tout y est en suspension. Tout semble irréel, impossible, inacceptable. Le vertige, le brutal écrasement contre le volant. Le retour dans son siège, sa nuque projetée en arrière. L'arc de sang qui couvre le pare-brise. Rien ne paraît vraiment arriver. Tout est incolore, transparent. Audrey hurle à pleins poumons sans entendre le son de sa voix.

Le pare-chocs de la voiture racle contre le mur de briques sur un bon mètre.

Et voilà qu'ils sont à l'arrêt.

Les cris de ses camarades l'enveloppent.

Audrey continue d'appuyer convulsivement sur la pédale de frein.

(*Trop tard.*)

La petite fille est couchée sur le trottoir, à plusieurs mètres devant eux, une frêle silhouette, désarticulée, autour de laquelle se dessine une flaque rouge grandissante.

— AUDREY, PUTAIN !

La voix de Damien. Pleine de terreur et d'urgence.

Audrey, elle, ouvre et ferme la bouche, incapable de prononcer le moindre son, incapable de penser à quoi que ce soit.

(*À jamais trop tard.*)

— REDÉMARRE ! aboie Damien. TOUT DE SUITE !

Des exclamations horrifiées s'élèvent. Les gens apparaissent aux fenêtres, commencent à sortir des boutiques. Des yeux accusateurs partout. Des visages bouleversés.

Toujours en état second, Audrey passe la marche

arrière. Une large partie du pare-chocs se détache avec fracas.

Elle aperçoit du coin de l'œil une femme qui se précipite sur le petit corps inerte. Sans doute sa mère.

Et la fillette demeure inanimée…

— ALLEZ ! hurle Élie. AUDREY, VAS-Y, BON SANG !

Audrey manœuvre. Il lui faut quelques instants pour faire redescendre la Clio du trottoir. Le bas de caisse est heurté au passage, durement. Puis elle peut rouler.

La rue défile. Ils arrivent dans une avenue périphérique.

Chacun ôte sa cagoule tandis qu'Audrey se mêle au trafic, moins dense dans cette partie de la ville. Elle a cessé de penser. C'est désormais impossible. Elle se contente de foncer, toujours tout droit, direction la rocade toulousaine. Dans une course qui dure peut-être dix minutes, ou dix secondes.

La notion du temps l'a désertée. Avec tout le reste.

Son esprit reste blanc.

Vide.

Elle sait juste qu'elle est en train de fuir, mains rivées au volant, le regard éteint.

Elle sait juste qu'elle laisse derrière elle le corps d'une enfant et une partie de son âme.

19

— Ils ont renversé quelqu'un !

Salva, derrière la vitre sans tain, se sent traversé par un flux glacial. Il tape contre la paroi du fourgon, à plusieurs reprises, de plus en plus fort.

— Merde ! Merde ! Merde !

— Arrête. On aurait rien pu empêcher…

Salva se tourne vers son collègue, qui repeigne d'une main ses cheveux en bataille avec l'air de se dédouaner de tout, et une pulsion de colère absolue le traverse. Il doit se retenir pour ne pas lui envoyer son poing en pleine gueule.

— Bien sûr que si ! On aurait pu, et on aurait dû !

Fleurot lève les yeux au ciel.

— C'est ça…

Sans l'écouter, Salva empoigne le mécanisme d'ouverture de la portière.

— Je sors.

— Que dalle !

Il fait pourtant coulisser le panneau et se lance au-dehors, évitant de peu la main de Fleurot qui cherche à le retenir. Peine perdue, le voilà sur le trottoir, libre de ses mouvements. Il remonte la rue en courant aussi vite que possible. La voiture des braqueurs est déjà repartie depuis une bonne minute.

La foule se regroupe, comme toujours dans ce genre de situation. Des téléphones mobiles sont brandis pour prendre des photos.

— Écartez-vous ! Dégagez !

Il contourne le camion de livraison et découvre ce qu'il espérait ne pas découvrir. Ou plutôt, il découvre pire que tout ce qu'il redoutait. Une fillette. Étendue au sol. Ses cheveux blonds sont tachés de sang. Un de ses bras fait un angle contre nature. L'enfant est secouée de soubresauts nerveux. Une jeune femme pleure, à genoux à ses côtés.

Son estomac se contracte malgré lui.

— Laissez-moi passer ! Police !

La jeune femme s'empresse de lui céder la place sans un mot et il s'accroupit à côté de la petite victime allongée sur le bitume. De la paume de la main, il effleure la joue de la gamine. La pauvre ne doit pas avoir plus de huit ans.

Ses paupières papillotent.

Elle le regarde.

Cela ne dure qu'un instant. Mais la fillette agonisante le fixe au plus profond de lui. Ses yeux sont fiévreux, d'un bleu rendu presque vert au travers de ses larmes épaisses. Ils transpercent le flic plus sûrement qu'une lame chauffée à blanc.

— Respire, mon chou, lui dit-il d'un ton qui ne laisse rien paraître du chaos dans sa tête, dans ses tripes. Est-ce que tu m'entends ? Tu peux me voir ?

L'enfant ouvre la bouche, son visage tordu par la souffrance. Un filet de sang suinte sur son menton.

— N'essaie pas de parler. Tout va bien.

Un mensonge. Qui lui retourne un peu plus l'estomac.

— Serre-moi la main si tu comprends ce que je te dis.

Les frêles doigts effectuent une pression entre les siens. Bien. Très bien.

Il redresse la tête et demande à la ronde :

— Quelqu'un a déjà appelé les secours ?

Un jeune homme en habit de serveur s'avance.

— Je viens d'avoir le Samu au téléphone. Ils ont dit qu'une ambulance allait arriver…

— Merci.

Il sent la main de la fillette faiblir dans la sienne et referme sa poigne sur elle, ne sachant que faire, sentant ses émotions le submerger malgré lui, le broyer de l'intérieur. Elle a fermé les yeux. Son corps frêle est agité de tremblements. Sa peau ruisselle de gouttes de sueur. Une plainte de petit animal filtre entre ses lèvres.

Seigneur, songe Salva. *Pourquoi est-ce que ça m'arrive à moi ?*

Il a déjà tenu un mourant dans ses bras, lors d'un échange de tirs avec un caïd du Mirail, des années auparavant. Mais il n'a jamais vécu quelque chose qui lui noue les tripes à ce point.

Parce que c'est ta faute. Tu le sais. Tu le SAIS.

Il chasse ces pensées. Cela ne changera rien. La femme qui se trouvait auprès de la gamine s'approche. En dépit de son expression affligée, elle est jolie, la vingtaine au maximum, beaucoup trop jeune pour être la mère de la victime, ne peut-il s'empêcher de déduire. Sans compter que ses cheveux, attachés en arrière, sont noir profond, de la même couleur que ses yeux.

— Vous êtes de sa famille ?

La jeune femme secoue la tête. Sous le choc, elle a du mal à s'exprimer.

— Mademoiselle ?

— Je suis sa nounou… je… oh, mon Dieu…
— Du calme. Comment vous appelez-vous ?
— Jessie.
— Et elle ?
— Valentine.
Il se penche doucement.
— Tout va bien se passer, Valentine.
Il sent la main de la fille serrer de nouveau la sienne.
Il la serre lui aussi.
Il ne la lâchera pas avant l'arrivée de l'ambulance.

20

Marcus Fleurot a laissé partir son coéquipier.

Cela porte un nom. *Insubordination.*

Il reste accroupi devant la porte ouverte du fourgon, le visage figé, pendant une bonne minute.

La tournure des événements bien considérée, il se demande ce qu'il doit faire.

Son téléphone lui brûle la paume de la main. *Non.* Inutile de se mentir. La vérité, c'est qu'il sait très bien ce qu'il *devrait* faire. Il devrait appeler son chef de groupe. Lui faire part du refus de Salva de se conformer à un ordre direct. La question ne se pose même pas.

Pourtant, Fleurot ne peut s'empêcher d'avoir autre chose en tête.

Quelque chose de différent.

Quelque chose de dangereux.

Quelque chose d'interdit.

Une initiative.

Il inspire profondément.

Il songe à sa carrière. Avec ce coup d'éclat, la mise au placard va être définitive. Il ne manquerait plus qu'on le rétrograde au titre de « chargé de mission » et la chute serait totale.

À moins que…

D'abord, il observe l'agitation sur les trottoirs. Le rassemblement augmente autour du camion de livraison. Il devine Salva recroquevillé auprès de la personne accidentée. Fleurot ne peut lui en vouloir d'avoir un cœur. Et le monde a besoin de chevaliers blancs.

Tout comme le monde a besoin de chevaliers sombres pour faire le sale boulot.

De gens comme lui.

Il se tourne vers la devanture du magasin, depuis laquelle ce gros crétin de bijoutier a eu l'idée de tirer en pleine rue.

Il se dit que la bêtise des gens ne cessera jamais de l'étonner.

Et il se dit aussi que parfois – juste *parfois* – les miracles se produisent. Ils arrivent au moment où on s'y attend le moins.

La BAC n'est pas encore là.

Les embouteillages matinaux doivent les ralentir.

Fleurot cesse de tergiverser.

Il saute hors du fourgon, se hâte vers le magasin.

Il a fait ce genre de choses des tas de fois à Marseille.

Il sait s'y prendre. Il estime disposer d'assez de temps. Avec juste un peu de chance.

Il tape violemment sur la grille.

— Police ! Montrez-vous ! Plus vite que ça !

Pas de réponse. Mais une ombre bouge, dans la pièce à l'arrière de la boutique.

— Je sais que vous êtes là, monsieur Varenne, et que vous m'avez entendu ! Alors bougez-vous tout de suite, ou vous allez avoir de gros pépins, c'est moi qui vous le dis !

Le profil du bijoutier se dessine, dans l'encadrement de la porte tout au fond. Fleurot constate qu'il s'est bandé la main avec un mouchoir, mais le tissu est déjà imprégné de sang.

— Vous êtes blessé ?

— Vous êtes vraiment flic ? demande l'homme en faisant quelques pas hésitants vers la grille.

Sa voix est haut perchée. Fleurot reconnaît ce ton, c'est celui qu'ont tous les minables se cherchant des excuses. Il est dans son élément. Il doit simplement faire vite.

Il passe sa carte tricolore dans un des croisillons.

— Venez m'ouvrir, avant d'aggraver votre cas !

Varenne s'approche. Le regard fuyant. Il lève sa main mutilée de manière ostentatoire, comme si c'était une sorte de validation.

— J'ai été cambriolé par des sauvages… Ils m'ont tiré dessus…

— Et vous avez répliqué en pleine rue. Pas très futé de votre part.

— Je ne pensais plus à rien. J'ai des circonstances atténuantes, n'est-ce pas ?

— Bien sûr, monsieur. Maintenant, ouvrez-moi cette grille !

— Oui, oui.

L'homme tourne une clé sur le mur, et le rideau de fer commence à remonter. Fleurot n'attend pas qu'il soit ouvert en entier, il roule prestement en dessous.

— C'est bien assez. Laissez-le comme ça, ordonne-t-il en se redressant, à l'intérieur de la bijouterie.

Le propriétaire des lieux le dévisage d'un air méfiant.

— Je suis une victime dans cette histoire…

Fleurot lance un coup d'œil à la caméra située au fond de la pièce. Il lève un index prudent dans sa direction.

— Ce truc enregistre, en ce moment ?

Le bijoutier se dandine d'un pied sur l'autre.

— En fait, non… Je l'avais désactivée tout à l'heure… Je voulais faire une maintenance de…

Fleurot esquisse un rictus féroce. Il n'en attendait pas moins d'un baltringue de ce genre. Jusqu'ici, tout se passe au mieux.

— Vous fatiguez pas, l'interrompt-il. Vous avez coupé le système vidéo pendant vos affaires avec Antignac. Je comprends tout à fait.

Jean Varenne se fige, et le peu de couleur sur son visage disparaît pour de bon.

— Je ne vois pas de quoi vous me parlez.

— Pas de problème, moi je vois bien.

Fin des préliminaires.

Fleurot s'élance et lui envoie son poing en plein visage. Il sent le nez craquer net, le bonhomme est éjecté en arrière par la puissance du coup. Fleurot le regarde s'effondrer, rouler sur lui-même, chercher tant bien que mal à se remettre sur ses fesses et ses coudes. Il s'approche tandis que le bijoutier rampe en arrière dans l'autre pièce.

— Au secours…

— Arrête de geindre, Varenne. T'es pas en position de faire le mariole.

D'un coup de rangers, il le repousse jusqu'au pied du bureau. Il en profite pour se faire une idée des lieux. Des cadres au mur, un coffre-fort ouvert, et vide. Des traces de sang sur la moquette. Il enregistre minutieusement tous les détails.

Sur le bureau se trouve un Glock noir mat, accompagné d'une boîte de munitions 9 mm Parabellum. *Et la valise apportée par Antignac.* À sa vue, Fleurot éprouve un soulagement intense. Il craignait que les cambrioleurs en herbe l'aient emportée. Mais la chance est toujours de son côté. Le miracle se poursuit. Derrière les yeux du policier, il n'y a plus qu'une idée, comme une flamme vive. La possibilité de reprendre les rênes de son destin. Une chance inespérée, et pourtant présentée sur un plateau. S'il sait jouer comme il le faut. Son cœur galope dans sa poitrine.

— Voyons donc ça…

Il ouvre la valise et, pendant plusieurs secondes de profonde stupéfaction, contemple les feuilles de métal qu'elle contient.

Il n'en avait jamais vu d'aussi près.

Des planches à billets.

Finalement, la cellule a pris dans ses filets un plus gros poisson que prévu. Beaucoup, *beaucoup* plus gros.

— Oh, putain.

La perspective de retrouver le fil de sa carrière le réchauffe. Son excitation est telle qu'il doit réprimer un éclat de rire.

— D'où il a sorti ça, l'avocat ?

— Vous n'êtes pas de la police, geint Varenne.

Fleurot pointe nonchalamment son arme sur le bijoutier, qui se remet à trembler de plus belle.

— Mais si, j'en suis, espèce de couillon. Et heureusement pour toi, vu ce que je trouve ici. Je t'ai demandé d'où ça sort ! Accouche !

— Elle ont été copiées sur les matrices de la série « Europe ». Ce sont des modèles pour billets de vingt et cinquante euros. Mais je peux expliquer…

— Te fatigue pas. Je connais les pourris dans ton genre. Ils finissent mal.

Fleurot referme la valise avec soin. Il ne lui reste que très peu de temps.

— Ne me tuez pas… supplie Varenne en le voyant s'approcher de lui.

Le policier le saisit par le col.

— *Moi*, je vais pas te buter, espèce de débile. Mais ce que contient cette valise, ça pourrait bien le faire. C'est une infraction contre l'État, tu sais ce que ça veut dire ? Si mes collègues de l'office du faux-monnayage mettent la main dessus, tu files à l'ombre direct, et pour trente ans minimum. Et si Antignac apprend que tu me l'as donnée… Alors *là*, je te donne pas une semaine avant qu'on te retrouve cramé dans ta bagnole comme une merguez. T'aimes les merguez, Varenne ?

— Je… Non… Je ne veux pas… Pitié…

— Ouais. Alors écoute-moi bien, poursuit Fleurot d'une voix lente et sourde. Quand mes collègues vont venir t'interroger, je me cogne de ce que tu leur serviras comme salade, mais cette valise, elle n'a jamais été là.

— Mais…

— Ces matrices de billets, elles n'existent pas. Ta rencontre avec Antignac, elle a jamais eu lieu. Tu m'as bien compris, Varenne ?

— Parfaitement, réplique l'homme, toujours aussi paniqué.

— Et moi non plus, j'ai jamais été là. Tu ne m'as jamais vu, on ne s'est jamais parlé.

— Mais si des gens ont vu que je vous ouvrais…

Fleurot le soulève presque du sol et le projette en arrière. Varenne s'étale de tout son long contre le mur

— Tu dis un seul putain de mot à mon sujet, je te promets que c'est moi qui appelle Antignac. Je lui raconte que tu l'as balancé comme une merde. Et tu sais ce qui arrivera ensuite…

Le bijoutier ne répond pas. Blotti au sol, il se contente de gémir et de grelotter.

Fleurot ne doute pas que son message est bien rentré.
Au-dehors, les sirènes de la BAC se font entendre.
Il affiche un sourire ravi.

Au moment où Fleurot reprend sa place au volant, le véhicule de la BAC apparaît, se frayant à grand-peine un chemin dans la voie de bus encombrée.

Timing parfait. Mais il n'en doutait pas un instant. Fleurot connaît ses forces tout autant que ses failles.

Il adresse un rapide regard vers la rue où se trouve Salva. Rien de nouveau de ce côté. Le chevalier blanc attend toujours auprès de la victime que le Samu arrive.

Très bien. Il a fait le travail pour deux. Son collègue n'aura qu'à se débrouiller pour rentrer par ses propres moyens et s'expliquer avec le chef comme il le pourra. À ce stade, ce n'est plus son problème.

Il démarre, à la joie des blaireaux de la BAC qui s'empressent de prendre sa place de stationnement.

Alors qu'il s'éloigne, l'euphorie ne le quitte pas.

21

Au fil des années, Marie Drevoski s'est préparée à beaucoup de choses. Aux démons couverts de sang finissant par remonter des abysses du passé, peut-être. Aux conséquences de ses actes, lui revenant en pleine face, le jour du jugement.

Mais pas à l'appel affolé de Jessie Reveirol qu'elle reçoit à cet instant, alors qu'elle est en train de finir son thé, installée devant son ordinateur, sur sa terrasse ensoleillée.

Elle replie l'écran où s'étalent les quelques lignes qu'elle vient d'écrire. À peine une page, supposée constituer le début de son prochain roman, mais qu'elle n'arrive, de toute manière, toujours pas à mettre en forme.

— Jessie ?

— *Madame Drevoski… C'est terrible… Il y a eu un accident…*

Cet effroi palpable… Ces larmes qu'elle peut visualiser juste au ton de la voix de la nounou de sa fille…

Marie Drevoski se lève de sa chaise avec une extrême lenteur. L'inverse de ce qui se passe dans sa poitrine, dans ses veines.

— Jessie, du calme. Qu'est-ce qui est arrivé ? Qui a eu un accident ?

— *Valentine a été renversée par une voiture, madame… Elle est dans un état grave… Le Samu est en train de la mettre dans une coquille pour la transporter… La voiture était montée sur le trottoir… rien pu faire…*

— À quel hôpital va-t-elle être amenée ? la coupe-t-elle.

— *Je ne sais pas… Je vais demander…*

Elle patiente, immobile sur la terrasse, et pourtant avec la sensation irrésistible que le sol tangue sous ses pieds. Le vent fait onduler sa chevelure soyeuse sur ses épaules. Enfin, Jessie lui donne l'information. *Purpan. En déchocage.* Marie Drevoski n'écoute pas la fin des larmoiements de la jeune fille et raccroche.

Le monde se fissure autour d'elle, secoué par le tourbillon qu'elle ressent au plus profond d'elle.

Elle se tient silencieuse, un bloc de glace. La terrasse de toit lui offre une vue imprenable de la ville, et son regard parcourt les dégradés de brique, rose et orange, qui s'étalent paresseusement sous le ciel limpide.

Elle n'aurait jamais imaginé que ce décor idyllique, la raison pour laquelle elle a choisi de refaire sa vie ici, lui inspirerait une telle horreur tout à coup.

Valentine a été renversée par une voiture.

Dans un état grave…

Marie Drevoski cherche son souffle.

Puis elle laisse jaillir le plus long et le plus fort hurlement qu'elle ait jamais poussé de sa vie.

II

IRRÉVERSIBLE

Mali, 2006

Des souvenirs. Encore.

Comme la poussière de la piste qui se soulève.

Indomptable.

Apportant l'odeur de la putréfaction.

Toujours, à leur passage. Elle flotte. Telle leur marque de fabrique. Leur compagne évanescente et fidèle.

C'est tout ce qu'ils laissent, une fois les missions accomplies.

La mort.

Le vide.

Le néant.

Le village est livré à l'assaut du vent, aux cercles patients des vautours dans le ciel et aux yeux glacés des hyènes tapies à distance prudente pour l'instant, mais qui se rapprochent lentement.

Les habitants ne sont pas morts, pourtant.

Pas encore.

L'unité attend les ordres du commandement. Les seuls cadavres de leur main, pour l'heure, sont ceux du maire et de son fils. Ils les ont égorgés alors que ceux-ci les recevaient dans leur maison.

Tous les autres, une trentaine de personnes – quelques hommes, leurs épouses, surtout leurs enfants –, sont parqués dans le même bâtiment en briques de boue.

Les soldats leur ont promis qu'il ne leur serait fait aucun mal, à la seule condition qu'ils ne cherchent pas à s'enfuir.

Ils ne bougeront pas. Ils ne sont pas stupides à ce point.

Gabriel émerge d'une des maisons vides et vient s'accroupir aux côtés de son supérieur, sur un tapis posé à même le sol de glaise.

— Le drone a des images, mon capitaine.

— Al-Qaïda ?

— Affirmatif. Une colonne de véhicules qui approche par l'est. On a tout leur commandement.

Échange de regards fiévreux. D'autres soldats en tenue de commando s'approchent. Des bandes de tissu épais protègent leurs visages de la poussière tenace. Gabriel tousse dans son poing.

— Ils devraient être ici cette nuit. Ils ne s'attendent pas à nous trouver.

— Alors on commence à poser les charges. On traite et on s'exfiltre. L'hélico pourra se rapprocher jusqu'à trois kilomètres au nord, pas plus.

— Aucun problème, mon capitaine. Il n'y aura pas de survivants.

Tous retournent à leur position respective, vérifient leurs armes et leur matériel.

Dans ce type d'opération, il n'y a pas le droit à l'erreur.

Au dérapage.

— Où est Uriel ?

Silence gêné.

Ce n'est pas la première fois.

— Des animaux ? ajoute le capitaine qui connaît déjà la réponse.

Gabriel fait un geste en direction de la bâtisse en briques de boue située au bout de la seule allée du village.

— Surtout des chèvres, je crois.

— Ça fait longtemps ?

— Environ une heure.

— Bon sang de merde. Gabriel, viens avec moi. On va voir l'état du carnage.

22

Ils sont sortis de la ville.

Personne ne les a arrêtés.

La route défile tandis qu'Audrey remonte la voie rapide, double sans réfléchir les véhicules les plus lents, le regard éteint, ses mains étreignant le volant si fort que ses phalanges blanchissent. Un hoquet irrépressible secoue sa poitrine. La sensation d'étouffement ne la quitte pas. De même que le froid. Au plus profond d'elle. Ce froid qui lui donne la chair de poule malgré la chaleur ambiante.

— Bébé ? dit Damien.

Audrey ne l'entend pas. Elle ne perçoit que les battements fous à ses tempes tandis qu'elle double une nouvelle série de voitures.

J'ai renversé une enfant.

Quoi qu'elle fasse, impossible de s'arracher à cette pensée effroyable.

Impossible d'oublier la vision de ce petit corps inerte.

Je l'ai peut-être tuée.

Le froid se propage sur ses bras. À chaque seconde davantage. Il pénètre plus profond en elle, s'y installe.

— Audrey, reprend Damien en lui effleurant la nuque.

— Me touche pas ! hurle-t-elle presque en donnant un brutal coup d'épaule.

Son petit ami retire prudemment la main.

— OK, OK. Mais, roule moins vite, s'il te plaît ! Et ne prends surtout pas l'autoroute, d'accord ?

Elle comprend enfin ce qu'il cherche à lui dire. La prochaine sortie approche, c'est la dernière avant la portion payante. Elle n'y pensait plus du tout. Elle braque un peu brutalement pour emprunter la bretelle, continue de rouler pendant quelques centaines de mètres, jusqu'au premier stationnement sur le bas-côté. Là, elle stoppe le véhicule derrière une rangée de platanes.

— T'as assuré jusqu'au bout, tente de la rassurer Damien.

Audrey ne dit rien. Elle fixe les arbres, la route déserte. Ses mains ne lâchent pas le volant. Ses bras sont toujours couverts de chair de poule.

Driss gémit.

— Je saigne, les mecs. Putain, ça s'arrête pas.

— La balle est ressortie, indique Élie. Ça saigne beaucoup, mais j'ai toujours entendu dire que c'est pas la pire des blessures.

— Encore heureux ! halète Driss.

— Tiens le coup, mec. On va s'occuper de toi.

Sa transpiration abondante sature l'habitacle. Elle ne couvre pourtant pas l'odeur du sang, violente, métallique.

Damien se penche entre les sièges.

— Tu veux que je prenne le volant ?

La jeune femme cligne des yeux, toujours en proie à une vive confusion.

— Non.

— Sûr ?

— Me touche pas je t'ai dit ! s'écrie-t-elle alors qu'il cherche à caresser ses cheveux.

Sa voix est montée dans les aigus.

— Déconne pas, Audrey, c'est pas le moment de craquer. On est tous dans la même galère.

— Désolée, balbutie-t-elle. Je…

Elle prend une longue inspiration.

— La gosse… Vous pensez qu'elle va mourir ?

— Bien sûr que non, tranche Élie. N'y pense pas.

— Elle ne bougeait plus. Elle avait un bras à l'envers…

— Elle s'en sortira. N'y pense pas, je te dis.

Comme si c'était possible.

Elle se replie dans le mutisme. Son visage ne parvient pas à chasser une affreuse grimace.

— Audrey, il ne faut pas s'attarder, reprend Élie. On doit se débarrasser de cette caisse au plus vite, comme c'était prévu. On change rien au plan.

— Tout se passera bien, ajoute Damien comme pour se convaincre lui-même.

Driss, lui, continue de gémir et de se vider de son sang entre eux tandis qu'Audrey redémarre, enfermée dans son silence.

23

À l'hôpital des Enfants, les minutes passent, deviennent des heures, un interminable supplice.

Les couloirs de lino bleu aux murs décorés de scènes animalières tropicales sont étonnamment calmes, traversés de temps à autre par un mouvement, comme une vague nerveuse, quand des chirurgiens en blouse entrent ou sortent du bloc opératoire. En bribes de conversations fébriles, ils évoquent un choc hémorragique, des lésions abdominales. Et ce mot monstrueux. *Coma.*

Salva patiente. Assis dans un fauteuil dans un dégagement du couloir qui fait office d'espace d'attente, baigné par l'odeur de bonbon du parfum industriel, il se fait décor, au milieu des singes et des palmiers peints sur les murs. Les infirmières passent devant lui sans lui accorder un regard.

Il guette la moindre information. Il entend parler d'une demande de transfusion en urgence. D'un scanner complet à effectuer. De l'âge de la patiente. Sept ans. *Sept ans, nom de Dieu.*

Il n'a aucune raison légale de se trouver ici et ne souhaite surtout pas attirer l'attention. Quand le personnel a voulu savoir ce qu'il faisait, il s'est contenté de mentionner une enquête en cours, tout en restant flou sur le sujet.

Comme il devait s'y attendre, son téléphone n'a pas arrêté de vibrer. Son collègue Marcus a essayé de le joindre à plusieurs reprises. Puis c'est son chef, Stéphane Manfrédo, qui s'y est mis. Salva n'a pas consulté son répondeur une seule fois et a même fini par basculer en mode avion. Une manière pratique de se couper du monde. Il n'a rien à dire pour se justifier. Il n'en a plus ni la force ni l'envie.

Il se doute que son placard ne sera pas près de s'ouvrir après ça.

Quelles que soient les sanctions, il ne se défendra pas. Il ne regrette pas un seul instant d'avoir quitté la planque.

Pour la toute première fois, il se demande comment serait sa vie s'il posait sa démission.

S'il n'était plus flic.

Il y a deux ans déjà, sa femme l'a quitté à cause de ce job. À moins que ce ne soit à cause de lui, mais il préfère penser qu'elle est partie à cause de son travail. Est-ce à ce moment qu'il s'est mis à merder ? Ou avait-il déjà commencé bien avant ?

Tout ce qu'il sait, c'est qu'une chose en a entraîné une autre. Un collègue véreux, un premier service à rendre, anodin. Une pente glissante. Il a dérapé, un peu, puis pour de bon. Comme le dernier des imbéciles, il s'est retrouvé à piquer dans les scellés. Jusqu'à se faire prendre la main dans le sac, ou presque. Que pensait-il ? Qu'espérait-il ?

Il avait de bonnes raisons de faire ce qu'il a fait. Mais tout le monde en a toujours. Les prisons sont pleines de types qui ont eu une bonne raison de faire ce qu'ils ont fait. Il n'est pas dupe, les excuses sont bonnes pour les hypocrites. Il avait besoin d'argent et il était trop bête pour trouver un moyen légal d'en obtenir. C'est tout. Sa situation est d'une banalité et d'une médiocrité affligeantes.

Il est en chute libre, depuis beaucoup plus longtemps qu'il ne veut l'admettre.

Et ensuite… qu'y a-t-il plus bas ? Peut-il y avoir *plus bas* qu'une fillette de sept ans entre la vie et la mort ?

Il cesse de ruminer quand trois flics, deux hommes et une femme, apparaissent à l'autre bout du couloir. Salva ne connaît que vaguement les deux hommes, de la BAC. La femme du groupe, en revanche, est le commandant Naamah Hechter, de la BRB, avec qui il s'est toujours très bien entendu. Dès qu'elle l'aperçoit, elle abandonne ses collègues et il se lève pour lui faire la bise.

— Qu'est-ce que tu fais là ? lui demande-t-il pour éviter qu'elle ne lui pose la question. La BRB a pris le relais ?

— On m'a demandé de m'y coller, indique-t-elle d'une voix où perce un léger accent anglophone. Je m'en serais bien passée, si tu veux tout savoir. J'étais sur un suicide particulièrement glauque, sur lequel j'aurais aimé pouvoir prendre un peu de temps, si on m'avait laissée le faire…

— À ce point ?

— Un type qui a passé la nuit à baiser avant de mettre fin à ses jours. C'est peut-être moi qui vois le mal partout, mais je n'aime pas ce scénario, souffle-t-elle en haussant les épaules. Pour moi, la mort volontaire semblait suspecte, trop facile… Mais le juge a considéré les choses autrement, tu connais la musique… on ne fait pas toujours ce qu'on aimerait…

— Je ne suis que trop bien placé pour le savoir,

Naamah. On t'a dit quelque chose sur l'état de la gamine ?

Hechter hoche la tête. Ses cheveux de jais retombent devant son regard froncé.

— Elle est très mal en point. La pauvre vient de passer une heure au déchocage. Elle a une rupture de la rate et une fracture de la diaphyse fémorale, en plus de divers os cassés qu'il faut stabiliser. Ils lui ont transfusé deux litres de sang. La réanimation va être compliquée…

— Quelle horreur, dit-il.

Des éclats de voix s'élèvent. Ils tournent la tête. Au bout du couloir, les deux flics de la BAC ont engagé une âpre discussion avec une femme blonde et svelte. Hechter affiche une moue fatiguée.

— La mère de la petite. On a du mal à la calmer. Elle ne peut pas voir sa fille tant que celle-ci est au bloc.

— On serait dans le même état, non ?

Il s'humecte les lèvres avant d'ajouter :

— Que cette gosse vive ou meure, ce ne sera qu'une ligne de plus sur le procès-verbal, pas vrai ?

La policière inspire bruyamment. Les coins de sa bouche se pincent.

— Que veux-tu faire de plus ? C'est horrible à dire, mais on a l'habitude. Cet accident est un dommage collatéral…

Elle masse son poignet gauche, qui arbore le tatouage discret mais revendicateur d'une étoile de David.

— Attends, il y a une chose que je ne comprends pas, Olivier. Que fais-tu ici, au juste ? Tu es à la cellule de surveillance, maintenant, non ? Cette affaire ne te concerne pas.

Il fouille son imagination à la recherche d'un mensonge crédible.

— Je suis en repos, figure-toi. Je me trouvais sur place quand l'accident a eu lieu. Je me suis dit…

Il agite les mains, butant sur ses mots.

— Je suis venu voir comme ça se passait, achève-t-il. Ça me touche, ce qui est arrivé à cette gamine…

Hechter l'écoute, sans qu'il arrive à savoir si elle gobe ce qu'il lui raconte. Elle a toujours été une femme difficile à lire. Il suppose que ça ne change pas grand-chose.

— Tu n'aurais pas vu quoi que ce soit sur place qui pourrait nous être utile pour l'enquête ?

Si tu savais, songe Salva avec une montée désagréable de bile. *J'ai les photos des quatre responsables dans mon appareil. Il me suffirait de te les passer. Sauf que je n'en ai pas le droit, tu vois ? Mon chef me crucifie, si je fais ça sans son accord.*

— Non. Désolé, Naamah, j'ai juste aperçu la voiture qui fonçait dans la rue. Je n'ai même pas compris ce qui se passait.

Hechter souffle du coin de la bouche pour chasser une mèche de cheveux noirs.

— Je t'avoue que pour nous non plus, cette histoire n'est pas très claire. C'était le braquage d'une bijouterie, un peu plus loin dans la rue, qui a dégénéré. Plusieurs individus. Ils ont sérieusement amoché le bijoutier, mais pour repartir avec trois fois rien. Quelques milliers d'euros en espèces.

— C'est tout ce que t'a dit le bonhomme ?

— Pour l'instant, il est toujours sous le choc. Son récit comporte trop de trous. On sait juste qu'il s'est défendu en tirant sur ses agresseurs. Et de toute manière il a été envoyé en chirurgie. Ils vont essayer de lui recoudre des doigts.

— Et niveau témoins ?

— Le vide astral. Les personnes qu'on a interrogées ont toutes cru voir quelque chose de différent.

— La vidéosurveillance n'a rien donné, je présume ?

— Tu présumes bien, malheureusement. On ne peut pas s'appuyer sur ce qu'a filmé la caméra de la rue. Trop loin, trop de bugs informatiques, comme d'habitude, quoi. Quant au système vidéo de la bijouterie, figure-toi que le proprio a fait une fausse manip et l'a désactivé quelques minutes avant l'attaque.

— Quelle belle coïncidence…

Hechter hausse les épaules.

— Je suis bien d'accord, mais que veux-tu ? Tu as été à la Crim' assez longtemps, tu sais ce que c'est. On doit faire avec ce qu'on nous donne. Notre chance, c'est qu'un des braqueurs a été blessé, il a laissé du sang sur les lieux. Il ne reste qu'à espérer que le labo nous sortira quelque chose d'exploitable…

— Tu veux dire que s'ils vous échappent maintenant, il y a peu de chances qu'on leur mette la main dessus un jour, déduit Salva d'une voix d'outre-tombe.

Hechter consulte du regard ses collègues. Visiblement, ceux-ci n'attendent plus qu'elle pour repartir.

— Tout ce que je dis, Olivier, c'est qu'on fait notre travail du mieux possible. Et si j'étais toi, je ne m'attarderais pas trop dans ces couloirs. Je dois y aller maintenant…

Il la salue d'un hochement de tête et la laisse repartir vers ses partenaires. Plus amer que jamais.

Tu as été à la Crim' assez longtemps.

Comme s'il avait besoin qu'on le lui rappelle !

Ce que la policière vient de lui raconter l'interpelle toutefois. Pourquoi les casseurs seraient-ils repartis les mains vides ?

Avant qu'il puisse réfléchir à ce détail, un claquement de talons retentit sur le lino.

Salva lève les yeux.

La femme blonde, qui prenait à partie l'équipe de la BAC quelques minutes plus tôt, se dirige à présent sur lui. Une jupe de tailleur et un chemisier blanc mettent en valeur sa silhouette fine et athlétique. Les talons de ses escarpins résonnent à chacun de ses pas tandis qu'elle s'approche.

Mais la seule chose à laquelle Salva peut penser, ce sont ces deux yeux bleus qui le perforent et le paralysent. Des rayons laser.

La mère de la victime.

— Qui êtes-vous ? demande-t-elle sans préambule.

Très bonne question. La beauté minérale de cette femme le déstabilise totalement. Des cils charbonneux encadrent son regard de feu bleu. Son visage est ciselé, en dépit de la tristesse qui y creuse des ombres. Son abondante chevelure dorée, identique à celle de sa fille, ondule au moindre de ses mouvements.

— Olivier Salva. Je suis de la police.

Il tend une main qu'elle ne serre pas.

Malaise.

— Les policiers à qui j'ai parlé m'ont dit que vous n'étiez pas avec eux et qu'ils ne savent pas ce que vous faites ici.

Les rayons laser ne quittent pas ses yeux. Salva s'efforce de ne pas trop bégayer.

— C'est vrai, j'ai pris quelques libertés, madame…

— Drevoski.

— Madame Drevoski. Je suis d'un autre service. Je me trouvais simplement dans la rue quand ces chauffards sont montés sur le trottoir…

— Ce ne sont pas des chauffards, mais des

criminels, corrige-t-elle avec une expression figée. Ils venaient de braquer une bijouterie.

— C'est ce que j'ai compris.

— Mais vous n'avez rien vu ? Même en étant sur place ?

Plus perspicace que Naamah, s'étonne Salva.

— Je ne me trouvais pas à proximité. J'ai entendu des coups de feu depuis une rue proche. Sur le moment, je n'ai pas compris d'où ils provenaient.

Les yeux de la femme s'agrandissent imperceptiblement.

— C'était vous, l'homme qui s'est occupé de Valentine ?

Il se racle la gorge. Il se sent embarrassé, il ne tient pas à entrer dans les détails.

— Oui, c'est moi. Je n'ai fait que mon devoir de citoyen.

— Jessie, ma nounou, m'a dit que c'était plus que ça. Vous avez tenu Valentine dans vos bras jusqu'à l'arrivée du Samu. Et vous êtes ici…

Elle semble attendre une réaction qui ne vient pas.

— Je vous remercie pour ça, conclut-elle alors. Vous n'avez pas idée à quel point. Cela signifie donc que vous allez enquêter sur ces criminels ?

Voilà. Ce moment-là. Ce choix-là.

— Pas moi, non, répond-il en se maudissant intérieurement. Je vous l'ai dit, je suis dans un autre service. Mais je suivrai le dossier…

Un voile de déception retombe sur le joli visage. Avant que Salva n'ait le temps d'ajouter quoi que ce soit, une porte s'ouvre au bout du couloir et un homme en tenue blanche apparaît. Son interlocutrice lui adresse un dernier sourire de pure politesse avant de se détourner de lui.

— Bonsoir, monsieur Salva, et merci encore.
— Bonsoir, madame Drevoski.

Il tourne à son tour les talons et s'empresse de pousser la porte de l'escalier pour ne pas avoir à attendre comme un imbécile que l'ascenseur arrive.

Mali, 2006

La silhouette est installée en tailleur.

Au milieu des animaux démembrés.

Les carcasses pendent du plafond, accrochées par les pieds à des crochets. Pattes brisées. Organes retirés. Excréments étalés sur les murs. L'odeur est suffocante.

Tel qu'ils le craignaient.

Pire qu'ils le craignaient.

Le capitaine et le sergent pénètrent pourtant dans le bâtiment de boue et de paille. Leurs yeux ronds de stupeur.

— Uriel… Pourquoi ? tonne le capitaine. Nom de Dieu, POURQUOI ?

Uriel lui sourit. Un sourire obscène.

— Ne me jugez pas. Je sais que c'est mal, ce que je fais.

Sa main essuie le sang sur sa joue. Sur son crâne glabre. Le sang des animaux qui a ruisselé sur son corps et son équipement, telle une effroyable peinture de guerre. Toujours la même scène. À chacune de leurs opérations, désormais.

— J'en ai besoin. Ça me calme. Ça me fait oublier le stress.

La voix est douce et lente. Uriel ne bouge pas, ne frémit même pas. Ses collègues n'osent pas approcher.

— Le stress n'a rien à voir avec ça, Uriel ! Tu as un putain de problème !

Le soldat se redresse. Mince, squelettique, par rapport à ses camarades. Enveloppé dans sa tenue commando comme dans un collant rouge et ruisselant.

— Nous avons tous nos faiblesses. Chacun d'entre nous trouve son apaisement à sa manière.

Sa voix se fait plus profonde.

— La pornographie marche pour vous. Pour moi, c'est différent…

— Dégage d'ici, Uriel. Tout de suite. Va te laver avant qu'on te voie comme ça. Tu me dégoûtes !

— À vos ordres, mon capitaine.

24

Et maintenant ?

Salva se laisse tomber sur un banc, à l'ombre du bâtiment. Les arbres bruissent de chants d'oiseaux.

Maintenant ? Il faut qu'il prenne le tram qui passe non loin. Qu'il rentre la queue entre les jambes à l'hôtel de police. Qu'il découvre la sanction que lui aura réservée son chef.

Dans quelques minutes.

Il n'arrive pas encore à se résoudre à repartir. Se retrouver face à face avec Fleurot. Pour lui dire quoi ?

Il se rend compte qu'il ne cesse de penser à cette femme. C'est plus fort que lui. Son visage de porcelaine. Sa silhouette élancée. Son *regard*. L'intensité de ces yeux le pourchasse sans qu'il comprenne pourquoi.

Qu'aurait-il lui pu lui dire ? *Votre fille est dans le coma à cause de moi. Mais je vous trouve terriblement belle, madame Drevoski.*

— Crétin, grogne-t-il. Mais quelle espèce de crétin tu fais, mon vieux…

Dès qu'il sera rentré au bureau, il récupérera son appareil photo. Les visages des quatre casseurs sont identifiables sur les clichés qu'il a pris. Il lui suffira de retrouver ces individus.

Alors qu'il cherche nerveusement son téléphone dans la poche de sa veste, ses doigts effleurent son paquet de cigarettes. Il en retire le joint joufflu qu'il s'était roulé ce matin. Il avait prévu de le fumer à la pause déjeuner. Un petit plaisir qu'il se donne pour tenir le coup.

Il consulte l'heure. 13 heures. Il hésite, se dit qu'il est dans les temps. Tant pis s'il a l'estomac vide.

Briquet. La flamme danse devant ses yeux. L'herbe grésille en se consumant, et son odeur l'enveloppe d'un coup. Rassurante. Il inspire une lente, délicieuse bouffée. La chaleur se diffuse dans ses poumons.

Il souffle la fumée par le nez, se délecte du goût épais de l'herbe. Parfum apaisant. Première qualité. Et pour cause, cette drogue vient d'une saisie chez la fille d'un magistrat.

Alors seulement il se décide à remettre son téléphone en service. L'appareil émet une cascade de vibrations tandis que les messages se succèdent sur l'écran.

Marcus Fleurot
Il y a du neuf sur Antignac. Du lourd. Bouge ton cul et ramène-toi au bureau.

Marcus Fleurot
Rallume ton téléphone. Le chef a une réunion à l'extérieur mais il veut nous voir dès qu'il aura fini.

Marcus Fleurot
On va devoir lui faire un topo. Il faut ABSOLUMENT que je te voie avant.

Stéphane Manfrédo
Olivier, je n'arrive pas à te joindre. Je reviens à 14 heures, nous ferons un débriefing dans la salle de réunion avec le reste du groupe.

Stéphane Manfrédo
Et je tiens à avoir une sacrée bonne explication pour ton comportement de ce matin.

Marcus Fleurot
Putain Olivier rallume ton téléphone ! Les gars de la BAC m'ont demandé ce que tu faisais sur les lieux. Je leur ai dit que je ne t'avais pas vu depuis hier. Rallume ton tél bon sang. Stéphane t'a laissé des messages, non ? Le débrief est à 14 h.

Le dernier texto émane encore de son collègue. Bref et clair.

Marcus Fleurot
Qu'est-ce que tu fous ?

— Qu'est-ce que je fous ? chuchote Salva pour lui-même en tirant sur le joint et en sentant le vertige familier et lénifiant l'envahir. Je me pose justement la question, mon vieux…

25

Les flammes s'élèvent.

Elles crépitent. Elles soufflent. Elles dévorent la carcasse de la Clio, alimentées par un mélange à combustion lente préparé par Élie. Avant cela, les quatre camarades se sont débarrassés de leurs « déguisements » de braqueurs pour remettre leurs vêtements du quotidien. Ils ont jeté dans le véhicule leurs affaires de sport, leurs cagoules, la clé magnétique de la bijouterie et même leurs pistolets, et Élie a vidé le contenu d'un extincteur dans l'habitacle. Autant dire que plus aucun indice ne subsistera pour les trahir.

Désormais, il n'y a plus que cette grande boule de feu qui danse devant eux, la fumée compacte et noire qui monte dans le ciel dégagé. L'odeur d'essence et de caoutchouc en combustion, épaisse et toxique, emplit la gorge et pique les yeux. Pourtant, songe Audrey, en dépit de l'éclat rouge qui lui agresse les yeux et l'onde de chaleur qu'elle sent souffler sur sa peau, elle ne parvient à ressentir que le froid. Funeste. Absolu.

Elle se frotte les bras, sachant que cela ne servira à rien. Le froid est entré. Il restera.

Tout autour d'eux, une décharge déserte. La rase campagne. Ils sont seulement entourés par des montagnes de gravats et des détritus qui pourrissent au soleil. Les crêtes des Pyrénées se découpent en scie bleu pâle à l'horizon. Personne ne passe jamais par ici. Et même si c'était le cas, il y a tant de piles de graviers qu'il serait impossible de les repérer depuis la route.

Driss est assis sur un de ces monticules poussiéreux, à côté d'elle. Quand elle a découvert l'ampleur de sa blessure, Audrey a bien cru qu'elle allait s'évanouir. Elle n'avait jamais vu une plaie aussi profonde de sa vie. De la chair déchirée, violacée. Le gouffre part de la clavicule du jeune homme et remonte jusqu'à son cou, dévoilant le blanc de l'os. Faute de mieux, Audrey a noué un morceau du tissu autour du bras, mais le sang continue de couler. Yeux mi-clos, Driss tremble de tout son corps. Des larmes perlent sur ses joues.

— Vous croyez que je vais crever ?

— Personne ne va crever ! vocifère Audrey. On va te soigner et tout ira bien.

Elle s'accroupit à côté de lui et passe une main sur son front. Il est bouillant.

— Ça fait de plus en plus mal, putain…

— On va t'amener à l'hôpital. Tu t'en sortiras sans problème.

Damien s'approche, le visage fermé.

— On ne peut pas faire ça, Audrey. C'est une plaie par balle, l'hôpital sera obligé de le signaler à la police.

La jeune femme se redresse d'un bond. Elle foudroie son petit ami du regard.

— On fait quoi, alors ? Parce que ce sera pareil pour tous les médecins ! Personne ne le soignera sans nous dénoncer !

— Je le sais, Audrey ! C'est bien le problème !

Driss est pris d'une quinte de toux. Il pousse un râle déchirant.

— Vous faites pas d'illusions, les mecs. Les condés vont nous retrouver, quoi qu'il arrive. On a sans doute tué quelqu'un…

— Non. *J'ai* peut-être tué quelqu'un, corrige Audrey, qui sent ses larmes revenir. C'est *moi* qui tenais le volant.

— Ce n'est absolument pas ta faute, lui dit Damien. En ce qui concerne Driss, il faut juste trouver une solution…

— J'en ai une, annonce Élie.

Tous les regards se tournent vers le jeune homme, juché sur une pile de gravats un peu en retrait. Il est tout de noir vêtu à présent, le logo BELPHEGOR en travers de son tee-shirt et ses dreadlocks soigneusement attachées. Son visage moucheté de taches de rousseur a perdu l'expression enfantine qu'il arborait quelques heures auparavant pour se parer d'une détermination froide.

— Écoutez, on a totalement merdé, je dis pas le contraire. Mais on n'a rien à craindre des flics. Tout ce qu'on portait est en train de partir en fumée. Ils pourront se gratter pour extraire le moindre indice.

Il descend du monticule et s'approche de Driss.

— L'urgence, c'est de te soigner, mon vieux. Je connais quelqu'un qui peut s'en occuper. Ça va coûter un peu d'argent, c'est tout.

— On a justement six mille balles sous la main, raille Driss en lorgnant sur le sac plein de billets posé un peu plus loin.

Puis il est repris d'une toux glaireuse et recommence à gémir.

— Putain que j'ai mal…

— Il travaille où, ton toubib ? s'exclame Audrey. On y va tout de suite ! Tant pis si ça doit coûter tout ce fric !

Élie lève les yeux vers elle.

— C'est pas exactement un toubib.

— Qu'est-ce que tu veux dire ?

— Il est vétérinaire, à Lannemezan.

— De mieux en mieux, soupire Driss.

— Je te promets qu'il sait gérer ce genre de problèmes. Avec lui, on est sûr que ce ne sera pas rapporté aux flics. À moins que l'un d'entre vous ait une meilleure idée, bien sûr ?

Silence, froissé par les craquements de l'incendie derrière eux. Le vent tourne, les noie dans des vapeurs suffocantes.

Driss finit par hocher la tête.

— Je veux juste pas mourir.

— Tout ira bien, Driss. Le bonhomme va s'occuper de toi plus vite que tu crois. Dans un premier temps, je te ramène chez moi. On va acheter un nouveau téléphone à carte prépayée et je l'appellerai.

Driss bascule la tête en arrière. Ses paupières, gonflées par la fièvre, ont presque doublé de volume.

— Et je raconte quoi à mes parents ? Quand ils vont apprendre ce qui s'est passé, c'est eux qui vont me tuer. Autant que je crève tout de suite.

— Tes parents ne seront au courant de rien, intervient Damien. Personne ne sera au courant de rien ! Tu leur téléphoneras ce soir pour les prévenir que tu dors chez un pote, et c'est tout ! Moi, je suis d'accord avec le plan d'Élie.

— Parfait, alors ! conclut ce dernier.

Ils ne demandent pas son avis à Audrey, qui par

ailleurs reste silencieuse. Elle ravale simplement sa salive.

Le froid continue de s'installer tout au fond d'elle.

Comme l'image de cette fillette étendue sur le trottoir…

26

Les feuilles de métal sont exposées sur le bureau de Fleurot.

Alignées sous l'éclairage cru des néons.

Des trophées.

— Ce que tu as là, c'est le matériel du parfait petit faux-monnayeur ! clame le policier. Laisse-moi te dire que dans ce genre d'affaire, plus *personne* n'est intouchable.

— Non mais attends, balbutie Salva. Tu as saboté le travail des collègues ? Sans parler de la manière dont tu as récupéré ces plaques ?

Il n'arrive pas à y croire. Son binôme, celui-là même qui lui faisait la leçon et qui l'a empêché d'intervenir alors qu'un casse était en cours, n'a finalement pas hésité à aller agresser un civil déjà blessé. C'est de la démence pure et dure.

— Arrête ton char, chevalier, continue de fanfaronner Fleurot. On a un des délits les plus graves qu'on puisse mettre sur le dos de quelqu'un. Il nous faut découvrir où Antignac s'est procuré ces matrices. Avocat ou pas, on va *vraiment* se le faire, ce pourri.

— Comment tu peux être à côté de tes pompes à ce point ?

Fleurot gonfle la poitrine. Il désigne les pièces à conviction d'un index triomphant.

— Visiblement, c'est toi qui piges rien, mon pote ! T'aurais entendu le chef couiner comme une gonzesse quand je lui ai expliqué ce que j'avais ramené ! On a les empreintes d'Antignac sur ces machins, figure-toi. Du tout cuit ! Les moyens utilisés, Stéphane s'en cogne royalement ! Tu pourrais me remercier, non ?

Le remercier ? C'est l'écœurement qui le submerge.

— Tu t'imagines que le chef va cautionner une saisie effectuée dans la plus parfaite illégalité ? Et si le bijoutier porte plainte ?

Le regard de Fleurot se rétrécit, étincelle.

— Porter plainte pour *quoi*, Olivier ? Tout ce qu'y gagnerait Varenne, c'est de filer à l'ombre pour le reste de ses jours. Je peux te dire qu'il ne va pas se risquer à ce jeu-là. C'est rien qu'une petite frappe qui a eu les yeux plus gros que le ventre, il va rester bien sagement couché en attendant que tout ça se tasse.

— Mais enfin, la BRB va le cuisiner jusqu'à ce qu'il lâche tout !

— Parce que tu crois qu'ils ont pas d'autres chats à fouetter ? Je te rappelle que pour eux, il ne s'agit que d'un braquage minable. Aucun témoin est foutu de donner une version claire de ce qui s'est passé. La routine. T'es bien placé pour le savoir, non ?

Salva ravale sa salive. Il ne peut malheureusement pas le contredire. Chaque jour ou presque, les forces de police sont confrontées à de petits méfaits qui ont dérapé pour un rien.

— J'ai pas touché à un cheveu de Varenne, ajoute l'ex-flic des Stups. J'ai simplement eu la chance d'intercepter cette pièce à conviction, et c'est tout ce qui figurera sur le procès-verbal.

— Un faux.

— Arrête de faire ta licorne, putain ! Varenne ne bavera pas, il m'a jamais vu. Tout ce que je veux, moi, c'est faire le boulot.

— Tu me l'as déjà expliqué, grince Salva. *Ta carrière…*

Il observe les feuilles de métal, songeur. Quoi qu'il arrive maintenant, Richard Antignac doit être loin de se douter des problèmes qui vont lui tomber sur le dos.

Mais ce n'est pas ce qui occupe le plus l'esprit du policier.

— On pourrait retrouver les braqueurs, dit-il en relevant les yeux vers son collègue. L'un d'eux est blessé. Il a laissé du sang sur la chaussée. S'il est déjà fiché, le labo va nous le dire dans la journée. Et…

— J'ai déjà vérifié, qu'est-ce que tu crois ? le coupe Fleurot avec un rictus narquois. Son profil n'est pas dans notre base ADN. Autant te dire qu'il y a peu de chances qu'on tombe sur lui avant des années. Et encore, s'il se fait pincer pour autre chose.

Il se gratte la joue avant de préciser :

— Sinon, les gendarmes d'Auterive viennent de retrouver leur Clio. Volée, comme on pouvait s'y attendre. Passée à l'extincteur et carbonisée avec du napalm maison. Les armes étaient dedans. Numéros de série limés, signe qu'elles provenaient du marché noir. Achetées juste avant, jetées juste après. Ils ont bien regardé les séries télé, ces jeunes.

— On dirait que ça te réjouit ! explose Salva. À cause d'eux, un homme est blessé et une enfant est dans le coma !

Fleurot s'assoit au coin du bureau. Son rictus perdure.

— C'est l'enquête de la BRB, maintenant, pas la

nôtre. On va laisser les cow-boys faire leur travail. C'est comme ça que ça se passe, mon pote.

— On a leurs visages ! s'entête Salva. On doit les transmettre au groupe de Naamah. Ça les aidera à identifier ces individus.

— C'est Stéphane qui décidera ce qu'on fait de ces images. À ce sujet, je me suis permis de vider la mémoire de ton appareil.

Cette fois, Salva se fige. Maxillaires contractés, sa voix devient un souffle rauque.

— Tu as fait *quoi ?*

Fleurot passe la main dans ses cheveux.

— Te bile pas. J'ai juste transféré tes photos sur le serveur, elles sont pas perdues. Je les ai mises sur mon compte personnel. De cette manière, je suis sûr que tu n'y as pas accès. Au cas où tu imaginais nous faire un coup en douce…

Défi dans le regard.

— Ce sera le chef qui décidera de ce qu'on en fait, conclut Fleurot. *Personne* d'autre.

Gorge brûlante, Salva dévisage son collègue en retour. L'envie de se jeter sur lui et de bourrer son visage de coups de poing le saisit, il lutte pour ne pas y céder.

— Qu'est-ce que tu as, à me fixer comme ça ? se moque Fleurot en le voyant frémir. Tu crois que tu me fais peur ?

Son ton est cynique, mais au fond de son regard creusé de cernes, Salva décèle le même éclat qu'il a vu ce matin. Cette pulsion de violence qui habite l'ex-flic des Stups. Une flamme dangereuse.

— J'espérais que tu comprendrais ton erreur, Olivier. Que tu te réjouirais que l'affaire Antignac devienne quelque chose de *concret*.

La menace transpire de chacun de ses mots.

Salva s'étrangle, cherchant à répliquer. Ne pas perdre la face, encore.

Il n'en a pas le temps.

On frappe à la porte derrière lui.

Leur collègue Marie-Noëlle Mambourg, une femme aux cheveux roux coupés court, les dévisage avec une moue circonspecte.

— Les garçons ? Il y a un problème ?

— Aucun, annonce Fleurot avec son habituel rire gras. Stéphane est rentré ?

— Oui, il vient d'arriver. On n'attend plus que vous.

27

Il est resté silencieux.

Résigné en apparence.

Bouillonnant de rage à l'intérieur.

Ils ont pris place dans la salle de réunion. Le capitaine Manfrédo trône en bout de table. De part et d'autre sont assis Salva et Fleurot, dont les regards évitent soigneusement de se croiser. Le reste du groupe est présent à leurs côtés, soit trois femmes au total : Annie Coupez, Marie-Noëlle Mambourg et Bénédicte Tollet. Dans les couloirs de l'hôtel de police, Salva a souvent entendu parler d'elles comme du « gang des filles » tant elles semblent inséparables. Toutes les trois font partie de la cellule de surveillance depuis des années et occupent un bureau commun.

— Nous allons mettre en place un dispositif autour d'Antignac, explique leur supérieur réjoui. Désormais, on le tient dans une pince et il n'en a même pas conscience. Il s'agit de ne *surtout pas* relâcher notre vigilance à partir de maintenant. Cela signifie qu'on pointe absolument tous ses contacts, on épluche ses appels, ses déplacements.

Sa voix est volontairement lente. Ses mains réunies devant son visage. Stéphane Manfrédo aime se donner l'air d'un sage. Il porte des lunettes énormes de couleur orange, se laisse pousser une barbe courte et plaque ses cheveux sur son crâne gagné par un début de calvitie. Salva le verrait plutôt dans une réunion de chargés de com' cocaïnés que dans un bureau de la police judiciaire.

— Mais avant de faire le point en détail, poursuit-il en observant chacun des policiers présents, où en est le bijoutier ?

Marie-Noëlle Mambourg prend la parole :

— Ça y est, il est recousu. J'ai eu le CHU au téléphone il y a un quart d'heure. Ils n'ont pas pu lui sauver ses doigts, mais Varenne est tiré d'affaire. Il va passer la nuit en observation. Demain, les collègues de la BRB s'occuperont de lui. Ils ont le braquo sur les bras.

— Très bien, acquiesce Manfrédo. Je leur souhaite bien du courage pour y démêler quelque chose. Nous, on ne fait rien à ce sujet. Si le bijoutier se fait taper pour recel, Antignac sera le premier au courant. Et on ne veut *surtout pas* que le bonhomme nous voie venir sur son dos.

C'est au tour de Salva d'intervenir. Il ne tient plus en place.

— Stéphane, excuse-moi, mais on a les photos des braqueurs. On doit au minimum les transmettre aux collègues. Naamah aura besoin de…

Du revers de la main, Manfrédo balaie ses paroles.

— Laisse-moi juger de ce que nous devons ou ne devons pas faire, tu veux ? Officiellement, on n'a jamais été sur place. Donc ces photos n'ont jamais existé non plus. Il faudrait oublier un peu la sensiblerie, là.

— Quelle sensiblerie ? s'étouffe le policier. On parle d'une gosse de sept ans dans le coma, bordel !

— Maintenant que ce point est clarifié, enchaîne

son capitaine sans tenir compte de sa remarque, nous avons d'autres détails à régler…

Il désigne la valise posée au centre de la table.

— À commencer par conserver ces pièces à conviction chez nous, le temps de les faire authentifier par quelqu'un de l'office de Nanterre. Je tiens à éviter les mauvaises surprises, et nous connaissons tous la fiabilité de la salle des scellés…

Un bref regard à Salva, qui ignore l'allusion. Puis à sa « numéro 2 », le major Tollet :

— Bénédicte, je te laisse mettre tout ça à l'abri ?

Du bout de l'index, la policière remonte ses lunettes.

— Bien sûr. Je vais mettre la mallette dans notre coffre.

Salva ne dit plus rien. Il connaît le « coffre » du bureau des filles, pour y être allé chercher un document, le mois précédent. La combinaison par défaut, le classique *1-2-3-4-5-6-ENTRÉE*, n'a jamais été modifiée, comme c'est le cas pour les codes des boîtiers d'alarmes de la moitié des entreprises. Mais le moment serait bien mal choisi pour faire le malin en le leur rappelant.

Il ne cherche pas à participer aux échanges qui suivent. Pour ce premier rendez-vous entre le bijoutier et l'avocat, ils n'avaient eu qu'un tuyau de la part d'un « tonton », qui ne justifiait pas la pose de micros. La situation ayant radicalement changé, Manfrédo explique qu'il va en parler au procureur, sans trop lui en dire non plus pour ne pas se faire reprendre l'affaire par un groupe plus prestigieux. Après tout, ils possèdent désormais des photos de l'avocat entrant dans la bijouterie avec une valise et ressortant sans, c'est assez pour demander une écoute téléphonique administrative. Tout le monde a l'air enchanté par la nouvelle. La présence de Salva autour de cette table ne sert à rien. Elle n'a *jamais* servi à rien. Autant ne plus s'en préoccuper.

Il laisse son esprit vagabonder.

Les mains nouées sous le bureau.

Il songe à cette fillette allongée en ce moment même sur un lit dans l'unité de soins intensifs, entre la vie et la mort, sans que cela n'émeuve personne. Sans que personne se remette en question, ou se sente le moins du monde concerné.

Personne d'autre que lui.

28

L'attente. Ce poison insoutenable.

Elle dure plusieurs heures, le temps que le vétérinaire puisse se libérer et les rejoindre. Ils ont allongé Driss, tremblant et gémissant, dans le lit d'Élie. Ils lui ont donné à boire, lui ont ôté son tee-shirt trempé de sang et lui ont fait une toilette sommaire.

Le torse du garçon est tatoué d'entrelacs complexes de serpents. Ceux-ci enserrent étroitement une représentation de l'œil d'Horus, placé au centre de son ventre, sur son plexus solaire. Sa peau d'ébène scintille de gouttelettes de transpiration. Il claque des dents.

Avec de la gaze, Audrey a posé un pansement de fortune sur son horrible plaie béante. C'est tout ce qu'elle peut faire pour l'instant.

Ils discutent. Nerveusement et brièvement. Ils tournent en rond dans le minuscule appartement, fument des joints pour se détendre les nerfs. Même Driss en réclame, espérant que cela atténuera la douleur. Puis Damien et Élie ouvrent le frigo et se servent une bière chacun. Suivie d'une autre. Et d'une autre encore. Audrey les observe d'un œil réprobateur, le souvenir de son père et de ses excès imprimés au fer rouge dans son esprit, mais elle ne leur fait pas de réflexion. Elle se contente de se rouler un nouveau joint et va fumer son herbe sur la terrasse, le regard perdu à l'horizon, la chair de poule ne voulant pas quitter ses bras.

Bien sûr, elle consulte les sites d'actualité sur son mobile. Elle ne peut pas s'en empêcher. Elle ne trouve qu'une unique dépêche, reprise mot pour mot par les médias de la région. D'une précision déchirante. *Toulouse : vol à main armée. Après un échange de tirs en pleine rue, les braqueurs fauchent une fillette de sept ans en prenant la fuite. La victime a été transportée d'urgence à l'hôpital.*

Aucun autre détail ne semble avoir été rendu public. C'est pourtant déjà bien assez. L'âge de la gamine lui donne le vertige.

— Sept ans… Nom de Dieu… Pourquoi…

— Tu tiens le coup ? s'inquiète Damien en passant la tête dans l'encadrement de la baie vitrée.

Les yeux rougis, elle lui montre son téléphone.

— Tu devrais pas lire ça, bébé. Tout ce qu'on trouve sur le Net, c'est des *fake news* de toute façon.

Elle se frotte le nez, renifle. Damien prend place à côté d'elle. Il boit une gorgée de bière beaucoup plus longue que nécessaire. Audrey tique sans rien dire.

— Si la vie de cette gamine était en danger, je te jure qu'ils insisteraient bien dessus, finit-il par déclarer d'un ton qu'il doit juger convaincant. Les journalistes adorent les mauvaises nouvelles. Maintenant, arrête de regarder ces trucs, s'il te plaît. Tu te fais juste du mal.

Il l'embrasse pour l'empêcher de relancer le débat. Soumise, elle se contente de lui rendre ses baisers.

Pourtant, dès qu'il retourne à l'intérieur de l'appartement, quelques minutes plus tard, elle reprend son téléphone et recommence à éplucher les fils d'actualité.

Le vétérinaire arrive, enfin, vers 18 heures. Ils se trouvent face à un individu d'une bonne cinquantaine d'années, les cheveux poivre et sel, visage rond aux joues couperosées. Élie leur a appris qu'il s'appelle Bernard Cassagne, mais celui-ci, par prudence élémentaire, ne souhaite pas que le moindre nom soit mentionné entre eux. Après un rapide examen du blessé, il demande qu'on lui fasse bouillir de l'eau tandis qu'il ouvre son sac et en sort une multitude de rouleaux de gaze, bouteilles d'antiseptique, outils chromés et fil de suture. Ensuite, il les prie de le laisser seul dans la chambre avec Driss.

— Cela prendra un certain temps, prévient-il.

Ils patientent sur le balcon. L'appartement d'Élie est situé au huitième étage d'un immeuble de cité. Il surplombe un vaste parking bétonné où des jeunes désœuvrés attendent en écoutant du rap sur leurs téléphones. En vis-à-vis, où que porte le regard, d'autres barres grises, des alignements de balcons, des inscriptions sur les murs fléchant le chemin jusqu'aux divers points de revente de drogue. Dans l'angle, on devine le lac de la Reynerie qui scintille au soleil. Derrière, il y a même un véritable parc, classé au patrimoine, que la ville essaie de réhabiliter en vain depuis des années mais qui reste quasi désert en raison de la mauvaise image du quartier.

— J'ai envie d'une autre bière, déclare Élie.

— Vous avez assez bu, tous les deux, ne peut s'empêcher de faire remarquer Audrey.

Les deux garçons la toisent sans relever.

Ils attendent, donc. Encore. Interminablement.

Les gémissements de Driss leur parviennent par vagues désagréables.

— Pourvu que ça se passe bien, dit Damien.

— Je fais confiance au docteur, assure Élie.

— Au véto, tu veux dire.

Le garçon gratte nerveusement ses dreadlocks.

— Au moins, il nous aide.

— Et pour son prix ? Vous en avez discuté ?

— Je lui ai dit qu'on avait six mille balles. C'était OK pour lui.

Damien laisse échapper un juron à mi-voix.

— Tu m'étonnes, que c'est OK pour lui ! Et nous ? On s'est mis dans toute cette merde pour rien !

— Ce qui est fait est fait. Arrête un peu de nous prendre la tête, ça changera pas la situation.

La tension est montée sans qu'ils la voient venir. Damien se retourne vers Élie, le visage congestionné.

— Qu'est-ce que tu insinues ?

— Qu'on peut pas revenir en arrière, c'est tout. Faut te calmer, mec.

Le visage de Damien se ferme.

— Ce plan foireux, c'était le tien, Élie.

L'agressivité, sans doute due aux bières ingurgitées à jeun, fait vibrer le timbre de sa voix. Alors qu'Élie ignore la pique, Audrey tente de prendre la main de son petit ami. Mais, cette fois, c'est lui qui la repousse d'un geste sec.

— Quel bordel, ouais !

Leur tournant le dos, il empoigne la rambarde du balcon et s'absorbe dans la contemplation des immeubles.

Aucun d'eux ne prononce plus le moindre mot.

Dans l'appartement, les halètements de Driss reprennent.

Audrey se prend la tête dans les mains et recommence à pleurer en silence.

29

Marie Drevoski n'a pas bougé du chevet de sa fille.

Elle se tient devant le lit médicalisé, bras croisés, droite comme une statue de marbre. Une sentinelle au profil impeccable. Ses lèvres d'un rouge intense à force d'être pincées entre ses dents, et son regard rendu fiévreux par l'anxiété.

Dans l'encadrement de la porte, Salva hésite quelques instants, avant de se décider à tousser pour attirer son attention.

Quand elle se retourne et qu'elle rive ses yeux intensément bleus dans les siens, il se sent moins sûr de lui. Mais il n'est pas revenu ici, ne s'est pas faufilé dans le dos des gardiens pour reculer au dernier moment.

— Vous ?

Il n'ose pas pénétrer dans la chambre. Drevoski fait quelques pas vers lui.

— Que faites-vous ici ? demande-t-elle en le dévisageant des pieds à la tête.

— Il y a eu du changement. On m'a saisi de l'enquête, ment-il sans sourciller.

— Vraiment ?

Il force un sourire qu'il espère charmeur.

— Je suis comme ça, vous savez. On me chasse par la porte, je reviens par la fenêtre.

La femme continue de le scruter. Pas le moindre amusement sur son visage de porcelaine. Ses lèvres écarlates restent figées. Son regard inquisiteur.

— Cela ne dit pas pourquoi vous êtes revenu ici.

— La paperasse…

Il hésite encore. Se lance.

— Je m'inquiétais pour Valentine. Et pour vous. Je tenais à savoir comment vous alliez. Vous êtes seule ?

— Oui. Je…

Marie Drevoski observe sa fille. Un masque translucide couvre la figure de la petite. La batterie de moniteurs clignote et émet des bips réguliers. Les tuyaux flexibles des perfusions relient le menu corps à des poches de plasma.

— Sortons, s'il vous plaît.

Ils marchent le long du couloir sans échanger le moindre mot, atteignent l'entrée du bâtiment où se trouvent les distributeurs de boissons et une poignée de sièges en plastique. La femme finit par se planter face au policier. Son regard azur pourfend le crâne de Salva.

— Ils vont essayer de l'opérer une deuxième fois ce soir. Son état est critique. Le chirurgien a tourné autour du pot, mais…

Elle inspire avant de poursuivre, le visage éteint.

— Je ne suis pas née d'hier, d'accord ? J'ai conscience que ma fille a peu de chances de s'en sortir. L'hémorragie cérébrale est plus importante qu'on le suspectait initialement.

Salva hoche la tête, cherchant ses mots. Il finit par désigner le distributeur de boissons et balbutie :

— Je vous offre un café ?

— Monsieur…

— Vous pouvez m'appeler Olivier.

Elle penche la tête sur le côté, provoquant un glissement de ses cheveux soyeux.

— Vous n'êtes pas revenu simplement pour me draguer, tout de même ?

Il ravale sa salive. Bien sûr que non, il n'est pas revenu pour ça.

N'est-ce pas ?

Contre toute attente, Drevoski s'approche de lui, jusqu'à l'effleurer. Son parfum l'enveloppe.

— Je ne dis pas non à un thé à la menthe. Je ne vais pas dormir beaucoup cette nuit. Et appelez-moi Marie, s'il vous plaît.

— Thé à la menthe, donc, dit Salva en s'empressant d'insérer une pièce dans la machine pour dissimuler son sourire idiot.

Leurs gobelets en main, ils prennent place sur les fauteuils, de part et d'autre d'une table basse peinte aux couleurs de la savane africaine. Salva détaille le visage ciselé de cette femme. *Marie*. Les mains tenant sa tasse sont délicates, des doigts fins et pâles. Il se rend compte que son chemisier, par transparence, dévoile les ombres d'un soutien-gorge qui peine à contenir une poitrine généreuse. Quand elle croise les jambes, le tissu de sa jupe remonte avec un infime bruit de froissement, effleurant le liséré de ses bas.

Le policier détourne le regard et s'empresse de reprendre la conversation.

— Et donc… personne d'autre de votre famille n'est avec vous ? Vous veillez sur elle toute seule ?

Elle trempe les lèvres dans son thé.

— Comme vous pouvez le voir.

— Votre mari…

— Je n'ai pas de mari.

— Le père de Valentine, je veux dire.

— Valentine n'a pas de père, déclare-t-elle alors d'une voix lointaine, comme si cela n'avait pas la moindre importance.

Étrange manière de présenter les choses. Le policier aspire une gorgée brûlante de café avant de la relancer.

— J'ai besoin de ces détails pour mon dossier, vous comprenez.

— Oh. Pour l'enquête ?

— Exactement. Je vous ai dit qu'on me l'a confiée.

— Oui, vous me l'avez dit. Et c'est un mensonge.

Il se tend. Cette femme est décidément pleine de surprises.

— Ce que votre attitude confirme, assène-t-elle. Vous osez à peine vous justifier.

— Seriez-vous mentaliste, ou quelque chose dans le genre ? riposte-t-il maladroitement, avant de ramener sa tasse de café à ses lèvres pour se donner une contenance.

Elle ne peut réprimer un sourire.

— Quelque chose dans le genre. J'écris des romans.

— Oh.

— Pour enfants, précise-t-elle.

Il se penche, appuyant ses avant-bras sur ses cuisses.

— Une écrivaine. On dit comme ça ?

— Je crois que plus personne ne sait comment on dit. Personnellement, je préfère le neutre. Écrivain.

— C'est inhabituel comme métier. Vous avez un nom de plume ?

— En effet. Je publie sous le nom d'Estelle Janus. Si, à l'occasion, vous tombez sur un livre où il est question d'un lapin albinos explorateur, vous saurez qu'il est de moi.

— Estelle Janus. Promis, je chercherai. Vous en avez écrit beaucoup ?

— Une vingtaine, pour le moment. J'ai commencé à inventer des histoires pour les raconter à Valentine. Et puis, une chose menant à une autre…

Elle fixe sa tasse de thé pendant quelques instants, avant de poursuivre.

— Je suis sa seule famille. Je n'en ai plus moi-même depuis longtemps. Quant au père de Valentine, puisque cela semble tellement vous intéresser, il n'a jamais su qu'il avait une enfant. C'était il y a longtemps. Un coup d'un soir. J'ai oublié son nom. En supposant qu'il me l'ait dit…

Le policier hoche la tête. Il comprend mieux.

— Et vous, monsieur Salva ?

— Moi ?

Les rayons laser sont de nouveau braqués au fond de son crâne. Le transperçant de part en part.

— Vous n'avez pas de proches auprès de qui passer votre journée de repos ?

— Vous êtes *vraiment* mentaliste, Marie. C'est vous qui devriez travailler pour la police.

Il réfléchit avant de continuer.

— Je suis divorcé. Pas vraiment de famille non plus. Mon travail occupe toute ma vie, je suppose.

Drevoski boit en prenant son temps. Il ne sait pas si elle le fait exprès, mais leurs genoux sont de plus en plus proches. De nouveau, il sent une bouffée de son parfum. Enivrant.

— Olivier, que savez-vous vraiment de ce qui est arrivé ? Qui sont les gens qui ont fait ça à ma fille ?

Si je le savais…

Si j'avais ces gens devant moi…

Il dépose sa tasse vide sur la table basse.

— Je n'ai pas été franc avec vous, tout à l'heure. J'ai en effet quelques informations sur ce qui est arrivé…

— Lesquelles ?

Elle se penche vers lui. Ses doigts effleurent les siens. Il ne bouge pas. Ne frémit pas.

— Olivier, je dois savoir.

Il ne pense qu'à ce regard irrésistible harponnant le sien.

— Cela ne servirait à rien. Je vous assure que je vais tout faire pour les retrouver.

Elle se mordille le coin de la lèvre.

Puis sa main se retire.

Le frisson demeure intact dans les reins de Salva.

— Je m'attendais à un peu de soutien, dit-elle en se levant.

Douche froide.

— Merci pour le thé, Olivier.

Il l'observe tandis qu'elle s'éloigne dans le couloir, avant de se lever à son tour pour lui courir après.

— Attendez !

Elle se retourne. Ses joues sont humides, à présent. Elle essuie ses larmes d'une main déliée.

— Désolée. Je ne suis pas aussi forte que je le laisse paraître.

— C'est bien normal.

Il la regarde dans les yeux.

Et fond. Mille fois il fond.

— Que voulez-vous savoir ?

— Ce que vous avez vraiment vu, réplique la femme sans le quitter de son regard luisant. J'ai besoin de comprendre ce qui s'est passé. Comment on en est arrivé là…

Il sait qu'il ne devrait pas.

Il sait qu'il devrait tourner les talons et fuir. Tout de suite. Sans jamais regarder en arrière.

— Ils étaient quatre. Des jeunes.

— Alors, vous les avez vus ?

— Je vais les retrouver. C'est tout ce que je peux vous promettre. Ils seront punis.

— Vous savez qui ils sont, dit-elle.

Ce n'est pas une question.

Une mentaliste, songe encore Salva. Ou, en tout cas, une femme sacrément intelligente.

— Je vais le découvrir. Je vais mener cette enquête jusqu'au bout…

Il se gifle intérieurement. Pourquoi persiste-t-il à lui mentir ainsi, alors qu'elle lui prouve qu'elle semble lire en lui comme dans un livre ? Il a passé sa vie à mentir. Pour réclamer l'affection de ses proches. Pour fuir les sanctions professionnelles, toutes ces fois où il a dérapé. Toujours, ça a été plus fort que lui. Et pour quel résultat ? Sa femme est partie. Ses amis ne lui ont jamais fait confiance pour autant. Quant à son temps dans la police, pour ce qu'il en sait, celui-ci est peut-être déjà compté.

Justement. Si c'est le cas, si ce sont ses derniers jours en tant que flic, alors il les mettra à profit pour quelque chose d'utile.

— Je suis sérieux, Marie. C'est une promesse que je vous fais. Je ne baisserai pas les bras tant que les responsables n'auront pas été retrouvés.

Drevoski le dévisage sans répondre.

Mais son sourire d'espoir enflamme le policier.

Un feu qui, il le sait, ne pourra que le calciner.

30

Alors que le soleil commence à se coucher derrière les immeubles, Damien et Élie ont descendu deux bières de plus chacun. La crispation entre eux reste palpable, le silence de plomb.

Audrey, de son côté, ne se sent guère mieux. Elle a renoncé à chercher des informations sur Internet et s'est contentée de patienter, écouteurs enfoncés dans ses oreilles, enfermée dans le mutisme, jusqu'à ce qu'enfin le vétérinaire les rappelle à l'intérieur.

— C'est bon. Il va falloir surveiller tout ça, bien sûr, mais on peut dire qu'il y a eu plus de peur que de mal.

Tandis que l'homme se rince les mains au robinet du coin cuisine, tous trois se regroupent autour de leur ami étendu sur le lit. Audrey remarque que Driss, toujours torse nu, transpire beaucoup moins. Un bandage immaculé habille désormais son épaule ainsi que le haut de son bras.

— J'ai bien nettoyé la blessure et j'ai posé des points de suture, précise Cassagne. C'est plus moche que grave.

— Je suis tiré d'affaire, alors ? demande Driss d'une voix rendue pâteuse par la dose massive de médicaments.

Le vétérinaire s'essuie les mains tout en fronçant ses sourcils broussailleux.

— J'ai soigné des bestiaux plus abîmés que toi, petit. Tu as eu beaucoup de chance que la balle te traverse sans perforer d'artère. Ce n'est plus qu'une question de cicatrisation.

Il se tourne vers Élie.

— C'est toi qui vas t'occuper de lui, je présume ?

— Oui, monsieur.

— Alors écoute bien. Je te laisse ces boîtes d'antibiotiques, et là tu as des antidouleurs. Les antibios, c'est matin et soir. Tu peux lui donner des antidouleurs toutes les six heures environ. Ça fera un effet immédiat, c'est un remède de cheval. (Il fait une pause en voyant les expressions contrites fleurir autour de lui.) Pas *littéralement* pour cheval, détendez-vous, les enfants.

Il finit par pointer un doigt vers Driss.

— Quant à toi, je te conseille de toujours garder ton buste un peu surélevé. Ce n'est pas la position la plus agréable, mais ça t'évitera que la plaie ne gonfle avec l'afflux de sang. Il faut que tu conserves ton épaule au sec également, pas de douche pendant les premiers jours, d'accord ? Tu te nettoies au gant de toilette, c'est tout. Et tu ne t'amuses *surtout pas* à essayer de changer le pansement toi-même. Je repasserai à la fin de la semaine pour ça.

Il récupère ensuite le sac contenant l'argent. Sous le regard quelque peu courroucé de Damien, il le range dans sa valise, au milieu de son matériel médical.

Puis il toise chacun des jeunes gens autour de lui.

— Une dernière chose, et j'aimerais qu'on soit tous bien clairs à ce sujet. On ne s'est jamais vus. Vos petites histoires, c'est pas mes oignons. Vos problèmes, si vous deviez en avoir, ce ne sont pas les miens non plus. Pigé ?

— On ne dira pas un mot sur vous, soupire Élie. Je croyais que c'était évident.

— Rien n'est jamais évident tant que ce n'est pas dit clairement, mon garçon.

Après son départ, pourtant, c'est un silence glacé qui s'installe entre eux.

— Faites pas cette tête, merde ! finit par lancer Driss pour détendre l'atmosphère. Je suis en un seul morceau, non ?

Il contracte ses abdominaux, et c'est comme si les serpents tatoués sous sa peau frémissaient.

— Vous croyez que j'ai droit à une bière, maintenant ?

Élie laisse échapper un rire forcé.

— Avec tous les médocs que Cassagne t'a donnés ? Dans tes rêves, mec ! En revanche, *moi*, j'en ai bien besoin d'une petite.

— Encore ? ne peut s'empêcher d'intervenir Audrey. Tu en as déjà bu combien, là ?

Le garçon hausse les épaules, se dirigeant vers le frigo.

— Qu'est-ce que t'en as à foutre ? De toute façon, j'irai pas au taf demain.

— Tu peux répéter ?

La voix de Damien est abrupte. Il se plante devant son camarade.

— Quoi ? rétorque Élie en soutenant son regard. C'est quoi, ton problème, encore ?

— Tu vas aller bosser demain comme si tout était normal, on est bien d'accord ?

— Et toi, tu vas arrêter de me casser les couilles, ouais.

— Je te demande simplement de pas déconner,

Élie. On était tous d'accord pour faire profil bas. Ça veut dire qu'on ne change rien à notre quotidien. On ne fait rien qui puisse attirer l'attention. Surtout après ce qui s'est passé !

Élie désigne Driss du pouce.

— Désolé, mais mon pote s'est pris une balle et vient d'être recousu par un véto. J'aimerais bien m'assurer que tout se passe bien, si tu vois ce que je veux dire. Tant qu'il est pas totalement remis sur pied, le boulot peut aller se faire foutre.

— On ne peut pas se permettre d'agir de manière suspecte ! tempête Damien. Les flics vont pas nous lâcher comme ça ! Tu piges rien à rien ?

— Mais je t'emmerde ! rétorque Élie en haussant la voix lui aussi. Les flics ont rien contre nous. On se fréquente même pas dans la vie de tous les jours ! Alors arrête de paniquer comme ça !

Sans prévenir, Damien saisit Élie par les épaules et le projette contre le mur.

— Si on en est là, c'est à cause de ton plan foireux !

Audrey pousse un cri strident.

— Damien ! Arrête ! Qu'est-ce qui te prend ?

— Pauvre connard ! beugle Élie.

C'est à son tour de se jeter sur Damien. Il lui décoche un coup de poing, que Damien évite de justesse. Tous deux s'empoignent, se poussent mutuellement jusqu'à traverser la petite pièce et se heurter au plan de travail de la cuisine. Un plat en céramique contenant des fruits est éjecté. Il se brise avec fracas sur le carrelage tandis que des pommes roulent de tous côtés.

Audrey continue de hurler.

— Arrêtez ! *Arrêtez !*

— Merde, les mecs ! les invective Driss depuis

le lit. Vous vous rendez compte que tout l'immeuble vous entend ?

Les deux garçons se font face, le souffle court, les yeux rapides.

— Tu t'occupes de Driss, insiste Damien. Tu restes à son chevet toute la nuit, tu dors pas si ça te chante. Mais à 5 heures demain matin, je veux te voir au travail comme si tout était normal.

— Va te faire foutre, mec ! T'es personne pour me donner des ordres !

L'espace de quelques instants, chacun a un geste de pur réflexe, menaçant de reprendre le pugilat. Damien finit par lisser son tee-shirt froissé. Pas à pas, il recule vers sa petite amie.

— Audrey, on se casse, achève-t-il d'une voix glaciale.

31

Valentine Drevoski a été admise au bloc opératoire à 20 heures.

Elle y est restée quatre heures.

Quatre interminables heures reliée aux machines, le crâne ouvert comme la coque d'un fruit. Le laser s'est aventuré dans les replis de son cerveau. Découpant le tissu cellulaire. Drainant le sang accumulé dans les cavités.

Les deux chirurgiens se sont battus pour la sauver.

Ils n'ont pas réussi.

Sa mère a assisté à l'opération depuis le couloir. On lui a permis de rester derrière la fenêtre de la porte pivotante. Spectatrice lointaine. Impuissante.

Elle a vu les courbes vitales s'effondrer sur les moniteurs, les regards perdus échangés par les médecins. Elle a entendu leurs voix où transpirait une panique grandissante. *On la perd. Envoyez plus d'oxygène. Vite.*

Elle aurait voulu tenir la main de sa fille. Cela aurait peut-être constitué un soulagement, si dérisoire soit-il.

Mais c'est derrière cette porte étanche, le front collé à la vitre, qu'elle a assisté à ses derniers instants.

Encaissant chaque seconde comme autant de coups de hache.

Sans bouger.

Sans frémir.

Les yeux asséchés d'avoir trop pleuré.

Jusqu'à cet instant où les chirurgiens se sont retirés, vaincus à la fin. Cette seconde affreuse où les moniteurs sont passés au noir et se sont tus.

Définitivement.

Heure du décès. Minuit une.

Le monde s'est arrêté à cet instant-là.

Le monde a perdu ses couleurs à jamais.

32

Après plusieurs minutes de flottement et de mots timides prononcés par les médecins aux yeux éteints, ils l'ont emmenée dans une pièce pour se recueillir auprès de sa fille. Immaculée. Innocente. *Valentine.*

Elle a caressé son petit corps inerte. L'a embrassée en songeant à toutes les fois où elle aurait dû le faire et n'en a pas pris le temps. Elle a essayé de se convaincre que plus jamais elle ne la tiendra dans ses bras. Plus jamais elle ne lui lira d'histoires le soir. Plus jamais elle ne jouera dans la neige avec elle. Cela lui semble impossible à accepter. Il y a trop de tourment en elle. Trop de vide soudain. Et ses larmes qu'elle croyait taries ont recommencé à couler comme des cascades sans fin sur son enfant.

Une heure entière elle est restée ainsi, accrochée à Valentine. Incapable de respirer, incapable de penser. Un puits de douleur. Un trou noir perdu dans l'espace. Puis les infirmières sont arrivées. Elles lui ont expliqué qu'il fallait qu'elle rentre chez elle. Que maintenant, tout allait être pris en charge par les professionnels.

Les professionnels.

— Je ne veux pas ! leur crie-t-elle. Je veux rester avec elle ! C'est ma fille !

Silence gêné. Raclements de gorge.

— Nous sommes désolées, madame. Ce n'est pas de notre ressort.

Elle s'est relevée, contrainte. Vaincue. Une ombre profonde dans son regard azur, annonçant un crépuscule terrible et définitif.

Elle est sortie de la salle de présentation.

À l'accueil, le policier est toujours là. L'attendant. Pourquoi ? Elle dévisage ce jeune quarantenaire à l'air fatigué. Des poignées de cheveux blancs se devinent déjà dans ses mèches en bataille. Olivier Salva arbore une barbe de deux jours. Certaines femmes doivent trouver que cela lui donne un air de baroudeur.

Pas elle. Marie Drevoski connaît les baroudeurs. Celui-là n'en est pas un. C'est juste un homme perdu. Comme elle. Un sans-grade. Un être dénué d'importance, qui ne peut que se faire broyer par la vie. Ce qui a déjà commencé, de toute évidence.

— Vous êtes toujours là ?

— Je voulais vous voir.

Il tend une main pour lui effleurer le bras.

Elle le repousse avec brusquerie.

— Ma fille est morte.

— Je sais.

— Ma fille est MORTE ! hurle-t-elle d'une voix aiguë.

— Écoutez…

Sa main s'envole sans prévenir. La gifle, d'une violence inattendue, fait reculer le policier contre le mur, sa joue écarlate.

— Partez ! Je ne veux plus vous voir !

— Madame ! s'écrie un infirmier.

Un agent de sécurité ne tarde pas à accourir. Cou massif, oreilles décollées, il souffle comme un bœuf, les dévisage tour à tour en cherchant à comprendre l'origine de l'altercation.

— Madame ? Tout va bien ?

— Allez-vous-en, répète-t-elle en s'adressant à Salva.

Ses mots sont des glaçons. Mais pas tant que ses yeux, enfoncés dans les siens.

— Monsieur, appuie l'agent de sécurité. L'accès à ce bâtiment n'est pas autorisé en dehors des heures de visite.

Salva ne dit rien.

Il baisse le regard.

Il bat en retraite vers la sortie.

33

Il fuit.

Il n'y a pas d'autre mot pour décrire sa réaction, alors qu'il claque la portière de sa voiture. Exactement tel qu'il l'a fait toute sa vie, aussi loin qu'il se souvienne. *Il se défile.* Sans savoir pourquoi, encore une fois, il se trouve dans la même situation. La honte fait remonter un filet de bile aigre jusque dans sa gorge.

Il n'a jamais su prendre les bonnes décisions. Quand bien même s'efforce-t-il de faire les choses au mieux. Tout foire. Tout s'effondre toujours sous ses pieds.

L'esprit vide, il attend jusqu'à ce que les vitres se couvrent de buée. Sa pommette gauche, plus meurtrie qu'il l'aurait cru par la gifle de Drevoski, est gonflée et pulse au rythme rapide de son cœur. Il a sans doute gagné un joli hématome. Il allume fébrilement la radio. Le vieux rock de Deep Purple emplit la voiture. À défaut de le sortir de sa torpeur, cela lui donne envie de se rouler de l'herbe pour oublier. Supporter un peu cette sensation d'étouffement qui le broie, peut-être.

Il fume le joint en entier avant de se décider à démarrer. Les volutes parfumées l'entourent. Apaisantes. Mais pas assez. Jamais assez. Il lui en faudrait plus, beaucoup plus, pour combler le vide en lui. Ce gouffre sans fond qui l'aspire, maintenant plus que jamais.

Il n'a aucune envie de rentrer. Pas encore. Il se contente de rouler. Au hasard, longtemps. Il parcourt les rues quasi désertes de Toulouse. Il croise les prostituées fripées. Il observe les sans-abri et leurs hordes de chiens. Deux d'entre eux sont en train de se battre sur le trottoir. Il ralentit pour laisser passer des vélos sur lesquels des fêtards, ivres morts, chantent à tue-tête en rentrant chez eux.

À la radio, Depeche Mode succède à Death In Vegas. Puis David Bowie rappelle que tout le monde peut être un héros. Un jour.

Quelle bêtise.

Il n'y a pas de héros. Jamais.

Seulement des perdants.

Et d'autres moins chanceux encore.

Salva s'arrête un moment au feu de la place Arnaud-Bernard. Il observe d'un regard hébété les jeunes en train de vendre de la drogue sous les porches, dans les angles morts des caméras de surveillance posées par la mairie. Un couple hilare sniffe de la cocaïne sur le capot d'une voiture, alors qu'un fourgon de CRS stationne un peu plus loin. L'indifférence totale du monde, son absurdité profonde, frappe Salva au visage, et c'est une gifle glacée, plus violente encore que celle que lui a donnée Marie Drevoski.

Une pensée en amène une autre.

De plus en plus sombre. De plus en plus *lui*.

Il décide de remonter les allées en direction du quartier des Minimes.

Il ne peut pas rester seul.

Une perspective intolérable.

À son passage, le clocher de l'église des Minimes

sonne 3 heures du matin. Il dépasse la station de métro Claude-Nougaro puis, arrivé à celle de Barrière-de-Paris, bifurque à droite pour emprunter le boulevard Pierre-et-Marie-Curie. Il coupe par la rue Campistron avant de trouver une place de stationnement dans la rue Jonas.

Il se présente à l'interphone d'un immeuble. Il n'a qu'à murmurer son nom et le sas est aussitôt déverrouillé. Deux étages plus haut, une jeune femme en nuisette l'accueille à sa porte. Elle s'appelle Lana. Elle est blonde, elle est belle. Un visage de petite poupée. Un corps menu, celui d'une adolescente presque. Elle a plus de quinze ans de moins que lui. Ils ne se sont pas vus depuis des mois. Leur relation a toujours été purement sexuelle, au hasard des nuits de solitude.

— Ça fait un bail, dit-elle.

— Tu es seule ?

Elle lisse timidement sa petite tenue, au travers de laquelle les aréoles de ses seins se devinent, larges et sombres.

— Heu, oui… J'étais déjà couchée, mais… Tu veux entrer ?

Pour toute réponse, il la prend dans ses bras et écrase ses lèvres sur les siennes. Elle se laisse faire. Instinctivement, son corps s'accroche au sien, semble fondre sur lui, comme chaque fois qu'ils se sont retrouvés. Ils se replient dans l'appartement sans que leurs langues se dénouent. Les mains de la jeune femme arrachent la ceinture d'Olivier, défont les boutons de sa chemise tandis qu'ils traversent le studio, pas après pas, pris dans une danse animale et fébrile qu'aucun d'eux ne souhaite briser.

Au bout de la pièce, la fille bute sur le canapé, pousse un petit cri de surprise, et il en profite pour la retourner sans ménagement, la force à se plier en deux par-dessus le dossier, tandis qu'il fait glisser sa culotte le long de ses jambes. Elle pousse un gloussement alors que son membre turgescent force son chemin entre ses fesses, et elle le laisse la pénétrer ainsi, sans préliminaires. Haletante, elle lève les hanches pour lui permettre de s'enfoncer jusqu'à la garde, accompagne ses coups de boutoir, de plus en plus violents, par des mouvements brusques, des cris et des rires en guise d'encouragements.

Il jouit rapidement, se répand en soupirant sur le dos blanc de la jeune femme, mais ne compte pas arrêter là ses assauts. Toujours dur, toujours aussi affamé, il soulève sa partenaire, la porte dans ses bras jusqu'au lit où il se jette de nouveau sur elle. Elle rit plus fort, noue ses jambes autour de lui tandis qu'il replonge dans la moiteur palpitante de son sexe. Il embrasse ses tétons tendus à pleine bouche, va et vient tout au fond d'elle, cette fois de manière plus lente, plus cérébrale et plus attentionnée. La fille, de son côté, est déchaînée, elle se démène en criant. Passant d'une position à l'autre et dans une frénésie sans fin, elle se plie, se cambre, donne de furieux coups de bassin ou le chevauche avec un appétit égal et insatiable. À plusieurs reprises, elle tressaille et se tend, traversée par des orgasmes de plus en plus bruyants, lui mord le cou jusqu'au sang, et ils finissent en sueur, allongés l'un à côté de l'autre entre les draps froissés et trempés.

— Qu'est-ce que tu t'es fait à la figure ? demande-t-elle une fois qu'elle a retrouvé son souffle, en tournant vers lui un visage épanoui. T'as pris un sacré coup, on dirait.

Il passe une main dans la chevelure blonde, tord une mèche soyeuse entre ses doigts.

— J'ai croisé une femme, dit-il à voix basse, les yeux ailleurs.

Elle glousse, se hisse à califourchon sur lui et l'embrasse langoureusement. Elle s'éclipse ensuite dans la salle de bains où elle reste un moment, revient se blottir contre lui et ne tarde pas à s'assoupir dans ses bras, sans chercher à savoir s'il sera là à son réveil ou non.

Salva lui-même l'ignore.

Il reste là, couché sur le flanc, dans le parfum musqué de sexe qui colle à sa peau, une main sous le menton, son pouls battant comme un tambour à ses tempes. L'image de Marie Drevoski demeure imprimée sur ses rétines avec toujours autant de précision.

À quoi tu joues, mon pote ?

Où cela te mène-t-il ?

Il ne tient même plus à se poser la question.

Il a l'impression de tomber toujours plus bas dans un abysse sans fond.

Il se contente d'observer la jeune Lana endormie, ses mèches éparpillées autour de son petit visage mutin comme des rivières de miel, sa poitrine découverte et impudique se soulevant au rythme serein de sa respiration.

Il sait que, lui, ne dormira pas cette nuit.

Il se demande s'il dormira à nouveau un jour.

34

Marie Drevoski, elle, ne recherche nulle compagnie. Tout ce qu'elle souhaite, c'est pouvoir laisser sortir ses pleurs et ses sanglots. Que ses cris jaillissent d'elle. Qu'elle les vomisse jusqu'à s'écorcher la gorge et crier plus fort encore sous la douleur.

On doit l'entendre dans tout l'immeuble, et c'est bien le dernier de ses soucis. Elle est propriétaire, elle se moque de ce que peuvent penser ses voisins. Ils seront bien assez tôt au courant.

Avant de la mettre dans un taxi, une jeune femme médecin a tenu à lui prescrire des calmants pour tenir le coup.

Ce n'est pas de *calmants* qu'elle a besoin. Elle n'a pas la moindre envie de cacher sa souffrance. Elle a besoin de la *hurler*. De *détruire* des choses. N'importe quoi. Physiquement.

Ce qu'elle commence à faire. D'un revers de main, elle chasse les verres disposés sur l'îlot de la cuisine et les regarde exploser en mille éclats sur le parquet. Elle pousse les vases qui se brisent de la même manière, les uns après les autres, dispersant eau et fleurs. Elle empoigne les tabourets, les lance contre les murs. Une des bibliothèques s'effondre sous l'impact. Les livres tombent, se chevauchent. Elle ne veut plus les voir de toute façon. Des mensonges. Encore et toujours des mensonges qui ne guérissent rien, ne font jamais rien oublier.

Son MacBook flambant neuf se trouve sur la table basse. Emportée par l'hystérie, elle l'empoigne à son tour et le balance comme le reste, avec un grand ahanement de guerre et de désespoir. L'ordinateur heurte une photo d'Alice Cooper sous verre, il l'arrache de la cloison, tous deux finissent à grand fracas dans l'angle de la pièce, tout autour de la méridienne.

Le chaos est total. Pourtant, son besoin de violence demeure loin d'être épuisé. Marie tourne sur elle-même, elle halète. Sa poitrine gonfle son chemisier par saccades. Elle noue ses doigts sur son vêtement et déchire les boutons l'un après l'autre. Ses larmes continuent de couler. Ses cris continuent de s'échapper, évoquant tour à tour des gémissements d'agonie et le râle d'un animal blessé à mort. Elle se griffe le visage, tire sur ses cheveux. Remontant l'escalier qui mène vers sa chambre, elle agrippe un tableau et le jette par-dessus la rampe.

Davantage de bruits de casse. De honte et d'apaisement mêlés, peut-être, dans cet inconfortable et insaisissable mélange qu'est la rage.

Elle passe devant la chambre de Valentine, pousse la porte de la sienne. Elle se colle contre la baie vitrée qui donne sur la terrasse de toit, observe la nuit au-dehors avec une certaine fébrilité, commence à faire coulisser le panneau de verre avant de s'écrouler à genoux, et à ce stade ne parvient même plus à se relever. Prises de spasmes, elle recommence à pleurer, à rugir des malédictions. Elle frappe le parquet de ses poings, jusqu'à ce que ses phalanges saignent. Jusqu'à ce qu'elle commence à aimer cette douleur.

Dans un dernier sursaut de lucidité, elle rampe jusqu'à son lit et s'effondre sur les draps.

Parcourue de sanglots.

Seule dans le noir.

Seule à jamais.

Pourquoi ?

— Pourquoi tu ne veux jamais me parler de mon père ?

— Parce qu'il n'y a rien à dire, ma puce.

— Je ne pourrai pas le voir un jour ?

— Non. Je ne crois pas.

— Mais pourquoi ?

— Parce que.

— Pourquoi, maman ? Qui c'est, mon père ?

35

Les sanglots de Marie Devroski se sont tus.

Le silence a repris ses droits dans le vaste appartement.

Tout y est immobile. Jusqu'à ce mouvement, une vague au sein des ténèbres.

La baie de la terrasse est doucement refermée.

Les chaussures militaires en se posant sur le parquet ne font pas le moindre bruit. Pas plus que la porte de la chambre quand elle s'ouvre lentement.

La silhouette s'avance sur la rochelle. Surplombe le salon sans un bruit. Au sein de l'obscurité ambiante, ses yeux creusent deux gouffres plus sombres encore.

Cette obscurité lui convient. L'être qui se tient là n'a jamais eu besoin de lumière pour voir en toute clarté.

Sa formation a servi à ça. À lui apprendre à ne plus être humain. À faire corps avec la nuit et ses spectres, jusqu'à en devenir un lui-même. Un fantôme indétectable. Une arme impossible à localiser parce que son existence même n'est plus qu'une légende.

D'abord, le soldat observe calmement les chaises renversées, les lampes brisées. L'ordinateur portable couché sur le côté, son écran fissuré. Marie Drevoski n'a pas fait les choses à moitié dans sa crise d'hystérie. Elle a défiguré son appartement.

Mais elle a tort. Marie s'est laissé submerger par ses émotions. La tristesse et la rage ne sont pas des armes. *Lui* en est une. C'est à lui qu'il revient, à présent, de prendre les choses en main. Comme il l'a toujours fait. De manière froide, définitive.

Il descend les marches, par saccades. Comme s'il était là et en même temps absent de ce monde. Se fondant aux ombres de la vaste pièce.

Il évite de marcher sur les tessons de verre dispersés sur le parquet. L'espace de quelques instants, l'étrange silhouette fait halte devant le frigo, où sont aimantées des photos. Sur la plupart, Marie et Valentine Drevoski sont ensemble, dans les bras l'une de l'autre. Seul un de ces clichés montre Valentine seule. La fillette est juchée sur une chaise verte de taille gargantuesque, qui la rend encore plus petite. Souriante. Éternellement blonde et radieuse.

La respiration de l'ombre s'accentue un peu. Pas beaucoup. Juste un souffle.

Pas de sentiment, lui avait assené son capitaine, une nuit, il y a longtemps.

Cet ordre a constitué sa règle durant toutes ces années.

Pas de sentiment. Pas de regard en arrière.

Son sacerdoce.

Maintenant, si les sentiments étaient tout ce qui lui reste ? Cette douleur-là. Brûlant dans sa poitrine. Cet incendie-là.

Le fantôme détache la photo de Valentine, la tient dans son gant tactique pendant un long moment.

Puis il se tourne. Il se trouve face au miroir de l'entrée, qui a miraculeusement échappé au carnage et qui renvoie en cet instant son image comme une erreur dans la trame de la réalité. Même en le devinant au sein de la pénombre, quiconque poserait les yeux sur cette silhouette la trouverait beaucoup trop mince. *Une anomalie.* Son visage imberbe est d'une pâleur cadavérique, dépourvu de la moindre expression.

Le visage de la mort.

Implacable. Inéluctable.

Le spectre parfait son apparence en déposant un chapeau rond et noir sur son crâne. Pour mieux se fondre à la nuit.

Pour mieux effrayer ceux qui à présent doivent payer.

Il contemple une dernière fois les dégâts causés par Marie pendant son accès de rage.

Il songe à cette douleur qu'elle a ressentie.

Ce vide qui ne sera jamais comblé.

Cette injustice vouée à ne jamais être réparée.

La police a promis de faire quelque chose. En tout cas ce policier au regard de chien battu. Olivier Salva.

Le fantôme sait ce que l'on peut attendre de la police.

Il bouge à nouveau, s'efface comme il est apparu. Sans un bruit. Sans une trace.

Tel le vent faisant à peine frémir les rideaux.

Juste ça. Un mouvement.

La vengeance qui se lance.

Maintenant.

36

À 3 heures du matin, Audrey n'a toujours pas trouvé le sommeil.

Elle croise les bras sous le drap. Sa peau est hérissée de chair de poule.

Ce froid. Pourquoi ne s'en va-t-il donc pas ?

Tout en grelottant, elle écoute le souffle de Damien, qui s'agite dans son sommeil. Il doit faire un rêve désagréable. Son visage d'ange se froisse. Par intermittence, il laisse échapper une plainte angoissée, un sanglot presque.

Audrey est tentée de passer sa main dans ses cheveux pour le réveiller. Pour le rassurer, et qu'il la rassure en retour. Qu'il lui fasse l'amour peut-être. N'importe quoi pour se sentir en vie, être réchauffée un peu. Mais elle se fait violence pour ne pas le déranger. Il risquerait de mal le prendre et il aurait raison. Dans moins d'une heure, il devra se lever pour aller travailler au marché.

Tous les quatre, ils vont devoir continuer à vivre comme si de rien n'était. Damien l'a bien dit, il est essentiel de ne pas attirer l'attention, tout particulièrement après ce qui s'est produit. Leur rêve n'était que ça, finalement. Un rêve. Une immense, immense bêtise. Il ne leur reste plus qu'à oublier – essayer d'oublier.

Revenir à la réalité, à ses impératifs cruels. Damien va continuer de se tuer au travail, pour s'occuper de sa mère, de son frère… et d'*elle*, désormais. Une bouche de plus à nourrir.

Audrey mordille la pulpe de son pouce pendant plusieurs minutes.

Son estomac lui fait mal.

Une nausée qui refuse de passer.

Elle se demande si elle parviendrait à trouver un emploi elle aussi, en plus de la fac. Serait-elle capable de tout mener de front ? Ou devra-t-elle se résoudre à arrêter ses études, maintenant qu'elle ne peut plus compter sur ses parents pour l'aider financièrement ?

Elle respire de plus en plus fort.

N'y tenant plus, elle finit par se recroqueviller sous le drap pour ne pas déranger le sommeil de Damien et, avec une fébrilité grandissante, déverrouille son téléphone mobile.

Il faut qu'elle sache.

Elle a *besoin* de savoir ce qui circule sur les médias à leur sujet.

Sa recherche ne la mène pourtant pas loin. Il n'y a rien de neuf, que ce soit sur Twitter comme sur les principaux blogs d'actualité de la région.

Pas une seule ligne qui reviendrait sur le braquage désastreux ou les coups de feu en pleine rue.

Pas un seul journaliste qui prendrait la peine de mentionner l'état de la fillette.

Audrey éteint son écran mais reste sous les draps. Incapable de penser à autre chose.

Dehors, le ballet habituel des scooters a recommencé.

Jean…

Jean Varenne…

… assez rêvé. Réveille-toi et regarde-moi.

Maintenant.

37

Il se réveille en sursaut.

Un souffle d'air frais caressant son visage.

Varenne cligne fébrilement des yeux pour s'habituer à la pénombre.

A-t-il entendu une voix ?

Seulement un rêve.

Un très mauvais rêve.

Il lui faut quelques instants pour se souvenir de l'endroit où il se trouve. La chambre. L'hôpital. Il est à Purpan. On l'a opéré. Il est farci de médicaments. *Tout va bien.*

Par la fenêtre où il n'a pas baissé le store, la lueur de l'aube se profile, encore lointaine.

Il se demande quelle heure il peut être.

Encore trop tôt pour la ronde matinale de l'infirmière.

Ce moment bleu, entre chien et loup, où les chimères paraissent presque palpables.

Il ignore d'où lui viennent ces pensées et il se hâte de les chasser de son esprit.

Sa main droite, prise dans l'attelle plâtrée, diffuse une douleur sourde malgré la dose de calmants. Les médecins n'ont réussi à sauver aucun de ses deux doigts arrachés, mais ils lui ont assuré que sa blessure est stabilisée. Aucune complication à craindre.

Maigre consolation.

Encore envasé dans le sommeil, il revoit le fil des événements de la journée passée.

Ces jeunes salopards avec leurs cagoules têtes de mort. Il aurait tant aimé s'en faire un. Au moins un ! Il pourrait avoir un mort sur la conscience. Ou même deux. Un pour chacun de ses doigts perdus. Voilà qui aurait racheté ce qu'ils lui ont fait.

À ce propos, qu'a-t-il bien pu arriver à celui qu'il a touché ? Car il est sûr d'avoir blessé un de ces cloportes. Se peut-il qu'il ait réussi ? Le braqueur à la cagoule verte a-t-il déjà crevé dans une horrible agonie, tapi comme un rat dans quelque cité de la région ?

Imaginer une telle possibilité suffit à lui souffler un regain de joie.

Il cherche à se redresser.

En vain.

Son corps ne bouge pas.

Il essaie encore. Soulever ses épaules. Bouger les bras.

Rien. Ses membres refusent de lui répondre en dépit de ses efforts. Il demeure immobile. Cloué dans le lit.

Tu rêves encore.

Il tourne les yeux. À droite, à gauche. Ce mouvement lui est permis. C'est le seul.

Dans l'ombre, il devine une présence.

Une silhouette floue qui le regarde. Immobile. Un prédateur à l'affût.

Il s'efforce d'avaler sa salive.

N'arrive même pas à faire ça.

Réveille-toi. Tout de suite.

Aucun changement. La sensation de flottement ne s'en va pas.

— Je veux me réveiller, parvient-il à souffler.

— Tu ne dors plus, lui répond un timbre presque désincarné. Mais je veux bien être ton cauchemar. De quoi as-tu peur, Jean ?

Varenne ne comprend pas ce qui lui arrive, ce qui est réel et ce qui ne l'est pas. Il veut crier au secours. Seul un filet de voix, à peine audible, passe entre ses lèvres.

— Que me voulez-vous ?

L'ombre se déplace, se penche sur lui. Deux yeux d'encre, trop grands, trop *inhumains* l'engloutissent.

— La vengeance, susurre la créature en approchant un couteau de son visage. Voilà tout ce que je veux. Elle commence par toi, Jean Varenne.

— Je ne comprends pas... À l'aide... À moi...

— Personne ne peut t'entendre.

La lame luit, à quelques centimètres de ses pupilles. Aiguisée comme un rasoir. Une terreur absolue s'empare de Varenne.

— Mais si ! tente-t-il en tout dernier ressort. Il y a un policier... derrière la porte... il me surveille... À l'aide ! À moi !

L'individu ne cille pas. Sa pâleur et son absence totale de pilosité le rendent si lisse qu'il semble seulement dessiné dans la matière de la pénombre. *Un spectre*. Jusqu'à son chapeau rond, tout droit surgi d'une légende urbaine.

— La police aurait mieux fait de surveiller la fenêtre.

Varenne déplace son regard en direction des rideaux, qui volent, soulevés par un léger courant d'air.

Il se souvient que sa chambre est située au quatrième étage. Il songe également que la fenêtre ne peut que s'entrouvrir. Un si mince interstice...

— Êtes-vous le diable ?

Le sourire du spectre devient rire.

— Je ne suis plus rien, désormais. Un mauvais souvenir qui peine à s'effacer. Une ombre que personne ne souhaite remarquer. Je suis venu accomplir la seule besogne que je fais bien, Jean. Je vais la faire comme je ne l'ai encore jamais faite, je te le promets.

Le couteau se promène le long de son cou. S'immisce dans l'ouverture de sa chemise.

Les boutons sautent un à un, exposant sa poitrine parsemée de poils blancs.

— Pitié…

Varenne ferme les yeux à l'instant où la lame s'arrête sous sa clavicule.

La pointe de métal crève sa peau.

— Oh, mon Dieu…

Il sent la pénétration dans sa chair. Millimètre après millimètre.

La souffrance est semblable à une flamme. Elle monte, avec la même inexorabilité que le couteau s'enfonce en lui. Le dévore de l'intérieur, de plus en plus fort.

— Au secours… hurle-t-il de son gémissement à peine audible.

Le visage sans émotion flotte au-dessus de lui. Le regard de ténèbres n'offre pas la moindre trace de blanc.

— Je pourrais te faire parler. Je sais faire cela. Mais as-tu seulement quelque chose à m'apprendre, Jean ? Quelque chose en échange de ta misérable existence ?

— Je vous dirai… tout… tout ce que vous voulez… Arrêtez… arrêtez, par pitié…

La garde de l'arme bute contre sa clavicule.

La lame le perfore, fichée tout entière dans son corps.

Des larmes rondes et chaudes ruissellent sur les joues de Varenne.

— Pourrais-tu identifier tes assaillants ? demande le cauchemar.

— Non… bien sûr que non…

— Pourquoi ?

— Ils avaient… des masques… je n'aurais… pas pu… aucun…

— Même maintenant, face à l'abysse, tu continues de mentir. Quel dommage.

Le poignard pivote lentement dans son fourreau de chair. La flamme devient brasier. Calcinant sa poitrine. Ses pleurs cascadent de plus belle sur son visage. Ils déversent entre ses lèvres leur goût salé, l'étouffent.

— Je vous jure que c'est vrai, suffoque-t-il. Je ne les connaissais pas…

— Donne-moi quelque chose, dit le spectre, sans le quitter de ses immenses yeux noirs. Tu n'as plus beaucoup de temps. La fatigue va arriver. Tu ne la sens pas déjà ?

Varenne sent de la bave s'écouler sur son menton. Ou bien est-ce du sang ? La panique le submerge, chassant toute pensée cohérente.

— Ils étaient trois ! Non… quatre… J'ai tiré sur eux…

— Vraiment ?

— J'en ai blessé un… Leur chauffeur… Je suis certain… de lui avoir mis une balle… oh, pitié… *pitié…*

— Ne t'arrête pas. Le chauffeur est parti blessé ?

— Non… Ils l'ont déplacé à l'arrière… de la voiture…

— Lequel a pris sa place ?

— Une fille… Je n'ai pas vu son visage, mais…

c'était… une fille… c'est sûr… trois garçons… une fille…

Les yeux noirs se plissent.

Sa tête s'incline sur le côté.

— Merci, Jean.

La lame se retire avec la même lenteur calculée.

Un hoquet traverse le bijoutier. Il sent ses forces l'abandonner avec le sang qui s'écoule désormais de l'ouverture béante, imbibant les draps. L'incendie se répand dans sa poitrine.

— Je ne veux pas crever… je vous en supplie…

— Malheureusement, il n'y a pas d'autre alternative pour toi. Je suis là pour te voir mourir, Jean. C'est quelque chose d'inconsidéré, je te l'accorde. C'est ma perte, peut-être. Et je m'en moque. Tu te rends compte ? Non, bien sûr, tu ne peux pas comprendre. Pour la première fois de ma vie, je me moque vraiment que tout cela finisse.

L'ombre s'approche. Ses lèvres lui effleurent l'oreille.

— La rage doit sortir. Je ne veux plus la contenir. Tu es le premier. Les autres suivront. Tous ceux qui ont mené à ça.

— Mais de quoi… parlez-vous… ? geint Varenne.

— Vous avez tué mon enfant.

— Je n'ai pas…

— Vous êtes tous responsables.

La pointe de la lame parcourt sa peau.

Elle s'arrête à un point bien précis.

Juste sous ses côtes.

D'un coup, elle s'y enfonce.

Varenne écarquille les yeux. La douleur est lâchée. Un raz-de-marée. Le couteau ressort, et replonge, plus loin, s'insérant entre les organes mais sans en perforer aucun. La souffrance est insoutenable et elle est dans chacune de ses cellules.

— Je vous trouverai tous, poursuit l'ombre en continuant de frapper et de frapper. Je découvrirai qui vous êtes et je vous ferai périr de mes mains.

Quand le fantôme se relève, l'homme gît dans une mare de sang.

Il est loin d'en avoir fini avec lui pourtant.

D'abord, la lame s'abat, pénètre pile à la jonction des côtes.

Les sectionnant d'un geste précis.

Ouvrant en grand l'accès au cœur rouge et rond en dessous.

Alors ce sont ses mains gantées qui plongent à leur tour dans la cage thoracique, se referment autour de l'organe encore chaud. D'une simple traction, le spectre l'arrache, le lève devant ses yeux pour l'observer se flétrir imperceptiblement.

Avant de l'amener jusqu'à la bouche béante du cadavre.

Le cœur est trop gros pour y entrer. Mais le spectre le pousse, le comprime si fort entre les dents de Varenne que la mâchoire finit par céder et se disloque avec un craquement sec.

L'être se redresse et contemple son œuvre. Rasséréné enfin. Pour quelques heures tout au moins.

Son visage sans expression est maculé de sang.

— Un par un…

La lueur de l'aube a grandi. Elle baigne de plus en plus la pièce, dessinant les traits du tueur et lui ôtant un peu de son aura irréelle.

Au bout du couloir, des pas se font entendre.

L'ombre s'écarte de son méfait, se contorsionne

avec une souplesse étonnante pour se couler dans la minuscule ouverture de la fenêtre.

Elle se fond déjà dans les haies du parc en contrebas quand retentit le hurlement horrifié de l'infirmière.

Ce n'est que le début des cris.

Que le tout début de son sillage de sang.

Maman...

Qui c'est, mon père ?

III

UN PAR UN

Nigeria, 2010

— *Il faut prendre une décision au sujet d'Uriel, mon capitaine.*

— *Je suis conscient de la situation, Ulysse. Mais ce que tu évoques, c'est une dénonciation. Le colonel a créé cette unité pour que nous n'ayons plus ce genre d'entraves, justement.*

— *On ne fait rien, alors ?*

— *Nous sommes en zone de guerre. Ce qui se passe ici restera ici.*

— *Mais c'est de pire en pire ! D'abord les animaux. Et maintenant… maintenant…*

Silence.

Le vent apporte la puanteur de la fumée.

— *Le reste des corps est là-bas, je suppose ?*

— *Ce sont eux qui brûlent.*

Le soldat se relève. Son attirail de camouflage couvert de poussière crisse au moindre de ses mouvements.

— *Nous avons été réunis pour travailler sur le long terme. Nous avons tous accepté cette expérience, tout comme ses conséquences. Rien ne sera dit sur cette unité qui porte atteinte à son excellence, c'est bien reçu ?*

— Affirmatif, mon capitaine.

— Laisse-les sur les piques. Ce sont tous des djihadistes. Cela dissuadera peut-être leurs gosses de prendre le même chemin.

38

Toulouse dort.

Ou presque.

Au nord de l'agglomération, le Marché d'intérêt national foisonne et s'affaire autant qu'une colonie de fourmis ouvrières. « Le ventre de Toulouse » n'a pas volé son surnom. Plus de vingt hectares de surface. Une activité qui ne retombe jamais. Fruits, légumes, viande, volaille, poisson, fromages, fleurs… la quasi-totalité des produits frais de la région transite ici. Restaurateurs, commerçants s'y croisent de jour comme de nuit, remplissant leurs camions dans une joviale et permanente effervescence.

Damien s'est garé sur le parking en face de sa case. Il vérifie dans son rétroviseur qu'il n'a pas été suivi. C'est de la pure paranoïa, sans le moindre doute. Mais c'est plus fort que lui.

Partout où se pose son regard, dans la lumière grise et le brouhaha constant de moteurs, de coups de klaxon et d'invectives viriles, s'agitent les utilitaires et les transpalettes. Les caisses de produits fermiers sont empilées à l'arrière d'un fourgon. Les acheteurs d'une société de distribution passent à pied en parlant fort. Damien observe les manutentionnaires qui naviguent sur le quai, chargeant et déchargeant des marchandises. Le MIN est une ville à part entière, dont il connaît le moindre recoin désormais.

Tu es en sécurité.

Personne ne se doutera jamais de rien.

Le visage crispé, il contemple le bâtiment des grossistes, l'immense halle où il travaille depuis trois ans. C'est ici qu'il a rencontré Élie, livreur comme lui. Amitié immédiate. Blagues échangées entre les courses, sur ce même parking ou d'autres, en partageant un joint ou une bouteille de bière. De fil en aiguille, ils sont passés aux confidences plus personnelles. Souvenirs de concerts, de lycée ou d'histoires de cul. Ils ont évoqué leur haine de tous ces gouvernements qui ignorent les problèmes du peuple, le manque de perspectives que leur offre cette société cannibale. Ils en sont venus à discuter de ce fantasme presque enfantin de toucher le gros lot, un jour, si seulement ils osaient… Jusqu'à cette idée, insensée, qui s'est pourtant imposée comme une révélation. L'opportunité de prendre le contrôle, de changer leurs existences minables en un claquement de doigts…

Comment ont-ils pu être aussi stupides ?

À présent le mal est fait. Un fiasco tragique. Driss blessé. Les flics sans doute à leur recherche, en ce moment même. *Sûrement* à leur recherche.

Des tremblements nerveux agitent ses mains. Damien sait qu'il est ridicule de se plaindre maintenant, qu'ils en ont assez parlé avant de passer à l'acte et qu'ils connaissaient tous les risques, mais pourtant, en cet instant et du fond de son cœur, il souhaiterait ne *jamais* avoir rencontré Élie. Ainsi, rien ne se serait produit parce que personne ne lui aurait mis cette putain d'idée dans le crâne. Audrey n'aurait pas écrasé une pauvre gamine…

Respire.

Donne le change et tout ira bien.

Un regard à l'horloge du tableau de bord. 4 h 56. Plus que quatre minutes avant de commencer sa journée de travail. Il préfère attendre dans le véhicule. Même si cela ne changera rien au problème. Juste un peu de calme, avant de se forcer à prétendre que tout va bien. Faire comme s'il avait dormi plus de trois heures cette nuit. Ne laisser deviner à *personne* l'angoisse qui lui ronge l'estomac.

À la radio, la station locale parle de la météo, de nouveaux affrontements en Syrie, et puis, après une brève polémique sur le choix des stations de la prochaine ligne de métro, un journaliste finit par évoquer la tentative désastreuse de braquage.

Plus précisément, il annonce que l'enfant renversée par les fuyards est décédée au cours de la nuit.

Comme ça. Sans s'y attarder. Avant de donner les résultats du dernier match du Stade Toulousain.

Damien donne de brefs coups de nuque dans l'appui-tête. Non, non, non et non.

Il sait qu'il n'a pas mal entendu.

L'information était d'une précision sans appel.

L'enfant est décédée.

L'ENFANT.

Il ne peut s'empêcher de penser à son frère, Kévin, qui a presque le même âge que cette petite.

Et la peur grandit. Un peu plus.

Les minutes passent. Les publicités ont repris sans qu'il y fasse attention. Temps d'y aller. Il coupe net le son de la stéréo.

Le cœur au bord des lèvres.

Ressaisis-toi.

Personne ne se rendra compte de rien.

Personne ne saura jamais.

On toque à la vitre. Il sursaute, lève des yeux rougis vers Benoît Sangoï. Son responsable. Quarante ans, parmi les anciens de la boîte. Il était déjà là depuis longtemps quand lui-même a été embauché.

— Tout va bien, l'ami ?

Damien hoche fébrilement la tête et baisse la vitre. Il sort le premier mensonge qui lui traverse l'esprit.

— Problèmes de couple. Banalement nul.

— Bienvenue au club, réplique Sangoï avec son habituel sourire de connivence. Tu as besoin d'en discuter ?

— Je crois que je préfère pas.

— Comme tu veux.

D'un bras entièrement tatoué de noir, Sangoï désigne la halle.

— Juste pour que tu le saches, le camion de la société Courtois est là. Des asperges. Le type t'attend pour décharger. Ensuite, je t'ai préparé une livraison de quatre palettes pour l'épicerie Marcastel à Aurillac.

— Pas de problème, Benoît. J'arrive tout de suite.

— Pour ta copine, faut pas se biler, mon vieux. Les filles nous tueront tous, de toute manière.

Damien force un rire, sans grande conviction.

Dès que son supérieur s'est éloigné, il attrape son téléphone et tape un texto.

Élie, t'es arrivé ?

Il patiente une minute avant d'en envoyer un autre.

Elle est morte. Déconne pas. Viens travailler.
S'il te plaît.

Il observe son téléphone et attend.
Avec une nervosité grandissante.

39

La musique roule, crépite, tempête inlassablement dans les écouteurs de son téléphone. Malgré tout, Élie sursaute quand le son des guitares est interrompu. Carillon de la messagerie.

Au moment où il commençait enfin à s'assoupir !

Il jure dans sa barbe, baisse les yeux vers l'écran du mobile. Et jure de plus belle en lisant les messages de Damien.

Damien Delauney
Élie, t'es arrivé ?
Elle est morte. Déconne pas. Viens travailler.
S'il te plaît.

— Putain, marmonne-t-il d'une voix pâteuse.

Le sens de ce qu'il vient de lire le transperce. Non pas que cela change quoi que ce soit à ce qu'il ressent pour Damien. Il ne veut plus avoir de contact avec lui.

Mais la gamine est morte, merde.

Ils ont *vraiment* déconné.

Il se sent hagard. Son esprit flotte. Il est resté sur son balcon, vautré sur le coffre qui lui sert à la fois de rangement et de mobilier d'extérieur, durant toute la nuit. Une fois par heure à peu près, il est allé s'assurer que Driss n'avait besoin de rien. Son ami a dormi comme un bébé, assommé par les médicaments de Cassagne. Lui, en revanche, n'a pas fermé l'œil. Il a passé le temps en écoutant de la musique et en fumant des joints. Une demi-douzaine. Peut-être plus. Beaucoup trop, c'est certain. Et il n'en a strictement rien à foutre.

À présent, sa bouche lui semble pleine de poudre, sa gorge est irritée et ses yeux gonflés et collés. Il ouvre et referme machinalement son petit couteau pliable, clac, clac. Dans ses oreilles, un album du groupe Deicide, qu'il a déjà écouté plusieurs fois au fil des heures, déroule son infatigable maelström de saturation et de cris gutturaux.

Cette musique, sa violence innocente, lui a toujours fait un bien fou. Elle l'apaise, aussi bizarre que cela puisse paraître.

Rangeant le couteau dans sa poche, il étire sa nuque raide comme de la pierre, passe une main dans ses dreadlocks rêches, bâille à s'en décrocher la mâchoire. En contrebas, dans le gris de l'aube, les bandes de dealers qui occupent habituellement le parking la nuit sont allées se coucher. Des véhicules commencent à quitter leurs places de stationnement et défilent sur l'avenue, formant un serpent de lumière qui ne tardera pas à devenir un long bouchon.

Nouvelle pause dans le morceau. Carillon d'un message reçu. Encore.

Mais celui-ci ne provient pas de Damien.

Laura M.
Élie, je viens d'entendre les infos. Comment vas-tu ?

Étouffant un nouveau juron, il fait glisser son pouce sur l'écran de son téléphone.

Élie Malibert
Ça s'est pas passé comme on l'espérait. Mais tout va bien. Ne t'inquiète pas.

Quelques instants s'écoulent. La réponse ne tarde pas.

Laura M.
J'espère vraiment que tu n'as rien.

Élie Malibert
Ça va, je te dis. Mais ne me contacte pas pendant quelques jours, stp. Je vais avoir deux ou trois choses à régler avant, d'accord ?

Laura M.
D'accord. Bisous.

— Ouais, bisous, grogne Élie en basculant la tête en arrière.

Depuis le début, le braquo était son idée à *elle*. C'est Laura qui a eu les informations sur l'échange à la bijouterie, elle qui lui a donné la clé pour y pénétrer. Il sait qu'elle a pris des risques pour ça. Non sans amertume, il songe à tout ce qu'ils se sont promis et qui n'arrivera plus.

Il efface soigneusement les messages.

Il la recontactera dans quelques jours, oui. Quand il y verra plus clair. Quand Driss sera définitivement remis sur pied et qu'il pourra penser à la manière d'arranger ce beau merdier dans lequel ils se sont tous mis.

Un bâillement, un crachat par-dessus le balcon,

il revient à l'intérieur de l'appartement. Driss dort toujours. Il a l'air de ne plus souffrir, même s'il transpire encore à grosses gouttes. Rassuré, Élie va s'étendre sur le canapé, délicieusement moelleux après toutes ces heures sur la surface brute du coffre.

Il est épuisé. À un point que ça en devient douloureux.

Mais il n'a plus aucune envie de fermer l'œil.

Il monte le son dans les écouteurs. La musique furieuse le submerge, l'isole, le réconforte. Un tout petit peu.

40

À 6 heures du matin, la radio de Victor Lacroix s'allume comme elle l'a fait durant ces quarante dernières années, avec une régularité sans faille. Jingle de Sud Radio. Titres du flash d'information. Un préavis de grève a été déposé par l'intersyndicale d'Air France. Un homme a été assassiné alors qu'il était soigné dans un hôpital toulousain…

Le médecin à la retraite presse le bouton du poste, mettant un terme au torrent de mauvaises nouvelles.

Bâillant et s'étirant, il patiente, comme tous les jours, que sa malinoise, Mina, gratte à la porte pour lui faire des fêtes et réclame à grand renfort d'aboiements qu'il lui prépare sa gamelle de pâtée.

Un rituel immuable entre eux.

Il roule entre les draps, se frotte les yeux, lisse patiemment le bouc qui termine son menton d'une touffe blanche.

Le bruit attendu ne vient pas.

Aucun mouvement ne se manifeste derrière la porte de sa chambre.

Lacroix s'assoit au bord du lit.

— Mina ?

La maison est silencieuse. Tout ce qu'il peut entendre est le chant enthousiaste des oiseaux dans le jardin, et le passage occasionnel d'un véhicule sur la route départementale.

À tâtons dans la pénombre, il ouvre un tiroir, y saisit un tee-shirt et l'enfile sur son ventre arrondi.

— Alors, on fait la grasse matinée ce…

Sa voix s'éteint tandis qu'il ouvre la porte.

Il reste figé sur place.

L'odeur lui parvient la première.

Aigre, brutale. Il ne la connaît que trop bien. Il a été urgentiste durant de longues années. C'est l'odeur du sang et des intestins crevés. La puanteur irrationnelle de la mort.

Puis la vision d'horreur s'impose à lui. Il doit réprimer un réflexe vomitif. La lumière du petit jour, qui pénètre en rayons obliques dans le salon, semble désigner le tas de viande à son intention.

Pas de la viande. *La carcasse d'un animal.*

— Mina…

L'évanouissement le menace, le fait chanceler malgré lui.

Aucun doute possible. C'est la dépouille de sa chienne qui est entassée là. On l'a éventrée, découpée en morceaux. La chair est gluante et rouge, les os mis à nu. Il reconnaît pourtant le poil fauve charbonneux de Mina, ses pattes fines à présent amputées et déposées sur le tas de chair mutilée.

— Nom de…

Le haut-le-cœur reprend de plus belle. Alors qu'il lève les yeux vers la cheminée, une remontée de bile brûlante atteint le fond de sa gorge.

La tête sectionnée de Mina se trouve là-bas.

On l'a installée sur la plaque de marbre, entre son diplôme de médecine, à droite, et le cadre contenant une photo de sa fille, à gauche. Les yeux de la chienne ont été crevés, sa langue arrachée, ses oreilles tranchées. Le sang perle encore du rebord de la cheminée. De longues gouttes poisseuses s'écoulent au ralenti sur le carrelage.

Jambes coupées, Victor Lacroix s'accroche à l'encadrement de sa chambre pour ne pas s'écrouler.

Réagir.

Tout de suite.

Mû par un réflexe de survie, il se jette en arrière et claque la porte. Hors de question de tomber nez à nez avec le ou les responsables de cette barbarie. Il se précipite sur le tiroir de la table de chevet où il conserve une matraque télescopique qu'il espérait ne *jamais* avoir à utiliser.

Il se produit alors deux choses.

D'abord, il découvre que le tiroir est vide, à l'exception de sa boîte de somnifères, la seule véritable addiction qu'il ait jamais eue.

Puis, alors qu'il se sait déjà perdu, il devine un mouvement dans l'ombre. Le glissement d'un tissu, une respiration. *Avec lui dans la chambre.*

Il n'a pas le temps de se retourner. L'individu est sur lui, il reçoit un coup brutal et précis, juste à l'arrière de la nuque. Une nuée d'étincelles passe derrière ses yeux tandis qu'il s'effondre.

41

— Ai-je ton attention ?

Lacroix est pris d'une quinte de toux en revenant à lui. Il ignore combien de temps il a pu rester inconscient. Sans doute très peu. La pièce est toujours plongée dans la pénombre. Le sang martèle ses tempes.

Il se redresse, colle son dos contre le mur. Il sent la transpiration s'échapper de chacun de ses pores, cela lui fait l'impression que des milliers d'aiguilles pénètrent en lui. Un gémissement piteux s'échappe de sa gorge.

— Alors ? reprend la voix dans l'obscurité, un chuchotement presque. Ai-je bien toute ton attention, Victor ?

Ses yeux virevoltent. Il peine à localiser son agresseur.

Une silhouette est assise en tailleur sur son lit, mais il la discerne avec difficulté. Tout au plus parvient-il à deviner la pâleur de son visage. Les contours de son crâne lisse. De ses yeux intégralement noirs braqués sur lui.

C'est un *monstre* niché dans l'ombre.

— Qui êtes… commence-t-il, avant que les mots meurent entre ses lèvres.

Il se rend compte qu'il sait déjà. Au fil des années,

il a entendu les histoires, toutes les rumeurs folles. Il ne leur a jamais accordé le moindre crédit, bien sûr. Comment aurait-il pu ?

L'intrus tient un chapeau entre ses mains gantées, le fait tournoyer dans un sens, puis dans l'autre. Il a décidé de jouer avec ses nerfs. *Et cela fonctionne.* Lacroix est tétanisé par la panique. Chercher à fuir ? C'est peut-être ce que ce type attend. Il ne tient pas à lui donner une raison de fondre sur lui.

— J'ai entendu parler de vous, dit-il d'une voix vacillante.

Le silence dure quelques secondes. Une éternité.

— Vraiment ?

— J'étais persuadé que vous n'existiez pas. Que vous n'étiez qu'une légende du Dark Web avec laquelle les voyous se font peur…

Un rire étonnamment doux s'élève de l'ombre.

— Je suis bien réel, tu vois.

L'individu dépose son chapeau sur les draps défaits. À présent, c'est une lame crantée qui luit dans sa main. Un poignard tactique, aussi aiguisé qu'un rasoir, capable de trancher dans l'os. Exactement ce qu'il a fait avec Mina…

Lacroix tourne la tête vers le corps mutilé de sa chienne. Ce spectacle insoutenable.

— Pourquoi elle ? Elle n'a jamais rien fait de mal !

— Elle aurait donné l'alarme.

L'homme marque une pause, avant d'ajouter en détachant chacun de ses mots :

— Je dois aussi l'avouer, cela m'apaise de tuer les animaux. Ce doit être la preuve que personne n'est parfait…

Lacroix frissonne de plus belle.

— Si vous êtes chez moi, c'est que vous allez me tuer, de toute façon…

— C'est cela, que disent les voyous ?

— Quand vous apparaissez, quelqu'un meurt. Vous êtes comme un…

Il hésite.

— Un croquemitaine ? s'amuse l'individu.

— C'est ça, admet Lacroix.

L'homme se redresse. Son sourire se dessine au sein de la pénombre. Un rictus figé, sans la moindre chaleur.

— Et toi ? Que crois-tu ?

— On vous paie, vous assassinez. C'est aussi simple que ça, non ?

Il respire de plus en plus bruyamment.

— As-tu peur de moi, Victor ?

Peur ? Lacroix a presque envie de rire. Il tente de déglutir et n'y parvient même pas. Une *terreur* sans nom le paralyse. Il se rend vaguement compte qu'il s'est uriné dessus, il sent la tiède humidité le long de sa cuisse. Son cœur lui donne l'impression qu'il va exploser tant il cogne et cogne dans sa cage thoracique.

— Je ne veux pas mourir, supplie-t-il d'une voix qui ressemble à un pleur d'enfant. Par pitié. Je vous donnerai tout ce que j'ai. Quelle que soit la somme qu'on vous propose…

L'assassin s'avance tout à coup vers lui.

— Ce n'est pas une question d'argent. Ta vie dépendra de tes réponses.

Les ombres glissent sur son costume soyeux. Vu de près, il est d'une minceur extrême. Un squelette ou presque, sous le costume d'encre. Les rayons qui filtrent par les volets découpent des hachures sur son visage.

— Que voulez-vous savoir ? geint Lacroix. Je vous dirai tout !

— Tu es le seul imbécile de la région qui accepte de soigner les plaies par balle, n'est-ce pas ?

Lacroix se replie contre le mur. Une souris prisonnière d'un prédateur.

— Vous vous trompez ! Attendez ! Je l'ai fait durant des années, oui, c'est vrai ! J'ai retiré des balles, j'ai donné des coups de main… mais c'est fini, tout ça ! Avec les jeunes, ce n'est plus du tout comme avant. Ils vous balancent pour un rien. Il faut être totalement con pour continuer de tremper dans ce genre de combines !

— Il y en a tout de même qui le font, poursuit l'ombre en se penchant sur lui. Ne me dis pas que tu ignores qui sont les pourris de la profession. Tu en as fait partie…

Un geste flou, silencieux, et le couteau se pose contre sa gorge. Il sent le tranchant mordre dans sa pomme d'Adam. Le supplice est instantané. Le sang coule à grosses gouttes sur sa poitrine.

— N… non…

La bouche de l'être s'approche de son oreille.

— On m'a fait du mal, Victor. L'impardonnable a été commis. Un des responsables est blessé. Je dois savoir vers qui il a pu se tourner. Tu veux vivre ou tu veux mourir ?

— D'accord, d'accord ! Il y a des bruits qui courent…

La pression de la lame se fait insistante. Sa peau est entaillée plus profondément. Lacroix tressaille.

— Un nom. Vite.

— Cassagne !

Le couteau s'écarte. Quelques millimètres à peine.

Le filet de sang mouille à présent sa gorge, imbibant son tee-shirt.

— Son nom est Bernard Cassagne ! reprend Lacroix d'une voix précipitée. Il habite à Lannemezan ! Je le connais bien, il n'est même pas médecin, mais simple véto ! C'est une pourriture polytoxico. Un pervers. Le genre de type qui tripote les animaux…

— Je ne suis pas venu entendre tes talents de psy, Victor. Je veux juste trouver la bonne personne.

Le fil de la lame caresse de nouveau son épiderme. Lacroix se mord la lèvre. Il tremble de tout son corps.

— C'est sûrement lui. De tous ceux que je connais, c'est le seul qui accepte encore ce genre de plans foireux… Je vous jure que c'est vrai…

Une hésitation.

Les secondes s'étirent, ponctuées par ses sanglots.

— Admettons.

Le cauchemar s'éloigne de lui. Lacroix presse ses mains contre la plaie béante de son cou d'où continue de s'échapper son sang poisseux. Les bords de sa vision s'obscurcissent. Il se sent sur le point de sombrer.

— Oh, mon Dieu…

— Cesse de pleurnicher. Je n'ai perforé aucune artère. Tu es parfaitement capable de te recoudre.

Tout d'abord, il croit avoir mal entendu.

Pourtant, la silhouette recule vers la pénombre sans lui faire davantage de mal.

— Vous… n'allez pas me tuer ?

— Tu as une fille, Victor.

— Je… oui… mais…

— La charmante Nathalie. Elle fait ses études à Lyon.

Il ne s'agit pas de questions, mais d'affirmations. La menace est aussi claire que monstrueuse.

— Elle ne vous a rien fait !

— Ton chien non plus.

Les larmes s'écoulent à flots sur ses joues.

— Que cherchez-vous à prouver ?

— Je tiens simplement à ce que tu gardes cela en tête. Ce serait tellement douloureux que Nathalie fasse une mauvaise rencontre. Qu'on la retrouve découpée, ses membres dispersés. Peut-être même que la tête ne reparaîtrait jamais. Pense à ton chien. Penses-y souvent, Victor, au cas où l'envie de parler de notre rencontre te traverserait…

Lacroix n'a pas besoin de le promettre.

Rien ne lui ôtera cette peur atroce. *Personne* n'obtiendra de lui la moindre allusion à ce qui vient de se passer.

Jamais.

Il le sait. Et l'individu qui se cache dans la pénombre le sait aussi.

— Ferme les yeux.

Lacroix s'exécute, pétrifié.

Il se doute que l'intrus s'éclipse, bien qu'il ne l'entende pas se déplacer. La porte de la chambre grince. Il perçoit un courant d'air, et les relents de charogne venus du salon. Néanmoins, il ne bouge pas. Il conserve ses paupières closes durant de longues minutes, son corps entier agité de tressautements.

42

Les effectifs de police sont arrivés par vagues, au fil des minutes, et désormais ils occupent tout le périmètre du CHU. Des hommes et des femmes en uniforme se déploient sur le parking, auréolés par les lumières mouvantes des gyrophares. Ils arpentent en groupes les coursives des différents bâtiments, poussent les portes, prennent des photos, demandent aux patients et au personnel s'ils ont vu ou entendu quoi que ce soit d'anormal.

Dans la chambre qu'occupait Jean Varenne, bien sûr, l'effervescence est à son comble.

Le légiste vient de partir, il a fait ses constatations préliminaires et c'est probablement lui qui pratiquera l'autopsie, plus tard. Un infirmier remonte la fermeture du sac, un autre arrive avec le chariot pour le transporter. Les techniciens se préparent à effectuer les relevés biologiques. Dans le couloir, une dizaine d'agents de la BRB et de la Crim' s'agitent et chuchotent entre eux.

— On ne sait pas encore quel service le procureur va saisir, lance le commandant Hechter aux membres de son équipe rassemblés autour d'elle. En attendant, ça reste notre affaire, on est tous sur le coup. Je compte sur vous pour mettre les bouchées doubles. Et pas un mot aux charognards des médias sur cette boucherie, cela va de soi !

Les policiers esquissent des sourires entendus, mais leurs regards fuient le sac et son contenu macabre.

— Allez ! Au boulot !

Alors que le groupe se disperse, quelqu'un s'éclaircit ostentatoirement la gorge dans son dos.

— Une boucherie ? C'est bien la première fois que je t'entends utiliser ce terme…

Hechter se retourne et aperçoit Salva adossé à un angle du mur, en retrait. Elle ne peut dissimuler une expression de surprise mêlée de gêne.

— Olivier ? Comment es-tu arrivé jusqu'ici ?

Salva tousse dans son poing. Ses cheveux sont graisseux. Des cernes gris creusent son regard.

— Me charrie pas. Je connais tous les collègues présents ici. Je ne dérange personne.

Il se veut désinvolte, mais son attitude atteste tout le contraire. Alors qu'Hechter s'approche de lui, elle peut constater à quel point ses traits sont tirés de fatigue. Il n'est pas rasé, et n'a pas non plus changé de vêtements depuis leur rencontre de la veille.

— Qu'est-ce qui t'arrive, mon vieux ? Tu as une de ces têtes…

— Courte nuit, esquive-t-il. Quand j'ai entendu l'info, je me suis dit qu'il fallait que je voie par moi-même…

Son haleine sent le tabac froid et ses vêtements la transpiration. Hechter ne peut retenir une mimique d'agacement. Elle ramène une mèche noire derrière son oreille, se balance d'un pied sur l'autre, hésitant.

— Je suis désolée, mais il faut que tu t'en ailles. Je ne souhaite pas avoir de problème avec la hiérarchie.

— Ne dis pas de bêtises. C'est *toi*, la hiérarchie,

Naamah. Je cherche à comprendre ce qui s'est passé ici. Tout le monde parle de mutilations, d'actes de barbarie…

— Eh bien, j'aimerais qu'ils parlent moins !

— S'il te plaît…

Mouvement de tête négatif. Hechter est sur la défensive. Lèvres pincées, elle suit du regard la civière que les infirmiers poussent le long du couloir.

— Je n'ai aucune idée de ce qui s'est passé, avoue-t-elle tout bas. Ça ne ressemble à rien que je connaisse.

— Tu penses qu'il pourrait y avoir un lien avec le braquage de son magasin ? Une sorte de règlement de comptes ? C'est pour ça que le proc' n'a pas encore décidé à quel service refiler le bébé ?

Hechter plante ses yeux sombres dans les siens. Droite dans son pantalon de treillis, bras croisés, elle dégage une tension palpable.

— Tout ce dont je suis certaine, c'est que j'ai récolté une affaire casse-gueule dont je me serais bien passée, je te l'assure !

— Aide-moi juste à comprendre. Comment quelqu'un a-t-il pu pénétrer dans la chambre de Varenne pour lui faire sa fête ? Il n'y avait personne devant ?

— Tu sais très bien que si.

— Mais le planton n'a pas vu qui entrait ?

— Celui qui a fait ça n'est pas passé par la porte… On pige même pas comment il a réussi à se faufiler par la fenêtre, vu l'étroitesse de l'ouverture…

Elle bascule brusquement la tête en arrière.

— Et merde ! Je t'en ai déjà bien assez dit comme ça, ne compte pas sur moi pour en savoir davantage ! L'assassin de Varenne s'est déchaîné sur lui, je ne tiens pas à ce que les médias compliquent tout. Ni qu'un collègue à la réputation sulfureuse vienne fourrer son nez dans une affaire qui ne le concerne pas !

Ignorant le coup de griffe, il passe une main sur sa joue bleue de barbe. Les poils crissent sous sa paume.

— Je t'ai toujours aidée sans hésiter, Naamah…

— C'est ce qui t'évite un rapport, lui renvoie-t-elle sans plus se soucier de le ménager. Tu as de la chance que je te connaisse bien. Je sais que tu es un excellent flic. Ou en tout cas, que tu l'étais. J'ignore ce qui t'arrive ces derniers temps, Olivier, mais tu es en train de glisser sur une pente inquiétante. Hier déjà, ta présence dans cet hôpital n'avait aucune justification. Et aujourd'hui, tu remets ça ? Tu te pointes dès le lever du soleil, de toute évidence sans être rentré chez toi ? Qu'est-ce que ça veut dire ? Sur quoi tu travailles, au juste ?

Salva tressaille.

— Sur rien du tout. De quoi tu veux parler ?

— Ne me prends pas pour une cruche ! s'emporte Hechter. Est-ce que la cellule de surveillance s'intéresse à Varenne ? Je connais les méthodes de Manfrédo, ce type est un minable fini qui ne se remet pas de diriger un placard ! Ou bien c'est à cause du décès de la gamine ? Tu fais ça pour la mère ? Je veux savoir pourquoi tu es là, Olivier. J'aimerais que tu aies les couilles de me dire la vérité en face, pour une fois !

Il se tend davantage, soutient son regard sans répondre.

— Bien, chuchote-t-elle. Puisque c'est ainsi…

Elle rajuste son brassard orange. Moue contrite.

— … J'ai du travail. Si tu veux des informations sur les développements de cette affaire, il faudra que tu fasses comme tout le monde. Par la voie hiérarchique.

— Naamah, supplie-t-il avec un air désespéré. Je ne

te demande pas de faire quoi que ce soit d'illégal… Simplement de me tenir au courant… comme on l'a toujours fait…

— Va-t'en, s'il te plaît. Ne me force pas à t'infliger l'humiliation de te faire raccompagner par des anciens collègues…

Salva se mord les lèvres. Tout est dit. Et il a envie de hurler.

Il la salue d'un geste guindé, avant de tourner les talons et de s'éloigner dans le couloir, sous les regards scrutateurs des autres agents.

L'impression de fuir de nouveau.

Une impression qu'il ne supporte plus.

43

Audrey a dormi. Un peu.

Elle a rêvé de son père, encore. Quoi qu'elle fasse, les souvenirs s'accrochent à elle, comme une puanteur tenace. Les insultes. Les mains moites sur ses fesses. Cette *cruauté* animale au fond des yeux injectés de Xavier Valette tandis qu'il lui répète qu'elle lui appartient. Elle s'est défendue pourtant, elle s'est débattue dans son cauchemar, comme si elle cherchait physiquement à éviter les griffes abjectes de l'ogre. Se réveiller a été un soulagement.

Un soulagement certes passager.

Damien est parti travailler depuis des heures. Audrey est désormais seule, dans le lit et dans le noir, sans personne pour la réchauffer. Sans aucun bras rassurant autour d'elle pour la réconforter. Elle frissonne, se recroqueville sous les draps, écoute les sons quotidiens de voisinage auxquels elle ne s'est toujours pas habituée. Les grincements de l'ascenseur, les portes qui commencent à claquer aux étages du dessus et du dessous, les bruits de talons, la tuyauterie obsolète qui siffle alors que des habitants de la barre d'immeuble prennent leur douche matinale. Dans l'appartement aussi, elle entend une porte s'ouvrir, tandis que Mme Delauney quitte sa chambre. De l'eau est tirée au robinet de la cuisine. Puis, comme chaque matin, le gargouillis caractéristique du percolateur s'élève et l'odeur du café lui parvient.

À tâtons, Audrey cherche son téléphone.

Elle se connecte au site d'informations locales. Elle sait qu'elle ne devrait pas, pas tout de suite, mais la curiosité est trop forte. Alors que les titres s'affichent, en petites cases colorées, elle prie pour ne pas tomber sur celui-là. Sauf qu'il y figure bien. Il se trouve juste devant ses yeux. *Toulouse. Faits divers.* Le décès de la fillette est annoncé en une phrase laconique et désintéressée.

Ce qu'elle redoutait tant.

C'est arrivé.

Le coup à l'estomac est encore plus violent qu'elle le craignait.

Elle halète. Les paupières fermées pour contenir des larmes brûlantes.

Tout d'un coup, son ventre est douloureux. De plus en plus douloureux, à mesure qu'elle ressasse l'information dans sa tête.

L'enfant qu'elle a renversée…

Morte.

— C'est moi qui…

Elle ne parvient pas à le dire à haute voix.

C'est elle, oui. Elle seule. Ses mains à elle sur le volant. Son pied à elle écrasant l'accélérateur. Quelles que soient les excuses et les justifications. C'est elle qui a tué cette enfant. Elle seule.

Irréversible. Insupportable.

— Mon Dieu, pourquoi ?

Un spasme la secoue. Elle se mord le dessus de la main pour ne pas crier.

Le spasme continue.

Se transforme en nausée.

Le haut-le-cœur remonte dans sa poitrine. Audrey se redresse avec précipitation, titube jusqu'à la porte de la chambre. Dans le couloir, elle croise Mme Delauney qui lui dit bonjour, mais elle n'est pas capable de lui répondre.

Elle fonce vers les toilettes pour vomir.

44

Même à l'extérieur, dans les maigres espaces verts qui bordent le CHU, les forces de l'ordre sont partout. Ce qui doit être une bonne chose, se dit Salva en marchant à vive allure vers sa voiture. Il salue au passage ses anciens collègues, et surtout essaie d'ignorer leurs regards de travers.

Tout à l'arrière du complexe hospitalier, cependant, la présence policière s'estompe. Salva longe les rails du tramway. Son véhicule est garé un peu plus loin, sur le parking d'une barre d'immeuble.

À cet endroit, il n'y a plus aucun flic en vue.

Seulement une poignée de personnes, les yeux encore bouffis de sommeil, qui attendent le prochain passage du tram. Le trafic commence à s'intensifier dans cet axe menant au centre-ville.

Pourtant, l'enceinte du CHU est toute proche. Salva ne peut s'empêcher d'examiner les lieux. Déformation professionnelle. La clôture semble facile à franchir de ce côté, sans compter qu'elle se trouve dans un angle mort des caméras. Pris d'une vague intuition, il observe les balcons des immeubles. Trop loin. Pas assez de visibilité. Il ne trouverait aucun témoin.

Il se sent terriblement seul. D'un côté, il ne fait plus partie de son ancienne famille de flics. De l'autre, inutile de se mentir, il est incapable de s'intégrer à sa nouvelle.

Seul, oui.

En colère.

Le mieux serait d'oublier tout ça. Se contenter d'aller poser ses fesses dans le premier troquet venu et prendre un petit déjeuner pour compenser sa nuit blanche. Faire acte de présence à la cellule, tout à l'heure, et ne plus penser à cette histoire.

Si seulement c'était aussi simple…

Tout au fond de lui, il sent, il *sait* que le décès de Varenne est la conséquence des événements de la veille. Comment pourrait-il en être autrement ?

Mais pourquoi ?

Faut-il y voir un lien avec le monde du recel ? Des faux-monnayeurs à qui il devait remettre les planches à billets ? Si Salva suit cette hypothèse, rien ne l'empêche de se renseigner après tout. Il reste dans l'affaire attribuée à la cellule de surveillance. À moins que le meurtre ne soit lié aux petits malfrats qui ont attaqué la bijouterie et causé la mort de cette enfant ? Dans ce cas, il doit, il *veut* remonter jusqu'à eux pour les remettre à la justice.

Tout ce dont il est certain, c'est que *personne* ne pourra l'empêcher de faire le boulot.

De comprendre ce qui se passe.

Il se l'est promis à lui-même tout comme il l'a promis à Marie Drevoski.

Pour se sentir moins coupable ?

Il s'humecte les lèvres avec soin. Cela a toujours été son tic quand il réfléchit. Il observe les usagers à l'arrêt du tram, il parcourt du regard l'avenue, les quelques arbres rachitiques qui la bordent.

De l'autre côté des rails, il finit par repérer un

individu assis en tailleur sur un banc. Zonard, plutôt jeune, les tempes rasées, le reste de son crâne arborant des dreadlocks longues et sales, sweat-shirt à capuche vert kaki. Il tient une canette de bière à la main. Deux chiots dorment au pied du banc, emmitouflés dans une couverture.

Immobile, le garçon le dévisage lui aussi avec une suspicion manifeste.

Un sentiment d'urgence transperce Salva. Comme un courant électrique sous sa peau.

Il a appris à écouter ce genre de pressentiments. Au fil des années, ils lui ont donné les clés de nombreuses affaires, tout comme ils lui ont évité bien des ennuis internes. Son instinct, infaillible. Sa *vocation*.

Il oublie tous ses doutes en traversant. Les sens aiguisés, à l'affût.

— T'es un flic ? lance le garçon en le voyant se rapprocher.

Il est très jeune. Moins de vingt ans.

— J'ai une gueule de flic ?

— De flic ripou, ouais.

Salva ne sait pas s'il doit sourire ou se sentir insulté, quoi qu'il en soit ce gamin n'est pas dénué de flair, lui non plus. Il choisit d'ignorer la remarque et jette un regard à la tente Quechua déployée un peu plus loin et taguée à la bombe du A de l'anarchie. À l'intérieur, une silhouette féminine endormie, tout aussi jeune.

— Vous avez passé la nuit ici, tous les deux ?

Le zonard lève sa canette de 8.6, gratte au passage son piercing à la narine et prend le temps de boire une longue gorgée.

— On a déjà été contrôlés deux fois ce matin, finit-il par grommeler. Faut vous calmer, les keufs, c'est fini le temps de la Gestapo. On a le droit d'être là et de vivre comme on en a envie.

Salva plonge les mains dans ses poches.

— Je ne suis pas là pour t'emmerder. Et je ne fais pas partie des flics qui grouillent partout non plus.

— Alors qu'est-ce que tu veux ?

— Juste discuter.

D'un mouvement de menton, il désigne le CHU.

— D'ici, tu as une bonne vue sur la clôture, non ?

— Ben, ouais. Et alors ?

— Tu n'aurais pas vu quelqu'un la franchir, par hasard ? Il y a une heure de ça, peut-être deux ? Quelqu'un qui serait parti vite fait ?

Le garçon renifle, agite ses dreadlocks crasseuses avant de verser un peu plus de bière entre ses lèvres. Ses yeux sont injectés. Son visage encore juvénile, la peau terreuse, porte les stigmates de la vie dans la rue. Il n'a pas fait que boire de l'alcool cette nuit. *Il est proprement défoncé.*

Pourtant, il y a cette étincelle au fond de son regard. Ce brasillement que Salva perçoit, et qui n'a rien à voir avec la consommation de Subutex creusant les traits du gamin. Son instinct lui crie qu'il ne se trompe pas.

— Tu sais très bien de qui je veux parler. Tu l'as vu.

Son interlocuteur reste silencieux. Sur ses gardes. Sa paupière droite tremble un peu.

— Il est passé par là, n'est-ce pas ? Tu n'as pas l'air bien à l'aise. Tu veilles sur ta copine qui dort, au cas où il reviendrait ?

— C'est pas tes oignons. Fous-moi la paix.

Il renifle encore, froisse la canette vide et la jette derrière lui. Elle échoue avec un bruit métallique au milieu d'une pile d'ordures. La jeune fille dans la tente grogne et se retourne dans ses couvertures.

— Tu as peur de quoi ? insiste Salva. Il était armé ? Il avait du sang sur lui ?

— T'as même pas idée… commence le garçon avant d'étouffer ses mots. Putain, tu me fais chier, OK ?

Il quitte le banc, lisse son sweat-shirt avec une désinvolture forcée.

— Imaginons que j'ai vu quelque chose. Je dis pas que j'ai vu, mais imaginons. C'est pas gratos comme info. T'as combien à me filer ?

Salva ne s'attendait pas à autre chose.

— J'ai mieux que ça, mon gars.

— Mieux que du pognon ?

— Bouge pas.

Sous le regard dubitatif du jeune homme, il retourne à sa voiture. Il ouvre le coffre, puis le compartiment qu'il y a installé, d'où il retire un sachet de plastique transparent.

Il contemple ce sachet durant de longs instants. À l'intérieur, les têtes de cannabis séchées crissent sous ses doigts.

Il s'était juré d'arrêter ce genre de manœuvres.

S'il se trompe, cela peut lui coûter cher. Cela lui a *déjà* coûté cher, dans le passé.

Mais il s'est fait une raison il y a bien longtemps à ce sujet, et n'a pas envie de tergiverser. Pas aujourd'hui. Aujourd'hui, il s'en remet à son intuition. Coffre refermé, il laisse passer une rame de tramway, puis traverse le plus naturellement du monde.

— Sérieux ? s'exclame le garçon.

Les deux chiots se sont réveillés et se roulent devant lui pour quémander son attention. Leur maître, lui, n'a d'yeux que pour le pochon d'herbe.

— T'es vraiment un ripou comme dans les films. Elle est où, l'embrouille ?

— Il n'y a aucune embrouille. Je veux savoir ce que tu as vu. C'est important pour moi.

Salva agite la drogue comme s'il s'agissait d'un paquet de bonbons.

— Première qualité. Qu'en dis-tu ?

— Que ça m'étonne pas. Sans déconner, c'est toujours les keufs qui fument la meilleure !

Le zonard tend une main vers le sachet mais, au dernier moment, Salva retire son bras pour l'empêcher de s'en saisir.

— D'abord, tu me dis ce que tu as vu. Ensuite, cette beuh est à toi.

— Comment je peux te faire confiance ?

— Tu ne peux pas. Je t'écoute.

Les yeux du jeune homme vont de la main tenant l'herbe au visage du policier. Il passe la langue sur ses lèvres gercées.

— Tu vas même pas me croire, si je te le dis.

— Laisse-moi juger de ça. Qui as-tu aperçu ? Et surtout, est-ce que tu pourrais l'identifier ?

Rire nerveux. Mouvement de tête, les dreadlocks s'agitent. À ses pieds, les chiots poussent de petits aboiements enthousiastes.

— Parce que t'espères le coffrer ? Te fais pas d'illusion, c'est impossible…

— Pourquoi serait-ce impossible ?

— C'est pas un être humain, ton type.

— Qu'est-ce que tu me chantes ?

Le garçon baisse la voix.

— Celui après qui tu cours, c'est un démon. Exactement comme dans les vidéos sur le Web. Les *creepy* machin-chose.

— Les *creepypasta ?*

— Ouais. Ces films chelous. C'est pas que des

trucages et des délires de mythos. Certains, ils sont vrais. Je le sais, à une période, j'en regardais plein.

C'est au tour de Salva de ricaner. Le contenu du sachet bruisse sous ses doigts.

— Tu as un abonnement Internet, toi ?

— Ben, quoi ? J'ai un smartphone, comme tout le monde. C'est plutôt toi qui devrais étoffer ta culture générale, le flic !

— Grâce aux vidéos sur le Web ? Je vais y penser.

— Au moins, t'aurais entendu parler du Slender Man. Tu saurais que personne peut rien contre les démons et les spectres.

Ni contre la bêtise humaine, rage intérieurement le policier. Au diable son intuition. Il sent son enthousiasme retomber aussi vite qu'il était monté.

— Je veux juste sa description physique, d'accord ?

Les chiots couinent de plus belle, s'accrochent aux bottes du garçon, qui les repousse avec douceur.

— Le Slender Man, répète-t-il toujours en chuchotant, comme s'il craignait qu'on l'entende. Tu veux son portrait, tu vas voir sur n'importe quel blog, quoi. Un type tout maigre, Costume noir. Il a pas le moindre cheveu sur le crâne. En fait, il a pas de visage non plus…

— Je te l'ai dit, je ne rigole pas, s'impatiente Salva.

— Moi non plus. Je l'ai vu comme je te vois, monsieur. C'est pas des craques. Le bonhomme, il était pâle comme la mort, pas de traits sur la figure. Juste des putain d'yeux tout noirs. Il a sauté par-dessus la clôture de l'hôpital, un peu avant que le soleil se lève. Il s'est tenu juste là-bas, comme une sorte d'animal à l'arrêt. Je le voyais bien. Et puis… il était plus là…

— C'est-à-dire ?

D'un geste théâtral, le zonard lève la main et claque des doigts.

— Il a disparu. Juste comme ça. Mais c'est normal. En réalité, c'est un démon. Il peut être juste sous vos yeux et pourtant il est invisible.

— En réalité, tu étais défoncé, surtout.

— Te fous pas de ma gueule, je suis pas un baltringue ! Si tu le voyais, monsieur, clair que tu pigerais direct toi aussi ! Et de toute manière, il y a bien eu un meurtre bizarre, non ? Sinon, il n'y aurait pas tous les keufs du pays dans le quartier…

— On va dire que ça, ça ne te regarde pas.

— Ouais, bien sûr.

Les dreads s'agitent de nouveau. Le garçon inspire par les narines et se tourne pour cracher un filet de glaire sur le côté.

— T'as envie de le chasser ? C'est toi qui seras baisé, à la fin. Tu peux être certain de ça.

Salva jure dans sa barbe.

— D'accord. Je pense qu'on va s'arrêter là. Tu m'as fait suffisamment perdre de temps.

— Comme tu veux. Je t'ai balancé ce que j'ai vu. Maintenant, c'est à toi

— À moi, de… ?

— Eh bien, la beuh ! s'exclame le gamin. C'est bien ce que t'as promis !

Salva malaxe le sachet en plastique. *La beuh.* A-t-il vraiment envie de laisser s'échapper sa consommation personnelle de tout un mois ? Alors qu'il n'a pas reçu la moindre réponse satisfaisante à ses questions ?

Il repense à sa solitude. À sa colère qu'il contient de plus en plus mal et qui ne demande qu'à exploser.

— C'est vrai, je l'ai promis…

— Alors, envoie.

Les lèvres du policier se retroussent, agitées malgré lui par un rire nerveux.

— Désolé, mais tu ne m'as raconté qu'un tissu de conneries de junkie. Je me suis trompé sur toi.

— Déconne pas, merde. T'as promis !

— Je suppose que tu ne répéterais pas ce que tu viens de me dire à mes collègues, si je t'amenais avec moi ?

Le garçon braque sur lui des yeux paniqués, bouche ronde de surprise.

— Sûr que non ! Je parle pas aux keufs ! De toute manière, ils me croiront pas plus que toi, non ?

— Ça, je peux te le confirmer.

Sans rien ajouter, il fait volte-face et s'éloigne. Cet échange n'a été qu'une perte de temps et la frustration l'emplit jusqu'à l'écœurement.

— Eh ! s'écrie le garçon en s'élançant à ses trousses. On avait un deal ! Te casse pas comme ça, enculé !

Salva continue de marcher d'un pas raide. Sous sa chemise, son arme de service bat contre ses côtes. Il a conscience des regards appuyés d'un couple de joggeurs qui tournent la tête en passant. Ce n'est pas la première fois qu'il se comporte ainsi, il sait que ce n'est rien.

Rien du tout.

Les vieilles habitudes du terrain.

— Enculé ! braille de nouveau le garçon, avec une détresse déchirante dans la voix. C'est dégueulasse ! Je t'ai dit ce que j'ai vu, moi !

Salva finit par stopper net devant les rails du tram.

Il chasse du revers de la main les gouttelettes de transpiration qui s'accumulent sur son front.

— Et merde ! Tiens ! Amuse-toi !

D'un mouvement du poignet, il jette le paquet

au hasard par-dessus son épaule. Il entend le jeune zonard qui se précipite pour le ramasser.

— Partage-le avec ta copine, conclut-il en reprenant son chemin. Il vaut mieux que vous fumiez ça plutôt que vous injecter cette merde de Subutex…

Dans son dos, le garçon continue de l'insulter, sa voix désormais accompagnée par les aboiements hystériques de ses chiots.

45

La nausée est passée.

Pas le flux et le reflux de ses pensées. Acide, brûlant. *Obsédant.*

Audrey n'a pas encore pu se résoudre à quitter la salle de bains. Elle reste penchée sur le lavabo, mains crispées sur la faïence, le crâne plongé sous le jet et noyée dans le tumulte de sa conscience. Elle porte un vieux tee-shirt aux couleurs de Wonder Woman, cependant, quand elle se redresse et qu'elle se contemple dans le miroir, c'est tout le contraire d'une héroïne qui se reflète devant ses yeux. Juste elle. Audrey Valette. Une pauvre fille écervelée. Son visage juvénile qu'elle a toujours trouvé trop rond. Sa bouche fine et pincée, son regard perdu. *Le visage d'une meurtrière.* Les boucles de ses cheveux collent à ses joues tandis que les gouttes dégoulinent de son menton.

Elle s'efforce de ravaler ses sanglots en même temps que son envie de vomir.

Peu à peu, une solution se dessine dans son esprit.

La seule qui ne lui semble pas *totalement* insupportable.

Même cette option la terrifie.

Tout ce qu'elle implique…

Son téléphone mobile joue subitement le morceau « Love me forever ». La sonnerie associée au numéro de Damien. Audrey se sent presque soulagée.

Son choix ne cesse de se préciser. De se renforcer. Lui nouant la gorge.

Elle s'empresse d'éteindre le jet du robinet et prend l'appel.

— Bébé, parvient-elle à articuler, le terme comme une formule magique, un talisman pour se donner du courage. Si tu savais comme tu me manques…

— *Toi aussi, tu me manques. Comment est-ce que tu gères, ce matin ?*

La voix de son petit ami lui parvient assourdie par un vrombissement en fond. Il doit être en train de conduire, en déplacement aux quatre coins de la région.

Audrey serre les dents. Se focalise sur son propre regard, de l'autre côté du miroir. Sa décision. Sa détermination.

— Tu es déjà sur la route ? demande-t-elle au lieu de répondre à la question.

— *Bien sûr. Je suis presque arrivé à Aurillac, là. Si tout se passe bien, je devrais être de retour en début d'après-midi.*

Elle inspire lentement. Souffle plus lentement encore.

— Tu as eu des nouvelles de Driss ?

Un juron. Les rapports du moteur se déploient au bout du fil.

— *Bah, non. Il faudrait que je l'appelle. J'ai juste essayé d'avoir Élie, figure-toi qu'il est pas venu travailler. Il plante deux livraisons, le chef est furax après lui. En plus, ce connard ne répond pas au téléphone.*

— Il ne faut pas lui en vouloir, murmure-t-elle. C'est dur… pour tout le monde…

— *Rien à foutre. Il est vraiment pas sérieux, quoi !*

Audrey sent tout son corps qui tremble.

Courage.

Dis-le-lui maintenant.

— Tu as écouté les informations ? commence-t-elle d'une voix étranglée. Au sujet de la fillette…

Pendant quelques instants, il n'y a plus que le brouhaha diffus de la route au bout du fil.

— *On ne va pas en parler au téléphone. Mais ouais. Je suis au courant. La nouvelle est passée à la radio. C'est terrible que ça se soit fini comme ça…*

Nouvelle hésitation.

— *Est-ce que tu tiens bien le coup, bébé ? Je m'inquiète.*

Audrey a subitement envie de lui rire au nez. Ou de hurler. Est-ce qu'elle tient le coup ? *Sincèrement ?* Elle aimerait jeter le mobile contre le miroir pour le voir se fissurer, oui. Voilà comment elle tient le coup. *Si tu t'inquiétais vraiment, tu ne m'aurais pas abandonnée. Tu ne serais pas allé travailler toi non plus.*

Elle ne fait rien de tout cela, bien sûr. Elle reste plantée devant son reflet. Devant ses yeux vides de meurtrière qui la dévisagent en retour. Lentement, un rictus résolu déforme ses traits.

Elle se dit que, du plus loin qu'elle s'en souvienne, elle s'est contentée de prendre des coups.

Toute sa vie, elle a laissé faire les choses en ayant peur que les conséquences soient pires.

— Damien… J'ai pris une décision…

— *Oui ?*

— Je vais aller me rendre.

Le silence dure un peu plus longtemps, cette fois.

— *Qu'est-ce que tu veux dire exactement ?* finit par demander Damien d'un ton où perce désormais un vif affolement.

— Tu as très bien compris ce que je veux dire. Je vais aller à la gendarmerie et je vais me dénoncer. C'est la seule chose à faire.

— *Dis pas n'importe quoi, s'il te plaît !*

— J'ai jamais été aussi sérieuse. Je peux pas le garder pour moi.

Elle étouffe un sanglot qui revient. Se maudit.

— Vivre avec ça sur la conscience, c'est au-dessus de mes forces. Ce qui est arrivé… c'est ma faute, c'est comme ça. J'étais au volant. Je dois assumer les conséquences de ce que j'ai fait, tu comprends ? C'était une *petite fille*, Damien…

Il l'interrompt avant qu'elle en dise plus.

— *D'accord, d'accord. On ne va pas parler de ça au téléphone. Je comprends que tu sois perturbée. Moi non plus, je suis pas fier de ce qu'on a fait, tu sais. Mais attends-moi. Je t'en supplie. Ne fais rien sur un coup de tête. Tu verras, quand tu y réfléchiras, toute cette situation te semblera…*

— J'y ai réfléchi toute la nuit. Ma décision est prise.

— *Audrey, il faut que tu m'écoutes, d'accord ? Tu ne peux pas faire ça…*

— Plus personne ne me dira quoi faire de ma vie, Damien.

Elle raccroche.

Le portable recommence à sonner quelques secondes plus tard.

Elle effleure l'écran pour refuser l'appel.

Avant d'écraser la paume de sa main contre sa bouche pour ne pas crier.

46

Alors c'est le cauchemar.

De tout ce que Damien aurait pu craindre, ce que vient de lui annoncer Audrey est encore pire. Une catastrophe en suspens.

Aller se dénoncer à la gendarmerie.

Foutre définitivement leurs vies en l'air.

L'espace d'un instant, les pensées du jeune homme s'emmêlent. La panique le saisit à la gorge, à le faire suffoquer. Il range sa camionnette sur une aire de repos encadrée de murets de pierre, éteint le moteur, ouvre sa vitre pour respirer. Les odeurs d'humus lui parviennent. Un vacarme de croassements et de bruissements d'ailes s'élève d'un champ où tout un groupe de corbeaux est en train de se battre, à coups furieux de griffes et de bec, autour de ce qui semble être la dépouille d'un tout petit animal.

Ne pas la laisser faire.

Surtout pas.

Damien tente de rappeler Audrey. Plusieurs fois de suite.

Rien à faire. Elle le renvoie systématiquement sur sa messagerie.

— Putain ! s'écrie-t-il en donnant des coups

contre le volant. Audrey ! Merde ! Putain de merde ! Pas maintenant !

Plusieurs véhicules passent à vive allure, avant que la route départementale ne redevienne silencieuse.

Tout autour de lui, les montagnes du Cantal déploient leur nonchalance verdoyante. Cela fait près de deux heures qu'il roule sur cette foutue route en lacet, bordée de sapins et de pâturages occupés par des vaches Salers. *Deux heures.* En ajoutant au trajet la distance qui le sépare de chez lui, même s'il rebroussait chemin maintenant, il n'arrivera jamais à temps pour empêcher Audrey de faire la plus grosse bêtise de sa vie.

Réfléchis. Vite.

Il se concentre. Submergé par les cris furieux des corbeaux au-dehors, le rythme soutenu de son pouls en dedans.

À la recherche d'une solution qu'il ne trouve pas.

47

Quand il pousse la porte de son bureau, Olivier Salva se demande quel accueil le groupe lui réservera ce matin.

Les lieux sont encore vides. Une vague odeur de renfermé flotte dans la pièce.

Très bien. Il n'est pas pressé d'affronter ses collègues, d'assister au débriefing matinal qui n'évoquera pas un seul instant la petite victime, ou le désarroi de sa famille.

Après avoir ouvert la fenêtre pour aérer un peu, il ne peut s'empêcher de lorgner sur l'espace de travail de Fleurot, encombré de paperasse et de tasses sales. L'écran de l'ordinateur, en veille, affiche une succession de courbes multicolores et mouvantes. Il songe que les photos qu'il a prises des quatre casseurs se trouvent sur ce disque dur. Si près. Juste là, à portée de main, presque. *Presque.*

Aucun son ne lui parvient du couloir. Il est possible qu'il reste seul pendant dix, vingt minutes. S'il osait, il pourrait en profiter pour accéder au serveur de son collègue. Il pourrait essayer de…

… trouver le mot de passe de Marcus ? Juste comme ça ? Sur un coup de chance ?

Ce genre de miracle n'arrive qu'au cinéma. Dans

la vraie vie, le moindre dérapage finit *toujours* par être découvert. Il s'est assez brûlé les ailes à ce jeu.

Il s'installe donc à son fauteuil. Ce dont il se félicite bien assez vite, car la porte s'ouvre à la volée sans qu'il ait entendu son collègue approcher. L'épaisse silhouette de Fleurot se découpe dans l'encadrement, un mug fumant à la main.

— Matinal ! s'exclame-t-il d'une voix où perce une certaine surprise.

Salva lui répond d'un sourire neutre, espérant ne pas raviver l'animosité de la veille. Fleurot semble avoir abandonné son agressivité à son égard. En apparence, tout du moins. Son attitude demeure plus distante. S'il y avait eu la moindre confiance entre eux, celle-ci n'est plus de mise.

L'ex-agent des Stups va poser ses fesses au coin de son bureau. Il boit une gorgée de café, qu'il recrache aussitôt en jurant.

— Trop chaud, bordel !

Il souffle sur le mug tout en dévisageant Salva.

— Bon, on va pas tourner autour du pot. T'as appris ce qui est arrivé à Varenne ?

Salva répond par l'affirmative. Toutefois, il se garde d'évoquer sa visite au CHU.

— Assassiné dans sa chambre, c'est ça ?

— Ouais. J'ai pas encore pu avoir d'info plus précise, mais il faut croire que c'était pas beau à voir. Tous les services sont sur le pont comme des hyènes. Chacun frétille des reins pour récupérer l'affaire.

— Et pas nous ?

Fleurot secoue la tête avec une moue blasée. Il se risque à une nouvelle gorgée qu'il régurgite tout aussi vite dans le mug, avant de le poser sur son bureau.

— Ce gros naze de bijoutier n'a jamais été notre

cible. Notre affaire, c'est Antignac. Stéphane veut absolument se le faire. Ce serait bon pour nous tous.

Salva acquiesce, distant.

— Bien sûr.

— Bref, on va sonoriser la maison de notre poisson, poursuit Fleurot, toujours aussi enthousiaste. Stéphane a eu le feu vert du proc', ne reste plus aux gars qu'à poser les micros et Antignac pourra plus péter au lit sans qu'on soit au courant. Je peux te dire que s'il a quoi que ce soit à voir avec ce meurtre, on le saura vite. L'air de rien, on fera peut-être le boulot de la Crim', et les doigts dans le nez !

Sourire poli à nouveau. Salva préfère ne pas faire de commentaire face à tant d'assurance. Il y a cependant un détail qui le chiffonne dans la logique de sa hiérarchie.

— Quel intérêt, pour Antignac, de faire disparaître le bijoutier ? Il ne peut pas savoir qu'on est sur son dos…

— Je suis bien d'accord, soupire Fleurot. Mais va savoir ce qui se passe dans la tête de ce genre de type ? Il a peut-être voulu s'assurer que personne ne remonterait jusqu'à lui ? Quoi qu'il en soit, si c'est bien lui qui a commandité cette exécution et qu'on le prouve, ce sera champagne ! Réseau organisé pour la fabrication de fausse monnaie plus homicide avec préméditation, cette fois je peux te dire qu'on va remonter dans les statistiques ! Pour notre ami Antignac, par contre, la fête sera finie pour de bon !

Ils sont au moins d'accord sur ce point. Mettant un terme à la conversation, Fleurot prend place à son fauteuil, allume son ordinateur et se lance dans un rangement sommaire de son bureau. Cette fois, il trempe ses lèvres dans le café sans se brûler et absorbe une série de longues et bruyantes lampées.

De son côté, Salva consulte sa messagerie ainsi que les télex de la nuit, met à jour son agenda et prépare lui aussi ses documents pour le débriefing. La routine matinale. Tout en lançant l'impression des procès-verbaux dont il aura besoin, il ouvre une nouvelle fenêtre sur son écran.

Page d'accueil de Google.

Il hésite, ne peut s'empêcher de se sentir ridicule.

Il tape néanmoins les termes « Slender Man » dans le moteur de recherche.

Juste pour savoir.

Pour être *sûr*.

Une liste interminable de résultats s'affiche.

Il contemple en silence les images regroupées dans le coin de l'écran.

Cette grande silhouette mince en costume.

Une apparence fascinante, il n'y a pas à dire.

Au fond de lui, Salva se demande où il a déjà entendu parler de cette histoire.

Dans quelle affaire non résolue…

48

Audrey attend de s'être un peu calmée avant de quitter la salle de bains.

Elle ne peut plus reculer. Elle ne *doit* plus reculer.

Dans le salon, la télévision diffuse des sons de guerre plus furieux les uns que les autres. Explosions, tirs soutenus d'armes lourdes, rugissements monstrueux. Kévin, plié en deux au bord du canapé, appuie frénétiquement sur la manette de la console, massacrant par dizaines les membres d'une armée de zombies.

— Vous me la ferez pas à l'envers ! s'enflamme l'enfant. Bande de pédés !

— Kévin, ton langage ! le réprimande sa mère.

— Je voulais dire, bande de zombies ! rectifie le garçon.

Mme Delauney soupire, avant de lever les yeux vers Audrey. Son expression se teinte d'inquiétude.

— Tout va bien, ma grande ? Tu es toute pâle.

— J'ai trop mangé hier, ment la jeune fille.

Traversant la pièce, elle essaie de ne pas trop se sentir coupable et n'y arrive pas. Elle désigne brièvement la table où est installé le petit déjeuner. Café, jus d'orange, gaufres au chocolat. La seule pensée de nourriture rappelle le souvenir de sa nausée.

— Je vais éviter de me charger l'estomac, ce matin…

— Comme tu veux. Tu as besoin d'un cachet ?

Audrey secoue la tête.

— Non, merci. C'est gentil, mais ça va passer tout seul.

Kévin lève à peine un regard vers elle avant de se concentrer sur son jeu vidéo.

— Je vais me préparer.

— Tu sors déjà ?

— J'ai une course urgente, dit-elle avant de battre en retraite vers la chambre.

49

La vibration s'élève, en pulsations régulières, dans la pièce silencieuse.

Allongé sur le lit, Driss tourne la tête d'un côté et de l'autre, cligne des yeux pendant quelques instants, le temps de localiser son mobile sur la table basse.

— Élie ? appelle-t-il d'une voix pâteuse. Putain, tu entends pas ?

— Quoi ? finit par répondre son ami, en ôtant ses écouteurs d'où s'échappent les cris étouffés de la musique.

— Il y a mon téléphone qui sonne.

— Je m'en occupe.

Élie quitte le canapé avec des mouvements gauches, encore empreints de sommeil. Cependant, après avoir jeté un rapide regard à l'identité du correspondant, il se contente de soupirer.

— Ce connard, il attendra !

— Qui ça ? Pourquoi tu réponds pas ?

— Parce que c'est encore Damien, putain ! J'aimerais qu'il nous lâche un peu, celui-là !

Driss tousse à plusieurs reprises avant de répliquer :

— Et s'il a un problème ?

— Il a aucun problème, s'énerve Élie. Je suis pas allé bosser et il se chie dessus, c'est tout. J'ai éteint mon portable, il essaie le tien. T'occupe pas, ça lui passera.

Il s'assoit sur le canapé, s'étire.

— Dis-moi plutôt comment ça va, toi ? Tu as toujours mal ?

— Beaucoup moins. Mais les médocs me défoncent bien.

Élie s'approche de lui pour vérifier son pansement.

— Le sang n'a pas traversé. Ça a l'air propre. En parlant de médocs, c'est l'heure d'en reprendre.

Il détache un comprimé de sa plaquette et le lui tend. Driss l'avale à grandes gorgées d'eau.

Sur la table, le téléphone recommence à vibrer.

— Putain ! lâche Élie.

— On devrait lui répondre.

— Certainement pas. J'éteins ton mobile.

Driss soupire.

— Si tu veux…

50

L'hôpital a remis le corps de Valentine aux pompes funèbres. Marie a tenu à la voir, elle a caressé les cheveux de son enfant reposant désormais sur un matelas de glace carbonique en attendant les services du thanatopracteur. Elle a déposé des baisers sur sa peau froide qui bientôt sera emplie de formol.

Ce matin, elle n'a pas pleuré. Elle n'a plus de voix pour crier. Plus de force pour taper sur les murs.

Après son hystérie de la veille, elle n'est plus que silence, résignation.

La seule et unique chose qui la retenait à cette vie s'est envolée. Soufflée. Sans raison. Sans justice.

Il n'y a plus rien en elle que ce vide immense. Et la douleur. Cette douleur noire. Aveuglante. Qui ne diminue pas. Au contraire. Elle ne cesse d'augmenter. De l'emplir. De l'anesthésier.

Dans le bureau des pompes funèbres, tandis qu'un agent obséquieux lui expliquait les formalités de l'inhumation de sa fille, elle a hoché la tête sans prononcer le moindre mot. Elle n'a pas cherché à discuter le contrat qu'on lui proposait. Elle a signé les papiers sans les lire. L'employé en costume lui assure que sa société va s'occuper de toute la partie administrative et qu'elle n'aura aucune démarche à effectuer. L'embaumement de Valentine aura lieu dès cet après-midi. La cérémonie suivra dans trois jours. Bien.

Très bien.

Il ne sert à rien d'attendre. Elle n'a pas d'autre famille. Personne à prévenir. Les seuls appels qu'elle a reçus – et auxquels elle n'a pas répondu – proviennent de son notaire, de son éditeur et de son agent littéraire.

Elle leur enverra des messages pour les tenir au courant. Il est possible que Giuliano, son agent, décide de faire le déplacement depuis Paris. Il a toujours été attentionné avec elle.

Ce sera le pire moment à passer.

Et ensuite…

Ensuite, elle ne sait pas ce qu'elle fera. *Où* elle sera. *Qui* elle sera.

Elle sait écrire. Elle continuera. Sous un autre nom.

Peut-être.

Quand elle pousse la porte de son appartement, elle reste quelques instants à contempler le chaos. Tous les éclats de verre encombrant le sol. Les meubles éventrés. Les livres éparpillés, leur papier gonflé par l'eau des vases qui s'est répandue partout.

Tout est brisé. Renversé. Irrécupérable.

Reflet exact de ce qu'elle ressent à l'intérieur.

Elle traverse la pièce sans chercher à éviter les obstacles. Les talons hauts de ses escarpins écrasent des fleurs déjà fanées.

Dans le miroir fissuré, à présent de travers et par terre, à l'angle de la pièce, elle peut voir son reflet fractionné en une myriade d'images hypnotiques. Des dizaines de chevelures blondes abondantes, parfaites. Une nuée d'yeux au bleu profond, dans lequel se nichent de minuscules éclats noisette, et les profondeurs de ses secrets.

Elle détourne le regard.

Dehors, sur la terrasse.

Elle contemple le chapeau noir.

Posé sur la table.

En évidence.

Une provocation. Si totalement puérile. Ou bien totalement désespérée ?

Marie Drevoski ouvre la baie vitrée, fait quelques pas au soleil, paupières mi-closes pour ne pas être éblouie.

Elle saisit le chapeau.

Le froisse dans ses mains.

Ses yeux bleus emplis de souvenirs.

La muraille des mensonges. La sécurité de la fuite en avant.

Elle a cru que cela pouvait s'arrêter. Si ce n'était pas aujourd'hui, un jour, peu à peu. Les réflexes de cette vie passée et de ses spectres tenaces.

Elle a cru que Valentine garderait les cauchemars à distance.

Quelle cruelle ironie.

C'est tout le contraire qui se produit, finalement.

Ce qui va arriver, ce qui *doit* arriver, elle ne peut l'empêcher. Elle n'en a pas la force. Et si elle ne le peut pas, personne ne le peut.

Tout ceux qui ont contribué au décès de Valentine.

Un par un…

C'est ainsi que l'ombre a toujours procédé.

Invisible. Traquant ses cibles. Détruisant les preuves à chaque étape.

Inexorable.

Marie Drevoski revient dans la cuisine, le chapeau à la main.

Elle doit nettoyer l'appartement.

Effacer les traces de *l'autre*.

Tout de suite. Elle doit entretenir les apparences.

Tant qu'elle y est encore obligée.

Ensuite…

Ensuite, ils seront tous morts de toute façon.

51

Sur l'écran de l'ordinateur, les images défilent. Croquis, photos retouchées, les représentations sont toujours les mêmes : une silhouette tout en maigreur. Son costume est strict. Ses bras trop longs. Son visage vierge, comme effacé. Le personnage a de quoi frapper les imaginations.

Et pour cause.

Le Slender Man.

La personnification de la mort et de la peur.

Il vous guette. Il vous observe. Il vous rend fou.

Olivier Salva parcourt les articles, sans toutefois y découvrir grand-chose d'exploitable. Initialement, l'histoire du monstre élancé n'est qu'une *creepypasta,* une image truquée de créature surnaturelle, créée à l'occasion d'un concours sur un site Internet. Au fil des années, le mythe a été décliné et réinventé plusieurs fois, que ce soit sous forme de jeux en ligne, de séries sur le Web et même de quelques films de seconde zone. L'engouement pour ce monstre fictif reste indéniable. Salva découvre même un fait sordide qui avait fait les gros titres aux États-Unis, quand deux adolescentes de douze ans avaient assassiné une camarade pour « prouver l'existence du Slender Man ». Selon leur témoignage, les deux idiotes espéraient protéger leurs familles de la malédiction du croquemitaine en costume. Leur histoire a été amplement reprise dans un documentaire de la chaîne de télé HBO, que Salva se promet de consulter plus tard.

Il revient aux images, qu'il examine tout en laissant vagabonder ses pensées.

Il s'emplit de cette silhouette.

De cette tête sans traits qui le dévisage de l'autre côté de l'écran.

Il a pas de visage, lui a dit le jeune zonard.

En réalité, c'est un démon…

Malgré lui, les propos du marginal continuent de résonner dans sa tête. Doit-il y chercher une quelconque bribe de réalité ?

Il peut être juste sous vos yeux et pourtant il est invisible…

Subitement, la voix de Fleurot le fait sursauter. Salva était trop absorbé par son écran, il ne l'a pas vu s'approcher dans son dos.

— Depuis quand tu t'intéresses au Slender Man ?

Il se retourne vers son collègue, le visage plissé par la surprise.

— Tu connais cette histoire, toi ?

— Comme tout le monde, glousse Fleurot. J'avais même téléchargé le jeu, il y a quelques années. Il fallait retrouver des pages. Plutôt sympa, comme appli.

— Je veux parler de la légende. Les crimes qu'il y a eu autour d'elle. Tu as déjà eu des affaires liées à ce genre de choses ?

Fleurot pousse un long soupir.

— Tu me fais rire, toi, tu sais ?

— C'est une question débile, grogne Salva. Mais c'était juste au cas où tu aurais entendu quoi que soit…

— Eh ben, figure-toi que si, justement. À Marseille,

j'ai travaillé en cosaisine avec la Crim' sur une affaire qui m'y a fait penser. Il y avait plein de détails que j'ai toujours pas bien pigés, d'ailleurs…

Salva soutient le regard moqueur de Fleurot.

— Une affaire de quel genre, exactement ?

Nouveau gloussement. Fleurot a un geste vague.

— Homicide multiple. Un règlement de comptes bien pourri entre dealers. La routine, tu me diras. Sauf que cette fois, c'était une prostituée qui s'en est chargée. Une personne connue de nos services de surcroît, sans le moindre antécédent de violence. Elle a massacré un caïd des quartiers nord avec toute son équipe rapprochée. Six personnes en tout. Dégommées à l'artillerie lourde. Impossible de comprendre comment la fille s'y est prise pour faire entrer son arme, mais en ce qui concerne le pourquoi, on a supposé qu'elle a été envoyée par un gang rival.

— Supposé ?

— Je t'ai dit que c'était une affaire bien pourrie. Le bruit de la fusillade a fait se ramener les collègues assez vite. Ils ont investi la cité et ont commencé à tout boucler. Eh bien figure-toi que la fille s'est suicidée en croquant un cachet de cyanure avant qu'on puisse défoncer la porte.

Salva se lève et pose ses fesses au coin de son bureau. Bras croisés, il imagine la scène. Les *bad boys* marseillais baignant dans leur sang. Leur assassin avalant une pilule mortelle pour échapper à l'arrestation. C'est bien la première fois qu'il entend ce genre d'histoire.

— Tu veux dire que cette personne n'a pas cherché à fuir ? Même en prenant des risques ? C'était une opération suicide depuis le début ?

— Sincèrement, j'en ai pas la moindre idée, réplique

Fleurot. On a été forcé de s'arranger comme on a pu avec la procédure, car des détails qui collaient pas, il y en avait à la pelle. En fait, il y en avait plus que ceux qui faisaient sens.

Salva penche la tête sur le côté. De plus en plus attentif.

— Quel genre de détails ?

— Des tas de toutes petites choses. La fille était sans expérience, et pourtant ses tirs ont été d'une précision chirurgicale. Quant aux caïds, ils n'ont pas réagi comme ils auraient dû, si tu veux mon avis. C'étaient les gérants de la Castellane, des vrais durs à cuire. Pas un n'a été foutu de se protéger, c'est bizarre non ? Encore que, dans ce cas, les examens toxicologiques ont révélé des traces d'un opiacé de compétition dans leur sang. Je veux bien croire que ça explique certaines choses… mais, quand bien même, on n'a aucune idée de comment ils ont tous pu absorber cette substance.

— La fille les a drogués ?

— C'est ce que j'ai mis dans mon rapport, en tout cas. C'était une toxico, elle se prostituait pour se payer ses doses. Elle avait accès à ce genre de drogue, pas de doute là-dessus. Juste que, encore aujourd'hui, je ne l'imagine pas capable de mener une opération de cette ampleur.

— Je vois, marmonne Salva en se grattant la tempe. Mais alors, quel est le rapport avec les légendes urbaines ?

Fleurot découvre des rangées de dents jaunies par le café.

— Le rapport, mon pote, c'est qu'un des témoins, un vieux chibani qui faisait la nourrice dans l'immeuble d'en face, nous a dit avoir aperçu un type sur le balcon du dealer. Il nous a assuré que cette personne se trouvait là *après* le carnage, alors que les véhicules de la BAC commençaient à verrouiller le périmètre.

Il pointe un doigt vers l'ordinateur tout en précisant :

— Un bonhomme exactement dans ce genre. Mince, chauve. Apparemment, il attendait sans bouger…

— Et ensuite ?

— Et ensuite, il s'est éclipsé. Je veux dire, comme ça. D'un coup, sans laisser de trace. Le genre fantôme.

Salva plante son regard dans celui, narquois, de son collègue.

— Tu me charries, c'est ça ?

— Je te jure que c'est ce que le témoin nous a raconté. Mais t'en fais pas, on n'a accordé aucun crédit à cette histoire ! On a soigneusement évité de mentionner cette confidence dans le procès-verbal. C'est juste qu'on en a discuté plusieurs fois par la suite, entre nous. Ça collait tellement avec les histoires du Slender Man que, des fois, c'est flippant.

Flippant, oui.

Salva ne sait plus que penser.

Tu m'étonnes que ça colle…

Exactement comme le récit du zonard en bordure de l'hôpital…

Il garde cependant ses réflexions pour lui.

— Tu disais que la fille était envoyée par une bande rivale ?

— C'est la seule déduction logique, selon moi. L'élimination de ces gars a profité à toute leur concurrence. Le secteur qu'occupait le dealer a été récupéré fissa par un autre réseau. Pour le reste, on ne saura jamais ce qui s'est vraiment passé…

Salva contemple l'image affichée à l'écran.

L'anecdote de son collègue ne lui apporte aucune réponse.

Elle ouvre seulement davantage de questions.

T'as envie de le chasser ? C'est toi qui seras baisé, à la fin. Tu peux en être certain de ça.

La voix du zonard aux dreadlocks, encore.

Des superstitions.

Des témoins peu fiables.

Rien de concret.

Et pourtant Salva a rarement vu de coïncidences quand il est question de morts aussi violentes.

— Tu aurais encore le nom du témoin en question ? demande-t-il en se retournant vers son collègue.

— Sans doute. Mais ça te servirait à rien. Tu vas rire.

Il n'aime pas le ton qu'a pris Fleurot.

— Fais-moi rire, alors.

— Le bonhomme est tombé de son balcon quelques jours plus tard, il était défoncé. La chute a été fatale. S'il avait vraiment vu quelque chose, il l'a emporté dans la tombe.

— Pratique, constate Salva.

— Ça, c'est Marseille, mon pote.

52

Assise dans le bus, Audrey contemple les rues grises aux volets fermés du centre-ville. Les maisons ici se sont vidées les unes après les autres au fil du temps. Boucherie, boulangerie, magasin d'électroménager… Plus de la moitié des commerces ont mis la clé sous la porte. Sorti des barres d'immeubles qui l'encerclent, le village n'est plus qu'une bourgade fantôme oubliée au pied des Pyrénées.

Arrêt « gendarmerie ». Dès qu'Audrey descend sur le trottoir, une vague de chaleur la happe comme un poing soyeux. Des cris d'enfants tourbillonnent autour d'elle. Il y a un petit parc tout proche où une poignée de gosses jouent sous l'œil des nounous, des résidences aux balcons chargés de fleurs, des murets d'où débordent des haies mal entretenues. L'air sent le béton brûlant et la poussière.

La brigade de gendarmerie se trouve une dizaine de mètres plus loin, installée dans un bâtiment entouré de grilles. Un fourgon sérigraphié stationne à même le trottoir, à l'ombre rare des arbres.

Audrey tire sur son chemisier imprimé à fleurs de lys. Elle avance, ses Doc Martens martèlent le sol, son cœur bat fort. Un peu plus fort à chaque pas qui la rapproche de son destin.

Elle est prête. Elle va soulager sa conscience, à défaut de pouvoir racheter son crime.

La porte s'ouvre. Un géant en uniforme descend la volée de marches vers elle. Audrey se rend compte qu'elle le connaît. C'est un ami d'enfance de son père, désormais un compagnon régulier de bistrot, tous les deux ayant le même goût immodéré pour l'alcool.

— Audrey ? s'exclame-t-il de sa voix naturellement éraillée. Comment tu vas, ma grande ?

L'homme doit mesurer dans les deux mètres. Il est blond, barbu. Son ventre rebondi qui tend sa chemise bleue lui donne un air de viking de carte postale. Audrey bredouille un bonjour tout en cherchant à se souvenir de son nom. Cela lui revient d'un coup. Florian Baudrain.

— Bonjour, Florian. Je... Je viens faire une... déclaration... de la plus grande importance...

— On t'a fait du mal ?

Un courant d'air chaud fait voler ses cheveux devant ses yeux. Elle est prête. Il le *faut.*

— Pas à moi. C'est l'inverse. C'est moi la coupable. C'est moi...

Elle doit le dire. Elle doit se libérer. Tout de suite.

— J'ai fait quelque chose de très mal, Florian. Je suis la seule responsable.

Les sourcils du gendarme se soulèvent. Son visage se charge d'inquiétude sincère.

— Responsable de quoi ?

— L'accident. C'était moi qui conduisais... Cette fillette...

— Oh, merde ! s'exclame-t-il. Les petits cons recommencent !

La voix d'Audrey s'étrangle dans sa gorge sans qu'elle puisse répliquer. Elle ne comprend pas la réaction du gendarme, cherche à savoir pourquoi il ne la regarde plus, ne l'écoute plus, pourquoi son regard est braqué dans son dos. Des cris stridents s'élèvent. Ils n'ont plus rien à voir avec le brouhaha d'enfants en train de jouer.

— Bouge pas, j'en ai pour une minute, lui lance Baudrain en se précipitant vers le parc.

Deux gosses se battent sur la pelouse. Ils se donnent des coups de poing, essaient de s'arracher les cheveux, tout en éructant des chapelets d'injures obscènes.

— Arrêtez tout de suite ! fulmine le géant blond. Allez, les gosses ! Ça va pas la tête ? Où sont vos parents ?

Tandis qu'il sépare les deux enfants et débute un sermon auquel il semble habitué, la peau d'Audrey se couvre de chair de poule. Encore. Elle se frotte anxieusement les bras.

Ne te décourage pas maintenant. Surtout pas.

Tu l'as décidé.

Tu sais que tu dois le faire.

Elle se retourne vers la gendarmerie. Baudrain est occupé, d'accord. Elle ne peut pourtant pas attendre. Elle doit entrer. Trouver une autre personne. Vider son sac avant que le courage ne la déserte.

Le bruit soudain de moteur la fait sursauter.

Le véhicule la dépasse et se gare en travers devant elle, lui coupant la route. Duster noir. La portière s'ouvre à la volée et la dernière des personnes qu'elle aurait souhaité croiser bondit au-dehors tel un diable.

— Audrey ! Nom de Dieu, te voilà enfin !

Xavier Valette.

Son père.

Audrey n'en croit pas ses yeux. Mais c'est bien lui. Ses joues grasses grêlées de taches. Ses mèches grisonnantes qui volent sur son front dégarni. Il sent la sueur et le Ricard.

L'ogre de ses cauchemars. *Ici.* Il l'a retrouvée. C'est comme si le sol se dérobait brutalement sous ses pieds.

— Non, souffle-t-elle, sans savoir elle-même si elle répond à l'interrogation de son père ou si elle cherche à nier sa présence et tout ce qu'elle implique.

— Je crois qu'il faut qu'on discute.

— Certainement pas ! On n'a plus rien à se dire !

Depuis qu'elle a quitté le domicile familial, elle n'a plus eu le moindre contact avec ses parents. Trois mois déjà. Elle a bien fait en sorte que son père n'apprenne rien de sa relation avec Damien, afin d'éviter tout problème. Elle ne tient pas à ce que cela change. *Surtout pas maintenant.*

— J'ai quelque chose d'urgent à faire, tranche-t-elle en se précipitant vers les marches de la gendarmerie.

— Pas si vite, papillon !

Il lui attrape le bras. Sa poigne est graisseuse mais toujours aussi puissante. Audrey laisse échapper un gémissement, d'un coup elle se sent propulsée en arrière, dans son passé étouffant, cet enfer dont elle se croyait sortie une fois pour toutes.

— Lâche-moi ! Putain ! Lâche-moi tout de suite !

Elle devient hystérique. Son père la maintient plus fort – plus douloureusement.

— Gueule pas comme ça, on va pas se donner en spectacle ! C'est ton petit chéri qui m'a appelé à l'aide. Tu piges ?

Coup de grâce.

Audrey a l'impression que le sang gèle pour de bon dans ses veines.

— Quoi ?

— Ton Damien, il m'a expliqué que tu crèches

chez lui depuis que tu t'es barrée. Je suis là pour ton bien, quoi que t'en penses.

Ses jambes vacillent. Ce ne peut pas être vrai. *Damien ?* Il connaît tout de sa vie. Il *sait* très bien ce que cet homme, ce porc, lui a fait.

Et pourtant, c'est lui qui l'a prévenu. Il a appelé l'ogre et lui a appris où elle vit désormais.

La trahison, comme toujours, est la plus violente quand elle vient de ceux en qui on a toute confiance.

— Damien, murmure Audrey, sa voix lui parvenant comme au travers d'un mauvais rêve. Non. Il n'aurait jamais…

— Il se fait du souci pour toi, poursuit son père, son front presque contre le sien. Et moi aussi.

— Est-ce qu'au moins il t'a dit… pourquoi je suis là ?

— Je m'en fous, Audrey. Je me fiche de savoir ce que vous avez trafiqué, et de toute façon je me doute que ça doit pas être joli, joli. Il m'a supplié de venir t'empêcher de raconter n'importe quoi aux condés pour te venger de lui.

— Pour me… ?

Audrey lance un regard désespéré au gendarme, qui semble lancé dans une vive discussion avec les parents des enfants. Puis elle contemple son père. Son polo rayé vert et bleu. Son œil gauche, sérieusement abîmé lors de sa lutte avec son collègue homosexuel, qui ne s'ouvre plus autant que l'autre. Son haleine anisée qui lui donne des frissons de dégoût.

— Damien t'a dit que je voulais me venger de lui ? Je viens dénoncer un crime.

— Ouais, sûr. Tu vas inventer des choses pour lui faire du mal.

— Mais non !

— Si tu parles aux condés, ça va détruire la vie de

sa famille, poursuit son père sans relâcher son étreinte. T'as pensé à sa mère, à son petit frère ? Et à ta vie à toi ? Je suis peut-être pas le meilleur des pères, mais tu restes ma fille, Audrey. Ma seule enfant. Je peux pas te laisser avoir des ennuis avec la justice. Quand on commence à être la proie de ces vautours, on n'en a jamais fini. Crois-moi. Je suis encore victime de leurs magouilles.

Leurs magouilles, oui. L'agression de quelqu'un simplement parce qu'il est gay.

Elle se tord, pousse un cri de rage, et parvient enfin à se dégager. Tremblante. Dans le parc, le gendarme en a fini avec les gosses et leurs parents. Il revient vers eux, salue M. Valette d'un mouvement de la tête, avant de dévisager tour à tour Audrey puis son père.

— Tout va bien ?

— Les relations père-fille, soupire Xavier Valette. Rien de bien grave, Florian…

Audrey crache à ses pieds.

— Je ne suis plus ta fille.

— Audrey…

Elle tourne les talons et s'enfuit dans la rue.

Au moins, son père ne cherche pas à la poursuivre.

IV

PRÉCIPICE

CPIS de Perpignan, 2012

Les deux officiers se toisent.

Droits. Protocolaires. Une panthère noire brodée au cœur sur leurs vestes.

— On a un problème avec votre monstre, mon colonel. Vous ne pouvez plus le nier.

— Mon unité n'est pas un monstre. C'est un outil révolutionnaire. Ces hommes peuvent changer le monde.

La température dans la pièce, déjà rafraîchie au-delà du nécessaire par la climatisation, semble se glacer un peu plus à chaque mot prononcé.

— Ces hommes sont des assassins, mon colonel. Il n'y a plus d'autre terme pour les qualifier.

— Ce qu'ils font, ils le font pour l'intérêt supérieur du pays. Cela évite aux gens comme vous de se salir les mains. Mes soldats sont tous d'un patriotisme exacerbé.

— Est-ce leur patriotisme qui les pousse à commettre ce genre d'acte ?

L'homme dépose les photos sur le bureau, l'une après l'autre. Elles offrent un spectacle effroyable de restes humains empalés sur des piques. Des têtes coupées. Des mains tranchées. On peut également y apercevoir des organes pendus à un arbre et, sur la dernière, ce qui ressemble à des corps carbonisés dans une fosse.

— Il faut avouer que c'est artistique, réplique le colonel, ses yeux comme des dagues plantées dans son interlocuteur.

Celui-ci le dévisage en retour, nullement intimidé.

— L'un d'eux mutile les ennemis. Par ailleurs, il ne passe pas ses nerfs uniquement sur les humains. J'ai entendu parler d'animaux. Cela dure depuis des années. Des rumeurs commencent à se répandre.

— Les rumeurs sont bonnes pour apporter la peur.

— Les rumeurs sont un cancer, mon colonel. Si quiconque se doute de l'existence de votre petite expérience, c'est tout le service qui sera pointé du doigt.

Silence. Souffle lent. Tension.

— Quelle serait la solution, selon vous ?

— La dissolution pure et simple de l'unité. Je ne vois rien d'autre à faire.

— Vous voulez réintégrer ces hommes-là dans un autre régiment ? Vous savez que ce n'est pas possible.

— Il faut pourtant que vous preniez une décision. Ou bien j'en réfère en haut lieu. Je ne veux plus être le seul à en connaître. Tous ces nouveaux téléphones ne prennent pas seulement des photos, ce sont de vrais ordinateurs. Le monde change, mon colonel. On ne pourra pas éternellement contenir ce genre d'informations.

Il dépose, sur les autres clichés, la photo d'un groupe de militaires en uniforme. Propres et souriants tels des angelots.

À leurs pieds, des silhouettes étendues, dont il manque les têtes et les mains.

— Cette barbarie ne dérange même plus les

autres membres de l'unité, comme vous pouvez le constater. Vous comprenez que votre expérience doit s'arrêter. De la manière que vous choisissez. Mais elle doit cesser vite.

Soupir. Hochement de tête.

— Très bien. Je vais réfléchir à une issue.

— Faites qu'elle soit définitive, mon colonel.

53

Le débriefing se déroule comme Salva s'y attendait. C'est-à-dire que Mambourg projette une série de diapositives sur l'écran mural. Des photos de Richard Antignac défilent, puis les plans détaillés de sa résidence située à Balma, en banlieue toulousaine. L'avocat est en congé, il passera les deux prochains jours dans sa maison de campagne, en compagnie d'une jeune femme de vingt ans de moins que lui avec qui il entretient une liaison tumultueuse depuis quelques mois. Il s'agit de la fille unique d'un gradé de l'état-major, ce qui démontre de la part de l'avocat un certain goût pour le risque, tout de même.

Pour la cellule, c'est une aubaine. Ils vont profiter de son absence et truffer son domicile de micros. Toutes les autorisations sont déjà délivrées, la pose du matériel de surveillance se fera cette nuit même par une équipe de la CAT. Manfrédo, enchanté par l'avancée de l'opération, félicite le gang des filles.

Sans surprise, l'assassinat de Varenne n'est que très brièvement évoqué au cours de la discussion. Le capitaine se contente de mentionner que c'est une tragédie, tout en rappelant qu'ils ne sont pas sur l'affaire.

— Même s'il pourrait y avoir un lien avec le

braquo ? intervient Salva. On ne peut pas nier que ça ressemble au coup d'un professionnel !

Manfrédo chasse l'air d'un geste excédé.

— Précisément si c'est en lien avec le braquo, Olivier ! C'est la BRB qui est saisie de l'enquête. Chacun son affaire, chacun ses compétences, d'accord ? C'est uniquement comme ça qu'on avance.

Bien sûr, songe le policier, débordant d'amertume. *Tout le monde reste dans le noir sans partager ses billes, on va bien avancer.* Cependant, il ne prend plus la peine de répliquer. Personne ne l'écoute, autour de cette table. Personne ne le prend au sérieux.

La mort de Varenne est d'ores et déjà programmée pour finir aux oubliettes. De la même manière que la mort de cette petite fille. Tout le monde s'en lave les mains. Personne ne se sent responsable.

Quoi qu'il en soit, dès que l'avocat sera revenu à son domicile, ce sera sa garçonnière que la CAT équipera de mouchards. Antignac est devenu le centre du monde pour Manfrédo, une croisade personnelle.

Pendant que son supérieur poursuit son monologue, Salva feuillette la synthèse déposée sur la table.

De nouveaux éléments ont été versés au dossier, constate-t-il en découvrant des photos d'un collier de diamants. Estimation : plus d'un million d'euros. Le bijou a été dérobé il y a un an, lors du casse de la bijouterie d'un hôtel de luxe, non loin de la place Vendôme à Paris. Il avait disparu des radars depuis. Selon leurs informations, il pourrait donc s'agir de la monnaie d'échange contre les matrices de billets de banque.

Si cette source s'avère fiable, l'intervention au domicile de l'avocat permettra de localiser le collier. Sinon, la déduction la plus logique sera qu'Antignac l'a apporté à sa maîtresse, dans sa résidence secondaire. Le jeu du chat et de la souris continuera.

Ils en restent pour l'instant à des sources non officielles. Des suppositions. Aucun élément concret.

— Excusez-moi, dit Salva en levant la main.

Manfrédo s'interrompt. Ses collègues le dévisagent.

— Quoi encore ? soupire son capitaine.

— Juste une question concernant l'objet supposé de l'échange. Qui a géré cette source ?

— C'est moi, dit Coupez. Ce n'était pas qu'une seule source, mais plusieurs.

— Toutes fiables ?

— À quoi tu joues, Olivier ? Oui, je pense qu'elles sont fiables ! L'un d'eux est même un bleu de la BRB, si tu veux tout savoir. Son groupe a perdu la trace du collier dans le Comminges, ils suspectaient une revente imminente. Mais c'est une info hors micro.

— Bien sûr, dit Salva. Merci, Annie.

Il sait que ce n'est pas la peine de leur demander davantage de précision.

Une info hors micro.

À laquelle les braqueurs ont eu accès.

Il se mord les lèvres. Ses pensées bouillonnent. Le fil d'une piste se dessine peut-être.

Les quatre gamins avaient la clé de la bijouterie en leur possession. Ils connaissaient le code pour entrer.

Ces éléments, quelqu'un les leur a fournis. Quelqu'un de l'intérieur. Ce n'était clairement pas Varenne. Les receleurs eux-mêmes, alors ? Une fuite de leur côté ?

Il conserve les yeux braqués sur la photo du collier alors que le groupe reprend ses discussions sans plus se soucier de ses états d'âme.

Il ne les interrompt plus de toute la réunion.

Un nouveau plan lui vient.

Il sait déjà qui il va consulter.

Un bleu de la BRB, lui a confié sa collègue.

La police est une petite maison.

Coupez n'en a pas conscience, mais elle lui en a dit bien assez.

54

À la pause de midi, Salva sort prendre l'air et marcher un peu.

Il a besoin de réfléchir.

Alors qu'il traverse la place Saint-Bernard, où plusieurs étals proposent des livres d'occasion, il s'arrête brusquement devant les bacs contenant les ouvrages pour la jeunesse.

Ses doigts courent entre les exemplaires, les faisant basculer les uns après les autres.

Jusqu'à ce qu'il tombe, sans trop y croire, sur un livre intitulé *Lapin de fortune* et signé Estelle Janus.

La couverture, délavée par le soleil, représente un lapin habillé en Indiana Jones bondissant hors d'un avion en plein vol.

— Combien ?

— Cinq euros, monsieur, lui annonce la jeune fille qui tient le stand.

Salva sort un billet.

Il va s'installer à la terrasse du bar *L'Autan*, situé juste en face, et commande un café. Il parcourt le livre avec une vive curiosité. Comme Marie le lui a expliqué, le héros à grandes oreilles du titre – nommé Yuri – est envoyé au bout du monde pour sauver des lapins prisonniers de méchants êtres humains pour leur fourrure.

Il feuillette l'ouvrage dans un sens, observant les illustrations, avant de revenir au tout début.

Sur la première page est imprimée la dédicace :

Ce livre est dédié à Roger R.
D'une vie à l'autre.
Porté par la vague.

Il passe alors deux appels.

Le premier est pour un de ses anciens collègues, qui ne décroche pas mais à qui il laisse un long message.

Il effleure ensuite la liste des correspondants.

Pendant une bonne minute, il contemple le numéro de Marie Drevoski.

Plongé dans ses pensées.

Il ne parvient pourtant pas à se lancer. Son regard va du livre posé sur la table à son téléphone, au livre à nouveau et son lapin s'élançant vers lui.

— Et merde. T'es plus un gosse, finit-il par marmonner pour lui-même.

Il touche l'icône « Appeler ».

— *Olivier ?*

Sa voix. Si douce. L'image de son visage de porcelaine se dessine dans l'esprit du policier. Il imagine son parfum. Le mouvement soyeux de ses cheveux. Il ressent un frisson absurde.

— Bonjour, Marie, dit-il d'une voix plus étranglée qu'il l'aurait espéré.

— *Vous avez des nouvelles sur les assassins de ma fille ?*

Une longue inspiration. Des dizaines de répliques le traversent. La suggestion de se voir pour en discuter.

Des paroles d'encouragement. Un mot d'humour discret, peut-être, pour lui permettre de sourire.

— Pas encore, marmonne-t-il, à contrecœur. Je voulais surtout savoir comment ça va.

Une platitude. Un aveu d'échec.

Au bout du fil, un silence.

Il se déteste. Encore plus que d'habitude.

— Marie ?

— *Tout va bien. J'ai juste l'esprit ailleurs…*

— J'imagine. Avez-vous… je ne sais pas… besoin d'aide pour l'organisation des funérailles ? Je peux passer vous voir, si vous avez besoin de quoi que ce soit…

Nouveau silence. Il a envie de se donner des claques.

— *Non,* lui dit enfin la voix désarmante. *Mais merci beaucoup, Olivier. Je ne suis pas très entourée.*

Il hésite, se gratte la joue, songe qu'il faut absolument qu'il se rase et prenne une douche.

— Sinon, ajoute-t-il, il y a bien quelque chose. Je suis sur un début de piste…

— *Vraiment ?*

En se tournant vers la devanture du bar, il aperçoit son reflet dans la vitrine. Il se trouve encore plus triste qu'il le croyait.

— Je dis bien un début, balbutie-t-il. J'attends qu'un collègue me contacte. J'en saurai plus ce soir, peut-être. Ou demain. Très certainement demain.

— *Je vous rappelle demain, alors ?*

— Voilà.

Hésitation. Mille mots le traversent encore et ne franchissent pas la barrière de ses lèvres.

— Courage, Marie.

— *Merci, Olivier.*

Il raccroche, plus piteux que jamais.

Marie Drevoski, elle, dépose son téléphone sur l'îlot de la cuisine. L'odeur du nettoyant industriel flotte autour d'elle.

Entêtante.

Désagréable.

Nécessaire.

Elle a remis de l'ordre dans son appartement.

En grande partie.

Il le fallait.

Pourtant, elle reste figée, indécise, les yeux braqués sur son mobile. Elle croise les bras sur sa poitrine, inspire profondément.

Elle pourrait le rappeler.

Lui demander de venir la voir.

Et… ?

— Olivier…

Elle se demande ce qu'elle ressent pour ce flic. Cet homme perdu au visage de chien fou.

Qui ne comprend rien.

Qui ne peut pas comprendre.

Personne ne le peut.

Ni hier, ni aujourd'hui.

Elle parcourt l'appartement du regard. Les lieux redeviennent présentables. Trois gros sacs de détritus attendent, entassés près de la baie vitrée.

Quelques pas, pieds nus sur le parquet. Elle se penche, reprend le chapeau qu'elle avait laissé sur le canapé. La table basse qui se trouvait devant a disparu, fracassée en plusieurs morceaux.

Elle fait tourner le chapeau dans ses mains fines.

Tremblant malgré elle.

Se maudissant de toute son âme.

— Je suis désolée, dit-elle à la pièce vide autour d'elle. Je ne peux pas.

Elle froisse le chapeau avant de le fourrer dans le sac-poubelle, qu'elle referme scrupuleusement.

Rester seule est le mieux.

Juste avancer.

Sans se retourner.

55

Un jour avant, Audrey ne voyait en Damien que son sauveur. Elle avait idéalisé le garçon. Elle avait rêvé son avenir. Un nouveau départ. Une vie *facile*, enfin.

Désormais, tout est différent.

C'est comme si elle revenait en arrière. En pire. Elle ne croit plus aux rêves. Elle retrouve tous ses cauchemars. Toutes les horreurs qu'elle s'évertue à fuir depuis toujours, en vain, encore et encore.

À 17 heures, quand Damien rentre enfin du travail, il la trouve enfermée dans la chambre. Elle y est restée longtemps prostrée. Réfléchissant à ses options, n'en trouvant aucune.

À présent, elle entasse ses affaires dans sa valise. Décidée. Résignée.

— Mais qu'est-ce que tu fais ? demande Damien d'une voix éteinte.

— D'après toi ? Je pars. C'est la seule solution, à ce stade.

Il s'approche, essaie de lui toucher l'épaule. Elle le repousse vivement.

— Fous-moi la paix ! Tu as eu ce que tu voulais, non ? Je me suis pas livrée. Tu risques rien. Tu peux continuer de vivre comme un lâche.

Elle agite les mains en parlant. Elle a pleuré tout

l'après-midi, maintenant son visage est gonflé et douloureux, craquelé par le sel de ses larmes. Elle ne sait plus où elle en est. Plus ce qu'elle doit faire. Elle comprend au moins qu'elle ne peut plus rester ici. L'appartement de Damien l'oppresse. Sa mère dans la pièce à côté, son petit frère… et à présent la seule présence de Damien, tout lui donne l'impression d'être enfermée dans une camisole où elle ne peut même plus respirer.

— Tu te rends compte de ce que tu as fait ? Tu as tout détruit, Damien.

— Absolument pas !

— Tu as appelé mon père ! vocifère-t-elle. Maintenant, il sait où je suis ! Il va revenir… Il va…

— Il te laissera tranquille, assure-t-il d'une voix douce. J'ai pas trouvé d'autre solution… Je suis sincèrement désolé…

— Pas tant que moi, Damien. Tout est fini entre nous. Tout ça, tout ce en quoi j'ai cru, c'était que des illusions que je me faisais. C'est moi la plus bête dans l'histoire, t'en fais pas. Pour toi, tout ira très bien…

Sa voix est glacée. Mais pas tant que ce qu'elle ressent à l'intérieur. Elle frisonne, essaie d'ignorer la nausée qui ne la quitte plus depuis ce matin. Elle reprend son pliage de tee-shirts, qu'elle dépose soigneusement dans la valise. Se montrer forte. C'est tout ce qui lui reste.

— Tu peux pas partir, supplie le garçon en tournant autour d'elle. Ça n'a pas de sens. Tu dois bien t'en rendre compte, non ? Tous nos projets…

— Tous nos projets sont morts, Damien. La confiance que j'avais en toi est morte. Comme cette gosse innocente.

— Moins fort, s'il te plaît, marmonne-t-il en jetant un regard à la porte de la chambre.

— Tu vois ? Je peux plus rester ici.

Il tombe à genoux devant elle.

— Que veux-tu que je fasse ?

Elle tressaille.

Comme si son ventre était transpercé.

La sensation de froid total en elle, de *vide* absolu, n'a jamais été aussi forte.

— Tu ne peux rien faire, malheureusement.

56

Olivier Salva a bien réfléchi.

Il pourrait ruer dans les pattes de ses supérieurs. Taper du poing sur la table. Porter l'affaire à la hiérarchie peut-être, ou même à la presse. Dans ce cas, c'est une certitude, autant dire adieu à sa carrière.

Ou bien il peut avancer masqué.

Tant qu'il ne franchit pas la ligne rouge, personne ne lui reprochera quoi que ce soit.

Il pourra mener cette enquête à son terme tout en conservant son emploi au sein de la police.

Il l'espère.

Après sa journée de travail, il quitte le bureau et se rend au café *Ginette*, situé à deux pas de l'hôtel de police. Celui à qui il a donné rendez-vous l'y attend déjà, attablé dans le petit patio vintage à l'arrière de l'établissement. Son nom est William Bouilliez. La quarantaine tout comme lui, cheveux en bataille, fine barbe rousse de pirate, le regard fixe et les gestes toujours rapides. En dépit de la chaleur étouffante, même en cette fin d'après-midi, Bouilliez porte une chemise de bucheron à gros carreaux rouges et noirs. Il sourit en apercevant Salva et le salue en levant sa pinte de Guinness. Bouilliez et Salva ont tous deux travaillé à la PJ pendant dix ans. Ils n'étaient pas dans le même groupe, mais ont été amenés à se côtoyer sur de nombreuses affaires. Salva ne compte pas les fois où ils s'étaient échangés des informations.

— Alors, ton équipe te fait la misère ? s'amuse Bouilliez avant de porter son verre à ses lèvres et d'avaler une longue gorgée de bière.

Prenant place face à lui, Salva fait une moue explicite.

— Les joies du placard. Et toi, Will ? Cela fait combien de temps que tu as obtenu ta mutation à la BRB ?

— Déjà trois mois, mon vieux. Bientôt quatre.

— Tu t'intègres bien ?

Bouilliez repose sa pinte et essuie du revers de la main la fine pellicule de mousse déposée sur les poils de sa moustache couleur miel. Sous ses sourcils broussailleux, son regard pétille de malice.

— C'est l'enfer, mec. J'ai bientôt vingt ans de maison, je suis un vieux briscard comme toi. Bref, tu sais très bien ce que je vaux ! Eh bien, ces tocards, au lieu de me mettre sur de vraies affaires, ils ont préféré me coller dans un bureau à faire des auditions comme si j'étais un simple stagiaire. Depuis trois mois, c'est tout ce à quoi j'ai droit, je tape des putain de procès-verbaux ! Ils s'entêtent tous à m'appeler « le bleu ». Pour eux, je viens de débarquer ! Quand je pense que c'est moi qui ai demandé ce poste parce que je voulais voir autre chose !

Salva lui sourit d'un air entendu. Tous les services fonctionnent ainsi, malheureusement. C'est d'ailleurs pour cette raison qu'il en a déduit de qui parlait Coupez, quand elle a mentionné un *bleu* à la BRB.

Il a tout de suite compris l'avantage qu'il pouvait en tirer.

Après avoir demandé une boisson au serveur, il

commence à expliquer à son ancien collègue ce dont il a besoin. Bouilliez prend quelques instants à triturer les fils de sa barbe, l'air contrarié.

— Annie n'était pas supposée me mentionner.

— Elle ne l'a pas fait, je l'ai juste compris. Quant à moi, tu me connais. Ça ne sortira pas de là…

Salva pose le bout de son index sur sa tempe.

— Tu ne seras cité nulle part, tu sais comment je travaille. J'ai besoin de cette info pour élucider un puzzle personnel.

— Un puzzle personnel, hein ?

Éclat de rire. Bouilliez tire sur le col de sa chemise.

— Mon Dieu, Olivier, t'as pas changé ! Tu as toujours été le plus bizarre, même si tu fais tout pour le dissimuler !

— Ça veut dire que tu vas m'aider ? sourit Salva alors que le serveur revient et dépose sa pinte sur la table.

Son ami fait rouler ses yeux dans ses orbites.

— Bien sûr que je vais t'aider, tu t'en doutes ! C'est pas un secret d'État non plus, cette histoire ! Tout ce qu'on sait, c'est que le collier dont on parle a transité dans la région. Mais on a aucune preuve de ça, seulement un faisceau de présomptions. Un nom familier revient un peu trop souvent.

— Lequel ?

— Sophian Amara.

Salva fronce les sourcils.

— Ça ne me dit rien.

— Pas étonnant. C'est une petite frappe. Il est logé à Saint-Gaudens. Vingt-cinq ans, déjà trois condamnations pour recel, trafic, violence en réunion et je te passe les nuances, tu vois le genre de zigoto. En tout, il aurait dû écoper de six ans de détention ferme pour coups et blessures, ce qu'il n'a pas effectué comme tu peux t'en douter, grâce à la magie de notre merveilleux système judiciaire. Aux dernières nouvelles, Amara continue de magouiller avec l'Espagne et l'Andorre.

— On surveille ses activités ?

— Même pas. Il nous faut attendre qu'il franchisse les paliers habituels avant de pouvoir s'intéresser à lui. Dans l'état des choses, on n'a aucune raison de l'inquiéter…

Salva voit très bien le tableau. Il ne peut que partager l'aigreur de son ami. Le système est tellement abîmé que plus rien ne fonctionne. Il boit lentement sa bière, réfléchissant à ce qu'il vient d'entendre.

— Ce Sophian, donc, il aurait participé au coup à Paris ?

— On ne le pense pas. La bijouterie de l'hôtel a été tapée par une équipe de Franciliens. Ceux-là, on les a chopés assez vite. De vrais durs, soit dit en passant, ils n'ont rien balancé. Nous, on sait bien que le réseau est plus vaste. On suppose qu'Amara s'est retrouvé promu second couteau par la force des choses, avec en guise de patate chaude ce collier à revendre au plus vite, quitte à brader sa marchandise. Tous les joailliers véreux de la région en ont entendu parler. Jusqu'ici, il semble qu'aucun n'a été assez inconscient pour accepter le deal.

La BRB est bien mal renseignée, songe Salva. *Parce que oui, l'un d'eux a été assez con pour accepter. Une sacrée bonne idée, qui a envoyé Jean Varenne à la morgue, de la plus horrible des façons.*

Il tourne ses pensées dans sa tête pendant quelques instants, puis se lance.

— Tu es sur l'affaire Varenne ?

— On est tous dessus. Même si on ne doit pas trop l'ébruiter. Le chef…

— Oui ?

Bouilliez marque un temps d'hésitation.

— Naamah est très active, l'air de rien. Je peux te dire qu'elle met les bouchées doubles sur cette affaire. Elle fait tout pour qu'on ait des résultats au plus vite.

— Elle n'est pas partageuse, alors. Ce matin, j'ai voulu lui proposer mon aide et elle m'a viré du CHU comme un malpropre, grince Salva.

— Elle a pas mal de pression sur les épaules, crois-moi.

— Si tu le dis. Il paraît qu'il a été salement amoché, alors ?

— Et comment ! Il a été tailladé façon triade chinoise, genre « Serpent aux mille coupures » !

— L'acte d'un déséquilibré ?

— C'est bien possible…

Bouilliez baisse la voix.

— Parce que c'est pas tout. Il lui a aussi arraché le cœur.

Salva observe un moment de silence.

— Tu te fous de moi ?

— J'inventerais un truc pareil ? C'est pour ça que Naamah veut personne dans ses pattes. On a retrouvé le cœur du bonhomme enfoncé dans sa bouche, ça doit pas sortir du service. Donc, si tu me cites, je nierai totalement t'avoir donné cette information.

— Merde, s'exclame Salva. Je comprends mieux sa réaction.

— Voilà.

Bouilliez hésite, avant de le dévisager d'un air scrutateur.

— Attends un peu, Olivier… Varenne était bijoutier, et tu viens me poser des questions sur un collier volé… Ne me dis pas qu'on serait passé à côté d'un truc aussi énorme ?

— À toi de voir, réplique-t-il d'une voix emplie de sous-entendu. Mais si tu me cites, sache que je nierai moi aussi t'avoir donné cette information.

En guise de réponse, Bouilliez lui renvoie un clin d'œil et se fend d'un grand sourire de connivence.

Salva se décide à avancer sur des œufs.

— Tant qu'on est là-dessus… La BRB n'a toujours aucune piste sur les braqueurs ?

— On a que dalle, malheureusement. Dès que les coups de feu ont commencé, tout le monde s'est mis à l'abri, personne n'a été témoin de quoi que ce soit. Le seul qui nous a servi un compte rendu, c'était Varenne. Il a certifié que ses agresseurs sont repartis les mains vides. Mais, maintenant, pour le vérifier… tu vois ce que je veux dire…

Bouilliez trempe ses lèvres dans sa Guinness, avant de conclure :

— Une chose est sûre, je vais me renseigner sur cette histoire de collier. Jusqu'ici, on pédale dans la semoule. Celui qui a buté Varenne n'a rien laissé derrière lui. Un vrai fantôme.

Salva ne peut s'empêcher de tiquer à cette réflexion. *Un vrai fantôme oui. Ou une légende urbaine.*

— Sinon, reprend-il sans rien trahir de ses pensées. Sur Amara, tout est consultable sur le TAJ ? La BRB doit avoir un dossier beaucoup plus complet sur lui, non ?

— Bien sûr qu'on a tout ça.

— Alors je t'informe que mon e-mail personnel n'a pas changé.

Bouilliez empoigne son verre et descend le reste de Guinness d'une seule grande gorgée.

— Je t'envoie tous les détails tout à l'heure, mon pote. Mais en attendant, la prochaine tournée est pour toi.

57

Le soir approche.

Lentement.

Installé à la fenêtre, le spectre patiente, lui aussi.

Plus tôt dans l'après-midi, il est allé repérer la maison de sa cible. Jardin, piscine, cuisine d'extérieur, sans oublier un spacieux jacuzzi à l'arrière, sous une canopée de palmiers. Le vétérinaire ne se refuse rien.

Le spectre a quadrillé le jardin, a noté les points de vis-à-vis avec les maisons avoisinantes.

Invisible, il est entré par une fenêtre du premier étage. Il a exploré chaque recoin de la maison. A caressé les draps du lit de Cassagne. A respiré les parfums de sa femme. Il a contemplé les posters des films *Hunger Games* et *Harry Potter* dans la chambre de sa fille, la tapisserie à paillettes et le costume d'élève de Poudlard dans la penderie. Dans l'étroit bureau de Cassagne, situé sous les combles, il s'est installé à son fauteuil, a parcouru les agendas et les notes personnelles du vétérinaire, ses catalogues de voile et de voyages dénotant une préférence pour les pays tropicaux. Le spectre s'est longuement et minutieusement projeté dans la vie de cet homme.

Cet homme qui sera bientôt mort.

Sans pardon possible.

Sans remords.

Telle est la loi du talion.

Telle est *sa* loi.

Quand la porte d'entrée s'est ouverte, un peu après 18 heures, le spectre s'est de nouveau déplacé dans la maison. Il a observé l'épouse et la fille de Cassagne qui riaient en transportant des sacs de courses dans la cuisine. Véronique Cassagne rentrait de son travail au centre hospitalier de Lannemezan. Sa fille, Tatiana, avait passé l'après-midi chez une amie. Elles se sont toutes deux installées devant la télé, ont discuté de leurs journées respectives tout en grignotant des chocolats et en buvant du jus de fruits, sans remarquer un seul instant la présence derrière elles. Cette ombre glissant sur les murs. Fondue dans le décor familier de leur maison.

Le spectre a attendu, l'esprit empli de questions.

Il a hésité.

Rien n'aurait été plus facile que de s'occuper de ces deux-là. De préparer le terrain ici et maintenant. Une piqûre à l'arrière de la nuque. Elles ne l'auraient pas vu approcher, n'auraient pas opposé la moindre résistance. Il les aurait laissées toutes les deux sur le canapé, face à la télévision, encore parfaitement conscientes mais cependant incapables de bouger pendant plusieurs heures. Il n'aurait même pas eu à les tuer, s'il l'avait souhaité.

Mais pourtant…

Plus il contemplait la fille de Cassagne, plus il restait indécis.

Cette jolie gamine à la tignasse brune attachée en queue-de-cheval.

Sa voix cristalline et enjouée quand elle parlait de sa meilleure amie. Quand elle évoquait un camarade de classe qu'elle trouvait trop mignon, et sur lequel sa mère n'avait pas tout à fait le même avis. Leurs rires à toutes les deux. Mère et fille.

Cette fille qu'aurait pu devenir Valentine…

Le spectre a tremblé. Il a toutefois sorti les deux seringues prêtes à l'emploi. Il les a fait tourner dans ses mains gantées. Il a continué d'hésiter.

Il n'a, finalement, pas réussi à passer à l'action.

Il n'a pas le droit.

Pas de cette manière.

S'il l'avait fait, il n'aurait pas mieux valu que ceux, tous ceux, responsables de la mort de Valentine.

Bernard Cassagne fait partie du lot, c'est certain.

Mais pas ces deux innocentes.

Inconscientes des rouages du destin.

De son ange exterminateur, insoupçonné, qui les observe en cet instant.

Pas elles.

Alors il a reculé. Sans le moindre bruit, sans une pensée en arrière, il s'est éclipsé. La femme de Cassagne s'est retournée, quand le courant d'air venu de la fenêtre de la cuisine est parvenu jusqu'à elle.

Elle ne se doutera jamais du danger qui l'a effleurée.

Et tant mieux pour elle.

Le spectre s'est replié dans son véhicule.

Les battements de son cœur sont trop rapides.

Une faiblesse.

À ne pas reproduire. *Surtout pas.*

Pour cet homme, il faut un lieu à part. Où il puisse faire ce qui doit être fait. Un endroit isolé. Pas la maison où vit sa famille.

Celui-ci, donc.

Cette ferme est le lieu idéal.

Inhabitée. Sans aucun voisinage.

L'assassin l'avait repérée quelques mois auparavant, lors d'une mission dans ce village. Il s'était dit qu'elle pourrait servir. Un jour…

Aujourd'hui est ce jour.

Ses gants tactiques posés sur le rebord de la fenêtre, il observe les hautes haies qui délimitent le terrain. Une bâtisse à moitié effondrée borde le jardin, mais c'est la seule. Il n'y a que les champs, tout autour, la route départementale défoncée que peu de gens empruntent. Les chants d'oiseaux et l'odeur humide et sécurisante du soir tombant sur la campagne.

Sans se presser, le spectre reprend son téléphone. Il compose le numéro de Bernard Cassagne.

À l'horizon, le ciel se couvre de nuages bas et menaçants.

58

Avec un mot de politesse pour l'épouse et une vigoureuse poignée de main, le vétérinaire prend congé de son dernier client. Il s'est contenté de renouveler les vaccins d'une jument et de son poulain. Une intervention simple, achevant sa tournée des fermes de la région.

Il marche vers son SUV, songeant à sa femme et à sa fille qui l'attendent à la maison, quand son téléphone vibre dans sa veste, accompagné de la mélodie de piano si particulière de « Summer in Siam », son morceau préféré des Pogues.

Cassagne fouille dans sa poche tout en s'installant au volant. L'écran indique que l'appel provient d'un numéro masqué.

Il hésite durant quelques secondes. À l'horizon, le ciel a pris une couleur plombée. Le tonnerre, un grondement sourd, presque animal, roule au-dessus des montagnes. L'orage est encore loin. Mais il se rassemble. Se rapproche. L'air devient de plus en plus électrique.

Cassagne se résout à prendre la communication, coupant le doux timbre de junkie de Shane MacGowan.

— Oui ?

— *Docteur Cassagne ?*

La voix, au bout du fil, est jeune. Fluette. Un adolescent. Il y a de la peur dans cette voix.

— Lui-même.

— *J'ai besoin de vos services, monsieur.*

De la peur, et autre chose. De l'*urgence.*

Cet embarras douloureux qu'ils ont tous, quand ils sont pris à la gorge.

— C'est pour quel animal ? demande-t-il, se doutant déjà de la réponse.

— *Pas un animal, moi. Je veux dire, il m'est arrivé un problème… J'ai pris des coups de couteau… perdu beaucoup de sang. On m'a conseillé de vous contacter…*

— Qui ça, *on ?* Qui vous a donné mon numéro ?

— *Un ami. Enfin, l'ami d'un ami. Vous vous êtes occupé de sa blessure…*

Cassagne reste sur ses gardes. Il n'apprécie guère que ce genre d'information transite par téléphone. Il est vrai que, dernièrement, il a rendu de nombreux « services » à des petits délinquants. Un peu trop, peut-être. Il songe que sa femme et sa fille deviendraient folles, si elles apprenaient les risques qu'il prend en retirant des projectiles ou en recousant de sales plaies causées par arme blanche. Lui, bien entendu, n'a jamais eu le moindre souci d'éthique avec ça. Le matelas confortable de billets qu'il a accumulé grâce à ces visites sous le manteau, en dépit de tout ce qu'on pourrait lui reprocher, est pour elles. Sa femme, sa fille. Uniquement pour elles. Il n'a jamais souhaité gagner de l'argent que pour le bien-être de sa famille.

Jusqu'ici, il est resté sous les radars des autorités. Il tient à ce que cela demeure ainsi.

— Je crois qu'il y a erreur. On vous a mal renseigné.

— *Ne raccrochez pas ! J'ai pris plusieurs coups,*

ça continue de saigner à mort. Je peux pas aller à l'hôpital, ils en parleraient aux flics…

— Je vous dis…

— *Ne vous inquiétez pas pour l'argent ! Trois mille euros, ça vous irait ? Monsieur, s'il vous plaît…*

Trois mille euros…

Tentation. Hésitation.

— En espèces ? Vous les avez avec vous ?

— *Oui. Un sac plein de cash. Je vous jure que c'est la vérité. Je vous le donnerai tout de suite, vous pourrez vérifier. J'ai besoin d'aide, monsieur…*

Le vétérinaire passe une main dans sa barbe.

— Où êtes-vous ?

— *Navarrines. C'est juste à côté de Saint-Martory.*

Réflexion. Tergiversation.

Le son du tonnerre se rapproche, le sol vibre. Des oiseaux effrayés s'envolent des arbres. Le ciel s'assombrit.

— Je vois où c'est. À quel endroit, exactement ?

Il note les informations que lui donne son correspondant, l'informe qu'il sera là dans une heure environ et raccroche.

— On dirait que la journée n'est pas finie, murmure-t-il en observant son reflet dans le rétroviseur.

Il ne peut pas s'empêcher de se demander s'il n'y avait pas quelque chose d'incongru dans la voix de ce jeune homme, au bout du fil. Quelque chose qu'il n'a jamais perçu dans ce genre d'appel.

Une sorte de *ton* sous-jacent ? *De la maturité dissimulée ?*

Non, il a probablement mal entendu.

Cassagne se promet toutefois que cette visite hors des clous sera la dernière qu'il effectuera. Après ce service, les trois mille euros en poche, il arrêtera de jouer au bon samaritain.

Il l'a fait assez longtemps comme ça.

À l'horizon, le soleil continue de descendre inexorablement dans un océan rouge profond.

59

Bouilliez a tenu parole. Alors que Salva se connecte à sa boîte mail, il y trouve le message attendu. En pièce jointe, un fichier zippé contient une dizaine de documents Word et autant de PDF rassemblant plusieurs photos chacun.

Le policier se penche sur la planche sur tréteaux qui lui sert, en fonction du moment, de table à manger ou de bureau. L'excitation du terrain, de la chasse aux indices, lui revient d'un coup alors qu'il consulte les éléments réunis par la BRB.

Sophian Amara, donc. La personne d'intérêt. En l'occurrence, un jeune homme de vingt-cinq ans au regard noir comme une nuit sans lune, le visage dur, en lame de couteau. Barbe soigneusement entretenue. Crâne rasé de près. Brillant discret à l'oreille gauche. Le garçon est une vraie caricature, il pourrait tout aussi bien avoir écrit « je suis un dealer, carte de fidélité offerte » sur son tee-shirt de l'équipe de France.

Durant leur discussion, Bouilliez l'a qualifié de *petite frappe*. Pourtant, ce n'est pas ce que lui inspire l'apparence de cet individu. Son regard vide. Son absence totale d'empathie, qui crève l'écran même à partir d'une simple photo. Salva a déjà vu ces signes chez tous les débiles qui cochent au fil de leur vie l'ensemble des cases du système judiciaire, comme s'il s'agissait d'un jeu de société. Un palier franchi les mène toujours au suivant, puis à celui d'après. Dans ce genre de course à l'abîme, il n'y a aucun happy end envisageable. Jamais.

Salva parcourt les informations avec attention, retrouvant à peu de chose près ce que lui a expliqué Bouilliez sur Amara. Rejet scolaire. Délinquance qu'on qualifie hypocritement d'« ordinaire ». Depuis ses quinze ans, le jeune homme a été traîné sur les bancs des tribunaux pour des affaires de vol, intimidation, revente de drogue. Plus inquiétant : il y a deux ans de ça, sa petite copine a été retrouvée battue à mort, ou presque. Elle l'avait trompé, bien sûr. Une « punition » maison, qui ne fait de doute pour personne. Mais la fille a refusé de porter plainte quand la police de Saint-Gaudens est venue lui poser des questions à l'hôpital.

Le cercle proche du jeune homme, ce n'est pas surprenant, navigue dans les eaux troubles du vol et du trafic de drogue. Parmi eux, un Espagnol déjà condamné pour braquage dans son pays, et suspecté de radicalisation lors de son passage derrière les barreaux. Salva retrouve également deux personnes, qui se prétendent frères alors qu'ils n'ont aucun lien de parenté, les visages tatoués de symboles berbères, et qu'il sait être dans le collimateur de la PJ depuis un moment. Et ainsi de suite. Amara s'est entouré du pire de la région Occitanie.

Jusqu'aux réseaux du nouveau banditisme parisien…

Salva fait une pause pour se rouler un joint. Il attrape son briquet. Grésillement du tabac. Le parfum de l'herbe l'enveloppe. Il aspire une bouffée brûlante et intense, ferme à moitié les yeux tout en se délectant de la sensation de doux flottement qui ne tarde pas à arriver. Ces derniers temps, il a de plus en plus besoin de cette substance pour réfléchir.

Il se rend compte, tout au fond de lui, qu'il devrait commencer à s'en préoccuper.

Plus tard.

Dans l'immédiat, seul le travail compte. Il replonge dans la série de photos que contient le dossier, décidé à y vouer une inspection minutieuse. Plusieurs clichés d'une jeune femme apparaissent. Cheveux châtains, un joli visage en amande à la moue boudeuse. Sur une des photos, la fille porte un blouson Lonsdale bleu marine sur lequel ressort le drapeau anglais. Mais son large sourire est démenti par une ombre au fond de son regard.

Salva cherche le nom et les informations sur cette personne. Laura Maé. Fille d'un ancien propriétaire de restaurant, études de lettres à Toulouse qu'elle n'a jamais achevées. Elle est revenue à Saint-Gaudens depuis quelques années, a actuellement vingt-cinq ans, aucun emploi connu, et il s'agirait de la nouvelle petite amie de Sophian Amara. Par voie de conséquence, elle est suspectée d'être impliquée dans les affaires mafieuses du bonhomme.

Intéressant.

Et mieux encore. Alors que Salva observe les photos de cette fille, il en découvre une ayant été prise à la dérobée dans une brasserie, et où figurent plusieurs autres personnes.

Il zoome sur ces individus, poussé par une intuition subite et grisante.

Il ne s'est pas trompé.

— Putain.

Sur le cliché, Laura Maé semble en pleine discussion

avec un jeune homme roux. Plutôt beau garçon. Longues dreadlocks attachées en queue-de-cheval. Tee-shirt noir impeccable reproduisant la gravure d'une flamme dans un triangle.

Salva le reconnaît.

Il l'a déjà vu.

Deux jours auparavant.

C'était un des quatre braqueurs.

— Putain, murmure-t-il encore. Cette fois, je t'ai. Je t'ai vraiment.

Il tire une nouvelle, brûlante bouffée pour calmer ses nerfs. La fumée ondoie autour de lui en serpents bleus translucides.

Il n'y a aucune indication quant à l'identité du garçon aux dreadlocks dans le dossier. L'individu n'était pas la cible du photographe ni, pour l'instant, de la BRB.

Salva ne dispose que de cette photo.

Que de ce qu'elle peut lui dire, sous la surface.

Il agrandit l'image. Il ne peut avoir aucun doute quant à ce qu'il a sous les yeux. Les verres que tiennent la jeune femme et ce garçon viennent d'être entrechoqués. Leurs regards sont mutuellement braqués l'un vers l'autre. D'une manière ou d'une autre, ces deux-là se connaissent bien. D'une manière ou d'une autre, ils ont, ou ont eu, une *relation*.

Ses pensées tournent de plus en plus vite.

Il a conscience qu'il est impossible de déterminer l'existence d'une coucherie à partir d'un simple instant volé. Mais c'est son métier. C'est ce pour quoi il est fait. Il doit savoir jongler avec les informations les plus infimes et en tirer le maximum de sens.

Information numéro un : Laura Maé est en couple avec le *bad boy* Amara. D'accord. Ça, c'est ce que la BRB sait de source sûre.

Information numéro deux : s'il en juge par cette photo, la jeune femme n'est pas insensible aux charmes de ce minet aux dreadlocks.

C'est un élément hautement subjectif, certes.

Mais, dans ce domaine, son intuition ne lui a jamais fait défaut.

Nouvelle bouffée d'herbe. Nouveau *rush* du psychotrope dans son système. L'agréable vertige lui saisit l'arrière du crâne, telle une pince. Salva souffle la fumée par les narines. Il se sent bien tout à coup. Il se sent lucide. Il continue d'additionner les pièces du puzzle, celles dont il détient la preuve et celles qu'il peut deviner, avec de plus en plus de facilité.

S'il accepte la théorie de la BRB, le collier du braquage parisien a atterri entre les mains de Sophian Amara, d'une part. Et Amara a établi le contact avec Varenne pour refourguer la marchandise, d'autre part.

Il n'y a aucune raison que ce soit Amara qui ait vendu la mèche de cette transaction à un autre groupe de malfrats. Son intérêt était que la vente se fasse sans anicroche.

En revanche, sa petite amie…

S'il considère la possibilité que celle-ci ait bien fricoté avec le garçon aux dreadlocks… et que celui-ci ait réussi à lui soutirer des renseignements…

Ou même plus que des renseignements. Il avait besoin du code de la bijouterie pour pouvoir y pénétrer sans risque.

Un code dont Amara avait peut-être connaissance, puisqu'il était en affaires avec Varenne.

Et si Amara l'avait, donc, il est possible que sa copine, la petite Maé, l'ait connu aussi.

Lui permettant de le passer, à son tour, aux braqueurs.

Aussi simple que ça.

Salva écrase le mégot de son joint dans le cendrier.

Sa tête tourne. La saveur grasse de l'herbe remonte dans sa gorge.

Il est sûr de lui.

Il possède enfin la clé pour remonter jusqu'aux braqueurs.

Quelque peu grisé, il lance l'impression des meilleures photos du dossier et les sort l'une après l'autre du bac de l'imprimante.

Il fait ensuite ce qu'il n'a pas fait depuis des mois. Depuis sa mutation précipitée, très exactement.

Les feuillets dans une main, il pousse la porte de sa chambre et se place devant le mur tapissé de liège.

Il place la première image tout en haut et la fixe avec une punaise.

Le collier dérobé à Paris.

Juste en dessous, il accroche celle de Sophian Amara.

Il écrit dessus :

Intermédiaire ?

Encore en dessous, sur la même ligne : les proches d'Amara, dont Laura Maé.

De retour devant l'ordinateur, il effectue un agrandissement de la photo du garçon roux et lance son impression.

Il place ce portrait en dessous des autres. D'un trait de feutre, il le relie à celui de Laura Maé, avec l'inscription :

Amants ?

Enfin, sur la droite du mur, il punaise la photo des victimes.

Victime numéro un. *Valentine Drevoski.*

Victime numéro deux. *Jean Varenne.*

Il ajoute, à côté de celui-ci, les mots :

Cœur arraché.

Signification ? Mode opératoire ?

Après une hésitation, il ajoute également la photo de Marie Drevoski.

Il reste immobile à contempler son travail.

Le livre qu'il a acheté dans la journée au bouquiniste est resté sur sa table. Il va le chercher, le compulse de nouveau.

Lapin de fortune.

Il n'y pas de portrait de Marie dessus. Juste son pseudonyme. *Estelle Janus.*

Il imagine Marie en train d'écrire cette histoire. Songeant à sa fille.

Il résiste à l'envie pressante, sournoise, de lui téléphoner.

Pas ce soir.

Il l'appellera demain. Il lui dira qu'il n'a pas menti, qu'il ne la laisse pas tomber.

Demain. Quand il aura parlé à Laura Maé.

Quand il saura qui est ce garçon aux dreadlocks et où le trouver.

En attendant, il emporte le livre avec lui au lit.

Un peu de lecture légère ne pourra pas lui faire de mal.

60

Cela devait finir par arriver, un jour.

Forcément.

Bernard Cassagne n'a jamais pensé à prévoir un plan B, une solution de repli *in extremis*, au cas où l'une de ses visites spéciales tournerait mal.

Il n'a jamais envisagé que *quoi que ce soit* puisse déraper.

Puisque les petites canailles dont il s'occupe ont besoin de lui. N'est-ce pas ?

Il se rend donc directement dans le repaire du monstre. Dans la gueule ouverte du loup qui l'attend.

Sans rien suspecter.

Alors que son SUV s'engage dans l'allée de la ferme, la luminosité diminue d'un coup, les premières gouttes de pluie s'écrasent sur son pare-brise. L'essuie-glace se met en marche. Le temps que Cassagne manœuvre pour se garer devant la bâtisse en pierre, c'est une pluie battante qui se déverse avec rage sur son véhicule.

— Eh bien, mes aïeux…

Un éclair se dessine dans le ciel. Quelques secondes plus tard, le rugissement du tonnerre déferle. Tout le SUV est secoué par la vibration.

Cassagne patiente quelques instants. Il doit se rendre à l'évidence, il n'y a aucune chance que l'orage se calme. Au contraire, la pluie s'intensifie. L'essuie-glace est passé à sa vitesse maximale et balaie en vain le pare-brise ruisselant. Le vacarme des gouttes contre la tôle efface tout autre son.

— Au moins, on sera tranquille… ajoute-t-il pour se motiver.

Il scrute la façade de la maison, éclairée en partie par ses phares. En dépit de la pluie et de l'ombre de la nuit, il constate que les volets du bâtiment sont fermés. Il n'a pas à s'en faire, il est évident qu'ils ne seront pas dérangés, ici ! Aucune habitation alentour. Seulement les arbres du chemin. Les haies délimitant un jardin envahi par les herbes sauvages. À croire que l'endroit est inhabité.

C'est pourtant l'adresse que lui a donnée le jeune homme.

Il ne lui a pas communiqué de nom. Ils ne le font que rarement. Ce qui est très bien ainsi.

Ce doit être un squat, peut-être. Une planque à la campagne pour petits délinquants.

Il a l'habitude.

Cassagne inspire. Sur la route, il a envoyé un texto à sa femme pour la prévenir qu'il avait un dernier client à voir, que ce serait sans doute long, et qu'il valait mieux que sa fille et elle ne l'attendent pas pour dîner. Le trajet lui a pris quasiment une heure. Hors de question de faire demi-tour maintenant.

— Puisqu'il le faut…

Il sort du véhicule, se courbe sous la douche glacée et, sa sacoche contenant ses outils à la main, se précipite vers la porte du corps de ferme.

Il est surpris de la trouver ouverte en grand. Une invitation.

À l'intérieur, un grand hall à l'ancienne, en forme

de corridor, dénué de tout ameublement et plongé dans la pénombre.

Désert.

Ses vêtements s'égouttent sur un sol carrelé. La pluie tombant en diagonale pénètre dans la maison, imbibant une tapisserie cloquée et, à de nombreux endroits, déjà en lambeaux.

Du revers du poing, il tape sur la porte aussi fort que possible.

— Il y a quelqu'un là-dedans ? Hello !

L'instant suivant, un éclair apporte une brève vague de lumière. Le vétérinaire sursaute en apercevant une silhouette, tout au bout du couloir.

— Eh bien, vous m'avez fait peur !

L'obscurité est revenue. Le tonnerre gronde, féroce, tout proche. Cassagne cherche à distinguer les traits de la personne présente dans la maison. Une allure très mince. Un crâne rasé. Un costume strict.

— Est-ce vous qui…

La silhouette tend un bras vers lui.

Cassagne n'entend pas le coup de feu.

Il voit simplement la flamme luire, une fraction de seconde, dans le canon du pistolet brandi.

Puis la douleur explose dans sa cuisse droite alors qu'une balle se fraie un chemin dans sa chair, pulvérisant os et tendons.

Il s'écroule en poussant un cri aigu de terreur.

Le tireur fait un pas vers lui. Cassagne distingue toujours aussi mal ses traits.

— Attendez… Pourquoi… est-ce que vous…

De nouveau, une brève lueur s'allume au bout du canon. Une deuxième balle, tout aussi silencieuse que la première, s'envole vers lui et perfore son poignet. Sa main est à demi sectionnée de son bras. Son sang asperge son visage d'un flot tiède. La souffrance est inhumaine.

Cassagne hurle, sa voix avalée par le tonnerre.

Mû par la panique, il parvient à rouler sur lui-même, s'efforce de passer outre la douleur. *Ramper. S'éloigner. Vite.* En dépit de sa jambe droite quasi paralysée et de son poignet en charpie, il progresse jusqu'à l'extérieur, sous la pluie torrentielle. Il se sert de ses coudes pour avancer, se tord en donnant des mouvements fébriles de bassin, avec l'énergie du désespoir.

Il glisse, par secousses, dans la boue, les gravillons déchirant ses vêtements. Il ne parcourt que quelques centimètres par traction, mais il avance, il *sait* qu'il avance. Il lui faut à tout prix se sortir de ce cauchemar qu'il ne comprend pas.

Il n'achève pas la moitié du chemin jusqu'à son véhicule.

Les mains de son agresseur empoignent ses chevilles.

— Au secours… gémit-il, tout en sachant que personne ne l'entend.

Que personne ne viendra à son secours à présent.

Il est tiré en arrière.

La porte refermée.

61

Le sang emplit sa bouche, l'étouffe.

Son sang.

Bernard Cassagne est secoué par une toux violente, vomit un long jet spasmodique et écarlate. Le goût de fer ne quitte pas sa gorge, lui brûle les sinus. La douleur, insoutenable, consume sa cuisse ainsi que son poignet, qui pend sur le côté de son bras et d'où émergent des fragments d'os brisés.

— Pitié… sanglote-t-il en recrachant davantage de sang.

— C'est ce que vous dites tous. Tu ne peux t'en prendre qu'à toi-même. Tu as cherché ce qui t'arrive, Bernard.

La voix est étonnamment douce, nimbée par le vacarme de la pluie au-dehors.

Elle n'en est que plus terrifiante.

À la lueur d'un éclair, Cassagne distingue enfin l'individu penché au-dessus de lui. Son visage lisse. Ses yeux entièrement noirs plongés dans les siens. Sa bouche fine qui demeure figée dans un sourire à la fois triste et extatique. Le sourire d'un fou.

Ou de la mort.

Sa mort.

Alors que l'obscurité retombe, absolue, le tonnerre

roule, fait vibrer le sol carrelé sur lequel le vétérinaire se vide de son sang.

La main de l'homme se pose sur sa joue, remonte à rebrousse-poil dans sa barbe. Elle est gainée dans un gant épais, rugueux, dont le contact contre sa peau lui fait l'effet de papier de verre.

— Mes questions vont être très simples, chuchote-t-il quand les feulements du tonnerre se sont calmés. Elles vont appeler des réponses tout aussi claires.

— Au… secours… ne peut s'empêcher de gémir Cassagne.

L'individu réplique par un soupir, de déception peut-être. Il lui pince la joue. Cassagne tressaille.

Puis la main se déplace vers ses yeux. Le vétérinaire se tend, voudrait hurler, en vain.

Il ne peut rien faire quand le pouce et l'index se posent sur ses paupières. Seulement geindre encore.

L'homme commence à appuyer sur ses globes oculaires.

De plus en plus fort.

Des explosions de lumière traversent ses rétines comprimées, au supplice. Cassagne se cambre, saisi de spasmes incontrôlables. Une plainte voilée filtre entre ses lèvres.

— Bernard, Bernard… Tu as mal écouté. Tu dois attendre ma question. Ensuite, tu vas y répondre. As-tu bien compris, cette fois ?

Cassagne souffle un « oui » à peine audible, n'osant plus bouger, plus respirer.

Alors qu'il ne l'attendait plus, les doigts relâchent leur pression.

Cela lui fait l'effet d'une merveilleuse libération.

Il en oublie presque le brasier dans sa cuisse et son poignet. Ses larmes coulent en abondance de ses yeux. Ou son sang. Il ne sait plus. Il sent simplement que ses forces vitales sont lentement drainées de son corps. Il prie pour que ce supplice cesse.

— Avant-hier, tu es allé recoudre quelqu'un. Est-ce bien vrai ?

Cassagne peine à reprendre sa respiration sifflante.

— Oui, c'est vrai, hoquette-t-il.

— Un jeune homme ?

— Oui, oui. Ils étaient quatre en tout.

— Tu vas me dire ce que tu sais sur eux, lui ordonne l'homme au visage de spectre. Et où je peux les trouver.

— Tout ce que vous voulez. Je vais tout vous expliquer !

D'une voix hachée couverte par le bruissement rageur de l'orage, toussant entre chaque mot ou presque, le vétérinaire entreprend de lui raconter sa visite de la veille. Il lui parle du jeune homme blessé à qui il a fait des points de suture. Il explique que le seul nom qu'il a saisi est celui du locataire de l'appartement, Élie Malibert, mais qu'il peut décrire chacun d'eux. Il parle et parle, en s'étouffant, il détaille tout ce qu'il a vu et entendu, les tensions qui se faisaient sentir entre les jeunes gens, l'emplacement de l'appartement dans la cité de la Reynerie à Toulouse. Il ne s'octroie de pauses que lorsque les déferlements du tonnerre viennent effacer le son de sa voix.

Quand il cesse de parler, de vider tout ce qu'il sait, il halète, à bout de forces, au bord de l'évanouissement. Son sang continue de s'écouler de ses blessures. Un éclair illumine le monstre penché sur lui et le monstre sourit. Un sourire triste, déplacé. Il lui caresse de nouveau le visage de ses doigts rugueux.

— Combien t'ont-ils donné pour tes services ?

— Six mille euros… Je peux les rendre ! Ils sont

chez moi… cachés dans le conduit d'aération de ma chambre…

Les doigts de l'individu s'approchent de sa bouche. L'index et le majeur se glissent sans ménagement entre les lèvres de Cassagne, lui déchirant la peau, l'étouffant tout à fait.

— Ne t'en fais pas, lui dit-il de son timbre éthéré et sans émotion, comme s'il était entièrement détaché de ce qu'il est en train de lui faire subir. Ta famille en fera bon usage pour tes funérailles.

Mais Cassagne n'entend déjà plus rien. Incapable de respirer désormais, il est submergé par la panique, s'agite en vaines secousses tandis que la main referme sa prise dans sa bouche.

Un nouvel éclair se reflète dans le regard du tueur penché sur lui.

D'un geste sec et précis, il lui disloque la mâchoire.

Le hurlement de Cassagne explose, le monde tourbillonne autour de lui.

Une brutale traction dans l'autre sens achève de briser l'articulation de la mandibule et de l'os temporal.

Le craquement semble lui fracturer la tête de part en part.

Le cri du vétérinaire se mue en gargouillis tandis que sa mâchoire inférieure se détache. Centimètre après centimètre, elle est arrachée à son crâne. Ses muscles ptérygoïdiens cèdent de part et d'autre. La peau de ses joues se défait comme un torchon mouillé. L'os est emporté en entier, suivi de filaments de chair, des nerfs maxillaires et trijumeaux, d'une partie de la langue.

Une ultime plainte, un son liquide et sifflant, filtre du gouffre de la gorge à nu.

Le poing ganté s'abat pour le faire taire une fois

pour toutes. Il s'écrase tel un marteau sur la portion encore présente de visage, se relève et s'abat plus fort encore, la réduisant à l'état de lambeaux. Le nez de Cassagne éclate en une multitude d'esquilles. Ses yeux sont réduits à de la pulpe grise et rouge.

Le spectre continue de frapper, régulièrement, méthodiquement, jusqu'à ce que le crâne se brise à son tour. Jusqu'à en faire jaillir la bouillie épaisse qui a été la cervelle de l'homme et que celle-ci soit répandue tout autour de sa dépouille.

Alors seulement il cesse ses coups.

Haletant après l'effort, mais sans avoir émis le moindre son.

Il demeure de longues minutes immobile, à genoux sur le corps désormais dépourvu de visage, alors que les trombes de pluie continuent de battre les murs de la maison avec une rage accrue et que dans le ciel au-dehors les éclairs se tordent en hurlant leur joie primitive et toute-puissante.

Dans ses yeux noirs brasille une extase honteuse mais immense.

Il hume l'odeur de la mort. Sang et excréments.

Il a obtenu les informations qu'il désirait.

Le reste n'est plus qu'une question de temps.

62

Une pluie battante se déverse dans la rue.

Les trottoirs ruissellent. Les caniveaux débordent.

L'orage a pris Audrey par surprise. Elle a pressé le pas, bien obligée de continuer à traîner sa valise, et c'est trempée jusqu'aux os qu'elle sonne à la maison au bout de l'impasse.

La porte s'ouvre sur une fille de son âge aux cheveux courts, portant un short et un tee-shirt affichant le logo de *Sea Shepherd*.

— Amandine, merci d'avoir dit oui ! Je suis désolée de débarquer comme ça, si tard…

Amandine est sa meilleure amie. Ou en tout cas, la camarade dont elle était le plus proche au lycée. Elle l'a souvent accueillie chez elle. Quand Audrey l'a appelée un peu plus tôt, elle a bien sûr accepté de l'héberger sans hésiter.

— T'es trempée, ma pauvre ! s'exclame-t-elle en arrondissant ses jolis yeux verts derrière ses lunettes. Entre vite !

Audrey s'empresse de franchir la porte. Elle n'a pas repris contact avec Amandine depuis les examens, elle a tourné dans sa tête tout ce qu'elle pourrait lui dire, comment expliquer le besoin subit qu'elle a de passer la nuit chez elle.

— Je sais que je n'ai pas donné de nouvelles depuis le bac, commence-t-elle en pénétrant dans le salon. Il s'est passé tellement de choses…

Sa voix s'éteint.

Elle est pétrifiée.

Les parents d'Amandine sont installés sur le canapé. Ils la regardent avec des yeux compatissants.

Son père est là aussi. Il se lève du pouf en cuir et lui sourit de toutes ses dents.

— J'étais sûr que tu reviendrais ici, ma puce.

— Non… balbutie Audrey, ne sachant quoi dire d'autre.

— Je suis venu te chercher, déclare Xavier Valette en avançant vers elle. Tes lubies ont assez duré comme ça.

Audrey tourne les talons. Ouvre la porte pour s'enfuir.

Dans la rue, la pluie continue de tomber à verse. Le tonnerre rugit, moqueur et cruel.

Elle se maudit d'être aussi prévisible.

Elle fait volte-face, presque malgré elle. Elle jette un regard empli de colère aux parents d'Amandine, leurs visages doux où se lit une profonde interrogation. Mais elle refuse de se donner en spectacle. Elle ne désire pas leur pitié. Ils ne comprendraient pas. Personne ne comprendrait.

Alors elle reste pétrifiée tandis que son père se dirige vers elle d'un air avenant. Ce porc se comporte comme si tout était normal. Comme si elle n'avait pas fui ses sévices, trois mois auparavant, en lui jurant que jamais, *jamais* elle ne remettrait les pieds à la maison.

— Tu as nulle part où aller, lui dit-il en la fixant droit dans les yeux.

Il a raison. Il le sait. Damien l'a trahie. Et maintenant Amandine l'a trahie aussi. Tout le monde. Traîtres.

— Bien sûr que si, tente-t-elle de mentir, l'estomac perforé par un mélange de peur et d'infinie tristesse.

— Arrête de faire la gamine gâtée, bon sang. Ta mère t'attend à la maison et elle se fait du souci. Tu peux pas imaginer à quel point elle va être heureuse de tc revoir.

Audrey ne baisse pas le regard.

Elle sent ses larmes s'écouler sur ses joues brûlantes.

63

La pluie cesse vers 2 heures du matin.

Sur les façades des immeubles, les lumières aux fenêtres se font rares. Le béton trempé scintille. Quelque part, tout près, une alarme de voiture s'est déclenchée. Elle hurle à la mort durant de longues minutes avant de s'arrêter enfin.

Des silhouettes se hasardent à mettre le nez dehors. Les uns après les autres, les garçons du quartier réinvestissent leur territoire. Une dizaine en tout. Chacun dispose de son poste, de sa fonction. L'un d'eux, enveloppé dans un survêtement de l'équipe de France, sa capuche masquant ses traits, va s'asseoir sur un scooter, à l'entrée du parking, en position de guet. Un autre, sa peau foncée le fondant à la nuit, prend place devant la barre voisine. Dans l'ombre, seuls ressortent les écouteurs blancs de son téléphone. Le business est le business. L'économie de la cité tourne de jour comme de nuit.

Élie et Driss sont ressortis sur le balcon, eux aussi, car la chaleur demeure accablante, même à cette heure tardive et après l'orage qui vient de tomber. Ils essuient les chaises en plastique et prennent place côte à côte, leurs pieds posés sur la rambarde. Driss est torse nu. Il passe une main sur sa peau en sueur et sur son bandage, caresse distraitement l'œil d'Horus tatoué sur son plexus. Un grognement s'échappe de ses lèvres.

— Putain, il y a des moustiques maintenant !

— T'inquiète, j'ai une spirale, annonce Élie en se levant pour revenir dans l'appartement.

— Tu sais que ces conneries marchent pas, continue de pester son ami.

— C'est toi qui marches pas.

— Tocard, va !

Élie glousse en revenant sur le balcon. Il jette une bière à Driss, qui l'attrape de sa main valide.

— Merci, vieux.

— Comment va ta douleur ? demande Élie en reprenant sa place.

— Elle se tient tranquille, marmonne Driss.

La flamme du briquet jaillit entre les mains d'Élie. La spirale d'anti-moustique est allumée. Une fumée à l'odeur chimique et puissante tourbillonne entre eux. Ensuite, Élie ouvre sa propre bouteille de Leffe et ils trinquent.

— Tes parents ? Ils ne commencent pas à te poser trop de questions ?

Driss presse le verre contre son front pour se rafraîchir.

— Non, tout va étonnamment bien. C'est les vacances, je peux encore crécher la semaine chez toi sans qu'ils trouvent ça trop louche. Ma blessure a intérêt à être guérie d'ici là, c'est tout.

— Tu rêves.

— Il faudra que je donne le change, alors. Hors de question qu'ils se doutent que j'ai mouillé dans le truc.

— Ouais, murmure Élie.

Le truc.

Ils n'en ont pas reparlé entre eux depuis la veille, évitant le sujet comme un étrange et tout nouveau tabou. Ce *truc* qu'ils ont fait. Qu'ils vont devoir oublier, se forcer coûte que coûte à effacer de leur mémoire. Il n'y a pas d'autre option.

Pendant quelques instants, chacun sirote sa bière en silence. Élie ne peut s'empêcher d'observer le pansement sur le bras de son ami. Cette blessure va guérir, bien sûr. Mais la cicatrice, elle, sera toujours là. Quoi qu'ils fassent. Une nouvelle sorte de scarification sur le corps de Driss, un rappel de leur mésaventure. Élie suit du regard les reptiles, encrés en lignes noires sous la peau sombre. Ceux-ci semblent comme jaillir du bandage. Et… *onduler*, peut-être ? Élie détourne les yeux et se masse nerveusement l'arête du nez. Il ne va pas commencer à laisser son stress perturber ses sens.

En bas, des mouvements se devinent sur le parking tandis que la petite équipe de dealers se met en place. Des crissements de pneus hystériques déchirent la nuit, quelque part du côté du lac. Un rodéo. Le quotidien d'une nuit dans les quartiers.

C'est Driss qui rompt le silence.

— Et toi ? T'as pas eu de nouvelles de Damien et d'Audrey, par hasard ?

Élie boit une gorgée. Grimace. De mauvais poil.

— Je compte pas en avoir. Ils ont pété les plombs, ces cons.

— Mets-toi à leur place, plaide Driss.

— Tu crois qu'ils se mettent à la mienne ? Ou seulement à la tienne, putain ? C'est toi qui t'es pris une balle, mon vieux ! Laisse-les se comporter comme des blaireaux. On est mieux sans eux.

— Si c'est ce que tu penses.

— C'est *exactement* ce que je pense.

Driss n'insiste pas. De sa main valide, il évente les émanations de la spirale incandescente.

Élie, quant à lui, passe un bras sur la rambarde du balcon.

Il contemple l'horizon nimbé du voile de pollution violette.

Puis, subitement, alors qu'il baisse les yeux vers le parking, il remarque un individu en train de les observer.

Étrange. Il n'arrive pas à déterminer de quel ado du quartier il pourrait s'agir. La silhouette ne ressemble à *aucun* des jeunes qu'il connaît. Plus grande. Plus *mince*.

— C'est qui, ce type ?

Driss pose sa bouteille de bière à demi vidée sur le caisson.

— Qu'est-ce qu'il y a ?

— Je suis pas sûr…

Cette fois, Élie se penche sur la rambade, scrute l'espace en contrebas avec attention, mais il ne parvient pas à localiser la personne qu'il a cru apercevoir. Seul un des dealers habituels apparaît, de l'autre côté du parking, et traverse l'espace bétonné en roulant des mécaniques, un joint à la bouche. À un moment, il lève le nez vers Élie et lui fait un signe de la main. Élie le salue de la même manière.

— Alors ? le relance Driss.

— J'ai cru voir un type chelou. Mais j'ai dû me gourer.

— Qu'est-ce qu'il faisait ?

Du pouce, Élie désigne l'angle des immeubles plongé dans l'ombre.

— Rien, justement. Il était dans le coin, juste en

face. Je ne l'ai aperçu qu'un instant. On aurait dit qu'il nous regardait.

— Un flic ?

— Non, te bile pas. D'une, la bande du quartier serait déjà en ordre de bataille, si c'en était un. Et de deux, qui que ce soit, ça ressemblait pas à un flic…

— Je vois personne, fait remarquer Driss en se penchant à son tour sur la rambarde. Il était comment ?

— Juste bizarre. La boule à zéro. Super maigre. C'est con, mais on aurait dit un fantôme…

Driss se tourne vers lui et éclate de rire.

— Sérieux ? T'as trop regardé de films d'horreur, mec ! Tu veux que j'appelle un exorciste ?

Élie fait semblant de lui jeter sa bouteille.

— Pauvre tache ! Passe-moi plutôt de la beuh, qu'on se calme les nerfs !

Ils rient tous les deux. L'atmosphère se détend d'un coup.

Maintenant ils vont fumer.

Prétendre que tout va bien.

Que la vie peut continuer comme s'il ne s'était jamais rien passé.

64

Juste à l'angle, collée contre la façade au seul endroit noyé dans l'ombre, la silhouette demeure immobile.

Invisible.

Elle observe le balcon et les deux silhouettes qui s'y trouvent.

Réfléchissant.

Jusqu'à ce que des bruits s'élèvent sur le parking. Le béton crisse sous des semelles. On marche dans une flaque. Il y a plusieurs personnes, et elles s'approchent.

Le spectre glisse sur le mur, sans quitter les zones de noir total. Il disparaît entre deux véhicules.

Deux jeunes garçons débouchent d'une coursive, discutant à voix basse. Ils prennent place sur un muret, à seulement quelques mètres, sans se douter de sa présence. Sans pouvoir percevoir sa respiration ralentie à l'extrême.

Il referme ses poings gantés. Prêt à l'action.

Mais choisit toutefois de s'éloigner.

Pour le moment.

Il ne connaît pas le terrain. Ni l'ennemi.

Louvoyant, concentré, il se déplace sans bruit, tel un nageur en apnée, absorbé par l'encre de la nuit. En quelques instants, il a fait le tour de la barre d'immeuble.

Tout cela pour tomber nez à nez avec un autre de ces gosses. Ces maudits dealers sont partout. Une armée, vraiment, à leur manière. Reproduisant sans même s'en douter des techniques militaires d'occupation de l'espace.

Celui-ci, en tout cas, devait être en pause. Le garçon en survêtement est assis derrière un véhicule, le nez plein de poudre. Il ouvre des yeux ronds en voyant la silhouette apparaître devant lui.

— Hey ! T'es qui, toi ?

Pas le temps de prononcer autre chose.

Le spectre est sur lui. Une main écrasée contre sa gorge pour empêcher le moindre son d'en jaillir. L'autre enfonçant une seringue hypodermique à travers son tee-shirt. Un geste rodé, imparable. L'aiguille pénètre directement dans le cœur. Sentence irrévocable.

La drogue met moins de quinze secondes à faire son effet. Le garçon s'écroule sur le béton, agité de soubresauts, la bouche emplie de mousse épaisse.

Le mouvement a alerté les autres petits soldats du quartier.

— Qu'est-ce qui se passe là-bas, putain ? Farid ? Tu branles quoi ?

L'espace d'un instant, le tueur tergiverse. Il songe à déplacer le corps. Ou bien à s'occuper des autres qui arrivent. Ce serait facile pour lui. Mais ensuite ? Va-t-il devoir saigner à blanc un quartier entier, simplement pour assouvir sa soif de vengeance ? Mieux vaut ne rien précipiter. D'ailleurs, des bruits de pas se rapprochent déjà, surgissant de tous côtés.

Avec un souffle inaudible de frustration, le spectre recule dans la pénombre.

Il se dissipe dans la nuit alors que les jeunes se regroupent et commencent à se servir de leurs téléphones portables pour appeler à l'aide.

— Ce con a fait une overdose ! s'écrie l'un d'eux.

— Comment c'est possible ? Il a pris quoi exactement ? s'inquiète un autrc.

Le spectre les laisse à leurs interrogations.

Leur ami n'en aura pas pour longtemps, de toute manière. La drogue qu'il lui a injectée était mélangée à de l'héroïne. La conclusion des médecins sera d'une évidente banalité. Overdose. Personne ne posera de questions. Personne ne va jamais chercher plus loin que les apparences. Surtout dans ce genre de situation.

Cela contrarie ses plans, assurément.

Cela le fait enrager.

Il s'éloigne du parking à pas de loup, s'extrait en quelques instants de la cité qui commence à s'animer, à s'inquiéter, à appeler les pompiers peut-être.

Partie remise.

Il retrouve la sécurité de son véhicule, stationné dans une rue déserte.

La portière s'ouvre et se referme.

Ténèbres, silence.

Il doit réfléchir.

Ne pas se précipiter.

Ne *surtout pas* compromettre sa vengeance si bien entamée.

De nuit, l'accès à l'immeuble est moins aisé qu'il ne le laissait supposer.

Soit.

Le spectre reviendra.

De jour, cette fois.

V

DES NŒUDS DE VIPÈRES

CPIS de Perpignan, 2012

— Allez chercher vos paquetages. Vous repartez pour un tour. Retour en Afghanistan.

— Daech ?

Le colonel s'éclaircit la gorge.

— Un lieu stratégique à nettoyer. Il ne doit rien rester après votre passage.

Les six soldats installés autour de la table échangent des regards habitués, dénués d'émotion.

— Vous serez briefés durant le vol. Vous décollez dans une heure.

Chacun quitte sa place sans émettre le moindre commentaire.

Prêt à aller donner la mort.

Ou à la recevoir.

65

Olivier Salva a souvent fait des cauchemars, au fil des derniers mois et de ses démêlés avec sa hiérarchie, mais peu ont été aussi perturbants que celui qu'il fait cette nuit.

Dans ce rêve-là, il se trouve face à un précipice sans fond, infranchissable, divisant le monde en deux.

De l'autre côté de cet abysse, Marie Drevoski l'attend, tenant dans ses bras une Valentine tremblante mais toujours en vie. Un vent violent fait voler leurs chevelures mêlées. Toutes deux hurlent son nom, le supplient de venir les secourir.

Le vrai danger, pourtant, se trouve *derrière* lui.

Olivier se retourne. Et il le voit.

Distinctement.

Le démon est là. Il l'a trouvé.

Sa silhouette longiligne semble attendre. Immobile. Ondulant dans les vapeurs délétères qui s'élèvent du gouffre.

Le Slender Man est en tout point tel qu'il s'attendait à le découvrir. Habillé de son costume strict. Sa cravate impeccable. Sa minceur exagérée.

Son visage également est tel que les histoires le décrivent. Dépourvu de traits, il observe Olivier. Il le désire. C'est une évidence. C'est *lui* qui a attiré l'attention du monstre, après tout. Lui que le monstre est venu chercher.

La chose inhumaine ne bouge pas. Elle reste seulement là, presque floue dans les exhalaisons sulfureuses du rêve. Pourtant, chaque fois qu'Olivier se retourne pour vérifier, il est indéniable que le Slender Man s'est *rapproché* de lui. Un peu plus à chaque nouveau coup d'œil.

Olivier sait qu'il ne faut pas, qu'il devrait se concentrer sur cet individu sans visage, mais ses yeux ne cessent de se promener d'un côté à l'autre de la faille béante. Quel est le sens de tout ceci ? Marie et Valentine qui l'attendent d'un côté : la vie ? Le démon qui le guette de l'autre : la mort ?

Et lui ? Quel est son rôle, au milieu de tout ça ? Que doit-il, que peut-il faire exactement ?

Il ne trouve malheureusement aucun moyen de franchir le précipice. Il n'y *a* aucun moyen.

Il a l'impression que le temps s'emballe, se dilate, s'accélère tout à la fois. Le vertige, la panique l'empêchent de réfléchir. Un cri cherche à s'extraire de sa gorge sans parvenir à jaillir. Un regard de l'autre côté de l'abysse : la silhouette implorante de Marie l'appelle en vain. Un regard en arrière : le monstre sans visage lui tend les bras. Ses longs doigts translucides sont tout près. Presque à l'effleurer.

Il ne lui reste plus de temps.

S'il détourne encore les yeux, s'il cesse de le fixer, ne serait-ce qu'une fraction de seconde, alors le monstre le touchera.

Il le prendra dans ses bras décharnés.

Ce sera la fin.

Le Slender Man va s'emparer de lui. Olivier le sait. Le monstre est là pour ça. Rien ne l'arrêtera.

Il arrachera chaque millimètre de sa peau pour en faire un manteau. Pour une raison absurde, avec une certitude nouvelle et terrifiante, il est évident que c'est ce que désire ce démon.

Il va le dépecer vivant.

Olivier ne pourra pas l'empêcher. Pas l'arrêter.

Il jette un dernier regard à Marie. C'est plus fort que lui. Il aperçoit sa bouche ouverte, cette bouche rouge et humide qu'il aurait tant aimé effleurer, embrasser, et qui lui crie des choses qu'il n'entend pas.

Une fraction de seconde. Peut-être moins.

Puis il se retourne. Et c'est exactement tout ce qu'il craignait. Le monstre est là. Collé contre lui. Ses mains se referment sur lui. La sensation est glacée. Puis brûlante. Dévorante.

Olivier hurle.

Son cri, à peine un gémissement pitoyable, le réveille. Enfin.

Il bondit sur son lit, le corps couvert de sueur et de chair de poule.

— Merde !

Foutue imagination, et foutues histoires.

— Putain de merde ! répète-t-il d'un timbre rocailleux.

Il se frotte nerveusement les yeux. C'est fini, ce n'était qu'un rêve. Il lui faut chasser les derniers vestiges de sommeil qui s'accrochent à son esprit. Pas si facile. Il a beau avoir dormi comme une masse toute la nuit, il a la désagréable impression de ne pas s'être reposé du tout.

Il s'étire en toussant, une toux grasse de fumeur. Sa gorge le brûle.

Se tournant vers sa tablette de chevet où repose le livre de Marie, il comprend également que c'est ce conte que son inconscient a assimilé, de manière étrange. Cette histoire de lapins innocents, kidnappés pour leur fourrure. Son cerveau n'en a retenu que les images de dépeçage.

Un scénario horrible pour des petits. Qui peut avoir envie de faire lire ça à ses enfants ?

Il frissonne encore, tousse encore.

Quand il se sent un peu mieux, il reprend le livre entre ses mains. La dédicace imprimée au début de l'ouvrage l'intrigue toujours, et il se demande qui peut bien être le Roger mentionné.

Un ex-petit ami ?

Le père de Valentine ?

La tentation de composer le numéro de Marie l'effleure de nouveau.

Monte en lui.

Irrésistible.

Ses questions ne sont qu'une excuse. Il le sait. Il a simplement envie d'entendre sa voix. Il voudrait lui demander si elle a besoin de quelque chose… quoi que ce soit…

Se flageller encore ? Hors de question, mon vieux.

Redescends un peu sur terre, nom de Dieu.

C'est exactement ce qu'il va faire.

Il se traîne dans la cuisine, avale presque un litre de café avant d'aller se raser et de passer sous la douche.

La journée va être longue avec ce qu'il a prévu de faire.

Il aura besoin de toute sa concentration.

Il devra rester de l'autre côté du précipice le temps qu'il trouve un moyen de le franchir.

66

Marie Drevoski n'a pas fermé l'œil de la nuit.

Non pas que cela ait encore la moindre importance.

Droite, presque tétanisée, elle contemple l'îlot de sa cuisine, où elle vient d'installer les deux sets de couverts, comme elle le fait chaque matin. Elle a préparé un petit déjeuner copieux. Celui que préférait Valentine. Mélange d'orange, de mangue et de pamplemousse réalisé à l'extracteur de jus. Pain perdu doré à point. Elle a aussi fait de la *panna cotta* maison, nappée de coulis de fraises. Et bien sûr, elle a sorti du frigo le Kinder Pingui, sans lequel Valentine ne pouvait commencer sa journée. Elle a tout installé méticuleusement. Leurs deux verres de Murano achetés à Venise. Leurs deux assiettes en porcelaine favorites.

Un automatisme. Naïf et cruel. Elle n'a pu s'en empêcher. Sans même qu'elle s'en rende compte.

Habituellement, à cette heure-ci, elle aurait dû réveiller Valentine. Elle l'aurait prise dans ses bras. Elle aurait regardé sa fille boire son chocolat chaud, elle l'aurait écoutée lui raconter ses rêves.

Marie, elle, ne rêve pas. Ne rêve plus depuis des années.

Elle sait que le fantôme de sa fille ne surgira pas pour prendre place à cette table.

Elle sait que, dans à peine plus de quarante-huit heures, le fruit de ses entrailles sera réduit en cendres à tout jamais.

Et elle…

Cesse d'y penser.

TOUT DE SUITE.

Du revers de la main, Marie pousse les assiettes du bar. Celles-ci éclatent sur le plancher, répandant leur contenu fumant. Le jus de fruits s'échappe du pichet. Elle balaie le reste, qui achève sa course avec des bris de verre et des cliquetis de couverts au sol. La destruction lui apporte un réconfort stupide et coupable.

Ne te laisse pas emporter.

Si facile à dire. Si difficile de rester debout quand le gouffre s'ouvre sous vos pieds.

Elle se sent vide. Elle *est* vide, emplie de cet abysse sans fond, oui, comme jamais dans sa vie. Plus qu'une simple coquille. *Morte à l'intérieur.*

Après un bref regard à l'heure affichée sur son téléphone, elle effleure sa liste de contacts et appelle son notaire.

Il est temps d'agir. De ne plus se comporter en victime.

— *Allô, Marie ? Tout va bien ?*

— Nathan, je souhaite mettre en vente l'appartement.

Bref silence au bout de la ligne. Son notaire doit encore être au lit, à cette heure matinale. Il lui semble l'entendre bâiller.

— *Tu ne préférerais pas qu'on en discute avant ?*

— C'est inutile. J'ai besoin de le vendre le plus vite possible. Je me moque de comment tu t'y prends, tu as le droit de le proposer plus bas que le prix du marché, si cela peut accélérer les choses.

— *D'accord, mais… cela veut dire que tu vas déménager ? Tu as déjà quelque chose en vue ?*

— Tout ce que je te demande, c'est de mettre cet appartement en vente, d'accord ?

— *Considère que c'est une affaire réglée.*

— Merci, Nathan.

Mettant fin à l'appel, elle demeure immobile, le téléphone serré dans sa main fine.

Elle se remémore chaque instant que la vie lui a permis de passer avec son enfant.

Et, c'est inévitable, la manière dont elle avait rencontré son père…

Dans une autre vie.

Un autre cauchemar.

67

Personne n'a touché à sa chambre depuis son départ. Ses draps n'ont même pas été changés.

Ils étaient tellement persuadés que je reviendrais.

Ils avaient raison, en fin de compte.

Audrey s'est levée tôt, l'estomac noué, ne sachant que penser de sa situation. Elle a ouvert les volets, a laissé entrer l'air du matin et a regardé longuement le ciel tandis que le soleil se levait, comme si une réponse à ses problèmes allait tomber des nuages.

En bas, elle entend la télé. Ses parents sont, eux aussi, déjà debout.

Il n'y a aucune solution miraculeuse dans le ciel. S'il existe un remède à ses maux, il ne peut être qu'ici, sur la terre, dans l'enfer de sa vie. Elle va devoir descendre. Elle va affronter son père et sa mère. Ce qu'elle s'était juré ne plus jamais avoir à faire.

Mais elle ne restera pas ici. *Plus jamais.* La question ne se pose même pas. Son père ne pourra pas la retenir contre son gré.

Elle avait simplement besoin d'un endroit pour passer la nuit, se répète-t-elle.

Juste une nuit.

Dans la penderie, elle redécouvre ses vêtements qu'elle n'avait pas pris en quittant la maison, trois mois auparavant. Elle choisit un tee-shirt ample et gris, ainsi qu'un pantalon de yoga épais qu'elle commence à enfiler fébrilement, mais elle est interrompue par une violente douleur à l'estomac.

Nausée. Encore.

Comme hier matin. Et celui d'avant.

Avec cette foutue chair de poule sur les bras. Le long de sa nuque.

Audrey se recroqueville dans son lit. La douleur s'estompe un peu.

Elle attrape alors son sac, fouille au fond jusqu'à retrouver la petite boîte cartonnée. La veille, avant de se rendre chez Amandine, elle s'est arrêtée dans une pharmacie.

Elle a acheté un test de grossesse.

La boîte contient deux testeurs en plastique, deux bandelettes pour effectuer le test et un petit récipient dans lequel elle est censée uriner.

Elle se doute du résultat, bien sûr.

Elle doit pourtant être fixée.

Elle se redresse. S'arme de courage.

Elle se dirige vers la porte de sa chambre.

Abaisse la poignée.

Elle doit se rendre à l'évidence.

La porte est verrouillée de l'extérieur.

Son père l'a enfermée.

Comme il le faisait quand elle avait dix ans.

68

À 9 heures, Salva prend son service à l'hôtel de police. Les équipes de la PJ sont toutes en réunion. Des personnes du labo arrivent en renfort, visages fermés. À chaque coin de couloir, l'effervescence est manifeste.

— Encore un meurtre, l'informe William Bouilliez qu'il rencontre devant le distributeur de boissons.

Première surprise de la journée.

Salva colle son dos contre le mur et chuchote :

— Je t'écoute. Un truc violent ?

— T'as pas idée. Attends, on devrait s'éloigner un peu.

Ils marchent jusqu'à l'angle du couloir, à l'abri des allées et venues de leurs collègues. Le flic barbu poursuit alors :

— Ça s'est passé du côté de Saint-Martory. Les pompiers ont été appelés pour une ferme à l'abandon. Incendie criminel. Tout avait déjà brûlé quand ils sont arrivés, mais c'est pas tout.

— Un corps à l'intérieur ?

— Un bonhomme. On pense qu'il a été abattu et salement mutilé avant qu'on fasse tout cramer pour effacer les traces.

— Mutilé ? le coupe Salva. Tu veux dire…

— Pas comme Varenne, si c'est ce à quoi tu penses. Le mode opératoire est différent. Cette fois, il y a eu usage d'arme à feu. La balistique est dessus.

— Des similitudes au niveau des sévices ?

Bouilliez lisse les poils roux de sa barbe.

— Je sais pas trop. Pas d'organe arraché, en tout cas. Mais le crâne de la victime a été défoncé, et pas qu'un peu. Sa tête a été réduite en bouillie. L'assassin s'est défoulé à mort.

— Comme dans le cas de Varenne.

— Ben ouais, grommelle Bouilliez.

— Ne dis pas que c'est pas louche.

Bouilliez a un mouvement d'humeur.

— C'est pourtant comme ça, Olivier. À l'instant où on parle, les deux affaires ne sont pas liées. Ce qui n'arrivera pas tant qu'on n'a pas de raison valable de faire un rapprochement, tu sais très bien comment ça se passe.

Salva hoche la tête. Bien sûr, qu'il le sait. Des modes opératoires différents. Pas de mobile apparent. Établir un lien entre les deux meurtres ne sera pas facile. Il ne peut pourtant pas s'empêcher de repenser à son rêve de la nuit, inspiré par les photos du Slender Man qu'il a découvertes sur Internet. Il songe au braquage, à cette vague d'assassinats sans raison apparente. Dans sa tête, les images se mélangent en un puzzle macabre sans queue ni tête.

Quel est le foutu lien ?

Il doit y en avoir un.

On doit l'avoir sous les yeux.

— On a vraiment rien trouvé ? insiste-t-il. Pas le moindre indice sur les lieux ?

Ils s'interrompent le temps que plusieurs collègues

passent en les saluant, puis Bouilliez lui répond d'une voix sombre :

— Pour le moment, on a que dalle, mon vieux. Le labo d'étude de la terre a été envoyé là-bas. Ils ont fait des prélèvements. Il a plu en début de soirée, avec un peu de chance ils trouveront un transfert de sol qui indiquera d'où venait le tueur.

L'agent de la BRB fait une pause avant de conclure :

— Ce qui est sûr, c'est que celui, ou peut-être *ceux* qui ont fait ça, ce sont des bons. Ils n'ont commis aucune des erreurs habituelles. On a jamais vu ça.

Salva tourne l'information dans sa tête. Les *erreurs habituelles*, il sait qu'elles se comptent en dizaines. Elles ne manquent jamais à l'appel.

Sauf dans le cas de ces meurtres.

— Si c'est le même assassin, cela laisse à penser qu'il s'agit d'un pro, c'est ça ?

— Ça me semblerait étonnant, réplique Bouilliez.

Froncement de sourcils.

— Pourquoi ?

— L'acharnement, mec. Réfléchis un peu. Les mafieux et leurs seconds couteaux, on les connaît bien. C'est jamais des types bien nets, c'est certain, mais pas à ce point. Dans les deux affaires, que ce soit le même assassin ou non, c'est de la cruauté gratuite.

— Ou une histoire personnelle, fait remarquer Salva. C'est possible, non ?

— Tu penses à un truc ?

Il hésite. Sent quelque chose. Sans pouvoir encore mettre le doigt dessus.

— C'est juste… comme un pressentiment… On n'a pas encore l'identité de cette victime ?

De nouveau, Bouilliez hausse les épaules.

— Si, justement. Il s'agit d'un vétérinaire de

Lannemezan sans histoire. J'ai du mal à comprendre ce qui pourrait être personnel dans son cas.

— Ce n'est pas son secteur, surtout.

— Je sais. On ignore ce que le bonhomme faisait aussi loin de chez lui. Il aurait dit à sa femme qu'il avait du travail, mais il n'avait aucun rendez-vous prévu. L'équipe de la téléphonie a envoyé les premières réquisitions. On espère avoir des infos dans la journée pour élucider ce détail.

— Eh bien, bonne chance avec ça, lui souhaite Salva.

À ce stade, ils en ont tous besoin.

Car le mystère semble de plus en plus épais.

69

Quand les pas se font entendre dans le couloir et que le verrou de sa porte est tiré, Audrey sèche ses larmes.

Elle se lève. Prête à la confrontation.

Sa mère entrouvre la porte.

— Je peux entrer ?

— Et moi, je peux sortir ?

— Je suis désolée, Audrey. C'est une idée de ton père…

Marine Valette a tout juste quarante ans, pourtant avec ses cheveux gris, ses vêtements amples dissimulant mal son embonpoint et son regard triste, on lui en donnerait facilement dix de plus. Ses rides se sont dramatiquement creusées depuis la dernière fois qu'elles se sont vues.

Mais ce ne sont pas les seuls signes à s'être accentués sur son visage.

Loin de là.

Les bleus sur la mâchoire de sa mère sont nouveaux, nombreux et gonflés. Le fond de teint ne parvient pas à les masquer entièrement. Ils ne font que lui donner un air bouffi.

— Oh, merde, dit Audrey. Il t'a pas loupée…

Elle ne sait pas si elle doit se sentir désolée pour sa

mère ou satisfaite de la voir souffrir. Pendant toutes ces années, c'était *elle* qui prenait les coups.

— Tu as bien dormi ? lui demande sa mère en ignorant sa réflexion.

Audrey la dévisage. Regard de pierre.

— Je vais repartir, maman.

— Oui. Je sais que c'est ce que tu veux.

Sa mère referme la porte derrière elle et donne un tour de clé.

— Maman…

— Il faut que tu m'écoutes, ma chérie.

Audrey sent qu'elle tremble malgré elle. Elle a toujours aimé sa mère. Même si, aussi loin qu'elle puisse se souvenir, celle-ci n'a jamais été qu'une vieille réac alcoolique et lâche. Même si elle ne l'a jamais défendue quand son père lui faisait du mal. C'est la femme qui l'a élevée, qui l'a bercée toute son enfance, ce qui rend cette situation encore plus insupportable.

— Il n'y a rien à dire, maman. Je suis majeure. Vous n'avez plus le droit de me forcer à rester ici.

— Je le sais. Mais nous faisons tout ça pour toi, cela ne t'effleure pas ?

— Pour moi ? s'étouffe Audrey en contournant le lit pour venir se planter devant elle. Sans rire !

— Pour t'éviter de gâcher ta vie, Audrey. Regarde-toi donc ! Ton escapade avec ton petit voyou, que t'a-t-elle apporté ? Ton foyer est ici. Cette maison, c'est la tienne. Nous serons toujours là pour toi. Quoi que tu puisses nous reprocher, tu le sais.

Audrey désigne les bleus sur le visage de sa mère. Son sourire devient cruel.

— Quand papa me cogne, il ne te cogne pas, toi. C'est sûr que c'est plus pratique…

Sa mère lui coupe la parole d'une gifle, rapide, sonore.

— Tu devrais avoir honte de dire ça ! Tu es ma fille et je tiens à toi, tu entends ? Tu ne comprends pas pourquoi je ne veux pas que tu fréquentes des délinquants ? Ce n'est pas évident ? Je m'en voudrais tellement si quelque chose de désastreux arrivait !

Audrey ravale sa salive. La claque que lui a donnée sa mère fait chauffer sa joue. Elle reste droite. Défiante.

Quelque chose de désastreux.

Si tu savais…

— Tu dis n'importe quoi, rétorque-t-elle. De toute manière, Damien va venir me chercher dès qu'il apprendra ce que vous me faites !

— Le même déchet qui a contacté ton père pour qu'il t'empêche d'aller voir les gendarmes, hier ? Un vrai héros !

— Cette histoire ne te concerne pas !

Sa mère secoue la tête et s'assoit sur le lit. Son ton se fait plus apaisé.

— Écoute-moi, tu veux ? Je ne t'ai jamais dit que j'étais partie de chez mes parents quand j'avais seize ans, n'est-ce pas ?

Audrey la toise avec curiosité. Non, elle ne lui a jamais parlé de ça. Dans l'ensemble, sa mère ne lui a jamais parlé de grand-chose concernant sa jeunesse.

Elle reste néanmoins sur ses gardes.

— Tu veux m'empêcher de faire tes erreurs ? C'est ça, le discours pourri que tu me prépares ?

Un sourire triste se dessine sur les lèvres maternelles. Le regard de Marine Valette se pare d'une ombre douloureuse.

— C'est exactement ça, oui. Et ce n'est pas un discours pourri. Tu te crois supérieure à tout le monde ?

Tu veux vivre la vraie vie comme tu l'entends ? C'est ce que je pensais, moi aussi. Je m'imaginais que le monde entier était contre moi, pour m'empêcher de m'épanouir. Alors je n'en ai fait qu'à ma tête. Je me suis retrouvée à faire la manche avec des zonards, j'ai volé dans les magasins. En l'espace d'une seule année, j'ai attrapé la gale deux fois, j'ai eu le nez cassé en me battant…

— Toi ? ne peut s'empêcher de railler Audrey, mais d'une voix beaucoup moins assurée qu'elle le souhaiterait.

— Oh, oui, moi, ma fille. J'avais suivi un petit caïd que je trouvais craquant. J'étais jeune comme toi, naïve comme toi. Tu sais ce que j'ai gagné, au final ? Il m'a violée en pleine rue, devant ses amis, pour honorer un pari.

Silence gêné.

Le visage de Marine Valette n'a jamais semblé aussi ridé. Elle lève des yeux embués vers sa fille.

— J'ai rencontré ton père juste après. C'est lui qui m'a sortie de mes mauvaises fréquentations. Il travaillait déjà à la SNCF. La vérité, c'est qu'il m'a sauvée. Je sais qu'il a ses défauts, que son problème de boisson ne s'arrange pas, mais il m'a toujours aimée telle que je suis. Et il t'a toujours aimée, toi aussi, quoi que tu en penses.

Audrey secoue la tête.

— Cela ne changera pas ce que je décide de faire, maman.

— Je sais.

Elle sort alors un papier de sa poche et le déplie calmement avant de le poser sur le couvre-lit.

— Je te laisse tout de même ça…

— Qu'est-ce que c'est ?

— Le courrier du CROUS suite à la demande que tu avais faite. Tu es éligible pour la bourse d'études ainsi que pour le logement en cité universitaire. Pour que ce soit validé, il suffit que tu t'inscrives dans un établissement de l'académie de Toulouse.

Audrey reste silencieuse. Cherchant à déterminer ce qui est calculé chez sa mère, et ce qui est sincère. Et incapable de décider.

— Ne jette pas cette chance d'avoir un avenir décent, poursuit-elle. C'est tout ce que je te demande. Tu ne veux pas vivre avec nous ? Très bien, je ne peux pas t'en vouloir. Mais as-tu un endroit où aller pour l'instant ? Et le moindre moyen de subsister ?

Audrey se mord les lèvres. Prise au dépourvu. Encore.

Sa mère tourne alors le regard vers la table de nuit.

Là où est posée, bien en évidence, la boîte du test de grossesse.

D'abord, elle ne dit rien.

Puis elle inspire lentement. Ses prunelles brillent un peu plus fort.

— Tu devrais aller aux toilettes, non ? Je vais te préparer ton petit déjeuner.

Audrey empoigne la boîte.

Livide.

Elle ne sait plus quoi dire. Quoi penser.

Elle se contente de marcher jusqu'à la porte de sa chambre, la déverrouille, et sans un mot remonte le couloir vers les toilettes.

70

Débriefing de 10 heures.

Bien décidé à ne pas attirer l'attention, Salva se garde d'intervenir dans les discussions. L'assistance technique a posé les micros au domicile de l'avocat. Les écoutes vont débuter comme prévu, les tâches sont réparties, tout le monde est en ébullition.

À un moment, Annie Coupez lève la main. Elle veut savoir s'il y a des consignes exactes concernant les pièces à conviction.

— Ces matrices à billets sont notre seule vraie preuve de la culpabilité d'Antignac, souligne Manfrédo. Pour l'instant, hors de question de les manipuler. Quelqu'un de l'OCRFM va se déplacer pour les identifier, ça devrait encore prendre un jour ou deux avant qu'il puisse descendre de Nanterre. On va devoir travailler avec eux à partir de là. Mais jusque-là, on reste discrets, je ne tiens pas à me faire piquer l'affaire par un autre service.

Acquiescements. Frétillements d'anticipation de chaque flic installé autour de la table.

Sauf Salva.

Lui reste silencieux.

Déterminé.

Il attend patiemment la pause de midi. Quand le

groupe se disperse enfin, et que chacun va s'atteler à sa part de la mission, il se replie le plus naturellement du monde à son poste de travail. Il fourre son appareil photo et un objectif longue portée dans son sac. Après une hésitation, il prend également son arme de service. On ne sait jamais.

Fleurot pousse la porte du bureau. Salva se tend, mais s'efforce de ne rien laisser paraître.

— On t'a pas entendu ce matin, fait remarquer son collègue en posant ses fesses au coin de sa table. Et c'est quoi, ça, d'abord ? Depuis quand tu sors armé, toi ?

Il a préparé son mensonge.

— Tout le monde a reçu une tâche précise dans cette affaire, sauf moi. On dirait que je ne suis pas indispensable…

— T'avais qu'à te manifester, lui rappelle Fleurot. On t'a refilé les procès-verbaux d'écoutes à trier. Ça devrait t'occuper un moment.

Salva force un sourire de façade.

— Ça me va très bien. Mais le temps que les fichiers soient disponibles, autant que je m'y mette aussi, non ?

— En faisant quoi ?

— Je vais aller creuser du côté de la petite amie d'Antignac, soutient Salva sans sourciller. C'est un angle qu'on a pas encore étudié.

— Pas faux, réplique Fleurot, un peu plus détendu. Il y a peut-être des choses intéressantes à verser au dossier la concernant. Surtout si elle se retrouve en possession du collier volé.

Il le scrute toutefois. Méfiant.

— Tu as vraiment fini avec tes états d'âme à la con ?

Salva lève les yeux au ciel.

— J'ai le choix, d'après toi ?

— Je suis bien content d'entendre ça, mon vieux.

Fin de la discussion. L'ambiance ne se réchauffe guère. Il faudra du temps, et pas qu'un peu, avant que Fleurot lui fasse confiance à nouveau.

Pauvre connard, songe Salva.

Il lui sourit de toutes ses dents en quittant le bureau.

Il a de la route à faire à présent.

Un témoin à interroger.

Peut-être la clé de son énigme.

71

C'est à contrecœur qu'Élie est revenu travailler.

Et encore plus à contrecœur qu'il croise Damien.

Impossible de l'éviter. Il revient d'une livraison à Blagnac et ils arrivent au même moment sur le parking. Ils garent leurs camionnettes côte à côte. Chacun attend quelques instants, le regard envenimé, avant d'ouvrir sa portière.

Les voilà face à face. Ils se toisent. Aussi mal à l'aise l'un que l'autre.

Damien attaque le premier, à voix basse.

— Comment va Driss ?

— Tu t'inquiètes pour lui, maintenant ?

— Je veux juste être sûr que ses parents ne se doutent de rien, OK ?

— Bien sûr, raille Élie. Oublie-nous, s'il te plaît. Juste comme tu le disais. C'est le mieux pour tout le monde.

— Attends. Il faut qu'on discute.

— Arrête de m'emmerder, mec. On a plus rien à se dire.

Damien fait un pas vers lui.

— Je plaisante pas. Audrey m'a quitté. Je suppose qu'elle est rentrée chez ses parents. Elle est en train de craquer. Si on est pas vigilants, elle va finir par aller tout déballer aux flics ! Je sais plus quoi faire ! J'ai besoin…

Élie ne le laisse pas finir. Il en a assez de ses jérémiades, assez de ce foutu chialeur, de son absence de couilles. Il projette son poing vers le visage de Damien pour le faire taire. Damien ne fait pas le moindre mouvement pour esquiver. Sa lèvre éclate sous le coup, il recule de plusieurs pas, légèrement sonné.

De tous côtés, leurs collègues ont cessé leurs allées et venues. Tout le monde les observe. Murmures interrogatifs.

— Tu me paieras ça, crache Damien, la bouche rouge de sang et le regard vibrant de rage. Je te le jure.

Il tourne les talons et s'éloigne sans un mot de plus.

Élie se sent bête. Tout à coup, il a très chaud, et très froid en même temps. Il se rend compte qu'il tremble. Il se passe une main sur le visage, avant de constater que ses doigts sont pleins de sang et qu'il s'en est étalé sur les joues.

— Merde, ronchonne-t-il.

Quelqu'un l'attrape par l'épaule et le force à se retourner.

— Nom de Dieu, c'était quoi, ça, Élie ?

La voix de son contremaître, Benoît Sangoï, est basse, autoritaire. Il le dépasse d'une bonne tête et le dévisage des pieds à la tête, comme pour le défier de s'en prendre à *lui*.

Élie se dégage d'une secousse.

— Un vieux différend, rétorque-t-il en essuyant son poing sur son tee-shirt. Mais c'est réglé, maintenant.

Sangoï croise ses bras tatoués sur sa poitrine.

— Ça ne me suffit pas, mon gars. Est-ce que ça a un lien avec ton absence d'hier ? Il s'est passé quelque chose que je devrais savoir ?

— J'étais malade, martèle le jeune homme. J'ai apporté un mot du médecin.

— Je sais. Je te demande ce qui t'est *vraiment* arrivé.

Élie le défie du regard.

— J'étais *malade*, OK ? J'ai un estomac fragile. Est-ce que je peux aller bosser, oui ou merde ?

— Si c'est comme ça que tu veux jouer…

Sans baisser le regard, Sangoï pivote pour le laisser passer.

— Juste un dernier avertissement, garçon. Tu t'avises de frapper à nouveau un collègue, non seulement tu dégages d'ici dans la journée, mais je te jure que tu ne trouveras plus de travail dans la région jusqu'à la fin de tes jours. Tu m'as compris ?

— Cinq sur cinq, marmonne Élie.

72

Saint-Gaudens.

Quarante minutes de trajet sur l'autoroute.

Un soleil de plomb écrase l'agglomération plantée en pleine campagne, dessine des ondes de chaleur devant la chaîne de montagnes à l'horizon. En contrebas, là où se trouve la gare, retentit le sifflet d'un train.

Salva emprunte une série de rues quasi désertes. Il est déjà passé dans cette ville, ou du moins ce qu'il en reste avec l'exode qui dépeuple peu à peu la région, mais il ne connaît pas vraiment cette partie. L'abandon est partout. Les volets fermés. Les façades taguées de grandes lettres arrondies. Une poignée d'adolescents apathiques, attendant ici et là sur des bancs, parfois autour d'une enceinte Bluetooth au son tonitruant.

Il y est. Il va savoir. Malgré lui, son excitation grandit à mesure que la distance indiquée sur son GPS diminue. Son mauvais, dangereux penchant, qu'il sait être là, sous la surface, à fleur de peau. Ce besoin d'adrénaline qui le fait se sentir *vivant*.

Alors qu'il s'engage dans le quartier où réside Sophian Amara, il passe en mode *sous-marin*. Les vitres de son véhicule sont légèrement teintées, juste assez pour ne pas être vu de l'extérieur sans attirer l'attention par un excès d'artifices. Il se gare sous un platane, à côté d'une épave de voiture qui semble abandonnée depuis des années.

Avec le soleil au zénith, l'arbre n'offre aucune ombre. L'intérieur de sa Renault est une étuve.

Salva ne se laisse pas perturber pour autant. Il se trouve exactement là où il souhaite être. En retrait de sa cible. À l'affût.

La maison à surveiller se trouve au bout de la rue.

Le repaire de Sophian Amara et ses « amis ».

Appareil posé sur le volant, Salva prend des photos de la façade. Au rez-de-chaussée, la porte d'un large garage, recouverte par une fresque hip-hop multicolore. Au-dessus, deux étages aux fenêtres ouvertes, d'où s'échappe de la musique. La bâtisse est entourée de murs chargés de graffitis et de maisons aux volets condamnés. Il s'agit probablement de la seule à être encore habitée dans le périmètre.

Pratique, pour leurs petites affaires, remarque le policier.

L'attente débute.

Elle ne dure pas bien longtemps. Moins d'une heure plus tard, il voit arriver les deux individus se prétendant frères – David Sorres et Alexandre Bordeau, si les renseignements que lui a communiqués Bouilliez sont exacts. Tous les deux arborent les mêmes longues barbes, lunettes de soleil et débardeurs de sport. Leurs bras entièrement tatoués de motifs bleus, yeux de perdrix berbères, losanges, têtes de mort et flèches entrecroisées. Ils débarquent dans une grosse Audi grise, flambant neuve, qu'ils laissent sur le trottoir, devant le garage. Choix d'automobile intéressant, pour des personnes n'étant pas censées avoir le moindre emploi ni source de revenus.

De là où il se trouve, Salva jouit d'une vue parfaite.

Il peut les photographier sous toutes leurs coutures. Il prend également des gros plans de leur plaque d'immatriculation. Il se doute que celle-ci ressortira comme fausse, mais si on ne tente pas sa chance…

La rue est déserte de nouveau. Pendant une demi-heure, les seuls passants sont des gosses en mobylettes et une demi-douzaine de chats errants. La musique à l'étage s'est tue.

Salva patiente. Il est serein. Il est motivé.

Il a fait cela des centaines de fois au fil des années. En missions commandées par la PJ. Ou, à de nombreuses occasions également, sur un coup de tête. Suivant son intuition.

Comme maintenant.

Cette fois, il ne planque pas pour le travail. Il a une raison qui dépasse le cadre de son emploi. Une *mission*. Qui le mobilise tout entier.

Que serais-tu prêt à faire pour aller jusqu'au bout ?

Il ne tient pas à répondre à ça. Il ira jusqu'au bout, c'est tout.

L'image de Marie Drevoski ne veut pas le quitter.

De sa fillette qu'elle ne verra jamais grandir…

Amara apparaît enfin à la porte du garage. Tenue *streetwear* aux couleurs vives. Bonnet enfoncé jusqu'aux oreilles en dépit de la chaleur écrasante. Il tient un sac de sport dans chaque main. Ses comparses sont pareillement chargés. Ils fourrent tous ces bagages dans le coffre de l'Audi, après quoi l'un des deux frères, Bordeau, s'installe au volant.

Salva planque son appareil photo et se fait tout petit sur son siège tandis que la voiture passe à côté de la sienne. Fort heureusement sans ralentir. Le bonhomme n'a pas fait attention à lui.

Il se redresse, reprend l'appareil, scrute dans l'objectif.

À l'autre bout de la rue, Amara et le deuxième frère, Sorres, ouvrent la porte du garage, dévoilant une Porsche blanche rutilante à l'intérieur.

— Eh bien, mes cocos, marmonne le policier en reprenant le mitraillage.

Une jeune femme à la chevelure châtain émerge à son tour. Même avant d'apercevoir ses traits avec précision, Salva reconnaît la personne qu'il cherche. Laura Maé. Il lève son appareil. Photo, photo. Jean bleu délavé et troué. Tee-shirt moulant affichant un portrait de la Vierge. Converse customisées aux pieds, une demi-douzaine de bracelets aux poignets. La jeune femme enlace Amara, ils échangent un long baiser affamé – photo, photo –, après quoi le garçon prend place au volant de la Porsche, tandis que Sorres s'installe sur le siège passager. Le policier prend encore une longue rafale en gros plan des deux lascars.

Puis il se recroqueville, l'air de rien.

La Porsche fait rugir son moteur.

Salva reste immobile, il se fait le plus petit possible.

Le véhicule des délinquants s'élance sur les chapeaux de roues et le dépasse avant de disparaître au bout de la rue.

Bien. *Très bien.*

Alors que le bruit de moteur diminue dans le lointain, Salva se redresse et observe la jeune femme qui referme la porte du garage.

Une unique question le taraude à présent.

Est-elle seule dans le bâtiment ?

Aucun mouvement aux fenêtres ne semble indiquer

le contraire. Le policier songe qu'il n'aura peut-être pas de meilleure occasion de…

Sa portière est brutalement ouverte, interrompant ses pensées.

Il se retrouve face à face avec un jeune Noir d'une vingtaine d'années, maigre et sec comme un coup de trique, qui l'empoigne par le bras et le force à sortir du véhicule, furibond :

— Tu te crois où, fils de pute ? Tu fais quoi, au juste ?

— Dégage ! s'écrie le policier en le repoussant tant bien que mal. Putain, déconne pas, lâche-moi !

— T'espionnes qui ? crache le garçon, ses muscles fins tendus sous son tee-shirt de basket trois tailles trop grand pour lui.

— Personne ! Et moins fort, merde ! On ne va pas faire un scandale pour…

Ses mots meurent entre ses lèvres alors qu'il aperçoit le bâton télescopique dans la main du jeune homme. Une arme redoutable, catégorie D, de quoi infliger de sévères fractures, même maniée par quelqu'un ne sachant pas s'en servir.

— Ne fais pas de bêtise…

Inutile. Un éclat sauvage traverse les yeux du garçon. Il attaque sans sommation.

Salva lève les bras pour se protéger, la matraque s'abat sur ses coudes. Le choc est si violent qu'il a l'impression que ses os éclatent. Des nuées lumineuses envahissent son champ de vision.

— Arrête ! s'époumone-t-il, les larmes aux yeux. Arrête, bon sang !

Il a tout juste le temps de se tourner pour éviter le deuxième coup, qui le touche à l'épaule. Fort. Subitement, l'air lui manque, il tombe à genoux.

Le goût du sang emplit sa gorge, l'adrénaline pulse dans ses veines.

— Enculé ! fanfaronne son agresseur. Tu fais pas le fier, hein ?

Se penchant sur le siège du véhicule, il envoie l'appareil photo rouler sur le trottoir. Puis il vide sans ménagement le contenu de la sacoche de Salva. Il se saisit de la carte tricolore qu'il observe d'un air furieux.

— Un flic, merde ! Tu mouchardes Sophian, c'est ça ?

— Ce n'est pas… ce que tu crois…

Salva halète. La douleur ne le quitte pas. Il a peut-être déjà une côte fracturée. Mais il s'est déjà trouvé dans ce genre de situation, il sait que s'il ne se défend pas, tout de suite, c'est *beaucoup plus* qu'une simple fracture qu'il risque. Un seul mauvais coup, sur ses cervicales ou son crâne, et c'est la paralysie ou le coma assurés.

— C'est toi qui l'as cherché, réplique le Noir d'une voix chargée de haine quasi palpable.

— Réfléchis, grommelle Salva en essayant de se redresser. Tu t'en prends à un policier…

Le voyou se précipite de nouveau sur lui sans lui laisser le temps de finir sa phrase.

— Ta gueule, enculé !

Réaction. Alors que le garçon abat la matraque une nouvelle fois, Salva pivote sur lui-même et happe sa main au vol. Son assaillant s'immobilise un instant, surpris par la précision de la contre-attaque. C'est tout ce dont avait besoin le policier. Il raffermit sa prise, lui tord le bras jusqu'au point de rupture et l'amène au sol sans la moindre difficulté. Le jeune homme lâche sa matraque.

— Tu crois qu'on apprend quoi, à l'école de police ? À mater les petits cons comme toi !

— Va te faire foutre ! gueule-t-il en se trémoussant pour se dégager. À l'aide ! Au secours ! On m'agresse !

— Et là, je t'agresse ?

Salva se redresse sur un genou, tord un peu plus le bras offert, jusqu'à percevoir un léger craquement au niveau du coude. Le garçon n'est plus capable de l'insulter, il se contente de gémir.

— Bien ! poursuit Salva en passant à califourchon sur lui sans relâcher sa clé redoutable. Rébellion et violence à l'encontre d'une personne dépositaire de l'autorité publique ! T'as tout gagné, mon gars ! Tu vas me passer tes papiers d'identité tout de suite !

— Es… pèce… de… fa… cho…

— Puisque tu insistes…

Il abandonne le bras du garçon et abat son poing sur son visage pour le calmer. Une fois. Deux fois. À la troisième, le nez cède et le sang coule.

— Lâche-le tout de suite, connard !

Salva interrompt ses coups. Figé par la voix féminine qui vient de l'interpeller.

Il lève les yeux.

Laura Maé se tient à quelques mètres d'eux, au milieu de la rue.

Elle brandit un pistolet, ses mains nouées sur la crosse.

— Laisse-le tranquille ! Tout de suite !

— C'est un enculé… de condé… halète le jeune homme en roulant sur le côté pour s'éloigner de Salva. Ce fils de pute… il m'a cassé le nez, putain !

— Écoutez… commence Salva en levant les mains. Je voulais juste…

Le garçon l'empêche de continuer. Il a récupéré la matraque et lui assène un coup à l'arrière des cuisses.

Salva s'effondre à genoux. Il leur crie de ne pas faire de bêtise. Qu'ils risquent gros.

Le garçon le frappe de nouveau, sur les omoplates.

Un voile noir retombe subitement sur le monde.

73

— Madame ?

Marie Drevoski ouvre les yeux qu'elle avait clos pour se recueillir. Devant elle, le cercueil ouvert expose la dépouille de sa fille. Les thanatopracteurs ont effectué un travail exceptionnel. La fillette rayonne. Sereine. Superbe. *Morte.*

Les artifices n'y changeront rien. Le feu dans la poitrine de la mère ne peut être apaisé.

Elle se tourne vers l'employé des pompes funèbres qui vient de faire irruption dans la chambre de présentation. C'est avec lui qu'elle a eu son entretien, la veille, pour signer tous les papiers. Petit, crâne rasé soulignant à quel point ses oreilles sont décollées. Son badge indique le prénom « Marcel ».

— Je suis sincèrement désolé de venir vous embêter, madame, mais j'ai besoin d'un éclaircissement…

— Qu'y a-t-il ?

Il la dévisage des pieds à la tête, à la fois sous le charme et l'air gêné.

— Je m'occupe du dossier pour l'administration, mais il y a une erreur quelque part au sujet de votre nom. La mairie ne vous trouve pas…

Elle se redresse. *Le nom.* Après toutes ces années sans le moindre problème, elle était convaincue qu'il n'y aurait plus de vagues à ce sujet. C'est une question épineuse. Un jeu de mensonges dangereux. Son estomac se comprime.

Elle lui offre le plus charmant des sourires dont elle est capable.

— Ce n'est pas une erreur. J'ai changé de nom il y a quelques années.

— Pourtant, c'est curieux. On m'assure que, sur le registre de l'état civil, vous n'existez pas… Avez-vous un justificatif de ce changement de nom ? Un acte du tribunal ou ce genre de chose ?

— J'ai l'extrait du journal officiel à la maison. Ne vous inquiétez pas, tout est parfaitement en règle.

— Bien, sourit-il. Je veux dire… C'est la première fois que j'ai ce cas de figure. Je ne savais même pas qu'on pouvait changer de nom, en France…

Elle acquiesce. Une ombre passe dans son regard bleu azur. Mais sa voix reste de miel.

— On le peut, quand la situation l'oblige. J'ai eu un mari violent.

— Oh…

— Au-delà de ce que vous pouvez imaginer. C'était il y a longtemps. Un changement de nom était le seul moyen de ne plus avoir de lien avec lui.

— Je suis désolé d'entendre ça.

Marie hausse les épaules.

Réfléchissant à la moindre de ses paroles à présent.

— Je vais devoir aller chercher les documents chez moi. Serez-vous présent au bureau tout l'après-midi ?

— Oui, madame. Merci, et encore désolé pour ce désagrément.

— Aucun problème.

Alors que l'employé repart à l'accueil, elle s'empresse de sortir son téléphone et compose le numéro de Salva.

Peine perdue. Son appel est dirigé directement sur la messagerie.

Elle mordille ses lèvres. Ne peut s'empêcher de regarder derrière son épaule.

— Olivier, finit-elle par dire à voix basse, j'ai besoin de vous parler. Rappelez-moi, c'est urgent.

Elle met fin à l'appel et s'empresse de quitter le bâtiment des pompes funèbres.

Très urgent.

74

La douleur ne s'estompe pas.

Au contraire, elle n'est que plus perçante à chaque seconde qui passe. À chaque pulsation spasmodique de son cœur, dans ses côtes. C'est elle, cette sensation comme des charbons ardents sous sa peau, qui le fait revenir à lui, avec un gémissement perdu et de la mousse bilieuse entre les lèvres.

Salva avale convulsivement une bouffée d'air. Les ondes de souffrance continuent de parcourir son corps, jusqu'au bout de ses doigts.

Ressaisis-toi.

Vite.

La lumière est vive et crue. L'odeur piquante, caractéristique de l'essence, irrite ses sinus.

Il est installé sur un canapé. Dans le garage d'Amara. Sous une ampoule qui grésille.

Immobilisé.

— Merde, geint-il en constatant que ses chevilles et ses avant-bras sont attachés avec de la corde à linge. Quelle bande de crétins…

Il évite de tirer sur ces liens plastifiés. Cela ne ferait que les resserrer et ils lui couperaient la circulation sanguine. La douleur est suffisamment intense comme ça.

— Calmé, le flicard ?

Salva lève des yeux hagards vers Laura Maé, qui attend, assise à quelques mètres de lui. Elle tient toujours son pistolet dans une main, un sourire évanescent aux lèvres. Ses yeux étincellent. Emprise de l'alcool, ou de la drogue. Que ce soit l'un ou l'autre, Salva a intérêt à ne pas la brusquer.

— On fait moins le malin, hein !

— Qu'est-ce qui vous prend ? lui répond Salva aussi calmement que possible. Vous vous rendez compte de ce que vous faites ? Agression d'un flic ? Séquestration ? Menace avec une arme ? Vous avez une idée de ce que vous risquez ? Il n'est pas encore trop tard pour s'arranger…

Tout en parlant, il analyse méthodiquement les lieux. La salle qui fait office de garage est vaste. Des ampoules pendent au bout de fils électriques. Les murs sont en parpaings gris, le sol en béton maculé de traces d'huile. Il y a une télévision qui diffuse un clip musical en silence, deux grosses motos garées le long d'un établi chargé d'outils et une table basse, un peu plus loin, où est posé son sac. Son arme de service repose bien en évidence sur cette table. Les relents agressifs d'essence et de graisse de moteur flottent dans l'air, prenant à la gorge.

— Tu me soûles ! le coupe la jeune femme en se levant.

Elle dirige son pistolet dans sa direction, de biais, comme elle a dû le voir dans les films de Hong Kong.

— T'es encore en vie, alors arrête tes jérémiades, OK ?

Salva obtempère et se tient silencieux tandis qu'une porte s'ouvre, de l'autre côté du garage. Son camarade en émerge, une serviette humide pressée sur le nez. De son autre main, il brandit son appareil photo.

— Tu devrais voir ça, Laura ! Cet enculé a pris des tas de photos de Sophian et des frères. Faut les prévenir que leur course est compromise.

— Je ne suis pas là pour vos petites affaires, intervient Salva. Je vous le jure.

— Te fous pas de notre gueule ! aboie le garçon. T'es un putain de flic ! T'es sur notre dos pour le *go fast*, hein ?

Salva referme un instant ses paupières brûlantes. La souffrance continue de pulser dans son dos, ses épaules, ses cuisses.

— Vous êtes en train de faire une énorme connerie, parvient-il à articuler. Si vous me faites du mal, ce sera pire.

— Pour toi, certainement, rétorque la fille.

Elle écarte ses mèches d'une main chargée de bagues, dans un bruissement de bracelets. Elle a l'air encore plus jeune que sur ses photos. Une peau lisse, très pâle. De grands yeux marron habités par la fièvre.

— On devrait avoir peur de toi juste parce que t'es flic ? C'est ça ?

— Ce n'est pas ce que j'ai dit. Je…

— Encore heureux !

Elle s'approche de quelques pas, le pistolet dansant au bout de sa main.

— T'en sais beaucoup sur nos affaires ?

— Peut-être, dit Salva sans la quitter des yeux. Peut-être plus que tu crois.

— Dommage que tu puisses le dire à personne, alors…

Salva frémit. Cette crétine est l'incarnation de la nouvelle délinquance. Aucun cerveau. Aucune limite.

Pas le moindre recul vis-à-vis de ses actes, encore moins la faculté d'envisager leurs conséquences. Salva, lui, n'a que *trop* conscience que l'arme qu'elle tient est chargée, et qu'elle ne sait de toute évidence pas s'en servir correctement. Le coup de feu peut partir à n'importe quel moment.

— Qu'est-ce qu'on fait de lui ? déclare le garçon tout en allant s'asseoir sur une des motos. On le bute tout de suite ou on prévient Sophian d'abord ?

Alors que Maé se plante devant lui, Salva retient sa respiration. Le canon du pistolet est collé contre son front. Il ferme les yeux. Malgré lui, tout son corps tremble. Ce qui semble amuser la jeune femme.

— On appelle Sophian avant, décide-t-elle. Même si le résultat sera le même…

— Je ne suis pas là pour Sophian, dit Salva en s'efforçant de parler lentement et de bien détacher chacune de ses syllabes. Je ne m'intéresse pas à ses magouilles avec David et Alexandre…

Le garçon écarte la serviette de son nez – ses lèvres et son menton sont maculés de bouillie rouge – pour répliquer :

— Il sait tout de nous, ce connard !

Le canon appuie plus fort contre son crâne, Salva tressaille de plus belle. Si au moins il n'était pas ligoté, il pourrait tenter de se défendre. Il essaie de bouger les mollets, mais les liens de plastique relient étroitement ses jambes. Il les sent mordre dans sa peau, lui comprimant dangereusement les veines.

Impossible de se lever. Impossible de se jeter sur ses kidnappeurs, à moins d'être purement et simplement suicidaire.

Il doit pourtant se lancer. Ne pas les laisser réfléchir.

— C'est vous qui avez buté le bijoutier ?

Les yeux de la jeune femme s'arrondissent.

— De quoi tu causes ?

— Jean Varenne. Toulouse. Tu ne remets pas ? Tu devrais, il me semble. Vu qu'il était censé revendre le collier de Sophian.

— Comment tu sais ça ?

— Le rouquin, poursuit-il en la fixant dans les yeux. De sacrées dreadlocks. Beau gosse, non ? Tu le remets, lui, quand même ? Ou tu as besoin que je te rafraîchisse un peu la mémoire ?

Le visage de la fille perd instantanément ses couleurs.

— Tu la fermes, tout de suite !

Touchée.

Fais gaffe à ce jeu-là, lui hurle une partie de son cerveau.

C'est la seule manière, renchérit son autre côté. Son côté fou. Son côté flic.

— Ton mec, je me demande comment il va réagir, quand il va apprendre que tu le trompes.

— Ta gueule !

Elle lui assène un coup de crosse en plein visage. Une nuée d'étincelles passe derrière ses rétines. Salva laisse échapper un bref râle.

— De quoi il cause ? interroge le garçon en se redressant.

— Il raconte de la merde !

Elle lui décoche un deuxième coup de crosse en travers du visage. Nouvelles étincelles. Du sang suinte de long de sa joue. Salva cligne des yeux, se fait violence pour rester conscient.

— On dirait que ton ami non plus n'est pas au courant, s'entête-t-il. On le met au parfum ?

— Tais-toi, putain ! *Tais-toi !*

Elle colle le canon du pistolet contre sa bouche pour

le museler. Le métal cogne sur les dents du policier. De nouveau, il pense au coup qui pourrait partir à n'importe quel instant, se contracte, force sur ses liens. En vain.

— Va appeler Sophian avec un téléphone vierge ! ordonne la jeune femme à son complice. Dis-lui d'annuler la course et de se pointer ici rapidos !

— Attends, de quoi il cause, là ? Un roux à dreadlocks ? C'est Élie ou quoi ? Il s'est passé quelque chose, entre vous ?

Élie, note mentalement le policier.

— Réfléchis pas, va juste appeler Sophian ! braille-t-elle d'un timbre proche de l'hystérie. Ce connard nous connaît tous, tu le vois bien ! Il va essayer de nous embrouiller pour sauver sa peau ! Il faut rien croire de ce qu'il peut raconter, d'accord ?

Le garçon leur jette un regard scrutateur. Il replace la serviette sur son nez d'où le sang continue de suinter.

— T'as entendu, Jamal ? Dépêche-toi !

Jamal.

— Ouais, ouais…

Guère convaincu, le dénommé Jamal repart par l'escalier menant à l'étage.

De son côté, la jeune femme se penche vers le policier. Elle est toujours aussi livide.

— Je sais pas ce que tu crois savoir, chuchote-t-elle d'une voix vibrante, mais il n'y a rien entre Élie et moi. Je veux pas un mot à ce sujet, tu piges ?

Salva sait reconnaître les mensonges quand il en entend un. Et celui-là est criant. Presque désespéré.

— Sophian te fait peur, réplique-t-il lentement, avec une assurance qu'il est loin de ressentir. Je comprends très bien pourquoi. Ton ami, là-haut, va lui parler d'Élie dans quelques instants. Donc ton mec va découvrir ton petit secret. C'est un nerveux, Sophian, hein ? Tu te souviens de ce qu'il a fait à son ex-copine, quand elle est allée voir ailleurs ? Même après son séjour à l'hôpital, on ne la reconnaît plus, la pauvre…

— Espèce de salopard !

Elle lui balance un nouveau coup de crosse à la tempe. Le choc le fait tressaillir. Il étouffe un gémissement. Le monde tangue dangereusement autour de lui.

— Tu sais que dalle sur Élie ! piaille la jeune femme, sa voix s'envolant dans les aigus. T'as aucune preuve ! Tu dis encore un mot sur lui, t'es mort, t'entends ? T'es *mort* !

Salva déglutit. Les risques qu'il prend sont plus grands à chaque instant qui passe. Mais la poussée d'adrénaline, qu'il n'avait pas ressentie depuis si longtemps, lui donne des ailes. Il se dit qu'il ne sera seul avec cette fille que peu de temps. Il n'a d'autre choix que de tenter le tout pour le tout.

— Je sais que tu as doublé ton mec, Laura. Je sais que tu as parlé du collier à Élie. Je sais que tu lui as donné les codes de la bijouterie pour qu'il la fasse à l'envers à Sophian. Comment tu penses t'en sortir, dis-moi ?

Le pistolet s'écrase contre sa joue.

— En commençant par te buter ! beugle la fille.

Puis elle presse la détente.

75

Salva bascule d'un mouvement vif, une fraction de seconde avant que le coup de feu explose.

Assourdissant.

Il sent la chaleur du tir lui brûler la peau.

Le reste va très vite.

Contractant ses abdominaux, il fait remonter ses chevilles ligotées et envoie ses genoux contre la poitrine de la jeune femme.

Le choc la plie en deux, respiration coupée net.

Salva enchaîne d'une frappe du coude avec tout l'élan qu'il peut donner.

L'arme mortelle est éjectée des mains de la fille, qui pousse un couinement, dépassée par la réaction de son prisonnier. Avant qu'elle puisse reprendre son souffle, ou seulement s'éloigner de lui, il a levé ses poignets joints vers son cou.

Il presse le fil à linge sur sa gorge. Un garrot inexorable.

Les yeux de la délinquante roulent dans ses orbites.

— Au… se… cours… gargouille-t-elle.

Elle a beau faiblir à vue d'œil, tandis que Salva serre de toutes ses forces, la jeune idiote ne donne pour autant pas le moindre signe de vouloir se rendre. Son camarade ne va pas tarder à revenir, alerté par la détonation. Combien de temps s'est-il écoulé depuis qu'elle a tiré ? Déjà trente secondes ? Une minute entière ?

— Foutue abrutie !

Il finit par relâcher son cou et lui envoie un violent coup de tête. La fille est propulsée en arrière, sa nuque heurte le mur.

Elle s'écroule.

Assommée.

Enfin.

Salva tombe à genoux à côté d'elle, le souffle court, le cœur emballé.

Vite.

Il se force à se redresser.

Chaque seconde compte.

Des pas précipités se font entendre à l'étage.

Il lève les yeux vers la scie circulaire fixée à l'établi. De quoi trancher ses liens. Sauf qu'il n'a pas le temps…

… du coin de l'œil, il voit la porte qui s'ouvre déjà.

Il se retourne. Paniqué. Cible facile. Sans la moindre chance de se mettre à l'abri.

Il n'en croit pas ses yeux.

Ce n'est pas la porte de l'escalier qui s'est ouverte.

Mais celle située sur le mur opposé.

C'est son collègue, Marcus Fleurot, qui s'élance dans le garage.

Arme à la main, Fleurot dévisage Salva, observe les liens qui entravent ses poignets et chevilles, puis la fille inanimée.

— C'est quoi ces conneries ?

— Elle n'est pas seule ! s'écrie Salva. Attention !

Au même instant, la porte de l'escalier est ouverte d'un coup de pied et Jamal fait irruption, un pistolet brandi à deux mains.

Il tire sur Fleurot.

Fleurot se jette en arrière, fait feu à son tour. Le tonnerre des détonations emplit subitement le garage tandis que les balles fusent de part et d'autre. L'écran du téléviseur éclate, traversé par un projectile.

Salva s'accroupit derrière la table basse où était restée son arme de service. Il empoigne le Sig Sauer et le pointe vers le jeune homme dans un même mouvement contrôlé.

Sa première balle frôle le forcené. Jamal écume de rage, tout en changeant de cible.

Salva ne lui laisse pas le temps de viser.

Il tire à nouveau. Cette deuxième balle fait mouche.

Atteint à la hanche, le garçon s'effondre avec davantage de cris perçants.

— Bouge plus ! hurle Fleurot en se précipitant sur lui. Tu restes à terre !

Un coup de pied éloigne son pistolet. Le policier sort une paire de menottes et lui attache les poignets dans le dos.

— Je suis touché, putain ! Je vais crever !

— Si seulement c'était aussi facile, grogne Fleurot.

Il lui soulève le tee-shirt pour examiner sa blessure.

— Une égratignure. Tu vas juste coûter un peu plus d'impôts au contribuable.

— Espèce d'enculé ! T'es mort ! T'es…

Fleurot le fait taire d'un violent coup de crosse au visage. Le sang du garçon s'échappe de plus belle de son nez.

— Si tu la boucles pas tout de suite, je te jure que je te fais bouffer tes dents de lait.

De son côté, Salva tend ses poignets vers la scie circulaire pour enfin rompre ses liens. Alors que la jeune femme sort de son étourdissement, il siffle et la met en joue.

Laura Maé lève les mains, une expression de profonde haine déformant ses traits juvéniles.

— C'est de la violence policière. Vous êtes finis, bande de fachos !

— Tu ne te démontes jamais, hein ? soupire Salva.

— On a rien fait de mal ! Et d'abord, on a un avocat !

— Ça, je n'en doute pas, ironise Fleurot.

Il s'approche d'elle avec une deuxième paire de menottes et les lui passe sans ménagement.

— Entre nous, je suis *vraiment* curieux d'entendre la manière dont il va vous défendre.

Il traîne la fille pour l'attacher à la tuyauterie, à l'écart de tout objet contondant.

Puis il se tourne vers Salva.

— Même chose pour toi, *collègue*, ajoute-t-il d'un ton rauque.

Salva hoche la tête. Il s'assoit sur la table basse et libère ses chevilles.

— Tu étais là tout ce temps ?

Fleurot le toise des pieds à la tête, glacé.

— Ton comportement bizarre, ce matin. Je me suis dit que tu préparais quelque chose en douce. Je t'ai filé depuis Toulouse. Cette fois, ta carrière est finie pour de bon. Tu pourras pas dire que je ne t'avais pas prévenu.

Salva masse sa bouche douloureuse. Il a le visage en sang après tous les coups qu'il a reçus. Il s'en moque. Sa poussée d'adrénaline est toujours aussi intense. Toujours aussi dangereuse.

— Les collègues sont au courant que tu es là ?

— Pas encore. Je voulais voir par moi-même

l'étendue de la merde dans laquelle tu t'es fourré. Et putain, Olivier, je suis pas déçu du voyage !

— J'imagine…

Salva observe les deux jeunes gens, menottés chacun à un bout du garage.

Il ne lui reste qu'une carte à jouer.

— Tu veux briller ? Remonter dans la hiérarchie ? Tu ne parles que de ça, non ? Je t'offre une occasion en or, Marcus. Je te promets que tu seras un héros. Je te laisserai tout le crédit de l'affaire. Je te demande juste de m'écouter. Tu peux faire ça ?

Fleurot continue de le scruter pendant quelques instants dans un silence de tombeau.

— Surprends-moi donc. Mais vite. Amara ne va pas tarder à revenir.

76

Alors que la journée s'étire, Driss commence à tourner en rond dans l'appartement.

Il a éteint la PlayStation, ne trouvant plus de plaisir aux rues embrumées de *Silent Hill*. Malgré les antalgiques, la douleur est revenue dans son épaule. Le moindre mouvement lui arrache une vive grimace. Il soulève son tee-shirt, passe la paume de sa main sur ses abdominaux, caressant au passage ses multiples tatouages, au gré de leurs légers débords et contours, comme une infime dentelle à peine perceptible sous son épiderme.

Driss est extrêmement fier de ces décorations encrées en lui. Elles ont coûté une fortune, en tout cas pour ses maigres finances – sans compter que de nombreux tatoueurs n'acceptent pas de travailler sur une peau noire, sous le prétexte fallacieux que l'encre ne tiendrait pas bien, une excuse grossière et profondément raciste pour éviter les clients de couleur. Driss n'est, par ailleurs, pas moins fier de son corps. Il pratique assidûment la musculation pour rester au top de sa forme. Mais à présent ? Avec une telle plaie à l'épaule, il se rend compte qu'il ne touchera plus un haltère de sitôt. Et cette pensée également le mine.

Il essaie la télévision, sans rien repérer d'intéressant

sur Netflix. Il a déjà vu une grande partie des films que la plate-forme propose. Quant à ceux qui restent, ils ne lui inspirent rien.

Très bien. Le jeune homme passe alors sur son compte Deezer. Un clic, et les grosses enceintes disposées de part et d'autre du téléviseur lancent sa playlist. C'est le groupe Kreator qui ouvre le bal. Le riff de guitare hargneux et survitaminé de « Pleasure to Kill » jaillit dans le petit appartement, une avalanche de décibels fait vibrer les murs, provoquant presque aussitôt les aboiements d'un chien à l'étage en dessous.

— Prenez ça dans votre gueule, marmonne-t-il en montant le son.

Tout en bougeant la tête au rythme de la musique, il se roule soigneusement un joint, qu'il va allumer sur le balcon.

C'est à ce moment que son téléphone se met à vibrer. Voyant qu'il s'agit de sa mère, il souffle sa bouffée d'herbe et dépose le stick dans le cendrier avant de répondre.

— Ouais, maman ? Tout va bien ?

— *Pas vraiment. Ta petite sœur est malade. Je pense qu'elle fait une gastro, on doit aller chez le médecin. Tu peux revenir pour surveiller tes frères, s'il te plaît ?*

Driss lève les yeux au ciel. Il ne manquait plus que ça ! Ses deux frères n'ont que quatre et sept ans. Hors de question de les laisser seuls pendant que sa mère emmène Hanna au centre médical.

D'un autre côté, sa blessure est encore toute fraîche.

— Je suis là dans une demi-heure, dit-il en pestant intérieurement.

— *Merci, mon grand. Je t'attends.*

Il se redresse, ronchonne, reprend son joint pour le finir avant d'y aller.

— Quelle galère, souffle-t-il avec la fumée parfumée.

Ses avant-bras posés sur la rambarde du balcon, il observe les piétons qui traversent la place. Dans l'appartement, c'est au tour du morceau « Painkiller » de Judas Priest de faire rugir les enceintes avec sa célèbre ouverture de batterie : rapide, saccadée, elle se prolonge par des coups de boutoir savoureusement virils. Certains passants lèvent la tête, sans doute surpris par le volume de la musique. Tant mieux. Driss a envie d'emmerder le monde, aujourd'hui. Il n'a rien d'autre pour se passer les nerfs. Il songe à sa mère qui l'attend de pied ferme à la maison.

La famille avant tout.

Au bout de quelques minutes, son mégot écrasé, il revient à l'intérieur de l'appartement en sifflotant la mélodie du solo de guitare. Il se plante devant le miroir de la salle de bains. Son bandage n'est vraiment pas discret. On le voit dépasser de son tee-shirt. En fait, Driss ne voit que ça.

— Comment je fais pour cacher cette merde, hein ?

Sa voix est noyée par celle, suraiguë, du chanteur Rob Halford qui reprend à tue-tête.

(*Flying high on rapture, Stronger free and brave…*)

Il se penche vers son reflet, se demandant s'il serait possible d'enlever une partie des bandes.

(*Nevermore encaptured, They've been brought back from the grave…*)

La seule présence de ses doigts sur son épaule relance les ondes de souffrance. Il jure entre ses dents.

(*With mankind resurrected, Forever to survive, Returns from Armageddon to the skies…*)

Il ôte son tee-shirt et observe le bandage immaculé qui contraste avec sa peau sombre.

Il faudrait peut-être le défaire.

Ne serait-ce qu'un peu.

Relevant la tête vers le miroir, il aperçoit alors la silhouette en costume qui se tient derrière lui.

Surgie de nulle part. Sans le moindre bruit. Un visage pâle. Des yeux noirs immenses.

(*He is the painkiller…*)

Impossible.

(*This is the painkiller…*)

Inhumain.

— Oh, merde… murmure Driss.

La seringue s'enfonce dans son cou avant qu'il ne puisse dire, ou faire, quoi que ce soit d'autre.

(*Can't stop the painkiller…*)

77

La discussion se fait à l'écart de leurs deux prisonniers. Elle ne prend pas bien longtemps, mais Marcus Fleurot devient plus rouge à chaque nouvelle information que lui confie Salva.

— T'es sérieux, là ?

— À cent pour cent.

Fleurot renifle bruyamment, avant de cracher à ses pieds.

— Putain. Donc le collier du casse est vraiment passé par ici ?

— J'ai eu accès au dossier de la BRB qui le prouve.

Froncements de sourcils. Yeux réduits à des fentes suspicieuses.

— Et cette fille, là-bas, c'est elle qui aurait donné les infos aux braqueurs de Varenne ?

— Ainsi que la clé et le code de l'alarme de la bijouterie. Elle couche avec l'un d'eux. Celui aux dreadlocks.

— Toujours cette foutue obsession pour les retrouver, hein ?

— En l'occurrence, on a toutes les preuves en main pour les faire tomber.

Fleurot donne un coup de pied rageur dans une pile de cartons.

— On a fait usage de nos armes ! T'as blessé un tocard à peine majeur ! Et tu veux que je mente pour te blanchir ?

— Me fais pas chier, Marcus. C'est la chance de ta vie. Officiellement, on est venus ici ensemble pour vérifier des informations. Je suis tombé dans une attaque et tu m'as sauvé. C'est toi le héros du jour. Ça ne te suffit pas ? En prime, tu complètes le dossier Antignac en démantelant le réseau qui fait devenir chèvre la BRB depuis un an. Sans parler de la Crim', si tu peux prouver que ce sont bien ces abrutis qui ont réglé son compte à Jean Varenne. Prise de galon assurée. Exactement comme tu en rêvais. Sauf que là, c'est du concret.

Pour la première fois, Fleurot semble ébranlé.

— Je t'ai mal jugé, Olivier. Tu joues les chevaliers blancs, mais en fin de compte t'es une vraie anguille. Tu n'hésites pas à franchir la ligne pour te sortir d'une situation merdique. Quand je pense que c'est toi, il y a seulement deux jours, qui me donnais des leçons de morale…

— Tu me feras ta déclaration plus tard, si tu veux bien. Tout ce que j'ai besoin de savoir, c'est si tu es d'accord.

— Ouais, grogne Fleurot, bien sûr que je le suis.

Il jette un regard par-dessus son épaule en direction de leurs prisonniers et ajoute :

— Là, tout de suite, on a surtout besoin de renforts. Leurs potes vont revenir.

Salva fait un rapide calcul.

— Je pense qu'on a une petite demi-heure avant qu'ils débarquent. Ça nous laisse le temps d'appeler le commissariat de Saint-Gaudens. Ils ne sont pas loin d'ici.

Fleurot sort son téléphone de sa poche.

— Je m'en occupe. J'ai pas envie de rejouer Fort Alamo dans cette maison pourrie. Surveille les débiles, tu veux ?

Salva hoche la tête. Tandis que Fleurot s'éloigne pour passer son appel, il respire enfin. Jusqu'au dernier moment, il n'était pas sûr que son boniment marcherait.

Une chance que le désir de son collègue de remonter dans la hiérarchie est plus fort que tout.

Le garçon menotté dans l'encadrement de l'escalier recommence à geindre.

— Je vais crever ! Vous êtes des putain de nazis !

Salva s'approche de lui, le visage fermé.

— Mon collègue t'a déjà dit que c'était une égratignure. Mais je peux te faire un trou plus convaincant, si tu veux…

Il le met en joue de manière théâtrale. Le garçon cesse aussitôt de faire le malin.

— Pitié…

— Donne-moi le nom de famille d'Élie. Tout de suite.

— Malibert ! C'est Élie Malibert. Il crèche à Toulouse !

Laura Maé pousse un cri de rage.

— Ferme ta gueule, Jamal ! Ils ont rien contre nous ! Ces connards peuvent rien exiger du tout !

— Va te faire foutre ! lui lance son camarade. Tu nous l'as joué à l'envers, espèce de pute ! C'est rien que ta faute, ce qui nous arrive !

Salva se relève.

— Voilà ce que j'aime entendre.

— Sophian va revenir, dit la jeune femme d'une voix d'outre-tombe.

— J'y compte bien, lâche-t-il en rengainant son arme. On va lui préparer un joli comité d'accueil.

Le visage de la fille reste dur. Mais des larmes s'écoulent sur ses joues.

— Il va me tuer. T'es fier de toi, enculé ?

Le sourire que Salva lui retourne est glacial.

— Il fallait y penser avant, ma belle. On est tous responsables de nos actes. À la fin, on en paye tous le prix.

78

La drogue dans le sang de Driss l'empêche de bouger.

Pas de hurler.

Alors que la lame, longue, dentelée, pénètre en crissant dans la paume de sa main droite, la clouant contre la porte de la salle de bains, il se cambre, rugit à pleins poumons, supplie qu'on lui vienne en aide.

En vain.

Ses cris sont couverts, avalés par la musique assourdissante de la stéréo.

— Mon Dieu, sanglote-t-il tandis que le spectre s'empare de sa main gauche. Oh, mon Dieu, non…

La pointe d'un deuxième couteau tactique cherche, à son tour, le bon endroit au centre de la paume.

— Pitié… PITIÉ !

Et s'enfonce. Lentement. Glisse entre les os métacarpiens, en brise un, peut-être deux, au passage. Crac, crac. Sans la moindre difficulté.

Le couteau se plante dans l'encadrement de la porte. Plonge dans le bois sur plusieurs centimètres. Driss hurle. Il est assis au sol, bras étendus en croix, offert en sacrifice. Son sang gicle en longs spasmes brillants sur les murs tout autour de lui.

À l'agonie, le jeune homme continue d'appeler au

secours. On lui fait du mal, il va mourir, il a besoin que quelqu'un réagisse.

Peine perdue.

Inutile de lutter contre le mur dissonant des guitares et le tonnerre soutenu des percussions. Les voisins dérangés par le bruit se contentent de taper au plafond, comme ils l'ont fait si souvent, attendant que l'orage sonore passe. Il passe toujours, après tout.

À mesure que ses forces s'amenuisent, le volume de sa voix fait de même. Il n'en reste qu'un filet, à peine audible.

— Pourquoi faites-vous ça ? Qui êtes-vous ?

Le spectre saisit la télécommande de la stéréo. D'une pression, il met fin à la musique. Silence brutal. En bas, le chien continue d'aboyer comme un fou.

Ensuite l'individu en costume se penche tout près de lui. Ses immenses yeux noirs l'aspirent. Des yeux de monstre. Deux puits d'absence, de néant absolu.

— Pour ma fille, chuchote-t-il d'un timbre sans appel. Tu l'as vue, sur le trottoir, quand vous l'avez renversée ? Tu as vu ses derniers instants ? Tu as eu pitié ?

— Oh, non… non… Vous ne comprenez pas…

— Ce que vous avez fait, tous les quatre, ne peut être effacé, ne peut être pardonné, poursuit le spectre de sa voix basse et feutrée. C'est pour cela que je suis là. C'est pour cela que tu vas souffrir…

Il jette la carte d'identité sur le torse nu et dégoulinant de sang du garçon.

— … Driss Kaplan. Tu vas souffrir comme Valentine Drevoski a souffert. Et alors seulement tu pourras mourir. Seulement quand je l'aurai décidé.

— Ce n'était pas notre faute… Je vous jure… On ne voulait pas…

Le visage sans traits se plisse d'un sourire terrible. Une résolution froide.

— Ce n'était pas sa faute à elle non plus.

Sans se hâter, il plonge une main dans sa veste et en ressort un autre couteau de combat. La lame de celui-ci, comme celle des autres, est entièrement noire. Dix-huit centimètres d'acier redoutable. Capable de transpercer n'importe quelle matière, ou presque. Il l'approche de la main droite de Driss.

— Au secours…

Le tranchant se place à la jonction du pouce. D'une seule pression, avec une simplicité désarmante, il sectionne le doigt. Driss pousse un couinement pitoyable.

Il ne peut que regarder le spectre se diriger vers la table basse, contempler les affaires posées dessus, saisir le téléphone mobile.

Le tueur revient devant lui. Il appuie le pouce coupé de Driss contre le bouton pour activer la reconnaissance d'empreinte et déverrouiller l'appareil.

— Mon Dieu, répète le garçon. C'est pas… possible…

Le spectre fait défiler les contacts.

— Vous étiez quatre. Toi, Élie Malibert. Qui étaient les deux autres ?

Driss dodeline de la tête sur ses bras en croix. Il se sent partir, lentement.

L'homme se penche sur lui. Souffle sur son front. Driss revient à lui en sursaut.

— Je t'ai posé une question. Tu ne seras pas soulagé avant de m'avoir répondu, alors parle. Tu as un appel en absence de Damien Delauney. Il était là, lui aussi ?

Driss recrache du sang. Ses pupilles brillent de larmes.

— Oui.

— Et le quatrième ? Dépêche-toi.

— Audrey Valette. La copine de… Damien…

Le couteau se rapproche de son visage. Tout près.

— Lequel d'entre vous tenait le volant ?

— C'était elle… Audrey… Mais… Oh, mon Dieu, elle l'a pas fait exprès… je vous le jure…

Le spectre semble intégrer l'information. Il demeure quelques instants immobile, comme si cette révélation le perturbait.

Cela ne dure pas.

Le sourire animal revient sur ses traits.

Le tranchant de l'arme caresse la joue de Driss, dont tout le corps est agité de tremblements de plus en plus violents.

La pointe glisse ensuite sur sa gorge. Un effleurement glacé.

La respiration du spectre se fait un peu plus forte. Un peu plus rapide. Ses lèvres frôlent l'oreille de sa victime.

— Tu penses que j'aime ça, Driss ?

Le garçon ne répond rien. Il s'étouffe, hyperventile, tandis que le couteau descend, avec une lenteur calculée, en suivant les motifs des serpents sur son torse.

La pointe est pressée sur son plexus solaire.

Au centre de l'œil d'Horus tatoué à cet endroit.

Avec plus de détermination.

— C'est bien possible. Nous avons tous nos démons, n'est-ce pas ?

Driss secoue la tête de droite à gauche. Non, non…

L'acier acéré appuie de plus en plus sur le tatouage.

La peau est percée. *Clac*.

Le couteau s'enfonce, presque avec douceur, dans sa chair tressautante.

Driss s'étrangle, ses larmes ruissellent. Davantage de sang remonte dans sa gorge.

La lame ressort tout aussi délicatement qu'elle a pénétré en lui, avec un bruit moite, un son de regret.

— Je sais que je ne devrais pas faire ça, murmure le spectre de sa voix toujours aussi calme. J'ai conscience que ce n'est pas bien. Que c'est de la folie. Mais tant pis. C'est ainsi que les choses se règlent en temps de guerre. Ce sera ma dernière mission. Je n'aurai plus rien pour quoi me battre…

L'arme est lâchée. Elle tinte sur le sol.

C'est au tour de ses doigts de s'enfoncer dans la plaie. La chair émet un craquement humide, progressif, à mesure que le spectre y pousse sa main, jusqu'à la faire disparaître entièrement. Les yeux de Driss se retournent dans leurs orbites tandis que ses intestins palpitants sont fermement saisis.

— Le fruit de mes entrailles. Tu sens ce que cela fait quand on te le retire ?

Il ramène son bras, emportant les viscères dans son poing. Par douces saccades, centimètre après centimètre, il les tire au-dehors du corps de Driss, qui continue de gémir, crucifié, impuissant.

Le téléphone vibre à ce moment-là.

Le spectre lâche les intestins. Il reprend le mobile. Un message.

Sourire.

Élie Malibert
Enfin fini cette journée de merde. Je rentre.

Le spectre fait glisser ses doigts gluants de sang sur l'écran.

Tapant les mots :

Je bouge pas.

Driss est parcouru de soubresauts.

— Pitié… J'ai… si mal…

Son tortionnaire le contemple tout d'abord.

Puis il s'approche de lui. Se penche sur lui. Murmure à son tour :

— Et là ?

Il tire de nouveau sur les intestins, les faisant coulisser un peu plus hors de son corps, comme un cordon ombilical rose, chaud et gonflé.

Driss révulse ses yeux pour la dernière fois.

79

— J'ai eu le chef au téléphone.

Salva lève les yeux vers son collègue. Ils ont installé les deux délinquants à l'arrière de la voiture de Fleurot. À présent le garçon et la fille restent muets, les regards comme des fusils.

— Il est furieux contre moi ?

— T'as pas idée, marmonne Fleurot. Même si cette affaire est sortie avec les honneurs, tu ne vas pas échapper à l'enquête administrative. Je me ferais pas trop d'illusions, si j'étais toi.

Salva hoche lentement la tête.

— Je ne m'en fais pas, Marcus. Mais je n'ai rien à me reprocher.

— Je l'espère pour toi.

Un bruit de moteur les interrompt, ils se retournent tandis qu'un fourgon de police apparaît au bout de la rue.

— Ben voilà, dit Fleurot. La cavalerie n'a pas tardé, pour une fois.

— Je vais bouger ma voiture, décide Salva.

Fleurot le regarde de biais.

— Pas d'entourloupe, hein ?

— Que veux-tu que je fasse ? soupire-t-il en levant les mains. Aggraver mon cas ?

Fleurot s'abstient de répondre et va parler aux collègues. De son côté, Salva s'installe dans sa Renault surchauffée.

Il met le contact. Il est conscient que Fleurot, au bout de la rue, expose la situation aux renforts tout en continuant de l'avoir à l'œil.

Salva lui sourit.

Il roule lentement jusqu'au bout de la rue.

Il manœuvre sa voiture pour la garer.

Pendant quelques instants, il se mordille les lèvres. C'est maintenant ou jamais.

— Désolé, Marcus.

Il redémarre.

Direction Toulouse.

80

Dès que l'ascenseur s'ouvre à son étage, Élie Malibert remarque l'odeur.

Aigre, agressive. Il se demande d'où elle peut bien provenir.

La sonnerie de son téléphone le distrait un instant. Il retire l'appareil de sa poche, constate que le numéro qui l'appelle n'est pas dans ses contacts.

Il soupire, mais prend tout de même la communication, au cas où.

— Allô ?

— *Élie Malibert ?*

— Lui-même.

— *Olivier Salva, police de Toulouse…*

Une certaine tension le saisit. La police, vraiment ? Élie se dirige vers son appartement, de plus en plus perturbé par les relents qui flottent dans le couloir.

— … *Vous êtes à votre domicile ?* demande le policier. *Je souhaiterais vous parler. Aussi vite que possible.*

Élie ouvre la bouche. Il est arrivé devant sa porte. Cette foutue odeur. Elle le met mal à l'aise au plus haut point, et il comprend enfin pourquoi. *Le remugle des carcasses.* Voilà ce que ça lui rappelle. Les arrière-salles du marché, dans la partie boucherie.

Quand ils tardent à nettoyer et que le sang coagulé commence à rancir…

— Je peux vous rappeler tout à l'heure ? marmonne-t-il sans écouter son interlocuteur.

— *C'est très urgent,* insiste la voix au bout du fil.

— Eh bien c'est la même chose. J'ai vraiment pas le temps, là.

Il lui raccroche au nez sans état d'âme. Si les flics veulent le voir, ils n'ont qu'à venir le chercher. Ces pourris ne se gênent pas, quand c'est important pour eux. Ce qui l'inquiète le plus, à l'instant, est cette odeur tenace.

Elle semble provenir de *chez lui.*

— Driss ? T'es là ?

Il range son téléphone pour prendre ses clés. Après réflexion, il sort également son couteau pliable de sa poche.

— Qu'est-ce qui se passe, merde ?

Il ouvre la porte. Aussitôt, la puanteur s'échappe de l'appartement comme une vague, le frappe de plein fouet.

L'odeur infecte des viscères exposés.

Elle est accompagnée du bourdonnement assourdissant de mouches.

— Oh, putain…

En un instant, Élie n'arrive plus du tout à réfléchir. Il a l'impression que son estomac remonte dans sa poitrine. Machinalement, il a fait un pas à l'intérieur. Il voit le sang, tout ce sang répandu sur son lino.

Et le corps de Driss.

Son ami est torse nu, de travers sur le sol, les bras en croix. Des couteaux plantés dans ses mains les retiennent accrochées à l'encadrement de la porte de la salle de bains. Une auréole de mouches surexcitées tourbillonne autour de lui.

La crucifixion n'est pourtant pas l'aspect le plus insoutenable de ce que découvre Élie.

Ses intestins. Il ne peut détacher les yeux des entrailles de Driss, jaillissant de son plexus, déroulées hors de son corps jusqu'à ses pieds telle une guirlande visqueuse.

Il se plie et vomit, un réflexe de pure panique.

Puis il recule en vacillant dans le couloir, comme ivre, la bouche emplie du goût acide et brûlant de la bile. Il appelle à l'aide, un pleur hystérique de déni, ce qu'il vient de voir ne peut être possible, ne peut être tolérable.

Une main l'arrête net.

Il n'avait pas vu la silhouette, aussi mince et silencieuse qu'une ombre, s'approcher par-derrière.

— Tu es arrivé au bout de la course, Élie, chuchote un timbre rauque à son oreille.

Une seringue plonge dans son cou.

Élie se cabre sous la piqûre.

— Non ! Putain !

Il donne un coup de coude en arrière, déstabilisant son agresseur. L'aiguille ripe contre sa gorge, déchire sa peau en envoyant dans les airs des jets de son poison.

L'individu ne lui laisse pas le temps de se reprendre. Il déplie son bras, le frappe à la tempe. Fort. Élie est traversé par un brusque étourdissement, chancelle, mais ne s'écroule pas pour autant. Bien au contraire, il envoie un coup de genou, visant l'entrejambe. Cette fois, c'est l'homme qui hoquette, une brève plainte aiguë.

Élie n'en reste pas là. Son couteau est toujours dans sa main. Il le brandit devant lui, le pousse au hasard. La lame transperce le tissu du costume, plonge dans la chair.

L'étrange homme chauve ne crie pas. Mais ses immenses yeux noirs papillotent un instant.

— Imbécile, feule-t-il.

Élie retire le canif, veut le planter à nouveau, mais son adversaire lui envoie un violent coup, du tranchant de la main, exactement sur sa pomme d'Adam. Respiration coupée net. Incapable de se défendre alors que la main revient à l'assaut. Frappe sa gorge une deuxième, une troisième fois, coup sur coup.

Élie titube en arrière, à moitié étourdi.

— À l'aide !

Ses cordes vocales écrasées ne produisent plus qu'un gémissement, une toux presque inaudible. Au bout du couloir, l'ascenseur s'est remis en mouvement, les grincements de machine couvrent le peu de voix qui lui reste.

Fou de panique, Élie se jette sur la porte de ses voisins, tambourine d'une main, l'autre brandissant le couteau à bout de bras pour tenir l'individu à distance.

— On m'agresse ! s'étouffe-t-il, toujours incapable d'émettre le moindre son. À moi !

L'homme s'approche, ondulant, inexorable. Il saisit le poignet d'Élie, écartant le canif sans la moindre difficulté.

D'une brusque traction, il lui brise l'articulation du coude.

Élie s'effondre, son bras plié à l'envers, les larmes aux yeux, le visage tordu et écarlate.

— Arrêtez… Laissez-moi… par pitié…

L'homme a ramassé son couteau. Il pose un genou à terre et, d'un autre geste précis, lui enfonce la lame à la base de sa mâchoire, mettant un terme à ses geignements.

Élie sent sa langue être perforée, clouée à son palais. Le sang inonde sa gorge. Ses yeux roulent désespérément dans ses orbites.

Incapable de se défendre, anéanti par la douleur, il se laisse traîner à l'intérieur de l'appartement. Il est relâché sur le sang répandu, dans la puanteur des entrailles de Driss. Il roule, dérape, hoquette, le couteau encore enfoncé dans la mâchoire.

L'homme en costume, de son côté, se tourne pour refermer la porte.

L'ascenseur s'ouvre à cet instant.

Salva en sort.

Durant une fraction de seconde qui semble durer un siècle, l'assassin et le policier se dévisagent.

Puis le spectre claque la porte.

81

Cet échange de regard…

Face à face avec son cauchemar.

Salva s'élance dans le couloir. Son cœur battant à tout rompre. Son arme dégainée.

Il comprend, maintenant, la description du tueur selon le jeune zonard. Toutes les images du Slender Man qu'il est allé chercher sur Internet rejaillissent dans son esprit. Le corps trop mince, les membres trop longs. Le costume noir. Le crâne glabre. *Foutues superstitions.*

Ce n'est pas un démon qu'il a vu, durant ce bref instant. Ce n'était qu'un homme, un être de chair et de sang, pâle et très élancé, voilà tout. Ses traits étaient humains. Jusqu'à ses yeux. Certes trop grands, leurs pupilles bien trop dilatées, occupant bien trop d'espace.

Un homme.

Un assassin professionnel.

Pourquoi ?

— Police ! vocifère-t-il.

Il se heurte à la porte, essaie la poignée. Il donne des coups de pied rageurs en répétant « Police ! Ouvrez ! » et sachant que cela ne sert à rien.

De l'intérieur, un geignement lui parvient.

Salva est également conscient de l'odeur. L'inimitable puanteur du sang le prend aux tripes.

Sans perdre une seconde, il saisit son téléphone mobile et il rappelle le dernier numéro qu'il avait composé : celui de Bouilliez. Ils ont discuté alors qu'il était sur l'autoroute, c'est Bouilliez qui a cherché l'adresse d'Élie Malibert pour lui.

— *Olivier ? Qu'est-ce que tu veux encore ?*

— Will, écoute-moi bien, l'assassin de Varenne est enfermé chez Malibert. Blessés probables. Besoin de renforts immédiats.

— *Oh, merde ! Je m'en occupe, mon vieux.*

Salva le supplie de faire vite.

Tout en sachant que ce ne le sera *jamais assez.*

Les gémissements reprennent dans l'appartement. Salva range son téléphone, avale sa salive, réfléchit aussi vite qu'il peut à ses options. Attendre ? Compter les victimes ? *Intervenir avant que le pire ne soit arrivé ?* Après tout, s'il se fie aux mouvements de la porte, quand il a tapé dessus, il peut raisonnablement penser que seul le verrou du haut est enclenché…

Pas le temps. Pas le choix. Il lève son Sig Sauer, vise l'encadrement. Tire.

Le recul le secoue. La balle fait éclater le bois de mauvaise qualité, des morceaux volent en tous sens, lui renvoyant de la poussière dans les yeux. Une bonne partie du verrou est désormais exposée. Un modèle ancien, au rabais, comme dans la plupart des HLM. Le pêne apparaît, engagé entre le battant et le mur.

Facile à briser.

Salva fait feu à nouveau, presque à bout portant.

Davantage de débris sont projetés sur lui.

Il recule d'un pas, puis s'élance, décoche un coup de pied dans la porte, en y mettant tout son poids.

Le verrou cède. La porte est ouverte.

Exposant la scène épouvantable à l'intérieur.

Le jeune homme crucifié, ses intestins répandus hors de lui. Dans l'angle, le garçon aux dreadlocks est recroquevillé au milieu d'une mare de sang.

Salva brandit son arme.

— Police ! s'écrie-t-il en faisant un pas dans l'appartement. Montrez-vous !

Malibert parvient à s'arracher le couteau qui lui transperçait la bouche. Il hurle, il pleure, et, d'un doigt tremblant, il désigne la porte-fenêtre du balcon.

Salva sent son cœur au bord des lèvres. Il songe qu'il devrait attendre les renforts, il *sait* que la précipitation le met en danger, mais l'adrénaline l'aveugle, il est obnubilé par ce qu'il découvre. Le monstre qui a fait ça ne doit *en aucun cas* s'échapper.

Il se précipite sur le balcon.

Désert.

Au huitième étage ?

Salva ne pense à lever la tête qu'au tout dernier moment. Le meurtrier a réussi à se hisser là-haut, il attendait juste au-dessus de la porte-fenêtre. Il envoie son pied contre la tempe du policier, une attaque d'une précision parfaite.

Sonné, Salva s'effondre. Il essaie tout de même de lever son arme alors que l'homme en costume se laisse tomber sur lui. Le coup part, la balle traverse la vitre, qui s'effondre avec fracas, les recouvrant tous deux de débris de verre.

L'assassin, à présent assis à califourchon sur lui, plante un poignard dans son bras.

Salva pousse un cri de douleur.

L'homme retire la lame, l'enfonce une deuxième fois un peu plus haut dans le biceps, un peu plus profond. Le policier hurle. Son Sig Sauer lui échappe.

Réagir. *Vite.* De sa main valide, Salva agrippe la gorge de son adversaire, qui semble blêmir encore. Il serre de toutes ses forces.

— Tu n'es pas un démon, halète-t-il, les traits contractés par la souffrance dans son bras. Tu n'es qu'un homme. Et tu ne t'en tireras pas…

L'individu a un sourire triste.

— Tu le crois ?

D'un geste fluide, un mouvement de serpent, il s'écarte, les doigts de Salva glissent, perdent leur prise sur son cou. L'homme se tient au-dessus de lui, jambes écartées, en position d'attaque. Il l'observe en silence, l'espace d'un instant terrible où le policier est persuadé que sa fin est venue.

Pourtant, le tueur fait volte-face sans l'achever.

Salva se replie en deux, se met à genoux, s'adosse tant bien que mal à la rambarde du balcon. Son bras gauche, perforé à deux endroits par le poignard, le brûle atrocement.

Un cri étouffé, terrifié, s'élève dans l'appartement.

L'assassin revient, traînant avec lui le jeune aux dreadlocks.

— Que faites-vous, bon sang ?

L'homme maintient le garçon par le cou. Il le pousse contre le bord, à côté du policier.

— Ce déchet doit mourir.

Malibert suffoque. Sa mâchoire mutilée verse du sang en abondance.

Salva lutte pour se relever, ce qui décuple le feu dans son membre blessé.

— Quoi qu'il ait fait… C'est à la justice de le juger…

— La justice ? Cette vieille mascarade qui justifie toutes les trahisons ! La seule qui compte va être rendue. Regarde…

Soulevant le jeune homme, il le fait basculer par-dessus le balcon.

— Non !

Salva a empoigné Malibert pour l'empêcher de tomber. Sa prise n'est pas bonne, il glisse aussitôt, ne le retient plus que par la main.

Le garçon est suspendu dans le vide.

Son poids comme démultiplié.

— Vous ne pouvez pas… faire ça… supplie le policier.

Ses lèvres tressautent sous la douleur grandissante. C'est son bras blessé qui retient Malibert – et il sent les plaies s'agrandir peu à peu sous la tension. En bas, sur le parking, il entend les premiers cris des passants témoins de la scène.

— S'il vous plaît… ahane-t-il. Je ne tiendrai… pas…

L'homme chauve s'approche de lui. Il plonge ses immenses yeux noirs dans les siens. Deux puits de néant. L'absence totale d'humanité.

— Je n'ai plus de pitié, Olivier. Sur le terrain, tu apprends qu'il faut tuer le premier, ou bien c'est toi qui es mort. Tu ne le comprends toujours pas ? Regarde-toi… Jusqu'où es-tu prêt à te perdre, pour comprendre que se soucier de la vie des autres n'a aucun intérêt ?

— Qu'est-ce que vous racontez ? gémit Salva.

— Que nous allons voir si le bras de la justice est assez fort. Qu'en penses-tu ?

Salva halète. Tous ses muscles tendus. Il sent sa prise sur la main du garçon se relâcher, lentement, sûrement.

— Oh, mon Dieu…

Le jeu est perdu d'avance. Nulle divinité ne lui viendra en aide. Sa main glisse. Élie Malibert pousse un dernier et horrible hurlement, malgré sa blessure à la mâchoire, au moment où il chute.

Salva ne le voit pas tomber. Il entend seulement le bruit que fait son corps, huit étages plus bas, quand il s'écrase et se disloque sur le béton. Les cris des gens fusent de plus belle.

— Mon Dieu… répète Salva. Pourquoi…

Le tueur se tient debout devant lui, dans l'encadrement de la fenêtre brisée.

— Oublie ce que tu as vu, souffle-t-il. Laisse-moi avoir ma vengeance. C'est la seule fois que je te donnerai ce conseil, Olivier.

Il se retourne. Son pas produit un léger crissement en écrasant le verre répandu.

Salva est traversé par de longs sanglots de supplice, de honte, d'impuissance.

VI

CRÉPUSCULE

Afghanistan, 2012

La nuit est profonde et glacée, après une journée de pluie continue.

Les soldats attendent, allongés entre les rochers au sommet de la colline, sans que rien puisse trahir leur présence au sein du paysage minéral.

Ils ne quittent pas des yeux la seule entrée du réseau de grottes.

— Ce n'est pas normal. Il n'y a aucun mouvement là-dedans. Si c'est bien une usine d'opium, elle est vide.

— Les ordres vont arriver, Uriel. Le colonel sait ce qu'il fait.

— Tu ne trouves pas qu'il y avait quelque chose de bizarre chez lui, quand il nous a annoncé la mission ?

— Tu te fais encore des idées.

— Seuls les paranoïaques s'en sortent, Gabriel.

Doux rire.

— Tu ne changeras jamais. Même après toutes ces années.

Le vent se lève. Cinglant.

La boue dans laquelle ils sont englués se durcit et craquelle.

Ni l'un ni l'autre ne bouge, malgré les heures d'attente et l'inconfort.

— Parfois, je pense à notre première mission. On était déjà ensemble. C'était dans ce putain de pays.

— Tu deviens sentimental ?

— Je me dis juste que j'aurais jamais imaginé en arriver là…

Silence. Uriel sourit.

— Tu le regrettes ?

— Bien sûr que non.

— Gabriel, Uriel, crachote la voix d'Ulysse dans leurs oreillettes.

— Quoi ? dit Gabriel.

— Du mouvement dans le ciel. Ça vient vers nous.

— Les drones ne nous ont pas avertis ?

— On a perdu le contact avec eux.

Les deux soldats allongés lèvent le regard vers l'horizon.

La pluie recommence à tomber comme un fin rideau glacé. Et plusieurs engins noirs descendent des nuages en formation d'escadron.

— Ce ne sont pas nos drones…

Ils se lèvent avec précipitation. L'un et l'autre ont compris, dès l'instant où ils ont vu la mort apparaître dans le ciel.

Cette même mort qu'ils ont si souvent envoyée eux-mêmes.

Ils courent pour se mettre à l'abri au moment où les appareils télécommandés ouvrent le feu sur eux.

82

Les renforts arrivent, un concert de sirènes deux-tons.

Trop tard, comme souvent.

C'est pourtant le groupe de la BRB presque au complet qui investit l'appartement. Le commandant Hechter, son téléphone cellulaire collé à l'oreille, est en communication fébrile avec l'état-major, les informant de l'horreur de la situation au fur et à mesure qu'elle la découvre.

Bouilliez se précipite au côté de Salva. Sa voix est calme, démentie par son visage grave et son regard anxieux.

— Le Samu est en route. Tu tiens bon, hein ?

— Il faut croire que ça me manquait, de prendre des coups, se moque maladroitement Salva.

Il grimace sous la souffrance mais, en tenant sa main pressée sur sa blessure la plus profonde, il parvient à comprimer l'écoulement de sang.

— Les plaies sont nettes. Je peux encore bouger les doigts. Je ne pense pas avoir de tendon touché, c'est déjà ça…

Hechter met fin à son appel. À son tour, elle s'accroupit à côté de lui, visiblement tout aussi affectée que son collègue.

— Qu'est-ce qui s'est passé ? Ils étaient plusieurs ?

Salva fait un signe négatif de la tête.

— Un seul homme, Naamah.

— Tu pourrais l'identifier ?

Très bonne question. En attendant leur arrivée, Salva n'a pas cessé de songer au spectre qui l'a agressé. Il peut revoir chaque seconde de leur confrontation, et en vérité il ne sait pas vraiment quoi penser de ce qu'il a vu. De ce qu'il a *ressenti* au contact de cet étrange individu. Une effroyable prémonition l'assaille. Celle de l'échec. Des limites de la puissance humaine face au chaos absolu.

— Je peux le décrire, oui… mais accrochez-vous…

Sous leurs regards perplexes, il tente de leur dresser le portrait de l'individu avec lequel il s'est battu. Le costume. La pâleur. L'absence totale de pilosité. Et ces yeux noirs qui ne bougeaient pas.

— T'es sérieux ? balbutie Bouilliez.

— Je te jure qu'il était comme ça, Will. Il ressemblait au Slender Man des légendes urbaines.

— Tu es sûr qu'il ne portait pas un masque ? renchérit Hechter.

Salva réfléchit. Un masque. Pourquoi cette pensée le perturbe-t-il ?

— C'est plutôt l'inverse, dit-il en les regardant tour à tour. Son visage… On aurait dit une tortue sortie de sa coquille. Mais sa manière de bouger… sa façon de parler… Ce type est entraîné à tuer.

— Un professionnel ?

— Pas de doute là-dessus, Naamah. En fait, je suis sûr que c'est le même bonhomme qui a assassiné Varenne, ainsi que le vétérinaire de Lannemezan que vous avez retrouvé ce matin.

— Tu es au courant de la mort de Cassagne ? On n'a pas encore communiqué…

— C'est moi qui lui en ai parlé, avoue Bouilliez.

— Il serait temps qu'on *communique*, justement. Vous ne trouvez pas ?

Évitant son regard, la policière se retourne. Elle contemple le cadavre crucifié et éventré. Les hommes et les femmes de son équipe se répartissent l'espace tout en essayant tant bien que mal de ne pas piétiner le sang. L'un d'eux, un genou à terre, n'a pas perdu un instant, il est déjà occupé à photographier le carnage.

Sa voix est éraillée quand elle reprend :

— Comment on en est arrivés là, mon Dieu ?

— En ne se parlant pas ! assène de nouveau Salva, avec plus de violence qu'il ne l'aurait voulu. En refusant de coopérer entre services, les uns comme les autres ! Voilà où ça nous a tous menés. Le résultat te plaît ?

Ébranlée, sa collègue semble vouloir dire quelque chose, mais se retient. Elle se contente de se passer une main sur le visage.

— Oui, il faudra qu'on parle de tout ça…

— Tu m'étonnes, grimace Salva. En attendant, je veux vous raconter ce qui s'est vraiment passé, lundi…

Il presse un peu plus fort sur ses plaies. Il n'a pas fini de vider son sac et il tient à le faire maintenant. Il ne peut plus retenir les informations pour lui. Quelles que soient les consignes de Manfrédo. Désormais, il est plongé dans l'affaire jusqu'au cou. *Physiquement* lié à ses conséquences.

Il poursuit donc ses explications, et c'est comme si un poids immense se libérait de sa poitrine. Il leur avoue sa présence sur les lieux du braquage. Il leur parle des quatre jeunes gens impliqués, de son interdiction d'intervenir, de seulement leur faire part de ce qu'il savait.

À mesure qu'elle l'écoute, Hechter perd ses couleurs.

— Tu veux dire qu'on aurait pu identifier les braqueurs dès le début ?

Il hoche la tête, à regret.

— On a leurs photos depuis lundi.

— Alors là, je peux te promettre que ça va chier ! Je vais me faire ce bon à rien de Manfrédo !

Elle se redresse, fulminant, enfile le brassard marqué POLICE sur son bras et se penche par-dessus le balcon. Les effectifs continuent d'affluer sur la place. Une dizaine d'agents déploient des bandes de rubalise jaune pour limiter le périmètre autour du corps d'Élie Malibert. Vu d'ici, il y a peu de sang, finalement. Surtout de la cervelle répandue, et la silhouette désarticulée du garçon. De tous côtés, la foule est dense. Une meute de téléphones portables brandis à bout de bras.

— On se croirait à un concert, fait remarquer Bouilliez.

Hechter renifle, le regard terne.

— Il y a des jours où je me demande si on sert à quelque chose, Will.

83

Le monde est déprimant.

Dévoré par la bêtise.

Tous ces gens attroupés, appâtés par la tragédie et la mort. Tous ces téléphones retransmettant les images d'horreur en direct sur Twitter. Une maladie des temps, sans retour.

Les policiers repoussent les curieux avec autant de diplomatie que possible. Malgré cela, le ton monte, ils s'efforcent d'expliquer qu'ils sont là pour aider, qu'il faut les laisser faire leur travail. Chacun garde à l'esprit qu'ils se trouvent dans un quartier dit « sensible ». La tension est électrique, sous les lueurs bleues des gyrophares.

Au centre de toute l'attention, la dépouille d'Élie Malibert. Offerte au plaisir des voyeurs.

Les scientifiques habillés de blanc s'affairent, imperturbables, tandis que le procédurier consigne tout.

La foule regarde, chuchote, se forme et se défait par endroits, sans pour autant diminuer à mesure que les minutes passent.

L'individu, lui, ne bouge pas.

Il reste parfaitement silencieux.

Invisible dans la multitude.

Observant, lui aussi.

Il sait très précisément ce qu'il cherche à apercevoir.

Olivier Salva.

Escorté hors de l'immeuble.

Les yeux du spectre ne quittent pas le policier alors qu'il avance, le bras en sang. Ses collègues l'accompagnent jusqu'au fourgon du Samu garé à quelques mètres de là.

Des personnes en blouse l'installent à l'intérieur. Ils vont le prendre en charge à présent.

Bien.

C'est tout ce que la silhouette attendait.

Elle n'a plus rien à faire ici.

Elle recule d'un pas, laisse une famille d'obèses lui passer devant pour mieux voir le mort.

Personne ne l'avait remarquée se glisser au premier rang. Personne non plus ne la remarque disparaître dans la foule murmurante.

84

Sur l'écran de TV, les deux personnages s'affrontent avec une férocité sans limites.

Leurs rugissements fusent. Des lueurs colorées accompagnent leurs mouvements qui défient les règles de la physique. Les bruits des impacts font vibrer les enceintes. Craquement d'os brisés. Crépitation d'éclairs parcourant la peau des deux adversaires tandis qu'ils bondissent l'un vers l'autre.

— Cette fois, je te laisse aucune chance ! promet Damien, accroché à sa manette.

Il dirige Rayden, le dieu de la foudre coiffé de son chapeau emblématique, et doit faire face à Tanya, une jeune femme à la peau sombre et aux yeux lumineux, vêtue de jaune et de noir. Tanya se jette sur lui de toutes parts, apparaissant et disparaissant pour mieux revenir sur lui. Mais il ne lâche rien. Rayden lance des éclairs meurtriers, envoie des enchaînements de coups sans lui laisser le moindre instant de répit.

— Je vais t'avoir, persifle-t-il.

— Dans tes rêves ! glousse son frère.

D'un mouvement circulaire sur la manette accompagné de pressions parfaitement synchronisées, Kévin fait se volatiliser le personnage féminin une fois de plus. Tanya ressurgit derrière Rayden et, d'un double coup de pied, le décapite net. Le sang jaillit, du gore outrancier de dessin animé. Le dieu de la foudre s'écroule, l'écran s'assombrit tandis que Tanya croise fièrement les bras avant de regarder l'état de ses ongles.

— Ma *brutality* préférée !

— Ouais. T'es trop fort pour moi, abdique Damien en repoussant la manette. Je te laisse jouer tout seul, OK ?

— OK.

Il se lève, mais avant qu'il puisse s'en aller, Kévin a tourné la tête vers lui. Un pli sur le front.

— Pourquoi Audrey elle est partie ? Vous vous êtes engueulés ?

— Non, ce n'est pas ça, commence Damien, avant de soupirer. Si. Un peu.

— Elle va revenir ?

— Je sais pas.

Damien lui jette un regard de côté. Son jeune frère hausse les épaules et ne dit plus rien.

Il se rend dans la cuisine pour prendre une canette de soda. Sa mère prépare le repas en écoutant la radio. Elle ne lui a posé aucune question sur le départ précipité d'Audrey. Sa mère est comme ça. Elle évite les conflits, les questions embarrassantes. Il s'est toujours demandé s'il devait la remercier pour cela, ou au contraire le lui reprocher.

Mais une chose est sûre, ce n'est pas le moment d'aborder le problème.

Ressassant sans fin son dernier accrochage avec Élie, et se demandant comment il va recoller les pots cassés à présent, il compulse son téléphone. Icône Google. Derniers titres d'info. Faire glisser, sans y penser.

S'arrêter net sur le dernier titre.

Double massacre dans la cité de la Reynerie, à Toulouse. Le retour de la guerre des gangs ?

Damien ne sait que penser de cette accroche, mais il s'agit du quartier où habite Élie. Il s'assoit à la table, les jambes quelque peu coupées. À mesure qu'il découvre l'article, c'est une véritable paralysie qui le gagne.

Aucun nom n'est donné, bien sûr. Mais le site d'information mentionne deux victimes, des garçons, dont l'un d'origine africaine. Il est question d'un appartement situé au huitième étage.

Damien n'arrive même plus à avaler sa salive, à respirer, à réfléchir correctement.

Cela ne peut pas être possible.

Il se le répète. Comme une prière. *Pas possible. Une coïncidence.*

— Mauvaise nouvelle ? demande sa mère en apercevant sa tête défaite.

Mauvaise ? Damien force le sourire le plus hypocrite qu'il ait jamais eu à faire de sa vie. Il donne la première excuse qui lui passe par la tête.

— Non, non, maman. Juste des demeurés qui se prennent pour des justiciers sur Twitter.

— Les réseaux sociaux, c'est pas la vraie vie, soupire Mme Delauney en se retournant vers ses plaques où mijotent des légumes dans le plat à tagine. Tout le monde passe son temps à s'insulter. Pas étonnant que les gens finissent par se taper dessus…

— Exactement, oui, grommelle-t-il.

Il se lève, bat en retraite dans sa chambre tout en s'efforçant de conserver un air naturel. Il aimerait se persuader qu'il se fait du souci pour rien. Qu'il ne peut que s'agir d'une coïncidence. Du triste humour du destin.

Il doit cependant en avoir le cœur net. Tout de suite. Il fouille dans le tiroir où il conserve plusieurs téléphones prépayés qu'il n'a jamais utilisés, en choisit un, et compose le numéro d'Élie.

— *Allô ?* fait une voix féminine.

Première surprise. Il retient sa respiration.

— Je peux parler à Élie ?

Il entend très distinctement le bruit de la foule, en arrière-plan, et le bref avertisseur sonore d'une voiture de police.

— *Élie ne peut pas répondre*, reprend l'interlocutrice. *Qui est à l'appareil ?*

Damien raccroche sans se poser de questions.

Il arrache la puce du téléphone.

La peur au ventre.

85

Quand Marcus Fleurot arrive sur les lieux, accompagné de son supérieur, le capitaine Manfrédo, le fourgon du Samu est déjà reparti.

Fleurot sait que tout va déraper.

Il ne peut pas l'empêcher.

Cela le rend malade de haine.

— Le procureur n'est pas encore là ?

— Il arrive, dit Manfrédo. L'affaire va devenir politique. C'est une boucherie sans précédent qu'on a sur les bras, désormais…

— Et celle-là, pas moyen de l'étouffer ! les interpelle une voix féminine.

Les deux hommes se retournent. Le commandant Hechter s'approche d'eux, un sourire dur au coin des lèvres.

— Que veux-tu insinuer ? réplique Manfrédo.

— Deux des braqueurs de Varenne viennent d'être massacrés, Stéphane. Je veux l'identité des deux autres. Avant que tout nous pète à la gueule, si c'est possible.

Manfrédo la dévisage.

— Je ne comprends toujours pas de quoi tu parles. Comment saurais-je qui…

— Tu préfères en discuter directement avec les médias ? le coupe la policière en indiquant du menton l'attroupement de micros des principales TV. Salva a tout balancé. Maintenant, c'est à toi de rendre des comptes.

— Bon sang, viens par ici, souffle Manfrédo.

Ils se replient à l'écart de la foule et à l'abri d'un véhicule de la police technique et scientifique, le long d'un mur empestant l'urine.

Fleurot n'a d'autre choix que de leur emboîter le pas. De toute évidence, ni l'un ni l'autre ne se soucie de son avis, il est relégué au poste de simple observateur et il en ressent une vive frustration. Mais il ne peut que ronger son frein, tandis que l'enquêtrice de la BRB demande des comptes à son chef de groupe de la manière la moins respectueuse qui soit.

Il déteste cette petite Juive prétentieuse qui joue les dures, sous ses formes de pin-up. En fait, il déteste *toutes* les femmes, mais il préfère ne pas faire le malin au vu de la situation. Les frasques de Salva les mettent tous en porte-à-faux. Il se contente donc de ravaler sa bile et de suivre l'affrontement.

— Alors, Stéphane ? Je t'écoute !

— Que veux-tu savoir exactement ?

— Pour commencer, est-il vrai qu'Olivier a pris des photos des braqueurs de Varenne et qu'il te les a remises ?

Manfrédo lève les mains en signe de pacification. Son sourire est maîtrisé. De façade, mais irréprochable.

— Tu dois comprendre que la cellule est sur une affaire qui réclame la plus grande discrétion…

— Arrête ton cinéma tout de suite ! l'interrompt une nouvelle fois la policière. On se retrouve avec quatre morts violentes sur les bras en l'espace de quelques jours. Les statistiques explosent. Que va penser le grand patron quand je vais lui expliquer qu'on aurait pu éviter ce bain de sang ? Parce que c'est ce que je vais lui dire.

— Ne sois pas si impulsive, rétorque Manfrédo sans cesser de sourire. Tu me prêtes plus de pouvoir que j'en ai en réalité. Et, oui, nous allons coopérer, je t'en donne ma parole.

— Ce n'est pas une réponse. Ma question était pourtant simple. As-tu des images permettant d'identifier les braqueurs de la bijouterie ? Oui ou non ?

Manfrédo soupire. Son regard va et vient de tous côtés, où s'affairent les effectifs de police, comme s'il craignait que cette discussion ne s'ébruite. Fleurot, de plus en plus agacé, siffle entre ses dents. Hechter le foudroie aussitôt du regard.

— Un commentaire, toi ?

Oui, putain. Tu nous casses les couilles, espèce d'hystérique mal baisée. À cause de toi, on va tous avoir des problèmes.

— Pas du tout, sourit Fleurot.

Son chef vole à son secours.

— Ne reporte pas ton agressivité sur mes hommes, tu veux ? Je vais te transmettre les documents que tu réclames, s'il n'y a que ça pour t'être agréable…

— Tu ne m'es pas agréable ! s'emporte Hechter. Nom de Dieu, tu es aussi puant qu'incompétent ! Je ne sais pas quelle est ta raison pour avoir fait autant de rétention d'information, mais elle a intérêt à être en béton, parce que je vais en référer à nos hiérarchies respectives dès ce soir ! Tout ce que tu as gagné à ce petit jeu, Stéphane, c'est une enquête interne. Tu vas pouvoir expliquer aux bœufs tes méthodes d'apprenti James Bond !

— Arrête de monter sur tes grands chevaux, merde !

crie à son tour Manfrédo. Parfois les enjeux d'une affaire dépassent les petites sensibilités personnelles !

Hechter lui lance un rictus provocateur.

— Je n'en doute pas. Tu as bien vu le camion de la TV, là-bas ? On ne va pas passer à côté des gros titres. Je m'assurerai que tu es personnellement cité comme responsable de ce merdier.

Le capitaine lisse sa cravate.

— Tu es une emmerdeuse. Tous ceux de ton genre…

Il garde la fin de ses insultes pour lui, se contentant de grommeler dans sa barbe. Tandis que tous deux se défient du regard, le téléphone de Fleurot se met à vibrer. Le policier fait un pas de côté, dans l'indifférence totale des deux chefs.

— Ouais ?

— *Marcus, on a un nom. Damien Delauney. Vingt-deux ans.*

Annie Coupez. Il n'espérait plus cet appel. Une bouffée de soulagement le traverse.

— Bien ! On peut loger ce jeune homme ?

— *Déjà fait. Il habite dans le Comminges, au domicile de sa mère. Tu peux me passer Stéphane ?*

Le soulagement devient euphorie.

— Excusez-moi, dit-il en s'immisçant entre Manfrédo et Hechter.

L'un et l'autre le toisent. Il tend l'appareil à son capitaine.

— C'est Annie. Elle a du nouveau.

Manfrédo échange quelques mots avec sa collègue.

— Bien… Bien… Dans ce cas, on est en zone gendarmerie. Tu peux faire le nécessaire pour l'interpellation par la brigade locale ? Merci encore, Annie, c'est de l'excellent travail.

Hechter patiente.

— Que se passe-t-il ?

Manfrédo relève ses lunettes du bout de l'index.

— J'ai demandé à mon groupe de faire une recherche sur les photos dont on dispose, figure-toi. On a identifié le troisième garçon de leur petite bande et on va le placer en garde à vue.

— Ce qui aurait pu être fait il y a trois jours, fait remarquer la policière.

— On le fait maintenant. L'ordre des priorités a été un peu bousculé.

— Et le quatrième braqueur ?

Soupir excédé. Regards de côté.

— Écoute, Naamah, le quatrième membre de leur groupe, c'était une fille. Probablement la petite amie d'un des gars. Entre la fine équipe que nous avons tapée cet après-midi à Saint-Gaudens et ce garçon, Delauney, nous ne tarderons pas à l'identifier et à la faire interpeller elle aussi. En cellule, au moins, elle sera protégée…

Il observe le corps brisé à quelques dizaines de mètres d'eux, la cervelle répandue.

— … Puisqu'elle semble être en danger. Ça va ? Tu es satisfaite ?

— Elle *est* en danger, crois-moi. Je te laisse la gérer, mais si jamais tu merdes encore, je serai aux premières loges pour voir le bâton te revenir dans la gueule.

Elle croise les bras sur sa poitrine.

— Alors, oui, je serai vraiment satisfaite, achève-t-elle.

Manfrédo ne maintient pas son regard. Il se contente d'ajuster sa cravate déjà impeccable.

— Voilà le procureur, avertit Fleurot.

— Bien, dit Manfrédo en s'éloignant vers le nouveau venu sans autre forme d'au revoir.

Hechter secoue la tête.

— En plus, il est lâche.

Elle plante son regard sur Fleurot, qui la contemple de ses yeux rageurs réduits à des fentes.

— Toi aussi, tu es lâche. Et un ripou, à ce qu'on raconte.

Elle tourne les talons et s'éloigne.

Fleurot reste immobile. Blême.

Il n'a pas le droit de répondre.

Pas maintenant.

Mais il se promet de se venger.

Très bientôt.

86

« Love me forever. » Audrey n'a toujours pas changé la sonnerie associée au numéro de Damien. La voix éraillée de Lemmy Kilmister, qui s'échappe à présent de son téléphone mobile, lui fait l'effet de coups de poignard répétés.

Elle décroche pourtant, fébrile.

— Damien…

— *Regarde les infos.*

Du revers de la main, Audrey essuie les larmes sur ses joues.

— De quoi tu parles ?

— *Sur tes putain de réseaux sociaux, Audrey. Connecte-toi et regarde ce qui se passe à Toulouse.*

— Damien… souffle-t-elle en vain.

… *tais-toi juste, pour une fois, laisse-moi parler. J'ai quelque chose à te dire. Quelque chose de vraiment important…*

Elle a l'impression de parler, son regard braqué sur le test qu'elle tient à la main. Mais ses lèvres demeurent closes. Paralysées. *Il faut que tu le saches. Je ne sais pas quoi faire, Damien. J'ai tellement besoin d'aide. Que tu m'écoutes. Comme avant…*

— *Je crois que Driss et Élie se sont fait buter,* poursuit-il sans lui laisser le temps de s'exprimer.

Je comprends pas. Ça vient de se passer. Ils ont pas donné de noms, ils ont encore rien expliqué. Mais il se passe quelque chose de vraiment grave…

Audrey hésite.

Trouve la force, enfin, de formuler quelques mots.

— Oui. C'est vrai. C'est vraiment grave.

D'une pression du pouce, elle met fin à l'appel.

Cela ne sert à rien de se torturer.

Tout ce qu'elle pourrait lui répondre est dérisoire.

Le petit téléphone se remet aussitôt à chanter.

Cette fois, Audrey l'éteint purement et simplement.

Quand elle se lève du lit, le test de grossesse tombe au sol.

Elle fait quelques pas vers la porte.

Essaie de l'ouvrir.

De nouveau verrouillée.

Je reviendrai te chercher pour le repas, lui a promis sa mère. *Ce n'est pas moi qui veux ça, ma puce. Ton père…*

Oui, certainement.

Audrey retourne à son lit.

Elle prend les pilules que lui a laissées sa mère sur la tablette de nuit. Les avale sans réfléchir.

Pour ton bien, ma chérie.

Elle s'allonge, se recroqueville en position fœtale.

Se met à trembler sous le froid terrible qui l'assaille.

Cela fait un peu plus d'une heure que Marine Valette attend. Elle est montée à plusieurs reprises, écoutant à la porte de la chambre.

À présent, elle peut entendre la respiration lente. Apaisée.

Elle ouvre la porte, avec d'infinies précautions.

Comme elle l'espérait, sa fille s'est enfin endormie, sous l'effet des somnifères qu'elle lui a conseillé de prendre.

— Gentille puce, murmure-t-elle en lui passant la main dans les cheveux. Tu verras, tout ira bien. Nous allons tous être heureux à nouveau.

Au coin de ses yeux, pourtant, une larme se forme. Marine l'essuie avec précipitation.

Elle reprend le plateau avec l'assiette vide. Elle en profite pour saisir le téléphone d'Audrey.

Sa fille n'a nul besoin de ce genre d'engin de malheur.

Tout ce qu'il lui faut, désormais, c'est l'amour de ses parents.

Marine Valette ressort, sans faire de bruit pour ne surtout pas troubler le repos de son enfant.

Elle verrouille de nouveau la porte à double tour.

87

— Comment vous sentez-vous ?

Les deux infirmiers se ressemblent de manière déroutante. Mêmes cheveux blonds peignés de côté, un bon début d'embonpoint, des joues roses et de grands yeux clairs. Seule différence entre eux, une fine moustache chez l'un et une barbe fournie chez l'autre. *Jumeaux ?* Salva s'abstient toutefois de leur poser la question.

Il se trouve dans une chambre du CHU de Purpan. Contre toute attente, le résultat de l'imagerie était rassurant. Pas de fracture ni plaie vasculo-nerveuse. Le médecin l'a aussitôt envoyé au bloc pour le suturer.

Il lève son bras bandé de frais.

— Je ne sens toujours pas mes doigts. Mais je ne souffre pas.

— L'anesthésie devrait durer encore une demi-heure, l'informe l'infirmier barbu. Mais ne vous faites pas d'illusions, les sensations vont revenir, et vous n'allez pas aimer ça. Les antalgiques vont être vos meilleurs amis pendant les semaines à venir.

— Vous avez tout de même deux belles blessures musculo-aponévrotiques, précise l'autre en lissant sa fine moustache blonde. Sans parler de votre côte fêlée. Il faudrait songer à lever le pied sur les cascades.

— J'ai eu une mauvaise journée, dit le policier avec un sourire piteux. Dois-je m'attendre à des séquelles ?

— Non, rassurez-vous. Mais vous avez besoin d'un bon mois de repos. Il vous faudra attendre un peu avant de courir à nouveau après les méchants. Cela ne devrait pas vous faire de mal.

Salva ne peut réprimer un long soupir sarcastique.

Du repos.

Si facile à dire.

Si fatalement *impossible* à respecter, vu les circonstances.

— Dites-vous que vous avez évité le pire, poursuit l'homme barbu. Le creux axillaire a été épargné, c'est le plus dangereux dans ce genre de blessure. Le couteau était si tranchant qu'il n'a fait qu'entrer et sortir. Si les coups n'avaient pas été aussi propres, votre agresseur aurait pu vous causer des dommages bien plus sévères.

— Vous avez eu énormément de chance, renchérit le moustachu.

— J'essaierai de m'en souvenir, se contente de marmonner Salva.

Il est peu enclin à lancer une discussion à ce sujet. Encore trop de questions, d'incompréhensions, d'angoisses profondes qu'il n'arrive même pas à formuler pour lui-même.

On toque. Hechter passe la tête par la porte, ses cheveux dénoués en cascades sur ses épaules.

— Je peux ?

— Il est à vous, déclarent les deux infirmiers d'une même voix avant de s'éclipser.

La policière a un air gêné, presque timide, que Salva ne lui connaît pas. Elle dépose un sac sur la chaise à côté du lit.

— Je t'ai apporté une chemise propre. La tienne est pleine de sang.

— Merci.

Il la dévisage. Elle ramène machinalement une de ses mèches noires derrière son oreille, comme mal à l'aise de se trouver là, face à lui. Hechter a toujours été très belle, pourtant s'il devait ne retenir qu'un de ses traits de caractère, ce serait sans hésitation sa droiture mentale sans faille. Cette femme s'est toujours montrée plus courageuse que la plupart des hommes qu'il a connus. Ce qui explique pourquoi certains petits machos se sentent mal à l'aise de travailler sous ses ordres.

— Qu'est-ce qui se passe, Naamah ? Ne me dis pas que c'est toi qui viens m'annoncer que je suis mis à pied ?

Sa collègue se déride un peu.

— Ne dis pas de bêtise, gros bêta. C'est grâce à toi qu'on a pu remonter jusqu'à Sophian Amara et sa bande. Tu as même essayé de sauver Malibert au péril de ta vie. Tu as gagné le respect de tout le monde, aujourd'hui.

— Manfrédo doit en faire une jaunisse.

— Entre nous, ça lui fera les pieds. Je méprise ce bon à rien imbu de lui-même et ses méthodes du KGB.

Salva lui renvoie un sourire sincère.

— Enfin une bonne nouvelle !

Elle croise les bras, toujours aussi nerveuse. Son regard ne quitte pas celui de Salva.

— Plus sérieusement, il nous a confirmé qu'il détenait les photos des braqueurs depuis lundi. Je peux te dire qu'il s'est bien fait souffler dans les bronches par le procureur. Du coup, la cellule de surveillance est cosaisie sur l'affaire pour identifier ces individus au plus vite.

Le sourire de Salva se fane.

— La BRB ne peut pas s'en charger ?

— Le proc' est à cran, il veut que cette pagaille soit résolue le plus vite possible. C'est triste à dire, mais Manfrédo est le mieux placé pour loger les deux derniers braqueurs.

— Il a intérêt à faire vite. Ces jeunes sont en danger de mort. Je t'ai dit ce que je pensais du meurtrier…

— Tu n'as pas besoin de me le rappeler ! le coupe-t-elle un peu sèchement. Écoute, Olivier, on n'a jamais eu un tel bain de sang sur les bras, même à l'époque des massacres des frères Salaville ! Tout le monde est sur le coup, d'accord ?

— Et toi ? Tu comptes faire quoi ?

— M'occuper personnellement du tueur. Pour ça, je vais avoir besoin de toi.

— Je l'ai à peine vu. La seule chose que je ne comprends pas, c'est qu'il aurait pu m'éliminer sans le moindre mal, s'il l'avait voulu. Je t'assure que la chance n'était pour rien là-dedans. Ce type a pris soin de ne pas perforer d'organe ou d'artère quand il m'a poignardé.

— Tu es certain de ça ?

— J'ai l'habitude de la castagne, Naamah. Ce type est le pro le mieux entraîné que j'ai vu de ma vie. Une machine à tuer. Il n'aurait eu qu'à faire tourner son arme dans mes plaies, j'étais fini en moins de cinq minutes. Il ne l'a pas fait.

— Peut-être que tu ne faisais pas partie de son contrat et qu'il n'avait aucune raison de t'achever ?

— Mais un contrat lancé par qui ? Contre qui ?

Pourquoi ? s'emballe-t-il en gesticulant. D'où sort ce type, putain ?

La policière souffle sur ses mèches brunes.

— C'est ce dont je dois te parler, Olivier… mais je ne pouvais pas le faire avec les collègues autour de nous…

— Que veux-tu dire ?

— Que je suis certaine de savoir de qui il s'agit.

Il fronce les sourcils.

— Qu'est-ce que tu racontes ?

Elle s'approche de lui. Salva perçoit une vulnérabilité inattendue en elle.

— Ce n'est pas la première affaire de ce genre sur laquelle on se casse les dents. Je te parle de tous les services confondus. Cet individu sévit depuis des années, en toute impunité.

Salva se redresse. La douleur revient dans son bras et d'une certaine manière cela le rassure. Il se sent vivant. Avide de réponses.

— Tu as des preuves de ce que tu avances, Naamah ? Des affaires concrètes ?

Elle jette un regard furtif à la porte de la chambre.

— Oui, j'ai tout ça. Tu vas t'habiller et je te raccompagne à l'hôtel de police. Il est temps que tu comprennes l'ampleur du problème auquel on est confrontés.

88

D'abord, les informations se résument à des tweets fébriles, des photos d'un corps écrasé sur le béton.

Un corps aux dreadlocks rousses.

Qui ne peut être qu'Élie.

Mort.

La deuxième victime a été « retrouvée à l'intérieur de l'appartement, au huitième étage, assassinée et sauvagement mutilée ».

Driss.

Tous deux.

Morts. ASSASSINÉS.

Damien, enfermé dans sa chambre, ne quitte plus les pages d'informations sur son téléphone. Au fil des minutes, ce sont enfin les chaînes TV qui se mettent dans la boucle. Les bandeaux « EN DIRECT » fleurissent. De courtes vidéos sont postées et relayées en masse sur les réseaux sociaux. On y voit la présence policière renforcée. Les témoignages parlent d'un déchaînement de violence, d'un quartier sensible où la tension est loin d'être retombée.

Sur l'une de ces vidéos, on reconnaît même très distinctement la mère de Driss, escortée par la police et secouée par des sanglots déchirants. Damien est au bord de la nausée.

Qui a pu faire une chose pareille ?

POURQUOI ?

Ses pensées se précipitent dans sa tête. Tous les flics de la région doivent déjà être à pied d'œuvre pour identifier l'entourage des victimes. Inutile de se mentir, ils ont des moyens infaillibles pour ça. Ils vont fouiller les téléphones, éplucher leurs allées et venues des jours précédents, appeler le patron d'Élie…

Ce n'est qu'une question de temps avant qu'ils ne remontent jusqu'à Audrey et lui.

Mais pour quelle raison, bon sang ? Élie et Driss n'avaient aucun ennemi. Rien qui justifie une telle boucherie. Les journalistes parlent d'éventration, putain !

D'abord, se protéger.

Il accède au compartiment dissimulé au fond du tiroir de son bureau. Il y conserve trois mobiles à cartes prépayées, au cas où. La cache contient également des têtes de beuh séchées, au moins cinq cents grammes.

De quoi aggraver les choses, si la police les trouve ici.

Damien se rend compte qu'il a voulu jouer au caïd sans en mesurer les conséquences. À présent, il a simplement peur. Il pense à sa mère qui ne suspecte rien, à son petit frère qu'il est essentiel d'épargner autant que possible.

Cesse de cogiter. Cela ne t'avancera à rien.

Agis.

Il doit d'abord se débarrasser de tout ce qui peut le compromettre.

Il doit le faire tout de suite.

Il s'empare d'un sac-poubelle, y fourre les téléphones et la drogue, avant de ranger le tout dans son sac à dos. Puis il enfile ses chaussures, passe une veste à capuche.

— Maman, je dois sortir, annonce-t-il d'une voix cassée. Un truc… pour le travail…

Sa mère passe la tête dans l'encadrement de la cuisine.

— Mais le dîner est presque prêt…

— Je mangerai au marché. Pas la peine de m'attendre ce soir.

— Dans ce cas, je t'en mettrai de côté, dit-elle en retournant à ses fourneaux.

C'est au tour de son frère de se mettre assis à califourchon sur le canapé. Les yeux ronds, il observe le sac que tient Damien.

— Tu vas où ?

Damien s'accroupit à côté de lui et parle tout bas :

— Ça n'a pas d'importance, où je vais. Si on te le demande, tu dis que je suis au travail, au MIN. Rien d'autre, d'accord ?

— Qui est-ce qui me le demanderait ?

— Je sais pas, marmonne Damien. N'importe qui. Si ça arrive, tu racontes rien, surtout…

Il baisse encore la voix.

— Tu sais… Ce que t'as vu, l'autre matin…

Kévin fronce les sourcils.

— Les guns ?

— Prononce pas ce mot. Si on vient te poser des questions, tu n'en parles pas. Ni maintenant, ni jamais. Quelle que soit la manière dont on te le demande, tu n'as jamais rien vu. Tu ne te laisses pas influencer.

— Comme un grand, affirme l'enfant en hochant la tête, solennel.

— Exactement. Mais je m'en fais pas. Je sais que tu es le meilleur.

Il passe la main dans les cheveux de son petit frère avant de traverser le salon.

Il se fige cependant devant la fenêtre.

De l'étage où se trouve l'appartement, la vue offre une belle perspective sur le parking ainsi que sur la route nationale juste derrière.

Il aperçoit une voiture bleue de la gendarmerie entrer dans la cité, gyrophare pulsant dans les premières ombres du soir.

Il se colle à la vitre.

La voiture se gare devant l'entrée de l'immeuble, juste en bas. Il entend des bruits de course dans les escaliers et les coursives, tandis que les dealers se mettent à couvert, alertés par leurs guetteurs. Un homme en uniforme sort du véhicule. Puis un deuxième, un troisième.

Relevant les yeux, Damien aperçoit un autre gyrophare. Cette voiture-là bloque l'issue du parking, interdisant toute sortie.

89

L'ascenseur a déjà été rappelé au rez-de-chaussée.

S'il ne trouve pas un moyen de quitter l'immeuble tout de suite, Damien est fini.

Alors qu'il ouvre la porte de l'escalier, il perçoit des bruits de pas. Les gendarmes arrivent vite.

Pas d'échappatoire de ce côté.

Sans perdre une seconde, il s'élance à son tour sur les marches et les remonte quatre à quatre jusqu'au dernier étage. Nul appartement à ce niveau, simplement une longue coursive désaffectée, couverte de tags, qui parcourt toute la barre d'immeuble et donne sur le toit.

Damien se précipite tout au bout, où se trouve l'escalier de secours initial. Celui-ci est hors service depuis des décennies, mais la société HLM n'a jamais daigné le faire retirer en bonne et due forme. Son accès est simplement bouché par un entassement de mobilier et, derrière, des planches clouées.

En apparence.

La combine est bien connue des habitants de la cité – en tout cas, de ceux qui pourraient en avoir besoin. Damien tire sur la planche du milieu. Mal fixée, elle se soulève avec un craquement sec. Juste un peu, bien assez pour céder le passage.

Sans perdre une seconde, il se faufile dans l'étroit interstice, s'écorche le dos contre le bois effrité, mais au moins atteint l'escalier extérieur en colimaçon.

Interstice refermé. Illusion conservée.

Il n'entend aucun bruit à cet étage. Les gendarmes doivent être au dixième, chez lui. En train de questionner sa mère, son frère…

Tu y penseras plus tard.

Magne-toi.

D'abord, il se penche, entraînant un grincement sinistre de toute la structure. La lueur d'un des gyrophares se reflète sur le mur, en bas. Pour autant, aucune voiture de la gendarmerie ne se trouve dans l'angle direct de cette issue, située à l'arrière du bâtiment.

La chance est avec lui. Jusqu'à présent, en tout cas.

Les marches de métal craquent et s'affaissent à chacun de ses pas. Le vieil escalier, vestige des années 1970, a beau être praticable, il n'en est pas moins rongé par la rouille et très instable. À certains endroits, des portions entières de marches se sont décrochées, formant des trous d'un mètre ou plus. Damien se laisse glisser dans les sections manquantes, provoquant de nouveaux bruits inquiétants.

Plus vite.

Au terme d'une descente qui lui paraît interminable, il atteint enfin la base de l'escalier, elle-même bouchée par un tas de bois, de rebus de meubles et d'ordures amoncelés.

Sortir s'avère moins facile, mais à force de pousser, de taper contre une planche, il parvient à déclouer un pan et dégager une ouverture suffisante pour s'y glisser.

À cet instant, deux dames voilées passent devant lui. L'une d'elles promène une poussette. Elles lui jettent des regards inquiets. Il les connaît, ce sont deux sœurs qui habitent au quatrième étage, avec une dizaine d'autres personnes. Elles se tournent vers les voitures des gendarmes, hochent la tête, et reprennent leur chemin comme si de rien n'était.

Damien s'élance le long du parking.

Il prie pour ne croiser aucun gendarme de ce côté.

Mais déchante vite, quand il arrive à proximité de sa voiture.

Un homme en uniforme, campé devant son véhicule, parle avec agitation dans sa radio. Fort heureusement, il lui tourne le dos et ne l'a pas vu approcher.

— Merde, grogne Damien. Putain de merde.

Volte-face. Il ne lui reste plus qu'à sortir de ce parking avant qu'il ne se transforme en souricière.

Il n'est malheureusement pas assez rapide.

— Damien Delauney ! Halte ! Gendarmerie !

Il ne perd pas la moindre seconde à se retourner. Il se contente d'accélérer, se déplaçant en zigzag entre les voitures pour semer son poursuivant.

Il se jette sur l'imposante grille verte qui délimite la résidence et l'escalade.

Alors qu'il retombe derrière, il aperçoit le gendarme, tout proche.

— Arrêtez-vous ! C'est un ordre !

Damien reprend sa course en direction des immeubles voisins.

Il file vite, le sac à dos battant contre lui, bien décidé à profiter de sa connaissance de la cité. Les gens qu'il bouscule se mettent à crier, à siffler, à essayer d'arrêter le gendarme à ses trousses.

Arrivé dans une coursive, il gravit à la hâte quelques marches avant de se faufiler dans l'étroit espace entre deux murs. Il atterrit sur le béton fissuré d'un parking, s'élance de plus belle.

Toujours là, son poursuivant ne lâche rien. Il est jeune. Il court tout aussi vite que lui.

— Putain ! geint Damien en redoublant d'efforts.

Nouvelle clôture. Plus haute que les autres. Il l'escalade, se laisse retomber dans les herbes sauvages.

Il n'y a plus de bâtiments par ici. Que des champs et des friches, en bordure de la route départementale.

Des cris s'élèvent dans son dos. Des jeunes du quartier prennent à partie le gendarme, se rassemblent autour de lui, l'empêchant de s'approcher de la grille. *Enfin*. Damien détale à travers champs.

Il dévale un terrain en pente. Tout en bas, au moment où il débouche au bord de la route, des phares jaillissent, une Audi arrive à vive allure. Il tend le pouce. La voiture s'arrête. Un vieux monsieur, cheveux blancs et couronne de barbe tout aussi immaculée, baisse sa vitre.

— Tu vas jusqu'où, mon grand ?

— Labarthe, invente-t-il.

— C'est sur mon chemin. Monte.

Le jeune homme ne se le fait pas dire deux fois et prend place dans le véhicule qui embaume le cigare et le tabac froid.

Alors qu'ils reprennent la route, ils croisent un fourgon de la gendarmerie, gyrophare pulsant.

— C'est pas les premiers qui passent, déclare le conducteur d'une voix éraillée. Ils sont sur un coup, c'est sûr.

— C'est sûr, dit Damien, pâle comme un linge.

90

Les bureaux de la BRB sont installés au deuxième étage de l'hôtel de police, face au boulevard de l'Embouchure. Leurs fenêtres offrent une belle vue sur le canal du Midi qui traverse la ville.

Ce n'est pourtant pas à cet étage que se rend le commandant Hechter.

Salva suit sa collègue en grimaçant. La douleur dans son bras augmente à chaque minute qui passe. Les infirmiers l'ont prévenu que le sursis ne durerait pas. Il ne peut que serrer les dents, prendre son mal en patience.

— Tu ne veux toujours pas me dire où on va ? Je ne suis jamais venu à ce niveau…

— J'ai arrangé une réunion, lui confie-t-elle tout en franchissant une série de portes coupe-feu. Nous ne sommes pas nombreux à être au courant de cette affaire.

Ils arrivent tout au fond du bâtiment. Le sol de carrelage parme s'accorde aux briques roses des murs. Une grande affiche pour le festival de littérature policière de la ville trône fièrement au bout du couloir. Un présentoir propose les romans en lice pour le prix de l'Amicale de la police du Sud-Ouest.

Juste à côté, une porte est décorée d'une peinture naïve représentant des iris multicolores.

— Désolée pour le cadre. C'est le seul endroit où nous ne risquons pas d'être dérangés.

De plus en plus étonné, Salva découvre une petite pièce éclairée par des néons, papier peint cloqué et relents de moisissure. Deux tables placées bout à bout ainsi qu'une dizaine de chaises occupent tout l'espace.

William Bouilliez est là, un gobelet de thé devant lui. Il lève la main.

— Salut, mon vieux.

— Salut, Will.

Deux autres personnes sont présentes. Salva connaît le lieutenant David Bleines, de la brigade des stupéfiants, qui lui aussi le salue d'un mouvement de tête. La troisième personne est une jeune femme menue à l'air timide, les cheveux traversés par des mèches bleues et portant des lunettes. Il l'a souvent croisée dans l'ascenseur sans jamais savoir dans quel service elle travaillait.

— Voici donc notre blessé de guerre, annonce Hechter en s'asseyant en bout de table. Ne fais pas ton timide, Olivier, installe-toi. Tu connais déjà William et David. Je te présente Claire Desmazes. Elle travaille au laboratoire.

— Bonsoir, Claire.

Le visage de la scientifique s'illumine.

— Enchantée.

Il prend place sur une chaise libre, l'esprit empli de questions.

— La BRB, les Stups, le labo… et moi ? Cette réunion est à ce point en dehors des clous ?

Échanges de regards prudents. La tension est palpable.

— Officiellement, nous sommes tous sur notre temps de repos, dit Hechter. Claire, tu as pu avoir les résultats ?

— Les voilà.

Desmazes fait glisser des feuillets sur la table. Hechter acquiesce en les parcourant.

— Bien. Olivier, voici les analyses toxicologiques que Claire a effectuées sur des échantillons de sang. Celui des deux victimes de la Reynerie, plus exactement.

Il jette un regard stupéfait à ces copies des résultats. Quelques heures à peine se sont écoulées depuis le massacre.

— C'est la première fois que ça sort aussi vite.

— Parce que nous avons un cas de figure très spécial, précise Desmazes. J'ai pris sur moi de faire ces analyses, je risque un blâme si ma chef s'en aperçoit. Mais je tenais à être sûre… et ça n'a pas loupé…

— Qu'as-tu trouvé ?

Desmazes remonte ses lunettes sur son nez et se tourne vers le commandant de la BRB, en quête d'approbation. Hechter hoche la tête.

— Tu peux lui expliquer.

— Bien. Alors voilà, l'analyse du sang de ces deux personnes révèle la présence d'un opiacé très puissant. Utilisé pur, il peut paralyser en quelques secondes, ou même tuer si on augmente la dose. Ce n'est pas la première fois que cette substance ressort. Le meurtrier s'en est servi pour anesthésier ses victimes précédentes.

— Jean Varenne avait ça dans le sang, lui aussi ?

— Exactement. Ainsi que le vétérinaire de Lannemezan, Bernard Cassagne. Son corps a été incinéré, mais pas en totalité. La pluie a joué en notre faveur, c'est assez rare pour être souligné. J'ai pu obtenir du sang intracardiaque exploitable. La présence de cette drogue dans ses veines est confirmée. Comme dans chacun de ces cas…

Tout en parlant, Desmazes dépose une série de chemises cartonnées sur la table.

— Qu'est-ce que c'est ?

— Des affaires de morts violentes. Elles viennent d'un peu partout. Certaines sont suivies par la Crim', d'autres par la BRB ou les Stups. Je précise évidemment qu'on a récupéré des copies de ces dossiers en toute illégalité. Si la hiérarchie se rend compte qu'on fait sortir des documents pour les filer à un autre service…

— Blâme, acquiesce Salva.

— Et blâme, et re-blâme, et au revoir madame.

— Je crois que j'ai compris. Donc, ces morts violentes ?

Desmazes entortille une de ses mèches bleues autour de son index.

— D'un regard extérieur, il n'y a pas le moindre point commun entre les affaires. Le mode opératoire varie. Le profil des victimes aussi. On a un manque total de mobile, aucun indice matériel. Impossible de remonter au responsable. En suivant l'hypothèse qu'il agit seul…

Sur les chemises, il reconnaît certains noms. D'autres lui évoquent des souvenirs plus vagues.

— Je peux ?

— Bien sûr. Ces copies sont pour toi. Comme tu peux le voir, l'opiacé se retrouve dans le sang de chacune des personnes décédées. C'est l'unique point commun.

— On a tracé l'origine de cette drogue, je suppose ?

— Ouais, intervient Bleines, mais ça ne nous a pas avancés à grand-chose. On ne la trouve plus dans la rue depuis belle lurette. À l'origine, elle provient d'une raffinerie d'opium de la province d'Helmand, en Afghanistan. Tout a été détruit par les Américains lors de leurs opérations successives de nettoyage dans la région. Même la ville où se situait l'usine n'apparaît plus sur les cartes.

Salva n'est pas surpris. Les mouvements djihadistes se financent essentiellement avec ce genre de commerce, et les armées du monde entier cherchent régulièrement à porter des coups à leur économie.

— Qalat Kandar, Afghanistan, note-t-il à voix haute. Le tueur dispose donc d'anciens stocks ? Mais pourquoi ?

— Ça, c'est ce qu'on aimerait bien découvrir, marmonne Bleines. C'est peut-être un taliban repenti ?

— Reconverti en tueur à gages ? L'entraînement de ce type me fait plutôt penser à un militaire.

— C'est une possibilité, bien sûr. Mais si c'est le cas, on n'est pas rendus. Les forces spéciales de tous les pays se sont succédé dans cette région…

— Sans compter que le nom de ce genre de soldats est toujours protégé, ajoute Hechter. Si tu imagines le retrouver de cette manière… autant chercher une aiguille dans un champ de mines de la taille du Moyen-Orient.

— Je vois le tableau.

Il feuillette rapidement les procédures. Il y est question de plusieurs suicides, d'accidents de la route suspects, de meurtres non résolus. Il retrouve même une fusillade en pleine rue sur laquelle il a travaillé l'an passé. Depuis, l'affaire est restée bien enterrée au fond d'un tiroir, faute de piste solide et non sans regret. La politique des résultats appelle tous les services à ignorer les cas trop épineux.

— Combien on a d'affaires de ce genre, en tout ?

— Pour le moment, j'en ai identifié onze, dit Desmazes. Avec un rythme de deux à quatre par an. Parfois dans la région, parfois à l'autre bout du pays. J'en ai forcément manqué. Il y a cinq laboratoires sur le territoire, je n'ai pas accès à tous les dossiers.

Salva ouvre une chemise mentionnant le nom « Dandachi » et la ville, Marseille.

— Fleurot m'a parlé de celui-là…

— Un tout jeune caïd des quartiers nord, enchaîne Bleines. Les Stups et la Crim' de Marseille ont géré l'affaire en cosaisine. Dandachi était fiché S par la DGSI. Il a eu une très courte heure de gloire, avant de se faire éliminer comme une fillette avec toute sa garde rapprochée. Du travail de pro. La personne responsable de la tuerie, une prostituée sans aucun passé de violence, s'est suicidée après les faits.

— Tous ces durs à cuire étaient farcis à l'opium, note Salva. Aucun d'eux n'a pu se défendre.

— C'est la signature de ce type, dit Hechter. Le seul lien tangible entre tous ses crimes. Mis à part, comme c'est arrivé à une ou deux reprises, un récit qui n'est pas pris au sérieux…

Salva commence à comprendre.

— Fleurot m'a aussi parlé de ça. Quelqu'un avait aperçu une silhouette mince et chauve, mais cela n'a été consigné nulle part…

— Tu vois où on veut en venir ?

Et comment. Il repense au jeune zonard qui jurait que le Slender Man était sorti du CHU, et à qui il n'a pas accordé le moindre crédit.

Il contemple tour à tour les personnes rassemblées dans l'étroite pièce.

— Comment on peut avoir ignoré l'existence d'un tel tueur ?

Hechter pose les paumes de ses mains à plat sur la table.

— Parce qu'il est très bon. On n'a jamais eu le moindre témoin, Olivier. Tu es le seul à l'avoir vu d'aussi près.

Elle marque un silence, avant d'ajouter en le regardant droit dans les yeux :

— À ce jour, tu es le seul à être encore en vie pour pouvoir en parler…

91

Salva ne sait que penser de ces révélations. Cette réunion n'est même pas officielle. Dans l'état des choses, ses collègues n'ont aucun pouvoir, aucun appui.

— Qu'est-ce que tu attends de moi, Naamah ? Et surtout, pourquoi n'as-tu pas encore prévenu la cellule de surveillance ? On parle de dizaines de victimes, là !

— Oh, arrête, tu sais très bien pourquoi ! Manfrédo tient à se la jouer solo. Très bien ! Sa petite cellule peut se prendre pour la DGSI autant qu'elle veut, elle reste un placard minable et tout le monde le sait. Son action se résume à écouter aux portes et à épier dans les trous de serrure tant que ça ne dérange pas le travail des autres services. Je comprends qu'il soit frustré !

— C'est avec ce genre de diplomatie que tu espères faire avancer les choses ?

Bleines, Bouilliez et Desmazes contemplent leurs mains, soucieux de ne pas intervenir. La policière reprend sur un ton plus posé.

— Je ne suis pas en guerre contre toi, Olivier. Tu connais la musique. Manque de preuves matérielles. Manque de moyens. Manque de volonté politique. On nous ferme toutes les portes dès qu'on demande à faire notre travail de manière plus compétente. Tout le monde le sait, tout le monde s'en fout.

— Où veux-tu en venir ?

— C'est simple, je te propose de bosser ensemble. Tu as réussi à remonter jusqu'aux braqueurs de Varenne avant tous les autres services. Tu as vu l'assassin en face. Je ne connais pas de meilleur flic que toi. Si nous arrivons à apporter des pièces concrètes au dossier, non seulement cette affaire pourrait être prise au sérieux, mais surtout je serais en mesure de parler au grand patron.

— À quel sujet ?

— Ton intégration dans mon groupe, bien sûr ! Tu n'en as pas envie ?

Salva pose son bras bandé sur la table. Ses blessures l'élancent. *Un bon mois de repos*, lui ont prescrit les infirmiers. L'absurdité de sa situation le fait sourire malgré lui.

— Qu'est-ce qu'il y a de drôle ?

— Rien du tout, Naamah. Au contraire. Tu veux juste te servir de moi contre Manfrédo. Parce que c'est ce rôle que tu me proposes, je ne suis pas naïf.

Hechter le fixe droit dans les yeux.

— L'homme que je connais ne s'est jamais arrêté à ce genre d'états d'âme. C'est le boulot pour lequel tu es né, Olivier. Je te parle de finir ce que tu as commencé. Tu enquêtes déjà de ton côté depuis lundi, je ne suis pas naïve moi non plus. Est-ce que je me trompe ?

Salva soutient son regard, avant de découvrir un rictus carnassier.

— L'homme que tu connais n'a pas changé, Naamah.

— Je suis heureuse d'entendre ça.

L'atmosphère se détend. Légèrement.

— Mais si c'est bien un tueur à gages, insiste Salva, comment font ses clients pour le contacter ?

— On avait une petite idée. Elle vient d'être confirmée.

Tout en parlant, Hechter tire un des dossiers de la pile et l'ouvre face à lui.

— Regarde cette affaire-là.

Il se penche sur les feuillets. *Charles Glacier. Cause de la mort : suicide.* Quand son regard se pose sur la date du dossier, il se gratte nerveusement le menton.

— Lundi dernier ? C'est le suicide dont tu m'as parlé au CHU ? Tu pensais que ce n'était pas une mort naturelle…

— Elle ne l'est pas. Bien sûr, les apparences abondent dans le sens du suicide classique. Glacier s'est farci de médocs au whisky dans la nuit de dimanche. Il avait des contusions sur le corps, mais elles aussi peuvent s'expliquer facilement, vu que le bonhomme venait de passer du temps avec une *escort*. Une prestation du genre sado-maso, si tu vois le délire. J'ai tout de même demandé à Claire de faire les analyses…

Il acquiesce, découvrant le résultat toxicologique glissé dans les feuillets et le terme « opium » souligné.

— Il était brouillé avec sa femme et sa fille depuis des années, poursuit la policière. À présent, elles héritent d'une somme rondelette. Je précise que Glacier possède une société de produits du terroir qui marche plutôt bien.

— Sa femme et sa fille ? Vraiment ? Elles auraient fait appel à un mercenaire pour éliminer un membre de leur propre famille ?

Bleines lève la main.

— Sa fille, Isabelle Glacier, l'a fait. On a contacté son fournisseur d'accès Internet, on sait qu'elle a installé le logiciel TOR sur son ordinateur portable, il y a un mois et demi de ça. Tu sais ce que c'est ?

Salva hoche la tête.

— Le fameux programme qui permet de se connecter aux eaux profondes du Web ?

— C'est ça. On s'en sert pour accéder à ce qui n'est pas répertorié par Google ou, pour résumer, au supermarché de la drogue, du sexe, et… des tueurs à gages, si on sait chercher. Tout se paie en cryptomonnaie, c'est invisible pour le système bancaire traditionnel. Le navigateur en couches de TOR garantit l'anonymat. Tout ce qu'on sait, c'est qu'Isabelle Glacier a fait trois connexions avec ce logiciel en tout et pour tout, avant de le désinstaller de son ordinateur.

— D'accord, ponctue Salva. Admettons qu'elle ait contacté le tueur sur le Dark Web. On n'a quand même pas assez de billes pour l'interroger.

— C'est bien le problème, renchérit Bleines. On est face à un mur. Pas la moindre fissure dans laquelle s'immiscer.

Hechter pose ses coudes sur la table et joint ses mains sous son menton.

— Je te l'ai dit, ce type est bon. Il ne laisse jamais le moindre indice. Quand Varenne a été assassiné, on m'a demandé d'abandonner l'enquête sur Glacier. Le collègue qui a récupéré l'affaire l'a classée comme banal suicide sans tenir compte de mes conseils. Voilà où on en revient à tous les coups, Olivier. Toujours pieds et poings liés par la politique des résultats. Si une affaire est trop compliquée, elle est écartée pour ne pas plomber les statistiques.

Il fronce les sourcils.

— Un détail me laisse perplexe. Si on se fie à cette

signature à l'opium, c'est le même tueur qui a exécuté un contrat dimanche soir, c'est bien ça ?

— Cent pour cent positive, dit Desmazes.

Salva observe les dossiers étalés sur la table.

— Il a donc commencé son massacre en série par Jean Varenne, mardi matin. C'est seulement quarante-huit heures après son contrat précédent.

— Il n'y a jamais eu de meurtres aussi rapprochés, confirme Bouilliez.

— Vous en pensez quoi ? Ça ne vous semble pas bizarre ?

Un silence pesant se referme sur eux pendant quelques instants.

— Dis-nous ce que toi tu en penses, propose Hechter.

Salva s'humecte les lèvres. Son esprit fonctionne à plein régime et, même s'il a horreur de se l'avouer, cette sensation le grise. Il en oublie presque la douleur qui pulse de plus en plus férocement dans son bras blessé.

— Cela me fait me poser deux questions.

— Lesquelles ?

— La première, pourquoi le tueur a-t-il accepté un nouveau contrat aussi vite ? D'après ce que je vois, ce n'est pas dans ses habitudes.

— Et la deuxième ? dit Hechter.

— Qui a pu engager ce mercenaire ? Pour quelle raison ? Qui a intérêt à faire disparaître toute personne impliquée de près ou de loin dans ce braquage foireux ?

Échanges de regards subitement inquiets.

— Le braquage a coûté la vie à une seule personne...

— La fillette renversée par les braqueurs, acquiesce Bleines.

Salva se pince l'arête du nez entre le pouce et l'index. La douleur dans son bras devient insupportable.

— Quand j'ai eu le tueur face à moi, il m'a tenu un discours décousu sur la justice et la vengeance…

— Tous ces morts pour venger celle de Valentine Drevoski ? s'étonne Desmazes.

— Je suis d'accord sur la thèse de la vengeance, appuie Hechter. Cela expliquerait l'acharnement sur les victimes.

Bouilliez lève une main hésitante.

— Cela ne nous avance pas sur l'identité du commanditaire. Qui a engagé ce tueur ? Réfléchissez un peu. La mère ? Elle est écrivain. Autant dire qu'elle est pauvre. Je me suis déjà permis de vérifier les listings de ses fournisseurs d'accès. Il n'y a eu aucune connexion suspecte sur sa ligne Internet ces derniers jours, ni même depuis le début de l'année. Même chose pour la nounou, Jessie Reveirol. Je l'ai auditionnée, elle est encore en état de choc, cachetonnée et chez ses parents.

— Qu'est-ce qu'on sait du père de la gamine ? demande Bleines.

Salva s'éclaircit la gorge.

— Mme Drevoski a refusé de me donner son identité…

Il sent la cadence de son pouls accélérer malgré lui. Il se frappe le front.

— D'ailleurs, elle a essayé de me joindre tout à l'heure… j'étais sur le terrain, je n'ai pas répondu…

— Elle a laissé un message ? Que voulait-elle ?

Il secoue la tête.

— Comment veux-tu que je le sache ? Elle paraissait ennuyée par quelque chose. Je vais aller la voir directement et je la ferai parler.

— Certainement pas ! À ce stade, il est hors de question que tu la rencontres seul.

— En quoi ce serait un problème ?

— Réfléchis, bon sang. Ta hiérarchie ne va pas te lâcher après le coup que tu leur as fait aujourd'hui.

— Je suis d'accord, intervient Bleines. De mon point de vue aussi, te retrouver seul avec Mme Drevoski ne ferait que t'attirer des emmerdes. T'as vraiment pas envie de prêter le flanc à des accusations d'abus de pouvoir.

— Alors ? demande-t-il en se mordillant l'ongle du pouce. On fait quoi ?

— Alors on ira auditionner Marie Drevoski en tant que BRB, décide Hechter. William et moi. On est saisis de l'affaire du braquo, ça reste dans les clous. Personne ne pourra nous reprocher quoi que ce soit.

Il soupire, acide.

— Très bien. Quand ?

— La crémation de sa fille a lieu demain, précise Bouilliez.

Hechter hoche la tête.

— Parfait, alors. On l'interrogera juste après.

— Je croyais que la situation pressait, ne peut s'empêcher d'ironiser Salva, la gorge sèche.

— Il est déjà tard. Ça ne sert à rien de la harceler ce soir. Je te le répète, tu risques trop gros à la voir seul. Interdiction d'entrer en contact avec elle avant qu'on lui parle, c'est bien compris ?

— Cinq sur cinq, Naamah, souffle-t-il en se mesurant du regard avec sa collègue.

92

Le commandant de brigade est grand, le visage en lame de couteau, des yeux très clairs, emplis de compassion. Il s'adresse à la mère de Damien d'une voix douce mais ferme.

— Vous ne savez pas où votre fils aurait pu aller ? Vous n'en avez vraiment aucune idée ?

Derrière eux, les autres gendarmes procèdent à la perquisition de l'appartement dans une relative discrétion.

— Je vous assure que nous le cherchons pour sa sécurité, madame. Nous avons des raisons de croire qu'il est en danger.

— Kévin, finit-elle par dire en se tournant vers son deuxième enfant. Tu peux aller dans ta chambre, s'il te plaît ?

Le garçonnet observe les hommes en uniforme, grimace et se replie dans la pièce au bout du couloir.

Sa mère plante son regard dans celui du gendarme.

— Je ne sais pas où il est. Mais c'est un bon garçon, Damien. Vous devez me croire.

— Je n'en doute pas, madame.

— Pourquoi serait-il en danger ?

— Je ne peux malheureusement pas vous le dire.

Les yeux de Mme Delauney s'embuent de larmes retenues.

— Mon mari nous a abandonnés il y a six ans. Depuis, je suis surendettée. Je travaille à mi-temps pour un salaire de misère et Damien travaille encore plus dur pour qu'on puisse tenir le coup. Il ne ferait jamais rien de mal.

L'homme hoche la tête, compréhensif. Il n'en demeure pas moins résolu.

— Si vous nous aidez, je suis sûr que tout ira bien. Regardez, connaissez-vous cette personne ?

Il lui montre une photo qu'elle reconnaît aussitôt.

— Bien sûr. C'est la petite amie de Damien. Elle s'appelle Audrey Valette.

— Vous savez où elle se trouve ?

— Elle habite avec nous. Enfin, elle *habitait*…

Nerveuse, la femme se passe une main sur le visage.

— Audrey est partie hier. Je crois que Damien et elle se sont brouillés… les jeunes amoureux… Elle va avoir des problèmes, elle aussi ?

Son regard va et vient entre le gendarme qui lui pose les questions et celui qui note rigoureusement l'échange sur un carnet.

— Nous devons lui parler, à elle aussi. Avez-vous une idée d'où elle pourrait se trouver ?

— Aucune. Je vous le jure. Audrey ne voulait plus habiter chez ses parents parce que son père la traitait mal. Elle aussi, c'est une bonne fille.

Les hommes en uniforme ressortent de la chambre.

— Alors ?

— Pas de téléphone ni le moindre document exploitable, mon commandant. Mais on a trouvé cet ordinateur portable…

Le gendarme se tourne vers Mme Delaunay.

— Il appartient à votre fils ?
— Eh bien, oui… mais…
— Nous saisissons cet ordinateur dans le cadre de la perquisition. Vous devez signer cette attestation stipulant que vous en avez été informée. L'appareil vous sera restitué après l'exploitation de ses données.
— Très bien, dit-elle, de plus en plus perdue.
— Si jamais votre fils revient, il est essentiel qu'il vienne nous voir. Je vous le répète, c'est pour sa sécurité, insiste le gendarme.
— D'accord, conclut Brigitte Delauney d'une voix atone.
Elle signe les papiers qu'on lui tend sans les lire, elle a hâte que cette humiliation s'achève. Une fois ses visiteurs reconduits à la porte, elle se rend dans la chambre de Kévin.
Elle le découvre penché dans l'encadrement de la fenêtre.
L'enfant braque un pistolet en plastique vers les gendarmes stationnés en bas de l'immeuble.
— Je vous crève tous, moi ! Pan ! Pan !
— Kévin !
Elle traverse la pièce, lui arrache le jouet des mains. Pour la première fois de sa vie, elle gifle son fils.
— Ne fais plus jamais ça ! Jamais !
Le garçon s'assoit sur le lit, bras croisés. Il toise sa mère d'un air furieux.
— J'ai rien fait…
— Ce n'est pas un jeu. Les gendarmes sont là pour nous protéger. Tu comprends ?
L'enfant ne répond rien.
Sa mère n'insiste pas.
Mais ses yeux brillent toujours de larmes.

93

En remontant les couloirs de l'hôtel de police, et en dépit de ses espoirs de se faire discret, Salva croise plusieurs collègues qui lui adressent des hochements de tête solennels.

— Félicitations, ajoute une jeune recrue de la PJ avec un grand sourire.

Il le lui rend, quelque peu surpris.

Tu as gagné le respect de tout le monde, aujourd'hui, lui a dit Hechter.

Très bien. C'est une sensation bien plus plaisante que l'étiquette de ripou mis au placard qui lui colle à la peau depuis des mois.

Tout ce qui lui importe, à présent, est de pouvoir se concentrer sur le mystère mis au jour par ses collègues. Les dossiers qu'il porte sous le bras lui brûlent la peau. Tant de nouvelles informations qu'il a besoin d'absorber et analyser. *Un tueur. En activité depuis des années.*

Cela semble absurde. Tout droit sorti d'une fiction. Et pourtant. Son bras entaillé porte les stigmates de leur rencontre. Il a plongé ses yeux dans ceux, sans fond, de cet individu…

Il n'a pas été tout à fait honnête avec ses collègues.

Une question le hante depuis son face-à-face avec le tueur. Une interrogation pressante.

Pourquoi ai-je l'impression d'avoir vu ce type ?

Où ?

Comment ?

Il fait halte devant une fenêtre. Dehors, la nuit est déjà tombée. Il observe les reflets des réverbères sur l'eau du canal. Les façades illuminées des immeubles, de l'autre côté. Il ne peut s'empêcher de penser à Marie Drevoski.

Il s'imagine le son de sa voix. Son regard de cristal dans le sien. Ces pensées le font tressaillir de gêne. Ou *d'envie* ?

Il est hors de question que tu la rencontres seul, lui a ordonné Hechter.

Certes.

Ce n'est pas ma chef, songe-t-il avec un rictus de défi.

Mais il a conscience que les avertissements de ses collègues sont justifiés.

Voir Drevoski en personne serait inconscient. Cela reviendrait à prêter le flanc aux attaques.

Interdiction d'entrer en contact avec elle.

Je fais quoi, alors ?

Je me mets encore combien de personnes à dos, si je suis mon instinct ?

Un juron explose dans son dos, l'arrachant à la contemplation de la ville.

— Olivier ? Sans déconner !

— Marcus, soupire-t-il en se retournant.

Son collègue se tient dans le couloir, accompagné de Marie-Noëlle Mambourg. Il dévisage Salva d'un air tout aussi surpris que profondément ulcéré.

— Qu'est-ce que tu viens fouiner ici ?

— Je travaille ici, tu te souviens ?

— T'avise pas de faire le malin. T'es en congé maladie. T'as plus de raison de nous traîner dans les pattes !

Il baisse les yeux vers le bandage de Salva.

— C'est une vraie blessure, au moins ?

— Quel est ton problème, Marcus ? attaque Salva en faisant un pas vers lui.

Fleurot en fait un autre. Les deux hommes se défient du regard. Les poings se serrent. Les pectoraux tendent leurs chemises.

— Mon problème ? Mais putain ! Tu cherches à nous mettre dans la merde en allant baver aux autres services ? T'as bien joué ton numéro, mais je sais que t'es qu'une petite pourriture…

— Tu t'y connais en la matière, non ?

— Je vais te rendre la vie impossible ! s'enflamme Fleurot en lui postillonnant au visage. Je vais faire rapport après rapport sur ta gueule, tu vas voir ! C'est toi qui pleureras pour démissionner avant que l'IGPN te tombe dessus et déterre toutes tes casseroles !

Un toussotement l'interrompt. En retrait, Mambourg fait un geste timide de la main.

— La réunion, Marcus…

— Ouais. Je sais. On réglera nos problèmes plus tard.

Alors qu'il s'éloigne, la policière adresse un sourire gêné à Salva.

— Ne nous en veux pas, OK ? Le reste de l'équipe, on n'a rien contre toi, mais Stéphane ne veut plus te voir…

— Pas grave. Vous avez avancé sur Antignac ?

— Les écoutes administratives sont lancées, on est tous mobilisés. L'agent de la répression du faux-monnayage sera là dès demain à 9 heures. À partir de là, on devrait passer en cosaisine avec l'OCRFM.

Salva gratte nerveusement son bandage, essayant de faire abstraction des éclairs de plus en plus violents dans sa chair.

— Vous faites quoi au sujet des deux autres braqueurs ? Hechter m'a dit que la cellule était aussi cosaisie pour s'en occuper.

— On a fait passer l'info, ne t'inquiète pas. Ils vont être placés en garde à vue.

— *Passé l'info ?* C'est tout ? Stéphane ne supervise pas ?

Mambourg hausse les épaules.

— C'est en zone gendarmerie. Toutes les brigades du Comminges sont prévenues. Nous, on se contente de faire ce qu'on nous dit, Olivier.

— Ouais. Ça, je sais. On voit le résultat.

De l'autre côté du couloir, la voix aigrelette de Fleurot retentit.

— Marie-No' ! Qu'est-ce que tu fais ? Il aura un mémo quand tout sera bouclé ! On t'attend !

— Je dois y aller. Encore désolée, s'excuse-t-elle en repartant.

— Pas de quoi… grogne Salva en la regardant trottiner jusqu'à la salle de réunion et refermer la porte derrière elle.

Qu'ils continuent leur croisade contre Antignac. Ce pourri le mérite.

De son côté, il a d'autres priorités.

Essayer de sauver des vies, pour commencer.

Rose ?

La rue, bondée de monde.

Et cette femme qui agite la main en souriant dans sa direction.

— Tu me reconnais, Rose ? C'est Linda, du lycée !

— Vous devez vous tromper de personne…

— Vraiment ? Vous n'êtes vraiment pas Rose-Marie, de Sèvres ?

— Non. Je n'ai jamais vécu à Sèvres, désolée.

— Oh, veuillez m'excuser, dans ce cas ! Mais c'est dingue, vous lui ressemblez tellement !

— Pas de problème. Bonne journée, madame…

Elle entraîne sa fille par la main. Un peu trop vite. Un peu trop nerveusement.

— Pourquoi elle t'a appelée Rose-Marie, maman ?

— Parce qu'elle s'est trompée, ma chérie. Ça arrive.

Elles sont un peu en avance à l'école. Marie assoit sa fille sur un banc et lui passe la main dans les cheveux.

— Tu t'appelais pas Rose-Marie, avant, alors ?

Le tourbillon de ses pensées l'emporte. Les mensonges et leurs conséquences.

— Tu sais, un nom peut changer au cours d'une vie.

— Ah bon ? Pourquoi ?

— Quand Timothée t'embête, à l'école, tu n'as pas envie de devenir quelqu'un d'autre ?

— Si, tout le temps. Il est trop hostile.

Un sourire désarmé.

— Parfois, le monde est hostile avec nous, mon cœur. Alors parfois, pas tout le temps, mais parfois, il vaut mieux changer de nom. Pour être tranquille.

— Je comprends.

— Il y a tellement de choses que j'aimerais te raconter, dit-elle en collant son front contre celui de sa fille.

— Comme les histoires de Yuri ?

— Oui. Comme ces histoires-là.

Elle lui fait une bise.

— Je t'aime tant, Valentine. Tu es tout ce que j'ai à présent. Tu es toute ma vie.

94

Sur le pas de la porte, Xavier Valette doit lever les yeux pour dévisager son ami en uniforme.

— Florian ? Qu'est-ce qui t'amène à cette heure-ci, mon vieux ?

— Je peux ? demande le gendarme en désignant l'intérieur de la maison d'un geste du menton.

— Mais bien sûr, entre donc !

Le géant blond se retourne vers son collègue qui attend un peu plus loin, devant leur véhicule bleu.

— J'en ai pour cinq minutes, Ghislain.

— Bien, mon adjudant.

Baudrain pénètre dans le salon. Un lustre à pampilles diffuse une lumière blanche. Marine Valette se lève du canapé où elle était allongée, face à un immense écran de télé où Louis de Funès interroge avec sa sublime frénésie un Jean Marais placide et tiré à quatre épingles. Elle a les yeux bouffis de fatigue – ou des pilules qu'elle gobe comme des bonbons – et affiche un air surpris.

— Florian ? Bonjour…

— Bonjour, Marine.

Xavier Valette baisse le son du téléviseur.

— Un petit verre ?

Le gendarme s'empresse de lever les mains.

— Désolé, je suis en service. Je voulais juste savoir si votre fille est chez vous.

Plusieurs secondes de silence gêné s'écoulent. Le couple Valette se regarde de biais, homme et femme pâlissent en même temps.

— Qu'est-ce que tu lui veux, à ma petite ? s'inquiète sa mère.

— Elle est ici ?

— Bien sûr que non, intervient Xavier Valette avec un entrain forcé, sans quitter son ami du regard. Comme tu le sais, Audrey est partie de la maison il y a plusieurs mois. Elle voulait vivre sa vie, comme tous les gosses. On a été pareils, non ?

Baudrain ne le laisse pas changer de sujet.

— Tu l'as bien revue, hier, quand elle s'est pointée à la gendarmerie.

— Ouais, grommelle Valette, pas faux.

— Tu sais ce qui la perturbait ?

— Aucune idée. Elle a mis les voiles sans me parler. Tu as été témoin.

— En effet.

Le géant blond observe les fenêtres de la pièce : toutes sont munies de barres de fer pour dissuader les cambriolages. Il hausse ses énormes épaules.

— Ne vous inquiétez pas, je ne m'attendais pas à la trouver chez vous. Mais on m'a demandé de passer pour m'en assurer, je ne fais que mon boulot.

— Pourquoi on la cherche ? insiste Marine Valette, toujours aussi pâle dans sa robe de chambre rose élimée. Elle a fait quelque chose d'illégal ?

— Je sais vraiment pas, Marine. C'est la police judiciaire de Toulouse qui veut lui causer…

— La police ? s'exclame la femme avec un pincement dans la voix.

Le mari croise les bras, sur la défensive à présent.

— T'es pas allé voir chez son petit copain ?

— Mes collègues s'en sont occupés. Mais il…

Le gendarme hésite.

— Audrey n'était pas chez lui.

— C'est lui qui a fait quelque chose, alors ? Cette petite frappe minable…

— Écoute, Xavier, tout ce que je peux te dire, c'est qu'il y a eu un gros coup de filet à Saint-Gaudens durant la journée. La police de Toulouse est en train de démanteler un réseau criminel. Drogue, recel… Ils suspectent Audrey de connaître les lascars. Entre nous, ils veulent surtout éviter qu'elle s'expose à du danger.

— J'ai toujours su que ce Damien n'était qu'une petite racaille ! crache Valette. Si elle a des ennuis à cause de lui, je peux te dire qu'il va avoir affaire à moi, ce moins que rien !

— Pour l'instant, personne n'a d'ennuis, le rassure le gendarme. C'est justement pour les éviter qu'on doit retrouver Audrey.

Xavier Valette gonfle la poitrine.

— Je suis sûr que ma fille saura se débrouiller toute seule. Les chiens font pas des chats. Pas vrai, Marine ?

Sa femme hoche docilement la tête.

— Cela n'a pas de rapport avec vous deux, d'accord ? Je sais que ce n'est pas facile quand les gosses dérapent…

Il lève un instant le regard vers la télévision, où Jean Marais grimé en Fantômas vient de faire son apparition. Couleurs fanées d'un autre temps, d'autres peurs. Il ne peut réprimer un sourire avant de se reprendre, comme s'il était lui-même pris en faute.

— Écoutez. On se connaît depuis la maternelle, je sais bien que vous n'avez rien à voir avec ces histoires, et je vous le répète, je suis persuadé qu'Audrey n'aura pas de problème si elle coopère. C'est pour ça que j'ai tenu à venir vous voir moi-même. Je n'allais pas laisser les collègues effectuer une perquisition inutile chez vous. Mais à votre tour, vous devez jouer le jeu. Si votre fille entre en contact avec vous, vous venez me le dire tout de suite. Je peux avoir votre promesse ?

— Bien sûr que tu l'as, affirme l'homme.

— C'est promis, acquiesce à son tour la femme en regardant ses pieds.

— Merci beaucoup. C'est tout ce que je voulais. De mon côté, je ne vous ennuie pas plus longtemps.

Alors que Xavier Valette l'accompagne à la porte, Marine reste debout, dos collé à la télé où le personnage de Louis de Funès est réapparu pour mieux s'agiter et se ridiculiser. Son visage est plus pâle qu'un linge.

— Merde ! éclate son mari une fois la porte refermée. Putain de gosse ! Elle nous aura tout fait, cette écervelée !

— Tu ne penses pas qu'on aurait dû le dire à Florian ? hésite sa femme. S'il y a vraiment du danger…

Il lève les yeux vers l'escalier.

— Tu veux rigoler ? On a surtout eu de la chance qu'elle ne puisse pas nous entendre, de là-haut ! Tu lui as bien confisqué son téléphone, comme je te l'ai demandé, hein ?

— Oui, bien sûr. Je l'ai rangé dans le tiroir de la commode.

— Alors tout ira très bien. Plus de mauvaise influence, plus de conneries. Fais-moi confiance. Je sais ce qui est le mieux pour elle. Et pour toi. C'est mon rôle de chef de famille, compris ?

Il prend sa femme dans ses bras et l'embrasse dans le cou.

— Je fais ça pour son bien. Florian veut éviter qu'elle risque des pépins, et c'est exactement ce qu'on fait. On la protège. Elle a pas d'endroit plus sûr qu'ici, chez elle.

— Tu as raison, mon chéri, murmure Marine, le regard éteint.

95

Portière claquée. À l'intérieur, le véhicule de gendarmerie sent fort, le tabac, le désodorisant industriel, la transpiration. Baudrain soupire tout en tirant sur le col de son uniforme emprisonnant son cou de taureau. Il lisse ensuite son épaisse barbe, songeur.

— La fille n'est pas chez ses parents.

— T'as fouillé la maison ? s'enquiert son collègue en se grattant l'entrejambe.

Baudrain rejette la remarque d'un geste excédé.

— Elle n'est pas là et c'est tout. Xavier et Marine… ils étaient un peu sur les nerfs, ils doivent encore s'être disputés. Je t'accorde que, ces deux-là, ça n'a jamais été des lumières…

— Un peu paranos, non ? ajoute le garçon en observant la façade de la maison. Ce sont les seuls de la rue à avoir des barreaux aux fenêtres. Tu leur fais vraiment confiance pour ne rien te cacher ?

Les yeux du gendarme se rétrécissent sous ses sourcils broussailleux.

— Écoute-moi bien, Ghislain. T'es encore un bleu, tu pourrais être mon fils, alors tu vas pas commencer à m'emmerder. Si je te dis que je les connais, c'est que je les connais. Xavier est peut-être un alcoolique qui vit mal son chômage, mais dans le fond c'est un bon gars. Pareil pour son épouse. Si leur fille était chez eux, ils me l'auraient dit. Ils ne seraient pas aussi cons.

La jeune recrue hoche la tête.

— Bien, mon adjudant. Je suppose qu'on rentre à la brigade ?

— Et comment. On a fait notre travail. Personne ne pourra nous reprocher quoi que ce soit.

Un regard à l'horloge du véhicule.

— Déjà 10 heures du soir. Si c'est pas dingue, les heures qu'on nous fait faire, quand même.

Il se fend d'un grand sourire.

— Maintenant, on va libérer l'apéro, mon p'tit gars !

96

Au bout de la rue, Damien repère la Renault bleue de la gendarmerie.

Précisément le genre de situation qu'il redoutait.

Il se jette derrière la haie, s'empresse de ramper à couvert le long d'un muret, sur un sol boueux.

La voiture passe au ralenti. À l'intérieur, Damien aperçoit deux gendarmes.

Aucun signe d'Audrey.

Il s'aplatit un peu plus dans la boue.

La voiture s'éloigne.

Ils ne l'ont pas arrêtée, se répète-t-il.

Se peut-il que les gendarmes n'aient rien trouvé à lui reprocher ? Qu'ils l'aient juste questionnée et laissée tranquille ?

Ce serait si simple.

Son cœur fait des bonds douloureux dans sa poitrine.

Il relève pourtant la tête. Personne ne semble l'avoir remarqué. Après tout, les piétons sont rares dans la rue.

Progressant à quatre pattes, il se glisse sous la barrière d'un petit stade désert. Il y a des buissons plantés autour ainsi que quelques sapins maigrichons. Assez pour rester dissimulé dans la pénombre.

Il va devoir réfléchir à ses choix.

Ne pas s'exposer bêtement.

De l'autre côté des arbres brillent des lumières vives. Des rires s'élèvent, le son de métal s'entrechoquant lui parvient. Des boulistes. Il devine plusieurs groupes en train de jouer sur un terrain.

La maison d'Audrey se trouve un peu plus loin. Juste au bout de la rue.

Mais le doute le taraude désormais.

Les gendarmes n'ont pas emmené la jeune femme.

Parce qu'elle ne se trouve pas chez elle, bien sûr.

Contrairement à ce qu'il s'était imaginé.

Mais alors, si elle n'est pas chez ses parents, où peut-elle être ?

Il a *absolument* besoin de la contacter. De la mettre en garde sur ce qui se passe. Tout de suite. Il ouvre fébrilement son sac à dos et s'empare d'un de ses téléphones prépayés. Il ne l'a jamais utilisé, c'est une ligne « sûre » à cent pour cent.

Il compose le numéro d'Audrey.

Tombe sur la messagerie.

— Bon sang, geint-il en raccrochant sans laisser de message. Il se passe quoi, merde ?

Assis dans la boue, il referme ses bras autour de ses genoux et se met à grelotter.

97

Alors que la nuit, moite et bruyante, s'installe sur la ville, Salva traverse les rues du centre à pied.

Il en profite pour s'arrêter devant un stand de kebab, où il achète un sandwich et un Coca. Son bras blessé le démange. Il pioche dans sa veste et gobe deux comprimés d'antalgique, qu'il avale avec le soda. Ce sera suffisant. Cela *devra* l'être.

Le ventre rempli, il reprend sa déambulation. Il respire les odeurs de tapas, de pizzas ou de grillades qui s'échappent des restaurants. Les trottoirs fourmillent de groupes de jeunes déjà bien alcoolisés, des bruits de moteur des scooters, des clochettes des vélos, de rires et de l'insouciance estivale qui transpire dans chaque mur de la cité rose.

Il ne cesse de réfléchir, pourtant. Cherche à comprendre, encore, le sillage d'horreur de ces derniers jours, qu'aucun de ces braves gens ne pourrait imaginer. Les tragédies et les injustices restent sous la surface. Une simple ligne dans les médias avant d'être oubliées pour de bon.

Il songe que lui seul peut agir.

À sa manière. Décalée. Viscérale.

Il ne sait que foncer à l'aveugle. Pourquoi pas ? Il a toujours eu avec lui cette chance indécente de l'inconscience. Au fil des années, elle lui a valu de sortir les affaires les plus épineuses.

Qu'importe que cela l'enferme dans le mensonge, un peu plus profond à chaque fois.

Arrivé au pied de l'immeuble, il lève le regard vers les étages supérieurs.

La lumière est allumée chez Marie Drevoski.

Dans l'esprit de Salva, les voix de ses collègues tournent en boucle. *Te retrouver seul avec Mme Drevoski ne ferait que t'attirer des emmerdes*, résonne le ton paternaliste de David Bleines. *Ça ne sert à rien de la harceler ce soir*, lui fait écho Naamah Hechter avec son éternel accent anglophone. *Tu risques trop gros à la voir seul.*

Ils ont raison.

Salva le sait.

C'est de la bêtise pure.

Comme tout ce qu'il fait.

Hier comme aujourd'hui. Sa nature fautive. La chute irrésistible qu'il poursuit en dépit de tout.

Il presse la sonnette de l'index.

— *Oui ?* fait la voix dans l'interphone.

— C'est Olivier. Désolé de n'avoir pas répondu à votre coup de fil…

Silence.

— Marie ?

Il sursaute presque quand le buzz se fait entendre.

— *Dernier étage.*

Salva pousse la porte.

Il se sent comme un adolescent. Aussi fragile et entêté.

Quoi qu'il advienne maintenant, le sort en est jeté.

Au quatrième, Drevoski lui ouvre. Elle a les traits tirés. Beaucoup trop maquillés, comme pour dissimuler des cernes. Il remarque que ses superbes yeux, d'ordinaire limpides, luisent à présent. De larmes ?

Il sourit, maladroit. Il sait que son attention est déplacée. Qu'il n'a rien à faire là. Mais il sourit quand même. Comme un benêt, ou un comploteur.

— Je peux entrer ?

— Vous êtes venu pour ça, non ?

Elle se retourne. Là-bas, sur l'îlot de la cuisine, il aperçoit la bouteille de Cognac, déjà bien entamée, ainsi que le verre posé à côté. Voilà la nature de cette lueur, dans le regard de la femme. De son côté il ne peut détacher les yeux de son épaule, où la bretelle de sa courte robe bordeaux sombre glisse imperceptiblement, à chacune de ses respirations, faisant onduler le tissu très fin le long de son corps.

— Vous buvez quelque chose ?

— Je ne crois pas que ce soit sage…

Elle se retourne. Ses mèches blondes sinuent devant son visage triste. Et de nouveau son regard, bleu humide, le transperce de part et part, avive ce feu sournois au fond de lui.

— Vous n'êtes pas quelqu'un de sage. Prenez un verre. Ou bien partez. À vous de décider.

Décider, oui. Choisir de basculer, de se laisser engloutir par la chute. A-t-il jamais fait autrement ? Sans un mot, il s'empare d'un verre, saisit la bouteille de Cognac. La liqueur ambrée s'écoule. Son parfum capiteux monte jusqu'à ses narines. La promesse délicieuse de l'abandon.

— Dites-moi comment vous le trouvez. C'est un hors d'âge Grande Champagne.

Le policier porte la boisson à ses lèvres. L'alcool est tel que sa fragrance le laisse deviner. Brûlant, voluptueux. Il lui procure un plaisir aussi instantané que coupable. Au diable les médicaments qu'il a pris, et tout ce que son intelligence lui hurle. C'est de ça qu'il avait le plus besoin.

— Il est délicieux. Merci.

La femme saisit son propre verre et en avale la dernière goutte.

— Resservez-moi donc.

— Je crois que vous avez assez bu, non ?

Drevoski empoigne la bouteille et se sert elle-même. À ras bord.

— Les funérailles de ma fille ont lieu demain. Ce soir, je n'aurai *jamais* assez bu.

Il s'humecte les lèvres de plus en plus nerveusement. Le goût du Cognac imprègne son palais. La silhouette de Marie Drevoski l'absorbe. Il la dévisage alors qu'elle prend une interminable gorgée d'alcool. *Désespérée*, songe-t-il. *Et si belle*. Sans qu'il puisse le contrôler, ses yeux s'attardent sur sa bouche rouge et luisante. Il les relève aussitôt, se perd dans le regard charbonneux.

— Vous m'avez laissé un message, cet après-midi.

— C'est vrai.

— Que vouliez-vous ?

— Je croyais avoir des problèmes.

— Lesquels ?

Drevoski passe le bout de sa langue le long de ses lèvres, qui se mettent à briller sous le fin voile de salive. De nouveau, Salva détourne la tête, il se retrouve à contempler sa poitrine, puis ses hanches qu'épouse le tissu fin de sa robe. Il avale une lampée de Cognac pour se donner de la contenance.

— Je me trompais, lui répond-elle d'une voix suave. J'ai eu un moment de faiblesse. J'ai paniqué. Je n'aurais pas dû.

— Pour quelle raison avez-vous paniqué ? Quel genre de problème auriez-vous peur d'avoir, Marie ?

Elle porte son verre à ses lèvres sans répondre. Quand elle reprend la parole, c'est pour poser une nouvelle question. Tout aussi directe.

— Que venez vous faire ici, Olivier ? Que cherchez-vous ?

Il prend une longue inspiration.

— Je dois savoir qui est le père de Valentine.

Une ombre passe sur ses traits. Elle n'échappe pas au policier. La douleur, toujours. La colère.

— Vous savez que j'ai déjà répondu à cette question.

— Mais vous m'avez menti. Vous m'avez soutenu que cet homme n'a jamais su qu'il avait une enfant…

— C'est la vérité ! assène-t-elle.

— Alors donnez-moi son nom, pour que je le vérifie par moi-même, Marie ! Je suis désolé, mais j'insiste !

— Pourquoi ?

— Parce qu'il est possible qu'il soit en train de la venger.

Silence.

Marie Drevoski repose son verre déjà vide. Salva continue de ne penser qu'à cette robe si légère, au mouvement de ses hanches alors qu'elle fait un pas vers lui, lentement, irrésistiblement.

— Comment le savez-vous ?

— Toutes les personnes ayant eu un lien avec le braquage de la bijouterie sont en train de mourir, explique-t-il. Cet après-midi, il a massacré deux jeunes gens. Vous ne regardez pas les informations ?

Elle ne cille pas. Un peu plus près de lui.

— Est-ce une mauvaise nouvelle ?

— Bon sang, je suis flic. Je dois protéger toute personne menacée de mort.

— Vous n'avez pas à protéger ces gens-là. Quant à moi, je suis une mère…

Un pas de plus. Presque à l'effleurer.

— Qui a perdu sa fille unique…

Son parfum lumineux, délicieusement floral, monte autour de Salva. Lui fait oublier tout le reste.

— Une femme désespérée…

Il déglutit. Des frissons agitent sa peau. Il sait qu'il va sombrer. Il est *venu* pour sombrer. Il se déteste, tandis qu'il tend la main pour frôler les hanches étroites de Marie Drevoski, aussi fermes et douces qu'il l'imaginait, il se maudit, et pourtant il n'arrêterait cela pour rien au monde.

— Je dois savoir qui est le père de Valentine, s'entend-il dire d'un timbre de moins en moins assuré. C'est très important, Marie. Je dois savoir où le trouver…

Elle se penche, ses lèvres caressent l'oreille du policier.

— Vous ne le trouverez pas. Le passé est enterré.

— Des jeunes gens sont en danger.

— C'est leur problème.

D'un geste brusque, elle le pousse, il bute sur le canapé, avant de se retrouver assis sur la méridienne, dans le coin de la pièce.

— Marie… je ne crois pas que…

Elle empoigne un foulard et l'approche de son visage. Salva ouvre la bouche, incapable de bouger, incapable de se défendre, et ne le souhaitant surtout pas.

La chute, oui.

Inexorable.

Le tissu, tel un masque soyeux, est glissé sur ses yeux.

— Vous ne devriez pas, balbutie-t-il. Ni vous ni moi ne devrions…

Le foulard est noué. Il est prisonnier. Aveuglé. Consentant. Ô combien consentant.

— Marie… poursuit-il, sa voix à peine intelligible.

Il sent l'index de la femme pressé sur ses lèvres pour le faire taire. Puis c'est la bouche de Drevoski qui prend possession de la sienne. Leurs langues s'entremêlent, partageant le goût du Cognac et du désir. Un mélange brûlant.

Quand la bouche souple et déterminée se détache de la sienne, il penche la tête en arrière pour reprendre sa respiration, toujours aveuglé par le bandeau. Son corps tout entier est agité de tremblements.

— Vous n'avez jamais laissé vos sens vous guider ? susurre Marie. Ne plus réfléchir… Se contenter de suivre son instinct animal…

Il entend un bruit de boucle. La ceinture que la femme porte, qu'elle est probablement en train d'ôter. L'instant suivant, il sent le lien de cuir se refermer sur son poignet, se resserrer, tout doucement.

— Que faites-vous ?

— Et vous ? lui demande-t-elle alors qu'elle emprisonne de même son autre poignet, avec un lien qu'il ne peut voir. Vous êtes en train de vous laisser faire, non ?

Subitement il prend conscience de son bras tailladé, de ses plaies encore fraîches qui se remettent à brûler, à saigner peut-être. Ou bien il délire. Il ne sait plus. Il ne maîtrise plus rien.

— Je suis blessé. Vous me faites mal, Marie.

— Oui. J'abuse de vous. C'est bien cela que vous souhaitez ? C'est pour cette raison que vous êtes venu ici, non ?

Elle revient sur lui, fait glisser son corps contre le sien, lentement. Il sent son parfum, plus violent que jamais, et la texture lisse de sa peau contre sa bouche. Il embrasse à l'aveugle le plat de son ventre, son nombril, la texture soyeuse d'un sous-vêtement pressé contre ses lèvres et la chaleur humide du sexe en dessous. Les vêtements de Drevoski coulent sur leurs peaux, elle est désormais nue, bouillante de fièvre. Elle l'enjambe, il peut sentir la moiteur entre ses cuisses, qui traverse son pantalon et l'enflamme de plus belle.

— Oh, mon Dieu, geint-il.

Un gloussement. La sensation des doigts sur sa braguette qui coulisse. Par saccades, son pantalon est pelé de ses cuisses. Il sent son propre sexe érigé dans la douceur de l'air, se cambre quand la bouche de la femme se referme sur son membre dur. Il gémit, la laisse l'avaler tout entier jusqu'aux frontières des paliers dangereux. Puis, juste avant que le raz-de-marée de plaisir ne le submerge, elle libère sa virilité vibrante et avide.

Il n'a plus rien à dire. Plus de fausses excuses. Il la veut. Ici, maintenant. Il frémit de joie quand elle l'enfourche. Il bascule la tête en arrière, pousse ses hanches, pénètre tout doucement dans un fourreau mouillé et chaud. Le sexe de la femme épouse le sien, se referme sur lui comme une main experte, et derrière le bandeau il ne voit plus que des nuées de lumières pulsantes.

Pour la première fois de sa vie, songe-t-il, ce n'est pas lui qui mène cette danse égoïste et frénétique. Pas lui qui abuse du corps offert d'une autre personne. Et cette sensation quasi humiliante, pour une raison qu'il n'aurait jamais suspectée, décuple son désir. Alors qu'ils font l'amour, que le ventre de Drevoski cogne contre le sien dans des bruits de liquides et des parfums intoxicants, il n'est même plus capable de penser. Il l'aime à l'aveugle, soupire et râle, il ne sait même pas combien de temps dure la chevauchée avant qu'il jouisse en elle. Il songe qu'à aucun moment ils n'ont utilisé de préservatif, et il ne sait pas si cette pensée le terrifie ou au contraire l'excite encore plus.

La femme se penche à nouveau et mord son oreille, jusqu'à lui faire mal. Il sent sa respiration hachée, il a même l'impression d'entendre son pouls taper férocement dans sa gorge.

— Voilà comment Valentine a été conçue, Olivier.

Il déglutit. Il se sent ridicule tout à coup.

— Au hasard. Je n'ai jamais su qui était le père.

Il sent ses liens être dénoués, l'un après l'autre.

— Refermez la porte derrière vous, conclut-elle en s'éloignant.

Il entend ses pas dans l'escalier.

Stupéfait, il retire le bandeau de soie de ses yeux. Il se retrouve seul dans la pièce.

Là-haut, une porte est claquée.

Fin du jeu.

Retour à la réalité.

Salva se redresse et recherche ses affaires éparpillées.

Il se rhabille dans un silence de tombe.

98

En sortant de l'immeuble, Salva prend son téléphone dans sa poche et constate qu'il a reçu un texto.

Lana
Envie de t'amuser ce soir ?

Sans rire.

Il efface le message avec un rictus amer.

Il n'aime pas la sensation qu'il éprouve.

Il ne l'aime *pas du tout*.

Il s'appuie contre le mur rugueux. Son dos est raide. Ses jambes lui semblent de plomb. La douleur dans son bras blessé ne diminue pas, au contraire. La quantité de Cognac qu'il a bue n'a rien arrangé.

Tu étais supposé avancer.

Trouver une piste…

Ne PAS aller voir cette femme.

Il referme la main sur sa sacoche contenant les dossiers. La nuit ne fait que commencer. Il n'a qu'à rentrer chez lui. Prendre une douche. Se mettre au travail. Il se morfondra sur ses erreurs plus tard.

Malgré lui, il lève les yeux, constate que toutes les lumières dans l'appartement de Drevoski sont désormais éteintes.

Son parfum reste dans ses narines.

L'odeur de sexe, ses glissements soyeux sur lui. Il en tressaille encore.

Un malaise profond ne le quitte pas.

Espèce d'idiot.

Il ne peut se retenir et envoie un coup de pied contre la porte d'un local technique, enfonçant la paroi de métal. Il en donne un autre, encore plus fort. La rage suit le plaisir. Une rage immense.

Subitement, un mouvement agite les ombres de la rue.

Salva s'immobilise. Les sens lui reviennent, exacerbés.

L'adrénaline. L'urgence.

Le déplacement est venu d'un peu plus loin. Est-ce quelqu'un qui l'observe, là-bas ? Une silhouette qui cherche à se dissimuler ?

— Vous !

La personne s'éclipse.

Il veut être plus rapide. Il le peut. Il se met à courir dans la pénombre.

Arrivé au bout de la rue, hors d'haleine, il pose ses mains sur ses genoux pour reprendre sa respiration. Il a regagné l'avenue. Les voitures circulent encore en nombre. Des groupes de piétons passent. Sur le trottoir d'en face, des jeunes hilares, torse nu, se tiennent en équilibre sur des containers de poubelles.

Pas de trace d'un éventuel voyeur, nulle part.

Tu es à cran.

Tu perds tes moyens et ton jugement.

Une sensation humide sur son poignet lui fait baisser les yeux.

Son bras s'est remis à saigner.

— Encore mieux. Putain de merde.

Il colle son dos à un abribus et sort son téléphone pour commander un trajet en Uber.

Dans la rue, la silhouette quitte le jardin dans lequel elle s'était réfugiée.

L'homme marche jusqu'au pied de l'immeuble de Marie Drevoski.

D'abord, il jette un regard au bout de la rue, là où a disparu le policier, une minute auparavant.

Puis il lève les yeux vers les baies vitrées désormais enténébrées. Sa respiration se fait plus profonde.

Plus contrariée.

99

Damien n'en peut plus d'attendre, d'imaginer le pire.

Il a appelé Audrey une bonne dizaine de fois.

Il lui a même envoyé des textos pour lui signaler sa présence non loin de chez elle.

Sans réponse.

Le téléphone de sa copine demeure éteint.

Incompréhensible.

Il veut bien accepter qu'Audrey soit furieuse après lui. En revanche, qu'elle reste coupée du monde extérieur toute une nuit, ce n'est pas son genre. Quelque chose est arrivé. Ou est *en train* d'arriver, en ce moment même.

Il se redresse dans l'obscurité. Les téléphones en sa possession sont des premiers prix, sans aucun accès à Internet. Il ignore si la situation a évolué, si l'assassin de Driss et Élie a pu être identifié. Non pas qu'il soit assez naïf pour espérer que les choses se soient calmées en si peu de temps.

Il lui faut réagir.

Se jeter à l'eau.

Maintenant.

Il traverse les buissons et s'approche de l'enceinte du stade. Des voitures passent encore dans la rue, mais elles sont beaucoup plus rares. Les réverbères du quartier brillent par intermittence, d'une lueur jaune. Pour l'instant, il n'y a personne en vue.

Très bien.

Il époussette comme il le peut ses vêtements maculés de boue et revient sur le trottoir.

La maison des Valette se trouve au bout de la rue, accolée à une vieille bâtisse aux volets clos. L'autre côté est occupé par le terrain de pétanque d'où s'échappent toujours les bruits de jeu. Damien aperçoit un barnum gris tout au fond, illuminé par des guirlandes d'ampoules à la manière d'une guinguette.

Il avance sans conviction. Les questions continuent de se bousculer dans sa tête.

Question numéro un : Y a-t-il tout de même une chance qu'Audrey se trouve chez ses parents ?

Mais, si c'est le cas, pourquoi les gendarmes ne l'ont-ils pas embarquée quand ils sont passés, plus tôt dans la soirée ?

Ils le cherchaient, *lui*. Ça, c'est une certitude, et cela n'augure rien de bon pour la suite.

Ce qui amène la question numéro deux : Son signalement a-t-il été diffusé ? Les passants vont-ils le reconnaître et le dénoncer ? Il sait que les gens sont comme ça. Il sait qu'on ne peut *jamais* faire confiance à qui que ce soit.

À moins de cent mètres de son but, il hésite. Des joueurs de pétanque viennent de finir leur partie et quittent le terrain. Ils occupent le trottoir devant la porte des Valette.

Une minute, une éternité de tergiversation. Il transpire trop, sa sueur l'irrite sous son tee-shirt. Là-bas, les braves types bien en chair parlent fort. Ils ne semblent pas encore décidés à s'en aller. Damien peste dans sa barbe. Il préfère éviter les contacts, on ne sait jamais.

Mains dans les poches, son sac ballottant contre son dos, il s'efforce d'adopter l'air le plus naturel possible et se dirige vers le PMU installé en face.

L'établissement est occupé par une poignée d'habitués, le nez plongé sur leurs tickets à gratter et leurs verres de blanc. Parfait. Au comptoir, Damien commande un demi de Kronenbourg et va prendre place dans un coin qu'il espère discret. En se penchant un tout petit peu, il peut apercevoir les boulistes devant la maison des Valette.

Au premier étage, la fenêtre de la chambre d'Audrey. Lumière allumée.

L'espace d'un instant, il devine sa silhouette passer derrière les rideaux.

Bon sang. Elle est bien là.

Découvrir cela le rassure.

D'une certaine manière.

Pourquoi son téléphone est-il toujours éteint, dans ce cas ?

Damien relève ensuite les yeux vers le poste de télévision collé en hauteur à l'angle du PMU. Chaîne d'info.

Ce qu'il y voit ne fait que confirmer ses angoisses.

Les images de la tuerie à la Reynerie continuent de tourner.

Le son du poste est baissé, mais les textes qui défilent en bas de l'écran suffisent à lui donner les informations qu'il attendait. « Massacre à Toulouse – La police perquisitionne dans le quartier du drame – Les victimes sont toujours en cours d'identification… »

Mensonge. Les victimes sont déjà identifiées, Damien en est certain. Autrement, les gendarmes ne seraient pas venus le chercher chez lui.

Et Audrey, alors ?

Pourquoi ne l'ont-ils pas embarquée ?

Ont-ils confisqué son téléphone ?

Une vive anxiété le taraude. Sa gorge est affreusement sèche. Pourtant, il touche à peine sa bière. Il se sent incapable d'avaler quoi que ce soit pour le moment.

Personne ne semble lui prêter attention. C'est déjà ça.

Il attend que les boulistes s'éparpillent sur le trottoir.

La voie est désormais libre. Il doit prendre son courage à deux mains, aller sonner à la porte d'Audrey. Repartir avec elle, coûte que coûte, avant que la gendarmerie ne revienne et que davantage d'ennuis ne leur tombent dessus.

Il s'apprête à se lever quand il aperçoit la porte de la maison s'ouvrir et Xavier Valette en sortir.

Il se rassoit donc.

Couvrant son visage d'une main, il observe le père d'Audrey.

L'homme traverse la rue d'une démarche nonchalante.

Damien s'écrase complètement sur sa chaise tandis que Xavier Valette pousse la porte du PMU.

100

Pendant plusieurs secondes, Damien en est persuadé, son cœur cesse de battre.

Tu n'as pas de quoi te bourrer la gueule chez toi, comme tout le monde ? hurle-t-il en pensée.

Il faut croire que non.

Xavier Valette salue les ivrognes installés au bar.

Quand il se tourne vers le coin de la salle où se trouve Damien, celui-ci s'aplatit sur sa table. Il colle sa main sur son crâne, comme s'il se grattait les cheveux, tout en espérant que son manège n'attirera pas davantage l'attention du bonhomme.

Pas maintenant. C'est vraiment pas le moment.

Les secondes passent. Damien n'y tient plus, il relève le regard, constate que Valette lui tourne le dos. Le barman est en train de lui servir un Ricard.

Le père d'Audrey ne l'a pas vu.

Pas encore.

Damien y voit un signe du destin. Il n'a plus à hésiter. Il empoigne son sac à dos et se précipite vers la sortie, tête baissée, en essayant de passer le plus loin possible du zinc.

Porte. Trottoir. Dans la moiteur de la nuit déjà bien installée. Marcher sans se retourner. Espérer que les véhicules garés tout le long de la rue suffiront à le dissimuler.

Damien arrive devant la maison des Valette.

Sous la lueur assassine du réverbère.

Il ne peut plus résister. Il risque un regard en arrière.

La porte du PMU reste close. La chance demeure de son côté.

Il n'empêche que la façade de la maison est bien en vue depuis le troquet. Damien ne doit pas s'attarder.

Il sonne avec insistance.

— Allez, allez, grogne-t-il.

Quand la porte s'ouvre enfin, c'est la mère d'Audrey, Marine Valette, qui lui fait face, emmitouflée dans une robe de chambre rosâtre. Sa figure bouffie se décompose.

— Damien ?

— Je dois voir Audrey, madame. Tout de suite.

— Elle ne vit plus ici.

— Ne vous foutez pas de moi.

— Au revoir, Damien…

Elle cherche à refermer la porte mais il a mis son pied dans l'interstice. D'un coup de coude, il force le passage. Mme Valette pousse des cris terrifiés.

— Qu'est-ce que tu fais ? Je te dis qu'elle n'est pas ici !

— Sans déconner ! Alors pourquoi la lumière de sa chambre est-elle allumée ?

Damien empoigne le bras de Mme Valette, qui reprend ses cris.

— Lâche-moi ! Mon mari va revenir !

Il la secoue de plus belle.

— Pauvre tarte ! Ton mari est allé se bourrer la gueule, comme tous les soirs ! Je veux voir Audrey, OK ? Je vais la voir MAINTENANT !

Il la repousse avec violence et se hâte vers l'escalier recouvert d'une épaisse moquette grise.

— Audrey ! Tu m'entends ? C'est moi, c'est Damien !

— Sors de chez nous tout de suite ! s'écrie la femme. Ou j'appelle la gendarmerie !

— Appelle le pape si tu veux et fous-nous la paix !

Marine Valette le rattrape. Il reçoit une violente gifle sur l'oreille, qui lui fait bourdonner les tympans. Sans réfléchir, il la rend. Bien plus fort. Sa main claque contre la joue de la femme. Elle recule avec précipitation, rouge de rage.

— Espèce de…

— Audrey ! appelle Damien sans plus lui prêter la moindre attention. C'est moi !

Tandis qu'il gravit les marches, Mme Valette continue de s'époumoner :

— Sors de chez nous ! Laisse-nous tranquilles ! Oiseau de malheur !

Il ne l'écoute pas. Il arrive devant la chambre d'Audrey.

— Damien ? fait la voix de sa petite amie derrière la porte.

— Audrey !

Il secoue la poignée. Fermée à clé.

— C'est quoi ce délire ? Ouvre, Audrey ! C'est moi !

La mère d'Audrey arrive en haut de l'escalier à son tour, son téléphone portable à la main.

— Elle n'a pas la clé. Je préviens mon mari ! Tu l'auras cherché !

— Pas la clé ?

Damien n'en revient pas.

— Vous avez enfermé votre fille dans sa chambre ? C'est ça ? Bande de tarés ! Vous n'avez pas honte ?

La femme ne l'écoute plus, elle parle vivement

dans son téléphone. Damien sent la colère logée dans sa poitrine comme une gemme palpable, brûlante.

Il songe qu'il dispose de très peu de temps avant le retour de M. Valette.

Il s'écarte, donne un coup de pied dans la porte.

— Arrête ! hurle la mère d'Audrey, son téléphone collé contre l'oreille. Arrête tout de suite ! Tu as gagné, j'appelle la gendarmerie aussi !

Damien s'élance, épaule en avant.

La porte est arrachée de ses gonds.

Dans la chambre, il découvre Audrey repliée derrière son lit défait. Il aperçoit également le plateau posé sur le bureau, avec une assiette à moitié achevée.

— Audrey ! s'exclame-t-il en se précipitant.

Elle l'accueille dans ses bras, tremblante.

— Mon père…

Damien lui caresse les cheveux.

— Tout va bien. Il n'est pas là. On s'en va tout de suite.

— Mes affaires… commence Audrey, la voix pâteuse.

— On n'a pas le temps. On se débrouillera. Viens !

Il l'empoigne, la tire avec lui.

— Je crois qu'on est en danger, ajoute-t-il. Je comprends pas encore, mais on a besoin de se mettre à l'abri, OK ?

— Maman… dit Audrey.

Marine Valette se tient en haut de l'escalier. Elle a empoigné un balai, qu'elle brandit devant elle, décidée à leur barrer le passage.

— Vous n'irez nulle part ! Ça ne va pas se passer comme ça !

— Ah oui ? explose Damien. Vous pensez faire quoi ?

Il avance vers elle. La femme se replie sur le côté avec un cri d'orfraie.

Les deux jeunes gens foncent en bas des marches.

Au moment où ils arrivent au rez-de-chaussée, la porte d'entrée s'ouvre.

— Qu'est-ce que c'est que ce bazar ! beugle Xavier Valette.

Il est encore plus rougeaud que d'habitude. Il halète comme un veau.

Il referme la porte derrière lui, avant de coller son dos à cette unique sortie. Ses yeux roulent dans leurs orbites, lui donnant l'air d'un monstre de carnaval.

— Tu vas laisser ma fille tranquille, espèce de petit con !

— Dégagez ! lui ordonne Damien sans se démonter.

Incapable de se maîtriser, il se jette sur M. Valette.

Il ignore que le père d'Audrey a anticipé cette attaque.

L'a *voulue*.

Valette se laisse empoigner par le jeune homme sans résister.

Et écrase son arme contre lui.

Un crépitement s'élève de la minuscule matraque Taser.

La décharge submerge Damien.

Ses muscles se contractent sous l'impulsion électrique. Des spasmes parcourent ses membres, l'empêchant de tenir debout. Damien ne parvient même pas à crier. Il s'écroule.

— Damien ! s'écrie Audrey, avant de se jeter à son tour sur son père. Salaud !

— Reste en dehors de ça, toi !

Il relève le bâton terminé par une étincelle bleue et, sans la moindre hésitation, le presse contre la clavicule de sa fille. L'onde électrique la traverse, la paralyse à son tour. Audrey s'effondre, agitée de violents soubresauts.

— Xavier ! hurle Mme Valette. Mon Dieu ! Qu'est-ce que tu fais ?

Son mari agite l'arme, à la fois penaud et solennel.

— Je dois me protéger. Je dois *nous* protéger. Ça a suffisamment duré, les humiliations ! Ils vont tous comprendre qui je suis ! Personne ne se moque de moi ! Personne !

— J'ai prévenu la gendarmerie, reprend sa femme, en se prenant la tête dans les mains. Ce n'est pas ta faute. Tu n'as fait que te défendre. Ce vaurien t'a agressé.

— C'est bien vrai, ça ! Ce petit con recherché par la justice qui vient s'en prendre à notre fille jusque chez nous !

Damien lutte de toutes ses forces pour se redresser. Il parvient à se mettre à genoux, ses bras et ses jambes encore palpitants.

— Bouge pas, toi ! braille Xavier Valette.

Il lui applique derechef le Taser sur la nuque, l'obligeant à s'aplatir au sol. Damien a l'impression qu'un raz-de-marée le traverse. Chaque fibre de son corps est assaillie de violents picotements.

— Arrête ! s'écrie Marine Valette. Il a son compte ! Tu le vois bien !

La matraque électrique ne quitte pas la peau de Damien. Sa tête est tellement secouée que sa lèvre éclate en frappant le sol, le goût de son sang envahit sa gorge.

— Xavier, par pitié !

Enfin, les décharges cessent. Damien reprend sa respiration tant bien que mal. Il a peur d'étouffer. Sa gorge est contractée, comme tous ses muscles.

Son corps ne lui répond plus. Une sensation chaude entre ses cuisses lui indique qu'il s'est uriné dessus.

Au-dessus de lui, l'homme croise théâtralement les bras.

— Tu vois ! lance-t-il à son épouse avec un rictus de fierté presque obscène. Il me respecte, maintenant, ce petit morveux ! Il me craint ! Il a compris à qui il a affaire !

Des larmes ruissellent des yeux de Damien.

Il entend Audrey qui sanglote, à côté de lui. Elle aussi cherche à se remettre debout. Il a envie de lui hurler de ne pas bouger.

— Reste à terre, toi aussi ! lui intime son père. Ou je t'en remets une couche, que tu sois ma fille ou pas !

Une ombre mince passe derrière lui.

La vision de Damien est si floue que, tout d'abord, il pense à une hallucination. Cette ombre n'en est pas une, pourtant. Un individu surgi de nulle part se trouve dans la pièce avec eux. Il avance en silence dans le dos des parents d'Audrey.

Ni le mari ni la femme ne peut le voir.

Lui, le voit très bien.

Cette silhouette mince.

Ces yeux intégralement noirs braqués sur lui.

Ce sourire glacé dessiné sur le visage d'une pâleur extrême.

— *Intéressant*, souffle le nouveau venu en s'avançant d'un mouvement brusque.

— Hein ? sursaute Xavier Valette.

Tout se précipite.

Avant qu'il puisse se retourner, la silhouette en costume tend son bras vers lui. Lui injecte quelque chose, peut-être.

L'instant suivant, Valette s'effondre à genoux, comme au ralenti, avec un soupir étouffé.

Le spectre brandit un couteau cranté dans une main. De l'autre, il empoigne les cheveux de l'homme à ses pieds.

Marine Valette pousse un hurlement suraigu.

Cela ne sauve pas son mari.

D'un mouvement précis, parfaitement rodé à l'exercice, l'agresseur force M. Valette à se retourner. Puis il pose la lame noire sous son cou.

Et il lui tranche la gorge jusqu'à l'os.

Son sang arrose les murs. Son odeur, cuivrée, violente, sature d'un coup la pièce.

Les cris de son épouse doublent de volume.

Damien croit qu'il hurle lui aussi, même s'il n'entend aucun son jaillir de sa bouche grande ouverte.

Pris de nausée, il ne peut que regarder. Contempler l'assassin alors qu'il imprime un mouvement de va-et-vient, cisaillant et brisant davantage chair, tendons, colonne vertébrale. Jusqu'à ce que la tête de M. Valette se détache et roule sur la moquette.

Son corps sans vie s'écroule à côté de Damien, tandis que son sang continue de se déverser à flots, et que sa femme, folle de terreur, s'enfuit vers la porte.

101

Marine Valette est probablement assez naïve pour s'imaginer qu'elle a une chance de s'en sortir.

Elle saisit la poignée, tire la porte vers elle, prête à foncer dans la rue.

Le spectre plante le poignard cranté dans son dos.

Les cris de la femme cessent net, remplacés par un hoquet gargouillant.

— Où croyais-tu aller ? murmure l'assassin en refermant la porte d'une main.

Seul un sifflement terrifié s'échappe de ses cordes vocales.

Son agresseur retire la lame. Le sang s'écoule en abondance entre ses jambes. Avec douceur, presque avec tendresse, il la fait se retourner. Il se tient collé à elle, tel un amant étrange et malsain, le visage tout proche de sa bouche pantelante.

— Mon Dieu, halète-t-elle, le regard chaviré.

— Ne t'inquiète pas, tu vas le voir très bientôt. Il doit t'attendre avec impatience.

Il plonge le poignard dans son ventre.

L'acier pénètre jusqu'à la garde.

— Tu as tant de péchés à lui rendre compte, Marine...

À l'autre bout de la pièce, Audrey se redresse sur ses genoux, encore secouée par l'effet du Taser. Elle se rapproche de son petit ami, empoigne ses épaules pour le secouer.

— Damien…

— Je vais bien… Je… vais bien…

Ses muscles palpitent encore, mais ils ont commencé à se désengourdir. Il parvient à s'adosser au mur.

Il ne quitte pas des yeux le spectre, toujours collé à Mme Valette. Les bras de la femme retombent de part et d'autre de son corps, inertes, inutiles. Sa tête bascule en arrière, des lignes rouges s'épanchent en longues pulsations, aux coins de ses lèvres, ruisselant sur son menton.

Avec une lenteur calculée, le spectre retire la lame de son ventre. Une tache écarlate se dessine sur la chemise de la femme, devient une source vive qui cascade de plus belle à ses pieds, engorgeant la moquette. Marine Valette ouvre la bouche plus grand encore et laisse échapper un soupir d'agonie.

— Vous torturez votre fille, susurre l'assassin en faisant courir la pointe du couteau sur les épaules de sa victime. Vous êtes une mère indigne. Alors que tant de personnes rêveraient d'avoir une famille. Vous ne méritez pas ce bonheur. Vous me dégoûtez…

Mme Valette ne peut plus parler. Des larmes épaisses coulent sur ses joues.

Le spectre se tourne vers les deux jeunes gens. Son visage est comme un masque. Blême et lisse. Ses yeux immenses. Sous la lumière agressive du plafonnier, subitement, Damien comprend qu'il s'agit de lentilles de contact intégralement noires.

Un simple être humain.

Déguisé en monstre.

— Vous deux, souffle-t-il. Les responsables de tout ceci…

— Arrêtez, implore Audrey.

L'homme tend le couteau mouillé de sang.

— Arrêter ? Au contraire, Audrey. Regarde bien ce que tu me forces à faire. Parce que tout est ta faute. Uniquement la tienne.

— Oh, non, hoquette Damien.

L'individu retourne la lame vers le visage de Marine Valette.

La pointe pénètre dans son œil droit.

Davantage de sang jaillit.

Pétrifié, Damien a toutefois le réflexe de saisir sa petite amie. Il la presse contre lui pour l'empêcher de voir, tandis que le couteau ressort, emportant les humeurs déchirées et des flots pourpres.

— Œil pour œil… ricane l'assassin. C'est ce qu'on dit, non ?

Il crève le deuxième œil de Mme Valette.

Le sourire fou du monstre s'élargit tandis que l'intérieur de l'orbite cède et craque, violé par l'énorme lame crantée qui plonge dans le cerveau jusqu'à la garde.

Mme Valette cesse de bouger pour de bon.

— On doit sortir d'ici tout de suite, s'affole Damien.

Apercevant la matraque sur le sol, il s'en empare et presse le bouton : l'arc électrique apparaît à l'extrémité du bâton, accompagné d'un crépitement sonore. Une menace dérisoire.

— De plus en plus intéressant, lance l'homme en costume. Mais vous n'échapperez pas à ma sentence.

Il écarte les mains. Le corps sans vie de Marine Valette s'effondre à son tour sur la moquette.

— Il ne reste que vous, maintenant. Les racines de ma souffrance. Que je vais arracher lentement. *Si lentement…*

Audrey empoigne le bras de Damien.

— Viens ! Ne reste pas là !

Il commence à reculer, avant de comprendre avec stupeur qu'elle le mène vers l'escalier.

— Pas à l'étage ! On va être bloqués !

— Il y a des barreaux à toutes les fenêtres du rez-de-chaussée ! lui rappelle Audrey tout en continuant de l'entraîner vers les marches. Viens, je te dis !

Il se laisse guider à contrecœur, sa main droite brandie vers leur agresseur. Les crépitements du Taser emplissent la pièce.

Le spectre avance sans se presser dans les flaques de sang. Arrivé au pied de l'escalier, il les désigne à nouveau de la pointe de son couteau.

— Fuir est inutile. Vous êtes morts. Vous êtes morts tous deux à l'instant où vous avez tué ma fille.

— Votre fille ? s'étrangle Damien, faisant une brève halte au premier étage, malgré la main d'Audrey qui cherche à le tirer vers elle pour reprendre leur course.

En bas des marches, l'assassin reste immobile, lui aussi. Son sourire est à la fois triste et avide.

— Elle s'appelait Valentine. Elle avait sept ans. Peut-être devrais-je vous torturer pendant sept jours pour cela ? Ou bien sept *ans* ? Si je pouvais rassembler le matériel nécessaire…

— Vous êtes malade ! Ce n'était pas notre faute ! Je vous le jure ! C'était un accident !

— Damien… supplie Audrey. Ça ne sert à rien !

— Elle a raison, commente le meurtrier. Vous n'aurez droit à aucun pardon. Pour vous, il ne reste plus que le châtiment.

Il commence à gravir l'escalier.

Damien se laisse emporter par Audrey. Ils parcourent l'étroit couloir. Inutile de se réfugier dans la salle de bains. Et la porte de la chambre d'Audrey est arrachée.

— La chambre de mes parents ! crie-t-elle en s'engouffrant dans la pièce tout au bout du couloir. Elle ferme à clé !

Damien claque la porte et la verrouille, conscient qu'il ne s'agit que d'un répit illusoire.

— Aide-moi à mettre la commode devant ! Vite !

Ils poussent le lourd meuble de toutes leurs forces, au moment où la porte commence à être secouée.

— Vous ne faites que retarder l'inévitable, leur dit l'assassin de l'autre côté.

— Cause toujours ! Les gendarmes vont arriver ! La mère d'Audrey les a prévenus !

— J'ai tout le temps du monde. Je n'ai plus que cela. Le plaisir insupportable de la vengeance. Je vous assure que vous allez me le donner.

Une déflagration les fait sursauter. Un trou de la taille d'un poing s'ouvre dans la porte.

— À terre ! beugle Damien en se jetant sur sa petite amie.

Ils rampent derrière le lit tandis que d'autres coups de feu retentissent. Les ouvertures se multiplient dans le bois de la porte.

Damien, progressant à genoux, parvient à ouvrir la fenêtre. Il jette un regard au-dehors et aperçoit plusieurs personnes sur le trottoir. D'autres badauds sortent du PMU, sans aucun doute surpris par les détonations. Une femme lève un index vers lui. Peu à peu, tous les regards sont braqués dans sa direction.

— Au secours ! hurle-t-il à l'attroupement. On nous tire dessus !

Un nouveau coup de feu ponctue son appel de détresse. La vitre de la fenêtre se fracture, une pluie de verre s'abat sur lui.

— Merde !

— Damien !

— Ça va ! Tout va bien !

Il passe sa main sur son cuir chevelu. Le sang suinte de multiples coupures. Rien de trop grave.

— Reste à l'abri, grogne-t-il entre ses dents.

La porte de la chambre est désormais traversée de trous énormes. Les yeux noirs du tueur se placent derrière l'un d'eux.

— Peut-être pourrais-je abréger votre supplice. Si vous me laissez entrer maintenant.

— Nous sommes désolés, gémit Audrey. Par pitié, on voulait pas faire de mal à votre fille !

— Le mal est fait ! hurle le spectre, sa voix montant dans les aigus. Vous allez souffrir comme je souffre, petites merdes !

Damien se risque de nouveau à la fenêtre. Ils ne se trouvent qu'au premier étage, ils pourraient sauter dans le vide. Que serait une jambe cassée, comparée à la mort certaine qui les attend, si le fou parvient jusqu'à eux ?

Il n'a pourtant pas le temps d'y réfléchir davantage, car sur le trottoir les badauds se retournent tous.

Il lève les yeux et comprend.

La lumière d'un gyrophare apparaît au bout de la rue.

— Les gendarmes sont là ! Audrey ! On est sauvés !

Une détonation lui coupe la parole, tandis que la lampe posée sur la table de chevet éclate.

Audrey pousse un cri suraigu.

102

Le garçon s'aplatit au sol. La terreur le pétrifie.

— Audrey ? Audrey !

— Je suis touchée, dit-elle d'une toute petite voix. Il m'a eue…

— Mon Dieu, non, non, non…

Il rampe vers elle en faisant attention à bien rester à couvert. Sa petite amie est couchée sur le flanc, recouverte par les débris de la lampe.

— Où ça ? chuchote-t-il. *Où ?*

Il pose ses mains sur elle, époussette à l'aveugle les morceaux de faïence, les éclats de l'ampoule. Il y a du sang en effet. Mais pas de vraie blessure.

— Je veux pas mourir, murmure Audrey.

— Tu n'as rien, bébé. C'était juste des bouts de verre. Moi aussi je suis coupé, ce n'est rien…

— Oh, Damien…

Elle s'accroche à lui, grelottante, la respiration hachée.

— J'ai si peur…

— Tiens le coup, chuchote-t-il à son oreille. Ne craque pas, je t'en prie. On va s'en sortir.

Il la serre plus fort. Tout se bouscule dans son esprit. Son pouls refuse de ralentir.

— On va trouver une solution. Je te le promets.

Un mensonge. Il est tout aussi terrifié qu'elle. Mais il veut s'accrocher à la moindre bribe d'espoir, coûte que coûte. Il relève la tête. Les battements à ses tempes l'assourdissent.

Il n'aperçoit plus la silhouette du tueur dans les trous de la porte.

— Tu crois qu'il est reparti ?

Il avance à quatre pattes jusqu'à la fenêtre, se redresse précautionneusement. La voiture de gendarmerie s'est garée devant la maison. Trois hommes en sortent, leurs armes à la main.

— Au secours ! hurle Damien.

Le gendarme se trouvant le plus près de la maison lui fait un signe.

— Du calme ! Combien êtes-vous, là-dedans ?

— Deux ! Ma copine et moi ! Il a tué deux personnes ! Il est armé ! Il est encore dans la maison ! Il…

Une violente détonation l'interrompt. Le visage du gendarme devient une tache floue et rouge, et l'homme s'effondre. Les gens rassemblés dans la rue se mettent à hurler, s'éloignent en courant dans un mouvement de panique. Les deux autres hommes en uniforme se jettent à couvert derrière la voiture tandis que de nouveaux tirs retentissent. Les vitres sont soufflées par les balles.

— On a aucune chance de s'en sortir, gémit Audrey. C'est un cauchemar…

Damien lui saisit fermement le poignet.

— Si, on va s'en sortir ! Il est occupé ! On va passer par-derrière ! Il y a bien des fenêtres de l'autre côté du couloir ?

— Oui… La buanderie…

— Alors, on y va. Tout de suite !

En bas, les bruits de tirs se poursuivent. L'alarme

d'une voiture s'élève, emplissant la rue de sa sonnerie répétitive.

— Aide-moi. Vite !

Ensemble, ils repoussent la commode pour dégager l'accès à la porte.

Les détonations se sont arrêtées.

Seule l'alarme du véhicule continue de hululer, obsédante.

— Il va remonter ! s'affole la jeune femme.

— Alors ne perdons pas de temps ! réplique Damien en ouvrant la porte.

Le couloir est désert.

— La porte en face ? C'est ça, la buanderie ?

— Oui.

Ils traversent sur la pointe des pieds et s'engouffrent dans l'étroite pièce. Damien referme la porte à clé pendant qu'Audrey ouvre la lucarne. La maison voisine est inhabitée, ses fenêtres fermées par des planches. Entre les deux bâtiments, une courte ruelle, sans le moindre éclairage.

— Il faut sauter.

— On va se casser quelque chose.

— On a pas le choix.

Damien embrasse Audrey avant d'ajouter :

— Tu passes la première. Je te tiens. Tu ne risques rien !

Blême, la jeune femme hoche la tête. Elle enjambe la fenêtre, Damien lui saisit fermement les poignets.

— Voilà. Laisse-toi glisser. Tout doucement. Tu peux le faire, bébé.

Il se penche autant que possible, supportant le poids d'Audrey à bout de bras jusqu'au point de rupture. Sa petite amie lui lâche enfin les mains et s'effondre dans les ténèbres avec un brusque piaillement.

— Ça va ?

— Oui, oui ! À toi, maintenant ! Dépêche-toi !

À son tour, il passe par l'étroite fenêtre, s'accroche comme il le peut et se laisse pendre dans le vide.

La hauteur est plus importante qu'il le croyait. La luminosité quasi nulle. Le vertige lui vrille l'estomac. Il se laisse pourtant chuter. Ses chevilles heurtent le béton, il roule maladroitement sur lui-même.

Il se redresse aussitôt, secoué mais indemne.

Le son de l'alarme, de l'autre côté de la maison, s'arrête net.

— Tout va bien. On est sortis. On n'a qu'à s'en aller sans attirer l'attention.

Audrey pousse un cri.

Avant qu'il ne comprenne, ou seulement ne voie venir quoi que ce soit, il ressent une violente perforation dans son dos, et une sensation glacée se propage dans ses muscles.

— Que…

Il retombe en arrière, à la fois empli d'une douleur intense et incapable de se mouvoir. Son crâne s'écrase sur le trottoir.

Il ne peut qu'être témoin, impuissant, tandis que la silhouette de l'assassin s'abat sur Audrey et lui plante une seringue dans le cou.

Audrey a simplement la force de souffler son nom, « Damien », avant de s'effondrer à son tour.

Damien voudrait hurler. Bouger. Faire *quelque chose*. Il ne peut que cligner des yeux. Et encore. Même cet infime mouvement lui arrache des étincelles de souffrance.

Il voit le tueur apparaître au-dessus de lui. Tel un démon blafard aux immenses yeux noirs.

— Je vous disais que cela ne servait à rien de retarder l'inévitable.

Au secours, essaie de crier Damien.

Aucun son ne s'échappe de sa gorge congestionnée par la drogue.

VII

CHÂTIMENTS

103

Minuit.

Les minutes s'égrènent, silencieuses, implacables.

Olivier Salva ne parvient toujours pas à se mettre au travail.

Ses pensées sont un tourbillon.

Un puits sans fond d'émotions, qu'il ne sait comment gérer.

Vautré dans le fauteuil de son salon, il inspire sur son joint. La fumée dérive dans la petite pièce, dessine des visages abstraits et des nœuds coulissants au-dessus de sa tête.

La drogue s'avère plus efficace que les médicaments pour garder la douleur à distance.

Cependant, elle ne chasse pas le souvenir de la peau de Drevoski contre la sienne. De la tendre fermeté de ses cuisses rivées sur lui. De la chaleur obsédante de son sexe qui ruisselait par vagues, à chacun de ses coups de reins. *Cela*, rien ne pourra le chasser.

Voilà comment Valentine a été conçue, Olivier.

Au hasard. Je n'ai jamais su qui était le père.

Salva ferme les yeux, inspire encore, plus fort. Le papier grésille. Le parfum de l'herbe emplit sa gorge, ses poumons, sans parvenir à masquer celui de cette femme.

Marie.

Expulsant la fumée par les narines, il se lève, marche de long en large dans la pièce.

Lui ment-elle ?

Jusqu'à quel point est-il disposé à se voiler la face ?

La vérité, c'est qu'il s'est rarement senti aussi seul.

Aussi *perdu.*

Il fait une pause devant la fenêtre de son minuscule balcon. La nuit déploie son obscurité sur la ville. Tiède et moite, comme le corps d'une femme distante.

Cesse de penser à elle.

Tu as juste déconné.

Tu passes ta VIE à déconner.

Mets-toi au travail, maintenant.

— Ouais, se répond-il à voix haute et de mauviase grâce.

Si c'était aussi simple.

Il pousse la porte de sa chambre. Contemple le mur de liège, transformé en « plan mental » de son enquête.

D'un côté, les premières fiches qu'il avait commencé à punaiser : des photos de la petite bande de Sophian Amara et Laura Maé.

Le réseau de recel du collier volé.

À l'origine de l'échange à la bijouterie. Et le casse foireux qui en a résulté.

Il a entouré la photo de Valentine Drevoski.

Victime numéro un.

La cause de tous les meurtres qui ont suivi ?

Très probablement.

De l'autre, il a épinglé les dossiers que lui a remis Desmazes. Il les a placés dans l'ordre chronologique, en plusieurs colonnes, pour tout avoir à vue.

L'ensemble de ces documents est si vaste qu'il recouvre désormais toute la cloison de la pièce.

— Bon ! s'exclame-t-il d'une voix cassée par la fumée. Je fais quoi de tout ça, moi ?

Il aspire une dernière bouffée, écrase le mégot dans le cendrier à côté du lit, puis s'arme d'un feutre Velleda.

Suis ton instinct.

C'est la seule chose que tu sais faire.

S'approchant du mur, il commence par relier les quatre derniers dossiers : *Varenne, Cassagne, Kaplan, Malibert.*

Ces personnes sont rattachées de près ou de loin à l'attaque de la bijouterie.

Et, par voie de conséquence, à la mort de Valentine Drevoski.

Maintenant, il reste tous les meurtres précédents.

Le tableau de chasse de l'assassin.

Il se trouve face à onze affaires en tout. Des décès violents, sans le moindre rapport entre eux. Ici, il s'agit de dealers massacrés à Marseille. Là, en Bretagne, un militant vegan accusé d'avoir saccagé plusieurs boucheries et qui, bourré d'alcool et de drogue, a fait une chute d'une falaise en marge d'une soirée électro. Ou encore la fusillade de l'an passé, en banlieue toulousaine, au cours de laquelle sont décédés une femme et deux hommes. Les lieux changent. Jamais de mobile évident, ni le moindre indice.

Des tragédies personnelles. Isolées.

Des morts négociées par contrat. Ce point-là, au moins, est certain.

Le tueur se fait recruter sur le Dark Web. Les commanditaires ne risquent rien. Pas plus que les transferts de fonds en cryptomonnaie ne peuvent être retracés.

Tout ce que Salva sait, c'est que le labo a retrouvé la même drogue dans le sang de chacune de ces personnes.

De l'opium afghan.

Dont l'origine est, elle aussi, impossible à déterminer.

— C'est pourtant le lien, songe-t-il tout haut. C'est l'élément le plus ancien… C'est *forcément* le lien…

Il croise les bras, frotte machinalement son bandage. Son regard remonte la colonne des dossiers affichés devant lui. Le tout premier date de juillet 2012. *François Chasseré. Cause de la mort : suicide.*

Cette affaire date de sept ans déjà. C'est la plus ancienne de la liste.

François Chasseré avait trente-cinq ans. C'était un militaire affectée au Centre parachutiste d'instruction spécialisée, à Perpignan. Il a été retrouvé à son domicile avec une lettre classique d'adieu et sa cervelle répandue jusqu'au plafond. L'arme utilisée pour mettre fin à ses jours lui appartenait.

En soi, rien de bien suspect dans cette histoire. L'armée a beau tout faire pour étouffer ce genre de tragédies, celles-ci se produisent de plus en plus souvent.

Seule la présence de l'opium dans les analyses sanguines a fait remonter le dossier jusqu'à Desmazes, qui l'a ajouté à sa collection d'affaires « suspectes ».

Salva contemple la photo du militaire décédé.

— François Chasseré… Dis-moi qui aurait pu vouloir se débarrasser de toi…

La fiche évoque une famille habitant dans l'Ouest. Pas de relations connues. L'homme semblait avoir un problème d'alcool, qui lui avait valu plusieurs sanctions de la part des autorités militaires au début de sa carrière, mais c'est bien le tout des informations le concernant.

La nuque de Salva se tend, engourdie par l'effet du cannabis. Mais pas seulement.

Il ferme les paupières.

Le frisson ne le quitte pas.

La sensation profonde, désagréable, d'avoir quelque chose d'important sous le nez sans parvenir à l'identifier.

Il rouvre les yeux, lève le feutre Velleda, souligne le terme « militaire » de la fiche.

Le tueur à gages utilise du matériel de l'armée.

Il est évident qu'il a reçu une formation militaire.

D'accord.

C'est le cas de tous ceux de son espèce.

Sauf que cette première victime est, elle aussi, issue du milieu militaire.

Coïncidence ?

Peut-être.

Ou peut-être pas.

Avant d'entrer dans la police, Salva a été soldat lui-même. Un bref passage sous le drapeau qui lui a permis de se rendre compte que ce n'était pas du tout sa voie, il y a plus de vingt ans déjà, une autre vie. Mais il n'ignore pas que le Centre d'instruction de Perpignan abrite les unités de forces spéciales de la DGSE. En d'autres termes, des individus entraînés aux missions de guérilla et de commando. On les envoie sur le théâtre des opérations du monde entier pour récolter de l'information et, parfois, intervenir.

Jamais de manière officielle.

Sans vraiment savoir ce qu'il cherche, le policier souligne plusieurs fois les termes « CPIS de Perpignan ».

François Chasseré était un membre des forces spéciales. Un homme surentraîné.

Tout sauf une cible facile.

Pourtant, il a été éliminé sans difficulté apparente.

S'agissait-il du premier contrat du tueur ?

Ou était-ce quelque chose de plus… personnel ?

Fébrile, Salva revient dans le salon et s'installe devant sa table de travail. Il allume son ordinateur, ouvre une fenêtre de recherche Google.

Il ne lui faut que quelques minutes pour retrouver la trace d'une actualité du journal *L'Indépendant* qui titrait à l'époque : « Série noire au CPIS de Perpignan. » Les dates correspondent à la même année. Plus précisément, au même mois. *Juillet 2012.*

Le texte qui suit lui fait écarquiller les yeux.

Un militaire français du service action de la DGSE, engagé dans des opérations de renseignements, est mort ce matin dans un accident de voiture. Il appartenait au célèbre Centre parachutiste d'instruction spécialisée (CPIS) de Perpignan. Son véhicule est sorti de la route alors qu'il venait de quitter la Citadelle du palais des rois de Majorque, qui abrite le régiment.

En raison de l'appartenance de cette personne aux services secrets, les autorités ont refusé de rendre public tout autre détail sur ce tragique accident, qui rappelons-le survient le lendemain de la rupture d'une conduite de gaz au CPIS, qui a coûté la vie à deux militaires.

Aucun autre détail n'est révélé et Salva ne se fait pas d'illusions, il n'en trouvera pas. Le système de communication de l'armée est parfaitement rodé en la matière.

Mais qu'est-ce que cette histoire de rupture de conduite de gaz ? *Deux autres décès ?*

Salva s'empresse de cliquer sur l'article cité en lien.

104

Le moteur gronde. Le plancher du véhicule s'incline. Le bruit du régime change, on passe les rapports de vitesse, l'un après l'autre, pour négocier la montée abrupte.

Audrey entrouvre les yeux.

Une succession de cahots la secoue. Des nids-de-poule, de plus en plus nombreux.

Sa respiration est difficile, entrecoupée de hoquets nerveux. Tous ses muscles demeurent anesthésiés par la drogue qu'on lui a injectée.

Elle est allongée sur une surface de tôle froide, jambes fléchies. La vibration du moteur se répercute dans sa colonne vertébrale, dans chacun de ses os.

L'arrière d'un véhicule utilitaire.

Lancé vers quelle destination ?

Tout doucement, elle parvient à tourner la tête sur le côté. Elle découvre Damien installé contre elle. Lui aussi est plié en deux dans l'étroit espace.

Son petit ami cligne des yeux, grimace avec une expression de détresse absolue.

Il est plongé dans le même état de paralysie.

Elle le voit ouvrir la bouche, lentement. Il bataille pour former des mots qu'elle n'entend pas.

Elle veut lui répondre, mais ses cordes vocales aussi sont muettes.

La main de Damien cherche à se refermer sur la sienne.

Leurs doigts s'entremêlent, malhabiles, dépourvus de la moindre force.

Au moins, ils ne sont pas seuls.

S'ils doivent mourir, ils le feront ensemble, et cette pensée, aussi terrifiante soit-elle, lui apporte un peu de réconfort. *Pourvu que ce soit rapide.*

Ils arrivent en haut de la côte, mais sont secoués de plus belle alors que le véhicule emprunte un chemin défoncé. Ils tanguent avec violence, sont projetés d'un côté à l'autre. Des cailloux cognent contre le bas de caisse. Les buissons griffent la carrosserie.

Enfin, le véhicule s'arrête.

Le cœur d'Audrey cogne et cogne. Elle sent des larmes ruisseler sur ses joues sans avoir conscience de pleurer.

La portière du conducteur grince.

Claque.

Des pas crissent sur le sol.

Les portes arrière s'ouvrent, laissant entrer la pénombre nocturne. La silhouette de leur ravisseur se découpe devant les arbres de la forêt, en noir sur noir.

— Ici, nous serons tranquilles.

— Pour… quoi ? souffle Damien d'un timbre à peine audible.

L'individu se penche sur eux.

Ses lèvres fines se retroussent, dévoilant un sourire éclatant.

— Pour votre châtiment. Je vous l'ai promis. Votre souffrance sera mon réconfort…

Il lève la main. Un objet recourbé luit dans la pénombre. Un croc de boucher, acéré, affamé.

Damien parvient à se cambrer. Juste un réflexe, avant que la pointe ne s'approche de lui. L'assassin fait lentement remonter son tee-shirt pour dévoiler son ventre qui se soulève par brèves saccades.

Audrey secoue lentement la tête. Elle veut hurler non, non, NON. Elle voudrait tant que cela soit un mauvais rêve, qu'elle puisse se réveiller, tout de suite.

Le crochet transperce la peau de Damien.

Le sang de son petit ami arrose Audrey. Du liquide chaud sur son visage. Elle halète, se convulse. À son tour, elle pousse un gémissement pitoyable.

Damien tourne la tête vers elle. Ses yeux agrandis par la souffrance.

Puis il est tiré, tracté par une chaîne hors du véhicule et disparaît de sa vue sans un bruit.

105

Tragique accident au régiment de Perpignan.

Deux agents des services secrets français sont décédés ce matin (mardi) dans l'enceinte du CPIS de Perpignan. Les premiers éléments de l'enquête avancent une explosion de gaz liée à un conduit défectueux qui devait être remplacé dans la semaine. Les autorités françaises n'ont communiqué ni l'identité ni le grade de ces militaires.

Salva se masse longuement les paupières.

D'abord une explosion, imputée à un problème de gaz et donc – logiquement – classée sans suite. Puis un accident de voiture. Trois membres des forces spéciales décédés en seulement deux jours. *Et aucune enquête ? Même pour la forme ?*

Il se lève. Besoin de carburant. Il va piocher une canette de bière dans le frigo.

Retour devant l'ordinateur. La boisson ruisselle dans sa gorge, fraîche, rassurante. Il fait défiler les pages web. Au détour d'un article, il peut lire, sans surprise : *Les obsèques des militaires décédés cette semaine ont eu lieu en toute discrétion. Selon nos informations, plusieurs hauts dignitaires de l'état-major des armées et de la Direction générale de la sécurité extérieure (DGSE), sont arrivés dans deux avions Falcon du gouvernement, qui se sont posés sur l'aéroport de Perpignan. Le ministère de la Défense s'est refusé à tout commentaire.*

Nulle part, constate-t-il, n'est mentionné le décès du dénommé Chasseré.

Il jette de nouveau un regard aux dates. S'il se fie à ce qui est indiqué sur le dossier, ce suicide a eu lieu quatre jours après l'accident de voiture. Soit le jour même des obsèques « en toute discrétion » des trois autres militaires.

La très secrète unité perpignanaise a étouffé l'affaire de main de maître, comme elle sait le faire.

Il n'en demeure pas moins que quatre soldats ont perdu la vie. En moins d'une semaine.

Olivier Salva repousse la canette vide au coin de la table.

Il s'approche. Mais de quoi ? Il clique sur une série de liens, non sans une nervosité croissante.

… Nous avons appris d'une source proche de la DGSE que les militaires décédés tragiquement travaillaient ensemble depuis plusieurs années, dans les missions d'observation et d'intervention à l'étranger…

… Ces trois soldats resteront des inconnus pour le grand public. Leur nom n'apparaîtra sur aucun monument, en application de la célèbre devise du régiment : « Nul ne verra. Nul ne saura »…

— Nul ne saura, murmure Salva.

Il se lève, fait de grands pas dans la pièce. Ruminant.

Pourquoi ces dernières informations le laissent-elles perplexe ?

Il s'arrête net.

Parce que, à sa connaissance, les soldats des unités d'intervention n'ont jamais travaillé ensemble sur la durée. Ils se contentent d'être disponibles à tout instant, prêts à sauter dans un avion pour n'importe quelle mission, un paquetage de rechange toujours à portée de main.

Il se saisit de son téléphone mobile et effectue une recherche dans son répertoire. Il redoutait d'avoir perdu certains numéros au fil de ses changements d'appareils, mais il découvre avec bonheur que celui de Patrick, son plus proche ami de régiment, est toujours bien conservé dans la mémoire.

Tous deux ont fait leurs classes ensemble, à Collioure. Si lui-même n'est pas resté dans l'armée et a préféré se réorienter dans la police, Patrick a poursuivi la formation de commando parachutiste. Dans ses souvenirs, à l'époque des faits qui l'intéressent, il était en place à Mont-Louis et à Perpignan.

Salva consulte l'heure.

2 heures du matin.

Pas le meilleur moment pour appeler un vieil ami perdu de vue.

Il ouvre une nouvelle bière et va s'asseoir sur son fauteuil élimé, dans l'angle du salon.

Le téléphone dans une main, la canette dans l'autre.

Toujours aussi perdu dans le maelström de ses émotions.

Il songe à Marie. Il ne peut pas s'en empêcher.

Il imagine son corps. Sa chevelure retombant sur lui.

Il soupire son nom alors que la fatigue le terrasse. Par saccades, son menton retombe sur sa poitrine, et y repose pour de bon.

Bière et téléphone lui échappent des mains, roulent au sol sans bruit.

Tout doucement, le policier se met à ronfler.

106

Plusieurs minutes.

Ou plusieurs dizaines.

Audrey ne sait pas depuis combien de temps elle attend.

Une éternité.

Les pulsations de son pouls affolé l'assourdissent, font rouler le monde jusqu'à lui donner le mal de mer.

Elle est prise de frissons. Tout autour d'elle, il fait noir, il fait froid, la forêt bruisse comme une entité mauvaise.

Elle s'agite au ralenti, pourtant, bataille pour chasser la torpeur induite par la drogue. Elle commence à déplacer son bras, puis sa cuisse, centimètre après centimètre.

Elle veut quitter ce véhicule.

Ramper dans la forêt, se cacher.

Elle approche sa main des portes ouvertes du véhicule. Elle sent la brise caresser sa peau.

Centimètre. Après. Centimètre.

Le bruit de pas s'élève entre les arbres.

Elle a trop attendu. Le monstre chauve revient la chercher, sa silhouette se dresse au-dessus d'elle.

— Non… non…

Il la saisit, de ses gants rugueux, l'arrache violemment

au véhicule. Elle s'écrase au sol avec un gémissement étouffé.

Elle est entraînée dans la terre, les branches, les cailloux.

Puis le sol d'un bâtiment. Son coude heurte la porte entrouverte, elle voudrait se raccrocher à quelque chose, sans en avoir la force. Son ravisseur continue de la tirer par les pieds, elle glisse sur une surface visqueuse recouverte de paille. Est-ce une maison à l'abandon, plantée au milieu de la forêt ? Les murs sont en pierre nue, Audrey le sent quand les paumes de ses mains les effleurent. Elle passe également à côté de meubles froids et durs, des armoires de métal sans le moindre doute. L'obscurité, quasi totale, l'empêche de distinguer quoi que ce soit. Quelque chose dégage une odeur acide et violente.

— Arrêtez… halète-t-elle. Par pitié… arrêtez…

Ils pénètrent dans une vaste pièce, au cœur de la bâtisse. À cet instant la puanteur augmente d'un coup, se referme sur elle comme une immonde vague physique.

La putréfaction.

Elle est jetée contre le mur. Sa tête heurte les pierres. Audrey tousse, suffoque. Une vive brûlure comprime sa poitrine.

— Laissez-nous… articule-t-elle avec des efforts désespérés pour se faire entendre. Je… vous… en supplie…

L'homme s'accroupit à côté d'elle.

— Tu sais que ça n'arrivera pas. Tu es arrivée au bout de la route. Tu as choisi ce chemin à l'instant où tu as pris le volant. Tout ce qui t'arrive désormais, c'est ton choix qui l'a dicté, Audrey.

Un éclat brille dans le noir. Le reflet froid d'une

lame crantée. Aiguisée comme un rasoir. Audrey referme les paupières. Sans défense.

Le couteau entaille son front.

Il cisaille la peau jusqu'à l'os.

Audrey pousse une plainte rauque. La douleur transperce son crâne. La panique l'aveugle. Elle songe qu'elle préférerait être morte plutôt que de continuer à subir ce qu'elle ressent.

Ses cheveux sont saisis. L'individu a empoigné une mèche dans sa main gantée. Il continue de tirer, lentement. Audrey se cambre alors qu'une partie de son cuir chevelu se détache. Elle a l'impression de s'évanouir l'espace d'un instant puis revient à elle comme on crève la surface, des nuées lumineuses traversant sa vision. Son sang ruisselle sur son visage. Son goût écœurant envahit sa gorge.

— Au… secours…

— Personne ne viendra. Vous êtes dans mon jardin secret. J'ai tout le temps du monde pour m'occuper de vous. Ensuite, je laisserai pourrir vos cadavres. Personne ne vous retrouvera jamais ici. Et personne ne me retrouvera jamais, moi non plus.

Lentement, il se redresse.

Les yeux d'Audrey se sont un peu habitués à la pénombre.

Elle distingue à présent les silhouettes suspendues au plafond.

Il y en a des dizaines. Partout autour d'eux. Les dépouilles décharnées occupent toute la pièce.

Des carcasses d'animaux. Des chats, des chiens, peut-être même d'autres espèces, accrochés à des chaînes. Audrey ne distingue pas tous les détails au sein de l'ombre, mais il est évident que ces bêtes ont été mutilées, partiellement démembrées parfois. Elle perçoit le bruit entêtant des insectes et des mouches tourbillonnant autour des chairs gluantes. C'est l'odeur aigre et pénétrante de leur décomposition qui sature l'air.

Il ne s'agit pas uniquement d'une vengeance. Cet homme est fou. Depuis longtemps et de manière profonde. Comme il l'a annoncé, ils sont dans son repaire à présent. Son *jardin secret*. Le reflet de sa maladie mentale, avec pour fruits tous ces corps torturés, pendus par grappes macabres.

— C'est toi qui conduisais, lui dit-il d'une voix vibrante, de moins en moins maîtrisée. C'étaient tes mains sur le volant. Je te promets que ton supplice sera le plus long. J'ai le matériel qu'il faut ici. J'ai bien fait de le conserver, après toutes ces années. Nous allons voir s'il fonctionne encore.

Audrey hoquette. Son cœur s'emballe. Sa respiration est proche de l'hyperventilation. La souffrance qui consume son cuir chevelu déchiré devient insupportable.

— Tu aimes ton petit copain, Audrey ?

Elle n'ose répondre.

— Parce que ce qui va lui arriver, ajoute-t-il, est entièrement ta faute. Regarde bien.

Il s'écarte d'elle. Audrey cherche à le suivre du regard et découvre alors Damien, recroquevillé un peu plus loin contre le mur.

Le monstre l'empoigne, le fait se lever, dans un cliquetis métallique.

— Damien, sanglote Audrey, ses yeux emplis de larmes. Mon Dieu…

Subitement, le jeune homme se redresse.

Les chaînes se tendent, coulissent, l'arrachent au sol comme le feraient les fils d'une marionnette improbable.

Un cri affreux s'échappe de sa gorge tandis qu'il s'élève et se balance dans les airs. Il est désormais semblable aux animaux autour de lui. Bras écartés. Tous ses muscles contractés.

Son corps se couvre d'un voile de sang.

Dans la pénombre, Audrey devine avec horreur que les chaînes sont reliées à des crochets enfoncés dans la chair de Damien. Ils transpercent ses épaules et ses bras de part en part.

Une bête à l'abattoir.

Le jeune homme gesticule au ralenti. Ses plaintes deviennent de plus en plus déchirantes.

— Voilà comment ça se passait, sur le terrain, s'extasie l'individu. Notre colonel était une ordure, mais il savait traiter l'ennemi. Regarde, Audrey. Regarde bien ce que tu as causé…

Il tend le bras vers un boîtier. Un grésillement s'élève.

Des étincelles pleuvent du plafond.

Les crépitements augmentent. Audrey n'a jamais entendu pareil son.

Celui de flots d'électricité déversés dans les mailles de métal.

Dans le corps de Damien.

Il s'agite, secoué de convulsions, comme s'il n'était plus qu'une poupée de chiffon. Davantage d'étincelles jaillissent de ses membres traversés par les esses de boucher.

Il hurle encore, hurle de plus en plus fort et d'une tonalité de plus en plus aiguë alors que l'électrocution se poursuit et que l'air s'emplit d'une odeur insoutenable de métal chauffé à blanc, d'ammoniaque et de viande brûlée.

107

Il n'y a plus le moindre espoir.

L'effroi tétanise Audrey, la broie de l'intérieur.

Les cris de Damien, les crépitements électriques ininterrompus vont lui faire perdre l'esprit, elle en est persuadée.

Sans doute est-ce pour cette raison que les souvenirs resurgissent.

En un étrange mécanisme de défense, Audrey revoit son enfance défiler devant ses yeux. Cette période si lointaine, si préservée de sa vie. Était-elle heureuse, en ce temps-là ? Bien sûr qu'elle l'était ! Elle se *sentait* heureuse, entourée, protégée, les bras de sa mère autour d'elle comme une armure indestructible. Jamais, jusqu'à l'âge de onze ou douze ans, elle ne s'était posé la moindre question sur son avenir. Elle n'avait pas à se battre pour exister en tant que personne, pas à détester son père, pas à espérer qu'un miracle survienne pour lui permettre d'affronter un futur déprimant et une condition vouée à l'échec. Elle aimerait *tant* pouvoir remonter le ruban des années. Juste redevenir une petite fille innocente…

Puis elle revoit les quatre têtes de mort multicolores déposées sur le lit de Damien. Elle se souvient de son enthousiasme ridicule. Elle se souvient de l'impact, de cet instant effroyable où la voiture a heurté le corps de l'enfant, de cette petite fille qui aurait pu être elle. Elle se *déteste* bien davantage qu'elle a jamais détesté son père, en dépit de tout ce qu'il lui a fait.

Tu es arrivée au bout de la route.

Tu as choisi ce chemin à l'instant où tu as pris le volant.

C'est ton choix qui l'a dicté, Audrey.

TON CHOIX.

Elle revient à elle en sursaut, à l'instant où les grésillements cessent.

Après les lueurs vives des étincelles, il lui faut quelques instants pour que ses yeux s'ajustent de nouveau à la pénombre. Elle distingue le corps de Damien qui pend, immobile, au milieu des autres carcasses pourrissantes. Il n'y a guère de différence entre un chien mort et un homme mort, au bout du compte.

Damien est-il mort ?

Il ne bouge plus.

Il ne gémit plus.

Elle ne le voit même plus respirer.

Damien est mort, oui. Ou il le sera bientôt.

Alors ce sera à son tour de souffrir.

Le bourreau s'approche d'elle, en mouvements rapides et saccadés. Son crâne luit d'une fine pellicule de transpiration. Ses yeux noirs la contemplent, l'avalent tout entière.

Audrey ne dit rien. La plaie ouverte dans son cuir chevelu lui inflige une douleur ardente. Elle halète. Elle attend l'irrémédiable.

L'individu lève une main vers elle. Elle tressaille.

Il lui jette un objet qui rebondit contre sa joue et retombe à côté d'elle.

Tout d'abord, Audrey ne comprend pas.

Elle baisse les yeux.

Elle referme les doigts sur le petit testeur en plastique.

Tout ce qu'il implique.

— Tu es enceinte.

Ce n'est pas une question.

Audrey lève pourtant la tête vers le monstre.

Pour le regarder en face.

— Oui.

Il se redresse, la surplombe de sa silhouette élancée. Pour la première fois, c'est lui qui semble déstabilisé. Il se tourne vers le corps de Damien, hume l'air saturé de puanteur. Celle des dépouilles des animaux en putréfaction, celle du métal surchauffé par l'électricité, celle de la chair fumante de Damien.

Lentement, il ôte ses gants.

Il porte ses mains à son visage.

L'une après l'autre, il enlève les lentilles noires qui couvraient ses yeux et les transformaient en regard de démon.

Puis il se replie, reflue dans le noir en silence. Il se glisse entre les silhouettes des animaux pendus.

Audrey penche la tête. Elle le distingue avec difficulté au bout de la pièce. Il est accroupi sur une table, devant le corps crucifié de Damien.

Il l'observe.

Réfléchissant.

À quoi ?

— Qu'est-ce que… cela change… que je sois enceinte ? souffle la jeune femme.

Le monstre chauve tourne la tête vers elle.

De longues secondes s'écoulent dans un silence seulement troublé par le bruit des mouches.

— Cela ne change rien, pauvre idiote.

Mais le son de sa voix n’est plus le même.

Il saute de son perchoir et disparaît de la pièce sans rien ajouter.

108

Salva fait le même rêve.

Ou presque.

À présent, la faille qui déchire le monde en deux s'est élargie. Le précipice s'étend à perte de vue, telle une vilaine cicatrice s'ouvrant à chaque seconde un peu plus, dans un lent chuintement de chairs.

Olivier Salva se tient toujours au bord. Autour de lui, les feuilles des dossiers volent, tournoient dans le vide, avant de sombrer, avalées les unes après les autres dans le gouffre sans fond.

Sur l'autre rive, Marie Drevoski est désormais seule.

Sa fille a disparu du rêve.

Avalée par l'abysse, très certainement. Comme le reste du monde autour d'eux.

La distance est telle que Salva distingue de moins en moins la femme. Dans cette absurde logique des songes, elle est désormais nue. Ses cheveux détachés, subitement démesurés, volent et dessinent des arabesques tout autour d'elle.

Salva tend la main dans sa direction.

Pour toute réponse, elle écarte les bras en croix. Sa peau brille, blanche et pure dans la pénombre.

— Marie, non ! appelle-t-il, sachant déjà ce qui va se produire.

Il ne peut rien faire.

Simplement la voir basculer en avant.

Elle se laisse tomber dans l'abîme, sans une émotion, tel un oiseau immaculé auréolé de sa chevelure d'or.

Voilà comment Valentine a été conçue, Olivier.

Salva hurle sans bruit.

Voilà comment…

Il voit le précipice s'élargir, se rapprocher de ses pieds et s'ouvrir encore plus grand.

Au moment où il bascule, la vibration de son téléphone l'arrache au sommeil.

Le retour au réel est brutal. Salva se plie sur son fauteuil. *Trop vite.* Ses reins, trop longtemps immobilisés dans une mauvaise position, envoient des ondes de souffrance dans son dos, jusqu'à ses épaules. Quant à la douleur dans son bras, elle est revenue, plus intense que la veille. Une pulsation d'acide dans ses veines.

— La vache, souffle-t-il en effleurant son bandage.

La lumière du soleil passe par la porte-fenêtre du salon et laisse tomber sur lui un rayon tiède.

Le téléphone continue de bourdonner par terre. Tout près.

Salva se penche pour le ramasser, les yeux mi-clos. Il y a de la bière renversée, poisseuse, partout sur le sol, l'odeur lui soulève le cœur. Il tâtonne sur l'écran pour prendre l'appel.

— Allô ?

— *Désolée de te réveiller.*

— Naamah ?

Il cligne des yeux jusqu'à y voir plus clair. De l'autre côté de la pièce, l'horloge de la box Internet brille dans la pénombre. *6 heures du matin*. Cela n'augure rien de bon.

— Quelle est la mauvaise nouvelle ?

Il peut entendre du brouhaha au bout de la ligne. Une sirène deux-tons retentit, en fond.

— *Il a recommencé*, lui annonce la policière, sa voix à moitié couverte par tous ces bruits. *Les deux braqueurs que ce tocard de Manfrédo devait retrouver…*

Salva bascule le crâne en arrière. Une violente migraine lance des éclairs dans ses tempes. Décidément, il n'y a pas une seule partie de son corps qui ne le fasse souffrir.

— Ils sont morts ?

— *Peut-être. On ne sait pas trop. Le tueur les a enlevés.*

Salva se mord les lèvres.

— On a des victimes collatérales ?

— *Un nouveau massacre, tu veux dire. Cinq morts en tout. J'ai jamais vu ça de ma vie, Olivier. L'une des victimes a été décapitée. La tête* réellement *séparée du corps ! Le procureur et le préfet sont dans tous leurs états… Ils évoquent même la thèse terroriste, c'est dire la panique qui règne ici…*

En quelques mots, elle lui décrit la sauvagerie avec laquelle les parents d'Audrey Valette ont été assassinés, ainsi que l'intervention ratée des gendarmes, dont aucun n'a survécu. Tous les trois ont été abattus d'une balle en pleine tête. Arme militaire, tirs de précision.

Salva a beau être conscient qu'ils se heurtent à un tueur hors pair, ce qu'il entend le glace. Il essuie ses doigts souillés de bière sur son pantalon, grimaçant.

— Tu veux dire que ce type a réussi à dégommer

tout le monde, à enlever les deux jeunes et à disparaître ? Comme ça ? Sans laisser la moindre piste ?

— *C'était une vraie scène de guerre. On a des dizaines de témoignages et pas une seule personne capable de donner une identification. Certains pensent avoir vu une fourgonnette blanche quitter les lieux, mais on est en pleine campagne. Tu connais la région, il n'y a aucune caméra sur les routes.*

— On fait quoi, alors ?

— *Les techniciens sont sur place. Claire va s'occuper des analyses de sang ce matin. Mis à part ça, c'est la SR locale qui a été saisie de l'affaire. Je te rappelle qu'officiellement, nous n'avons aucun droit d'intervenir dans les dossiers des autres groupes.*

— Ouais, ça, je m'en doute ! tonne Salva en étreignant compulsivement le téléphone. Malgré tout ce qu'on a, on doit encore raser les murs et s'excuser de vouloir faire notre travail, c'est ça !

— *On a que dalle, Olivier. Juste notre bon sens, des suppositions. En l'absence de preuves, on doit suivre la chaîne hiérarchique, que ça te plaise ou non ! Le respect de la loi, c'est ce qui fait de nous des gentils. Ne l'oublie pas.*

Il jure à mi-voix, va ouvrir la fenêtre pour permettre à l'air de circuler, s'accoude à la grille de son balcon donnant sur les toits toulousains. Des tuiles et des briques roses à perte de vue, sous un voile de brume. Il fait tout son possible pour se calmer. En vain.

— Et la chaîne hiérarchique, elle envoie qui, à la recherche des deux jeunes portés disparus ?

Le souffle gêné d'Hechter grésille dans l'écouteur.

— *Ton groupe devait s'en occuper hier pour soulager la BRB. Je suppose que la cosaisine n'a pas changé. Je vais tout de même me renseigner…*

— Je te l'ai déjà expliqué, Stéphane est obsédé par la surveillance d'un avocat ! Il veut à tout prix se le faire, tout le reste sera traité par-dessus la jambe, crois-moi !

— *J'ai compris, pas la peine de me crier dessus ! Je vais demander qu'on me laisse reprendre l'affaire, mais c'est le grand chef qui va trancher. En attendant, je vais déjà aller interroger Marie Drevoski, tout à l'heure.*

— Ouais, Drevoski… Bon courage, avec elle, tiens !

— *Pourquoi ?*

— Pour rien. De mon côté, je vais essayer d'accélérer certaines vérifications…

— *Tu as une idée de piste ?*

— Pas vraiment. Juste que le passé militaire de notre bonhomme crève les yeux. Je vais contacter une vieille connaissance dans l'armée. Ce n'est qu'une bouteille à la mer, mais on ne sait jamais…

— *Tiens-moi au courant si tu trouves quoi que ce soit d'utile.*

— Bien sûr, Naamah.

— *D'après ce qu'on sait, les jeunes ont été enlevés il y a près de six heures. Tu connais les statistiques…*

— Je les connais, tranche-t-il sèchement. Je te recontacte.

Il raccroche, yeux fermés sous l'assaut de la migraine.

Les statistiques…

Un otage, quel qu'il soit, passe rarement plus de vingt-quatre heures en vie.

Souvent moins.

Tous les flics le savent. Il est important de ne pas se faire d'illusions.

Cependant, Salva demeure sous le choc de ce qu'il vient d'apprendre.

Qui est cet homme ?

Quelqu'un capable d'abattre trois gendarmes d'une balle dans la tête…

Un sniper ?

Il titube jusqu'à sa sacoche pour en retirer les boîtes de médicaments. Il en éjecte plusieurs comprimés d'antidouleurs et d'antibiotiques, ouvre le frigo et, buvant à même un pack de lait entamé, avale le tout.

Respecter la chaîne hiérarchique.

Pour aboutir à une affaire non classée, comme d'habitude !

Il repose le pack sur la table, s'essuie la bouche du revers de sa main valide.

— Bien.

Il glisse une dosette de *ristretto* dans la machine. Alors que l'arôme savoureux du café s'élève autour de lui, il recherche dans son téléphone le numéro de son ancien camarade. Le voilà. *Patrick*.

Une bouteille à la mer.

Le décompte ne veut pas quitter son esprit.

Six heures déjà.

Combien encore pour retrouver ces deux gosses en vie ?

Il refuse de s'avouer vaincu tant qu'il n'a pas joué toutes ses cartes.

Il n'y a qu'une manière d'être fixé.

Il presse le numéro.

On décroche à la première sonnerie.

109

— Patrick ? C'est Olivier… de Collioure…

— *Eh bien ça ! Ça fait un sacré bail, mon poulet !*

— Je sais. Je suis désolé de t'appeler de si bonne heure.

— *Ne le sois surtout pas, tu te souviens que je suis un lève-tôt ! Je suis ravi d'avoir de tes nouvelles, dis-moi ! Tu es toujours dans la police ?*

— Tant qu'il y aura des crimes, il faut bien des gentils pour essayer d'arrêter les méchants, non ?

Son ami éclate de rire.

— *Je vois que t'as pas changé ! Tu bosses encore à Toulouse, alors ?*

Salva lui explique que oui. Il se prête à l'échange de nouvelles consensuel, résume sa vie depuis ces dernières années, en omettant avec soin de mentionner sa mise au placard. À son tour, son ancien camarade fait de même. Il a finalement quitté les forces spéciales pour réintégrer le plus classique 126e RI de Brive, à la cellule instruction Tir, et coule des jours heureux avec une épouse dans le Périgord.

Le policier écarte sa tasse de café de sa bouche. Il a assez tourné autour du pot.

— Patrick, j'ai besoin d'un renseignement et je

pense que tu es la personne parfaite pour m'éclairer. Tu étais bien à la Citadelle, il y a dix ans ?

— *Ah, ouais. De 2009 à 2014. Service action. Ça rigolait pas !*

— Tu as le droit d'en parler ?

Brève hésitation.

— Ça dépend. Officiellement, non, tu le sais bien. Mais, en même temps, ça fait cinq ans que je n'y suis plus affecté. En fonction de ce que tu cherches à savoir, je peux peut-être t'éclairer.

— Tu te souviens d'une série d'accidents bizarres, pendant l'été 2012 ? Quatre militaires sont morts en quelques jours.

— *Tu parles, que je m'en souviens ! Il y en a eu quatre ? Merde, j'étais resté sur trois ! N'empêche, ça a fait pas mal de bruit dans les rangs, à l'époque. Un vrai carnage.*

— Tu pourrais m'en dire plus ? J'ai besoin de détails pour une enquête qui vient de me tomber dessus. J'ai essayé de fouiller dans la presse, mais il n'y a pas grand-chose.

— *Te fatigue pas, t'auras rien de ce côté, à part la soupe préparée par les relations publiques de la DGSE. Pour ma part, de ce que j'ai pu voir et entendre…*

De nouveau, son ami marque un silence.

— Oui, Patrick ?

— *Oh, et puis on s'en fout. C'est vieux, tout ça. Tu as dû avoir la version édulcorée de la rupture d'une conduite de gaz ou je ne sais quoi ?*

— C'est exactement ça. Ça a été classé comme un banal accident.

— *Je peux te dire que tout le monde savait que*

c'était du pipeau. Mais on avait pas le droit de baver, ça aurait chauffé pour nos fesses. Tu connais l'armée.

Salva repose sa tasse vide à côté de la machine. Il n'est pas surpris. *Personne ne verra, personne ne saura.*

— Tu as une idée de ce qui s'est vraiment passé ?

— *Ça, non. Je vais pas te mentir, personne n'a jamais compris. Tout ce que je peux te dire, c'est que j'ai vu les dégâts de mes yeux. Un bureau de commandement a été détruit, il y a eu une détonation à l'intérieur et l'aile du bâtiment avait brûlé. Ce qui est bien pratique, si quelqu'un souhaitait se débarrasser des archives, mais ça c'est juste mon avis, je le répéterai jamais officiellement.*

— Ne t'en fais pas. Cette conversation restera confidentielle. Est-ce que tu peux me dire qui est mort ?

— *Un colonel et un sergent-chef. Ils devaient être en réunion quand ça a pété. Ils ont fini bien carbonisés.*

— Un règlement de comptes ?

Ou un contrat ? songe-t-il amèrement, tout en gardant ses pensées pour lui.

— *En tout cas, ça ressemblait à ce qu'on nous apprend à faire aux ennemis.*

— Tu insinues qu'un militaire aurait pu monter le coup ?

— *Je te dis juste à quoi ça m'a fait penser. Une action rapide et efficace. Pas de traces. Celui qui a fait ça en plein milieu d'un régiment avait des couilles en béton armé, c'est certain. L'état-major a étouffé l'affaire vite fait, tu imagines le scandale si ça avait fuité ! Maintenant, tu pourras gratter autant que tu veux, les infos ne sortiront jamais. Surtout qu'il y a eu cette deuxième explosion, le lendemain…*

Salva fronce les sourcils.

— Quelle explosion ? Le lendemain… Tout ce qu'il y avait dans la presse, c'était un accident de voiture…

Un rire forcé lui parvient.

— *Ils ont de l'humour, en haut. C'était bien de la voiture d'un officier logistique qu'il s'agissait, ouais. Elle a fait un beau feu d'artifice. Je sais de quoi je parle, j'étais sur place quand c'est arrivé. La voiture a pété en plein milieu de la Citadelle !*

— Comment l'armée a pu dissimuler un truc aussi gros ?

— *Ne sous-estime jamais le pouvoir des services secrets,* ricane son ami. *Ils te font taire comme ils veulent.*

— Et toi ? Est-ce que tu pourrais au moins m'en dire plus sur ces types ? Ils bossaient ensemble ?

— *Ouais, tous les trois. Le colonel s'appelait Rorschach, si je me souviens bien…*

Salva note le nom sur une feuille.

— Comme le test ?

— *Tout à fait. C'était son pseudonyme. Tout le monde a un alias, dans les forces spéciales. Je me demande si un seul de mes camarades a jamais su mon vrai nom, par exemple. Mais bon, pour en revenir à Rorschach, tout ce que je sais, c'est ce qu'on en disait entre nous. C'était un vieux de la vieille. Le genre de viriliste, pour ne pas dire gros nazi, qui aurait bien voulu refaire le monde avec des barbouzes et du napalm. Il avait monté une équipe de cinglés. Un truc expérimental, sans doute, parce que c'était le genre du bonhomme et que j'ai jamais entendu personne en parler.*

— Une unité secrète ?

— *Plus que ça, mon poulet. Dans les commandos, tu as en effet les opérations dites « secrètes », mais ce ne sont pas les pires. Elles n'ont rien de légal, qu'on soit d'accord là-dessus. C'est juste notre cher président qui nous envoie tuer des méchants pour le bien de la République. Il y a même des juristes qui décident jusqu'où aller... de l'autre côté des limites, si tu vois ce que je veux dire.*

— Parfaitement. Mais qu'est-ce qu'il peut y avoir de pire que ça ?

— *Les opérations clandestines. Ou « Black Op », pour utiliser l'expression des jeux vidéo de maintenant. Là, ça devient beaucoup plus sombre. Les types n'existent même plus sur le papier. Ils ne répondent à aucune structure officielle. Une semaine, ils te remplacent un tyran africain par un autre parce que ça arrange nos intérêts économiques. La semaine suivante, ils sont en Syrie pour traiter discrètement des gamins partis faire le djihad avant que ces couillons ne puissent revenir faire des dégâts ici. Dans tous ces cas, même le ministère de la Défense n'est au courant de rien. Tout passe par commanditaire interposé.*

Comme sur le Dark Web, songe Salva.

Il gratte nerveusement son bras bandé, le téléphone retenu entre son cou et son épaule.

— Tu as entendu parler d'un certain Chasseré ? Il aurait pu faire partie de ces hommes ?

— *Qui ?*

— François Chasseré. Il s'est fait sauter la tête chez lui, la semaine où ont eu lieu ces explosions dans la Citadelle.

— *Désolé, ça ne me dit rien du tout. Surtout que je n'aurais connu que son pseudonyme, comme je te le disais.*

Salva réfléchit.

— Si j'ai envie de chercher les identités des membres de cette unité fantôme, comment je fais ? Qui pourrait avoir ce genre d'informations ?

— *Personne. Le seul qui devait avoir leurs vrais noms, c'était le colonel. Non seulement il est mort, mais en plus toutes ses archives ont été détruites dans l'explosion de son bureau, comme je te l'ai expliqué.*

— Tu es vraiment certain de ne connaître personne au 13e RDP qui pourrait avoir des informations plus précises ? Quelqu'un qui aurait travaillé avec le colonel en question ?

— *Je vois pas. Ce qui se dit, c'est que le gros de son unité aurait été descendu en mission, un peu avant ces événements.*

— Tu plaisantes ?

— *Je me permettrais pas de déconner sur un sujet aussi grave. Un groupe de six ou sept soldats, une mission au Moyen-Orient. Les talibans leur sont tombés dessus. Aucun n'est revenu. C'était une opé clandestine, rien n'a filtré officiellement, comme tu peux le comprendre.*

— Je comprends surtout qu'une unité entière a disparu en mission, relève Salva, et que quelque temps après… les derniers membres de cette unité restés stationnés en France ont été massacrés à leur tour. C'est bien ce que tu es en train de me dire ?

— *C'est ça. Je sais que ça a l'air dingue, mais personne n'a jamais compris ce qui a pu se passer. Je te le répète, tout a été soigneusement enterré. Et… attends… Maintenant que j'y pense…*

Un silence. Salva entend son ami claquer plusieurs fois de la langue.

— Oui, Patrick ?

— *Un truc me revient, à la suite de toute cette*

histoire… Peut-être qu'il reste un des membres de l'unité de Rorschach… mais encore faudrait-il que tu arrives à le retrouver…

— Assez de suspense, s'il te plaît ! À qui penses-tu ?

— *Je ne suis pas certain à cent pour cent de ce que j'avance, d'accord ? Quand le collègue s'est fait piéger dans sa voiture, un autre militaire était présent. Pas dans le véhicule, mais sur le parking. Il a pris l'explosion en pleine tête et il a failli y passer lui aussi.*

— Tu as des noms ?

— *Le type mort dans l'explosion, je crois que son pseudo était Vanir. L'autre, aucune idée. Mais je suis à peu près certain qu'il bossait pour Rorschach lui aussi. Et surtout, je me souviens très bien qu'il a voulu assigner l'armée en justice pour choc post-traumatique.*

— Comment ça s'est fini ?

— *Il a pris un avocat bien véreux, à ce qui s'est raconté. Il a reçu de l'argent de la part du ministère pour fermer sa gueule. Comme ça se passe à chaque fois.*

— Donc, il ne fait plus partie de l'armée ?

— *Ah, ça, c'est certain ! Si tu veux plus d'informations sur cette unité, c'est bien le seul qui pourra te les donner. Mais accroche-toi pour le retrouver, parce que avec sa renonciation à poursuivre l'État, il a aussi obtenu un changement de nom. Je ne vois pas qui pourrait t'aiguiller à part la DGSE elle-même ! Pour ma part, je t'ai raconté tout ce que je sais.*

— Tu n'as pas idée d'à quel point tu m'aides, Patrick. Merci encore.

— *Prends soin de toi, mon poulet. Force et honneur !*

Salva raccroche, le regard dans le vague.

Il fait couler un deuxième espresso, avant de s'installer devant l'écran de son ordinateur.

Il ne l'a pas éteint la nuit dernière, les pages web sont encore ouvertes dans son navigateur. Il se lance dans une nouvelle recherche fébrile.

Il lui faut un peu plus d'un quart d'heure d'exploration de diverses bases de données pour retrouver un entrefilet correspondant à ce que vient de lui raconter son ami. *Février 2013 : Un militaire intente un procès au CPIS de Perpignan pour mise en danger volontaire. Il évoque un choc post-traumatique. Mars 2013 : Cet ancien membre des forces spéciales, qui accusait l'armée de traitements inhumains, renonce finalement à sa plainte, au terme d'un arrangement avec sa hiérarchie.*

Un an après la vague de décès au CPIS.

Les dates correspondent.

La dépêche AFP ne dévoile rien d'autre.

À un détail près.

Salva relit plusieurs fois la fin du communiqué.

Il ne peut pas y avoir d'erreur.

Patrick lui a parlé d'un *avocat véreux*.

Il ne croyait pas si bien dire.

L'avocat qui a défendu ce militaire s'appelait Antignac, du barreau de Toulouse.

Richard Antignac.

Le monde est si petit que cela donne envie à Salva de vomir.

Il songe de nouveau au décompte qui a commencé, qu'il le veuille ou non.

Il dispose de moins d'une journée pour retrouver Damien Delauney et Audrey Valette.

Il va y arriver.

Il *doit* y arriver.

110

Audrey a dormi par bribes. Des plongées successives dans un néant sans rêve, proche du coma.

Chaque fois qu'elle revient à elle, la peur reprend. L'odeur nauséabonde l'assaille de nouveau. Elle entend les mouches qui bourdonnent tout autour d'elle. Quand elle plisse le front, la croûte de sang séché se craquelle, relançant la brûlure sous sa peau.

Elle lève la main, tâte son cuir chevelu. La plaie suinte et l'élance au rythme des pulsations de son cœur.

Résiste.

Audrey serre les dents, s'efforce de ne pas gémir. Pleurer ne lui servira à rien. Autant économiser ses maigres forces.

La paralysie s'est dissipée.

En grande partie.

Elle se sent encore droguée, nauséeuse.

Une toux moribonde s'élève, tout près, accompagnée du cliquetis des chaînes.

— Damien !

Son petit ami pend toujours aux crochets, entre ciel et terre, au milieu des autres corps en décomposition. À présent, sa silhouette se contracte dans les rayons de l'aube. Les nuées frénétiques des mouches tourbillonnent de plus belle.

Il est vivant.

Audrey répète son nom. Elle le crie encore et encore, jusqu'à ce qu'il relève la tête et l'aperçoive. Un de ses yeux est écarlate, gorgé de sang. Son torse nu offre un spectacle épouvantable, peau lacérée à maints endroits, des blessures profondes et suintantes.

— Bébé… au… secours…

Audrey se place à quatre pattes, encore peu certaine de ses forces.

Un raclement s'élève derrière elle.

Quelque chose lui retient la jambe.

Elle se retourne avec précipitation, provoquant davantage de bruits métalliques. Un bracelet de fer enferme sa cheville droite. Une courte chaîne la relie au mur.

Elle empoigne cette chaîne, tire dessus de toutes ses forces.

Inutile.

Il lui est impossible de s'éloigner.

La toux de Damien recommence. Ainsi que ses gémissements.

— Il est parti ! s'empresse de lui crier la jeune femme. On va s'en sortir, tu entends ? On va trouver un moyen de se casser d'ici avant qu'il revienne !

Damien tressaille. Les plaies sur ses bras, d'où jaillissent les pointes des crochets, laissent s'écouler un pus épais mêlé de sang. Son visage s'illumine cependant, et les coins de ses lèvres se relèvent en tremblant. Son éternel sourire qui n'en est pas un, et qui plus que jamais vrille le cœur d'Audrey. Comme s'il ne comprenait pas qu'elle lui ment, qu'elle-même ne croit pas une seule de ses paroles de réconfort.

— Courage ! poursuit-elle, la gorge nouée. On va trouver une solution !

Il baisse la tête de nouveau, lentement, jusqu'à s'immobiliser.

— Réveille-toi ! Damien ! N'abandonne pas, par pitié ! Oh, mon Dieu, Damien ! Réveille-toi ! Écoute ma voix, bébé ! S'il te plaît !

Plus aucun mouvement ne l'anime. Les chaînes demeurent immobiles. Audrey hurle et hurle son nom en vain.

Seul le bruit incessant des mouches lui répond.

111

Costume bleu anthracite de couturier, chaussures italiennes étincelantes. L'homme jette un bref regard vers son énorme Rolex en or pour vérifier l'heure. Il vient de sortir de sa résidence et marche d'un pas énergique vers son véhicule où l'attend son chauffeur. Salva le laisse atteindre la zone qu'il sait être dans l'angle mort de la caméra de surveillance avant de venir l'accoster.

— Monsieur Antignac ?

— Oui ?

D'un geste discret, le policier indique la sphère juchée sur la façade, de l'autre côté du muret fleuri.

— Restez ici, juste un instant. Le flux vidéo de votre caméra est retransmis en direct à la police.

L'avocat a un geste de recul. Son front large, au teint parfait entretenu en caisson de bronzage, se fronce à peine.

— Je n'ai pas le temps pour ce genre de blague de mauvais goût.

— Il ne s'agit pas d'une blague. La CAT a placé votre maison sous écoute administrative. Vous savez ce que ça veut dire.

— Bien sûr. Mais…

— Votre téléphone est mouchardé lui aussi, le

coupe Salva. Son signal GPS est tracé, tout comme celui de votre voiture. La PJ et l'OCRFM s'apprêtent à vous tomber dessus.

Antignac affiche un sourire de squale, tout en époussetant d'un geste dédaigneux la manche de sa veste hors de prix.

— Permettez-moi de vous dire que c'est impossible. Je suis avocat, ma personne est sacrée. Ce genre de dispositif…

— Est parfaitement légal et totalement justifié, monsieur. Vous avez une enquête pour fabrication de fausse monnaie sur le dos. La grosse artillerie. Fini, le statut d'avocat intouchable. Maintenant, peut-on discuter ?

Antignac jette un bref regard vers son véhicule qui l'attend à quelques mètres de là. Aucun signe de stress. Sa voix change, pourtant. Plus lente. Précautionneuse.

— Que voulez-vous ?

— Des informations, donnant-donnant. Mais d'abord, vous devriez aller déposer votre téléphone dans votre voiture. Envoyez votre chauffeur faire un tour où il veut. Je ne vous prendrai que dix minutes de votre temps, je vous le promets.

Toujours sans la moindre contrariété apparente, l'avocat se rend à son véhicule et donne une série d'instructions. La Mercedes repart aussitôt, les laissant seuls dans le quartier pavillonnaire.

— Suivez-moi, ordonne-t-il. De ce côté, ce sont des maisons de pauvres, elles n'ont pas de caméras. Nous avons dix minutes, pas une de plus.

Il traverse la rue et Salva lui emboîte le pas, soulagé de la tournure des événements. Il avait craint davantage de réticence. Antignac, pourtant, ne perd rien de son attitude hautaine. Il remonte sans se presser une allée bordée de fleurs.

— Alors, vous êtes de l'office central de répression du faux-monnayage, c'est ça ?

— Non, mais votre dossier va leur être transmis dès aujourd'hui.

— Comment vous appelez-vous ?

— Olivier Salva.

Alors qu'ils s'arrêtent dans une courbe de la rue, Salva comprend qu'ils se trouvent à l'écart des fenêtres des résidences avoisinantes. Cet homme ne laisse rien au hasard. À cette heure matinale, les lieux sont déserts.

— Donc, monsieur Olivier Salva, je suppose que vous avez les moyens d'arrêter cette prétendue enquête ?

Le policier grimace.

— Il est trop tard pour ça. La procédure est lancée, vous n'y couperez pas. Mais je peux vous aider à avoir une bonne longueur d'avance sur l'OCRFM. Vous êtes un animal coriace, je suis sûr que vous trouverez un moyen de vous en tirer sans perdre trop de plumes.

L'homme l'observe d'un regard fixe de prédateur. Son visage carré ne laisse percer aucune émotion. Seuls ses sourcils frémissent, imperceptiblement.

— Vous avez parlé de donnant-donnant. Que souhaitez-vous en échange de votre aide ?

— L'identité d'un homme que vous avez défendu en 2013. Un militaire de Perpignan. Choc post-traumatique. Il tenait l'armée pour responsable du massacre de son unité sur le terrain. Il a obtenu un changement de nom. En dehors des fichiers inviolables de la DGSE, vous devez être l'unique personne à connaître sa nouvelle identité. Je veux pouvoir contacter cet homme dès aujourd'hui.

L'avocat demeure tout aussi imperturbable.

— Vous me demandez de trahir le secret professionnel. Ce n'était pas n'importe quelle affaire, on pourrait le retenir contre moi.

— Le secret professionnel, vous savez où vous pouvez vous le fourrer, lui renvoie Salva. Je veux les coordonnées de cet homme. Je dois lui parler, c'est une question de vie ou de mort.

— Qu'est-ce que vous me racontez ?

— Un tueur professionnel a commencé un bain de sang dans la région. Ne faites pas comme si je vous l'apprenais. Votre cher ami, le bijoutier Jean Varenne, a été le premier de la série. Massacré dans une chambre du CHU de Rangueil, mardi dernier.

L'avocat passe une main dans ses cheveux luxuriants.

— J'ai entendu ça, oui. Un acte de barbarie. Je n'ai rien à voir là-dedans.

— C'est ce que vous croyez, poursuit Salva. Avant cela, Varenne a été victime d'un braquage. Et *juste avant*, vous étiez sur les lieux pour lui remettre des matrices de billets euros, série « Europe » très exactement. Vous êtes en plein dedans, que vous le vouliez ou non.

Le regard d'Antignac se rétrécit enfin. Attentif.

— Continuez…

— Toutes les personnes impliquées dans cette affaire sont en train de se faire dégommer, de la manière la plus dégueulasse qui soit. Deux des personnes ayant participé au braquage ont été massacrées hier à la Reynerie, et les deux autres ont subi une attaque cette nuit, dans une opération commando qui a fait cinq morts de plus. On est sans nouvelles d'eux à l'instant où je vous parle. Pour autant que je le sache, vous êtes peut-être le prochain sur la liste, monsieur. Vous avez tout intérêt à ce que j'arrête le coupable au plus vite.

— Cette histoire de militaire vieille de six ans pourrait vous aider à retrouver l'assassin ?

— J'ai l'intime conviction que le meurtrier a un lien avec la vie passée de votre client. Recueillir son témoignage m'aidera à y voir plus clair.

Antignac plonge ses mains dans ses poches. Il observe de longues secondes de réflexion avant de répondre.

— C'est d'accord. Mais vous parlez le premier. Quelle est l'épée au-dessus de ma tête ?

Temps de se jeter à l'eau. Salva s'humecte ses lèvres.

— La valise que vous avez remise à Varenne. Nous étions sur place. Nous avons des photos de vous entrant dans la bijouterie avec elle, ce qui prouve que vous l'avez transportée. Nous avons aussi les planches à billets qu'elle contenait, bien sûr.

— *Bien sûr*, raille l'avocat en reniflant. L'OCRFM les a identifiées ?

— Ils vont le faire ce matin. De ce point de vue, c'est accablant.

— De ce point de vue ? C'est trente ans de prison ferme, oui.

— On peut voir le verre à moitié plein, ou le verre à moitié vide, fait remarquer Salva. Parce que d'un *autre* côté, c'est aussi la seule preuve dont Nanterre va disposer. Mon groupe ne détient aucun son, aucun témoignage, juste quelques photos qui ne prouvent rien, à part que vous avez rendu visite à un bijoutier en dehors de ses heures d'ouvertures. Vous avez l'habitude d'embobiner votre monde, à vous de trouver une parade juridique. Je ne me fais pas de souci pour ça.

L'avocat hoche la tête. Son regard minéral ne quitte pas celui du policier pour autant.

— Ma maison est sur écoute depuis longtemps ?

— Vingt-quatre heures à peu près. Comme votre garçonnière, ainsi que tous vos téléphones. Et, puisque je vous parle de ça, les téléphones de votre petite amie également. Vous voyez où je veux en venir ?

— Le collier…

— Je ne vous cache pas que mes collègues se font une joie à la pensée de le récupérer. S'ils y parviennent, vous pouvez ajouter à vos chefs de mise en examen corruption, recel aggravé…

— J'ai compris, l'interrompt froidement Antignac. Je vais la prévenir pour qu'elle s'en débarrasse.

— Évitez seulement de le faire par voie électronique ou tout autre moyen de communication qui puisse être intercepté. Mais vous connaissez les ficelles.

L'avocat continue de sourire comme si rien de ce qu'il venait d'entendre ne l'atteignait vraiment.

— Vous pensez être un petit malin, Olivier Salva.

— Ce que je viens de vous confier suffirait à mettre un terme à ma carrière, réplique le policier d'un ton acerbe. Je prends mes risques. À votre tour. Le militaire que vous avez défendu, il y a six ans, a été victime d'une explosion, n'est-ce pas ? La voiture d'un des membres de son unité ?

— C'est exact. Mon client se tenait à quelques mètres du véhicule quand celui-ci a explosé. Il a été fauché par le souffle.

— Pour quelle raison aurait-on voulu l'éliminer ?

Antignac porte de nouveau une main à ses cheveux impeccables pour se recoiffer.

— Cet homme est timbré. Totalement parano. Il était persuadé que l'armée a organisé cette exécution pour se débarrasser de lui, comme elle aurait fait disparaître toute son unité.

— L'unité clandestine de Rorschach ? Vous confirmez qu'ils sont tous décédés ?

— C'est une histoire à coucher dehors, dit l'avocat sans sourciller. Pourtant, elle est véridique. Le groupe expérimental monté par Rorschach a bien existé. Il a été actif pendant des années, dans tous les pays où la France avait des intérêts. Ils n'avaient aucune existence légale, mais le colonel était protégé en haut lieu…

Il marque une pause, le temps d'observer une jeune femme promenant son chien dans une ruelle voisine. Puis il conclut :

— Pendant un certain temps, du moins. L'unité est finalement tombée dans une embuscade des talibans.

— Afghanistan ? interroge Salva.

L'avocat acquiesce gravement.

— Aucun d'entre eux n'est revenu. Pour mon client, ils avaient été envoyés à la mort en connaissance de cause. L'existence de l'unité devenait gênante pour nos élites.

— Vous y croyez, vous ? Que l'armée puisse sacrifier ses propres hommes ? Simplement pour se débarrasser d'eux sans laisser de trace ?

— Ce ne serait pas la première fois, ricane Antignac. Quoi qu'il en soit, le tribunal a accepté le changement de nom pour la sécurité de mon client. Si vous souhaitez obtenir des informations sur ces événements, il est en effet l'unique personne encore capable de vous en donner.

— Vous devez me mettre en contact avec lui. Par n'importe quel moyen. Je dois lui parler dans la journée.

— Oui, bien sûr, dit l'avocat. Je dois d'abord spécifier les termes de notre arrangement.

— Ceci n'est pas un *arrangement*.

— Cela va le devenir, croyez-moi. Si j'ai bien compris, votre groupe dispose de mes matrices d'euros ? Très bien. Comme vous me l'avez si bien expliqué, c'est la seule chose qu'ils peuvent retenir contre moi. Vous allez donc les récupérer et me les remettre. Voilà ma monnaie d'échange. Je vous assure qu'en retour, je vous donne accès à mon client dans la journée, d'une part…

— Vous vous foutez de moi ?

— … et, d'autre part, poursuit l'avocat toujours aussi calmement, je vous offrirai ceci.

Il sort un petit rectangle de plastique noir de sa poche. Son sourire est plus éclatant que jamais. Un tigre contemplant sa proie.

— Qu'est-ce que c'est ?

— Vous ne savez pas reconnaître un enregistreur ? Un bijou de technologie, très pratique, et pour un prix modique. Je suis sûr que vos chefs adoreraient entendre notre petite discussion et la façon dont vous m'avez informé de tous les chagrins qu'ils ont prévus pour moi. Vous l'avez dit vous-même, vous êtes conscient des risques que vous prenez en venant me parler.

Un raz-de-marée d'adrénaline submerge le policier. Il ne comprend pas à quel moment le rapport de force a basculé. À quel moment il a commencé à se faire prendre à son propre piège.

— Vous êtes une belle ordure, Antignac.

— C'est mon métier. Je connais les anguilles de votre espèce, voyez-vous. Si vous avez eu les couilles de me prévenir que l'office du faux-monnayage est sur mon dos, vous aurez également celles de faire disparaître une simple pièce à conviction. Je dois vous avouer une chose, Olivier Salva, je sais très bien qui vous êtes. Votre nom a circulé dans tous les services, il y a quelques mois. Il semblerait que les choses sortent des scellés plutôt facilement, quand vous êtes dans les parages.

— Mais enfin, ce que vous demandez est impossible ! Est-ce que vous êtes sourd ? Même si j'étais assez stupide pour vouloir subtiliser ces matrices sous le nez de mes collègues, c'est déjà trop tard. Quelqu'un de l'OCRFM est déjà en route pour les récupérer !

Il regarde l'heure. Son poignet tremble sous le stress.

— Dans une heure, souligne-t-il, vos planches à billets ne seront même plus à l'hôtel de police.

— Alors cela vous laisse une heure pour les faire sortir du commissariat, mon nouvel ami. De mon côté, je suis obligé de faire un saut au tribunal de Montauban, mais je me charge d'annuler mes autres rendez-vous de la journée.

L'avocat plante son regard dans celui du policier, achevant de l'écraser avec son rictus immaculé.

— Si cette vie m'a appris une chose, c'est bien que les gens sont capables de l'impossible, quand ils sont suffisamment aux abois. Vous avez l'air aux abois, Olivier Salva. À vous de décider à quel point.

112

8 h 30.

Le calcul est simple. Les deux jeunes gens ont disparu depuis plus de huit heures.

La logique veut qu'ils ne soient déjà plus en vie.

Olivier Salva sait qu'il doit prendre sa décision tout de suite.

Il se gare dans le parking souterrain de l'hôtel de police.

S'ils l'étaient encore ?

S'ils avaient encore une chance de survivre ?

Si cette unique chance, c'était toi ?

Ce qu'il éprouve est insupportable. Il ne peut se confier à personne. Pas pour quelque chose d'aussi grave. Même Hechter, avec toute sa détermination, ne saurait trouver une solution.

Ce doit être lui seul. Sa seule responsabilité.

Tu as déjà commis aussi grave. Plus grave, peut-être. Tu ne t'en es pas si mal sorti jusqu'ici.

— Putain, grommelle-t-il.

Il se ment et il le sait. Dérober une pièce à conviction aussi importante, c'est la prison ferme.

Seulement si on te prend la main dans le sac.

Il allume un joint, aspire la fumée avec une avidité désespérée. Il éprouve une certaine honte de toujours s'en remettre à la drogue pour affronter ses crises de panique, mais se sent incapable de procéder autrement. Une foutue habitude qu'il a prise. Il se répète toujours qu'il n'est pas dépendant.

Quoi que tu fasses, tu le regretteras.

Alors que préfères-tu ?

Risquer une sanction ?

Ou avoir la mort de deux personnes sur la conscience ?

Deux personnes DE PLUS ?

Le choix est évident.

Véhicule verrouillé. Porte de l'escalier ouverte à l'aide de son badge. Deuxième étage. Alors qu'il déambule dans les couloirs du bâtiment, il lui semble s'enfoncer dans un cauchemar sans issue.

Au moins, les bureaux sont déserts.

Les membres de la cellule doivent déjà être en réunion, préparant l'arrivée de l'agent du faux-monnayage.

Pourvu qu'ils y restent.

Salva s'approche de l'open space de ses collègues. Comme il s'y attendait, la porte est fermée à clé.

Ce n'est pas le problème.

Il a prévu de quoi franchir cet obstacle. Cela ne lui prendra pas beaucoup de temps.

Tout ce dont il a besoin, c'est un peu de courage.

Ou beaucoup d'inconscience.

Il scrute le couloir de lino beige, d'un côté et de l'autre. Portes closes. Pas le moindre bruit.

C'est le moment ou jamais.

Avec une grande inspiration et une accélération conséquente de son rythme cardiaque, il enfile une paire de gants en latex.

Puis il sort l'outil de crochetage qu'il a préparé.

Tu es en plein milieu de l'hôtel de police.

C'est de la FOLIE.

Ne pas réfléchir. L'outil est composé d'une extrémité fine qui s'insère dans la serrure. Il referme la pince, tourne d'un cran. Il doit forcer un peu. Forcer *vraiment*. Le loquet lâche avec un craquement si fort qu'il lui semble résonner dans tout le bâtiment.

L'opération a pris moins de trente secondes.

Il se précipite vers le coffre au fond de la salle, s'accroupit à côté. Il ne lui reste plus qu'à espérer qu'aucun de ses collègues n'a eu la bonne idée de changer le code.

1-2-3-4-5-6-ENTRÉE.

Un clic, aucune résistance. La valise est bien à l'intérieur du coffre. Quelques secondes pour l'extraire avec précaution. Quelques secondes de plus pour l'ouvrir. Fourrer les feuilles de métal dans sa sacoche. Replacer la valise dans le compartiment.

Refermer le coffre. Clic.

Une minute au maximum vient de s'écouler.

Le cœur de Salva chevauche à cent à l'heure.

Se redresser, maintenant. Quitter le bureau. *Vite.*

Il passe la porte au moment où deux collègues de la police judiciaire, mari et femme à la ville, débouchent dans le couloir en discutant.

— Olivier ! s'exclame l'homme avec une mine réjouie. Bonjour, mon vieux !

Moins fort, supplie-t-il mentalement.

Il répond d'un geste de la tête qu'il espère poli. Il ne peut s'empêcher de jeter un regard à la salle de réunion, juste à côté.

— Tu n'es pas en repos ? demande la femme en contemplant son bandage.

Dégagez bon sang. Ils vont nous entendre.

— Je passais vérifier quelque chose dans mon

bureau. Mais je rentre chez moi, maintenant. Bonne journée !

Discussion close. Salva remonte le couloir avec une désinvolture mal feinte.

Arrivé devant l'ascenseur, il hésite. La cabine remonte du rez-de-chaussée au premier étage. Puis du premier vers le deuxième.

L'ascenseur se stabilise au deuxième.

Salva recule avec précipitation.

Il applique son badge pour déverrouiller l'accès à l'escalier.

La porte de l'ascenseur s'ouvre. Fleurot et un homme – l'agent de l'OCRFM, sans le moindre doute – émergent.

Salva disparaît dans la cage d'escalier.

Il ne sait pas si Fleurot l'a vu.

Tout ce dont il est certain, c'est qu'il n'a jamais dévalé de marches aussi vite de toute sa vie.

113

Damien n'a plus bougé depuis un moment.

Audrey s'efforce de ne pas y penser.

Cela ne serait d'aucune aide. Il est en vie.

Il *doit* être en vie.

Tout ce dont ils ont besoin, c'est d'un moyen de fuir. De trouver de l'aide dans une maison proche.

En espérant qu'il y en ait dans le voisinage.

Audrey explore le mur, teste les vieilles pierres jusqu'à en trouver une moins stable que les autres. Elle en fait le tour avec ses doigts, commence à gratter, à la tirer, à s'acharner dessus pour la desceller.

Peu à peu.

Si *lentement.*

Elle doit s'arrêter souvent, les doigts en sang, dans un état de vertige pur. Elle n'a rien mangé ni bu depuis des heures, elle claque des dents, en proie à l'épuisement total. Qu'importe, elle poursuit son labeur coûte que coûte. Elle finit par se retourner un ongle, se replie sur elle-même, grelottant de douleur. Et recommence. S'acharne.

Jusqu'à y parvenir.

La pierre se décroche. Audrey tient un petit bloc triangulaire et rigide entre ses doigts meurtris.

Une vague d'espoir irrationnel la saisit. Elle

commence à taper contre le bracelet de métal qui retient sa cheville.

Chaque impact résonne dans la maison vide.

Audrey donne des coups de plus en plus forts.

Ces coups impriment des marques dans le fer, provoquent des étincelles parfois. Ils envoient également des ondes brutales dans son tibia. *Qu'importe.* Audrey continuera. Jusqu'à s'être libérée. Ou jusqu'à être morte.

Elle doit pourtant cesser, les mains tétanisées. Incapable de tenir la pierre plus longtemps.

Ses poumons la brûlent. Elle ferme les yeux et essaie de ne pas devenir folle. *Ne pas céder.*

À bout de forces, elle sombre une nouvelle fois dans le vide sans rêves de l'inconscience.

Là-haut, Damien est agité d'un frémissement, ses paupières papillotent brièvement, et il retombe lui aussi dans la léthargie.

Son sang s'écoule, goutte à goutte, à ses pieds.

114

La valise est posée sur le bureau.

Ouverte.

Vide.

Face à la fenêtre, mains jointes, Manfrédo tourne le dos à Fleurot. Ils sont seuls dans la pièce. Le reste de la cellule attend dans le bureau voisin, avec leur collègue de l'OCRFM. Ils leur ont demandé de les excuser quelques minutes.

Situation de crise.

Fleurot s'agite d'un pied sur l'autre.

— On lui dit quoi, alors ?

— On se contente de reporter le rendez-vous, décrète Manfrédo, le regard perdu dans le grand ciel bleu qui s'étend sur la ville. On va passer pour des guignols, mais il n'y a pas d'autre solution…

Poings serrés, il se retourne enfin. Une vive rougeur traverse son visage.

— Est-ce que tu l'as vu ? Tu pourrais témoigner ?

— Bien sûr. Je suis presque sûr qu'il s'est esquivé par l'escalier, au moment où on sortait de l'ascenseur. J'ai vérifié, il s'est bien servi de son badge pour entrer et pour sortir de l'hôtel de police. Les timecodes correspondent.

— Mais personne ne peut apporter la preuve que

c'est lui qui a accédé au coffre et fait disparaître les matrices, n'est-ce pas ?

— Qui d'autre aurait fait ça, putain ?

Son chef secoue la tête.

— Ce que je veux savoir, c'est *pourquoi* il l'a fait. Pour les revendre ? Ou seulement nous mettre dans la merde ? Je ne comprends pas, Marcus. Ça m'enrage.

— J'en ai vraiment aucune idée, dit Fleurot. On dirait qu'il pète les plombs depuis quelques jours.

Manfrédo sort une feuille de sa veste et la jette sur la table.

— Voici peut-être une partie de la raison.

Fleurot déplie le document.

— Des analyses sanguines ?

— Elles ont été faites hier, aux urgences. J'admets que c'est moi qui en ai fait la demande. Tu vois le taux de THC dans son sang ?

— Et quel taux ! s'exclame Fleurot. Ça fait d'Olivier un consommateur sérieusement accro…

Manfrédo ajuste ses lunettes d'un geste emphatique.

— Je me charge d'arranger le coup avec le collègue du faux-monnayage. De ton côté, tu vas secouer la téléphonie. Tu localises le mobile d'Olivier et tu vas l'intercepter, où qu'il se trouve, *tout de suite*. Il est irrattrapable, un flic véreux et une merde de junkie. Quoi qu'il arrive désormais, je le veux hors jeu. Pas seulement du groupe. De notre profession. Je veux qu'il soit condamné lourdement. C'est pigé ?

— Oh, oui, dit Fleurot, le regard brillant. J'en fais une affaire personnelle.

115

L'avocat lui avait donné l'adresse, au centre de Montauban, sans autre forme de précision. Quand Salva arrive devant le parvis du tribunal de grande instance, il observe la terrasse déjà bien remplie de la brasserie *Lulu la Nantaise*, qui occupe une grande partie de la place du Coq. Il est saisi par le nom de l'établissement, et plus encore par l'ironie d'Antignac qui l'a choisi comme lieu de rendez-vous.

À peine a-t-il poussé la porte qu'un grand gaillard svelte et jovial, petite moustache et cheveux hérissés, le salue de l'autre côté du bar.

— Bonjour, monsieur Salva. Bienvenue chez *Lulu* !

D'un bras ceint de tatouages multicolores et terminé par une main énorme – du genre de taulier à l'ancienne, qu'il vaut visiblement mieux ne pas froisser – l'homme lui indique le fond de la salle.

— J'ai privatisé l'étage juste pour vous et M. Antignac. Il vous attend.

Il ponctue son annonce d'un grand sourire et d'un clin d'œil complice.

Au moins, Salva est sûr de ne pas se tromper d'endroit.

Il longe le zinc en évitant les quelques habitués accoudés devant leur café. Le bar embaume les croissants croustillants et l'odeur du bacon grillé. Partout sur les murs, des décorations *vintage*, postes radios et téléviseurs d'un autre âge. Une vieille enseigne Vedette à l'effigie de la mère Denis est fixée au mur. Au fond de la salle, l'escalier en métal est, lui aussi, bordé d'objets et affiches de collection.

Salva gravit les marches, la sacoche en cuir contenant les matrices de monnaie à la main.

Si l'homme derrière le bar était grand, celui qui bloque l'accès au premier étage est un véritable géant. Tête rasée au crâne irrégulier, visage carré et oreilles décollées de rugbyman, un cou énorme de bœuf, difficilement contenu par son costume strict. Il lui sourit pourtant avec une grande politesse.

— Vous avez ce que M. Antignac vous a demandé ?

Salva lui montre le sac, que le colosse lui arrache et soupèse entre ses doigts épais comme des saucisses.

— Eh bien, de rien, soupire le policier.

— Si vous me permettez, je vais également vous débarrasser de votre arme, ajoute le séide.

— Ne vous inquiétez pas, je ne l'ai plus avec moi. J'ai eu la mauvaise idée de m'en servir hier et on me l'a retirée pour l'envoyer à la balistique.

— Je vois. Dans ce cas, seulement votre téléphone, s'il vous plaît.

— Vous vous foutez de moi ?

Le sourire de l'homme ne change pas. Mais ses énormes pectoraux se contractent ostentatoirement, mettant le tissu de sa chemise au supplice. Salva a la désagréable impression que l'atmosphère se rafraîchit de plusieurs degrés.

— Il vous sera restitué. M. Antignac apprécie la discrétion, ce que vous devez comprendre, non ?

Salva hésite. Il se demande si les habitués de

l'établissement peuvent l'apercevoir. S'il y a des avocats parmi eux. *Ce que tu es en train de faire est de la folie.* Mais quel choix a-t-il vraiment ? D'une main peu assurée, il remet son téléphone au colosse en costume.

— C'est un jeu dangereux.

— Vous y jouez de votre plein gré, lui fait remarquer l'homme en libérant le passage. Suivez-moi.

La salle située au premier étage est tout en profondeur, occupée par des tables désertes et un juke-box d'un autre temps. Une mélodie de jazz langoureuse flotte, en sourdine. Antignac est installé au fond, devant les fenêtres donnant sur la place ensoleillée. Un verre de tonic à moitié consommé pétille devant lui. En les voyant approcher, il replie un Mac couleur ivoire et leur présente son éternel sourire éblouissant de requin.

Le géant sort les feuilles métalliques de la sacoche et les montre à son patron, qui acquiesce, jovial.

— C'est bien ce que j'attendais, Camille. On m'a dit que les fourneaux fonctionnent bien, ici ?

— L'établissement est connu pour avoir la meilleure cuisine de Montauban, monsieur.

— Ils montent assez en température pour faire fondre du métal ?

— Du métal fin comme celui-là, sans le moindre doute.

Antignac balaie l'air de la main.

— Dans ce cas, occupez-vous-en. Je vous fais confiance, mon ami.

— Considérez que c'est déjà fait, monsieur.

Alors que l'homme repart vers les cuisines, Salva contemple la salle vide.

— Vous êtes chez vous, ou quoi ?

— J'aime travailler ici, quand j'ai des rendez-vous au tribunal, explique Antignac avant de porter le verre de tonic à ses lèvres. Le patron, Julien, est un ami. Il me doit quelques services…

— Comme des tas de pourris, c'est ça ?

— Vous me semblez en mauvaise posture pour donner des leçons de morale, monsieur Salva…

Touché. Le policier ne cherche même pas de repartie. Tout le monde semble unanime sur lui, à ce sujet. *Salva le pourri. Salva le voleur.* Il songe à ce qui peut bien se passer à la cellule de surveillance, en cet instant même. Son nom est-il déjà sur toutes les lèvres ? Des sanctions vont-elles être prises contre lui dès aujourd'hui ? Il chasse ces pensées inutiles. Rien ne sert de se faire du souci pour le mal déjà fait. Il est venu ici pour limiter celui en cours. *Sauver des vies, peut-être.*

Son flair ne lui a encore jamais fait défaut.

Il doit s'y fier. Il ne lui reste plus que cela, à présent.

— La PJ et l'OCRFM n'ont désormais plus rien contre vous. Pour commencer, je veux l'enregistrement que vous avez fait de notre discussion.

Antignac se lève et sort le petit boîtier noir de sa poche.

— Camille ?

— Oui, monsieur ?

— Tu peux ajouter ceci à la cuisson, je te prie ? Je pense que ni M. Salva ni moi ne souhaitons que son contenu circule.

Il lance le magnétophone à travers la pièce. Intercepté par son sbire qui s'en retourne aux cuisines.

Ensuite, l'avocat époussette nonchalamment les manches de son costume.

— Comme vous pouvez le constater, je suis un homme de parole.

Salva croise les bras.

— Je veux le contact que je vous ai demandé.

— Mon client nous attend. Comme promis.

— Nous ?

— Détendez-vous, vous le verrez seul à seul. Je ne vais faire que vous conduire chez lui. Je lui ai expliqué l'urgence de la situation. Il n'est, pour ainsi dire, pas surpris.

Alors que le géant ressort à nouveau des cuisines, Antignac le désigne en ajoutant :

— J'y pense, vous n'avez pas été présentés de manière protocolaire. Voici Camille, mon chauffeur. Le dernier vrai chevalier que je connaisse. Je lui confierais la vie de mes enfants, si j'en avais.

— On peut oublier le protocole, cingle Salva. De plus, je souhaite récupérer mon téléphone.

Le sourire de l'avocat s'agrandit.

— Ne dites pas de sottises. Non seulement vous n'en aurez aucun besoin, mais surtout, si votre hiérarchie se mettait en tête de localiser votre mobile, vous aurez passé l'après-midi dans ce délicieux établissement.

Il fait un geste guindé vers l'ordinateur portable posé sur la table.

— Tout comme moi, par ailleurs. Mais assez digressé, nous avons de la route à faire.

116

Le paysage verdoyant du Tarn défile tandis que la puissante BMW avale le ruban de bitume. Très vite, ils s'éloignent des principaux axes. La route nationale cède place à une départementale bordée de fermes et de champs où paissent des vaches.

— À qui appartient cette voiture ? finit par demander Salva.

Assis à côté de lui, l'avocat tapote la confortable banquette en cuir.

— C'est celle de mon frère. Il habite Montauban. Vous m'avez bien fait remarquer que la mienne est sur écoute, non ?

— Vous ne laissez décidément rien au hasard.

— C'est mon métier, cher ami.

— Arrêtez de m'appeler comme ça.

Antignac hausse les épaules.

— Très bien. Vous appréciez le paysage ? Je me suis toujours demandé comment on peut vivre aussi loin de la civilisation. Il n'y a même pas de couverture téléphonique convenable.

— Je veux surtout connaître le nom de la personne que nous allons rencontrer, réplique Salva.

— Il s'appelle Adonis.

— C'est son *véritable* nom ?

— Bien sûr que non. C'était son alias dans les forces spéciales. Encore aujourd'hui, cet homme est persuadé qu'il court un danger. Il tient à conserver l'anonymat le plus complet. Il n'a pas changé d'identité pour rien.

— L'armée a acheté son silence, alors ?

L'avocat décoche un sourire complice.

— Bien sûr. Je crois que c'est tout ce qu'il souhaitait depuis le début. Les gens sont si prévisibles. En tout cas, c'est la raison pour laquelle j'avais accepté de défendre sa cause perdue d'avance, je le reconnais volontiers. Un mois. C'est tout ce qu'il a suffi pour que notre plainte au pénal soit enterrée. L'état-major a offert à Adonis de quoi se payer la sécurité dernier cri et des infirmières sexy pour le soigner à vie, conclut-il avec un grand rire.

— Ainsi que de quoi vous rémunérer grassement, ajoute Salva, beaucoup moins amusé.

— Je fais mon métier. Nous ne sommes pas différents. Vous et moi, nous gagnons toujours. Nous sommes des héros, chacun à notre manière.

— Vous êtes odieux. Des vies sont en jeu. Deux jeunes personnes…

— La vôtre, surtout.

Le policier sent une boule naître dans sa gorge.

— Qu'insinuez-vous ?

— Voyons, mon ami ! Vous êtes sur la liste de cet assassin, vous aussi. Voilà pourquoi vous êtes venu à moi. Vous avez dérobé des pièces à conviction sous le nez de votre service. Qui prendrait ce genre de risque pour sauver deux pauvres délinquants sans cervelle ? *Personne.* Vous avez peur pour votre vie. Osez me dire que je me trompe.

— Vous croyez vraiment que tout le monde raisonne comme vous ?

Antignac incline la tête sur le côté. Toujours aussi souriant.

— Oh, non, rassurez-vous. Je ne suis pas aveuglé par mon ego à ce point. Je parle uniquement de votre cas, et je maintiens chaque mot que je vous ai dit. Nous ne sommes pas différents.

Cette discussion ne mène à rien. Salva se renfrogne.

— C'est encore loin ?

— Une heure environ. Toute belle récompense nécessite un peu de patience.

Salva s'abstient de commenter. Il conserve le regard braqué sur les arbres qui défilent, de plus en plus nombreux.

Malgré lui, il songe à ce que vient de lui soutenir l'avocat.

La colère le fait bouillir.

La maison du dénommé Adonis se trouve en retrait de la route. Son unique accès est fermé par une haute clôture surmontée de barbelés. Tandis que la BMW fait halte, une sphère noire au sommet d'un poteau les observe. Antignac baisse sa vitre, agite la main.

La barrière s'écarte lentement. La voiture s'engage sur un chemin de terre. Deux cents mètres plus loin, passé un rideau de chênes et de hêtres, la bâtisse apparaît. Un bloc de béton gris, comme un gros roc planté au milieu d'une pelouse irréprochable. Pas de fenêtre apparente. Elle évoque plus un bunker qu'une véritable habitation.

— Plutôt inhabituel.

— Maison d'architecte. Mon client n'en a pas bougé

depuis des années. Il s'est mis en tête que s'il en sortait, il allait mourir. Son état de stress post-traumatique n'est absolument pas feint, comme vous allez pouvoir le constater…

Le chauffeur s'arrête non loin de l'entrée. L'avocat désigne la porte blindée.

— Je vous laisse y aller. Adonis préfère vous recevoir seul à seul. Bien sûr, je compte sur vous pour obtenir ce que vous souhaitez… pour notre sécurité à tous les deux…

Une fois encore, Salva ravale sa réponse.

Il quitte la voiture et marche vers l'étrange maison aux allures de blockhaus.

La porte automatisée coulisse d'elle-même à son approche.

Il n'a plus le choix.

Il franchit le seuil en retenant son souffle.

117

La cérémonie funéraire a lieu à midi.

Marie Drevoski a posé ses mains sur le cercueil de sa fille une dernière fois. Elle a laissé les gouttes de ses larmes sur le bois, s'y est accrochée, quand Giuliano l'a prise dans ses bras en lui chuchotant qu'il fallait la laisser partir, maintenant.

— Adieu, Valentine, mon cœur… Oh, mon cœur adoré…

Le cercueil a été avalé par la machine. Il va être incinéré, devenir cendres, oubli. Le timbre soyeux de Lisa Gerrard s'élève des enceintes, emplit la petite salle d'une douceur infinie. Marie a choisi ce disque car c'est la musique la plus lumineuse qu'elle connaisse. Un illusoire réconfort.

Giuliano la serre contre lui. Son agent a fait le déplacement pour la soutenir. Il est le seul présent, avec la nounou de Valentine accompagnée de ses parents. Marie n'a aucune famille, aucun ami.

Elle plonge sa tête dans le cou du jeune homme. Ses lunettes noires écrasées contre sa veste. Ses larmes continuent de s'écouler.

— Ces gens, au fond… lui dit Giuliano.

Elle tourne la tête. Jessie Reveirol et ses parents sont repartis. Près de la porte, aux derniers rangs des bancs de bois, il ne reste que deux personnes qui patientent en silence.

— Ils ont des flingues, c'est la police. Tu as une idée de ce qu'ils te veulent ?

Marie dévisage la femme brune, qui lui fait un geste amical de la tête. Elle reconnaît la policière qu'elle a rencontrée le jour de l'accident. L'autre homme, un grand roux barbu, lui est inconnu, mais c'est comme s'il avait le mot « flic » écrit sur le front.

— Je ne sais pas, Giuliano. Je m'en moque. Sans doute encore de la paperasse, des questions auxquelles j'ai déjà répondu cent fois cette semaine. Je n'en peux plus. J'ai l'impression que tout le monde se ligue pour me harceler, au lieu de rechercher les assassins de ma fille…

Elle contemple l'autel, tout près d'eux. Le bruit des flammes est si puissant que la musique peine à le masquer.

— Valentine… Elle était tout ce que j'avais. Maintenant je n'ai plus rien. Je ne sais plus… ce que je dois faire…

— Tu ne peux pas rester seule, pas comme ça. Je ne bouge pas de là tant qu'ils t'importunent.

— Comme tu veux.

Elle se dégage de lui.

— Va les voir, toi, s'il te plaît. J'arrive dans une minute.

— Bien sûr, Marie. Tu prends tout le temps dont tu as besoin avant de venir leur parler, d'accord ?

Alors que son agent se dirige vers les policiers, elle titube vers les toilettes. Elle ouvre le robinet à fond et pose ses mains sur l'évier, prise de palpitations incontrôlables.

118

— Vous êtes de la famille ? s'enquiert Hechter en se levant.

L'homme lui sourit. Il est jeune, moins de trente ans, une assurance à toute épreuve. Barbe décontractée rigoureusement entretenue. Coupe dépeignée mais contrôlée. Même son sourire est millimétré.

— Je suis l'agent littéraire de Marie, explique-t-il en saluant également Bouilliez.

La policière conserve un œil sur la porte des toilettes.

— Vous travaillez avec Mme Drevoski depuis longtemps ?

— Cela fait cinq ans.

— Ses livres ont du succès, si j'ai bien compris ?

L'agent croise les bras sur sa chemise noire.

— Le monde du livre a subi des hauts et des bas, au fil des dernières années, mais il faut avouer que l'édition jeunesse se porte bien. Marie a un talent immense. Ses histoires parlent aux enfants. Elle a commencé à les écrire pour sa fille, c'est ce qui leur donne cette authenticité.

Hechter plante son regard dans le sien.

— Épargnez-moi les violons, je ne suis pas une journaliste. Mais puisque vous êtes là, vous pouvez nous éclairer sur un point…

L'homme se tend. Il renifle sans s'en rendre compte.

— Que voulez-vous savoir ?

— Depuis combien de temps Marie Drevoski vit-elle seule ? Sans compagnon, je veux dire.

— En quoi ce genre de détail peut-il vous intéresser ?

— Le savez-vous ?

Les épaules de l'agent se voûtent.

— Non. Elle a toujours été solitaire.

— Pendant cinq ans ? Vous ne lui avez pas connu de relation amoureuse ? Même l'espace de quelques mois ? Des aventures occasionnelles ?

— Je ne sais pas où vous voulez en venir avec vos questions, mais je vous répète que non. Marie est une célibataire endurcie. Elle a tout sacrifié pour élever sa fille. Elle ne parle jamais de sa vie avant Valentine, avant les livres. Si vous voulez mon avis, elle en a bavé et elle a tiré un trait sur son passé.

Hechter pose ses poings sur ses hanches.

— Justement, c'est ce qui nous intéresse.

Elle se tourne de nouveau vers la porte des toilettes.

— Elle met du temps à revenir, dites donc.

— Elle est sous le choc. Vous avez conscience qu'elle vient de faire ses adieux à sa fille ?

— Croyez-moi, je respecte sa souffrance. Mais il y a urgence, nous devons lui parler. En privé.

Le jeune homme lève un index hésitant.

— Si je puis me permettre, je préfère être présent. Légalement, je lui apporte un soutien juridique, et…

— *Légalement*, le coupe-t-elle, Mme Drevoski n'est pas en garde à vue. Je vous conseille de ne pas me chercher sur ce terrain-là, mon chou. Nous devons éclaircir certaines choses avec elle aussi vite que possible.

Bouilliez, qui jusque-là se tenait à côté d'eux en silence, se racle la gorge.

— Naamah, cela fait plus de dix minutes. Tu ne penses pas qu'on devrait…

— Je vais voir ce qu'elle fabrique, acquiesce-t-elle.

— Je devrais peut-être y aller, propose Giuliano.

Hechter oppose une paume inflexible contre sa poitrine.

— Vous, vous attendez bien sagement avec mon collègue. J'aurai sans doute d'autres questions à vous poser.

Abandonnant les deux hommes au fond de la salle, elle se dirige vers les toilettes d'un pas nerveux.

La porte pivote sans bruit. L'odeur de bonbon du désodorisant industriel flotte dans l'air, curieusement déplacée ici.

Personne.

La policière comprend que quelque chose cloche dès qu'elle aperçoit la veste de Mme Drevoski jetée au sol.

Par réflexe, elle dégaine son arme de service et s'empresse de pousser les portes des deux cabines.

Vides, l'une comme l'autre.

Au-dessus du lavabo, le minuscule vasistas est entrouvert. Hechter se précipite, passe la tête par l'interstice, scrute les environs : seulement l'espace arboré à l'arrière du bâtiment. Personne à l'horizon.

— Nom d'un chien !

Elle rejoint son collègue au pas de course.

— Elle n'est plus là. Elle est passée par la fenêtre des toilettes !

— C'est une blague ? s'exclame l'agent de Drevoski. Marie ne se serait pas enfuie comme ça…

— Ou bien on l'a enlevée, réplique Hechter en l'attrapant par le col de sa chemise.

— Hé ! Lâchez-moi ! Je n'ai rien fait !

— Vous êtes sûr qu'il n'y avait personne dans sa vie, ces dernières années ?

— Elle ne m'a jamais parlé d'une relation, je vous dis ! Comment voulez-vous que je connaisse sa vie privée ? Je ne la vois que de temps en temps et on ne parle que de son travail !

Elle le repousse d'un geste brusque.

— William, tu me ramènes ce monsieur au poste pour l'interroger. Je veux quelque chose. *Vite.*

— À tes ordres, Naamah.

Il saisit l'homme par le poignet, l'empêchant de s'éclipser.

— Vous avez entendu ? On va passer un petit moment ensemble.

— Mais vous n'avez pas le droit ! Lâchez-moi, je vous dis ! Je n'ai rien à voir avec cette histoire !

Le policier l'escorte à l'extérieur. La porte claque. Les suppliques de l'agent littéraire sont finalement étouffées.

Hechter, laissée seule dans la salle de crémation, envoie un coup de pied rageur dans les bancs.

— Merde ! Merde et merde !

Imperturbable, la musique angélique continue de baigner les lieux.

CPIS de Perpignan, 2012

Alors qu'ils s'éloignent de la salle de tir, les deux militaires croisent plusieurs camarades d'autres régiments, qu'ils saluent d'un bref mouvement de la tête. Tous arborent la même expression préoccupée.

Ils traversent le parking de la caserne sans prononcer le moindre mot. Ce n'est qu'une fois arrivé devant sa voiture que le sergent-chef se retourne. Il observe le filet de fumée qui s'échappe des baraquements. Scotché au velcro sur sa veste, le petit patch rectangulaire affiche son pseudonyme : Vanir. *Son nom de soldat, comme une peinture de guerre.*

— Nom de Dieu, Adonis. Ça fait un jour entier, et ça pue encore la chair humaine.

— C'est un miracle que rien n'ait fuité dans la presse, réplique son collègue.

— Ça t'étonne tant que ça ?

Vanir s'essuie le front du revers du poignet. En dépit de la fraîcheur matinale, il transpire abondamment.

— Ce sont nos explosifs qui ont fait ça. Notre napalm.

— On n'en a aucune idée.

— Ouais. On ne risque pas de le savoir un jour, quel que soit le résultat des analyses. Tu sais comment ça se passe ici. Le colonel était un chacal, mais il ne méritait pas ça. C'était une exécution pure et simple…

À l'horizon, deux hélicoptères traversent le ciel limpide. Un Tigre et un Cougar. Rien ne perturbe les manœuvres de l'entraînement. Adonis s'éclaircit la gorge avant de poursuivre :

— Désormais, on n'est plus que trois. On ne peut attendre aucune protection, de la part du régiment comme du ministère. On les encombre plus qu'autre chose.

— Je le sais. Je n'arrête pas d'y penser, qu'est-ce que tu crois ?

— Tu as pu parler à Ulysse ?

— Rapidement. Il a eu des détails sur ce qu'on leur a fait…

L'homme poursuit à voix basse.

— Nicolas avait les deux mains tranchées. Quant à Rorschach… on lui a arraché les couilles…

— On les a accrochées sur la carte, à l'emplacement de Qalat Kandar, acquiesce Adonis. C'est ce que j'ai entendu moi aussi, il faut croire que c'est la vérité. Sauf qu'il n'y a que nous *qui pouvons comprendre à quoi ça fait allusion.*

— De toute évidence, quelqu'un d'autre est au courant, décrète Vanir.

Il ouvre la portière de sa voiture, s'installe au volant.

— Reste à savoir si c'est quelqu'un du régiment, ou si le danger vient de l'extérieur.

Adonis regarde ses pieds. Malgré son air préoccupé, ses traits demeurent parfaits, dignes de ceux d'un mannequin.

— Personne ne le découvrira jamais. Toutes les archives étaient dans le bureau du colonel.

— Espérons que celui ou ceux qui ont fait ça nous oublient, conclut Vanir. Après tout, on n'est plus sur

le terrain depuis des années. On ne gêne personne. S'il s'agit de représailles liées aux dérapages de l'unité, on ne risque sans doute rien…

Il fait un dernier geste de la main avant de mettre le contact.

L'explosion tord le véhicule comme une silhouette de carton, l'avale totalement dans une colonne d'immenses flammes orangées.

119

En pénétrant dans la maison, Salva se retrouve dans un couloir carrelé, murs de béton, éclairage à la lumière noire. *Un sas.* Semblable à celui d'une entreprise hautement sécurisée. Face à lui, une porte blindée.

L'issue derrière lui se referme comme elle s'est ouverte, commandée à distance par le maître des lieux. Après quoi l'extrémité du sas se déverrouille, la deuxième porte s'écarte avec un léger chuintement.

— *Avancez*, fait une voix surgie d'un haut-parleur au plafond.

L'individu qui habite ici est équipé d'un matériel de parfait parano.

Salva franchit la porte.

Il découvre une vaste pièce sans fenêtre, semblable à un loft. Peu de meubles. Des alignements de leds au ras du sol et sur les murs dispensent une luminosité feutrée. Salva a la surprise de trouver une jeune femme d'une vingtaine d'années assise sur un canapé blanc. Elle conserve les mains sur les genoux comme pour maintenir sa très courte jupe en place. Un roman sentimental est posé sur une table en verre devant elle.

— Bonjour, dit-il, étonné.

La jeune femme lui sourit et baisse les yeux. Même

à plusieurs mètres d'elle, il peut sentit les effluves de son agréable parfum.

La voix lui parvient de nouveau.

— Par ici, monsieur Salva. Je suis dans le salon.

Le policier se souvient de ce que lui a dit Antignac sur l'argent qu'avait reçu son client. *De quoi se payer la sécurité dernier cri et des infirmières sexy pour le soigner à vie.* Il ne pensait pas que cette dernière réflexion était à prendre au pied de la lettre, elle aussi.

Mais il avance donc, pressé d'en venir au fait. La pièce suivante est encore plus vaste, elle donne cette même impression de loft high-tech et luxueux. Tout y est aussi propre que minimaliste. En lieu et place de fenêtres, des écrans collés aux murs diffusent des images de ciel ensoleillé. Le policier peut voir des arbres, des champs, la route déserte bordée par la clôture infranchissable de la propriété, comme s'il regardait au travers de grandes baies vitrées. Une retransmission par caméra, en direct.

Tout comme dans l'autre pièce, peu de mobilier ici. Deux énormes fauteuils en cuir blanc, immaculés, sont installés au centre de la pièce. Un homme l'attend dans celui de droite. Il se tient de profil, voûté sur une tablette tactile. Alors que sa main effleure la surface de verre, les angles des caméras changent sur les écrans muraux. Salva aperçoit désormais la BMW noire stationnée devant l'entrée. L'image zoome sur l'avocat et son chauffeur qui discutent, accoudés contre la carrosserie.

— Ça, c'est du *home cinema*…

— Je peux aussi avoir le son, au besoin, dit l'homme installé dans le fauteuil. L'équipement a coûté un peu cher, mais il me comble de bonheur. Comme a dû vous l'expliquer mon charmant avocat, j'ai choisi la retraite et la discrétion. Je considère avoir assez donné de ma personne à cette société pour qu'on me laisse tranquille…

Salva se tourne vers lui. Il s'attendait à des brûlures visibles, et au tout premier regard, il songe que son état physique n'est pas si catastrophique.

Puis Adonis fait pivoter sa tête pour lui faire face.

Salva découvre l'ampleur du cauchemar.

La partie gauche de son visage a disparu. C'est comme si on lui avait scié la moitié du crâne, menton inclus. La peau qui s'y accroche, rouge et pelée, fait penser à la chair pourrie d'une tomate oubliée au soleil. De l'œil gauche il ne reste qu'un trou noir et fixe, où se devine le blanc de l'os.

Salva ne peut réprimer une expression de surprise et, il doit bien se l'avouer, de dégoût.

— Mon apparence vous dérange à ce point ?

— Bien sûr que non…

— Inutile de me mentir, je ne suis pas un fragile. Je sais très bien que je suis répugnant à voir. Un monstre. Le jugement du feu est sans retour.

— Je suis désolé, lui dit le policier.

— Vous n'y êtes pour rien. Mon vieil alias me fait une belle jambe, désormais. *Adonis*. Il faut croire que ma vie manquait d'humour…

L'homme lève sa main, et Salva comprend qu'elle aussi est lourdement handicapée. Plusieurs doigts manquent à l'appel. Le reste de son bras disparaît sous une chemise légère, mais il devine une peau tout aussi abîmée.

— La bombe visait mon sergent-chef, poursuit-il d'une voix rocailleuse. Vanir était monté dans son véhicule. Il a mis le contact, ce qui a actionné le détonateur. Mécanisme classique. La charge était fixée sur le réservoir. Avec toutefois une touche personnelle. Du napalm. Je me tenais à moins de trois mètres, j'ai été pris dans l'explosion. Voilà le résultat quand ce qui vous touche continue de brûler. Ça mange votre chair. Ça vous dissout les os. Ça fait partie de vous à vie.

Tout en parlant, il le fixe de son œil valide, étincelant d'un plaisir manifeste à le déstabiliser. Salva joue volontiers le jeu. Il conserve une expression compatissante mais déterminée. Il est venu pour obtenir des réponses. Il ne partira pas sans elles.

— Vous tenez l'armée pour responsable de ce qui vous est arrivé ?

— Parce que c'est la vérité. Depuis le début, mes camarades et moi avons été les jouets du service. De la chair pétrie à leur convenance, puis jetée aux chiens sans un regard en arrière. J'ai voulu faire cracher son hypocrisie au ministère, qu'il reconnaisse les supplices infligés à ses agents en parfaite connaissance de cause. Toutes ces horreurs, sous couvert d'une raison d'État bien pratique…

Il émet un bruit de glaire.

— Comme vous le savez, je n'ai pas eu gain de cause.

— Cela n'arrive jamais, dit Salva.

— Je ne me faisais pas d'illusions. Au final, je considère que je n'ai pas à me plaindre. Les juristes de la DGSE ont acheté mon silence. J'ai signé tout ce qu'ils voulaient, j'ai promis de ne jamais dévoiler leurs affreuses combines. De leur côté, ils m'ont donné une fortune en échange de ma… disons, retraite totale et définitive.

— Ainsi, plus de questions embarrassantes.

— Tout continue d'aller pour le mieux dans le meilleur des mondes, raille l'homme brûlé.

Salva peine à regarder son interlocuteur en face.

— J'ai besoin que vous me parliez de cette unité, monsieur. De ce qui vous est *vraiment* arrivé.

— Avez-vous entendu ce que je viens de vous dire ? Je suis lié au secret. Jamais je ne témoignerai de quoi que ce soit.

— Il n'est pas question de témoignage. Je vous assure que votre nom n'apparaîtra nulle part. Tout ce que je souhaite, c'est arrêter une vague de meurtres sans précédent.

L'homme gratte son cou parcouru de veinules rougeâtres.

— Je m'en doute bien. Les chaînes d'info ne parlent que de ça depuis hier. Mais prenez donc place. Vous me donnez le vertige, à rester debout.

Le policier s'approche, s'assoit dans le fauteuil libre, qui se révèle aussi douillet qu'un matelas de plume. Cela ne diminue en rien son malaise.

— Alors quoi ? Si vous avez accepté de me rencontrer, c'est bien que vous comptez me donner quelque chose, non ? Je suis là pour vous écouter.

— J'ignore ce que vous recherchez au juste. Rien de tout ce que j'ai pu faire ou voir n'est très glorieux. On n'avait même pas de nom officiel. Entre nous, c'était juste « l'unité Rorschach »…

— Combien étiez-vous de membres ?

— Onze en tout, issus de divers régiments. Initialement, le colonel était formateur, il nous a entraînés pour des missions entre 2003 et 2004. Il a repéré les éléments dont il avait besoin et il nous a recrutés en toute discrétion. Selon lui, on avait un potentiel pour… aller plus loin que les autres, si vous voulez. Il nous a assuré qu'on représentait la race supérieure, qu'il pouvait faire de nous de véritables héros capables de changer le monde. On n'était que des gosses, aucun d'entre nous n'avait de famille. Le colonel savait que le service était tout ce qui nous restait. Il nous a transmis une flamme plus vive encore. Il avait décelé chez nous cette intelligence innée du terrain, de l'efficacité, de la responsabilité absolue…

— De la mise à mort, ajoute Salva.

La moitié de ses lèvres se soulève en un sourire à nu de squelette.

— Oui. Des graines d'assassins. Je ne peux pas dire le contraire. Rorschach a joué le rôle de jardinier pour nous permettre de nous épanouir, de faire fleurir ce côté sanguinaire. Il nous voyait comme son expérience. Il se prenait pour Dieu. Il nous a appris à devenir plus efficaces. Plus cruels…

— Vos collègues militaires étaient au courant des activités de votre unité ?

— Ils savaient qu'on existait. Mais ce qu'on faisait lors des missions, certainement pas. De toute manière, on ne fréquentait pas les autres soldats de la caserne. On pensait qu'ils étaient jaloux de nous. Avec le recul, je pense qu'ils nous prenaient seulement pour des déséquilibrés et des bouchers. Ce que nous étions, je ne vais pas le nier. Le colonel avait recruté un sergent-chef avec un parcours de médecin, qui se faisait appeler Nicolas. On devait prendre des drogues qu'il avait mises au point et dont personne n'a jamais connu la nature exacte. Tout ce que je peux dire, c'est qu'elles développaient nos performances physiques, mais aussi nos pulsions de prédateur. Il va de soi que tout ceci était fait dans le plus grand secret…

Il jette un regard aux écrans. Salva attend aussi patiemment que possible qu'il poursuivre son récit.

— Je n'ai jamais révélé ces détails à personne, reprend-il enfin. Même à Antignac.

— Je vous écoute, l'encourage le policier. S'il vous plaît…

Adonis se fend de nouveau de son sourire d'écorché. Sa respiration glaireuse s'accélère.

— Notre unité a été active pendant sept ans. On a été envoyés dans les pays les plus sensibles du globe. On a empêché une cinquantaine d'attentats, au bas mot, et on a tranché encore davantage de têtes de l'hydre qui allait devenir Boko Haram, dans près de sept pays d'Afrique. D'autres têtes repoussaient, bien sûr, dès qu'on en séparait une du corps de la bête. Mais tant qu'on intervenait sur le terrain, la menace ne progressait pas.

— Vos missions consistaient uniquement à tuer ? interroge Salva, fasciné malgré lui par ce qu'il entend.

— C'était notre spécialité. La raison d'être de l'unité. Cela dit, on parlait de « traiter », jamais d'assassiner. On était des docteurs. On amputait les membres malades avant que l'infection ne se propage. J'étais sur le terrain durant les trois premières années. Puis j'ai pris le grade de sergent instructeur. Le colonel m'a stationné à Perpignan. Je ne partais plus, je ne m'occupais plus que de l'entraînement, de la logistique, dans les locaux de la base. C'est ce qui, ironiquement, m'a sauvé la vie.

— Lors de cette dernière mission… relève Salva.

— Oui. Cette *toute dernière* mission. Six d'entre nous sont partis sur site, en Afghanistan. C'était la configuration habituelle. Officiellement, ils devaient traiter une usine d'opium. Le colonel n'avait jamais utilisé l'unité pour une mission de ce genre. On aurait dû comprendre que quelque chose n'allait pas. Mais c'était déjà trop tard, je suppose…

Le ventre de Salva se contracte un peu plus.

— Cette usine, il s'agissait de celle de Qalat Kandar ?

— Précisément. Vous savez ce qui s'est passé, alors ?

Le policier marque une hésitation.

— La mort, non ?

Adonis ravale bruyamment un crachat.

— Pire que ça.

120

Marie n'a pas été enlevée.

Elle a fui.

Lâchement. *Bêtement.*

Elle n'a pas su gérer la situation. La cérémonie de Valentine. La présence oppressante de ces policiers… encore…

Elle gare son Audi à un emplacement libre devant son immeuble. Tâtonne pour récupérer son sac. S'élance vers la porte d'entrée.

Du coin de l'œil, elle remarque la silhouette qui attendait, sur l'autre trottoir.

L'homme traverse la rue au moment où elle referme la porte de verre.

Le hall de l'immeuble forme un long coude carrelé qui mène à l'ascenseur. Marie s'y précipite, ses talons claquant sur les dalles grises. Elle presse le bouton d'appel avec une nervosité croissante.

Derrière elle, dans l'angle mort, elle entend quelqu'un essayer d'ouvrir la porte.

Arrête ça.

Laisse-moi donc.

S'il te plaît.

L'individu tire, secoue la poignée avec un acharnement accru.

L'ascenseur est arrivé. Marie s'engouffre dans la cabine, presse le bouton du quatrième, puis la commande de fermeture pour accélérer le mouvement.

Elle entend un craquement tandis que la porte d'entrée cède sous la force. Des pas résonnent à leur tour dans le hall au moment où l'ascenseur achève de se refermer.

— Pitié, murmure-t-elle. Laisse-moi tranquille…

Alors que la cabine s'élève, elle colle son dos au miroir. Ses lunettes noires tombent au sol et elle ne songe même pas à les ramasser. L'afflux d'adrénaline accélère sa cadence cardiaque.

Elle sait que ce tout ce qu'elle fait est ridicule.

Mais elle n'en peut plus de jouer la comédie.

L'ascenseur dépasse le premier, puis le deuxième étage.

Le bruit d'une course retentit dans la cage d'escalier toute proche.

L'homme gravit les marches, étage par étage, à la même vitesse que l'ascenseur.

— Non, non, non.

Elle presse les boutons des autres étages.

L'ascenseur ne s'arrête pas.

Il arrive au quatrième.

La porte coulisse au moment où l'homme jaillit de l'escalier, à peine essoufflé.

Il braque un pistolet droit sur elle.

— Bonjour, Marie.

Elle reste dos au miroir. Tétanisée. Elle a le réflexe de lever la main vers le panneau de commande mais l'homme a fait un pas en avant, il bloque la fermeture du pied.

— N'y pense même pas, lui intime le lieutenant David Bleines. C'est moi qui décide, maintenant.

Il ajuste le canon de son arme sur le front de la femme.

Marie Drevoski, livide, ferme les yeux et se met à trembler.

121

Le policier s'agite dans le fauteuil, aussi confortable soit-il. L'ambiance de cette maison-bunker l'oppresse. Il n'ose même plus regarder Adonis en face. Il a l'impression de se trouver en présence d'un vampire, retiré du monde dans son nid, profitant de la lumière du jour par écrans interposés.

Il veut savoir pourtant. Il *doit* savoir.

— Que voulez-vous dire ? Qu'est-ce qui serait pire que la mort ?

— La *trahison*, souffle l'ancien militaire avec un dégoût presque douloureux dans la voix. Vous ne pouvez pas imaginer ce que c'est. Quand celui qui a façonné votre vie, celui dont vous suiviez les ordres avec une confiance aveugle, décide de tous vous sacrifier comme des porcs parce que vous ne lui êtes plus utiles. Simplement parce que vous nuisez à sa carrière…

— Rorschach ?

— Lui-même.

— Vous insinuez que votre colonel aurait fait assassiner sa propre unité ?

— Je ne l'insinue pas, j'affirme que c'est arrivé. Rorschach contrôlait son monde d'une poigne d'acier. On savait tous qu'il avait reçu des pressions d'en haut pour que son expérience cesse. Mais on n'aurait pas pensé une seule seconde que, dans sa logique tordue, la solution la plus simple pour dissoudre l'unité serait de l'effacer *physiquement*. Quel meilleur moyen de se débarrasser de personnes qui n'existent plus ? Les envoyer dans une mission qui n'existe pas plus qu'eux, dont personne n'entendra jamais parler. Le néant annule le néant…

Sa voix s'assombrit à l'évocation de ces souvenirs. Il observe les écrans, varie l'angle d'une caméra pour surveiller le passage d'un bus derrière la clôture, avant de reprendre le fil de son récit.

— Quand mes camarades sont arrivés sur le théâtre de l'opération, en Afghanistan, l'usine d'opium avait déjà été évacuée. J'ignore comment il s'y est pris, mais Rorschach s'est débrouillé pour neutraliser nos canaux de communication. Les talibans, eux, étaient prévenus. Ils avaient reçu les coordonnées exactes de l'unité. Et *surtout*, ils savaient que ces militaires avaient abattu des dizaines de leurs frères…

Salva mordille sa lèvre inférieure. L'histoire se tient, malheureusement.

— Que leur ont-ils fait subir ?

Le visage mutilé de l'homme se plisse, comme si une main à l'intérieur le repliait dans son poing.

— Dans le détail ? Je préfère ne pas y penser. Cependant, il y a quelques années, j'ai retrouvé une photo qui circulait dans les réseaux djihadistes du Web. On voyait Gabriel, un des membres de notre unité. Il avait été…

Il inspire spasmodiquement. Sa main handicapée se crispe.

— … Gabriel avait été *dépecé vivant*. Il ne restait plus un centimètre de peau sur son corps et pourtant il respirait encore. Certains prétendent que son martyre ne s'est pas arrêté là, que les talibans l'ont ensuite livré en pâture à des hyènes qui n'avaient pas été nourries depuis une semaine. J'ignore quelle est la part de vérité dans cette horreur et je ne tiens pas à le découvrir. Voilà le genre de sort qu'ont subi mes camarades…

Salva ne doute pas de la véracité de ce genre d'anecdotes. Le sadisme des êtres humains ne connaît aucune limite. Tout particulièrement en zone de guerre.

Cela ne répond pas pour autant à ses interrogations.

— En admettant que Rorschach a délibérément envoyé ses hommes à la mort, qui s'en est pris à lui ? Et à vous ? Quelqu'un s'est bien débarrassé de tous les membres restants de l'unité, ici en France…

Adonis pousse un rire chevrotant.

— Je ne vous le fais pas dire. La dissolution de notre groupe a bien été menée à terme comme prévu. Mais si j'avais la moindre théorie à ce sujet, pensez-vous que je me cacherais comme je le fais depuis sept ans ?

Il désigne les écrans qui tapissent les murs de la pièce.

— Vous avez toute ma vie ici, un monde hermétiquement clos. Aucune fenêtre, nulle part dans la maison. Douze portes blindées que je commande à distance. Sécurité maximale. Je ne vois plus le monde que grâce aux yeux de Big Brother. Je suis le dernier. Le seul survivant de l'unité Rorschach… et je ne sais toujours pas d'où viendra le danger que je dois redouter !

— Je crois que moi, je commence à l'entrevoir, déclare Salva.

— Vraiment ?

Le policier s'arrache au fauteuil et fait quelques

pas au milieu des écrans. Il étend son bras bandé qui recommence à l'élancer. Qu'importe. Il approche du but.

— Si je reprends la chronologie des faits… Après l'attaque de vos camarades en Afghanistan, c'est le colonel Rorschach qui a été visé le premier, dans son propre quartier général…

— Rorschach et Nicolas, le médecin dont je vous ai parlé. Ils étaient en réunion dans le bureau du colonel. Leurs assaillants les ont pris par surprise. Ils devaient être en nombre. Sinon, Rorschach et Nicolas auraient pu se défendre. C'étaient des machines de guerre, l'un comme l'autre…

— Ils ont été confrontés à une machine de guerre plus puissante encore, décrète le policier. Est-ce qu'on les a mutilés ?

Adonis se gratte la tempe. Ses lèvres se serrent avec contrariété.

— Comment le savez-vous ? Ils ont eu des membres arrachés, tous les deux. Ensuite, leurs agresseurs ont détruit nos bureaux au napalm. Tout ce qui constituait le service, à commencer par les archives, a été dévasté.

— Le même napalm avec lequel on a piégé la voiture de votre collègue…

— En effet. L'attaque suivante, qui nous a touchés Vanir et moi, s'est produite dès le lendemain.

— Elle aussi, elle avait été rigoureusement planifiée, exécutée avec autant d'efficacité qu'une opération sur le terrain, enchaîne le policier, toujours perdu dans ses pensées. À ce moment-là, à part vous, qui étiez dans le coma, il ne restait plus qu'un dernier membre de l'unité. Un certain François Chasseré, c'est bien ça ?

— Je préfère que nous l'appelions Ulysse, le corrige Adonis. C'était son pseudonyme dans le service. Mais oui, il était le dernier d'entre nous. Quand je suis sorti de l'hôpital, j'ai appris qu'il était décédé lui aussi. Un suicide…

Salva observe les vidéos qui ondoient sur les murs, l'infini bleu du ciel d'été balafré par le sillage d'un avion de ligne. Il tourne sur lui-même, une main sur son bras pour contenir la douleur. Son estomac se convulse. Il se fait la réflexion qu'il aurait besoin d'un joint. Ou même seulement d'un verre d'alcool, n'importe lequel, *fort*. Pour réfléchir. Pour se calmer. Il chasse cette idée absurde. Il n'a besoin que de sa volonté. De son flair.

— La mort d'Ulysse était un meurtre de plus, annonce-t-il. Un assassinat maquillé en suicide. J'en ai la preuve.

— Quel genre de preuve pourriez-vous avoir ?

— Son assassin lui a injecté une drogue puissante pour l'anesthésier. C'est sa signature. Ou en tout cas, je crois que ça l'est devenu à partir de ce moment-là…

— Je ne comprends pas où vous voulez en venir.

— C'est pourtant très simple. Cette drogue, c'était de l'opium. Pas n'importe lequel. Il provenait des stocks de l'usine de Qalat Kandar. Ça vous éclaire davantage ?

Adonis change subitement d'expression. *La peur.* Il s'étouffe à moitié, tousse avec des bruits épais de mucus, une goutte de sécrétion gluante pend au coin de ses lèvres.

— Vous vous trompez. Personne n'est revenu d'Afghanistan. Les talibans ne leur ont pas laissé la moindre chance !

— L'un d'entre eux leur a échappé, assure le policier. C'est la seule explication. Il a regagné le sol français, il a fait payer au colonel le prix de sa trahison. Puis il l'a fait payer à tout le reste de l'unité. Le responsable de ce carnage au CPIS était l'un de vos camarades, Adonis. Pas une équipe extérieure chargée d'éliminer l'unité. Une seule personne. L'un de vous, revenu de l'enfer pour se venger. De la manière la plus brutale et extrême qui soit.

L'homme penche la tête en arrière. Le profil de sa mâchoire se découpe en dents acérées, de part et d'autre de sa bouche boursouflée. De nouveau, Salva ne peut s'empêcher de songer à un vampire dans son repaire.

— Je ne peux pas croire ça, dit-il d'un timbre éteint. Ce que vous insinuez est *impossible*.

— Pourquoi pas ? Vous étiez les mieux entraînés, les plus redoutables des agents. Des graines de tueurs, comme vous l'avez si bien dit. Le colonel vous avait choisis pour ça. Est-il si difficile de supposer que l'un de vos collègues ait réussi à s'échapper, quand les talibans leur sont tombés dessus ?

Silence. La respiration encombrée de sécrétions s'accélère.

— Mettez-vous à sa place, martèle Salva. Vous l'avez souligné également, la trahison est la pire des choses qui puisse arriver à un soldat. Imaginez-vous dans ce piège abject qu'on vous a tendu. Vous avez réussi à vous arracher aux griffes de l'ennemi, mais vous ne pouvez même pas porter secours à vos camarades. Vos frères d'armes, avec qui vous partagiez tout ! Vous savez mieux que quiconque ce qu'ils subissent. Torturés. Dépecés ! Comment croyez-vous que vous auriez réagi, à sa place ?

Adonis abaisse enfin la tête. Son œil brille désormais d'une rage froide.

— Je serais revenu m'en prendre au responsable,

bien sûr… Le colonel méritait d'être puni… Je crois que je lui aurais…

Il lève sa main aux doigts mutilés devant lui. La referme comme s'il se saisissait d'un objet invisible.

— … arraché les couilles pour avoir agi comme nul homme ne devrait agir.

— C'est ce qu'on lui a fait ?

— Oui. On lui a tranché la queue et les bourses. Elles avaient été clouées sur la carte d'Afghanistan…

Salva émet un clapotement de langue contre son palais. Son intuition était donc la bonne.

— Celui qui a fait ça vous tenait pour responsables. Tous les membres de l'unité restés sur place. Il est revenu pour vous sanctionner. L'un après l'autre. Définitivement.

Désormais, Adonis a changé d'expression. Un tic nerveux agite son épaule.

— Je dois découvrir de qui il s'agit, poursuit Salva. Qui d'autre que le colonel avait connaissance de vos véritables identités ?

— Personne. C'est la voie officielle. Le secret. Le seul autorisé à conserver nos dossiers était Rorschach.

— Mais toutes ses archives ont été détruites dans l'incendie ! Je dois connaître ces noms, Adonis, vous *devez* m'aider ! Qu'est-ce que vous attendez ? Vous désirez que je vous supplie, c'est ça ?

Sans prévenir, son hôte pousse un cri de rage et jette sa tablette tactile avec une violence inattendue. L'objet heurte un des écrans muraux qui se fend sous l'impact.

Il laisse ensuite échapper un râle aigu, comme un sursaut de colère et de douleur mêlées.

Salva recule d'un pas, ne sachant comment réagir, mais prêt à se défendre au besoin.

Adonis se tourne lentement vers lui. Son visage biseauté se contracte sous le coup d'une vive émotion. Il ressemble plus que jamais à une créature horrifique. Un prince mort-vivant à la peau cramoisie.

— Vous n'avez nul besoin de me supplier. Vous m'avez convaincu. Vous avez ouvert la porte de mes pires cauchemars. Je ne sais pas si je dois vous remercier ou au contraire vous maudire pour cela.

Il tend sa main difforme pour désigner un meuble.

— Dans le premier tiroir. Mais préparez-vous à ce que vous allez voir. Je n'ai aucun droit de posséder de tels documents.

122

Après son brutal accès de colère, Adonis demeure prostré dans son fauteuil. De la mousse grise s'est agglutinée au coin de sa bouche. Il inspire et expire avec difficulté, comme si chaque souffle allait être son dernier.

Salva s'empresse de traverser la pièce jusqu'au meuble qu'il lui a désigné. Le tiroir contient un unique objet : une enveloppe kraft, grand format, bien joufflue.

— Des photos ?

— C'était mon péché mignon, marmonne Adonis en s'essuyant les lèvres d'un revers de poignet. Avant l'arrivée des téléphones portables, des tablettes, de tous ces nouveaux moyens de faire des photos n'importe où, n'importe quand. Ces images, je les ai prises avec un vieil appareil argentique, au cours de nos missions. Il m'arrive encore de les regarder, quand j'ai besoin de me rappeler ce que l'État a fait de nous…

Salva ouvre l'enveloppe, non sans une certaine appréhension.

Préparez-vous à ce que vous allez voir…

Rien ni personne ne pourrait le préparer à ce qu'il découvre sur le premier cliché.

Un charnier humain. Des jambes, des bras arrachés

à leurs corps et jetés pêle-mêle dans une fosse. Des têtes en lambeaux, les yeux crevés par les charognards.

La migraine de Salva augmente. Il compte des dizaines de dépouilles, au bas mot. Sur le côté de la photo, il voit une hyène occupée à déféquer dans la cage thoracique d'un corps féminin.

Il ne peut soutenir cette vision que quelques instants avant de détourner le regard, le cœur au bord des lèvres.

— Putain de merde !

— Elles sont toutes du même genre, je vous préviens.

Le policier retourne le cliché. Un lieu et une date sont inscrits au stylo délavé. *Irak, 2009.*

Il passe à la photographie suivante.

Cette fois, il s'agit uniquement de têtes humaines, empalées sur des piques. Il y en a une bonne dizaine, et toutes sans exception ont été scalpées, l'os de leur crâne dénudé. *Afghanistan, 2010.*

Il se mord la lèvre.

Fait défiler les photos un peu plus vite.

Des dépouilles d'animaux, tellement putréfiées qu'elles n'en sont même plus reconnaissables, ont été disposées sur ce qui ressemble à un toit, tout autour d'une antenne satellite. *Bénin, 2009.*

Puis, à l'intérieur d'un bâtiment de paille, d'autres bêtes, des chèvres et des moutons, mutilés, partiellement dépecés, suspendus à des crochets. *Centrafrique, 2010.*

Il a l'impression qu'une barre de plomb lui traverse les tempes. Le sol se balance dangereusement sous ses pieds.

— Vous avez participé à ces horreurs ?

— Je ne les ai jamais cautionnées, se défend Adonis. On n'en parlait même plus entre nous, le colonel nous avait interdit d'y mettre un terme. Ce que vous voyez est l'œuvre d'un seul des membres de l'unité.

— Mais pourquoi ? Comment on peut en arriver à… *ça* ?

— Le stress… Le conditionnement de Rorschach… Ou simplement le besoin de voir quelque chose mourir entre ses doigts. Je ne jetterai pas la première pierre. Cette part de cruauté est présente en chacun de nous. Rorschach n'a fait que l'exacerber. Il a libéré nos pulsions les plus immondes sous l'excuse de notre vocation. Selon le colonel, Uriel ne faisait que s'exprimer, à sa manière.

— Uriel ?

Nouvelle photo. Un jeune Noir aux mains et aux pieds sectionnés. Un couteau enfoncé dans chaque œil, un troisième enfoui dans la gorge jusqu'à la garde. *Tchad, 2011.*

Une sacrée putain de manière de s'exprimer.

— C'est lui, dit Salva. C'est forcément lui, comment ne pouvez-vous pas le voir ? C'est cet homme qui a survécu !

— Regardez les autres images, lui indique Adonis.

— Pourquoi ?

— Vous comprendrez quand vous le verrez.

Salva survole les clichés. Il discerne d'autres Noirs accrochés à des chaînes et parcourus de convulsions. Électrocution à la *gégène ?* Et là, des cadavres de chiens décapités auxquels on a adjoint des têtes de jeunes filles. Sa nausée augmente à chaque photo, prête à déborder. Il continue de les feuilleter à la hâte.

Il atteint celle d'un groupe de militaires posant, tout sourire, devant l'objectif.

— Celle-là… C'est vous ?

Onze personnes. Des enfants presque, aux visages rayonnants. Minces et imberbes dans leurs tenues de treillis flambant neuves. Leurs armes brandies comme à la parade.

— J'avais utilisé le retardateur. Cette photo date de notre première année ensemble. Rorschach est à droite. Moi, je suis tout à gauche.

Salva pose les yeux sur le colonel, un jeune homme goguenard au visage traversé par une grande cicatrice, et sur le garçon qu'était Adonis, plus d'une décennie auparavant. La beauté de ses traits le saisit. Difficile de reconnaître l'individu défiguré installé face à lui.

— J'ai écrit nos noms au dos, ajoute Adonis. Nos *véritables* noms. Je n'en avais strictement pas le droit, mais comme j'y avais eu accès par hasard, tout au début… Je n'ai pas pu m'empêcher de conserver un souvenir…

Olivier Salva consulte le verso.

Une liste de onze noms et prénoms est, en effet, inscrite d'une écriture penchée, accompagnée de l'année. *2007.*

Il lit ces noms sans en croire ses yeux, et c'est comme si son sang subitement se changeait en glace.

— Ce n'est pas possible…

Il retourne la photo pour localiser la personne qu'il a repérée.

Il la reconnaît, maintenant. Évidemment.

Malgré les années passées.

Malgré les traits juvéniles. Malgré l'accoutrement de guerre, le fusil Famas fièrement plaqué contre sa poitrine. Ce sourire lumineux. Ce regard clair et fier.

— Il y avait une *femme* dans une unité des forces spéciales ?

— Aujourd'hui, c'est beaucoup plus commun. Uriel était une des premières. Elle avait choisi son pseudonyme en référence à l'ange du châtiment dans la Bible. On a toujours trouvé qu'il lui collait à la peau. C'était la plus dévouée de nous tous. Jusqu'au zèle. Toujours la plus acharnée…

Salva n'arrive plus à prononcer le moindre mot. Il est absorbé par la photo. Les traits fins. Le crâne rasé.

C'est la personne qui l'a agressé au domicile d'Élie Malivert.

Il comprend pourquoi il avait l'impression de reconnaître ce visage.

Comment cela ne l'a-t-il pas frappé ?

Comment n'a-t-il pas reconnu le visage de Marie Drevoski, tel qu'il l'a sous les yeux à présent ? Dépourvu de tout maquillage… débarrassé de sa chevelure blonde…

Il relit le nom inscrit au dos de la photo. Il le relit plusieurs fois, sans parvenir à y croire.

Rose-Marie Roger.

— Vous voulez savoir le pire, dans tout ça ? Quand ils ont été envoyés en Afghanistan dans ce piège horrible, Uriel venait d'apprendre qu'elle était enceinte…

— De qui ? demande Salva d'une voix comme un gémissement.

— De ce pauvre Gabriel. Tous les deux étaient en couple depuis des années, même si ce n'était pas vraiment vu d'un très bon œil par la hiérarchie. Gabriel m'avait annoncé la nouvelle de sa grossesse juste avant de partir pour cette foutue mission. Il était tellement heureux… Et moi aussi… J'étais tellement heureux pour eux…

[illegible]

[illegible] comprends pas.

— Je n'ais pas de ma gauche ! Il as bien embobiné mon collègue, mais tu me la feras pas à moi. Je ne sais pas encore de quelle manière t'es mouillé dans cette histoire, mais je t'assure qu'on va le découvrir. Les gens continuent de tomber comme des mouches, il faut que ça cesse !

123

— Ouvre les yeux et arrête ton cinéma ! ordonne Bleines. Je suis de la police ! Je rigole pas !

Marie Drevoski soulève ses paupières. Le canon du Sig Sauer est tout proche d'elle, dirigé droit sur son front. Elle reste immobile. Sa respiration légèrement plus rapide.

— Sors de cet ascenseur ! Tout de suite !

La femme obéit en silence. Elle plaque ses bras frémissants devant sa poitrine.

— Baisse tes mains ! Pas d'entourloupe, ma jolie ! T'as compris ?

Elle s'exécute. Toujours sans prononcer le moindre mot.

— Tu m'as pas vu, hier soir, hein ? J'étais en bas, dans la rue. J'ai observé ton petit manège avec Olivier. Très instructif, je dois dire…

— Quel manège ? finit-elle par demander. Je ne comprends pas…

— Te fous pas de ma gueule ! Tu as bien embobiné mon collègue, mais tu me la feras pas à moi. Je ne sais pas encore de quelle manière t'es mouillée dans cette histoire, mais je t'assure qu'on va le découvrir. Les gens continuent de tomber comme des mouches, il faut que ça cesse !

Drevoski le transperce de son regard bleu lumineux. Ses lèvres demeurent closes. Bleines s'approche d'un pas. Son arme est tout près d'elle, à présent.

— Après votre petite partie de jambes en l'air, je t'ai vue partir. Je suis resté en planque toute la nuit, donc je sais que t'es pas rentrée ici. Qu'est-ce que t'as fabriqué pendant tout ce temps ? T'es allée dans les bras d'un autre mec ? Le père de Valentine, peut-être ?

Silence.

— Tu sais qui est en train de massacrer toutes ces personnes, n'est-ce pas ? Est-ce que Valette et Delauney sont encore en vie, au moins ?

Les coins de la jolie bouche se soulèvent.

— Tu vas cesser de rire, je te le promets ! s'emporte le policier. Il est 14 heures, à partir de maintenant tu es officiellement en garde à vue. Je pige pas à quoi tu joues, Drevoski, mais je sais reconnaître une détraquée. Mes collègues m'ont averti que tu t'es débinée, au funérarium. Ils avaient même peur qu'on t'ait enlevée ! Tout ce que tu as gagné, c'est vingt-quatre heures de tête-à-tête avec moi. Je t'assure que je vais comprendre ton implication exacte dans ces massacres !

— Il suffisait de le demander, réplique-t-elle d'une voix mielleuse.

— Hein ?

Elle se jette sur lui, trop vite pour qu'il la voie venir. Elle lui retourne la main d'un geste sec, détourne l'arme, empêche le policier d'appuyer sur la détente en lui brisant le doigt d'un geste expert.

Bleines pousse un cri de douleur.

L'autre main de Drevoski a disparu dans son sac. Elle en sort un long poignard cranté. D'un arc aussi fluide qu'un mouvement de danse, elle le passe en travers de sa gorge. L'entaille est précise, *très* profonde.

Le policier tombe à genoux au ralenti. Des torrents de sang jaillissent de son cou tranché.

Ses yeux injectés roulent dans leurs orbites. Il presse ses mains sur la plaie béante, dans une tentative désespérée de stopper l'hémorragie.

Drevoski plante le poignard dans sa bouche ouverte. La lame aiguisée comme un rasoir entre tout entière, perce son palais et pénètre dans le cerveau du policier. Les bras de David Bleines retombent, il cesse de bouger.

La minuterie cesse à cet instant et l'ampoule s'éteint. Un rideau de ténèbres retombe.

124

En bas, quelqu'un a appelé l'ascenseur. La cabine se met en mouvement avec un bruit mécanique et poussif.

Marie Drevoski effleure l'interrupteur. Les ampoules au plafond illuminent de nouveau le couloir, les taches de sang partout sur le lino, le corps inerte du policier, ses yeux révulsés et sa langue pendante.

Une erreur.

À ne surtout plus reproduire.

Elle conserve un œil prudent sur le cadran de l'ascenseur, mais sans s'inquiéter outre mesure. Personne ne vient jamais à son étage. Elle ne risque pas d'être importunée.

Pas pour l'instant.

Elle ouvre la porte de son appartement, traîne le cadavre jusque dans la baignoire et condamne la salle de bains d'un tour de clé.

Ensuite, elle ressort sur le palier avec un seau d'eau et du détergent. Elle passe la serpillière sur les flaques de sang pour les effacer. Cela ne lui prend que quelques minutes. Rien qui ne résisterait à une inspection approfondie de la police scientifique, bien sûr, mais cela suffira à donner l'illusion.

Le temps de disparaître. *Une nouvelle fois.*

Un nœud se forme dans sa gorge à cette perspective.

Changer d'identité, encore. Tout recommencer.

Survivre à Valentine.

Seule.

Elle verrouille la porte de son logement et gravit les marches de l'escalier jusqu'à sa chambre.

Dans le grand miroir mural en face de son lit, elle observe son reflet, sa silhouette mince et exagérément féminine, les rivières dorées de ses cheveux, ses hanches dessinées, ses jambes gainées de bas hors de prix, sa poitrine pigeonnante.

Ses vêtements sont désormais tachés du sang du policier.

Elle se débarrasse de sa robe de soie noire, dégrafe son soutien-gorge push-up qui galbe ses seins, ôte ses sous-vêtements jusqu'à se retrouver nue face au miroir.

Ses muscles sont longs et fins, mais exagérément puissants. Anodins en apparence. Insoupçonnables sous sa féminité de façade. L'entraînement, les produits pharmaceutiques concoctés par Nicolas, qu'elle n'a jamais cessé de s'administrer, ont fait d'elle une athlète inébranlable. Jadis comme aujourd'hui.

Une machine à tuer.

Dressée pour ça. *Née* pour ça. C'est tout ce qu'elle a jamais su faire.

Du bout des doigts, elle parcourt sa blessure au flanc, qu'elle a soigneusement recousue. Heureusement que cet âne de Malibert ne savait pas se servir d'une arme blanche et qu'il n'a fait que lui entailler la peau. En zone de guerre, elle a subi bien pire.

Elle lève ensuite ses mains vers ses tempes.

Elle ôte sa perruque.

L'abondante chevelure retombe à ses pieds, s'étale au sol comme un grand soleil ensanglanté.

Elle passe une main sur son crâne lisse.

Les minutes sont comptées à présent.

Ne perds plus de temps.

Elle poursuit sa métamorphose. Se débarrasse minutieusement de ses faux cils. Ouvre la bouteille de démaquillant posée sur la commode, se munit d'un coton avec lequel elle ôte peu à peu son maquillage. Puis, à l'aide d'un produit plus puissant, elle efface les sourcils délicats dessinés sur sa peau. Efface une fois pour toutes le visage de Marie Drevoski et redevient le soldat. Le tueur. Le spectre.

Dans le miroir, il ne reste plus rien de l'illusion de femme sophistiquée.

Juste une silhouette réduite à son minimum, dépourvue de toute pilosité, à la minceur déstabilisante. Un visage sans genre, sans autre expression qu'une détermination glacée. *Un fantôme*.

Elle enfile sa brassière compressive qui écrase sa poitrine, la gomme totalement. Ses abdominaux se creusent à chaque expiration.

Un bourdonnement s'élève derrière elle.

Il provient de son téléphone.

Elle se penche sur l'écran du mobile.

Le numéro n'est pas dans son répertoire.

Elle patiente sans décrocher.

Son corps se contracte davantage, les fibres de ses muscles affleurent sous sa peau en réseau serré, quasi reptilien.

Elle se doute qu'il s'agit d'Olivier. Qui d'autre ?

Elle n'a fait qu'utiliser cet homme. Pour obtenir

des informations, d'abord. Pour l'éloigner de sa piste, ensuite.

Uniquement ça.

Le téléphone cesse de vibrer alors que l'appel est dirigé sur sa messagerie vocale.

125

Tétanisé, Salva écoute le message se dérouler sur le répondeur de Marie Drevoski. Cette voix suave et souriante. *Impossible. Inacceptable. Et pourtant…*

Il attend le bip. Il doit se lancer.

— Marie… Dois-je vous appeler Rose-Marie ? Ou bien *Uriel ?* Vous vous êtes bien foutue de moi…

Ses yeux sont braqués avec dégoût sur une photo.

On y voit la femme soldat surnommée Uriel assise sur le dos d'un jeune Noir entièrement nu. L'annotation au stylo indique : *Centrafrique, 2009.* Difficile de dire si le garçon est encore vivant. Son corps est lacéré de plaies, probablement des coups de couteau. Son sang ruisselle en abondance de ses blessures. La femme en treillis, installée sur lui comme sur un trône, fixe l'appareil avec un éclair de plaisir si *intense* dans le regard, qu'il a l'impression que sa folie le transperce, lui donne envie de vomir.

Il fixe le crâne rasé d'Uriel. Il l'imagine avec des lentilles de contact noires. Sans ses cils, sans ses sourcils.

Le tueur qu'il a affronté.

La femme avec qui il a couché.

Qui avait pris soin de lui attacher les mains et lui

bander les yeux pour qu'il ne puisse découvrir son secret…

Dans son esprit, les deux images se superposent et se combattent en un kaléidoscope vertigineux. Uriel / Drevoski. Drevoski / Uriel. Il ne comprend toujours pas pourquoi il n'a pas été capable d'associer les deux visages plus tôt. Il se sent comme le plus bête des hommes que la terre ait jamais porté.

— Je sais tout, articule-t-il d'une voix d'outre-tombe. L'unité Rorschach… Ce que les talibans ont fait subir à vos camarades… à Gabriel… Mais vous devez arrêter maintenant…

Sa gorge le brûle. Son estomac est retourné. Il lève les yeux au plafond de la maison high-tech, dans le halo bleuté des leds.

— Les deux gamins que vous détenez ne méritent pas ce que vous comptez leur faire subir. Contactez-moi. Je vous en *supplie*, Marie…

Il ne peut rien faire de plus pour le moment.

Il se retourne vers Adonis. L'ex-soldat secoue la tête d'un air sinistre.

— Vous savez que vous ne gagnerez pas contre elle. Aucun homme ni aucune femme ne pourrait venir à bout d'Uriel.

— Quelqu'un m'a déjà dit ça, réplique Salva en se remémorant le jeune zonard qui prétendait avoir vu le Slender Man.

Il hausse pourtant les épaules. Il a conscience qu'il est déjà allé trop loin.

— Mais même si c'est le cas, c'est mon choix, n'est-ce pas ?

— Ça l'est, approuve Adonis. Je vous laisse emporter ce téléphone. C'est un appareil prépayé que je n'avais jamais utilisé. Désormais, il est compromis. Je préfère qu'il ne séjourne pas trop longtemps dans les parages, si vous voyez ce que je veux dire…

— D'accord.

— Les photos, en revanche, restent ici. Je vous ai prévenu que rien ne sortirait de chez moi.

Salva le fixe. Cette fois sans répulsion. Il a dépassé ce stade.

— J'ai besoin de ces noms.

Le visage brûlé se plisse.

— Je suis certain que vous avez une très bonne mémoire.

Il n'insiste pas. Tout ce qu'il souhaite à présent est sauver les vies qui peuvent encore l'être.

Il relit les noms des membres de l'unité plusieurs fois, avant de reposer la photo sur le dossier du fauteuil.

— Je vous remercie.

— Pas moi. Adieu.

Salva tourne les talons. Le poids monstrueux refuse de quitter ses épaules.

La petite infirmière a quitté l'autre pièce. Elle a emporté son livre de romance, remarque-t-il en passant.

Il franchit la première porte du sas, puis l'autre. La lumière du jour l'aveugle presque, comme s'il émergeait d'un tombeau ancien.

— Vous avez votre réponse ? lui lance Antignac à son approche.

Il ne répond pas. Il ne sait quoi lui dire. Il a envie de hurler. Il pense aux deux jeunes gens dont la survie est désormais compromise, de manière certaine. Il se contente d'ouvrir la portière et de monter à bord de la BMW.

— Je prends ça pour un oui, déduit l'avocat en s'installant à ses côtés. En route, Camille !

Le moteur de la puissante voiture rugit aussitôt.

— Alors ? tente de nouveau Antignac alors qu'ils regagnent la route nationale. Vous pouvez empêcher ce tueur de nuire, n'est-ce pas ? Je vous rappelle que cette affaire me concerne autant que vous…

Salva n'arrive toujours pas à décrocher le moindre mot.

Sous le choc.

L'esprit vide.

Le téléphone d'Adonis, qu'il a glissé dans la poche de sa chemise, émet soudain une mélodie. Il sursaute.

C'est elle.

Il prend l'appel, fébrile.

— Marie…

Il n'entend que sa respiration, lente, maîtrisée.

— Ne leur faites pas de mal, supplie-t-il. Vous avez suffisamment vengé Valentine…

— *Ne prononcez pas son nom.*

La voix est un souffle âpre. Chargée de menace.

— Qu'avez-vous fait de Damien Delauney et d'Audrey Valette ? S'ils sont encore en vie…

— *Il est trop tard. Ils vont subir le châtiment qu'ils méritent.*

— Ils ne sont pas responsables !

— *Vous m'aviez promis de les trouver et de leur faire payer leur crime. Vous m'avez menti, Olivier.*

— Oui. Je vous ai menti. C'est *moi*, le seul responsable de ce qui est arrivé à votre fille.

La respiration marque une pause. Puis reprend, plus profonde.

— *Vous perdez l'esprit.*

— Je préférerais que ce soit le cas, énonce lentement Salva. La vérité, c'est que j'étais sur place durant le braquage, Marie. Pas dans une rue proche de la bijouterie, comme je vous l'ai raconté. Je me trouvais juste devant. J'étais en planque pour une mission d'écoute.

Un silence de plomb s'installe à l'autre bout de la ligne.

— J'aurais pu mettre un terme à ce qui se passait, poursuit le policier en détachant chacune de ses syllabes. Si seulement j'étais sorti de mon sous-marin… si j'avais écouté mon instinct au lieu de suivre les ordres de ma hiérarchie incompétente… J'aurais pu tout arrêter. Croyez-le ou non, je porte ce poids depuis le premier jour. Si j'avais eu un peu de courage, rien de tout cela ne se serait passé…

Le silence de son interlocutrice persiste.

Installé sur la banquette à côté de lui, Richard Antignac ne dit mot, mais le dévisage avec un vif intérêt.

— Si vous voulez une personne sur qui rejeter la faute, s'entête-t-il, c'est moi, Marie. Tout ce que je vous demande, c'est de ne pas faire de mal à ces jeunes… Je vous en supplie…

La communication est brutalement interrompue.

— Non, non, non !

Il presse la touche de rappel.

Un message automatisé lui indique que ce numéro n'est plus en service.

— Comment ? Mais non ! NON ! hurle-t-il.

— Patron ! appelle subitement le chauffeur.

Richard Antignac se penche entre les fauteuils.

— Qu'est-ce que c'est que cette blague ?

Salva lève les yeux à son tour.

Il aperçoit les lumières bleues des gyrophares.

Deux véhicules de police leur barrent le passage.

126

— Demi-tour, tout de suite ! ordonne l'avocat.

Alors que la BMW freine brutalement, une sirène s'élève dans leur dos.

Salva se retourne, tétanisé.

Deux autres voitures de police foncent droit sur eux, les prenant à revers.

Le chauffeur n'a pas le temps de manœuvrer. Avec des hurlements de pneus, les véhicules sérigraphiés se placent en travers de la route. Des hommes jaillissent, braquent leurs armes vers la BMW.

— Sortez ! Mains en l'air !

L'avocat lance un regard de biais à Salva. Son sourire est aussi élégant que féroce. Comme s'il ne s'agissait que d'un amusement sans conséquence.

— Restez calme, lui conseille-t-il. Ils n'ont rien contre nous.

Salva aimerait partager son optimisme. Alors qu'il s'extrait de la voiture, les mains sur la tête, il aperçoit Fleurot bondir d'un des véhicules d'intervention. Lui aussi tient une arme à la main, et c'est sur lui qu'il fonce.

— Marcus…

Son collègue le frappe du revers de la crosse, visant son bandage.

Une de ses blessures se rouvre sous le coup, avec un petit claquement de tissus, et Salva plonge dans le noir, l'espace d'un bref évanouissement. Il s'écroule de tout son long en travers de la route.

— Vous faites moins le fier, Antignac ? Bien joué, votre petit tour de passe-passe à Montauban ! Sauf qu'on a pensé à traquer le véhicule de votre frère ! Tout ce que vous avez gagné, c'est qu'on vous arrête tous les trois pour tentative de soustraction à l'autorité judiciaire !

L'avocat passe une main dans sa chevelure luxuriante, nullement impressionné par la démonstration de testostérone du policier.

— Dans ce cas, puis-je savoir dans quel cadre légal vous agissez ? Vous avez un ordre du procureur, ou une commission rogatoire, bien sûr ?

— Vous pouvez la fermer, et c'est tout ! aboie Fleurot. Enquête de flagrance ! On sait que vous avez récupéré les planches à billets ! Allez, les gars ! On les cherche et on les trouve ! Tout de suite !

Tandis que deux agents plaquent le chauffeur contre le capot de la voiture et lui accrochent des menottes dans le dos, leurs coéquipiers s'engouffrent dans le véhicule où ils entament une fouille minutieuse.

Le sourire de squale de l'avocat ne fait que s'agrandir.

— Mon brave, je vous ai posé une question simple, que le dernier des débiles mentaux serait en mesure de comprendre. De quels documents officiels disposez-vous pour justifier cette intervention ?

— Et moi je vous ai dit…

— Il n'y a rien dans le véhicule, l'informe un des hommes.

Malgré lui, Salva est pris d'un rire nerveux en songeant aux fourneaux de chez *Lulu*. Les preuves que recherchent ses collègues doivent être cuites à point, maintenant.

— Fouillez-les ! brame Fleurot. Ils les ont peut-être sur eux, on sait jamais !

Salva se met à genoux sur le goudron. Le sang filtre au travers de son bandage. Au moins un de ses points de suture a lâché, peut-être davantage.

— Reste à terre, connard !

Prudent, il préfère s'écraser à plat ventre et attend que le policier tâte sa chemise. Fleurot éructe un chapelet d'injures.

— Toi, tu auras droit à un traitement spécial ! lui crache-t-il à l'oreille. Tes résultats sanguins sont un festival. Ils vont t'envoyer à l'ombre pour un moment, je te dis que ça !

Il se plante alors devant l'avocat. Sa voix vibre de rage.

— Où sont les planches ? C'est la dernière fois que je vous le demande !

Antignac soutient son regard. Toute trace d'amusement a disparu de son visage.

— En effet, vous seriez bien mal avisé d'insister, pauvre trou du cul. Je vous rappelle que je suis assermenté au barreau de Toulouse, ce qui fait de vous un sous-fifre insignifiant, sans aucune autorité sur moi. Si vous pensez avoir quelque chose à me reprocher, c'est *moi* qui vous somme de me présenter vos autorisations en bonne et due forme. J'ajoute que je suis témoin de votre manifestation intolérable de violence envers votre collègue et que j'en référerai au chef du parquet dans la journée…

Les autres policiers se figent, ils cherchent du regard l'appui de Fleurot.

Lui-même reste indécis, son visage empourpré.

— N'imaginez surtout pas que vous allez vous en tirer aussi facilement. Faux-monnayage en bande organisée, association de malfaiteurs, corruption… Vous allez tomber de votre piédestal, Antignac. Vos amis du parquet n'y changeront rien.

— Avez-vous une quelconque *preuve* de ce que vous avancez ? Faut-il que je contacte le procureur tout de suite pour lui demander des comptes ?

Le policier tape du pied par terre.

— Allez, cassez-vous d'ici tout de suite avec votre barbouze ! Voiture 1 et 2, vous les escortez jusqu'à Montauban. Quant à vous, Antignac, je vous assure qu'on va se revoir plus vite que vous ne le croyez !

— J'ai déjà hâte, lui assure l'avocat.

Salva tente une nouvelle fois de se relever. Fleurot lui attrape le col et l'entraîne vers l'un des véhicules.

— Pas toi, enculé. Toi, t'es en garde à vue.

Il se tourne vers Antignac.

— Consommation de drogue avérée et lourde. On a tous les papiers. Sans oublier la cerise sur le gâteau, bien sûr. Vol de preuves au sein du service, qu'il va nous raconter en détail pendant sa garde à vue. Quelque chose à redire à ce sujet ?

Antignac lisse sa chemise sans se départir de son sourire supérieur.

— Contrairement à moi, notre pauvre ami n'est pas intouchable.

Il fait un signe de la main à son chauffeur que les officiers viennent de libérer de ses menottes.

— Laissons donc ces péquenauds vaquer à leurs affaires. J'ai des rendez-vous urgents.

Tandis qu'ils remontent dans la BMW, Salva avale de la salive au goût de sang.

— T'as entendu ça ? raille Fleurot en savourant sa victoire. T'es seul dans ton froc, on dirait.

— Je sais qui est l'assassin de tous ces gens…

Fleurot le pousse dans le véhicule.

— C'est ça. Tu m'as déjà fait le coup, ordure.

— Marcus, écoute-moi ! Le massacre de la Reynerie, les gendarmes de cette nuit… La personne qui a kidnappé les deux derniers braqueurs…

— T'as entendu ce que je viens de te dire, ou quoi ?

— C'est la mère de la fille qui a tué ces gens ! poursuit Salva. C'est Marie Drevoski, le tueur qui fait ce carnage depuis lundi !

Un coup de poing sur son bras blessé – un nouvel éblouissement – le fait se plier en deux. Sur son bandage s'étale désormais une tache écarlate.

— Le chef a raison. La drogue t'a cramé la cervelle, mon pote ! Et en plus tu vas nous saloper la voiture ! J'ai honte pour toi, tiens !

Il claque la portière.

— Allez, les gars ! On ramène ce tas de merde à l'hôtel de police. Voiture 4, vous nous suivez !

127

Salva était présent.

Devant le miroir dans la chambre de Marie Drevoski, le spectre observe son reflet. Costume strict. Cravate.

Tout est arrangé avec la société de déménagement. Ils viendront demain à l'aube et emporteront ses affaires.

Il ne lui reste qu'à retourner à la maison dans la forêt. Son jardin secret des supplices, où personne n'ira jamais mettre le nez. Et pour cause. La bâtisse n'apparaît sur aucun registre.

Pourtant, dans sa gorge, le goût de la vengeance prend une saveur différente. Plus acide.

Elle se rend compte qu'elle tremble.

Son cœur bat trop vite.

Elle prend son téléphone et le retourne dans ses mains.

Salva

était

présent

Elle retire la carte SIM de l'appareil, détache la batterie, puis dépose chaque élément côte à côte sur le plan de travail.

Salva.

Olivier.

Il aurait pu tout empêcher.

Il lui reste deux jeunes gens à assassiner avant de décider ce qu'elle fera de lui.

De *comment* elle le fera.

VIII

FACE À FACE

CPIS de Perpignan, 2012

— Nicolas ! Qu'est-ce que vous fabriquez ?

Le sergent-chef est assis derrière le bureau.

Ses yeux étincellent, leur couleur gris clair exacerbée par les larmes qui coulent sur ses joues.

— Nicolas ! répète le colonel en poussant la porte. Cela fait au moins cinq minutes que je vous appelle. Vous avez perdu votre langue ?

Son soldat tourne les yeux vers lui.

— Attention, ahane-t-il, ses lèvres peinant à se soulever.

L'ombre glisse sur le mur derrière Rorschach.

L'aiguille perce son cou.

Paralysie immédiate.

Alors que l'homme s'écroule, le sergent-chef referme les yeux. Davantage de larmes s'écoulent sur ses joues agitées de tics nerveux. Il parvient à peine à soulever une main et à taper sur la table, risible tentative d'appeler à l'aide.

La silhouette se penche sur Rorschach.

Elle l'enveloppe de son regard bleu azur.

— Opium, murmure-t-elle. Celui de l'usine que vous nous avez envoyé nettoyer, mon colonel. Mission accomplie.

Rorschach émet un râle.

— Uriel… arrête…

— L'usine était encore pleine de produits, poursuit-elle de sa voix douce et rugueuse à la fois. Est-ce que vous aimez ? C'est de la première qualité. Je dois apprendre à le doser pour qu'il ne tue pas trop vite…

Derrière elle, Nicolas continue de s'agiter. Il ne réussit qu'à se déséquilibrer tout seul et s'effondre du fauteuil.

— Nicolas… mon petit…

Le soldat au crâne rasé l'empoigne, le soulève sans la moindre difficulté et l'écrase sur le bureau. Les stylos et les piles de papiers méticuleusement classés tombent au sol de tous côtés.

— Tu as envie de te mutiner ? Quel dommage que ce soit trop tard pour cela.

Le sergent-chef secoue désespérément la tête. Entre ses jambes, une zone humide souille son pantalon, suinte sur la table.

— Pitié, Uriel… Je n'y étais… pour rien… C'est le colonel… le seul qui…

— Silence !

Uriel lui assène un coup précis sur la gorge. Puis un autre. Trachée broyée. Cordes vocales désormais inutiles. Le sergent-chef commence aussitôt à étouffer.

— Tu as toujours trop parlé, Nicolas. Ta lâcheté m'écœure. Tu savais, n'est-ce pas ? Tu étais au courant de la trahison du colonel ? Tu l'as aidé à contacter les talibans ?

L'homme ouvre et referme la bouche. Il tremblote.

— Vous saviez tous. Vous avez laissé partir vos frères à la mort. Vous êtes tous complices.

Elle se tourne vers Rorschach.

— Sur votre ordre, mon colonel. Nous étions vos marionnettes. Vous nous avez donné vie. Vous avez

cru pouvoir nous la retirer tout aussi facilement. Le pire, c'est que vous avez presque *réussi…*

Elle s'approche, d'une démarche ondulante, les mouvements serpentins et hachés à la fois qui ont toujours été les siens quand elle est concentrée.

— Je ne dois ma survie qu'à la chance, cette fois. J'ai essayé de me cacher mais un taliban m'a repérée. Il me tenait à bout portant. Son arme s'est enrayée. J'ai fini ce chien au couteau. Il était trop tard pour sauver les autres…

Elle se penche. Dans ses yeux se reflète la moue terrifiée de son colonel.

— Pourquoi nous avoir fait ça ? POURQUOI ?

Rorschach ouvre la bouche, tousse. La vieille cicatrice qui parcourt son visage semble gonflée et rougie tout d'un coup.

— Il le fallait, soldat. Le ministère m'a ordonné de dissoudre l'unité. Je n'avais pas le choix.

— Pas le CHOIX ?

Le colonel reste lèvres closes. Tremblant.

— Vous comptiez également vous débarrasser des autres, pour satisfaire le ministère ?

Toujours pas de réponse. Uriel resserre sa main sur ses testicules. Rorschach gémit pitoyablement.

— Et vous, mon colonel ? Le ministère n'a pas voulu vous dissoudre ?

L'homme hoche lentement la tête. Sa transpiration imbibe sa chemise d'uniforme.

— J'ai des pilules de cyanure. La mort plutôt que le déshonneur, soldat. Je ne pourrais survivre à la fin de ma création.

— Votre création…

Elle lui crache au visage.

— Je ne vous crois pas. Vous avez le regard

perdu qu'ont les bêtes juste avant qu'on les égorge. Croyez-moi, je sais de quoi je parle, mon colonel.

— Tu ne peux pas me tuer, Uriel. Je t'ai créée…

— Non, vous m'avez assassinée, mon colonel. Par deux fois. Vous m'avez assassinée en tant que personne, puis vous m'avez assassinée en tant que soldat.

Elle porte la main à son ventre.

— Mais vous n'avez pas pu éliminer la vie que je porte en moi.

Le colonel ne réplique pas. Sa paupière droite tressaute.

— Vous avez peur ? De ce que je vais vous faire ? Pendant toutes ces années au service de la nation, j'ai mis de côté de l'équipement. Des armes. J'ai tout ce qu'il faut pour disparaître à présent. Vous avez fait de moi un fantôme, mon colonel. Alors c'est ce que je continuerai d'être. En même temps, je serai une femme à nouveau. J'aurai une vie à nouveau. Tandis que vous…

À l'extérieur, le bruit des pales d'un hélicoptère se fait entendre. Les exercices d'été de la caserne.

— Vous n'aurez jamais existé, mon colonel. La DGSE n'inscrira même pas votre nom sur votre stèle.

Elle se tourne vers Nicolas. S'approche de lui, un couteau tactique à la main.

— Vous savez ce que nous faisions aux ennemis ?

Toujours aucune réponse. Rorschach ferme les yeux.

— Bien sûr que vous savez. C'est vous qui nous l'avez appris.

Elle est au-dessus de l'homme allongé sur le bureau, qui se démène pour bouger, sans y parvenir.

La lame se place à l'angle de sa clavicule. Nicolas secoue frénétiquement la tête.

— Le plus difficile est de sectionner un membre sans que l'afflux de sang soit fatal. C'est une œuvre de précision.

Elle enfonce la lame dans le creux de l'épaule. Nicolas émet une plainte de sa gorge défoncée.

— Il suffit de décoller les aponévroses. Le muscle se détache tout seul de l'os. C'est presque de la magie.

Nicolas tape du plat de la main sur la table, comme pris de convulsions.

— Regardez bien, mon colonel. Ce que je vous réserve sera pire.

128

Leur chauffeur, le visage buriné comme un vieux tronc et une casquette noire de la police vissée sur son crâne dégarni, conduit prudemment sur la route départementale. Il n'a pas prononcé le moindre mot depuis leur départ. Un autre flic, plus jeune, coupe militaire stricte, est installé à côté de Salva sur la banquette arrière, et lui aussi demeure silencieux, se contentant de surveiller le prisonnier d'un regard insistant.

Fleurot, assis à l'avant, est le seul à ne pas se priver de commentaires goguenards.

— Tu peux pas savoir à quel point je suis content que ça se finisse ainsi, jubile-t-il en retroussant ses manches. Quoi qu'il arrive, ton petit copain l'avocat est fini. Et toi, mon vieux, je te dis que ça…

— Je te donnerai ce que tu veux sur Antignac si tu m'écoutes. Je dois parler au commandant Hechter de la BRB…

Salva s'interrompt avec une grimace. Il effleure son bandage ensanglanté. Le brasier ravivé pulse dans sa chair.

— Arrête de faire ta chochotte, grasseye Fleurot en le regardant dans le reflet du rétroviseur. Un toubib te recoudra au commissariat, tu seras comme neuf.

Mais les seules personnes à qui t'as le droit de parler, à partir de maintenant, ça sera moi et le chef, pigé ? La BRB n'a rien à voir dans nos affaires.

— Hechter confirmera tout ce que je dis. C'est une histoire beaucoup plus vaste que tu l'imagines.

— C'est ça. T'auras tout le temps de nous déballer tes grandes théories, te bile pas pour ça. Comme je vois les choses, t'es bon pour quarante-huit heures d'audition non-stop, en mode marathon. Je te promets que tu te fatigueras avant moi.

— On n'a pas tout ce temps ! Marcus, on n'a pas de temps du tout ! Elle sait que je sais ! Elle va disparaître à nouveau ! Et avant, elle va les tuer !

— Putain, tu commences à doucement me soûler ! Tu veux pas plutôt faire un coucou au patron ?

Il saisit son téléphone, appelle le numéro de Manfrédo en mode haut-parleur.

— Ça y est, chef. Fin de l'interpellation de notre petit poisson.

La voix de Manfrédo s'élève de l'appareil :

— *Bien ! Vous avez mis la main sur les pièces à conviction ?*

— Négatif. Les individus n'avaient rien sur eux ni dans leur véhicule. Les voitures 1 et 2 escortent notre gros poisson jusqu'à Montauban, histoire de s'assurer qu'il ne nous joue pas un coup de Trafalgar. Les voitures 3 et 4, on revient à Toulouse avec Olivier. Sa mise en garde à vue lui a été signifiée. Je peux vous assurer qu'il a des tas d'histoires pas possibles à nous raconter.

Le haut-parleur du téléphone crachote. Manfrédo réplique, un soupçon de déception dans son timbre.

— *Très bien. On commence son interrogatoire dès votre arrivée. Je ne doute pas qu'Olivier a des éléments passionnants à nous révéler pour éclaircir cette affaire. Où êtes-vous, présentement ?*

— On vient de dépasser Saint-Clar. Il y a des travaux sur la nationale, on va devoir passer par la départementale. On n'est pas là avant cinquante minutes.

— *Je vous attends de pied ferme. Félicitations, Marcus.*

Fleurot met fin à la communication. Son sourire torve ne quitte pas ses lèvres.

— Finalement, je vais reprendre du galon grâce à toi, qui l'aurait cru ? T'inquiète, on te fera cracher où vous avez fourré les planches à billets.

— Il n'y a plus de planches à billets, Marcus. T'es vraiment con à ce point ? Ces matrices n'ont plus de valeur pour Antignac, il les a détruites ! On doit à tout prix retrouver les deux derniers braqueurs, Valette et Delauney ! Drevoski les retient quelque part. Il faut espérer qu'elle ne les a pas encore achevés…

— Arrête avec tes salades, putain ! Dans ta position, je serais plus coopératif et surtout j'arrêterais la mythomanie. Tu sais que ça ne fait qu'aggraver ton cas !

Salva ferme les yeux. Le supplice devient insupportable, mais il ne donnera pas à cet âne le plaisir de le voir se plaindre.

— Vous n'avez même pas de preuve que j'ai volé ces pièces à conviction, hein ?

Fleurot se renfrogne.

— Que si, mon pote.

L'hésitation qu'il a eue avant de répondre conforte Salva dans son intuition.

— En fait vous n'avez *rien* contre moi. Si c'était le cas, ce n'est pas Manfrédo qui se préparerait à me recevoir dans un de nos bureaux minables, mais le gars du faux-monnayage accompagné des bœuf-carottes ! Tout ce que vous pouvez retenir, c'est que je fume de la beuh, c'est ça ?

Fleurot se retourne vers lui, un éclat cruel dans les yeux.

— En ce qui me concerne, c'est largement assez, connard. On a tout le temps de sortir les preuves dont on a besoin. Tout le monde va voir quel genre de bonhomme t'es en réalité.

129

L'échange des policiers grésille dans ses oreillettes.

— … *On revient à Toulouse avec Olivier. Sa mise en garde à vue lui a été signifiée. Je peux vous assurer qu'il a des tas d'histoires pas possibles à nous raconter…*

Uriel a arrêté la camionnette sur l'aire d'arrêt au bord de la départementale, à l'abri d'une haute haie de peupliers. Aucune voiture ne passe sur cette route de campagne.

Elle hésite à regagner sa retraite tout de suite.

Salva.

L'image du policier brûle dans ses rétines.

Salva a été arrêté.

— … *Je ne doute pas qu'Olivier a des éléments passionnants à nous révéler pour éclaircir cette affaire…*

Le spectre se penche sur sa tablette numérique à laquelle sont reliées ses oreillettes sans fil. Le tracé du fichier son défile sur l'écran tandis que le logiciel espion enregistre la conversation. Un des innombrables cadeaux de la technologie, à la simplicité désarmante et d'une puissance à toute épreuve. Elle n'a eu qu'à obtenir le numéro de téléphone des policiers qu'elle souhaitait surveiller, avant de récupérer les coordonnées

Cell-Id aspirées directement chez leurs opérateurs et disponibles pour un prix modique avec des millions d'autres sur le Dark Web.

— ... *Où êtes-vous, présentement ?...*

D'une pression, elle monte le son. Attentive.

— ... *On vient de dépasser Saint-Clar. Il y a des travaux sur la nationale, on va devoir passer par la départementale. On n'est pas là avant cinquante minutes...*

Un sourire de murène se dessine sur son visage.

Elle balaye du bout des doigts l'écran de sa tablette pour afficher la fenêtre de géolocalisation GPS. L'appareil de Fleurot (un pointeur en forme de goutte bleue) apparaît sur la carte. Il chevauche un deuxième pointeur (goutte rouge) correspondant à l'appareil de Salva : ce téléphone, qui était resté immobile pendant des heures à Montauban, a depuis été récupéré par son collègue.

À l'instant, les deux signaux GPS sont en mouvement.

Le long de la départementale 7.

Des kilomètres et des kilomètres de route en rase campagne.

Une telle occasion ne se représentera pas.

Les deux prisonniers qu'elle a laissés dans sa maison peuvent l'attendre une poignée d'heures supplémentaires.

Le spectre redémarre et repart vers le nord.

Vers sa cible ultime.

130

En revenant à elle, l'espace d'une fraction de seconde, Audrey se persuade qu'elle a fait un cauchemar. Ils étaient prisonniers d'un tueur au physique étrange, tout droit sorti d'une légende urbaine. Le pauvre Damien, suspendu à des crochets, torturé par le monstre… et elle, entravée par une chaîne, essayant en vain de s'en défaire…

Ses paupières peinent à se décoller, engluées par ses larmes et son sang séché.

Elle geint. Une quinte de toux la secoue. La souffrance déferle de nouveau, partout dans son corps meurtri. Sa plaie au crâne, boursouflée, baveuse, brûle sans fin.

Ce n'était pas un cauchemar.

L'horreur est réelle. Audrey y est plongée. Forcée de la *vivre*.

Elle ramène ses jambes dans un raclement de métal.

La déshydratation commence à se faire sentir. Comme une impression de sable râpeux dans sa gorge.

Au moins, le monstre n'est pas revenu les achever.

Pas encore.

La jeune femme colle son dos au mur de pierre. Elle cherche à déterminer l'heure, en vain. Il fait très sombre dans la maison, il peut être midi comme déjà 9 heures du soir. Son odorat ne s'habitue pas à l'odeur de pourriture, qui continue de lui brûler insidieusement les sinus.

— Damien ?

La silhouette du garçon reste immobile au milieu des autres. Auréolée des nuées de mouches bourdonnantes.

Ne meurs pas.

Par pitié, songe-t-elle. *Tant que nous ne sommes pas morts, c'est qu'il y a toujours un espoir.*

L'absence de leur ravisseur signifie un répit.

Elle *doit* en profiter.

Coûte que coûte.

Le sommeil lui a insufflé un regain d'énergie. Suffisant pour refermer sa main autour du bloc de pierre et le soulever à nouveau.

Elle ignore l'élancement qui revient aussitôt dans la pulpe de ses doigts.

D'un geste mécanique, elle recommence à frapper sur la boucle qui enserre sa cheville.

Elle donne des coups précis, réguliers, aussi puissants qu'elle en est capable.

Sans plus avoir en tête que cette prière, ce mantra désespéré.

Ne meurs pas, Damien. Ne meurs pas.

Impact après impact sur son entrave, déjà un peu déformée par ses assauts précédents.

Par pitié, sois fort.

Ne meurs pas.

Après des dizaines, des centaines de coups, de chocs contre la serrure, le métal émet un bruit différent.

Audrey tremble. Elle ignore combien de temps s'est écoulé.

Mais elle voit la fissure qui est apparue sur le fer.

Une *infime* fissure.

L'étincelle d'espoir devient flamme. Toute petite au début.

Grandissant à chaque nouveau coup, chaque nouvelle salve de souffrance.

— Tiens bon, bébé… Tiens bon…

Chaque impact de la pierre sur le métal.

La fissure se prolonge.

Millimètre après millimètre.

Le feu dans sa poitrine continue de grandir.

131

Ils roulent depuis une bonne demi-heure, la route toujours aussi étroite, bordée de part et d'autre de champs et de bosquets, quand le flic ralentit soudain. Il s'exprime pour la première fois depuis leur départ.

— Qu'est-ce qu'il nous fait, celui-là ? Il est défoncé ou quoi ?

Salva relève les yeux. En effet, une camionnette blanche est en train de slalomer sur la chaussée, à quelques centaines de mètres devant eux.

Elle finit par braquer net, dans un dérapage étrangement contrôlé qui la place en travers de leur chemin.

Leur chauffeur écrase les freins.

— J'aime pas ça !

— Sans déconner, renchérit Fleurot en plaçant sa main en visière sur son front. Vous voyez à l'intérieur ? Ils sont combien là-dedans ?

Pour seule réponse, les warnings de la camionnette s'allument.

— Ils nous narguent, en plus ?

Un reflet traverse l'habitacle de la camionnette. La portière du conducteur s'ouvre. Une ombre se coule derrière les arbres au bord de la route.

— Quelqu'un vient d'en sortir, dit le flic à la casquette.

— Il est allé se cacher dans le bosquet, confirme celui installé à côté de Salva. Mais je ne le vois plus.

Salva secoue nerveusement la tête.

— Attendez… Une camionnette blanche… le véhicule qui a été aperçu lors de l'enlèvement des deux braqueurs, la nuit dernière… C'est elle !

— Tu vas fermer ta gueule ? le rabroue Fleurot. On est six gars armés, OK ? Ça ressemble surtout à un connard bourré qui a vu des voitures de la police et qui a rien trouvé de plus intelligent à faire que de s'enfuir comme une gonzesse.

Le deuxième véhicule, qui les suivait à une distance prudente, s'est arrêté à son tour derrière eux.

— Il y a quelqu'un dans le bosquet, assure le chauffeur. Je n'arrive pas à le localiser, mais il y a du mouvement.

— Je m'en occupe, décide le policier assis à côté de Salva.

— Ne faites pas ça ! Contactez la base tout de suite !

Trop tard. Le policier a ouvert la portière. Il sort de la voiture.

Plusieurs claquements successifs rompent le silence champêtre.

L'homme est projeté contre la carrosserie. Des jets de sang crépissent les vitres.

— Putain ! s'exclame Fleurot en s'écrasant sur son fauteuil. Un sniper !

Les détonations se poursuivent. Salva entend des bris de verre, des cris, derrière eux. Il se retourne et constate que le pare-brise de la deuxième voiture est lézardé, marqué de plusieurs trous ronds et précis.

Derrière cette vitre, il aperçoit le conducteur qui s'effondre, tête contre le volant.

Alors que le klaxon se met à brailler, une des

portières arrière s'ouvre. Salva voit avec stupeur un deuxième corps rouler sur le goudron, sans vie. Puis c'est au tour de la portière du passager de s'ouvrir, le dernier occupant de la voiture en jaillit comme un fou. Il ne parcourt pas plus de trois pas avant qu'une balle ne lui traverse le crâne et répande sa cervelle sur la route.

— Foncez ! beugle Salva. Sinon, on n'a aucune chance !

L'homme au volant ne se le fait pas redire et démarre sur les chapeaux de roues.

Le tir suivant les prend pour cibles. La vitre du chauffeur éclate. Le projectile frôle sa casquette.

— La vache ! s'écrie-t-il, pied au plancher pour se sortir du piège.

N'ayant d'autres possibilités, il fonce sur le véhicule en travers de leur chemin, cherchant à forcer le passage sur le côté. Leur pare-chocs cogne à l'angle de la camionnette, qui est repoussée tandis que leur voiture se déporte dangereusement près des arbres du bas-côté. Une branche arrache le rétroviseur, enfonce la portière de Salva au passage.

Mais l'obstacle est franchi.

Le chauffeur fait rugir le moteur.

— C'est bon ! On s'en est sortis, putain !

Un tir soigneusement ajusté l'atteint en pleine tête.

Son sang éclabousse le pare-brise.

La voiture braque d'un coup sur la gauche.

Fleurot tente d'empoigner le volant. Trop tard.

Les roues se soulèvent.

Emportée par la vitesse, la voiture se renverse et effectue un tonneau.

Ils glissent, écrasés à l'envers contre le plafonnier, avant de percuter le tronc d'un arbre au bord de la route.

132

La portière racle contre le goudron tandis que Salva s'échine à la repousser.

Il parvient à ménager une ouverture, étroite mais suffisante. Sans perdre de temps, il se tord, rampe au travers, avance à quatre pattes sur le goudron pour regagner le bas-côté aussi vite que possible.

— Marcus ! s'écrie-t-il en se retournant quand il a atteint le couvert des arbres.

Fleurot a réussi à sortir du véhicule, lui aussi. Il a du sang sur la tempe. Hormis cela, il ne semble pas blessé.

Il dégaine son arme, la pointe au hasard vers les bosquets environnants, incapable de déterminer d'où provient le danger.

— Ils sont combien, merde ?

— Elle est seule ! C'est une ancienne des forces spéciales. On n'a aucune chance si on reste à découvert !

Fleurot se redresse.

— Forces spéciales ou pas…

La détonation, courte et sèche, lui coupe la parole.

La balle l'atteint en pleine poitrine.

Il est projeté en arrière, retombe assis contre un tronc d'arbre, la bouche ouverte en un O de stupéfaction.

À cet instant, un bruit de moteur s'élève. Une voiture apparaît à l'horizon.

Salva se met à genoux. Il fait des signes désespérés à l'attention des nouveaux venus.

La voiture, un break familial, ralentit avant de s'arrêter, à une centaine de mètres du véhicule de police renversé. Salva distingue les visages sidérés de deux personnes âgées à l'intérieur. La femme, sur le siège passager, se met à hurler.

Marche arrière précipitée. Le break manœuvre maladroitement, enfonce son pare-chocs contre un tronc au bord de la route et repart d'où il venait sur les chapeaux de roues.

Au moins, ils vont appeler les secours, songe Salva. *Même si ce sera beaucoup, beaucoup trop tard pour changer quoi que ce soit désormais.*

Il balaie les frondaisons du regard.

Il n'a pas à chercher bien longtemps. Leur agresseur a émergé des arbres, il se tient derrière Fleurot. Ses mains gantées de noir sont posées sur son visage. Le policier tremble de tout son corps.

— Pitié… hoquette-t-il. Oh, mon Dieu, pitié…

Salva fixe le visage du tueur. Le visage de Marie, dépouillé de ses artifices, comme dépouillé de ses *traits*. Elle n'a pas remis ses lentilles noires, ce sont ses yeux intensément bleus qui le dévisagent, et pourtant, même ainsi, il a du mal à reconnaître la femme dans l'apparence du spectre. Sa silhouette n'est plus la même, comme si son costume la rendait plus mince encore. Une absence totale, de genre, d'humanité. De vulnérabilité.

— Laissez-le. Par pitié. Vous avez versé assez de sang.

— Il n'y a jamais assez de sang.

— Vous êtes folle à lier.

— Sans aucun doute, Olivier. Mais ce n'est pas le sujet…

Elle fait glisser une lame crantée sur les joues de Fleurot, qui ferme les yeux et tremble de plus belle. Aux mouvements spasmodiques de ses lèvres, Salva comprend que son collègue est en train de prier.

— Ce porc voulait votre peau. Pourquoi faudrait-il que je l'épargne maintenant ?

— Il ne mérite pas ça, dit-il en se redressant. Personne ne mérite ce que vous leur faites subir.

D'une démarche hésitante, il avance vers elle. Son bras bandé, qu'il serre fort de sa main valide, n'est que souffrance à vif. Du sang suinte et tombe au goutte à goutte, marquant chacun de ses pas.

— S'il vous plaît…

Il continue de traverser la route baignée de soleil.

— Il faut que cela cesse, Marie. Je vous en *supplie*.

— Tu as raison, dit le monstre.

Elle enfonce son poignard dans le cœur de Fleurot, le retire, et le replonge jusqu'à la garde. Puis elle laisse le policier s'écrouler. Des rivières de sang s'épanchent de sa chair, absorbées par la terre.

— Cela cessera une fois que tu seras mort, Olivier.

Salva se fige.

Il observe un instant le cadavre de Fleurot, qui continue de le dévisager de ses yeux inertes.

Il rive ensuite son regard dans celui de Drevoski.

— Est-ce qu'ils sont encore en vie ?

Le spectre penche la tête sur le côté. Elle porte son gant taché de sang à sa bouche et du bout de la langue recueille une goutte écarlate.

— Pourquoi cela t'importe-t-il tant ?

— Parce que tu vas me tuer. Quoi que je fasse.

Comme tu as tué Marcus, comme tu as tué trop de gens. Tout ce que je te demande, c'est d'épargner ces gosses. Juste ça.

— Cela n'arrivera pas.

Salva recommence à avancer, vacillant à chaque pas.

— Ils ont fait une tragique erreur. Mais je te l'ai dit et c'est la vérité, je suis le seul responsable de ce qui est arrivé à ta fille. Ces jeunes gens pourraient être tes enfants.

Le spectre demeure un instant silencieux.

Son visage livide.

Le chaos de ses pensées brouillant son regard azur.

Puis il se jette sur le policier avec un cri de rage. La seringue s'enfonce dans le cou de Salva, qui ne fait rien pour se défendre.

Alors qu'il s'effondre, et qu'un rideau d'obscurité tombe avec lui sur le monde, il entend encore la voix de Marie Drevoski lui susurrer au creux de l'oreille :

— Tu vas les voir mourir, puisque ça t'intéresse tant. Et ensuite *seulement*, tout sera fini.

133

Audrey ose à peine le croire.

Elle a frappé, frappé, et frappé encore sur le lien de métal, presque assez pour croire qu'elle en perdrait l'esprit.

Un craquement plus fort, plus sec que les autres la fait sursauter tant elle ne l'attendait plus.

Le loquet fissuré cède. *Enfin.*

Audrey noue ses doigts à vif sur la menotte, en arrache sa cheville gonflée et bleuie par tous les chocs.

Libre.

Elle se redresse en vacillant, prend appui contre le mur pour tester ses faibles forces.

— Damien ! J'y suis arrivée !

Aucune réponse. Pas le moindre mouvement de la silhouette crucifiée.

— Tu entends, Damien ? Je me suis libérée !

Elle avance vers lui en longeant le mur. Elle est trop faible pour se tenir droite. Les cadavres des animaux pendus au plafond l'effleurent et déposent des substances gluantes sur sa peau. Elle craint de s'évanouir à chaque instant. Mais elle lutte, illuminée par l'espoir, ce soleil éblouissant.

Elle atteint l'endroit où est suspendu son petit

ami. Le mécanisme de poulie électrique se trouve sur le mur. Un simple bouton va-et-vient. Elle le bascule vers le bas, priant pour ne pas commettre d'erreur. Les chaînes commencent à coulisser. Avec une lenteur insupportable, elles ramènent le garçon vers le sol carrelé.

Au moment où son corps est déposé, dans le bourdonnement rageur des mouches, Damien est saisi d'un spasme. Il se cambre, pousse un gémissement terrifié.

— Damien ! s'écrie Audrey en s'agenouillant à ses côtés. C'est moi ! Mon Dieu, Damien…

Il ouvre la bouche, les traits déformés par la souffrance. Audrey chasse comme elle le peut les insectes volants du revers de la main.

— Je suis là, chuchote-t-elle.

— Les crochets, parvient-il enfin à prononcer. Par pitié… retire-les…

Elle saisit l'un d'eux, mais elle n'ose tirer dessus. Ces crocs de fer traversent les muscles de part en part. Là où leurs pointes émergent, les blessures sont noircies et suintent de pus à l'odeur aigre.

— Enlève-les… supplie Damien. C'est… atroce…

— Je vais essayer… tiens bon…

Elle tire donc, lentement, tout doucement. Damien se contracte, tremble de tout son corps, des larmes roulent sur ses joues. La jeune femme continue de dégager l'énorme crochet de sa chair, jusqu'à l'extraire tout à fait. Elle le jette à côté d'eux, où il retombe dans un bruissement de chaînes.

— Il y en a encore quatre…

— Réfléchis pas… fais-le…

Avec tout autant de précautions, elle ôte les autres

crocs de boucher, un par un. Damien tressaille à chaque glissement du métal dans ses plaies béantes.

— C'est bon ! C'est fini !

— Je peux pas… bouger…

Audrey l'aide à s'adosser contre le mur. Les blessures du garçon sont gravement infectées. Elle s'efforce de ne pas les regarder, ne pas y penser. Le tout, dorénavant, est de garder espoir. Cette lueur chaude qui bat dans sa poitrine.

— Maintenant, murmure Damien, tu dois te barrer d'ici…

— Hors de question de t'abandonner !

— Audrey…

Elle l'embrasse pour le faire taire.

— Je vais trouver un moyen de nous en sortir tous les deux, lui promet-elle.

Sur ses jambes tremblotantes, elle navigue dans la pièce en sens inverse, évitant comme elle le peut les dépouilles en voie de décomposition. De grosses caisses en métal, de type militaire, sont alignées contre les murs, mais toutes sont pourvues de cadenas à code. Audrey ne perd pas de temps avec ces containers. Elle doit explorer le reste de la maison. Vite.

Des fenêtres. Volets rabattus. Audrey en ouvre une au hasard, pousse le panneau de bois pour voir à l'extérieur. Elle aperçoit des troncs, des feuillages éclatants baignés de soleil. Le chant estival des insectes emplit l'air, en vagues incessantes.

Des arbres à perte de vue.

Probablement aucun voisin.

Elle se souvient de leur arrivée dans la camionnette. Tout le temps qu'il a fallu au véhicule pour traverser cette forêt.

Ils peuvent toujours tenter de se cacher dans la nature. Mais, pour cela, il faudrait qu'elle porte Damien. Elle est à peine capable de tenir sur ses propres jambes…

D'abord, trouve quelque chose pour te défendre.

Tout de suite.

Elle pousse des portes, avance dans la pénombre en quête d'un quelconque objet, outil, quoi que ce soit qu'elle puisse récupérer. Les pièces se ressemblent. Murs de pierres, carrelage marron jonché de paille par endroits et souillé de moisissure partout. Aucun mobilier autre que des placards en métal. La plupart sont pourvus de verrous solides, divers modèles de cadenas à code. Audrey ouvre les portes des rares meubles à ne pas être protégés et constate que la moitié d'entre eux sont vides. Dans l'un, cependant, elle trouve des rations militaires proprement empaquetées.

Et dans un autre…

Son cœur manque un battement alors qu'elle découvre un pistolet dans une petite boîte. Elle jette ses mains sur la crosse, l'étreint de toutes ses forces.

Une arme.

Un moyen de se défendre. Inespéré.

Le pistolet est du même modèle que celui que Damien lui avait donné, pour leur attaque de la bijouterie. Audrey éjecte le chargeur, constate avec un enthousiasme fou qu'il est plein.

On va s'en sortir.

On va FORCÉMENT s'en sortir.

Elle glisse l'arme dans sa poche avant de poursuivre son exploration. Elle ouvre une série de tiroirs non protégés, découvre du matériel de survie, des bobines de fil ou de ruban adhésif argenté, et finit par pousser un nouveau cri de joie.

Des téléphones.

Le tiroir contient une demi-douzaine d'appareils, pêle-mêle avec des batteries, des câbles de chargement et plusieurs cartes SIM. Audrey insère une carte dans l'un des téléphones, trouve la batterie correspondante et s'empresse de le mettre en service.

C'est un modèle ancien, il prend un certain temps pour s'initialiser, avant de demander le code PIN de démarrage.

Qu'importe. Elle presse le mode « appels d'urgence uniquement ».

— Allez, allez.

Elle compose fébrilement le 112.

À son grand désarroi, pourtant, rien ne se produit. Le téléphone reste muet. Audrey aperçoit la notification « pas de réseau » dans l'angle de l'écran. Elle tente un appel au 18, puis au 17, sans plus de succès. Écran vide. Comme si l'appareil avait planté.

— Merde ! Merde !

Sans perdre de temps, elle abandonne celui-ci, en assemble un autre et réitère sa tentative de joindre le 112.

Même résultat.

La zone n'est pas couverte. Aucun de ses appels ne peut aboutir.

— C'est pas vrai…

Des larmes recommencent à couler sur ses joues. La flamme d'espoir dans sa poitrine, sans doute trop vite et trop vivement éveillée, commence à vaciller.

Cesse de geindre, lui hurle une voix au fond d'elle. *Tu sais qu'il VA revenir. D'un instant à l'autre, peut-être !*

Ne sachant que faire, elle replace un des téléphones dans le tiroir et conserve l'autre sur elle.

Elle pousse la porte suivante.

La pièce dans laquelle elle pénètre a été conçue comme une cuisine. Il y a un évier dans l'angle, ainsi qu'une table en bois recouverte d'un amoncellement de linge couvert de moisissures.

Audrey s'approche de l'évier, tourne le robinet. Un maigre filet d'eau grise s'écoule. Elle passe son visage sous le jet, boit dans ses mains en coupe, par gorgées spasmodiques.

Avisant une timbale en métal renversée sur la faïence, elle la saisit et la remplit à ras bords.

Ensuite, elle rebrousse chemin pour retrouver son petit ami.

— Damien ! Il faut que tu boives un peu…

Le garçon assis contre le mur tousse. Son œil droit reste fermé. Le gauche est rouge de vaisseaux sanguins rompus. Son corps affreusement mutilé tressaute par intermittences.

— Bébé, marmonne-t-il avec difficulté. Pourquoi t'es encore là ? Tu dois… partir d'ici… vite…

Elle lui approche la timbale de la bouche.

— Bois d'abord.

Tandis que l'eau s'écoule entre les lèvres de Damien, et qu'une grande partie ruisselle sur son cou et son torse, Audrey lui dit tout bas :

— J'ai trouvé une arme. On va se défendre.

Il tourne la tête, cessant de boire.

— Non… Il faut que tu te sauves… tant que tu peux…

— Je reste avec toi.

Elle s'interrompt. Un bruit de moteur leur parvient.

Elle se redresse.
Le bruit se rapproche. Tout près, maintenant.
Le véhicule s'arrête devant la maison.
Leur tourmenteur est de retour.

134

Alors que la portière du conducteur coulisse, Salva, allongé à l'arrière de l'utilitaire, est agité de grelottements. Durant tout le trajet, il a cherché à reprendre le contrôle de ses muscles.

En vain.

L'effet de l'opium que Drevoski lui a injecté est encore beaucoup trop puissant. Le policier parvient à peine à ouvrir et à refermer les poings.

Le téléphone.

L'appareil à carte prépayée que lui a remis Adonis se trouve toujours dans la poche de son pantalon. Si près, si terriblement hors de portée de ses doigts paralysés. Il suffirait qu'il parvienne à s'en saisir. Il arriverait certainement à appeler les secours… et alors… *alors…*

Drevoski ouvre les portes arrière, mettant un terme à ses illusions. La silhouette androgyne d'Uriel se dresse en contre-jour. Fine comme une lame. Ses yeux étincellent. Braqués sur la main de Salva qui tente fébrilement de se glisser dans sa poche.

— Que crois-tu faire, exactement ?

— Marie… Je ne te demande… qu'une chose…

— Et moi je t'ai demandé ce que tu fais !

Elle lui retourne le poignet d'un geste sec, lui

luxant l'articulation. Alors que le policier gémit, elle retire le petit appareil de plastique rouge de sa poche.

Son rire emplit l'habitacle. Un feulement de bête.

— Vraiment ? Même si tu arrivais à te servir de tes doigts, il n'y a pas de couverture ici. J'y ai veillé, qu'est-ce que tu imagines ?

— Marie… tu as encore le choix…

— Oh, oui. Je l'ai.

Elle ôte la batterie du téléphone, puis la puce.

— C'est même la seule chose qui me reste, Olivier. La possibilité d'agir. De tordre la chair. De faire souffrir.

— Non. Ce n'est pas ce que…

Elle le frappe au visage. Fort. Salva sent son nez se briser net.

Puis elle empoigne sa cheville et le tire hors du véhicule.

135

Les secondes défilent à toute vitesse.

Audrey n'a pas le choix. Si elle veut survivre, s'il lui reste encore une *infime* chance de sauver Damien, il lui faut agir la première.

Tout de suite.

Elle rampe entre les corps des animaux pendus, à la recherche d'un angle mort pour s'y dissimuler. Mais où ? Partout, les rayons de lumière filtrent de biais, emplis de la danse des mouches et des particules de poussière en suspension.

À l'extérieur, on referme les portières de la camionnette. Le claquement sec, métallique, provoque un envol d'oiseaux tout autour de la maison. Puis le chant des insectes, qui avait fait une pause pendant quelques secondes, reprend avec entrain.

Audrey s'approche de l'entrée de la pièce. Elle est pétrifiée de terreur, pourtant elle se refuse à aller se cacher ailleurs dans la maison. Elle tient à profiter de l'effet de surprise.

Elle veut *affronter* le monstre.

Elle se rend compte que le froid qui l'habite depuis plusieurs jours s'est mué en glace.

Dure. Tranchante.

Une détermination absolue.

Finalement, elle repère la seule armoire offrant un espace entre sa paroi et le mur. Juste un interstice, mais Audrey est menue. Elle s'y glisse, s'y niche, la peau de ses bras s'écorche contre les pierres.

Les bruits de loquets se répercutent dans la maison tandis qu'on déverrouille la porte.

Audrey se replie, écrasée entre le mur et le meuble en métal. Une piètre cachette, qui bénéficie cependant d'un avantage : le seul accès à la pièce se situe derrière elle. Il est donc impossible de la voir en entrant.

À présent, elle n'a plus qu'à tenir le pistolet. Attendre. Sa vue vacille à force de fixer la pénombre et les silhouettes décharnées. La poussière, la moisissure lui irritent les rétines. Elle n'ose pas lâcher son arme pour s'essuyer les yeux.

Des pas s'élèvent dans le couloir. Quelque chose de lourd est traîné sur le sol.

Pas quelque chose. *Quelqu'un.*

Leur tortionnaire ramène une autre victime.

Audrey se mord les lèvres pour ne pas gémir quand il pénètre dans la pièce.

Sans la voir.

Comme elle l'a deviné au son de raclement sur le carrelage, il transporte bien une personne inanimée. Il s'agit d'un homme aux cheveux hirsutes, le nez en sang. Un bandage recouvrant son bras gauche est lui aussi rougi par ce qui ressemble à une hémorragie. L'homme laisse échapper un gémissement étouffé.

— Marie… s'il te plaît… Il est encore temps…

L'individu chauve s'arrête net. Il se tient à deux mètres à peine d'Audrey. Elle s'attendait à ce qu'il réagisse en découvrant Damien libéré, qu'il ait une manifestation de colère ou d'emportement. Au lieu de cela, il demeure immobile. Aux aguets.

Audrey cesse de respirer tandis qu'elle lève le pistolet, le plus silencieusement possible.

Le bourreau lâche le pied de sa victime, qui reste étalée de tout son long sur le sol. *Paralysée.* Exactement comme Audrey et Damien l'ont été durant la nuit.

— Où es-tu ? chuchote-t-il avec un calme absolu.

Audrey le vise du mieux qu'elle peut. Elle peine à contrôler ses tremblements.

Je vais t'avoir.

Maintenant.

La tête glabre pivote, inspecte chaque angle de la pièce.

Puis l'individu se retourne.

Face à elle.

Face à face.

— Je suis ici, connard !

Elle presse la détente.

La déflagration lui vrille les tympans.

Le recul, brutal, inattendu, lui renvoie presque le pistolet à la figure. Elle se cogne l'arrière de la tête contre le mur, tandis que sa main tenant l'arme frappe violemment l'armoire.

Le tueur se plie en deux.

Touché.

Il tente de s'accrocher à une carcasse de chien, glisse, s'écroule entre les chaînes.

Des larmes de joie affluent dans les yeux d'Audrey malgré le sifflement dans ses oreilles.

— Je t'ai eu. Enfoiré, JE T'AI EU !

Sans lâcher le pistolet, elle se démène pour s'extraire de sa niche, pousse trop fort, trop vite sur l'armoire en voulant se dégager, le meuble bascule dans un grand vacarme métallique.

Hors de question de se laisser distraire. Galvanisée par l'afflux d'adrénaline, Audrey pointe son arme.

La silhouette en costume est étendue sur le sol. Du sang s'écoule au coin de sa bouche.

— Petite… *pute*…

Maintenant qu'Audrey la voit sous cet angle, qu'elle pense à ce nom qu'a prononcé l'homme au bandage, l'évidence la frappe.

— Marie ? Vous êtes… *une femme ?*

Les lèvres ensanglantées du bourreau se tordent en un sourire dément. Sa voix est en effet féminine, enrouée, animale.

— Et toi, tu es une idiote, Audrey.

Brusquement, elle commence à ramper à reculons, en mouvements saccadés.

Audrey presse la détente.

La balle se plante dans le mur à un bon mètre de sa cible, projetant un nuage de poussière autour d'elle.

— Tu as juste eu de la chance, ajoute le spectre avant de rouler sur le côté, derrière des dépouilles suspendues. Viser n'est pas si facile, n'est-ce pas ?

Pour toute réponse, Audrey continue de faire feu, l'arme tendue à bout de bras. Elle tire et tire sans relâche, son doigt écrase convulsivement la détente, le recul la fait dévier chaque fois. Les balles traversent les carcasses, ricochent contre les armoires en métal, frappent les murs de pierre en leur arrachant de brèves étincelles.

Certains projectiles fendent le carrelage tout près de la silhouette mouvante. Aucun n'a la même chance que le premier. Le tueur, la tueuse, quoi que puisse être ce monstre, n'est même pas *effleuré* une seule fois.

— Tu vois ? jubile-t-elle en se plaquant à l'angle du mur.

— Non ! hurle Audrey. Crève ! CRÈVE !

L'arme n'émet plus que des cliquetis. Elle a épuisé toutes les munitions du chargeur.

— Tu vas tellement souffrir, susurre la femme en s'aidant d'une chaîne pour se redresser.

— Pour l'instant, c'est toi qui saignes, salope, halète Audrey, surprise par la violence de sa propre voix.

Toutes deux commencent à tourner en même temps, en cercles lents tout autour de la pièce, s'accrochant l'une et l'autre aux chaînes et aux carcasses pendues pour conserver leur équilibre.

Alors qu'Audrey passe à côté de l'homme au bandage, celui-ci lui agrippe le mollet.

— Audrey… Fuis…

Elle se dégage avec précipitation. Il continue de marmonner, la voix empâtée par la drogue.

— Fuis tant que tu en as le temps…

Elle ne l'écoute pas. Elle cherche le spectre, ne le voit déjà plus. Elle ne l'a pourtant quitté des yeux qu'un instant !

— Elle est passée *où ?* s'affole-t-elle.

Elle repère le sillage de sang sur le carrelage.

Le tueur s'est traîné hors de la pièce.

— Elle a laissé les clés sur le véhicule, reprend l'homme recroquevillé au sol, luttant pour former chaque syllabe. Dépêche… toi…

Le cliquetis d'un cadenas parvient d'une pièce mitoyenne.

— … avant qu'elle revienne… *armée*…

Audrey hoche la tête. Ce type a raison. Elle prend une grande inspiration et se replie aussi vite qu'elle le peut vers le couloir.

Vers la sortie de cet enfer.

136

La porte d'entrée n'est pas verrouillée. Audrey la franchit, réprimant un cri de joie naïve. La luminosité du soleil l'éblouit aussitôt.

Une main tremblante devant les yeux, elle cherche à s'habituer tout en titubant à l'extérieur. Son regard balaie les environs : de tous côtés, la maison est cernée par la forêt, l'herbe dense et haute, les troncs massifs des arbres. Du lierre luxuriant recouvre les murs, le toit. La nature dissimule efficacement la bâtisse où le monstre a établi son repaire.

Enfin, Audrey repère le chemin qui s'éloigne sur une vingtaine de mètres. La camionnette blanche de leur tortionnaire est garée tout au bout.

Son unique chance.

Elle fonce.

Ses jambes la portent à peine, elle trébuche, tombe à genoux au bout de quelques mètres. Elle ne cesse d'avancer pourtant. Elle rampera s'il le faut.

— Arrête ! crie la femme dans son dos. Tout de suite, tu entends ?

Audrey n'en fait rien.

Elle continue de s'éloigner, par saccades, ses coudes et ses genoux s'enfonçant dans la terre humide et tiède.

Une déflagration retentit, tel un coup de fouet dans le silence des bois.

Une pointe de douleur intense traverse la jambe d'Audrey.

Elle hurle, s'effondre à plat ventre dans l'herbe. Le ciel bruisse d'oiseaux s'envolant de la cime des arbres.

Audrey hoquette. La balle a pénétré dans sa cuisse. La souffrance augmente de seconde en seconde à mesure que son sang s'échappe à flots.

Elle roule sur elle-même, souffle rapide, pouls martelant.

La tueuse se tient dans l'encadrement de la porte, tout près. Elle baisse pourtant son pistolet pour presser son ventre où, là aussi, coule le sang.

— Tu ne peux aller nulle part, poursuit-elle d'une voix d'outre-tombe. Tu ne le comprends pas ?

Audrey éclate d'un rire nerveux, un rire de défi.

— Tu disais quoi, tout à l'heure ? C'est pas si facile de viser quand on est blessée, hein ? glapit-elle en essayant de ramper sur ses fesses et ses coudes.

— Je t'ai touchée exactement là où je voulais, siffle la femme. Mais si tu préfères mourir tout de suite…

Elle lève l'arme de nouveau, la met en joue.

— Après tout… je suis fatiguée de ce jeu…

137

Depuis l'instant où Audrey a quitté la pièce, Salva s'agite en tous sens, ou tout au moins il essaie. Il parvient à rouler sur le côté, se démène pour pousser son corps tétanisé à *réagir*.

Il ne dispose que de très peu de temps.

Des minutes. Des secondes peut-être.

Tout ce qu'il espère à présent, c'est que Drevoski voudra profiter de sa vengeance et ne tuera pas tout de suite la jeune femme. Même blessée. *Surtout blessée.* Elle préférera peut-être ramener Audrey Valette vivante pour mieux lui faire subir Dieu sait quelle nouvelle torture.

Le cas échéant, il pourra s'interposer.

Il *devra* le faire.

Son corps commence à se réveiller.

Pas encore assez pour se mouvoir.

Cependant Salva continue de puiser dans ses ressources. Il ne pense qu'à ça. Il ne respire plus que pour ça, au travers de son nez brisé et douloureux. Avec une lenteur insupportable, il replie le bras droit. Puis le gauche. Il *peut* y arriver.

Il tousse, tressaille sous les pulsations de souffrance qui parcourent son corps. Son bandage a laissé du sang sur le carrelage.

Quand le coup de feu éclate à l'extérieur, il sursaute, comme si c'était sur lui qu'on avait tiré.

Un électrochoc traverse son corps.

Il entend Damien sangloter.

— Damien ? appelle-t-il d'une voix éraillée. *Damien !*

Le garçon, assis contre le mur, redresse la tête et renifle avec difficulté.

— Qui… êtes-vous… ?

— Je suis flic, halète Salva en commençant à ramper vers lui.

— On va avoir… des secours… ?

Salva ferme les yeux, broyé de l'intérieur par un élancement plus violent que les autres.

Il poursuit pourtant sa reptation maladroite sur le ventre, en s'aidant de ses coudes, de ses hanches.

— Je crois pas, mon grand. On va devoir se débrouiller seuls.

— Putain, gémit Damien. On est foutus…

— Pas encore. *Pas encore.*

Arrivé plus près de lui, il peut distinguer ses plaies, devine les muscles déchirés par les crocs de boucher qui les ont traversés. La perte de sang que Damien a subie est dramatique. Si rien n'est entrepris pour le soigner *très vite*, le garçon n'en a plus pour longtemps à vivre, c'est une certitude.

— Damien, chuchote Salva avec une confiance qu'il est loin d'éprouver. J'ai besoin de toi. Il va falloir…

Une deuxième déflagration retentit au-dehors.

Salva ferme les yeux à nouveau, son corps tendu comme un arc.

— Audrey… geint Damien. Non… *Non…*

138

Six morts.

Six *FLICS* morts.

Dans le bureau de la BRB, Hechter passe des appels téléphoniques depuis près d'une heure. Manfrédo refuse de la recevoir au sujet de l'attaque de ses hommes, bien entendu, et même si tous les services sont désormais dans la boucle en raison du massacre sans précédent sur cette route du Tarn, personne ne peut encore expliquer pourquoi ni comment cet abruti de Fleurot a pu merder *à ce point…*

Aux dernières nouvelles et pour enfoncer le clou, l'avocat Richard Antignac aurait même porté plainte contre le groupe de Manfrédo, pour abus de pouvoir et violence policière injustifiée. Le préfet est prévenu, il ne tardera pas à intervenir. Quant au procureur, il est attendu d'un instant à l'autre à l'hôtel de police.

Des têtes vont tomber. Très vite, pour calmer l'opinion.

Celle de Manfrédo sera la première. En d'autres circonstances, une telle nouvelle emplirait Hechter de joie. À l'instant, pourtant, elle constitue le dernier de ses soucis. La policière n'a qu'une chose à l'esprit. Une urgence absolue.

Olivier.

Enlevé.

En danger de mort.

Consumée par l'inquiétude et fulminant de ne pouvoir agir, elle finit par se vautrer dans son fauteuil. Elle rive son regard au plafond, son visage plissé par un dépit douloureux.

— Iris, tu as du neuf de ton côté ? Donne-moi *quelque chose*, par pitié…

De l'autre côté de la pièce, installée derrière son écran, sa jeune collègue Iris Gallonde secoue la tête. Ses cheveux tressés dansent brièvement sur ses épaules.

— Je consulte les messages en permanence, mais c'est le flou complet. Tout ce que je peux te dire, c'est que deux automobilistes auraient vu le carnage pendant qu'il se produisait. Les pompiers sont encore sur place. Ils ont confirmé qu'il n'y a aucun survivant…

— Mis à part Olivier ! corrige sèchement Hechter. Si on ne l'a pas retrouvé, c'est qu'il est encore en vie !

— Oui. Désolée. Lui, il a été enlevé, selon toute logique. Mais personne n'a la moindre idée d'où son ravisseur a bien pu l'emmener…

— Ça me rend dingue, putain ! s'exclame Hechter.

— Naamah !

Bouilliez fait irruption dans le bureau, essoufflé d'avoir traversé tout le bâtiment au pas de course. Hechter pose ses coudes sur son bureau.

— Dis-moi que tu viens m'annoncer un miracle !

— Rien au sujet d'Olivier, malheureusement…

La bouffée d'espoir a été de courte durée. Hechter donne un coup de poing sur la table, faisant trembler son clavier et les dossiers empilés à côté. Son mug empli de stylos se renverse.

— On a besoin d'éléments, merde !

— … Mais ça bouge quand même à la téléphonie,

s'empresse d'ajouter Bouilliez. J'ai bien fait de les secouer pour qu'ils épluchent les appels passés dans le périmètre de la maison des Valette, hier soir. Ça *matche.*

Hechter se redresse.

— Il fallait commencer par ça ! Avec quel téléphone ?

— Celui de la fille Vallette, d'abord. Il y a eu plusieurs appels vers sa messagerie et surtout des textos. C'était son petit ami, Delauney, qui se servait d'un appareil à carte prépayée.

— Le téléphone de la fille, c'est celui qu'on a récupéré sur place ? demande Gallonde en se levant.

— C'est ça. Il se trouvait dans un tiroir au domicile des parents de la fille, éteint. Mais c'est celui de son petit ami qui nous intéresse. Après l'enlèvement des deux jeunes, il a borné sur une trentaine de kilomètres vers le sud-est avant qu'on perde son signal dans les Pyrénées ariégeoises.

Hechter quitte son bureau et s'approche de la carte de France punaisée sur le mur.

— Où ça ?

— À peu près par là, dit Bouilliez en désignant une zone du bout de l'index. Il n'y a quasiment que de la forêt à cet endroit, comme vous pouvez le voir. Le téléphone ne borne plus et, selon moi, il ne risque pas de réapparaître. Leur kidnappeur a dû s'arrêter là pour le désactiver. C'est ce que j'aurais fait si j'étais lui…

La policière croise les bras. Ses mèches brunes retombent en rideau devant son visage. Elle souffle dessus pour les écarter.

— Ça ne nous suffit pas. Même si ça indique que leur ravisseur s'est dirigé dans cette direction durant la nuit, il y a des tas de routes secondaires dans le secteur. Il a pu emmener ses prisonniers dans n'importe quel département. Sans parler des milliers d'hectares de forêts que compte la région… Impossible de tout fouiller…

Bouilliez lève l'index.

— Sauf qu'il vient de se produire autre chose…

Hechter se retourne vers lui.

— Assez de suspense, Will ! On t'écoute !

— *A priori*, ce n'est peut-être qu'un croisement hasardeux, d'accord ? Mais pendant que je lui demandais de mettre une alerte sur le numéro de cette carte prépayée, l'opératrice d'Orange a reçu une notification du 112. Des appels successifs, localisés à une cinquantaine de kilomètres de là. Je lui ai dit que je m'en occupais.

Hechter le dévisage.

— Je ne suis pas certaine de suivre. Quel rapport ?

— C'est simple, ces appels d'urgence ont été passés dans un laps de temps très court et par deux numéros différents. Depuis cet endroit.

Bouilliez plante son index au milieu d'une forêt.

— À quel sujet, ces appels ? demande Gallonde.

— On l'ignore. Le secteur est une zone blanche, en théorie les appels ne peuvent pas passer. *Sauf* ceux vers le numéro d'urgence. Ils balaient tous les opérateurs jusqu'à en accrocher un, même le plus ténu et lointain. C'est ce qui s'est passé, un relais Orange les a finalement récupérés. Le signal n'était pas assez fort pour permettre une communication, en revanche les coordonnées GPS des cartes SIM ont bien été enregistrées. Ça a basculé chez nous par défaut puisque c'est notre secteur…

Gallonde hoche la tête.

— Pigé. Est-ce qu'on a les identités des abonnés ?

— C'est le truc qui me chiffonne, reprend Bouilliez.

Les deux appareils ont utilisé des cartes prépayées qui n'avaient jamais été activées jusque-là.

— Ça se trouve assez près de l'endroit où le téléphone de Delauney a cessé d'émettre, acquiesce Hechter. Je comprends ton raisonnement, ça *pourrait* être lié… Ce serait notre chance…

À son tour, elle pose le doigt sur la zone boisée.

— Mais je ne vois pas de village à proximité. C'est en plein milieu d'une forêt ?

— Je peux vérifier assez facilement sur Google Maps s'il y a des habitations dans le secteur, intervient Gallonde en regagnant son poste de travail.

139

Audrey a cessé de gesticuler dans l'herbe.

Elle ne recule plus.

Elle ne bouge plus du tout.

Le coup de feu est parti sans semonce.

Pour tuer.

Ce n'est pourtant pas sur elle qu'il était dirigé.

La femme chauve qui avançait vers elle a été touchée à la poitrine. La violence de l'impact lui a fait lâcher son arme, elle a été littéralement soulevée du sol et repoussée en arrière vers la maison.

Un instant, elle a tenté de se rattraper à l'encadrement de la porte.

Puis elle s'est effondrée comme une masse, son costume rouge de sang.

À présent Audrey retient sa respiration.

Elle ne comprend pas ce qui vient de se produire.

Qui a pu tirer.

Elle oriente son regard en direction de la camionnette, au bout du chemin envahi par les herbes.

Une personne est apparue à côté du véhicule. Un homme en tenue militaire, au visage cramoisi et déformé. Sa tête n'a pas l'air seulement cabossée, on le croirait déchiqueté. Comme s'il était passé dans un broyeur et qu'il lui manquait désormais une moitié de crâne.

La couleur de sa peau, entre le rouge violacé et le marron granuleux, est celle de la chair carbonisée.

Audrey, par pur réflexe, pousse un cri de surprise tandis que le soldat cauchemardesque s'écarte du véhicule.

Il s'appuie sur une béquille en métal passée sous son aisselle gauche.

De la main droite, il lève un imposant fusil d'assaut, qu'il tient sans mal à bout de bras, en dépit de son handicap.

— Reste allongée, lance-t-il d'une voix qui évoque un gargouillis.

Audrey ne bougerait pour rien au monde. Une joue écrasée dans la terre, elle dirige de nouveau son regard vers la maison.

Elle constate que la femme assassin, elle, a commencé à se redresser.

— Adonis ? Espèce de…

Nouvelle détonation, le tissu se déchire au niveau de son épaule, une autre crevasse rouge apparaît dans sa chair, la tueuse est plaquée contre l'encadrement de la porte.

— Tu me reconnais ? beugle l'homme en se tordant sur sa béquille, pas à pas. Tu vois ce que je suis devenu à cause de toi, Uriel ?

— Qu'est-ce qui t'a décidé à sortir de ton trou à rat ? crache-t-elle, une main sur la plaie à son épaule, son sang ruisselant entre ses doigts.

L'homme ravale de la glaire. Un sourire dément se dessine sur son visage, dévoilant ses dents et le squelette de sa mâchoire sur le côté gauche, entièrement écorché. Le sourire de la mort.

— Sept ans que je rêve de ce moment. Me retrouver face à face avec la personne qui nous a tous envoyés par le fond. Et c'était toi, Uriel... *TOI !*

Malgré ses blessures, la femme roule dans le couloir avec une agilité surprenante.

L'homme ouvre le feu.

Son fusil mitrailleur crache une série de rafales ininterrompues qui font éclater les pans de la porte, fendent les murs à l'intérieur, arrachent le lierre à l'extérieur.

Il tire jusqu'à l'épuisement du magasin, après quoi il actionne le lance-grenade monté sous le garde-main de son arme.

Une bombe fuselée s'envole en hululant.

Audrey pousse un nouveau cri, s'aplatit autant qu'elle le peut dans l'herbe alors que la grenade frappe le carrelage de l'entrée.

L'explosion est assourdissante. Une boule de feu orange et aveuglante embrase le couloir.

L'onde de chaleur aux exhalaisons de métal et de bois carbonisé enveloppe Audrey. Dans le ciel, les oiseaux affolés continuent de s'enfuir par dizaines.

Au sein de l'épaisse fumée qui s'échappe à présent de la bâtisse, impossible de savoir si la tueuse a été touchée ou si elle a eu le temps de se replier dans les profondeurs de son repaire.

Adonis donne un coup de coude sur son arme, éjectant le magasin vide. D'un geste parfaitement entraîné, il abaisse le fusil vers sa veste et enclenche un autre chargeur sans avoir à manipuler son arme à deux mains.

Ensuite, il s'avance en claudiquant vers la maison.

— N'y allez pas, le supplie Audrey, paumes pressées

sur sa plaie à la cuisse pour endiguer la perte de sang. Elle est armée… C'est un vrai monstre…

Il s'arrête un instant, tourne son unique œil vers elle et lui sourit de son sourire de squelette.

— Que crois-tu que je suis, petite ? J'attends ce moment depuis si longtemps que personne ne m'en privera à présent…

Audrey le regarde, stupéfaite et terrifiée, disparaître au sein des vapeurs noires.

140

Après le déluge de détonations, la toute dernière explosion a l'effet d'un tremblement de terre, secouant toute la maison sur ses fondations. Un éclat de lumière aveuglante, une formidable augmentation de la température. À présent, la fumée envahit la pièce et l'odeur âcre du plastique brûlé monte autour d'eux.

Damien gémit de terreur.

— Qu'est-ce… qui se passe… bon sang ?

Salva ne dit rien. Prostré au sol, à demi asphyxié par les exhalaisons de carbone, il est absorbé par une unique tâche : lutter contre la paralysie de ses membres. Il serre ses abdominaux par contractions successives. Chaque expiration repousse un peu plus l'engourdissement.

Il songe aux quantités de cannabis qu'il fume tous les jours depuis des années. Il est un foutu toxico, oui. Par conséquent, il est habitué à gérer la drogue. Il *faut* qu'il en soit capable, maintenant.

Des sons précipités s'élèvent dans la maison, tout près, tandis que la tueuse, probablement blessée, se déplace de pièce en pièce. Salva perçoit ses pas peu assurés. Ses glissements le long des murs. Des chocs métalliques retentissent. Une porte claque.

— Elle… ne va pas tarder… à revenir… halète Damien.

La main du policier avance au ralenti, se referme sur l'une des chaînes jonchant le sol.

Il détache le croc de boucher fixé à son extrémité.

— Damien, écoute-moi. Concentre-toi.

— Qu… Quoi ?

— Tu arriverais à tenir ça ?

Doigts tremblotants, le garçon empoigne le crochet acéré encore gluant de son propre sang.

— Je sais pas…

— On va s'en sortir, ment Salva avec toute la conviction dont il est encore capable. Si on le fait ensemble.

— Je crois… vraiment pas que… j'y arriverai…

Le policier trouve un autre crochet en forme de *S*, agite nerveusement la chaîne pour le décrocher.

— Tu *vas* y arriver, Damien. Je compte sur toi. On a besoin l'un de l'autre, tu entends ?

Le garçon tremble des pieds à la tête, en proie à une peur absolue.

— J'ai… tellement mal…

La fumée se densifie dans la pièce, l'odeur de matériaux calcinés augmente, les faisant tousser tous les deux.

Dans le couloir, les tirs reprennent tout à coup. Un nouveau feu nourri et destructeur qui fait trembler les murs.

— Oh, putain, gémit Damien.

141

La vue aérienne de la carte Google dévoile un désert vert.

Des montagnes, un toit de verdure dense.

Rien d'autre sur des kilomètres à la ronde.

— Il n'y a même pas la moindre exploitation agricole dans le secteur, annonce Gallonde avec un dépit évident. Vous pouvez le voir par vous-même.

Bouilliez se penche au-dessus de son épaule.

— C'est clair. Aucune chance de les retrouver s'ils se trouvent dans cette zone en ce moment.

La jeune policière tapote sur son bureau du bout de ses ongles aux vernis multicolores.

— Si je me mets à la place du ravisseur, accéder à cette partie des bois m'a l'air sacrément coton. On ne s'y rend pas au hasard…

— Et si c'était chez un particulier ? intervient Hechter.

— Je peux vérifier ça tout de suite…

Bouilliez et Hechter attendent en silence tandis que leur collègue recommence à pianoter sur son clavier. Une nouvelle fenêtre s'ouvre au milieu de l'écran.

— Oui, regardez ! Si je me fie aux infos du cadastre, la parcelle de forêt en question est bien une propriété privée.

— Résidence secondaire ou principale ?

— Ni l'un ni l'autre. Ça m'a tout l'air de terrains reboisés avec l'aide de l'État, lit Gallonde en faisant défiler les informations. Mais attendez, je vais appeler la préfecture. J'ai intérêt à me grouiller parce qu'on arrive à leur horaire de fermeture.

Elle décroche le téléphone, s'adresse à plusieurs interlocuteurs successifs et peu coopératifs, avant d'élever la voix.

— Écoutez, monsieur, ça suffit. Comme je me tue à vous le dire depuis plus de dix minutes, je suis de la Brigade de répression du banditisme et je me fiche totalement que vous ayez déjà éteint votre ordinateur. Vous ne fermez l'accueil que dans vingt minutes, ne commencez pas à m'expliquer n'importe quoi, on a assez perdu de temps comme ça ! À moins que vous ne préfériez que je vous passe en direct le procureur pour qu'il vous donne lui-même ses instructions ? Rappelez-moi votre nom que je vous présente ? Ah, ça ira, finalement ?

Hechter croise les bras, habituée à ce genre de scène. Les problèmes avec l'administration semblent s'aggraver depuis quelques années, les erreurs ne cessent de se multiplier en raison du manque d'implication du personnel. De son côté, Gallonde enclenche le haut-parleur du téléphone, ils peuvent désormais entendre l'employé de la préfecture qui marmonne de mauvaise grâce et farfouille sur son bureau.

— *J'ai les informations que vous souhaitez sur ce terrain,* reprend la voix pincée de leur interlocuteur. *Il concerne vingt hectares de forêt, achetés il y a dix ans.*

Hechter se penche au-dessus du téléphone.

— À qui appartient-il ?

— *La propriétaire s'appelle Rose-Marie Roger, domiciliée à Paris. Le titre de propriété est bon, en revanche il y a un problème avec la fiche d'état civil de cette personne... Je vois qu'elle a été effacée...*

— Que voulez-vous dire ? C'est impossible...

— *Chère madame, je ne suis pas devin, je vous donne seulement les informations dont je dispose,* bougonne l'homme au bout du fil. *Rose-Marie Roger a visiblement changé de nom, mais il y a eu un bug dans le système informatique. Je vous assure que ce n'est pas une erreur de nos services. La mairie de Toulouse nous a fait remonter le problème tout récemment car la personne a fait une demande d'inhumation de sa fille sous un autre nom. Marie...*

— Drevoski ? explose Hechter. Bon sang !

— *C'est ça,* marmonne l'employé de la préfecture. *C'est tout ce que vous vouliez savoir ?*

— Tout à fait, conclut Gallonde en raccrochant sans autre forme de politesse, avant d'ajouter entre ses dents : putain de mecs !

Elle lève les yeux vers sa supérieure.

— Marie Drevoski, c'est la mère de la gamine écrasée, qui écrit sous le nom d'Estelle Janus, c'est bien ça ?

Bouilliez s'éclaircit la gorge.

— Je n'avais pas fait le lien mais, dans la mythologie, Janus est la divinité à deux visages. Elle aime les pseudonymes, cette Marie.

— Je ne te le fais pas dire, renchérit Hechter, de plus en plus blême. Je ne comprends pas encore quelle est l'ampleur de tout ça, mais j'ai un très mauvais pressentiment. Quoi qu'il puisse se passer là-bas, des vies sont en jeu. Il faut contacter David de toute urgence pour qu'il vienne nous retrouver.

— Ça, c'est l'autre problème, dit alors Bouilliez. Je n'arrête pas d'essayer de l'appeler, mais son téléphone est éteint. Pourtant, il devait me tenir informé, après notre visite au crématorium. Il devait aller voir Drevoski. Et depuis, il est injoignable…

— Nom de Dieu, souffle Hechter.

142

Adonis mitraille le couloir sans réfléchir.

Il crible les murs de balles, perfore des armoires en métal, des portes, au hasard.

Il clipse ensuite un chargeur neuf, allume la torche intégrée à son arme et balaie le faisceau de lumière blanche dans les fumerolles.

Personne.

Pas de corps.

Nulle part.

— Où tu es, salope ? T'as plus aucune chance !

L'ancien officier des forces spéciales s'enfonce dans la maison, au sein des vapeurs fuligineuses et tourbillonnantes. Seul le son de sa respiration sifflante se répercute dans ce brouillard épais.

Au sol, il illumine des traînées de sang toutes fraîches.

— Je te suis à la trace, Uriel ! Montre-toi, qu'on en finisse !

Il cale sa béquille, ouvre la première porte d'un coup de pied, tire une salve de balles sur les silhouettes dressées devant lui.

Les têtes, les membres d'animaux explosent et projettent des éclaboussures de chairs putréfiées sur les murs.

— Putain, t'as pas changé, grogne-t-il avant d'émettre de nouveaux bruits humides du fond de la gorge.

Il se tourne, sa torche éclaire les armoires, les caisses militaires entreposées un peu partout.

En face, dans l'encadrement d'une porte menant à une autre pièce, il devine un mouvement.

Rafale immédiate dans cette direction. Les balles hachent la dépouille d'une brebis pendue derrière, ricochent contre les pierres des murs. Le battant d'une armoire s'ouvre à la volée sous la puissance des impacts.

— T'as aucune chance ! beugle-t-il quand il a fini de tirer. T'entends ? Tu vas *payer* pour ce que t'as fait !

Un rire lui répond.

Des notes perlées et aériennes, qui flottent dans la pénombre avec la fumée omniprésente.

— Comment m'as-tu retrouvée ? chuinte la voix d'Uriel.

Adonis recharge, puis reprend sa progression. Le rayon de sa torche parcourt le sol, les murs.

— J'aurais jamais pensé que ça pouvait être toi, dit-il en s'approchant de la porte. Je *voulais pas* y croire. Il a fallu que ce flic débarque chez moi pour que je me décide à accepter l'évidence.

Le faisceau de lumière explore ce qui ressemble à une cuisine.

Déserte.

Le rire reprend dans le noir, de plus loin, plus profond dans cette maison qui n'en est pas une. Le timbre est un instant féminin et moqueur, puis l'instant suivant un souffle rauque de bête à l'affût.

— Tu l'as suivi ? demande la voix invisible mêlée aux volutes de fumée. C'est comme ça que tu es arrivé ici ?

Adonis tousse, crache à ses pieds des sécrétions épaisses. Il continue d'avancer prudemment, sa béquille tâtant le sol devant lui à chaque pas.

— Je lui ai donné un téléphone à carte. Je m'en suis servi de mouchard pour le localiser. Comme tu l'aurais fait, ma vieille.

Dans la pièce suivante, la pénombre se froisse, frémit, se prépare.

— Et moi, je n'ai rien vu venir, avoue son ancienne camarade.

Adonis oriente son arme. Le trait de lumière dévoile la surface métallique d'une armoire sur laquelle a été peinte une tête de mort grimaçante.

— Comme quoi tu fais des erreurs, finalement.

Adonis la localise enfin, dans l'angle opposé. Uriel est assise à genoux sur le carrelage. Son sang a suinté en abondance autour d'elle. Elle est impuissante, exposée. Sans plus de possibilité de fuite désormais.

— Mes erreurs, je les corrige toujours, réplique-t-elle en levant un boîtier dans sa main droite.

Adonis fait feu sur elle.

Une fraction de seconde trop tard.

Uriel a déclenché le mécanisme libérant la grille au plafond. Un pivot simple. Les trente kilos de métal s'abattent en un mouvement d'arc de cercle.

La grille hérissée de pointes happe Adonis avec la puissance d'un bélier.

Chaque pique acérée est longue de cinquante centimètres et il y en a des dizaines. Elles transpercent son corps de part en part, crèvent ses organes, brisent ses os sans la moindre difficulté.

Les balles qu'Adonis a tirées font éclater les pierres du mur à dix centimètres du visage de son ennemie.

Puis son fusil d'assaut retombe sur le carrelage,

arrosé par les flots de son sang et du contenu de ses intestins.

Adonis ne bouge plus, ne parle plus. Il reste debout, empalé par les pointes de métal. L'une d'elles a pénétré dans son œil mort et ressort à l'arrière de son crâne.

Il est pourtant encore en vie.

Sa bouche s'ouvre. Silencieuse. Une pique lui perfore la gorge.

Uriel se redresse, telle une flamme réapparaissant après une rafale de vent.

Son sourire revient sur son visage tandis qu'elle s'avance en ondulant, sa main longeant le mur pour se soutenir.

— Je t'avais laissé tranquille parce que je considérais que tu avais assez payé, Adonis…

Elle s'accroche à la grille, au piège redoutable qui le cloue. L'œil valide d'Adonis s'agite désespérément dans son orbite.

— Tu aurais mieux fait de rester terré comme le rat que tu as toujours été, susurre-t-elle.

Elle sort une petite munition fuselée de sa poche. L'œil d'Adonis s'emplit de larmes.

— Oui, tu as bien vu ? C'est une grenade incendiaire. Je trouve ça approprié.

Elle la fourre de force entre les dents de son ancien camarade.

— Adieu, soldat, conclut-elle en reculant jusqu'à la porte de la pièce.

La grenade explose.

Le crâne rouge d'Adonis est répandu en un nuage d'os et de matières grises et rouges, tandis que le reste de son corps, aspergé par le contenu au phosphore de la munition, s'embrase comme une torche de chair.

143

Il ne reste plus qu'eux.

Le policier et le garçon. Toujours terrés dans la pièce emplie de cadavres d'animaux, à présent envahie par la fumée étouffante semblable au brouillard d'un champ de bataille. Attendant l'ultime confrontation.

Salva resserre ses doigts autour du croc de boucher alors que Drevoski passe la porte.

Elle se tient au sein de la pénombre, dans les volutes fuyantes qui tournoient et s'enroulent autour d'elle.

Couverte de sang.

Et toujours une redoutable machine à tuer.

Le policier se redresse à demi, en s'appuyant sur ses coudes. Il grimace exagérément sous la douleur de son bras blessé, de son nez brisé. Il doit paraître au bout de ses forces, presque mourant.

Il espère que c'est l'image qu'il donne.

Il pourrait se mouvoir plus vivement, attaquer tout de suite peut-être. Mais il préfère lui laisser croire que la paralysie persiste. Attendre le bon moment, qu'elle baisse sa garde, ne serait-ce qu'une fraction de seconde…

Il n'aura droit qu'à un essai.

Il n'en a que trop conscience.

— Qu'est-ce que vous imaginez faire, tous les deux ? lance-t-elle d'une voix éraillée, empoignant une chaîne pour se tenir droite.

De sa main libre, elle brandit un long poignard cranté, qu'elle dirige droit sur Salva.

Il sent des frissons glacés descendre dans sa nuque. Mais il ne détourne pas son regard.

— Tu n'en as pas assez ? Tu ne crois pas avoir eu ta vengeance, à présent ?

Drevoski essuie sa bouche du revers du poignet, étalant du sang sur sa joue.

— Je l'aurai quand tu seras mort, Olivier. Tout ce désastre est de ta faute !

— Alors qu'on en finisse, réplique-t-il, la gorge nouée.

— Puisque tu le demandes…

Elle s'avance vers lui. S'accroche à une autre chaîne. Salva voit le métal de son poignard scintiller dans l'ombre. Effilé et tranchant comme un scalpel.

Mais il voit également les horribles plaies par balles qu'a reçues cette femme. Dans son ventre, à son épaule. Drevoski a beau être armée, surentraînée, elle n'en est pas moins grièvement blessée. *Affaiblie.*

Lui, au contraire, a repris des forces. Il est flic, il sait se battre. Il peut le faire. Il *va* le faire. Il contracte ses abdominaux, ses pectoraux, ses biceps, pour se donner du courage.

Il la laisse s'approcher encore. Tout près. Si dangereusement proche de lui.

Jusqu'au bout, il feint de trembler, prétend vouloir se protéger sans y parvenir. Son dernier bluff. Dans son dos, il étreint compulsivement le croc de boucher.

Quand elle se penche enfin sur lui, il saisit le

poignet de la tueuse, détournant la lame de son visage.

De son autre main, il fait jaillir le crochet et frappe au hasard. La pointe perfore la peau de la femme, s'enfonce dans sa chair. Drevoski pousse un râle déchirant. *Enfin.*

Pendant de longs instants, ils luttent, agrippés l'un à l'autre, gémissant sous l'effort, la douleur, la rage.

Ils roulent, corps contre corps, dans les frictions humides de leurs blessures mutuelles. Ils rampent sur le carrelage souillé avec davantage de halètements et de cris rauques. Jusqu'à ce que Salva parvienne à se hisser à califourchon sur elle, la pressant au sol de toutes ses forces.

— Non... écume Drevoski. *NON !*

Abandonnant son arme, elle cesse de vouloir éjecter le policier et, au contraire, le tire vers elle. Salva, déstabilisé par l'inversion de force, bascule en avant.

Drevoski lui donne un violent coup de tête, en plein sur son nez déjà brisé. La douleur est si intense que Salva a l'impression de perdre connaissance.

Cette fois, c'est lui qui se retrouve sur le dos. Drevoski serre ses cuisses autour de lui et écrase une main contre sa gorge. La tête de Salva heurte le carrelage.

— Imbécile, gémit-elle en le secouant pour que sa tête cogne encore et encore.

Salva a la nette sensation de son crâne qui craque sous les chocs répétés, de son propre sang qui suinte sous lui.

Son agresseur pousse alors un long cri aigu.

Clignant des yeux, Salva aperçoit Damien accroché à elle. Il lui a planté son croc de boucher dans le dos.

Drevoski se cambre, cherche à se défaire de ce nouvel assaillant.

Ces quelques secondes de flottement permettent à Salva de tâtonner et de retrouver le crochet toujours enfoncé dans le flanc de la femme.

Il l'arrache, le replante plus haut, perçant les muscles. Plus profond. Le sang de Drevoski ruisselle sur lui.

Elle hurle. Un rugissement de lionne à l'agonie.

D'un vif mouvement de tête en arrière, elle envoie un coup à Damien qui s'effondre net, assommé.

— J'ai dit *NON* !

Elle extirpe d'elle-même le crochet de sa chair et, sans que Salva ait la force de se protéger, elle le retourne contre lui, perforant la peau sous ses côtes flottantes. Contrairement à lui, elle sait où l'insérer pour tuer. Salva sent distinctement la griffe de métal s'immiscer dans sa cage thoracique. Il la sent transpercer son foie puis son poumon.

La douleur le crucifie quand la pointe pénètre dans son cœur.

Le regard bleu de la tueuse au-dessus de lui se mouille de larmes, épaisses, incontrôlées. Elle se penche, assise à califourchon sur lui, telle une bête s'apprêtant à se repaître d'une proie vaincue.

Salva a conscience que ce regard de laser bleu sera la dernière chose qu'il verra de sa vie, et sourit malgré lui.

— Je suis désolé, lui dit-il.

— Cela n'aurait jamais dû se passer comme ça, lui répond-elle d'une voix qui lui semble le son le plus doux qu'il ait jamais entendu.

Cela aussi est la dernière chose qu'il entend.

Une obscurité soyeuse l'enveloppe et l'aspire dans le néant.

Il ne perçoit pas le coup de feu.

Il ne voit pas le visage de Drevoski se froisser d'une affreuse expression de surprise et de douleur.

Il ne la sent pas s'effondrer à côté de lui.

Tout se mélange dans sa tête, une confusion d'euphorie et de détermination glacée. Elle ne sait plus elle-même ce qu'elle ressent, enveloppée par la douleur de ses blessures, la puanteur des charognes et le brouillard de fatigue suffocante.

Elle a l'impression que la glace a pris possession

144

Audrey brandit le pistolet à deux mains.

Elle se tient adossée au mur.

Parfaitement stable.

Elle a bien visé, cette fois.

Pile entre les épaules de la tueuse.

La balle l'a fauchée comme un formidable coup de poing.

À présent, la femme est allongée sur le carrelage, sa bouche ouverte emplie de sang, ses grands yeux scintillant de larmes.

Vaincue.

Audrey se décolle du mur, s'approche d'elle. Elle ne tremble plus. Sa cuisse continue de saigner en abondance.

Qu'importe.

Elle a tué le monstre.

Ou bien elle est devenue le monstre.

Tout se mélange dans sa tête, une confusion d'euphorie et de détermination glacée. Elle ne sait plus elle-même ce qu'elle ressent, enveloppée par la douleur de ses blessures, la puanteur des charognes et le brouillard de fumée suffocante.

Elle a l'impression que la glace qui a pris possession

de son cœur se renforce, se durcit. Que plus rien ne pourra la briser désormais.

Elle se penche sur la femme à terre, et durant de longs instants elles se regardent.

Puis Marie retire, non sans mal, un de ses gants.

Sa main, fine et blanche, s'avance lentement vers elle.

Audrey la laisse approcher, se poser sur son ventre, comme s'il s'agissait d'un rêve étrange. Elle tremble, tressaute de tout son corps. Elle pense à la vie en elle, en ce moment même.

— Protège-la, murmure Drevoski. Ne fais pas… comme moi…

Audrey ne comprend pas ce qu'elle cherche à lui dire, ne souhaite pas y songer.

Sa propre gorge est tellement nouée qu'elle n'est plus capable d'émettre la moindre parole.

Elle presse simplement le canon de son arme sur le front de la femme.

La tueuse la fixe de son regard de feu bleu.

Et sourit.

Un sourire d'abandon. De soulagement.

Audrey, elle, ferme les yeux quand elle presse la détente.

Lorsque les sirènes de police s'élèvent à l'extérieur, Audrey s'est traînée jusqu'au corps inerte de Damien. Elle serre le garçon dans ses bras, de toutes ses dernières, maigres forces, pour lui communiquer sa chaleur, son amour, ses prières pour qu'il revienne à lui, par pitié.

Elle refuse de le lâcher, d'entendre les paroles de réconfort des hommes et des femmes regroupés autour d'elle qui ne cherchent qu'à les sauver. Il leur faut de longues minutes, des promesses attentives et des gestes minutieux pour enfin la détacher de son petit ami.

Et l'emporter.

Vers la vie.

Peut-être.

Elle ne se rachètera jamais

Ni maintenant ni plus tard.

Elle est ce qu'elle est.

Ce qu'ils ont fait d'elle.

Devenir mère n'y aura rien changé, contrairement à ce qu'elle avait voulu croire. Contrairement à tout ce qu'elle s'était promis.

Au fil des années, Rose-Marie Roger s'est seulement enfermée dans davantage de mensonges.

Elle a changé de nom. De masque. De lieu de résidence.

Elle a minutieusement bâti sa légende, comme elle a été formée à le faire. Espérant que la présence de son enfant, sa lumière, la rende plus humaine, au bout du chemin.

Valentine.

La clé fragile de sa stabilité mentale.

Un choix impossible dès le départ.

Une double vie vouée à l'échec.

Marie demeure le spectre assassin. Sans nom, sans émotion.

Elle y songe souvent, à l'approche de l'aube, quand elle s'est assurée pour la dixième fois que Valentine dort bien confortablement, qu'elle a déposé un baiser affectueux dans ses boucles blondes et qu'elle s'est repliée dans sa propre chambre.

Toutes ces fois où elle reste incapable de trouver le sommeil, que sans raison elle s'imagine être revenue en zone de guerre. Entourée d'ennemis se préparant à l'assaut.

Prête à tuer.

Désireuse *de tuer. Comme un manque profond à combler.*

Elle ne peut se retenir de glisser sa main sous son matelas, où elle dissimule une arme automatique. Elle la caresse, rassurée par sa rigidité et sa froideur. Et elle perçoit toutes les fissures béantes de son horizon factice.

Dans ces moments-là, elle prend conscience du poison inguérissable qui la ronge. De ses démons qui la tirent vers l'abysse, inexorablement.

Elle se surprend à espérer que l'être humain dispose de plusieurs vies, comme le prétendent certaines religions.

Qu'il y ait vraiment *une autre existence après celle-ci.*

Une seconde chance au bout de ce chemin sans retour.

Pour se libérer des erreurs, racheter ses péchés. Se débarrasser enfin des mensonges et de ces démons fébriles accrochés à son âme.

Mais alors qu'elle sombre dans le sommeil sans rêves qui a toujours été le sien, elle sait, tout au fond d'elle, qu'il ne s'agit que de ça. De belles histoires et de vaines prières.

Après l'orage, après les cris et après les morts, il n'y aura jamais que le vide et les pleurs de ceux qui restent.

ÉPILOGUE

Les jours passent.

Les cauchemars demeurent.

Les cauchemars ne cesseront jamais.

Dès qu'Audrey ferme les yeux, la femme chauve réapparaît, tout contre elle, tel un prédateur monstrueux reniflant l'odeur de son sang. Marie Drevoski n'est pas morte, malgré son front dévasté par la balle tirée à bout touchant, malgré son cerveau réduit en pulpe et exposé de manière obscène. La tueuse est un spectre désormais, un *véritable* fantôme, qui étreint fiévreusement Audrey, plaque ses mains avides sur son ventre. Ses ongles percent l'épiderme sans défense de la jeune femme, ses doigts se glissent lentement sous la peau. Le pire, c'est que la sensation n'est pas douloureuse. Au contraire. Avec une honte profonde et inexplicable, Audrey se rend compte qu'elle *apprécie* cette caresse contre nature, à mesure que les mains monstrueuses décollent sa peau et glissent sur ses muscles palpitants, puis en dessous, quand elles commencent à suivre le contour de son utérus.

— *Tu as pris mon enfant, je vais prendre le tien.*

Comme à chaque fois, Audrey se réveille en sueur, étouffant un cri de désarroi absolu.

Elle se trouve dans une chambre de l'hôpital

Paule-de-Viguier, l'espace stérile qui circonscrit son existence depuis sa sortie de l'enfer. Quatre murs couleur pastel, les séries lénifiantes à la TV et ses idées noires pour uniques échappatoires.

— Encore des mauvais rêves ?

L'infirmière lui offre son habituel sourire rayonnant de bienveillance.

— Vos analyses sont encourageantes, lui annonce-t-elle sans attendre sa réponse, tout en débarrassant le plateau-repas auquel Audrey a à peine touché. Vous récupérez bien et votre grossesse n'est pas affectée par le traumatisme des opérations que vous avez subies. Le suivi psychologique vous aidera à gérer vos crises d'angoisse, vous verrez.

La jeune femme ravale ses commentaires. Si *seulement* cela pouvait être aussi simple…

Elle sait que la peur est en elle pour rester.

Elle a affronté le Diable.

Elle a *tué* le Diable.

Et elle n'arrive toujours pas à déterminer ce que cela fait d'elle…

Une chose est certaine, elle ne supporte plus de rester immobilisée ainsi. La balle dans sa cuisse a fracturé son fémur en plusieurs endroits, ce qui lui a valu un long séjour en soins intensifs et de nombreux passages au bloc opératoire. Son état n'est stabilisé que depuis peu. Les médecins la gardent sous surveillance en raison de son début de grossesse et des complications qui peuvent toujours survenir.

Aux dernières nouvelles, elle pourra commencer la rééducation dans deux semaines. *Au minimum.*

— Il y a quelqu'un pour vous, lui annonce l'infirmière avant de quitter poliment la chambre.

Audrey aperçoit la policière qui passe la voir

presque chaque jour depuis qu'elle est sortie du service traumatologique. Ces visites, même les plus brèves, sont toujours un vrai réconfort pour la jeune femme.

— Bonjour, ma grande, dit le commandant Hechter.

— Vous avez pu voir Damien, cette fois ?

La policière s'approche d'elle. Elle la dévisage gravement.

— Pas encore, non. Il a eu un départ de gangrène qui a nécessité une autre opération. Les chirurgiens lui ont enlevé les tissus nécrosés et lui ont fait de nouvelles greffes. Ils l'ont aussi placé en caisson hyperbare car ils jugent le risque infectieux toujours présent. Il aura droit à de nouvelles interventions chirurgicales dans les jours à venir.

— Mon Dieu, murmure Audrey. Ça ne finira jamais…

— Tout ce qui importe, c'est qu'il va s'en sortir. Votre copain aura de jolies cicatrices, sans doute quelques problèmes articulaires, mais cela aurait pu être *beaucoup* plus grave. Il a frôlé la mort de près. Nous vous aurions retrouvés un simple quart d'heure plus tard, tout serait déjà fini…

Audrey sent des larmes naître dans ses yeux.

— Mais ensuite ? On va aller en prison, quand on sortira d'ici ? Je veux pas que mon bébé naisse en prison…

Hechter lui prend la main et la serre, un peu plus fort que nécessaire.

— Vous allez être jugés, mais pas tout de suite. Seulement quand vous irez mieux tous les deux. Cette affaire a pris des proportions qui dépassent même la police, vous n'êtes qu'une infime partie de tout ce que nous sommes en train de mettre au jour. Vous aurez une condamnation avec sursis, ou aménageable. Votre bébé ne naîtra pas en prison. Je vous le promets.

La jeune femme hoche la tête.

— Merci.

— Ce n'est pas moi qu'il faut remercier, lui répond la policière d'une voix douce mêlée d'une profonde amertume. L'homme qui vous a sauvés n'est plus avec nous pour nous entendre, malheureusement…

Elle tourne le regard par la fenêtre, contemple au travers du store le ciel limpide où brille un soleil éclatant.

— … Mais je pense qu'il serait heureux de ce qu'il a fait, pour une fois dans sa vie…

Le quotidien se poursuit pourtant.

À l'arrière de l'immeuble, l'escalier de secours a été de nouveau condamné.

Les dealers ne viennent pas jusqu'ici. L'endroit est devenu le nouveau lieu de zone pour les plus jeunes.

Surtout depuis que l'avalanche médiatique a mis le nom de leur quartier dans les gros titres. Pour eux, Damien Delauney est devenu une légende. Il se raconte qu'il a réussi à planter le plus redoutable de tous les tueurs à gages du Dark Web, le monstre qui avait massacré tous ces gens, y compris des flics et des gendarmes armés et entraînés.

Il va faire du temps derrière les barreaux, bien sûr. Mais cela aussi fait partie du mythe. De leur fascination.

Kévin Delauney, assis sur deux palettes transformées en banc avec des vis et de la peinture rouge vif, savoure le cercle respectueux autour de lui.

Quand Radouane apporte le pistolet qu'il a emprunté

à son cousin pour frimer un peu, Kévin crache à ses pieds, faisant taire les discussions autour d'eux.

— Mon frère m'avait montré le sien. Le gun avec lequel il a dessoudé le tueur. Même que je l'ai tenu dans mes mains. C'était trop *badass* !

— Grave, acquiesce Radouane. Tu veux essayer celui-là, pour comparer ?

— Putain, ouais, dit Kévin en se levant de son trône de bois.

Du haut de ses dix ans, Radouane est le plus âgé du groupe. Il a toujours été celui qu'il faut impressionner pour gagner le respect des autres.

Et maintenant il place le pistolet dans la main de Kévin.

— Tu sais t'en servir, au moins ?

— T'inquiète. Je suis pas un bébé, mec !

Kévin tend l'arme à bout de bras comme il l'a si souvent répété, dans les jeux vidéo ou avec ses répliques à billes.

Sous les regards des autres gosses, il dirige le canon vers un véhicule traversant la rue et le suit, sans ciller, sans trembler.

Prêt pour devenir un grand.

Il a tellement hâte.

Elle se nomme vindicte ; elle n'est pas neutre, et ne vous permet pas de rester neutre. Qui l'aperçoit frissonne du plus mystérieux des frissons.

Victor Hugo, *Les Misérables*

Remerciements

Ce roman, à bien des égards, marque un (petit) changement de pseudonyme et une (grande) étape dans ma vie.

Merci à l'équipe des éditions HarperCollins pour cette superbe édition.

Merci à mes premiers lecteurs pour leurs conseils indispensables : Orlanda, Stéphane, Nathalie, Ghislain, Céline, Bernadette, Claire, Éric, Patrick, David, Jean-Marc, Bruno, Caroline, Michel, Jean-Claude, Mickaël, Vincent.

Plus que jamais, merci à vous, lecteurs et lectrices, qui me suivez depuis des années ou bien qui me découvrez avec ce roman. Toutes les histoires que j'invente, les plus horribles soient-elles et sous quelque nom que je les signe, le seront toujours pour vous divertir et vous apporter du plaisir.

Et enfin, merci à Sire C.

D'une vie à l'autre.

Porté par la vague.

Cédric

Composé et édité par HarperCollins France.

Achevé d'imprimer en mars 2023.

CPi
BLACK PRINT

Barcelone

Dépôt légal : mai 2021.

MIXTE
Papier issu de sources responsables
FSC® C159065
FSC
www.fsc.org

Pour limiter l'empreinte environnementale de ses livres, HarperCollins France s'engage à n'utiliser que du papier fabriqué à partir de bois provenant de forêts gérées durablement et de manière responsable.

Imprimé en Espagne.